U0940552

中英参照迦陵诗词论稿

（下）

葉嘉瑩　著

南開大學出版社

目 录

拆碎七宝楼台[①]

——谈梦窗词之现代观

一、梦窗词的传统评价及其两点现代化的特色

吴梦窗的词，以数量而言，有将近三百五十首之多，在南宋诸词人中，除了首屈一指的大家稼轩以外，几乎没有人可以与之相比。而且即使以北宋之大家周邦彦与之相较，则清真词尚不满两百首，在数量上，也不及梦窗远甚。所以仅以数量言，梦窗的词在两宋词人中也应该占有一席相当重要的地位了；更何况如以意境、工力而言，则梦窗意境之深远、工力之精至，更皆有其迥然非常人可及之处。然而不幸的是，梦窗词流传既不及周、辛之广，而所得的评价则更是毁誉参半。几乎自南宋以来，梦窗的词就在一直被人误解甚至不解之中。对梦窗词之评语，流传最广也最久的，就是张炎《词源》所说的：

① 张炎《词源》原作“七宝楼台……碎拆下来”，此文标题改作“拆碎”，取其较为习闻常见，但正文中引用时仍按原书作“碎拆”不改。

吴梦窗词如七宝楼台，眩人眼目。碎拆下来，不成片段。

直到近世，有些讲文学批评的人，仍往往引用这一段话来訾议诋毁梦窗。如胡适先生在其所编《词选》一书中，就曾经说：

《梦窗四稿》中的词，几乎无一首不是靠古典与套语堆砌起来的。张炎说："吴梦窗词如七宝楼台，眩人眼目。碎拆下来，不成片段。"这话真不错。

而胡云翼则更在其《宋词研究》一书中，引申发挥张炎之说云：

梦窗词有最大的一个缺点，就是太讲究用事，太讲求字面了。这种缺点，本也是宋词人的通病，但以梦窗陷溺最深。唯其专在用事与字面上讲求，不注意词的全部的脉络，纵然字面修饰得很好看，字句运用得很巧妙，也还不过是一些破碎的美丽辞句，决不能成功整个的情绪之流的文艺作品。此所以梦窗受玉田"梦窗词如七宝楼台……不成片段"之讥也。

又云：

南宋到了吴梦窗，则已经是词的劫运到了。

如果只从他们的这些评语来看，则梦窗词果然竟似一无可取了。所以胡适先生在其《词选》一书中就仅选了梦窗的两首小令——《玉楼春》与《醉桃源》，而后来胡先生重新校定时又删去了一首，仅存《玉楼春》一首小令了。至于胡云翼则在他后来所编选的《唐宋词一百首》中，对于梦窗的词乃竟然一首都没有选。以一位拥有三百多首作品、在两宋词人中占比重极大的作者，而选者竟然对之一字不录或只选一首，则梦窗词之不为人所欣赏、了解，也可以想见了。

当然另一方面对梦窗词备致推崇赞美的人也并非没有，如周济《宋四家词选序论》即曾称：

> 梦窗立意高，取径远，皆非余子所及。

又云：

> 梦窗奇思壮采，腾天潜渊，返南宋之清泚，为北宋之秾挚。

其《介存斋论词杂著》更称：

> 梦窗每于空际转身，非具大神力不能。

又云：

> 其佳者，天光云彰，摇荡绿波，抚玩无斁，追寻已远。

而戈载《宋七家词选》亦称梦窗词：

> 以绵丽为尚，运意深远，用笔幽邃，炼字炼句，迥不犹人。貌观之雕缋满眼，而实有是气行乎其间。细心吟绎，觉味美于方回，引人入胜，既不病其晦涩，亦不见其堆垛。……犹之玉谿生之诗，藻采组织，而神韵流转，旨趣永长，未可妄讥其獭祭也。

近人吴梅先生《词学通论》评梦窗词，曾引戈载之言，又誉之曰：

> 其实梦窗才情超逸，何尝沉晦。梦窗长处正在超逸之中见沉郁之思，乌得转以沉郁为晦耶？若叔夏“七宝楼台”之喻，亦所未解。……至梦窗词，合观通篇，固多警策，即分摘数语，亦自入妙，何尝“不成片段”耶？

像这些批评、赞美的话，当然都是吟味有得之言，只是可惜这些话都说得过于空泛，只是一些笼统的概念，而并不能给予不了解梦窗词的人以任何帮助或实证，所以不懂梦窗词好处的人，读了这些话，不但依然不懂，反而更发出了讥议。如胡云翼在其《宋词研究》一书中，即曾经说：

> 介存评梦窗说，梦窗词之“佳者，天光云影，摇荡绿波，抚玩无斁，追寻已远”，这是评白石，不是评梦窗。

又说：

> 周济选四家词，列梦窗为四家之一……以领袖一系统，并称“梦窗奇思壮采，腾天潜渊，返南宋之清泚，为北宋之秾挚”，这真是夸张而又夸张了。梦窗词本缺乏“奇思”，更无“壮采”，那里能够“腾天潜渊”呢？

而薛砺若在其《宋词通论》一书中亦云：

> 他的天才并不高旷，故辞华亦不能奔放劲健。他既不能望尘稼轩，亦不能追摹白石……瞿庵先生谓其“才情超逸”，实在是适得其反。

此外，朱彊村先生虽曾经穷二十余年之力，四校梦窗词，并写为《梦窗词集小笺》；而陈洵则更欲抉梦窗词之精微幽隐，写为《海绡说词》。只是可惜朱氏之书中除笺注人名、地名和一些出处故实外，对词之意境内容并无解说；而陈氏之说又复既简且奥，对初学读词的人而言，仍然是不易了解和接受。

我在早岁读词的时候并不能欣赏梦窗词，然而近年来，为了要给学生讲授的缘故，不得不把梦窗词重新取读，如戈载之所云“细心吟绎”了一番，于是乃于梦窗词中发现一种极高远之致、穷幽艳之美的新境界，而后乃觉前人对梦窗所有赞美之词都为有得之言，而非夸张过誉；而所有前人对梦窗诋毁之词乃不免如樊增祥氏所云：

世人无真见解，惑于乐笑翁“七宝楼台”之论……真瞽谈耳。[①]

此外，我还更有一个发现，就是梦窗词之运笔修辞，竟然与一些现代文艺作品之所谓现代化的作风颇有暗合之处，于是乃恍然有悟梦窗之所以不能得古人之欣赏与了解者，乃是因其运笔修辞皆大有不合于古人之传统的缘故；而其亦复不能为现代人所欣赏了解者，则是因为他所穿着的乃是一件被现代人目为殓衣的古典衣裳，于是一般现代的人乃远远地就对之望而却步，而不得一睹山辉川媚之姿，一探其蕴玉藏珠之富了。是梦窗虽兼有古典与现代之美，却不幸地落入了古典与现代二者的夹缝之中，东隅已失，桑榆又晚，读梦窗词，真不得不令人兴“昔君好武臣好文，君今爱壮臣已老”的悲慨了。

梦窗词之遗弃传统而近于现代化的地方，最重要的乃是他完全摆脱了传统上理性的羁束，因之在他的词作中，就表现了两点特色：其一是他的叙述往往使时间与空间为交错之杂糅；其二是他的修辞往往凭一己之感性所得，而不依循理性所惯见习知的方法。

兹先从梦窗词第一点特色时空之杂糅而论，中国文学之传统中，虽然也重视感性之感受，而其写作之方法，则无论为叙事、抒情或写景，却大多以合于理性之层次与解说为主。长篇叙事之作，如蔡琰的《悲愤诗》，乐府的《孔雀东南飞》，以迄于杜甫的《北征》、《自京赴奉先县咏怀》，白居易的《长恨歌》、《琵琶行》，其叙述的方法，可以说莫不是有始有终、层次分明的；至于抒情之作，如《古诗十九首》之“思君令人老”、“空床难独守”、“泣涕零如雨”、“愁多知夜长”、“徒倚怀感伤”诸语，也莫不是真挚坦率、明白易解的；至于写景之作更是早自钟嵘《诗品序》就已经说过：

“思君如流水”，既是即目；“高台多悲风”，亦惟所见；“清晨

① 见唐圭璋《宋词三百首笺注》引樊增祥评彊村词稿本。

> 登陇首”，羌无故实；“明月照积雪”，讵出经、史。观古今胜语，多非补假，皆由直寻。

而王国维先生《人间词话》亦曾云：

> 词忌用替代字。美成《解语花》之“桂华流瓦”，境界极妙，惜以“桂华”二字代月耳。

又云：

> “采菊东篱下，悠然见南山。山气日夕佳，飞鸟相与还。”“天似穹庐，笼盖四野。天苍苍，野茫茫，风吹草低见牛羊。”写景如此，方为不隔。

可见中国之诗歌，无论其为叙事、抒情或写景，皆以可在理性上明白直接地理会或解说者为佳作。

然而梦窗之表现，却恰好与此种作风完全相反，所以胡适先生在其《词选》一书中谈到梦窗时，就曾经举其咏玉兰的一首《琐窗寒》为例①，而大加讥议说：

> 这一大串的套语与古典，堆砌起来，中间又没有什么“诗的情绪”或“诗的意境”作个纲领；我们只见他时而说人，时而说花，一会儿说蛮腥和吴苑，一会儿又在咸阳送客了！

而刘大杰的《中国文学发展史》（1962 年新 1 版）则一方面引有胡先生的话，对梦窗的《琐窗寒》咏玉兰一词也大加讥议说：

> 吴文英的咏物词，大半都是词谜。

---

① 吴文英《琐窗寒·玉兰》全词为：“绀缕堆云，清腮润玉，氾人初见。蛮腥未洗，海客一怀凄惋。渺征槎、去乘阆风，占香上国幽心展。□遗芳掩色，真姿凝澹，返魂骚畹。一盼，千金换。又笑伴鸱夷，共归吴苑。离烟恨水，梦杳南天秋晚。比来时、瘦肌更销，冷薰沁骨悲乡远。最伤情、送客咸阳，佩结西风怨。”见《彊村丛书》本《梦窗词集》。

一方面更举梦窗《高阳台·落梅》一词为例[1]，批评说：

> 外面真是美丽非凡，真是眩人眼目的七宝楼台，但仔细一读，前后的意思不连贯，前后的环境情感也不融合，好像是各自独立的东西，失去了文学的整体性与联系性，这正是张炎所说的“碎拆下来，不成片段”。

可见梦窗词的这种将时间与空间、现实与假想错综杂糅起来叙述的方法，正是使一般读者对之不能了解、接受的一大原因。如文学批评界之名人胡氏与刘氏尚不免于如此，那么一般初学的青年，既对梦窗词外表之古典艰深望而却步于前，又依据诸名家对梦窗词讥议之批评而有所凭恃于后，则梦窗词之沉晦日甚、知者日少，几乎是命定的趋势了。

而其实对梦窗词如果换一种眼光来看，不以理性去解说，而以感性去体认，就可探触到他蕴蓄的丰美了。就以被胡适先生所讥议的《琐窗寒·玉兰》一词来看，杨铁夫在其《梦窗词选笺释》一书中就曾经说：

> 题标玉兰，实指去姬，诗之比体；上阕映合花，下阕直说人，又诗之兴体。

又云：

> 梦窗一生恨事叁见。

而吴梅在其《词学通论》一书中也曾赞美为刘大杰氏所讥议的《高阳台·落梅》诸作云：

> 俱能超妙入神。

① 吴文英《高阳台·落梅》全词为：“宫粉雕痕，仙云堕影，无人野水荒湾。古石埋香，金沙锁骨连环。南楼不恨吹横笛，恨晓风、千里关山。半飘零，庭上黄昏，月冷阑干。寿阳空理愁鸾。问谁调玉髓，暗补香瘢。细雨归鸿，孤山无限春寒。离魂难倩招清些，梦缟衣、解佩溪边。最愁人，啼鸟清明，叶底清圆。”同上书。

可见如果从比兴之触发联想及其神致之超妙来看，这两首词原都自有其大可吟味玩赏之处。只是在中国文学中之所谓比兴，虽然早自《诗经》时代便已有之，然而数千年来却一直被拘限在一个较狭隘、较现实的域限中，而未曾给予感性之触发与联想以更大的驰骋飞跃的机会。如《诗经》之《桃夭》与《关雎》，所谓比兴之作也。然而，一则《桃夭》、《关雎》所写的“宜室宜家”与“钟鼓乐之”的感情，都是极为现实的感情；再则，“桃之夭夭”与“关关雎鸠”，其所取喻的事物，也都是极为现实的事物；三则，自“桃之夭夭，灼灼其华”转到“之子于归，宜其室家”，或者自“关关雎鸠，在河之洲”转到“窈窕淑女，君子好逑”，其间也都有一个显明的比兴的段落可见。这种触发及联想，实在是较为现实而拘狭的，然而《诗经》乃是大约三千年以前的作品了，其所叙写的内容以及其所用以叙写的方法，在当时而言，可能是极为新颖而美好的。不过，如果千年以后的人，仍把千年以前的人荜路蓝缕所开辟出来的一条径路，竟然认为是通往天下四方的唯一大道，就未免过于自限自封了。更何况《诗经》自被尊为经典以后，说诗者更专以诗教为说，于是中国诗中的比兴，就由《诗经》时代之作者的虽然简单却极自由的联想触发，更套上了一个愈加狭隘的不自由的枷锁，那就是君国忠爱与夫感遇伤时的托意。而梦窗的词，一则在他的身世方面，我们既找不到什么忠爱的事迹或高卓的名节，可以给予人们以解说的资料或尊重的条件；再则梦窗词中的感发联想，又往往丝毫没有理性的层次途径，可以作为明确的段落或呼应的线索。于是，人们既先从梦窗品节之无足称，抹杀了对他的词探寻的价值，复又因梦窗字句的不易懂，自绝了向他的词探寻的途径，遂不免以为他的词晦涩不通、一无可取了。于是胡适先生乃讥其《琐窗寒》一词为“时而说人，时而说花，一会儿说蛮腥和吴苑，一会儿又在咸阳送客了”。

其实就诗人之感发与联想而言，方其对花怀人之际，在其意念中，花与人原来就是合一而不可分的，则梦窗自然大可以“时而说花，时而说人”了。至于“蛮腥”和“吴苑”，乃是暗指江南，写花所产之地；“咸阳送客”，则是用李贺《金铜仙人辞汉歌》“衰兰送客咸阳道”的典故，写花所触引感发的一段哀怨的离思。“咸阳”原不必指陕西之“咸阳”，而“吴苑”亦不必指夫差之宫苑，则又何怪乎梦窗“一会儿说蛮腥和吴苑，一会儿又在咸阳送客了”呢？

如此等例证，梦窗尚非将现实之空间与时间混淆，不过全为借喻而已，胡适先生已以为不可解喻；至如梦窗之另一首《霜叶飞·重九》词之“彩扇咽寒蝉，倦梦不知蛮素”两句，梦窗乃竟将今日实有之寒蝉，与昔日实有之彩扇作现实的时空的混淆，而将愿属于“寒蝉”的动词“咽”，移到“彩扇”之下，使时空作无可理喻之结合；而次句之“倦梦”则今日寒蝉声中之所感，“蛮素”则昔日持彩扇之佳人，两句神理融为一片，而全不作理性之说明，而也就在这种无可理喻的结合中，当年蛮素之彩扇遂成为今日之一场倦梦而呜咽于寒蝉之断续声中矣。

又如梦窗之《齐天乐·与冯深居登禹陵》词“寂寥西窗久坐，故人悭会遇，同翦灯语，积藓残碑，零圭断璧，重拂人间尘土”数句，如果仅从字面来看，则地在西窗，何有残碑？事为翦灯，何缘拂土？此种空间与时间之错综，亦非理性可以接受，然而乃竟由于此一错综之结合，而白昼登禹陵时所感到的三千年往事之兴亡悲慨，乃于深宵翦灯共语之际，而一一涌现灯前，且与故人今昔睽隔之人世无常的悲慨，浑然结合而成为一体了。（详后所附词说）

这种时空错综的叙写方法，在中国旧文学中，当然是极为新异背弃传统的，然而在今日现代化之电影、小说及诗歌中，如法国亚伦·勒奈（Alain Resnais）所导演的电影《广岛之恋》（*Hiroshima Mon Amour*）及《去年在马伦巴》（*L'Annee Deniere a Marienbad*），美国威廉·福克纳（William Faulkner）的小说《声音与愤怒》（*The Sound and the Fury*），艾略特（T. S. Eliot）的诗歌《荒原》（*The Waste Land*），这种时空错综的表现手法，竟然可以说已经是极为习见的了。然则梦窗词昔日所为人讥议的缺点，岂不正成为了这一位词人所独具的超越时代的深思敏悟的创作精神之证明。这是我所说的梦窗词的第一点特色。

至于梦窗词的第二点特色，也就是我前面所说到的，他的修辞乃往往但凭一己感性所得，而并不一定依循理性所惯见习知的方法，我试简称之为感性的修辞。在中国旧文学之传统中，修辞方面所最为讲求的，就是“用典”与“出处”，此二者看似相近，而实在却并不全同。先从含义上讲，“用典”，是说某一个词语中包含若干故实，而诗人用此一词语时，其所取义又必多少与其中所蕴涵之故实有相关连之处。如义山《无题四首》之二”贾氏窥帘韩掾少，宓妃留枕魏王才”两句，上一句是用晋贾充的女儿贾午与司空掾韩寿因偷窥而相爱悦的故事，见于《晋书·贾充传》及《世说新语》；下一句是用曹子建与甄后的一段恋爱的传说，见于《文选·洛神赋》注。而义山用这两个典故，乃正是用以写一份相思恋爱的春心，所以接下去便说“春心莫共花争发，一寸相思一寸灰”。这种用法是所谓“用典”。至于“出处”，则如杜甫《秋兴》八首之一的“江间波浪兼天涌，塞上风云接地阴”，这两句之中原无任何故实，而仅是杜甫当时在夔州所见江峡中的眼前景物而已，但仇兆鳌注这两句诗时却引了虞炎诗的“三山波浪高”、庄子的“道兼于天”、庾信诗的“秋气风云高”、汉武帝《谕淮南王书》的“际天接地”等许多古书，来作注解。其实，杜甫的诗句，与这些人的作品可以说毫不相干，不引注这些古书，我们读起来，也许反而更觉得简单容易些；然而仇兆鳌竟然要引的缘故，他的目的只是要证明杜甫诗的“无一字无来处”[①]，每个词汇都有它的“出处”，而非杜甫所杜撰妄用。

以上是简单说明“用典”与“出处”二者在含义上的不同。至于如何运用“典故”与“出处”，在中国旧文学中，也有一个传统的观念，那就是“用典”要妥贴习见，使读者易于接受，而不可过于冷僻生涩；而

① 黄庭坚《豫章黄先生文集》卷一九《答洪驹父书》云：“老杜作诗，退之作文，无一字无来处。”

“出处”则要使每个词语都有来历，而不可妄自杜撰新词。如义山诗所用的两个典故，一出于《晋书》与《世说》，一出于《文选》李善注，这些书既都是读书人所必读和习见的书，这些故事更是极其脍炙人口的故事，像这样的用典就不是冷僻生涩了。（义山亦往往有用僻典之诗，非今所论，故从略。）至于杜甫的两句诗，则几乎真是“无一字无来处”，如此种用字修辞，一则可以见作者之博学，一则可以使读者易于接受，这正是属于中国文学传统上的正统作法。

而梦窗之为词，却往往与这两种情形完全相反，他在用典方面喜用冷僻之典，而在用字方面则更喜欢自创新词。沈义父《乐府指迷》评梦窗词就曾经说：

> 其失在用事下语太晦处，人不可晓。

郑文焯《梦窗词跋》亦云：

> 词意固宜清空，而举典尤忌冷僻，梦窗词高俊处固足矫一时放浪通脱之弊，而晦涩终不免焉。至其隶事虽亦渊雅可观，然锻炼之工，骤难索解，浅人或以意改窜，转不能通，此近世刻本讹变之甚于诸家，当时流传所为不广也。

胡云翼《词学概论》也引沈义父的话，以为梦窗词“用事下语太晦”，而且更加上按语说：

> 他的长调，几乎没有一首可读的。

可见梦窗词举典之冷僻与其用事下语之晦，是早已为人所訾病的了。

我们现在就从梦窗词中举几个例证来看一看。如胡适先生所讥的《琐窗寒·玉兰》一词，开端第三句有“汜人初见”之语，毛本“汜”字作“记”字，胡适先生《词选》从毛本作“记”。表面看来，好像“记人初见”四字更为清楚明白，然而杜文澜《曼陀罗华阁丛书》本《梦窗词》校此句云“‘记人’疑‘氾人’之误”，朱氏《彊村丛书》本从杜校作“氾”而误刻为“汜”，当从杜本作“氾”为是。盖“氾人”二字，原有一故实，唐沈亚之《湘中怨解》云：

> 《湘中怨》者，事本怪媚，为学者未尝有述……（武后）垂拱年中……太学进士郑生晨发铜驼里，乘晓月渡洛桥，闻桥下有哭甚哀。生下马，循声索之。见其艳女翳然蒙袖曰：“我孤，养于兄，嫂恶，常苦我。今欲赴水，故留哀须臾。”生曰：“能遂我归之乎？”应曰“婢御无悔。”遂与居，号曰氾人。能诵楚人《九歌》、《招魂》、《九辩》之书。亦常拟其调，赋为怨句。其词丽绝，世莫有属者。……居数岁，生游长安，是夕谓生曰：“我湘中蛟宫之娣也，谪而从君。今岁满，无以久留君所，欲为诀耳。”即相持涕泣。生留之不能，竟去。后十余年，生之兄为岳州刺史，会上巳日与家徒登岳阳楼。望鄂渚，张宴乐酣。生愁吟曰：“情无垠兮荡洋洋，怀佳期兮属三湘。”声未终，有画舻浮漾而来，中为彩楼，高百余尺……其中一人起舞，含嚬凄怨，形类氾人。……须臾，风涛崩怒，遂迷所往。[1]

梦窗此词，乃藉咏玉兰怀其去姬之作。自以用“氾人”之典为更有深意。“氾人初见”者，意谓我今日之见此如人之花，恍如我当日初见彼如花之人，而彼人者乃如“氾人”之艳美多情，亦如“氾人”之分离睽隔矣。人与花既于此四字中交融为一，而无限缠绵凄怨之情又更复尽在于言外。毛本误“氾人”为“记人”，变深曲之情为浅直之语。且“氾人”一词，不直指人，因之乃更可作为花之象征代语。而“记人初见”则但指人事，自无怪胡先生以为此词“时而说花，时而说人”，而不见其融会贯通之妙了。

① 按“氾”字诸本多有不同：四部丛刊本《沈下贤集》卷二《杂著》，首作“氾”，次作“记”；观古堂汇刻本，首作“氾”，次作“记”，唐代丛书本，首作“氾”，次作“氾”：以作“氾”字者为多。《曼陀罗华阁丛书》杜文澜校本《梦窗词》亦以为当作“记人”；《辞源》续编亦作“氾人”。从“氾人”为是。“氾人”者，飘泊无归之人也。

此外，又如梦窗《齐天乐·与冯深居登禹陵》一首中有“翠萍湿空梁，夜深飞去”二句，“萍”字惟杜校本及彊村校本作“萍”，他本皆作“苹”，近人编录此词吏有误作“屏”字者。盖梦窗此两句词中所包含之当地的许多神话传说，则更加不为一般人士所知（详后所附词说），是以历代笺注梦窗词者，乃多将此句略去，不加注释。不注，不是因其易解，而正是因其难解。近日我为了要解说此词，检阅《大明一统志》及其所引之《四明图经》，始知禹庙之梁，旧传有“张僧繇画龙于其上，夜或风雨，飞入镜湖”之事（详后所附词说）。而杨铁夫《笺释》因不知此一故实，乃竟欲改“萍”字为“苔”字，以为乃苔藓之意。然而如果为苔藓，则梁上之苔藓如何能“湿”？又如何能“飞去”？如此等例证，正为郑文焯氏所云，“浅人或以意改窜，转不能通，此近世刻本讹变之甚于诸家”者也。

就刻本之讹与读者之不易了解而言，此固为读梦窗词之一大病，然其责任乃大部在于刻本与读者之荒疏浅薄。至于以作者而言，则未可妄讥其用事下语之晦也。盖以每人读书时所择取之标准及其所接触之范畴各有不同，在此一些人以为是生涩冷僻的典故，安知在彼一些人不竟以为是熟知习见呢？即如前所举之两例：“汜人”之典出于沈亚之《湘中怨解》，此一典故虽然不似前所举义山诗所用之《晋书》、《世说》、《文选》诸书之典故为一般读书人所熟悉，然而以一位诗人或词人而言，则沈亚之的《沈下贤集》也不能算是僻书[①]。更何况与梦窗同时代的周草窗，在其集中《国香慢·赋子固凌波图》一词中亦有“经年汜人重见”之语，则“汜人”一词，在当时词人作品中之并非僻典，于此可见。至于“翠萍湿空梁”一句，则梦窗四明人，即用四明当地之神话传说，就地取材，当然更不能说是僻典。

而且以诗人之用典而言，我以为即使其所用者真是僻典，也并不能

① 四部丛刊《沈下贤集》所据以影印者，乃宋哲宗元祐年间刊本，足见沈集在当时早有流传。

说是诗人之大病，因为诗人之所表现者，原当以内容之情意境界为主。如果有一个词语，诗人以为用之可以有更恰当或更丰美的含义，那么，当然就可以用这一个词语，而不必为了要适合世俗的读者而去削足适履更换一个浅俗而狭隘的词语来用。即以近世西方著名的诗人艾略特而言，他用英语写诗，然而他的《荒原》一诗所用的字汇与典故，就竟然不限于英语的文字。其用典与下字不可不谓之生涩冷僻，然而在他的诗中，其气氛感人之浓烈、意境蕴蓄之深广，则凡是别具只眼的读者，却是莫不众口一词加以赞赏和称誉的。

固然我们也决不能说，一个诗人的作品，因使用僻典而使读者觉得不易懂是他的长处。但只要在他的作品中，果然有真正的内容和感受，而他的用词，不论其为生涩或浅易，也确实忠于作品的内容、忠实于作者自己的感受，则虽有晦涩之病，我以为也比一些为取悦于世而自欺欺人的作品要好得多了。更何况每人所生长的身世环境不同，性情资质各异，如中国的李贺、西方的爱伦坡（Edgar Allan Poe），他们作品中所有的一种阴森神秘的气氛，在常人看来，以为怪异难解的，而在他们自己说来，却也许这才正是他们的本色。试想如果要李贺去学白居易，爱伦坡去学弗洛斯特（Robert Frost），那岂非反而驱使他们去作伪？而且又安见得白居易与弗洛斯特之必贤于李贺与爱伦坡呢？梦窗词善用僻典，这一点我们纵然不能说是他的长处，但至少梦窗之用典，绝非如一般人所云的只是“古典与套语的堆砌”或“破碎的美丽词句”而已，而是其中确有梦窗所特有的一种境界，也确有梦窗一份自我的真实的感受，只是他不大肯遵循一般人理性上所惯见习知的传统而已。

以上是谈梦窗词之用典。其次，我们再谈梦窗词之用字。如其《高阳台·丰乐楼》一首，其中有“飞红若到西湖底，搅翠澜、总是愁鱼”之句，其“愁鱼”一词就是一个毫无出处的生词。因为在中国文学的传统观念中，游鱼似乎一直是象征着悠游自在的生活的。从《诗经》的“鸢飞鱼跃”[①]、庄子的“濠上鱼乐”[②]，到陶渊明的“临水愧游鱼”（《始作镇军参军经曲阿》）、杜工部的“细雨鱼儿出”（《水槛遣心二首》之一），以迄苏东坡的“曲港跳鱼”（《永遇乐》）、姜白石的“老鱼吹浪”（《念奴娇》），无论其为鱼是“跃”，是“乐”，是“游”，是“出”，是“老”，总之鱼所暗示的，乃是一种自得的无忧的情意。而今梦窗竟尔自出新意，创造了“愁鱼”一词，则其不被读者目以为杜撰凑韵者几希。然而我们试从这首词所写的“东风紧送斜阳下”的无常之哀感，及“灯前欹枕，雨外熏炉”的寂寞之生活，与“临流可奈清臞”的衰病的形容来看，则以如此悲哀、寂寞、衰病的诗人，面对春归的处处飞花，其中心所怀的一份哀愁的情意，当然可想而知。昔李贺有诗句云：“天若有情天亦老。”（《金铜仙人辞汉歌》）义山亦有诗句云：“絮乱丝繁天亦迷。”（《燕台诗四首》之一）盖自有情之诗人视之，以彼亘古长存之无生命、无知觉之“天”，尚可能因有情而不免有衰老之日、迷惘之时；然则当无数飘飞之落红沉入西湖底的时候，那些在湖水的碧波中与众生一样扰攘生活着的有生命、有知觉的群鱼，岂不亦当有春归花落的无常之哀感乎？故曰：“飞红若到西湖底，搅翠澜、总是愁鱼。”此种将无情之物视为有情、无愁之物视为有愁之写法，如长吉、义山、梦窗之所写，我以为正是属于此一类型的善感之诗人的特色。何况丰乐楼在杭州，梦窗在杭州有不少悼他的一位亡妾之作，则此一“鱼”字岂非更可能有悼亡的“鳏鱼”之联想，则更不能目之为杜撰凑韵了。

此外，又如梦窗《八声甘州·陪庾幕诸公游灵岩》一首，其中有“箭径酸风射眼，腻水染花腥”之句。在这两句中，“酸风”一词虽非梦窗所自创，而是袭用李贺《金铜仙人辞汉歌》中“东关酸风射眸子”之句，然此二字实在仍能予人以极强烈新鲜之感受。盖“风”所予人之感受，原为属于身体上之触觉，如“暖风”、“寒风”；“酸”则为属于口舌之味

① 见《诗经·大雅·文王之什·旱麓》云：“鸢飞戾天，鱼跃于渊。”

②《庄子·秋水》云：“庄子与惠子游于濠梁之上。庄子曰：‘倏鱼出游从容，是鱼乐也。’”

觉，如“酸梅”、“酸醋”，然而当吾人尝味酸的食物之时，牙根口舌之间，自会有一种酸软难以支持的感觉；此种感觉亦可发生于身体之各部，如腰、腿、眼，鼻之间。今者寒风扑面，乃使人眼鼻之间有酸而欲泣之感；然则此种之风，岂不正可称之为“酸风”。这种新词之创造，正由于诗人之一份锐敏的联想与感受。在这一点上，梦窗与李贺同为最善于以感性修辞的诗人。所以郑文焯《梦窗词跋》即曾评梦窗云：

> 其取字多从长吉诗中得来，故造语奇丽。世士罕寻其源，辄疑太晦，过矣！

梦窗之喜用长吉诗句，正因其在以感性修辞脱弃传统的一点上有相似之处的缘故。

在此两句词中，梦窗不仅袭用了长吉诗的“酸风”一词，而且梦窗自己更是也用这种方法来自创新词。如次句之“花腥”，就是梦窗所自创的新词。因为在传统上，诗人谈到花的气味，总是用“芬”、“馨”、“香”等字来描写形容，而淡至鱼、肉、虾、蟹等腥臭之物时，才会用“腥”字，而现在梦窗居然用了“花腥”二字，这种用字当然不合于理性上惯见习知的用法。然而试想，梦窗此词所凭吊之地乃是当日之吴宫旧址，想象中此地流水之中固犹有当日美人所弃之脂水也。则此地之花香，固已不为单纯之花香，故于“花腥”二字之上，着以“腻水染”三字。夫为残脂剩粉所污染者，自然别具一种刺鼻之味，而非单纯之花香矣，故曰“腥”也。再则此吴宫旧址，曾几经战乱兴亡，则今日凭吊之人，闻花香之气，而别具兴亡之感，则在诗人之感觉中，此地之花香亦已不仅为单纯之花香而已，此所以曰“腥”之又一因也。故于花下着一“腥”字，则美人当日之脂腻、诗人今日之深悲，皆于此一字中以强烈而新鲜之感受，向人扑面袭来。这种用字修辞的方法，虽然不尽合于理性上惯见习知之途径，然而其间却确实有作者一份真切的感受与内容，而绝非妄自标新立异。更何况“腥”字在中国传统诗歌中，一方面虽不用于单纯形容花之气味，然而另一方面则又确实可用以形容植物草木之气味，此在南宋诗人尤喜用之，如陆游诗即曾有“雷塘风吹草木腥”之句，汪元量诗亦曾有“西望神州草木腥”之句。是“腥”字不但可用以形容草木之气味，而且言外更别有战乱血腥之悲慨。则梦窗之用“花腥”二字，亦不但非凑韵妄用，其出人意外、入人意中之妙，与其感受之鲜明，含意之深远，更直使千古乱亡之血腥与今日水边之花香糅为一体。读者又岂可以之为晦涩生硬，竟将梦窗极富有创造力的锐敏的感受与丰富的联想全部抹杀，而妄加訾议？

而且如西方之艾略特，在其《普鲁佛克底恋歌》（*Love song of Alfred Prufock*）一诗的开端就曾用一只慵懒的猫的揉摩腰背的动作来描写慵倦的暮霭。以理性来说，则暮霭何尝会有腰与背？然而透过了描写猫的动作的字样，我们却对暮霭中那一种奄奄然慵倦无奈的感觉，有了更亲切鲜明的感受。可见梦窗这种背弃传统理性，而纯以感性修辞的方法，被昔人所指为“用字下语太晦，人不可晓”之处，原来却正大有合于现代化之写作途径。这是梦窗词之第二点特色。

关于梦窗之为人及其词作之内容，值得分析研究的地方还有许多。本章只想以现代人的观点标举出梦窗词之两点特色，欲使梦窗词之读者能于被传统所訾议的堆垛晦涩中，以较新的观点看出其结构组织之神奇精密，及其所包含蕴蓄的幽微精美，然后知梦窗词之七宝楼台拆碎下来，不仅不是“不成片段”，而是每一片段与每一片段之间都有着勾连锁接之妙。而且更可赞赏的乃是我们可以窥见，在这座七宝楼台之中，原来还深隐着有一位倩盼淑姿的绝世佳人，然后始能不为张炎之说所误，而对梦窗词有更进一步的欣赏和了解。因命题曰：拆碎七宝楼台——谈梦窗词之现代观。

二、梦窗词释例

齐天乐　　与冯深居登禹陵

三千年事残鸦外，无言倦凭秋树。逝水移川，高陵变谷，那识当时神禹？幽云怪雨，翠蓱湿空梁，夜深飞去。雁起青天，数行书似旧藏处。寂寥西窗久坐，故人悭会遇，同翦灯语。积藓残碑，零圭断璧，重拂人间尘土。霜红罢舞，漫山色青青，雾朝烟暮。岸锁春船，画旗喧赛鼓。

此词题为“与冯深居登禹陵”。据朱孝臧《梦窗词集小笺》引《宋史·冯去非传》云：

冯去非，字可迁，南康都昌人……淳祐元年进士。尝干办淮东转运司。……宝祐元年（按《宋史》原文为四年），召为宗学谕。

又引《绝妙好词笺》云：

冯去非，号深居。

按梦窗词中冯氏之名凡两见。一为此词题，又一则为《烛影摇红》词题云：

饯冯深居，翼日其初度。

梦窗在此词中既有“故人”之言，在《烛影摇红》一词中亦有“暗凄凉东风旧事……十载吴宫会”之语，知二人必为多年旧交。而据《宋史·冯去非传》所载云：

冯去非……宝祐四年，召为宗学谕。丁大全为左谏议大夫，三学诸生叩阍言不可。帝为下诏禁戒，诏立石三学，去非独不肯书名碑之下方……未几，大全签书枢密院事……去非亦以言罢。

又载其去官后曾有言曰：

今归吾庐山，不复仕矣。

夫丁大全于理宗之世，夤缘取宠，谄事内侍，贪纵淫恶之行，具见《宋史》，而冯氏独能介然有以自守，则其人之志节，自可想见。梦窗之为人，虽无详细之史实可征，然观夫此词所写，则托意深远，感慨苍茫，固隐然有时世之慨存乎其间者也。

禹陵者，夏禹之陵也。在浙江省绍兴县东南会稽山。《越绝书》云：

禹始也，忧民救水，到大越，上茅山，大会计……更名茅山曰会稽。及其王也，巡狩大越……因病亡死，葬会稽，苇椁桐棺，穿圹七尺……坛高三尺，土阶三等，延袤一亩。

《大明一统志·绍兴府志》载：

夏禹王陵在会稽山禹庙侧。宋乾德中，尝复会稽县五户，奉禹陵，禁樵采。

此词为登禹陵而作，故一起便云“三千年事”。盖据史书所载，则夏禹之世约当纪元前 2205 至 2197 年，而梦窗则生当南宋宁宗、理宗之世，约当公元 1200 至 1260 年（据夏承焘《吴梦窗系年》之说），是就年数计之，则梦窗之时上距夏禹之世固已实有三千三四百年之久。而况“三千”二字所予人之感受，实在又不仅只为一科学上之数字而已。盖在我国传统之意念中，“三”字固原有多数之意，凡一二之所不能尽者，皆可约之以三[①]，故“三”字予人之感受已有极众多之意。而“千”字之为多数之意，则较之“三”字尤为显明真切，如云“千古”、“千秋”、“千年”、“千

① 参看清人汪中《释三九》译文，《江都汪氏丛书》册二，《述学内篇》一。

岁”，皆为极久远之意而不必以“千”之数目为限者也。今此词一起便云“三千年事”，则远古荒茫，悠忽辽远，此在时间上固早予读者以一极沉重而悠久之负荷；而全词所蕴涵之无穷千古之慨，乃亦大有触绪纷来之势。而又继之以“残鸦外”三字，就“残鸦”而言，固当是登临时之所见，昔杜牧《登乐游原》诗有句云：

长空澹澹孤鸟没，万古销沉向此中。

此正为“残鸦”二字，所予人之景象与感受。至于“外”字，则欧阳修《踏莎行》有句云：

平芜尽处是春山，行人更在春山外。

就梦窗此词而言，则是残鸦踪影之没固已在长空澹澹之尽头，而三千年往事之消沉则更在此已消逝之残鸦影外，于是时间与空间、往古与今日乃于七字中结成一片，以无际之荒远寥漠之感，向读者侵逼包笼而来。其所以弥深此无可追寻之荒远之感者，盖因梦窗当日曾抱有无限追怀之一念耳。然则梦窗当日所登临者何地？则禹陵也。所追怀者何人？则禹王也。盖在我国远古帝王之中，就史书之所载，固以夏禹之功绩最为卓伟，而其用力亦最为勤劳。昔辛弃疾《生查子·题京口郡治尘表亭》词云：

悠悠万世功，矻矻当年苦。鱼自入深渊，人自居平土。　红日又西沉，白浪长东去。不是望金山，我自思量禹。

是禹王固正有其可以引人怀思追念者在也。盖在夏禹当世，人民之所患者，厥惟洪水猛兽而已；而禹王之所致力者，即正在消灭此一人类之大患。“鱼自入深渊”，是鸟兽各归其薮，则人得“平土”而居。此在禹王当日之意，固自以为人类之大患既除，则自兹而后千年万世，人类固当可以长享安乐之生活矣。此所以其“功”固足以“悠悠万世”，而其致力之“苦”亦正复不辞“矻矻当年”者也。而今则“白浪”之“东去”依然，“红日”之“西沉”如故，而人世之战乱流离、忧患苦难，乃有千百倍于当年之洪水猛兽者。然则今日之世，岂复能更有一人，如当日禹王之具有拯拔人类、消灭大患之宏愿伟力者乎？此稼轩之所以对金山而思量夏禹，梦窗之所以望残鸦而追怀三千年之往事者也。

然而禹王不复作，前功不可寻，所以见者惟残鸦影没，天地苍茫，则何地可为托身之所乎？故继之则云“无言倦凭秋树”也。语有之云“予欲无言”；又曰“夫复何言”。其所以“无言”者，正自有无穷不忍明言、不能尽言之痛也。然则今日之登临，于追怀感慨之余，其所能为者，亦惟 “倦凭秋树”而已。此处着一“倦”字，其疲倦之感，自可由登临之劳倦而来，此杨铁夫《笺释》之所以云“次句落到‘登’字”也。然而此句紧承于首句“三千年事”之下，则其所负荷者，固隐然亦正有千古人类于此忧患劳生中所感受之苶然疲役之悲在也。是则于此心身交惫之余，岂不欲得一依倚栖傍之所？而其所凭倚者，则惟有此一萧瑟凋零之秋树而已。人生至此，更复何言，故曰“无言”也。其下继云“逝水移川，高陵变谷，那识当时神禹”，乃与首一句之“三千年事”遥遥相应，故知其“倦凭秋树”之时，必正兼有此三千年之沧桑深慨在也。曰“逝水移川”，则东流之逝水，其水道固已几经迁移；曰“高陵变谷”，则耸拔之高山乃竟沦为深谷。是禹王之宏愿伟力，虽有足以使千百世下仰若神人者，然而其当年孜孜矻矻所疏凿，欲以垂悠悠万世之功者，其往迹乃竟谷变川移一毫而不可识矣，故曰“那识当时神禹”也。三千年事，无限沧桑，而河清难俟，世变如斯，则梦窗之所慨者，又何止逝水、高陵而已哉。

以下陡接“幽云怪雨，翠蓱湿空梁，夜深飞去”三句，貌观之，此等句固正不免于“雕绘满眼”、“堆垛”、“晦涩”之讥，然而细味之，则知此数句运笔之神奇幻变，乃正有如周济《宋四家词选》之所云：

奇思壮采，腾天潜渊。

及其《介存斋论词杂著》之所云：

空际转身，非具大神力不能。

在此数句中，最难索解者，厥惟“翠蓱湿空梁”一句。夫“梁”者，固当为禹庙之梁。《大明一统志·绍兴府志》载云：

禹庙在会稽山禹陵侧。

又云：

梅梁，在禹庙。梁时修庙，忽风雨飘一梁至，乃梅梁也。

又引《四明图经》：

鄞县大梅山顶有梅木，伐为会稽禹庙之梁。张僧繇画龙于其上，夜或风雨，飞入镜湖与龙斗。后人见梁上水淋漓，始骇异之，以铁索锁于柱。然今所存乃他木，犹绊以铁索，存故事耳。（嘉莹按：《尔雅·释木》：“梅，枏。”郝懿行《义疏》云：“梅或作楳。……《诗正义》引孙炎曰：‘荆州曰梅，扬州曰枏。’《一切经音义》廿一引樊光云：‘荆州曰梅，扬州曰枏，益州曰赤楩，叶似豫樟，无子也。’……盖皆以梅枏为大木，非酸果之梅。”今所传梅梁，或当为枏木之属。）

夫禹庙既在禹陵侧，则梦窗当日登临足迹之所至，或瞻望之所及，必会及于此庙，所可断言者也。至于禹庙之梅梁及张僧繇画龙于风雨中飞去之说，则以生为四明人之梦窗，必当极熟悉于此种种有关四明之神话及传说，故此词乃有“幽云怪雨，翠蓱湿空梁，夜深飞去”之言。至于“翠蓱”之“蓱”字，前于第一节论梦窗词之特色时，已曾论及杨铁夫欲改

"蓱"字为"苔"字以为乃指梁上苔藓之说为不可信。然而此句除杨铁夫之说外，又别无其他注释可资采择。其实"蓱"字原与"萍"字相通，然而"萍"乃水中植物，梁上何得有"萍"？是以多年前我初读梦窗此词时，原以为"萍"字乃指梁上所画之藻饰，盖中国古代建筑之天花板与梁柱之间往往多绘有萍藻之花纹，梁间短柱既可称曰"藻棁"，屋上承尘亦可曰 "藻井"，而"翠蓱湿空梁"五字，不过写绘有彩藻翠蓱之梁柱为雨所湿而已。及见《一统志》及《四明图经》所载，然后乃知此句必非泛指，原来禹庙之梁乃有如许神怪之传闻在也。则另一最可能之解释，当为梁上果然有水中之萍藻，而此萍藻则为飞入镜湖之梁上之神龙所沾带之镜湖之萍藻。然而此一说法必须有充足之根据始得成立。盖以就中国诗词中一般用事之习惯而言，皆必须谨守本事，不可妄自增改。据《一统志》及《四明图经》所载，则此神话之传闻中并无梁上有萍藻之记载，是则梦窗不得于此妄以"蓱"字为指梁间有镜湖之萍藻，读者更不得以个人之想象谓禹庙之梁间竟有镜湖之萍藻，此所以我当时虽曾有此一想而不敢妄自依以立说之故。然而近日偶于哈佛燕京图书馆中得一极珍贵之资料，即嘉庆戊辰重镌采鞠轩藏版之陆游序本南宋嘉泰《会稽志》，其卷六《禹庙》一条竟载有禹庙梁上有水草之记载，云："禹庙在县东南一十二里……梁时修庙，唯欠一梁，俄风雨大至，湖中得一木，取以为梁，即梅梁也。夜或大雷雨，梁辄失去，比复归，水草被其上。人以为神，縻以大铁绳，然犹时一失之。"此条所叙，《大明一统志》、《大清一统志》、康熙《会稽志》皆不载，然而欲以梁上有水草说此词，则必须得此一根据方为可信。然而嘉泰《会稽志》则又不载张僧繇画龙事，故必须以嘉泰《会稽志》与《四明图经》合看，然后方知梦窗此词之"翠蓱湿空梁，夜深飞去"数语乃真可谓无一字无来历矣。是此数句，乃正写禹庙梁上神龙于风雨中"飞人镜湖与龙斗"，"比复归，水草被其上"之一段神话传闻也。而梦窗之用字造句，则极恍惚幽怪之能事。盖"翠蓱湿空梁"一句，原当为神梁化龙飞返以后之现象，而次句"夜深飞去"

方为此现象发生之原因，是神梁先飞去入镜湖与龙斗，飞返时始有湖中水藻沾带于梁上也；而梦窗却将时间因果颠倒，先置“翠蓱湿空梁”一句突兀怪异之现象于前，又用一不常见之“蓱”字以代习用之“萍”字。夫“蓱”与“萍”二字虽通用，然而一则用险僻之字始更增幽怪之感，再则“蓱”字又可使人联想及于《楚辞·天问》之“蓱号起雨”[①]一句，乃大有“幽云怪雨”一时惊起之意。彊村先生于梦窗词校勘最精，且曾获睹明万历年间太原张廷璋氏旧钞本，其校本之独取“蓱”字，自非无见。总之，此三句所予人之一片恍惚幽怪之感及渺茫怀古之思，固极为真切鲜明，读者正可自此数句中对此充满神话色彩之古庙生无穷之想象。盖梦窗之词所予人者，往往但重感受，而不重说明，神理意味极活泼而深切，惟不作明言确指耳。此正诋梦窗者之所以讥之为晦涩，誉梦窗者之所以称其词为“天光云影，摇荡绿波，抚玩无斁，追寻已远”者也。后两句，则又就眼前景物寄慨。曰“雁起青天”，形象色彩均极鲜明，知此景必为白昼而非黑夜所见，然后知前三句“夜深”云云者，全为作者悬空想象凭吊之言，并非实有也。此正前三句之运笔之所以出之以如许幻变神奇之故。而此句“雁起青天”四字，乃又就眼前景物以兴发无限今古苍茫之概，故继之云“数行书似旧藏处”也。据《大明一统志·绍兴府志》载：

> 石匮山，在府城东南一十五里，山形如匮。相传禹治水毕，藏书于此。

又《太清一统志·绍必府志》载：

> 宛委山，在会稽县东南十五里，会稽山东三里。上有石匮，壁立千云，升者累梯而上。《十道志》：“石匮山，一名宛委，一名玉笥，一名天柱，昔禹得金简玉字于此。”《遁甲开山图》云：“禹治

① 《楚辞·天问》“蓱号起雨”句，王逸注云：“蓱，蓱翳，雨师名也。”

水，至会稽，宿衡岭。宛委之神奏玉匮书十二卷，禹开之，得赤珪如日，碧珪如月，是也。”

是会稽之宛委石匮山，固旧传有藏书之说；虽然所传者有夏禹于此得书或于此藏书二说之不同，然而要之此地之传有藏书则一也。然而远古荒忽，传闻悠邈，惟于青天雁起之处，想象其藏书之地耳。而雁行之飞，其排列又正有如书上之文字，此在梦窗《高阳台·丰乐楼》一词中，即有“山色谁题，楼前有雁斜书”之句可以为证。是则三千年前当日所传之藏书固已渺不可寻；今日所见者，惟青天外之斜飞雁阵仿佛犹作当年书中之文字而已。时移世往，辽阔苍茫，无限沧桑之慨，正与开端“三千年事残鸦外”及“那识当时神禹”诸句遥遥相应，而予读者以无穷怅惘追寻之深痛。以上前半阕全以“登禹陵”之所慨为主。

后半阕“寂廖西窗久坐，故人悭会遇，同剪灯语”，始写入冯深居，呼应题面“与冯深居”四字。以章法言，固属用笔周至；而以意境言，则以下数句，乃合三千余年历史沧桑之感，与个人一己离合今昔之悲，融为一体，错综并举，而与前半阕之登临遥遥相应，于是而冯深居遂与吴梦窗同在此登临之深慨之中，而三千年往事乃亦倏然而来至此西窗灯下矣。此三句词，乃用李义山《夜雨寄北》“何当共剪西窗烛，却话巴山夜雨时”之诗句，自无可疑。夫西窗剪烛共话，原当为何等温馨之人事，而梦窗乃于开端即着以“寂寥”二字，又接以“久坐”二字，其所以久坐不寐之故，正缘于此一片寂寥之感耳。昔杜甫《羌村》诗有句云：“夜阑更秉烛，相对如梦寐。”其《赠卫八处士》又有句云：“人生不相见，动如参与商。今夕复何夕？共此灯烛光。少壮能几时？鬓发各已苍。”其如梦、参商之感，其少壮几时之悲，正皆为足以令人兴寂寥之感者也。故梦窗于“寂寥西窗久坐”之下，乃接云“故人悭会遇，同剪灯语”；此情此景，岂非与杜诗所云“人生不相见”及“夜阑更秉烛”之情景，正复相似乎？此三句，一气贯下，全写寂寥人世今昔离别之悲。

以下陡接“积藓残碑，零圭断璧，重拂人间尘土”三句，初观之，此三句似与前三句全然不相衔接，然而此种常人以为晦涩不通之处，实正为梦窗词之特色所在。盖梦窗词往往但以感性为其连贯之脉络，而极难以理性为明白之界划及说明。此种特色原为长于触发及联想之一类诗人之所独具。惟是在中国之传统中，于诗歌之评说，往往好出之以理性之分解，于其不可解者，则加之以晦涩堆砌之诮。诗人中之义山、词人中之梦窗，皆尝倍受此厄。《四库全书提要》论梦窗词，即曾引沈义父《乐府指迷》及张炎《词源》谓梦窗“太晦”、“不成片段”，而归结之云：“词家之有文英，亦如诗家之有李商隐也。”而义山与梦窗，则为我国诗人、词人中最善于以感性为抒写表现者也。此词“积藓残碑，零圭断璧”诸句，一方面固全就感性抒写，予人以一片时空错综之感；一方面则又以灵气运转，使无数故实翩翩起舞生姿。兹就其所用之故实而言，所谓“积藓残碑”者，杨铁夫《笺释》以为“碑指窆石言”，引《金石萃编》云：

> 禹葬会稽，取石为窆石，石本无字，高五尺，形如秤锤，盖禹葬时下棺之丰碑。[①]

据《大明一统志·绍兴府志》载：

> 窆石，在禹陵。旧经云：禹葬会稽山，取此石为窆，上有古隶，不可读，今以亭覆之。

知杨氏《笺释》以碑指窆石之说为可信。昔李白《襄阳歌》云：

> 君不见晋朝羊公一片古碑材，龟头剥落生莓苔。

自晋之羊祜迄唐之李白，不过四百余年而已，而太白所见羊公碑下之石

① 见《金石萃编》卷十一，《禹陵窆石》条引王象之《放舆胜览》：“旧经云，禹葬以此石为窆。”又引《曝书亭集》：“予考窆石之制，不载于聂崇义《三礼图考》……郑康成以为下棺丰碑之属。”又引《图经》：“禹葬于会稽，取石为窆，石本无字，迨汉永建元年五月始有题字于石。”又引平恕新修《绍兴府志》：“今窆石在禹庙东侧，南向，顶上有穿，状如秤锤。”

龟，则固已剥落而生莓苔矣。然而自夏禹以迄于梦窗，其为时既已有三千余年之久，则其窆石之早已莓苔满布，断裂斑剥，固属事之当然者矣。着一“积”字，足见苔藓之厚，令人慨历年之久；着一“残”字，又足见其圮毁之甚，令人兴览物之悲。而其发人悲慨者，尚不仅此也，因又继之以“零圭断璧”云云。前释“数行书似旧藏处”一句时，已曾引《大清一统志》，知有“宛委之神奏玉匮书十二卷……得赤珪如日，碧珪如月”之说。又据《大明一统志》载：

> 宋绍兴间，庙前一夕忽光焰闪烁，即其处属之，得古珪璧佩环藏于庙。然今所存，非其真矣。

按“珪”古“圭”字。是关于夏禹之陵庙既早有圭璧之传说，而在南宋当时，或者庙藏之中果然亦尚留有圭璧之遗物。夫圭璧者，原为古代侯王朝会祭祀之所用，而今着一“零”字，着一“断”字，则零落断裂，无限荒凉，然则禹王之功绩无寻，英灵何在？徒只古物残存，供人凭吊而已。故继之云：“重拂人间尘土。”于是前所举之积藓之残碑，与夫零断之圭璧，乃尽在梦窗亲手摩挲拂拭之凭吊中矣。“拂”字上更着一“重”字，有无限低徊往复多情凭吊之意，其满腹怀思，一腔深慨，固已尽在言外。

然而此句之尤妙者，则在梦窗于“尘土”之上所着之“人间”二字。夫古物之为土网尘封，此原为人所尽知之事，然而何必曰“人间”？若云尘土之为物原存在于“人间”，则此亦自然之事，又何必更着此二字，为明白之标举？详味词意，然后知此“人间”二字实具有无穷深意，不可轻忽读过。盖有此二字，然后此三句之“积藓残碑”数语，始与前三句之“寂寥西窗久坐”数语，泯然消灭其时空上之隔阂而融为一体，此正前所云梦窗最善于表现时空错综之感之又一证。兹先就其浅者言之，则前半阕自“三千年事”迄“旧藏处”，全写日间登临之所见、所感；后半阕开端“寂寥西窗久坐”三句，则全写夜间故人灯下之晤对；然后陡接“积藓残碑”三句，又回至日间之登临。若但视此三句为故人剪灯夜话之内容，固亦原无不可，然而梦窗之妙处，则在其全不作此层次分明之叙述与交代。于是忽而为西窗之剪灯共语，忽而为禹庙之断壁残碑；忽而为黑夜，忽而为白昼；忽而为人事之离合，忽而为历史之今古。而梦窗之所以不为之作明白之划分者，正缘在梦窗之感觉中，此时空之隔阂固早经泯灭而融为一体矣。盖残碑断壁之实物，虽在白昼登临之陵庙之上，而残碑断壁之哀感，则正在深宵共语者之深心之内也。夫以“悭”于“会遇”之故人，于“剪灯”夜“语”之际，念及年华之不返、往事之难寻，其心中固已早有此一份类似断壁残碑之哀感在也。故其下乃接云：“重拂人间尘土。”“尘土”而曰“人间”者，正以其并不但指物质上之尘土而已，同时乃兼指人事间之种种尘劳之污染而言者也。夫人之一生，固曾有多少往事、多少旧梦、多少理想与热情，然而年去岁来，尘劳污染，乃渐渐磨损消亡，于今在记忆之中，亦不过一一皆如尘封之断壁残碑而已。而当故人话旧之际，此久经尘埋之种种，乃复依稀重现；然则岂非剪灯共语之际，亦复正即为拂拭尘土之时？是则“积藓残碑”三句，虽为日间登临之所见，然实亦正为夜语时心中之所感。此正所以梦窗乃以此三句陡接上三句，而全不作划分说明之故。于是一己之人事，乃因此而融会于三千年历史之中，而更加深广；而三千年之历史，亦因其融会于一己人事之中，而更加切近。此种时空交互之写法，正为梦窗特长之所在，未可遽以晦涩目之也。

其后“霜红罢舞，漫山色青青，雾朝烟暮”三句，又以飞扬之笔，另开出一新境界。自情事之中跳出，别从景物着笔，而以“霜红”句，隐隐与开端次句之“秋树”相呼应。然此三句之妙，尚不仅在其承转呼应之陡峻灵活而已，而更在其意境所包笼之深远高妙。昔东坡《赤壁赋》有云：“自其变者而观之，则天地曾不能以一瞬；自其不变者而观之，则物与我皆无尽也。”梦窗此两句之意境，实与之大为相似。然而东坡仍只是理性之说明，而梦窗则全为意象之表现。“霜红罢舞”，其变者也；“山色青青”，其不变者也。彼经霜之叶，其生命固已无多，竟仍能饰以红之色、弄以舞之姿；惟此红而舞者，亦何能更为久长，瞬临罢舞之时，是则虽有无限留连爱恋之意，而亦终归于空灭无有而已。故曰“霜红罢舞”。此一无常变灭之悲，而梦窗竟写得如此哀艳凄迷。又继之云“山色青青，雾朝烟暮”，则其不变者也。是无论其为雾之晨，为烟之夕，而此青青之山色，则亘古不变者也。又于其上着一“漫”字，“漫”字有任随、枉自之口气，其意若谓霜红罢舞之后，惟有任随山色之枉自青青于雾朝烟暮之中而已。逝者已矣，而人世长存，其间原已有无穷今古沧桑之感；而此两句乃又正为禹陵所见之景色，而此景色又并不限于登临时当日之所见而已。霜红有一朝罢舞之时，山色无改其青青之日，其情意之深广，乃有包容千古兴亡之悲，而又跃出于千古兴亡之外之感。梦窗运笔之妙、托意之远，于此可见。

结两句“岸锁春船，画旗喧赛鼓”，初观之，亦不免有突兀之感。盖前此所言，如“秋树”，如“霜红”，明明皆为秋日之景色；而此句竟然于承接时突然着一“春”字，若此等处，惟大作者始能不为硁硁琐琐但知拘守之小家态，而后能有此腾跃笼罩之笔。如杜甫之《秋兴》八首，前七首皆从秋景着笔，而于第八首乃突然涌现一“佳人拾翠春相问”之句，翁方纲评杜甫此句曾有“神光离合……一弹三叹”之言。梦窗此句之妙，庶几近之。盖开端之“倦凭秋树”，乃是当日之实景；至于“霜红罢舞”，则已不仅当日之所见而已，而乃包容秋季之全部变化于其中；至于“山色青青”，则更于其中透出暮往朝来、时移节替之意。于是而秋去冬来，于是而冬残春至，则年年春日之时，于此山前当可见岸锁舟船，处处有画旗之招展，时时闻赛鼓之喧哗。然则此何事也，据《绍兴府志·祠祀志》载：

禹庙之建，起于无余祀禹之日。《吴越春秋》：“无余从民所居，春秋祀禹于会稽。”……宋（太祖）建隆二年，诏先代帝王陵寝令所属州县遣近户守视，其陵墓有堕毁者亦加修葺。（太祖）乾德四年，诏吴越立禹庙于会稽，置守陵五户，长吏春秋奉祀。（高宗）绍兴元年，诏祀禹于越州。（光宗）绍熙三年十月，修大禹陵庙。

又《大清一统志·绍兴府志·大禹庙》载：

宋元以来，皆祀禹于此。

然则此词之“画旗”、“赛鼓”，必当指祀禹之祭神赛会也。盖我国旧称祭神之会曰赛会，而于赛会中多有箫鼓杂戏等之表演，故曰“画旗喧赛鼓”。“画旗”，当指舟船仪仗之盛；“喧”字，当指“赛鼓”之喧哗。然而梦窗乃将原属于“鼓”字之动词“喧”字置于“画旗”二字之下，作“画旗”与“赛鼓”中间一连系结合之字面，则画旗招展于喧哗之赛鼓声中，乃弥增其盛美之感；旗之色与鼓之声遂结合而为一矣。

至于必曰岸锁“春船”者，虽然据《大清一统志》所载，历代之祀禹多有春、秋二次之祠祀，然而一则可能今岁秋祠之期已过，则继之而来者自当为明岁之春祠，故曰“春船”。此最浅拙之解释也。而且根据嘉泰《会稽志》卷十三《节序》条记载云：“三月五日，俗传禹生之日，禹庙游人最盛。无贫富贵贱倾城俱出，士民皆乘画舫，丹垩鲜明，酒樽食具甚盛。宾主列坐，前设歌舞。小民尤相矜尚，虽非富饶，亦终岁储蓄以为下湖之行。（下湖，盖乡语也。——原注）”是则年年春日禹庙前歌舞赛会之盛，犹可想见。此正所以上一句“岸锁春船”之必着一“春”字也。再则，此词通首以秋日为主，其情调全属于寥落凄凉之感，曰“残鸦”，曰“秋树”，曰“寂寥”，曰“霜红”，今于结尾之处突然着一“春”字，而且以“旗”、“鼓”之美盛喧哗，为全篇寥落凄凉之反衬，余波荡漾，用笔悠闲，一若果然可以春日之美盛移代而忘怀此秋日之凄凉者；然而细味词意，则前所云“雾朝烟暮”句，已有无限节序推移之意，则春日之美盛岂不仍复有归于秋日凄凉之时，则此处之一“春”字，梦窗固于其中隐有无限盛衰更迭之感也。抑且更有言者，则今年于“秋树”“霜红”之时，梦窗固曾来此登临凭吊，然而明年春日之时，纵有旗鼓之盛，而此日登临之梦窗乃或者竟不知何往矣。故尔荡开笔墨，遥遥着一“春”字，无限哀感尽寄托于遥想之中，则年去岁来，春秋代序，此盛衰今古之悲乃层出而不穷，因之梦窗之所慨乃亦不限于此一日之登临而已矣。夫禹王不作，往迹难寻，而人世之陵夷迁替，乃正复如春秋节序之无常，此两句出语极闲远，一若悠然有忘愁之意，然而含意则极深切，足以包笼历史与人事种种之盛衰成败于其中。昔周济《介存斋论词杂著》称梦窗词云：“意思甚感慨，而寄情闲散，使人不易测其中之所有。”观夫此词之结尾两句，其信然矣。

八声甘州　　陪庾幕诸公游灵岩

渺空烟四远，是何年、青天坠长星。幻苍厓云树，名娃金屋，残霸宫城。箭径酸风射眼，腻水染花腥。时靸双鸳响，廊叶秋声。

宫里吴王沉醉，倩五湖倦客，独钓醒醒。问苍波无语，华发奈山青。水涵空、阑干高处，送乱鸦斜日落渔汀。连呼酒，上琴台去，秋与云平。

此词乃梦窗陪庾幕诸公游灵岩之作。据夏承焘《吴梦窗系年》以为梦窗曾于理宗绍定五年左右，三十余岁时在苏州为仓台幕僚，引梦窗《声声慢·陪幕中饯孙无怀于郭希道池亭闰重九前一日》一首，及《木兰花慢·虎丘陪仓幕游》一首，与《祝英台近·饯陈少逸被仓台檄行部》一首为证。又引《吴郡图经续记》上《仓务》条释仓台及仓幕云：

南仓在子城西，北仓在阊门侧；每岁输税于南，和粜于北。

按庾，《说文》云“水漕仓也”，段注云“谓水转谷至而仓之也”。宋时转运使正司此事，郑骞《词选》注此词云“庾幕，盖指转运使之僚属”，所言极是。至于灵岩，则为山名。《吴郡志·山》载：

> 灵岩山，即古石鼓山，又名砚石山……按《吴越春秋》、《吴地记》等书云，阖闾城西有山，号砚石山，高三百六十丈，去人烟三里，在吴县西三十里。上有吴馆娃官、琴台、响屧廊。

是灵岩山原为吴馆娃宫旧址所在。

梦窗居吴最久，其《惜秋华》词有“十载寄吴苑”之语，然则梦窗之详熟于吴地之古迹旧闻，所可断言者也。夫吴、越两国之兴亡史迹，其可供人感慨凭吊者固极多。梦窗生当南宋宁宗、理宗之世，据夏承焘《系年》，其生年上距北宋之亡约为七十余年，而其卒年下距南宋之亡则尚不及二十年。梦窗在世之数十年中，外则强敌为患，内则权臣误国；以一善感之词人，生当乱亡之衰世，则梦窗纵非以忠义自命之士，而其触目伤怀，抚事兴悲，必油然有不能自已者。观其《木兰花慢·虎丘陪仓幕游》一首之“千古兴亡旧恨，半丘残日孤云”及“开尊重吊吴魂”诸语，知梦窗当日陪幕中诸公游宴之际，固正所谓孤怀独抱、别有深慨者也。而况此词乃游灵岩之作，而灵岩则正为馆娃旧址，古迹丛然；故梦窗于此词中所流露之吊古伤今之悲慨，亦较在苏州其他登临之作为独多。而此词之更有异于他作者，则其用笔之幻变与夫设想之神奇也。

此词开端“渺空烟四远，是何年、青天坠长星”二句，真所谓劈空而起，大有奇想自天外飞来之意。“渺空烟四远”五字，已极高远荒忽寥落苍茫之致，令人兴天外茫茫，不知人生何所从来、不知此身何所归往之感，无始无极，无依无托。然后以“是何年”三字之问语，陡然唤起下句之“青天坠长星”五字。夫青天所坠之长星为何物？则此一灵岩山是也。梦窗之所以面对灵岩生此奇想者，一则盖因此山之形势使然。据《大清一统志·苏州府志·灵岩山》载：

> 登其巅，俛瞰具区洞庭，烟涛浩渺，一目千里。

又前引《吴郡志》亦有山“高三百六十丈，去人烟三里”之言，则此山形势之高迥、瞻望之遥远，概可想见。然则若非长星之自天陨落，若何而能有此突兀迥绝之高山？然而此山之真为自青天陨落者，则其陨落又自何年而有乎？故曰“是何年、青天坠长星”也。此但就其写山势之孤迥而言，其设辞状物，固已极神奇工致之妙。再则，盖因梦窗面对吴宫之旧址，感古伤今，其胸中原不免别具沧桑之深痛。夫千年兴废，一片残基，则此盛衰无常之人世，其价值何在？意义何存？来源何自？岂但为无知觉、无感情之一块陨石之偶然抛坠而已乎？故曰“是何年、青天坠长星”。此句中固正有梦窗之无穷大惑与深悲在也。

继之云“幻苍厓云树，名娃金屋，残霸宫城”，多少繁华成败，全自一“幻”字领下。夫大地既不过为一偶然陨落之长星，而乃竟自此无情无识之陨石之上幻现如许盛衰兴亡之事。其始也，由无而有，于是乎有“苍厓”焉，有“云树”焉，此尚不过但为大自然之景物而已。其后乃有无穷盛衰之人事继之而起，于是有“名娃”焉，有“金屋”焉，而俨然为一代“霸”主之“宫城”焉。然而梦窗乃于“霸”字之上又轻轻着一“残”字，则此一代之霸业亦已终归于残灭无常，则前所云之“名娃”、“金屋”之种种繁华，乃亦随无常之霸业而尽归于乌有矣。如此由无而有，更复自有而无，则凡此兴灭盛衰之无穷人事，其非此“长星”陨石上之一片幻象而何？故梦窗乃于“坠长星”一句之下，“名娃”、“金屋”诸句之上，紧承以一“幻”字，则大地为陨石之飘坠，人生如幻象之消亡，世事无凭，而悲惑难已。梦窗此词一起，便于“空烟四远”之中，予人以一片莫可究诘之深痛。

所云“金屋”者，自系借汉武帝金屋藏娇之语，以指西施所居之馆娃宫。《吴郡图经续记》卷中《研石山》条载：

> 《越绝书》云吴人于研石山置馆娃宫。扬雄《方言》谓吴人呼美女为娃，盖以西子得名耳……山上旧传有琴台。又有响屧廊，以楩梓

藉其地。西子行则有声，故以名云。

然则馆娃宫当日之繁华富丽概可想见。吴王当日之歌舞宴乐之盛，亦可想见。而夫差乃于美人歌舞之余，更颇有图霸之野心。据《史记·吴太伯世家》载：

> 王夫差……二年……伐越，败之夫椒。……七年……北伐齐，败齐师于艾陵。……九年，为驺伐鲁。……十三年，吴召鲁、卫之君会于橐皋。十四年春，吴王北会诸侯于黄池，欲霸中国以全周室。

是吴王夫差固隐然亦颇有一代霸主之形势。而梦窗乃称之曰"残霸"者，一则以春秋时代诸侯之称霸者而言，则前有齐桓、晋文、宋襄、秦穆、楚庄诸人在，夫差之声名业绩，较之自有弗如；再则夫差称霸之时期较晚，其时已为春秋之末期；三则夫差于黄池一会之后，未几即为越王勾践所败，身死国灭，为天下笑，霸而若此，其为霸也，非残霸而何？然而今日登临所见"苍厓"、"云树"间之馆娃旧址，则正为此一代残霸之宫城焉。曰"宫城"，令人想见当日兴建之美；曰"残霸"，令人想见其当日败亡之速，倏兴倏灭，都不过为长星陨石上之一段幻影而已。夫吊古兴悲，原为人世之恒情，而梦窗此词开端之妙，则在其能忽发天外奇想，以疑问之笔从一己深悲之中，写出一片千古人生之大惑。

其下继曰："箭径酸风射眼，腻水染花腥。时靸双鸳响，廊叶秋声。"此数句接写山前处处之凄凉古迹，而梦窗更以其特殊用笔之法，曲曲传出其胸中之一片锐感深悲。箭径者，采香径也。《吴郡志·古迹》云：

> 采香径，在香山之旁小溪也。吴王种香于香山，使美人泛舟于溪以采香，今自灵岩山望之，一水直如矢，故俗又名箭泾。

按《说文》段注："《庄子》：'泾流之大。'司马彪云：'泾，通也。'今苏州嘉兴沟渎曰某泾某泾，亦谓其可径通。"故箭泾亦作箭径。腻水者，指香水溪也。《吴郡志·古迹》又载云：

> 香水溪，在吴故宫中，俗云西施浴处，人呼为脂粉塘，吴王宫人濯妆于此。溪上源至今馨香。

然则是箭径与腻水原皆为吴馆娃宫附近之名胜古迹。

梦窗曰“箭径酸风射眼”，“酸风”二字，出于李贺诗《金铜仙人辞汉歌》“东关酸风射眸子”句。梦窗此处用之，尚不仅如我在论梦窗词之现代观一节中所言，但取其以感性修辞之一份新颖锐敏之感觉而已，此中盖更有无限难言之悲慨在。李贺诗有序云：

> 魏明帝青龙元年八月，诏宫官牵车，西取汉孝武捧露盘仙人，欲立置前殿。宫官既拆盘，仙人临载，乃潸然泪下。

姚文燮《昌谷集注》云：

> 宪宗将浚龙首池，修麟德、承晖二殿。贺盖谓创建甚难，安能保其久而不移易也。

又云：

> 魏官牵车蹂践，悲风东来，惟堪拭目。

是金铜仙人为魏官牵车蹂践之时，道出东关，固曾因悲风之酸鼻而潸然泪下。而其泪下实又不仅因悲风之酸鼻而已，而更复深蕴有无穷兴亡故主之悲。李贺《金铜仙人辞汉歌》原借古喻今，以汉之亡慨唐代守成之不易。而梦窗之用此“酸风射眼”四字，是其当日登灵岩而遥望箭径之时，于秋风拂面刺目酸鼻之中，当亦自有其无穷难言之深慨在也。一则，面对此吴宫之蔓草荒烟，固已不免有千古盛衰兴废之感；再则，将古喻今，哀朝廷之岌危，惧国祚之不永，更不免有满怀抚时伤世之悲。

接云“腻水染花腥”，则指香水溪而言，以其为当日吴宫美人濯妆之水，想象其中当不免曾有昔日美人之粉香脂腻，故曰“腻水”也。而其用“腻”字之妙，亦复不仅写出此水之为濯妆之水而已。梦窗实暗用杜牧《阿房宫赋》“渭流涨腻，弃脂水也”之句，以兼寓千古兴亡之慨。盖杜牧《阿房宫赋》于极写阿房宫之盛以后，笔锋一转乃徒然跌入“楚人一炬，可怜焦土”之残灭败亡，而更复于结尾之际，深致其“后人哀之而不鉴之，亦使后人而复哀后人也”之悲慨。梦窗用杜牧《阿房宫赋》之“腻”字写水，与其用李贺《金铜仙人辞汉歌》之“酸”字写风同妙，皆于用字新颖工妙之外，别具感慨之深意。昔戈载称梦窗“炼字炼句，迥不犹人”，又称其“运意深远，用笔幽邃”，此正为梦窗用笔独到之处，读者不可将之轻易放过也。

继之以“染花腥”三字，“腥”字较之“酸”字、“腻”字为尤妙：一则，“酸”字与“腻”字之使用，尚不免有古人在前，而“腥”字之使用，则全为梦窗所独创；再则，“酸风”、“腻水”所予人之悲慨，尚不免有待于联想及李贺之诗与杜牧之赋以为之补足，而“腥”字所予人悲慨之强烈深切，则全出于诗人之一份锐感直觉。关于用“腥”字以形容花之气味之违背传统，以及“腥”之一字所予人之对古代美人濯妆之联想，以及千古战乱所残留之一片血腥刺激之感，皆已于谈梦窗词之现代观一节中言及，兹不具论。而由于梦窗用字之神奇工妙，于是乎箭径之风、溪中之水，与夫水边之花，遂于“酸”字、“腻”字与“腥”字三字中汇集有无穷古今盛衰之怀想悲慨，而不仅如一般作者对名胜古迹徒然之铺叙描写而已。

其下复继之以“时靸双鸳响，廊叶秋声”，则再进一步，不仅抚今怀古而已，而更大有将幻作真之意。“时靸双鸳响”者，谓西施之步履声也。夫“靸”字之为义，据《汉书·司马相如传》引《哀二世赋》云：“汩淢靸以永逝兮。”注云：“靸然，轻举意也。”王先谦补注云：“靸，《说文》：‘小儿履也。’与水流无涉。《史记》‘靸’作‘噏’，下更有‘习’字。案《广韵》噏与吸同，此又借靸为吸耳。《吴都赋》：‘靸霅警捷。’

注：‘靸霅，走疾貌。’借靸以状水流之疾，于义亦通。”据此，则“靸”字原有二义：一为名词，谓“小儿履也”；一为副词，“状水流之疾也”，或引申为“轻举”之意。今兹梦窗之用此字，窃以为更有一新义，则合前二义而更有动词以步履轻踏之意也。夫名词之可借为动词，在中国文学中时时可见。即以“履”字而言，即兼有名词“鞋”及动词“着鞋”，或动词“以鞋踏践”之意。梦窗此处用“靸”字，则既引申名词而为动词，更以其兼有副词“轻举”、“疾流”之意。故私意以为乃轻踏疾行之意。然而梦窗不用习见之“履”字、“踏”字，而用一极生僻之“靸”字者，一则，以“履”字、“踏”字不若 “靸”字之兼有轻疾之意，为义较狭；再则，“履”字、“踏”字过于平实拘板，不若“靸”字有恍惚迷离之致。“时靸”者，时时轻轻踏过之意也。

至于“双鸳”，则指西施双足所着之步屧也。夫以“双鸳”二字指女人所着之鞋履，此在唐宋诗词中屡屡见之。如梦窗另一首《风入松》词“听风听雨过清明”阕，即有“惆怅双鸳不到，幽阶一夜苔生”之语，“双鸳”，正谓女子所着之双履也。又据前引《吴郡图经续记》，知馆娃宫旧有响屧廊，“以楩梓藉其地，西子行则有声”；而今日梦窗于登临怀古之际，乃竟恍惚真若时时可闻西子双足步履轻疾之声响焉，故曰“时靸双鸳响”也。然而西施之世距梦窗之时则固已有一千六七百年之久，是则今日梦窗所闻西子步履之声，岂非将幻作真者乎？而此幻境何由而生，则由于廊中落叶随风飘转，所作弄之一片秋声耳。故以“廊叶”一句，一笔兜转，于是而万境俱空，惟余落叶声中一片萧瑟寂寥之感而已。此数句全自灵岩山前古迹写来，或实或虚，时真时幻，有当前之景物，有千年之古史，有言外之深悲，梦窗感性之深锐、用笔之神奇，岂彼辈但知以平实为美者之所可望见。

下半阕“宫里吴王沉醉，倩五湖倦客，独钓醒醒”，更凌空以夹叙夹议之史笔，陡然接起。前半阕虽有真幻、虚实之变，而全以写景为主；后半阕则更杂糅今古、时空为一体，而全以慨世为主。陈洵《海绡说词》

曾推演此数句，以吴王夫差之亡国与当时南宋之岌危作明白之对比云：

> 换头三句，不过言山客水态如吴王、范蠡之醉、醒耳。“苍波”承“五湖”；“山青”承“宫里”。独醒无语，沉醉奈何，是此词最沉痛处。今更为推演之，盖惜夫差之受欺越王也。长颈之毒，蠡知之而王不知，则王醉而蠡醒矣。女真之猾，甚于勾践；北狩之辱，奇于甬东；五国城之崩，酷于卑犹位；遗民之凭吊，异于鸱夷之逍遥；而游艮岳、幸樊楼者，乃荒于吴宫之沉湎。北宋已矣；南渡宴安，又将岌岌。五湖倦客，今复何人？一“倩”字，有众人皆醉意。不知当时庾幕诸公，何以对此？

陈氏所说，极有深义。所惜者：一则，其所列举之史实，似嫌过于比附拘执，使读者一时不能全信；再则，其所叙写之用笔，又似嫌过于简略含混，使读者一时不能全解。先就其所言“换头三句，不过言山容水态如吴王、范蠡之醉、醒”言之：梦窗“宫里吴王”句，“宫”字所指正为眼前灵岩山上苍厓云树间之馆娃宫；“五湖倦客”句，“五湖”之所指则前引《苏州府志》所云“烟涛浩渺”之太湖，正陈洵所谓山容水态者也。而梦窗乃以其时空杂糅之健笔，直承以“吴王”与“倦客”，遂使千年之古史与眼前之山水泯然合而为一。吴王自当指夫差，曰“吴王沉醉”者，则致慨于夫差之溺于西施之歌舞宴乐，不知强邻勾践之可惧，而终致身死国灭之堪悲。倦客则指范蠡，《国语·越语》载范蠡灭吴后：

> 返至五湖，范蠡辞于王曰：“君王勉之！臣不复入越国矣。”……遂乘轻舟以浮于五湖，莫知其所终极。

又《史记·越王勾践世家》云：

> 范蠡遂去，自齐遗大夫种书曰：“……越王为人长颈鸟喙，可与共患难，不可与共乐。”

曰:“独钓醒醒”者，谓当时惟范蠡为清醒之人，了然于一切盛衰安危之理。叠言“醒醒”二字，所以加重语气，极言其清醒也。“独钓”者，以“钓”字指其泛舟五湖之生活，而又益以一“独”字以加深其众醉独醒之一份寂寞孤独之感。乃今日亦有如范蠡之独醒者乎？然而生于众人皆醉之世，则亦惟有倩其为五湖独钓之倦客而已。“倦”字极写其疲于人世盛衰之无常，与疲于人世生涯之悲苦；“倩”字则极写生活于醉者之中，此醒者之无奈。更有言者，则宫里沉醉之吴王与五湖独钓之倦客，千余年前虽分属于相对立之二敌国，然而在今日梦窗笔下，则不过为一醉一醒之对比而已。此一对比中，自有无限今古盛衰安危之慨。陈洵但言“长颈之毒，蠡知之而王不知”，立说尚不免过狭。

此二句，自眼前山容水态及千古兴亡；而次二句之“问苍波无语，华发奈山青”，则又自千古兴亡返跌至眼前之山容水态。“苍波”盖承上句“五湖”而言，指眼前所见之太湖。以今日寂寞独醒之倦客而对此烟涛浩渺之苍波，虽有无限盛衰安危之极悲深慨，然而湖水无言，竟终然不可得一安慰与究诘之所。译本《鲁拜集》载波斯诗人奥马伽音之句云：“海涛悲涌深蓝色，不答凡夫问太玄。”则此古今之大恸与大惑，谁能解之者乎？“山青”则承上句“宫里”而言，指眼前所见馆娃旧址之灵岩。“华发”则承上句“倦客”而言，而隐然为梦窗之自喻。中间着一“奈”字者，无奈之意也。言我自满头华发，而山色则彼自青青，以有情之人对无情之山，以满怀悲慨之倦客对青山所阅历之千古兴亡，则人力渺小竟可奈何乎！梦窗此词，言外确有深慨，是以陈洵氏乃有“女真”、“北狩”、“五国城”与夫“游艮岳”、“幸樊楼”之诸说。

夫以吴之亡慨北宋之亡，则吴亡于勾践而北宋亡于女真，故曰“女真之猾，甚于勾践”。吴王夫差不肯受辱于勾践，自刎于甬东，而北宋徽、钦二宗，则为人降虏而被胁北上，故曰“北狩之辱，奇于甬东”。“卑犹位”三字为地名，乃夫差所葬之地，其地犹为吴地也；“五国城”三字亦为地名，乃北宋徽宗卒葬之地，其地则女真之地也，故曰“五国城之崩，酷于卑犹位”。“遗民”二字，陈氏盖暗指梦窗而言。夫梦窗既生于南宋偏安之世，又值国势岌危之时，纵然为独醒之士，而对此五湖烟浪、馆娃旧址，竟然丝毫莫可如何，惟有独抱遗民之痛以凭吊之而已。“鸱夷”二字，则范蠡之别号也；《史记·越王勾践世家》：“范蠡浮海出齐，变姓名，自谓鸱夷子皮。”夫范蠡亦为独醒之士，乃竟能功成身退，逍遥以终其身，故曰“遗民之凭吊，异于鸱夷之逍遥”也。“艮岳”者，据《宋史》载：徽宗登极，皇嗣不广；有方士言京城东北陬，地协堪舆；遂于政和七年，大兴土役，培其冈阜，以在禁城之艮方，故曰“艮岳”，时游幸之，又称万岁山。“樊楼”者，则京师东华门外景明坊之一酒楼也。[①]徽宗以耽于佚豫之乐，终至亡国为虏；而南宋君臣，乃不知忧危念乱，以前车为鉴，而仍以宴安鸩毒为乐，故曰“北宋已矣，南渡晏安，又将岌岌”也。

陈氏所说，具见史册，所惜者陈氏所说一一为明白之确指，反令读者兴当时作者恐未必便如此想之疑。实则梦窗当日于伤今吊古之余，固当确有无穷历史兴亡之感，触绪纷来，此丛集之百感，原不可为之一一确指。陈氏所说，可予读者以一线探索之途径，而梦窗深切沉痛感慨苍茫之处，则不可为任何确指之史实所拘限者也。

以下接言：“水涵空、阑干高处，送乱鸦斜日落渔汀。连呼酒，上琴台去，秋与云平。”则又极力自千古兴亡之悲慨中挣扎腾跃而出，以景代情，而融情入景。其怆然寥落之感，岂止令人无以为怀，更复令人无以为说。昔《人间词话》评太白《忆秦娥》词，以为：“‘西风残照，汉家陵阙’，寥寥八字，遂关千古登临之口。”梦窗此词数句，亦当令千古登临者有搁笔之叹。

曰“水涵空”，自此三字想象，已可得其水天相映、一片空茫之状。据《大明一统志》卷八《苏州府志·宫室》载云：“涵空阁，在灵岩寺，

① 据《大明一统志》卷二六《开封府志》于《宫室部·丰乐搂》下载云：“樊楼，汴都酒楼也，在城内景明坊。”

吴时建。”又引明高启诗曰：“滚滚波涛漠漠天，曲栏高栋此山颠。置身直在浮云上，纵目长过去鸟前。”此盖为灵岩山上之实景，且山上有一高阁，即以眼前之景物命名曰“涵空”。梦窗用“涵空”二字，既暗喻阁名，写景又极真切。是则置身此地，目之所及，其景色之寥阔空茫，盖原无底止终极之所，而其下更继之以“阑干高处”，则危栏高耸，身之所倚乃亦正在此无所底止之一片空茫之中。然则天地之内，宇宙之大，除此包裹身心之一片空茫以外，更复何有乎？则瞻望之余，但见零乱之残鸦与夫西沉之斜日，并皆逐渐消失、沉没于远方烟波隐现之渔汀之外而已。着一“送”字，则瞻望之久、怅惘之深，无可依傍与无可挽留之深悲极痛尽在言外。然则人生至此，岂但更无所有，亦复更无可言，故紧继之以“连呼酒”三字。曰“呼酒”，原已有迫不及待之意，更曰“连呼酒”，则中心之深悲极痛与夫空漠无依之感，真令人有片刻难以忍受之痛楚在。然则此酒当于何处饮之？梦窗乃又陡然翻起曰：“上琴台去。”昔李义山《夕阳楼》诗有句云：“花明柳暗绕天愁，上尽重城更上楼。”辛稼轩《满江红》词亦有句云：“天远难穷休久望，楼高欲下还重倚。”人于无可奈何之悲苦中，则往往欲向更高远之地作最后之挣扎与追求，而亦终成为更深之陷溺与沉没。故梦窗此词乃亦于极悲苦无奈之“连呼酒”三字之下，继之以云：“上琴台去。”

然则琴台之上更复何有、更复何见乎？则一结四字“秋与云平”而已。是则茫然充塞于天地之间，蔽裹于人世之外者，乃惟有此一片秋气而已。昔宋玉《九辩》云：“悲哉！秋之为气也。”乃今此悲哉之气，竟至上与云平，弥天盖地，更无一毫间隙，可供人呼吸遁逃之余地，而梦窗之深悲极痛，乃亦真成往而不返矣。而此四字更复虚幻空茫，别有闲远之致；于是而名娃也、金屋也、残霸也、宫城也、吴王也、倦客也，乃尽笼罩于此深悲极慨之中，而又尽化出于四远云烟之外。于此而回顾开端“渺空烟四远”数句，真如常山之蛇，首尾相应；而其间真幻、古今、虚实之变，与夫托意之深切、用笔之神奇，真有不可尽言者矣。吴梅《词学通论》云："梦窗长处，正在超逸之中见沉郁之思。"若梦窗此词，真所谓超逸沉郁兼而有之者也。

三、关于梦窗之为人的几点值得论辩的话题

我在前面第一节曾经分析过，梦窗词之所以不为一般读者所了解与接受者，乃是由于梦窗之遣词与叙事的方法都不合于中国旧有之传统的缘故。其实，梦窗词之不能获得重视与欣赏，还有一个更大的原因，那就是梦窗这一位作者之人格价值也同样不合于中国旧有传统的衡量标准。因为中国传统上多把对文学的衡量置放于两个重点之上：其一是作品之实用的价值，其二是作者之人格的价值。他们既希望文学的作品都能够有益于"裨补时阙"，也希望文学的作者都能够成为"载道立说"的圣贤君子。在这种衡量下，梦窗的作品既早被目为堆砌晦涩全无实用价值可言，而梦窗的人格则更是被沾染着难以湔拭的污点，全不合于圣贤的标准。关于这些污点的由来，主要的乃是由于在梦窗词集中有四首赠当时权相贾似道的小词，而在传统观念中，贾似道曾经一直被目为南宋亡国之罪魁，是个早被论定了的人物。因之，梦窗的人品，也就为了这几首送贾似道的词，而被中国传统的批评标准给同时论定了。胡云翼在其《宋词研究》一书中就曾经说："梦窗与白石作词绝不同调。白石格调之高，可从他的性情孤傲，耻列身于秦桧当权之下的朝廷，看得出来；梦窗之生平，虽疏缺无闻，而从他那些寿贾似道诸词看来，品格殆远不及白石，词品亦因之斯下矣。"不欣赏梦窗词的人敢于对之肆加讥议诋毁，认为他的人品不高，这是一个很大的借口；而另一方面赏爱梦窗词的人，在中国传统的衡量标准之重压下，乃又不得不煞费苦心地先为梦窗的人格做一番辩护的工作。刘毓崧的《梦窗词叙》就曾经大力为梦窗辩解说："与贾似道往还酬答之作，皆在似道未握重权之前，至似道声势

薰灼之时，则并无一阕投赠。”又说：“不独灼见似道专擅之迹日彰，是以早自疏远；亦以畴昔受知于吴履斋……是时履斋已为似道诬谮罢相，将有岭表之行，梦窗义不肯负履斋，故特显绝似道耳。”按履斋乃吴潜之号，为梦窗之友人，与贾似道有嫌，后为似道诬谮罢相，所以刘毓崧乃举吴潜之事以为梦窗辩解。但是这种反面的辩解与正面的谴责实在乃是同出于一源，都是受了中国传统之把文学价值与道德价值混为一谈的影响。好像如果赞美了一个在人品上有污点的作者，就会使批评者的人格也蒙受上污点一样。因此，在中国文学批评史上虽然颇有一些为作者之人格作反面辩解的文章（如李白之依附永王璘的事件、李义山之与令狐绹之间恩怨的事件），却很少有人能像西方文学批评一样，敢于正面承认作者人格上的污点，从心理的矛盾或病态以及人性之软弱的方面着手分析而肯定其文学价值的批评。如果梦窗果然如刘毓崧所辩护的那样人格完美，则在中国之传统下，赏爱梦窗词的人当然会皆大欢喜，而诋毁梦窗词的人也将会因之失去了一个有力的借口。然而可惜的是根据编订《吴梦窗系年》的作者夏承焘的考证，刘氏的论据并不完全可信，因之，梦窗的人品与词品也就仍然成了一个可资论辩的话题。

为了解答这一话题并明白梦窗与贾似道及吴潜的关系，我们首先要将梦窗的生平作一简单之介绍，而梦窗平生未得一第，《宋史》无传，他的生平，我们所知甚少，如今仅能据梦窗词及少许有关之资料，撮举其大要如下：吴文英字君特，号梦窗，又号觉翁[①]，四明人[②]。本姓翁氏，与翁元龙、翁逢龙为亲伯仲[③]。翁逢龙字际可，号石龟，为梦窗之兄[④]，

① 周密《蘋州渔笛谱》附编录《踏莎行》一首，题为《敬赋草窗绝妙词》，署名“梦窗觉翁吴文英”。见朱孝臧校辑《彊村丛书·蘋洲渔笛谱》。

②《梦窗词集》署名“四明吴文英君特”，见朱校《彊村丛书》本。

③ 周密《浩然斋雅谈》卷下云：“翁元龙时可，号处静，与吴君特为亲伯仲。”

④《梦窗词集》中有《探春慢》词，题为《忆兄翁石龟》，见朱校《彊村丛书》。又朱祖谋《梦窗词集小笺》云“翁逢龙号石龟”，又引戴复古《石屏集》有《京口别石龟翁际可》诗，以为与翁元龙时可皆吴文英之昆弟行。

宋宁宗嘉定十年吴潜榜进士[①]，理宗嘉熙中曾任平江通判[②]，时同榜之吴潜由庆元府改知平江[③]，据此是梦窗之兄翁逢龙与吴潜有交谊之一证。又翁元龙字时可，号处静，为梦窗之弟[④]，亦能词[⑤]，与吴潜常有唱酬之作[⑥]，是梦窗之弟翁元龙亦与吴潜有交谊之一证。又贾似道堂吏有名翁应龙者[⑦]，曾与贾似道之馆客廖莹中同撰《福华编》，纪颂贾似道治鄂之功[⑧]。自翁应龙之姓字观之，当与翁逢龙、翁元龙同为梦窗之伯仲行[⑨]。若然，则是梦窗之兄弟亦有与贾似道有交谊者之一证。梦窗二十余岁左右曾游德清，为县令赵善春赋《贺新郎》词，咏小垂虹[⑩]，三十余岁时曾在苏州任仓台幕僚[⑪]。平生所居之地以苏、杭两地为最久，在苏州曾纳一妾，后遭遣去；在杭州亦纳一妾，后则亡殁。其游踪所及之地，不出江、浙两省，晚年曾为客于度宗之本生父嗣荣王与芮之邸。[⑫]平生交游极众，自其词集观之，有酬赠者达六七十人之多，除文人词客外，多为苏、杭两地僚属[⑬]，与当时显贵如吴潜、贾似道以及嗣荣王等虽有酬赠之词，而罕干求之语，晚年困踬以死[⑭]。

至于与梦窗人格评价关系最密切的两个人物吴潜与贾似道，则《宋史》有他们详细的传记，兹不列举，仅略述其为人及彼此间之恩怨如下：

---

① 见《浙江通志·选举志》。

②《宋诗纪事》卷六五载："翁逢龙号石龟，四明人，嘉熙中平江通判。"

③《吴县志·职官表·郡守》条于宋嘉熙年载："吴潜，元年八月由庆元府改任，二年正月予祠。"

④ 周密《浩然斋雅谈》卷下云："翁元龙时可，号处静，与吴君特为亲伯仲。"

⑤ 赵万里《校辑宋金元人词》收有翁元龙之《处静词》二十首。

⑥ 吴潜《履斋诗余》收有《贺新郎·和翁处静桃源洞韵》一首、《再和》一首、《三和》一首又在卷二页四下收有《蝶恋花·和处静木香》一首。且在第二首《贺新郎》词内写有"惟处静，解吾志"之语，足可见二人间之交谊。

⑦ 见《宋史·贾似道传》。又周密《癸辛杂识》前集《施行韩震》条，并载有翁应龙事。

⑧ 见《宋史·贾似道传》。又《西湖游览志余》卷五《佞幸盘荒》条亦载此事。

⑨ 见夏承焘《吴梦窗系年》引刘毓盘语。

⑩《梦窗词集》收有《贺新郎》词，题为《为德清赵令君赋小垂虹》。又见夏承焘《吴梦窗系年》。

⑪《梦窗词集》收有《八声甘州》词题为《陪庾幕诸公游灵岩》。又见夏承焘《吴梦窗系年》。

⑫ 均见夏承焘《吴梦窗系年》。

⑬ 杨铁夫《梦窗词选笺释》考证梦窗交游，其著录姓名者共有六十余人之多。

⑭ 全祖望《奉寄万九沙编修论宁志补遗杂目》于《陈吴二词家》一则下云："吴文英以词游公卿间，晚年困踬以死。"见《鲒埼亭集外编》卷四七。

吴潜字履斋，出身世家，幼年受过很好的教育，嘉定十年以榜首登第，历任地方及中央之重要官吏，关心国事，曾屡上奏议，对外主张以和为守，反对轻启战端，对内则主张节用爱民，贬斥群小，虽然有时不免稍有专擅，如贾似道所说的“先发后奏”的情事，但大体均不失公忠为国之旨。至于贾似道，则从少年时就落魄好为游博，不事操行，只是因了他姐姐被选入宫中有宠于理宗，遂夤缘际会做到了宰相的地位。晚年号秋壑，度宗赐第于西湖葛岭，权倾天下，其出身及为人与吴潜完全不同。而他在任政期内，对外则纳币请和，诡言战功，对内则伪饰太平，耽于逸乐，与吴潜的作风更是迥然相异。不同的作风而同在朝廷任事，本来就容易发生嫌隙，而况他们二人之间更有着一段极明显的恩怨的关系。原来当开庆元年元兵渡江攻鄂之时，吴潜方任左丞相兼枢密使，曾上书论致祸之原，历指丁大全、沈炎等群小噂沓，国事日非，乞令大全致仕，炎等与祠，不报。会理宗欲立其同母弟嗣荣王与芮之子忠王孟启为太子，潜密奏云，“臣无弥远之材，忠王无陛下之福”，这话颇使理宗恚怒，因为理宗之立也是因为当年宁宗元子，史弥远弄权，乃于宁宗崩后传遗诏立之继位。这事可能颇为理宗所忌讳，而吴潜乃直言若此，当然为理宗所不满。恰巧当时贾似道方督师鄂州，即军中拜右丞相。元兵攻鄂日急，似道密遣使向元人请和，许以称臣纳币，而上表诡以肃清闻。理宗以其有再造之功，乃以少傅右丞相召入朝。初似道在汉阳时，吴潜移之黄州，黄虽下流，实军事要冲，似道以为潜欲杀己，顿足恨之，且闻潜事急时每事先发后奏，乃令侍御史沈炎劾吴潜，遂将吴潜贬置循州，景定三年，使武人刘宗申毒毙之。是吴潜之遭贬与被毒，乃全出于贾似道之所为。《梦窗词集》中有赠贾似道之词，这已经足够使人不谅解了，更何况梦窗与吴潜也有着友谊关系，如果梦窗与吴潜交谊很好，而当吴潜被贾似道使人毒毙之后，梦窗仍有赠贾似道的词，那当然就更加使人不能谅解了。

现在我们就试看一看梦窗赠吴潜与贾似道两人的作品之内容及其

写作之年代。梦窗集中收有赠吴潜词四首：一为《金缕歌·陪履斋先生沧浪看梅》一首，约作于嘉熙二年春吴潜知平江府之时[①]；一为《浣溪沙·仲冬望后出迓履翁舟中即兴》一首，约作于淳祐九年冬吴潜任浙东安抚使知绍兴府之时[②]；一为《江神子·送桂花吴宪时已有检详之命未赴阙》一首，约作于淳祐九年十二月之后[③]；一为《绛都春·题蓬莱阁灯屏（履翁帅越）》一首，约作于淳祐十年正月之时[④]。就词作之内容看来：则《浣溪沙》一首乃是小令，内容较简单，只写江上行舟所见之景色而已；《江神子》一首则为题目所限，不得不既以咏物之笔铺写桂花，再以称颂之辞贺其将赴阙受检详之命。这两首词都不值得仔细讨论，可注意的乃是另外二首词，而尤以《金缕歌》一首为最，此词后半阕有句云："重唱梅边新度曲，催发寒梢冻蕊。此心与、东君同意，后不如今今非昔，两无言、相对沧浪水。怀此恨，寄残醉。"陈洵《海绡说词》评此词云："要'心与东君同意'，能将履斋忠款道出。是时边事日亟，将无韩、岳，国脉微弱，又非昔时，履斋意主和守，而屡疏不省，卒致败亡，则所谓'后不如今今非昔，两无言、相对沧浪水。怀此恨，寄残醉'也，言外寄慨，学者须理会此旨。"按此词所云沧浪亭，在江苏吴县城南，高宗时为韩世忠所有，建炎四年时，韩世忠与金兀术战于黄天荡，遭火攻而败，此词前半阕即咏此事，郑骞《词选》说之甚详。梦窗居吴最久，吴县在南宋时属平江府，时吴潜知平江府，而梦窗之兄翁逢龙则当时正在平江府做通判，这应当正是梦窗兄弟与吴潜往来最密切的时候，更何况他们所登临游览的地方又是南宋名将韩世忠韩王园的旧址，此所以梦窗此词乃能写得如此之感慨激越，既淋漓尽致地写出了吴潜对国家的一份忠悃，也毫不隐讳地写出了自己对国事日非的一份悲慨。至于另一首

① 按夏承焘《吴梦窗系年》将此词系于嘉熙三年春，引《吴县志·职官表》为据，疑误。因据《吴县志·职官表》，此事实当在嘉熙二年春。

② 见《宋史·理宗纪》，又见《大明一统志·绍兴府志》，又见夏承焘《吴梦窗系年》。

③ 见夏承焘《吴梦窗系年》。

④ 见朱祖谋《梦窗词集小笺》，又见夏承焘《吴梦窗系年》。

《绛都春》词，则虽然因为当时吴潜已受命参知政事，有了身份的不同，不便于再像前一首词那样作露骨的叙述，可是这一首词的下半阕换头之“应记，千秋化鹤，旧华表、认得山川犹是”数句，也隐然仍有着一份山川依旧、人事全非的悲感，而其结尾数句之“又上苑、春生一苇，便教接宴莺花，万红镜里”，则表面上虽然写的是春回上苑，莺花映于如镜之水中的红紫繁华，而言外所透露的却是一份镜花水月、繁华不永的哀伤。这种感慨哀伤，不但有合于吴潜之一份忠悃的用心，也有合于梦窗词于铺陈璀璨的描述中别寓感慨苍凉之托意的一贯作风。因此，我们可以推知梦窗给吴潜的词，是既有着一份真正的友谊，也表现了一份真正的自我。

可是梦窗给贾似道的词则与之完全不同了。梦窗给贾似道的词也有四首：一为《宴清都·寿秋壑》，一为《木兰花慢·寿秋壑》，一为《水龙吟·过秋壑湖上旧居寄赠》，一为《金盏子·赋秋壑西湖小筑》。在这四首词中，我们几乎看不到一点盛衰兴亡的悲慨和国事日非的影子，只是表现着一派闲雅高华的情调，从表面上歌颂贾似道的名位声望以及他所伪饰着的苟安的升平，而未曾流露出一点真正属于自我的内心的情感。可是另一方面，则梦窗却也并没有一点谄佞干求的言语。这种现象可以使我们看到梦窗与贾似道之间隐然有着一份疏远之感，他与贾似道的来往，似乎只是在某种情势下的一种不能免的酬应，这和他与吴潜之间显然有着一种友谊的感情当然并不相同。只是他给贾似道的四首词，究竟是写在吴潜谪死之前，还是吴潜谪死之后呢？从词的内容来看，《宴清都》及《木兰花慢》二首寿秋壑的作品，其中所用的地名、古迹皆在荆湖之地[①]。据《宋史·理宗纪》及《贾似道传》，贾似道先后曾有两次任职荆湖之事：第一次是从淳祐六年九月官荆湖制置史，又于淳祐九年三月进荆湖安抚制置大使，迄十年三月改为两淮制置大使始去荆湖；第二次则

① 吴文英《宴清都·寿秋壑》有“翠匝西门柳，荆州昔，未来时正春瘦”之句，又《木兰花慢·寿秋壑》有“想汉影千年，荆江万顷”之句。

是自开庆元年正月任荆湖南北宣抚大使，迄次年四月还朝始去荆湖。贾似道生辰在八月，如果此二首寿词是作于开庆元年八月，则当时正当元人分攻荆湖各地、羽檄交驰之际，而梦窗此二词中皆系承平之语，无一字及于用兵，所以刘毓崧《梦窗词叙》乃以为此二词系作于淳祐六年九月迄十年三月贾似道第一次在荆湖任职之时，其言当属可信。夏氏《系年》亦从其说。至于另两首词之写作年代，则说法就颇有不同了。《水龙吟·过秋壑湖上旧居寄赠》一首，朱氏《小笺》引《齐东野语》以为旧居乃指景定三年以后在葛岭赐第所建之后乐园及其附近之水竹院落，然而刘氏叙文则引词中之“黄鹤楼头月午"句为证，以为亦“作于似道制置荆湖之日”。夏氏《系年》亦云：“朱笺以后乐园当之，误矣。”又引词中“赋情还在，南屏别墅”句为证，云：“知墅在西湖南山之南屏，则与在北山葛岭之后乐园显然无涉。”是此词盖咏似道南屏之旧居，时似道方制置荆湖，则此词当亦为作于淳祐六年九月至十年三月之间者也。另一首《金残子·赋秋壑西湖小筑》之作，刘氏叙文以为亦作于淳祐六年九月至十年三月之间，引词中“小队登临”句，以为“亦制置之明证”，而夏氏《系年》则引词中“来往载清吟……笑携雨色晴光，入春明朝市”句，以为“当是似道入朝以后之作”，又引词中“临酒论深意，流光转，莺花任乱委”及“待西风起”诸句，以为此词“必作于夏间”，而驳刘氏之说云：“刘氏据‘小队登临’句，谓指似道制置荆湖时，以其用杜诗‘元戎小队出郊坰’；然执宰游山，何尝必不可用；以此说文太泥，以作证太弱。”而私意以为夏氏以为此词乃作于似道入朝之后之说虽属可信，而其驳刘氏之说及刘氏之原说则皆有失误，按“小队登临”句，见杜甫诗《严中丞枉驾见过》一首，诗中又有“川合东西瞻使节”之句，盖严武时方任东西两川节度使，所谓“元戎”者也。而南宋制置使之权任与唐之节度使差相当，梦窗用典不苟，此处必指制置使而言，绝不如夏氏《系年》所说，用“元戎”之典以指宰执，且自夸以为不泥也。而刘氏叙文则据此以断为当时贾似道正为元戎制置荆湖，则又不然。观此词前半所写之风光气象，确当为贾似道入朝以后之情事，惟是结尾三句之“专城处，他山小队登临，待西风起”，则荡开笔墨从另一时间与空间写起，遥想他日贾似道或当再膺元戎之任，以歌颂其人相出将之功业。若依夏说以“小队登临”不必泥于元戎而可泛指宰执，则“专城”二字明明指地方之官长，又何能亦指宰执耶？而刘说便以为实指贾似道当时正为元戎制置荆湖而言，则又何以释“他山”及“待”字等所表示的另一时空之未然之口吻？按《宋史·理宗纪》及《贾似道传》，似道入朝当在景定元年四月，此词盖正作于其入朝不久之时，方自元戎入为宰执，故梦窗乃于词之结尾故意用一“元戎”之典以为呼应，且正合于贾似道出入将相之身份，故此词当作于景定元年之夏季殆无可疑。作词之年月既明，再回头重新考查一下贾似道与吴潜二人恩怨之关系，则梦窗赠贾似道的前三首词皆作于淳祐六年九月迄十年三月之间，当时吴潜与贾似道尚无明显之嫌隙，盖贾似道之移镇黄州以为吴潜杀己而衔怨恨之，乃开庆元年十一月之事，贾似道之使侍御史沈炎劾吴潜，则为次年景定元年四月之事，而沈炎劾吴潜之表文，即有“请速召贾似道正位鼎轴”之言，而贾似道之入朝及吴潜之罢相即皆在本年四月，其后七月间吴潜乃谪赴建昌军。此词既作于景定元年夏，则是正当吴潜罢相被谪之前后，虽然吴潜之被毒毙乃是在此后二年景定三年五月之事，夏氏《系年》以为时梦窗已卒，盖不及见。但总之吴潜之罢相乃由于贾似道之谮毁，梦窗既留有一首贾似道入朝、吴潜去官以后之作，则前引刘氏叙文所云“显绝似道”及“义不肯负履斋”之说，便已经不能成立了。除此而外，梦窗还有不为人所谅解的又一件事，那就是梦窗词集中还收有寿嗣荣王与芮夫妇的四首词：一为《水龙吟·寿嗣荣王》，一为《烛影摇红·寿嗣荣王》，一为《宴清都·寿荣王夫人》，一为《齐天乐·寿荣王夫人》。刘氏叙文云：“梦窗尝为荣王府中上客……荣王为理宗之母弟、度宗之本生父。梦窗词中有寿荣王及寿荣王夫人之作，虽未注明年月，然必在景定元年六月以后，盖理宗命度宗为皇子，系宝祐元年正月之事，立度宗为皇太子，系景定元年六月之事……所用词藻，皆系皇太子故实，不但未命度宗为皇子时万不敢用，即已命为皇子之后未立为皇太子之前亦不宜用；然则此四阕之作，断不在景定元年五月以前。”又云：“据寿词所言时令季候，荣王生辰当在八月初旬，荣王夫人生辰当亦在于秋月。”然则是此四词之作，断不在景定元年七月之前，且寿词有四首之多，则又必不作于一年之内，而吴潜之谪，则正在景定元年七八月，且吴潜之被贬谪的主要原因，就正是因为反对立嗣荣王与芮之子忠王孟启（即度宗）为太子的缘故。

而梦窗乃于吴潜被贬之后有寿嗣荣王夫妇之词达四首之多，所以夏氏《系年》乃云：“盖度宗之立，反对者潜，建议者似道，由此潜去而似道进。当梦窗年年献寿与芮之时，正吴潜一再远贬之日；若谓梦窗以不忍背潜而绝似道，将何以解于出潜幕而人荣邸耶？”从上面所引的一些词作及有关的史料来看，则梦窗显然并不是一个重视节义的贞士，乃是不可讳言的事实；可是另一方面，从梦窗的作品来看，其所表现的对高远之境界的向往追求、对世事之无常的感慨凭吊、对旧情往事的怀念低徊，则又显然可见梦窗用情之深、寄意之远，也不是一个鄙下的唯知于禄逢迎的俗子。像这种两相矛盾的性格之表现，在诗人中乃是一个颇可注意的事例。

一般说来，崇高美好的作品，必当产生于崇高美好的心灵，这该是一件不容否认的事。然而如果以外表的形迹来衡量，则具有崇高美好之心灵的光焰的人物，却不一定都具有崇高美好的完整的人格，因为心灵之动向是一件事，而当内在之心灵与外在之环境相接触时，其反应之姿态与持守之能力则是又一件事。何况心灵之本质的纯驳不同，有些人也许可称得上是醇乎醇者的圣贤，而大部分人却都不免于是醇疵参错的凡人，也许他们的心焰虽是向着“醇”的一面，而其真正的本质上却又有着“疵”的病累，然而也就在这两种相反的张力的挣扎矛盾中，其心的向力反而有时会闪现出更为耀目的光彩，这在古今中外的作者中都不乏例证。在中国的诗人中，如果以心灵之精醇澄澈、表里如一而言，自当推陶渊明为第一位作者[①]；其次，则怀沙自沉而九死不悔的屈原、流离贫病而一心想要致君尧舜的杜甫，就其心灵与外在环境接触时所反应的态度以及持守的能力而言，也都不失为能够择善而固执的贤圣。他们的作品之所以能够辉耀千古，自然都由于他们自有一颗崇高美好的足以辉耀千古的心灵。然而在文学史中却也有着另外一些作者，他们在持守的能力上，因人性软弱的微疵而不幸地留下了挫跌败辱的纪录，然而也就在其心之向力与疵的病累的张力间，我们却依然看到了其崇高美好之一面的心焰的闪烁。这一类作者颇多，现在我只想举出两个作者来谈一谈：其一是正始时代的诗人阮籍，其二是元嘉时代的诗人谢灵运。阮籍在与他并称的同时的文士竹林七贤中，乃是在心灵上最为矛盾复杂的一位作者。他一方面既不肯如山涛、王戎一辈之在司马氏的利诱下走向变节求荣的途径，一方面又不愿如嵇康一辈之在司马氏的威迫下以言行峻切落到杀身贾祸的下场。他内心中虽然并不满意司马氏之所为，而外表上却一直与司马氏维持着相当的交往，而且当他的好友嵇康被杀之后，司马昭欲加九锡以为篡代之先声的时候，阮籍竟然在情势所迫之下，写下了那一篇《为郑冲劝晋王笺》的劝进的文字，虽然有人为他辩护说这篇文中仍隐约寓有规讽之意[②]，然而如果以外表的行为而论，则这一篇作品，无论如何乃是阮籍品格上的一点白璧的瑕疵。至于元嘉时代的谢灵运，则出身于东晋的世家，袭封有康乐公的世爵，而当晋、宋易代之际，始则屈身仕宋，不能保节于前，继则任纵妄为，终致杀身于后，从其外表的行为来看，当然更不是一个没有玷辱的人物。[③]可是，我们试从他们二人的作品中去发掘一下他们二人的心灵状态，我们就会发现在他们的作品中，都有着何等高贵美好之心焰的闪烁。阮籍的八十二首《咏怀诗》，

① 参考拙著《从“豪华落尽见真淳”论陶渊明之任真与固穷》，见《迦陵谈诗》，台湾三民书局，1970 年版。

② 张溥《阮步兵集题辞》云：“晋王九锡，公卿劝进，嗣宗制辞，婉而善讽。”见《汉魏六朝百三家集题辞》。

③ 参考拙著《从元遗山〈论诗绝句〉谈谢灵运与柳宗元的诗与人》，见《中国古典诗歌评论集》，香港中华书局，1977 年版。

忧危念乱，寄托遥深，固然是早有定评，陈沆《诗比兴笺》即曾称之为“仁人志士”的“发愤”之作；谢灵运的诗除去其为世所称的“富艳难踪”之外表的艺术价值外，明朝张溥的《谢康乐集题辞》，也曾对之有过“吐言天拔，政繇素心独绝”的赞美。然而这两位被人从作品中看到“仁人志士”与夫“素心独绝”的心灵之光焰的人物，却都曾在外表的行为上留下了玷辱的痕迹，这种例证足以说明一些虽然在心灵上具有高贵美好之本质的人物，有时会因人性上某种软弱的疵累，而使得他们在行为上留下了挫跌玷辱的纪录。我之所以举出阮籍与谢灵运二家为例证的缘故，正因为他们的挫跌玷辱显示出了人性上最软弱的最具代表性的两种根性：其一是属于一般人所共有的求生存安全的本能，其二是属于一些才智之士所特有的不甘于寂寞而冀求表现的欲望。阮籍之不免予玷辱，其原因大半乃由于前者；而谢灵运之不免于玷辱，则其原因大半乃由于后者。李善注阮籍《咏怀诗》尝云：“嗣宗身仕乱朝，常恐罹谤遇祸，因兹发咏，故每有忧生之嗟。”虽然清朝的何焯曾经以为《咏怀诗》之内容有甚于忧生者[①]，然而李善的评注确实道中了阮籍人性上的一种求生之本能的忧畏，则是并不错的。至于谢灵运，则从他早年的“车服鲜丽”，“多改旧制”的引人注目的作风，到后来世变之后，在朝廷之内，固然是“构扇异同，非毁执政”，即使称疾去职之际，也依然过着“寻山陟岭”，“从者数百”的生活，其不甘寂寞的心情，也是可以想见的。[②]

梦窗之为人，当然与阮、谢二人都迥然不同，只是他所以在人格上终于蒙受了污点，却正是由于他同时兼有着阮、谢二人性格上的两种弱点的缘故。从梦窗的生平来看，他所以与一些权贵们有着交往，大半也是由于求生与不甘寂寞的两个原因。先从求生一点来说，梦窗以布衣终，平生未得一第，可见他并不是一个乐于科举仕进的人物。据杨铁夫《梦

① 何焯《义门读书记》卷四六论阮籍《咏怀诗》“夜中不能寐”一首云：“注：‘每有忧生之嗟。’按籍之忧思有甚于忧生者，注家何足以窥之。”

② 见《宋书·谢灵运传》。

窗词选笺释》所附《梦窗事迹考》云："《浙江通志》载鄞人之举进士者，嘉定七年一榜有十七人，十年一榜有二十人，至宝庆三年丁亥一榜有三十七人。其时北人不能过江南下，南人又因兵事倥偬不便来杭，应举者大都苏、浙间人，鄞人多文学，宜其拔茅连茹矣。嘉定时，梦窗尚幼，未及考试，宝庆间，则正二十余岁，以其才华，何至不获隽，殆不乐科举也。"杨氏之说，当属可信，是梦窗既不乐于科举仕进，而家人衣食之资则又是每个人生存所必需的条件，渊明说得好，"人生归有道，衣食固其端"，既不能效渊明之躬耕劳苦，归隐田园，那么总要找出一条求生的道路来才可以，梦窗之所以不惜以幕僚的身份出入权贵之间，我想这是一个很重要的原因。再从其不甘寂寞一点来说，梦窗平生交游极众，据疆村本《梦窗词集》及《梦窗词补》，共收词三百四十首，而其中与友人酬赠的作品，则数目竟达一百五十余首之多，而且据夏氏《系年》载，梦窗二十余岁时游德清，就曾经为德清县令赵善春赋过一首《贺新郎》咏小垂虹的词，可见梦窗之好以词章为交游酬赠之作，由来颇早。大抵才人往往好弄笔墨，不能自隐，这种想要表现而不甘于寂寞的欲望，正不独梦窗为然。而梦窗之以词章出入权贵之间，则另外有一个原因，那就是当时的时代风气所使然。刘毓盘《词史》说"两宋词人每以奸人为进退"，于是例举"周邦彦之以《望江南》词为蔡京所罪；晁端礼之以《汉宫春》词为蔡京所用……秦桧见朱敦儒之《樵歌》，命教其子熺，而官以列卿；见曹冠之《燕喜词》，命教其孙埙，而登之上第……胡铨则以词编管南海；张元干则以词坐罪除名"。更云："贾似道当国，尤好词人，廖莹中能词，则以司出纳矣；罗椅能词，则以荐登其门矣；翁孟寅能词，则赠以数十万矣；郭应酉能词，则由仁和宰擢官告院矣；张淑芳能词，理宗欲纳妃，则匿以为妾矣；八月八日为其生辰，每岁四方以词为寿者以数千计，复设翘材馆，等其甲乙，首选者必有所酬。吴文英亦与之游，集中有寿贾相《宴清都》、《木兰花慢》二词，又过贾相湖上旧居《水龙吟》词、赋贾相西湖小筑《金盏子》词。他家与之为缘而散见集中者，则不一一数。”据此可见当两宋之际，在权贵之附庸风雅好与词人为往来的风气下，尤其像贾似道这样，每年寿词动逾数千的人物，梦窗集中偶然留有赠给他的几首小词，实在是不足深怪的事，而且如果以梦窗和其他与贾似道往来的词人相较，则梦窗既未曾如廖莹中、翁孟寅辈之以词干禄希宠，而且梦窗之寿词也仍自有其高华闲雅之品格在，而不像周密《齐东野语》所载的当时获首选之作如陈惟善之《合宝鼎》、陆景思之《甘州》、郭应酉之《声声慢》诸作之一味逢迎呓语。夏氏《系年》曾评梦窗云：“交游……皆一时显贵……而竟潦倒终身……今读其投献贵人诸词，亦但有酬酢而罕干求。”又云：“梦窗以词章曳裾侯门，本当时江湖游士风气，固不必诮为无行，亦不能以独行责之。”所评颇为公允。

总之，梦窗该只是一个有才情的锐感的词人，在他的心中，圣贤节义的观念与科举仕进的观念同样不强烈，如果从其词中所闪烁的心焰来看，我们可将之归纳为几点特色：一是对高远之境界的向往。梦窗词好从高远之处落笔，如前所说《齐天乐》词之“三千年事残鸦外”，《八声甘州》之“渺空烟四远”，固无论矣，他如《金缕歌》之“乔木生云气”，《惜秋华》之“思渺西风”，《凄凉犯》之“空江浪阔”，《瑞鹤仙》之“乱云生古峤”，都可为证。这还是仅就其开端举例而已，至于以高远之笔作结者，则如《八声甘州》之“秋与云平”，《霜叶飞》之“翠微高处”，《水龙吟》之“棹沧波远”，《暗香疏影》之“淡墨晚天云阔”，《秋思》之“路隔重云雁北”，《丑奴儿慢》之“相扶轻醉，越王台上，更最高层”，都是从高远之处作收尾的。昔周济《介存斋论词杂著》评史达祖之词云：“梅溪词中，喜用‘偷’字，足以定其品格。”而《史记·屈原列传》则赞美屈原说：“其志洁，故其称物芳。”从作者所爱用的笔法和词汇来推断一个作者的品格及心灵之境界，大体上是不错的。梦窗词中，一般说来他所感人的还不仅是写出了一幅高远的景物而已，而是其中所隐隐透露着的对一份不可知的超远之境界的向往，而这种向往的本身，乃是特别属于一些有理想、有境界的作家所共有的特色。至于他们所真正向往的究竟是什么，则又往往不可具言，但总之这种向往绝不会发自一个庸俗鄙下的灵魂，则是可以断言的。这是从梦窗词中所看到的其闪烁之心焰的第一点特色。再则，梦窗词中充满了对此尘世无常的盛衰之悲慨，如前所说《齐天乐》之“逝水移川，高陵变谷”，《八声甘州》之“问苍波无语，华发奈山青”，当然都是极明显的吊古兴悲的例证。此外，如《水龙吟》之“几番时事重论，座中共惜斜阳下”，《齐天乐》之“问几阴晴，霸吴平地漫今古”，《西平乐慢》之“歌断宴阑，荣华露草”，《瑞龙吟》之“东海青桑生处，劲风吹浅，瀛洲清沚”及“露草啼清泪”、“今古秋声里”，《高阳台》之“青春一梦荒邱，年年古苑西风到，雁怨啼、绿水汉秋”，这些尚不过只是一般泛泛的感慨而已；至如《古香慢·赋沧浪看桂》一首所悲慨的“残云剩水”，《三姝媚·过都城旧居有感》一首所悲慨的“紫曲门荒”，则更有极深切的一份家国之痛。从这些词句，我们都可以看到梦窗从一己之时代扩大而至于对整个人世之盛衰战乱的感慨哀伤。他在《木兰花慢·重游虎丘》一首中曾写有“惊翰，带云去杳，任红尘一片落人间”之句，带云而去的“惊翰”正像梦窗另一面飞扬高举的向往，然而那真是苍茫杳渺、迥不可得的境界，而落在人间的则只是一片“红尘”而已，而这一片“红尘”便正是吾人所生活在其中的悲苦污浊的人世。对人生有如此悲感的认识，这是从梦窗词中所看到的其心焰所闪烁着的第二点特色。这种特色糅合隐现着对尘世之无常的“悲”的感慨与“智”的觉悟，也决不是属于一个庸俗鄙下的心灵所可能具有的。除此两点特色外，梦窗词中所具体叙述的情事，其写得最多的乃是他在感情方面所曾经体认到的一份残缺和永逝的创痛。我在前面简单介绍梦窗之生平时，曾经提到过他在苏州曾有一妾，后遭遣去，他在杭州也有一妾，后则亡殁。一个生离，一个死别。关于这两次生离、死别的前后详情，我们虽已无从确考，然而从梦窗词中，我们却时时可以窥见其心灵中那一份伤损残缺的阴影。如其长调《莺啼序》一首所写的“别后访六桥无信，事往花萎，瘗玉埋香，几番风雨……伤心千里江南，怨曲重招，断魂在否”，这真是对死亡所造成之离别的何等无奈的哀吟；又如其《六幺令·七夕》一首所写的“人世回廊缥缈，谁见金钗擘，今夕何夕，杯残月堕，但耿银河漫天碧”，则其所表现的又是何等盟誓无凭的长离永隔的哀伤。死别的固然是瘗玉埋香，离魂莫返；生离的则也有如银河亘阻，再见无期。这种生死离别的哀感，在梦窗词中不时地流露出来。综计起来，其词中表现有此种哀感之情的作品，约有五十首左右之多，则梦窗用情之深挚也可以想见了。以一位有如彼高贵之心焰、有如此深挚之感情的词人，乃竟然因了人性上的某种软弱的根性，既为了求生存而出入于权贵之门，做了曳裾的门客，又为了一点不甘寂寞之心而写了过多的酬应之作，更因了两宋权奸与词人之特殊的关系，在一时环境与风气的影响下，写下了四首赠贾似道的小词。昔杜甫《秋雨叹》一诗，咏一株“着叶满枝翠羽盖，开花无数黄金钱”的资质美丽的决明，而悲慨于它将在风雨之中随百草以同时摧伤烂死，结尾曾经为之发出“临风三嗅馨香泣”的叹息。梦窗词，馨香不泯，然而竟不幸因一时人性之软弱而留下了予后人以肆加诋毁之口实，则亦当为之三嗅而泣耳。

Wu Wenying's 'Ci': A Modern View

For sheer bulk, Wu Wenying's *ci* amounting to nearly 350 songs, are, with the exception of Xin Qiji's, unequaled in the Southern Song period. (Even so prolific a songwriter as Zhou Bangyan left less than 200). Not only was Wu Wenying a prolific writer he is also excelled in technical skill and intellectual subtlety. He has never enjoyed Xin Qiji's popularity, however, and critical opinion has been divided about the value of his work. Ever since Southern Song times, Wu Wenying's *ci* have been misunderstood or simply not read at all. The oldest and most often repeated criticism comes from his contemporary, Zhang Yan, who said in his *Ci Origins*: "Mengchuang's *ci* are like a fabulous building that dazzles the eyes, but when taken apart, the pieces do not fit."[1] Even contemporary historians of Chinese literature still quote this remark in passing unfavorable judgment on Wu Wenying. Hu Shi, for example, in his *Anthology of Ci*, stated: "In all four of Mengchuang's collections of *ci* there is hardly a single poem that is not a heap of allusions and clichés. What Zhang Yan says [he quotes it] is quite right."[2] Hu Yunyi, in his *Studies in Song ci*, also works up to where he can appeal to Zhang Yan's authority: "There is one major flaw in Mengchuang's *ci*: he is too addicted to allusions, too eager for ornamentation. This is a common fault among Song *ci* writers, but it is most extreme in Mengchuang. In his determination to find an allusion, he pays no attention to the rhythm of the whole poem. Granted he gets some very good effects and writes some skillful lines, still they are only isolated beauties. He is quite incapable of creating a literary work through which flows a single emotional current. This is why he was criticized by Zhang Yan."[3]

If we are to accept judgments like these, we must not expect much from Wu Wenying. For his anthology Hu Shi chose only two of his short verses, and one of them he omitted in his revised edition.[4] Hu Yunyi was even more rigorous in applying his critical canon, for there is not a single poem by Wu Wenying in his *Hundred Tang and Song ci.*[5] A more striking demonstration of critical disapproval would be hard to find.

This unfavorable opinion has not been universal: there have been critics who have praised him just as immoderately. Zhou Ji (Qing dynasty) gives him the most space in his *Anthology of Four Song ci Writers* and says: "No one can equal Mengchuang for elevation of thought or wide-ranging implications."[6] Ge Zai, in his *Seven ci Writers*, comes even more strongly to his defense,[7] and Wu Mei, the modern critic, quotes Ge Zai and adds his own praise: "In fact Mengchuang's genius was extraordinary and his poetry is by no means obscure. His great strength was precisely in letting profound ideas appear in the most extravagant passages; and one should not confuse profundity with obscurity. Zhang Yan's criticism, comparing him with a fabulous building, is based on a lack of understanding. If you look at a whole poem, you find many unexpected insights, and if you take it line by line you also find excellences. The statement that the pieces do not fit is inappropriate."[8]

All this praise was no doubt based on careful reading and a refined appreciation, but unfortunately it is couched in wholly abstract terms. As generalities they are fine, but they are not the slightest help to anyone who does not already understand Wu Wenying's poetry, and some who cannot see what is so wonderful about it are likely to be goaded by such remarks into flat contradiction.[9] It is clear that evaluations so divergent must be based on quite different readings of the poetry, and so the first task of a would-be critic is to try to reach an understanding of each poem, which he will then share with his readers. What is needed and what is deplorably lacking are commentaries and exegesis. Zhu Qiangcun, after twenty years of study, during which he made four collations of Wu Wenying's *ci*, wrote a "small commentary" limited to identifying personal and place names and tracing a few allusions.[10] It is no help to a beginner who tries to read this poetry, any more than Chen Xun's "Explaining (Mengchuang's) *ci*" which is so terse and enigmatic that the explanations are as hard to understand as the poems themselves.[11]

There is no question that Wu Wenying's poetry offers unusual difficulties; however, those same difficulties are very much a part of the interest and value of his poetry. What makes trouble for his readers, at first anyhow, are devices of style and imagery that in modern times have become common in all the arts, not just poetry, and which are responsible for the charge of obscurity that is still brought against modern art. This explains why Wu Wenying was not generally understood or appreciated by Chinese critics in the past: his technique was simply at odds with traditional practice. Coming to modern readers in classical garb, something they are inclined to identify with a shroud, Wu Wenying has also failed to find an appreciative audience. So the modern reader is likely to view him with distaste from a safe distance and then turn away before he can discover what he is missing. It is precisely because Wu Wenying combines classical and modern beauties—and difficulties—that he falls between the two stools of ancient and modern.

The most significant way in which Wu Wenying's poetry resembles modern poetry is his complete indifference to the kind of logical connections traditionally used in Chinese poetry. This indifference leads to the confusing or intermingling of different times and places in a way that generates obscurity, and the obscurity is compounded by his creation of unorthodox and eccentric verbal imagery. I would like to discuss each of these points in turn.

In traditional Chinese poetry, the structure of a poem is based on an essentially logical sequence, whether the poem is narrative or lyrical or descriptive of scenery. Long narrative poems have a beginning, a middle, and an end in logical temporal and spatial sequence, for example, Cai Yan's "Lament", the anonymous ballad "The Peacock Flies…", Du Fu's "Northern March", and Bai Juyi's "Song of Everlasting Sorrow", all of which tell a consecutive story. Lyric poetry is equally direct and uncomplicated; cause and effect are presented in directly intelligible terms: "Thinking of you makes me old," "An empty bed is hard to keep alone," "Tears fall like rain," "The departed grow every day more distant," "When your griefs are many, you know the night is long"—these typical lines from the "Nineteen Old Poems" are all straightforward, immediately intelligible, and essentially logical.[12] As far as descriptive poetry is concerned, the critical verdict has always been for straightforward simplicity, ever since Zhong Rong's expressed preference for lines uncontaminated by allusion.[13] Wang Guowei objects to Zhou Bangyan's line "Cassia flowers flow over the tiles" because of the euphemism "cassia flowers" for "moonlight",[14] and he quotes as unexceptionable examples of description Tao Yuanming's lines:

> Picking chrysanthemums by the eastern hedge,
> I catch sight of the distant southern hills.
> The mountain air is lovely as the sun sets,
> And flocks of flying birds return together.[15]

It seems clear that Chinese poetry, whether narrative, lyrical, or descriptive, is most appreciated when it is intelligible in purely logical terms. Here Wu Wenying's *ci* are completely at variance with traditional critical standards. So Hu Shi, after quoting his poem on the magnolia,[16] could comment, "This is a heap of clichés and allusions strung together without a particle of poetic feeling or a poetic concept to hold them together. First he talks about a person and then about the flowers, now about 'barbarian stench' and the Wu Park, and then the next thing we know he is in Xianyang seeing off a visitor."[17] And Liu Dajie, who quotes Hu Shi's comment, goes on to remark that Wu Wenying's poems are riddles. As an example he cites the *ci* "Guoyang Pavilion"[18] and says, "On the surface this is extraordinarily pretty, a 'fabulous building that dazzles the eyes', but when you read it carefully, you discover that there are six or seven discrete parts without the slightest connection with one another, as though each were an independent entity rather than a unified poem. It lacks the wholeness and unity that is a necessary quality of a work of literature. It is quite as Zhang Yan said: his poetry fails by having only the form without any internal coherence."[19]

Obviously Wu Wenying's practice of merging time and space and confusing the real and the imagined has led to serious misunderstanding on the part of his readers, since even professional critics fall into the trap. It is inevitable that such a poet should be passed over by less experienced readers, repulsed by the external difficulties of his style and encouraged in their prejudice by the disapproval of such critics. But if we can take a new look at his poetry, not seeking for explanations in narrowly logical terms but trying to see how the emotional associations work, then we may uncover the extraordinary richness and beauty of his poetry. Of the *ci* ("The Magnolia") so ruthlessly criticized by Hu Shi, the Qing critic Yang Tiefu said: "The magnolia of the title is a symbol for the poet's departed mistress. In the first stanza he treats the woman in the guise of flower; in the second stanza he speaks about the woman directly."[20] And Wu Mei has extravagant praise for the "Gaoyang Pavilion" poem that Liu Dajie found so distasteful.[21] So when approached with the right expectations, these two poems do yield a satisfactory sense.

It is doubtful, however, whether Yang Tiefu's method would lead everyone to a good understanding of Wu Wenying's poetry, for he uses the critical vocabulary (*bi*, *xing*) associated primarily with the traditional interpretation of the *Classic of Songs*, bringing with it expectations that Wu Wenying seldom fulfills—for instance, the ideas of political loyalty and personal political aspirations that were read into the poems of the *Classic*.

Hu Shi's criticism itself suggests what is wrong with his reading: he finds no connection between the parts, because he is looking for the wrong kind of connection. Yang Tiefu could see that the leap between the flower of the first and second lines and the woman of the third was not between two discrete things, but that the two were somehow one. The connection is not logical but associational. The poet, seeing the flower, remembers when the woman he loved was present, for at that time the flower and woman were together and in his mind remain inseparable. From the flower and the woman to the "barbarian stench" and the Wu Park may seem a bigger jump, but he is merely suggesting that the flower grew in the south. "Seeing a guest off in Xianyang" is an allusion to a line in a poem by Li He, "The wilting orchid sees the guest off on Xianyang road."[22] The flower calls up the whole idea of grieved parting, and Xianyang need not imply the city in Shanxi itself, only the thing associated with it; nor does the "Wu Park" have to be the royal park of King Fuchai of Wu. There is no occasion for annoyance with Wu Wenying for jumping around the map. This is not an example of confusing real places and real times, for here they are used symbolically, by way of allusion.

What would Hu Shi have made of lines like these?

The painted fan sobs the cold cicada,
Weary of dreaming, not knowing Man or Su.[23]

The real and present cold cicada is juxtaposed with the real but past painted fan in present time and space, and the verb "sobs", which belongs with the "cold cicada", is placed after the "painted fan", fusing past and present through a subjectively interpreted sound. In the second line, "weary of dreaming" is the feeling experienced during the cold cicada's singing (present time), while Xiaoman (or Fansu) alludes (by way of two of Bai Juyi's mistresses) to the girl who held the painted fan long ago. The two lines bring together objects and people and times associated in the poet's imagination in ways not subject to logical analysis. It is precisely in this illogical synthesis that the painted fan of Xiaoman and Fansu of long ago becomes the weary dream of today and sobs in the intermittent cry of the cold cicada. (For another example of Wu Wenying's inverted use of verbs see the last line of the *ci* "Music Fills the Sky" analyzed below.)

This first characteristic of Wu Wenying's poetry, the technique of fusing past and present, here and elsewhere, is something new in Chinese literature, but it has many parallels in modern Western literature and art—one thinks of Resnais's movies (*Hiroshima Mon Amour*), of Faulkner (*The Sound and the Fury*), not to mention Rimbaud and T. S. Eliot; in fact, it has become extremely commonplace in the twentieth century. So what in the past has seemed a major weakness in Wu Wenying's poetic technique today makes him interesting and accessible to modern readers, who from another time and another world than his, can appreciate what he wrote.

The other characteristic of Wu Wenying's poetry is his creation of a new poetic vocabulary. Here again he relies on his own personal vision, in defiance of traditional expectations and logic. For convenience I shall use the term "verbal imagery" for this technique. In traditional Chinese literature the most respectable source of poetic vocabulary was the allusion. An allusion can be to a well-known anecdote, and then it requires that the reader supply as much of the story as is appropriate to the context of the poem. For example, take Li Shangyin's lines: "Miss Jia spied through the curtain on Clerk Han's youth; / Consort Fu left a pillow for the Prince of Wei's talents."[24] Here the allusions are (1) to the daughter of Jia Chong, who spied on her father's secretary, Han Shou, and fell in love with him;[25] and (2) to the story of Cao Zhi's supposed love affair with the Empress Zhen as recorded in Li Shan's commentary on the *fu* "Goddess of the Luo River".[26] Li Shangyin used these allusions to suggest a situation where a woman in love has made advances to a man, and his poem continues: "Don't let your susceptible heart vie with flowers in bloom. / For one inch of love-longing, one inch of ash." In such cases the allusion is part of the direct communication of the poem. An allusion can also be no more than a faint echo, a phrase used in an earlier text which the poet, perhaps unwittingly, incorporates in his own poem. Knowledge of the "source" serves only to reassure the reader that he is in the hands of an educated writer, one who has read the right books. From the rise of the Jiangxi school of poetry at the beginning of Southern Song times, it became a critical doctrine that poets should find the vocabulary of their imagery ready-made. Huang Tingjian said of Du Fu, meaning it as high praise, that he never used an expression that did not have its source[27]—in other words, that Du Fu invented no unfamiliar imagery. The Qing commentator Chou Zhao'ao set about proving the statement in his Du Fu commentary, and you will find him supplying a wealth of gratuitous and quite unhelpful information about the most unremarkable piece of imagery. For example: "On the River the waves couple with the sky in leaping, / Above the Pass wind-clouds touch the earth in casting shade."[28] Here there is no anecdote or hidden meaning, just the Long River as Du Fu saw it before him at Kuizhou, and it is unlikely that he was thinking of any of the texts that Chou Zhao'ao quotes: first a line from a poem by Yu Yan: "From the Three Mountains, the waves are high." Then Zhuangzi: "The Way couples with the sky." A poem by Yu Xin: "In autumn air wind-clouds are high." A letter from the Han Emperor Wu to the Prince of Huainan: "Verging with the sky and touching earth." All that this proves is that before Du Fu wrote his poem, the combinations *bo lang*, jian (yu) tian, *feng yun*, and *jie di* had all occurred in texts that Chou Zhao'ao (and quite probably Du Fu too) had read. But it has long been an expectation of readers of Chinese poetry that poets should not be innovators in the matter of vocabulary and imagery, and when they use allusions, that the allusions should be to familiar texts. The result is a poetry that is easy to understand. Wu Wenying's poetry conspicuously fails to conform to these expectations, and it is indubitably hard to understand. He is fond of allusions, but he alludes to unfamiliar texts, or worse, to stories and events which he did not himself learn from a written source. And in his use of imagery, he is likely to come up with something bizarre that he invented himself.[29]

For example, the second line of the "Magnolia" poem (the one Hu Shi objected to) reads *fan ren chu jian*. The Mao Jin edition has *ji* for *fan*, and Hu Shi adopted that reading, which at first glance does seem to be better: "Remembering when she first appeared." This is not the only variant of the word *fan*. Another text writes *si*, which also makes sense as "river bank". The correct choice depends on recognizing a rather obscure allusion behind the expression *fan ren*. The story is told by the Tang writer, Shen Yazhi, under the title "An Account of the Unhappy Person by the Xiang River".

This tale is both remarkable and charming, but no one has written it down... In the Chuigong period (685-689) a *jinshi* of the academy named Zheng set out in the early morning on Bronze Camel Street. By the light of the moon he crossed the bridge over the Luo River. Hearing someone crying bitterly under the bridge, he dismounted to see who it was and found a young woman, who covered her face with her sleeve. She said, "I am an orphan. My elder brother looked after me, but my sister-in-law was bad-tempered and treated me harshly. Today I was going to drown myself and in my misery was just waiting here a minute." "Would you care to come home with me?" the young man asked. She replied, "Even as your slave or concubine, I would not mind." So they lived together. He called her *fan ren*, "the woman adrift". She could recite the "Nine Hymns" of Chu and the "Summons to the Soul" and the "Nine Arguments". Moreover, she could compose tunes in the Chu style and write the loveliest sad songs. No one was her equal. After a few years the young man went off to Chang'an. On the eve of his departure she said, "I am a relative of the dragon of the Xiang River. He sent me away in exile, and I went with you. Now the years of my banishment are up, and I cannot stay with you any longer, so I wish to say farewell." And she clung to him weeping. He was unable to detain her, and she left.

Some ten-odd years later his elder brother was Prefect of Yuezhou. On the Third Month Festival they climbed the Yueyang Gate-tower and looked out over the Isle of E. As they were feasting and drinking the young man sang sadly:

> Feelings unfathomed
> Like waves surging,
> As I remember the happy time
> On the Three Xiang.

Before the song was finished, a gaily-painted boat came floating toward them. It carried an ornamented tower over one hundred feet high, on which someone was dancing. She looked very unhappy and in appearance resembled the woman adrift. In a moment the waves rose and crashed angrily, and it was not seen where the boat went.[30]

Wu Wenying's *ci* about the magnolia is written in remembrance to his departed mistress, and the allusion to the woman adrift (*fan ren*) is an appropriate way of intensifying the feeling he wants to communicate. The line "The Woman Adrift first appears" refers in the first place to today's flower, and so reminds him of the time long ago when he first saw the woman who resembled the flower. Moreover, the woman was like the Woman Adrift of the story in her beauty, her susceptibility, and above all, in the fact that she is now separated from him. Flower and person are fused in these four words, which carry an extraordinary weight of suggestion. The misprint in the Mao Jin text transforms a subtle and profound expression into a shallow and obvious one. For the "Woman Adrift" not only refers to the person, it also serves as a symbolical term for the flower, while "I remember her as she first appeared" can refer only to the woman. No wonder that Hu Shi found the poem abrupt in its transitions and was oblivious to its beauty.

For another example of a faulty reading which obscures an allusion on which the point of a line depends, see lines 7-8 of "Music Fills the Sky" below. Like the preceding, the allusion is one not easily accessible or likely to be known to most readers. Such passages have been neglected by commentators, not because they are obvious but for the opposite reason, as is shown by the tendency of editors to emend. Aside from the fact that the emendation makes no sense in context, it destroys the whole point of the line. So faulty texts have compounded the difficulty of understanding and appreciating Wu Wenying's *ci*, but the fault lies primarily with editors and commentators, and it is hardly fair to blame the poet for things that he simply did not write.

Each reader, of course, brings his own standard of erudition to the poetry he reads. What to one reader is obscure, even willfully so, to another may be commonplace. The first example, from a story by Shen Yazhi, is not so well known as the allusions in Li Shangyin's lines, coming from such texts as the *Shishuo xinyu* or Li Shan's *Wenxuan* commentary and familiar to every literate person. However, even Shen Yazhi's story hardly counts as obscure, at least not to Wu Wenying's contemporaries. His works were printed in Northern Song times,[31] and the *fan ren* allusion also occurs in a *ci* by Zhou Mi (1232-1309): "After years the *fan ren* appears again"[32] (here also the term *fan ren* is used of a flower). And the allusion in the *ci* discussed below is merely using a bit of local color, familiar to Wu Wenying as a native of the place and also no doubt to the friend for whom he wrote the *ci*. Certainly he was not trying to make his poetry unintelligible.

One might also say a word in defense of the poet's right to the vocabulary which he finds adequate and appropriate to his purposes. What he has to communicate is hard enough to get on paper, without limiting himself to the lowest common denominator of his possible reader's knowledge and intelligence. He should not sacrifice the unique meaning-loaded allusion that fits his needs just because one or another reader will predictably fail to recognize it. One can imagine Milton's reaction to the limitations which our modern education would like to impose on his use of classical allusion. Wu Wenying's fondness for allusions is not in itself a positive virtue, but, granted that he uses them skillfully, his poetry cannot with justice be called a mere "heap of allusions and clichés".

The other obstacle to understanding Wu Wenying's poetry is his unusual poetic diction and imagery. Take the lines: "If flying reds were to go to the bottom of the lake, / Gliding through green waves are all the sorrowful fish."[33] The expression "sorrowful fish" is quite without precedent. In Chinese writing generally, swimming fish are taken as symbols for a life of freedom and contentment, from the *Classic of Songs* "Eagles fly and fish leap"[34] and Zhuangzi's "In the moat the fish rejoice"[35] to Tao Yuanming's

"Standing by the stream I am abashed at the free-swimming fish,"[36] and Du Fu's "In the fine drizzle the fish come out"[37] or Su Shi's "Up winding reaches fish leaped,"[38] and Jiang Kui's "Old fish blowing the waves"[39]—in all these lines the fish is untrammeled and carefree. In the face of this well-established tradition, Wu Wenying invents the phrase "sorrowful fish", which most readers will take as arbitrary and incongruous.

We must read the term in the context of the whole poem, which is pervaded by a tone of profound melancholy, where "the east wind hastens the declining sun's departure" and "beside the lamp I lean on my pillow; it is raining outside, the incense burns." And added to the loneliness, sickness: "emaciated beside the stream." In such a mood and in such a setting, it is easy to transfer one's own feelings even to inanimate nature, and it becomes particularly effective when the conventionally cheerful fish are also infected with the poet's gloom. The pathetic fallacy is not uncommon in Chinese poetry. Li He writes: "If the sky has feelings, the sky is too old."[40] and Li Shangyin: "Catkins scatter and threads bind, until the sky too is confused."[41] Here the ordinarily impersonal sky is as subject to aging as the poet or is as confused as he. No wonder, with the flying red petals falling into the water and sinking to the bottom, that the living, active fish swimming in the lake could become aware of the passing of spring, and we should be prepared to let them share the poet's own feelings about the event.

Another example of unconventional verbal imagery is: "On Arrow Creek a sour wind impales the eyes, / Creamy water stains the flowers' stench."[42] The "sour wind" is not Wu Wenying's own invention, having been used first by Li He[43] and borrowed from him by Zhou Bangyan,[44] but it is still a long way from the conventional epithets applied to the wind, such as "cold" or "warm", as it is ordinarily perceived through the sense of touch. "Sour" is of course primarily a taste, which goes with vinegar or green plums. But in Chinese usage it is also applied to sensations, usually unpleasant, experienced in other parts of the body than the mouth; a "sour pain" is a standard term for a muscular ache. The "sour wind" is a sharp wind which is perceived as unpleasant as it blows in the eyes, making them smart and water.

The creation of expressions like "sour wind" is a product of a poet's special sensitivity to the world and ability to find adequate verbal equivalents for his experience. Not all poets are creative in this way, and Wu Wenying's fondness for borrowing from Li He (already remarked by Zheng Wenzhuo)[45] shows them to be kindred spirits. Wu Wenying also makes his own innovations in these two lines. The "flowers' stench", for example. The usual words favored by poets for the odor of flowers are those meaning "sweet-smelling". The word "stench" is used for strong-smelling things like fish or meat. In the present context the word is extremely evocative and carries a considerable weight of suggestion. The poem is written on the site of the ancient palace of Wu. The poet imagines that the flowing stream still carries the slops of the palace ladies, their bath water, water redolent of their creams and unguents. As a result, it is not unadulterated flower fragrances that one smells; they are contaminated with the traces of face cream and powder, which naturally bring to the nostrils a fragrance not purely of flowers.

But the word carries yet another suggestion. This site of the old Wu palace has often been the scene of revolution and battles, of pillage and desolation as well as prosperity and opulence. The poet today finds in the odor of the flowers another odor, that of bloodshed and decay, and this too is carried by the "stench". In this one word is combined the poet's feelings about the bygone palace ladies and the vicissitudes of time, the transience of beauty and power alike. It may be an unusual and almost shocking combination (stench of flowers), but it is justified by the effect achieved. It certainly cannot be dismissed as arbitrary or as a deliberate attempt by the poet to annoy.

So much in the way of generalities; let us now see how the bits and pieces of Wu Wenying's "fabulous structure" fit together to make a whole. I have chosen two *ci* for exegesis: "Music Fills the Sky" and "Eight-Rhymed Ganzhou Song". Each is presented first in a close translation with the Chinese text, followed by a line-by-line commentary.

To the Tune "Music Fills the Sky"	
(*Qi tian yue*, *QSC*, p. 2883)	齐天乐
On Climbing to the Grave of Yu with Feng Shenju	与冯深居登禹陵
Events of three thousand years beyond the last crow;	三千年事残鸦外
Wordless, weary, I lean against an autumn tree.	无言倦凭秋树
The flowing water changes channels,	逝水移川
High hills turn to valleys—	高陵变谷
How can one tell it was Holy Yu?	那识当时神禹
Dark clouds, strange rain,	幽云怪雨
Green cress wets the empty rafter	翠蓱湿空梁
In the depth of night flown away.	夜深飞去
Wild ducks rise in the blue sky,	雁起青天
A few lines of writing, perhaps where concealed of old	数行书似旧藏处
Long we sit, quiet, by the western window,	寂寥西窗坐久
Friends who seldom meet,	故人悭会遇
To talk and trim the lamp together.	同翦灯语
Accumulated moss on the fragmented stone,	积藓残碑
Shadowed scepter, broken circlet:	零圭断璧

Repeatedly rub away the world's dust. 重拂人间尘土
Frost reds stop dancing, 霜红罢舞
But still the mountain color is ever green 漫山色青青
Misty morning, hazy evening. 雾朝烟暮
Springtime boats, tied to the bank, 岸锁春船
Picture flags resounding devotional drums. 画旗喧赛鼓

The subtitle of this *ci* states that it is for Feng Shenju (Feng Qufei, *jinshi* 1241), a friend of many years' standing to whom Wu Wenying dedicated another *ci*.[46] Feng Qufei resigned his post in the Imperial Family School in 1256 to protest the emperor's appointment of Ding Daquan as political counselor of the left.[47] This *ci* is written in a mood of high seriousness a man like Feng Qufei might be expected to appreciate.

The title further mentions Yu's grave, which the two men visited together. Yu is of course King Yu, the founder of the Xia dynasty and controller of the flood, a ruler who brought order to a land racked by natural calamity. He is supposed to have died on Kuaiji Mountain (in what is now Shaoxing xian, Zhejiang province), while on a tour of inspection of Yue, and to have been buried there.[48] His temple was restored early in the Northern Song period[49] and was no doubt still there when Wu and his friend visited it; in fact he seems to allude to it directly in the poem.

The poem takes the reign of King Yu as its point of departure, "three thousand years" being approximately the period elapsed since his time. Of course, three thousand is at once the most general and the most tradition-loaded of all large numbers in Chinese, combining the associations with two "complete" numbers ("three" and "thousand").[50] Three thousand years ago puts Yu well back in the mists of antiquity; at the same time it invests the poem at the start with an air of seriousness and purpose.

The line continues with the enigmatic words *can ya wai* "beyond the last crow", presumably based on what the poet saw as he reached the top of the mountain. What the words suggest is more explicitly stated in a couplet of Du Mu:[51] "The empty sky is pale, pale; the solitary bird has vanished, / Ten thousand years of antiquity evaporate like this." The "last crow" is like the "solitary bird", suggesting that it was the only one left, and now even it is gone (or about to go). The word "beyond" is used in a similar way in Ouyang Xiu's lines: "Where the level moor ends, the spring hills lie; / The traveler is beyond even the spring hills."[52] Reading all this into Wu Wenying's line, we get something like "the last traces of the one remaining crow vanish into the pale immensity of the sky, and the events of the past three thousand years are even more irretrievably gone." The seven words of this line blend time and space, past and present, to create an impression of infinite distance and utter solitude. But what specifically was the setting? The poet had climbed a hill to visit the grave of King Yu, and it was Yu who inspired his admiration and regret. Of all the sage rulers of Chinese tradition, it was Yu who worked most unremittingly for the salvation of mankind and whose achievements were the greatest. He inspired another Song poet, Xin Qiji, to write:

> Enduring, an achievement for all time,
> Unflagging, the bitter labor in his own day.
> (Because of it) fishes plunged into the depths
> And mankind lived on the level land.
> The red sun still sinks in the west
> And white waves always flow east.
> It is not Gold Mountain I am looking at,
> I am thinking of Great Yu.[53]

In King Yu's time the people were plagued by flood waters and wild beasts, and it was Yu who restored order to the world—fishes plunged into the depths, birds and beasts returned to their proper places and mankind lived on the level land. The conditions were then right for mankind to enjoy peace and prosperity, it was an enduring achievement for all time, and all that it cost was one man's dedicated effort. Today, "The red sun still sinks in the west, / White waves always flow east," just as they used to (thanks to Yu), but present-day troubles—war and social upheavals—are a thousand times worse than the flood waters and wild beasts of antiquity. And who today has the strength and the will to play the role of Yu and save mankind from its troubles? This is what made Xin Qiji think of Yu as he faced Gold Mountain, and this is why Wu Wenying reflects on three thousand years of the past as he watches the last crow disappear.

But today there is no King Yu. The crow is gone, and in the vastness of sky and land what can a man hold on to? "Wordless, weary, I lean against an autumn tree." It was Confucius who said, "I would prefer not to talk,"[54] and the Lady Xi who said, "What more is there to say?"[55] when she felt that she had disgraced herself. The reason the poet is wordless is that he cannot bear to say directly, and cannot express completely, what is troubling him. All he can do is lean against an autumn tree, overcome by his feelings. Of course, he may also be tired from the climb, as Yang Tiefu suggests.[56] But he has carried with him on that climb the weight of three thousand years of human suffering and is in sore need of relief, of some secure resting place. And what does he find? An autumn tree, bare of foliage. The emotional impact of the line is achieved entirely by indirection.

He continues:

> The flowing water changes channels,
> High hills turn to valleys—
> How can one tell it was Holy Yu?

There is an echo of the "events of three thousand years" in the first line: it is the changes and transformations of three thousand years which he now views as he leans, weary, against the autumn tree. How many times has the east-flowing river changed its channel, while hills have eroded away and become valleys? The work of Yu, accomplished at what expense of effort, a work so vast that he must be called a god, "holy", a work which was to be an "enduring achievement for all time"—and all has been altered beyond recognition; the channel he dug for the River, the hills he bored through, all are gone: "How can one tell it was Holy Yu?" It is not the disappearance of the physical traces of his effort that distresses the poet; it is the accompanying changes in the human condition which are implied and the fact that things are getting worse.

The next three lines of the poem seem on first reading to have nothing much to do with Wu Wenying's theme. In fact, it is this sort of thing that has given occasion to the criticism of his poetry as "superficial", "confused", and "obscure".

Dark clouds, strange rain,
Green cress wets the empty rafter
In the depth of night flown away.

These lines have also been taken as an example of his remarkable poetic skill, "Bizarre concepts, beautiful colors, ascending to the sky and plumbing the depths."[57] The key to this admittedly obscure passage is the word "rafter", which must belong to the temple of Yu built beside the grave, about which there is a legend recounted in the *Ming Gazetteer*:[58] "There is a *mei*-wood rafter in Yu's temple. When they were building the temple in Liang times, a sudden rainstorm floated a beam to the site, and this was the *mei*-wood rafter."[59] It further quotes the *Illustrated Record of Siming*: "On top of Damei Mountain there is the *mei*-tree. It supplied the rafter for Yu's temple in Kuaiji. Zhang Sengyou painted a dragon on it, and nights when there was a rainstorm, it would fly into Mirror Lake and fight the dragon there. Afterward, people noticed that the rafter was dripping wet. At first they were frightened at the prodigy and chained the rafter to a pillar. Although the rafter there today is from another beam, it is still fastened with a chain in memory of the event."[60] It is not surprising that Wu Wenying, a Siming man himself, would have known the legend of the rafter "in the depth of night flown away," and it clearly explains these otherwise puzzling lines, all except the "green cress".

I had originally thought of the kind of painted scene one sees on rafters in palaces and temples and took the word *ping* to mean "duckweed", as one detail of the painting. But the orthography of the word *ping* is a variant form which occurs in the "Heavenly Questions" (*Tianwen*), where Wang Yi's commentary explains it as the "God of Rain".[61] This gives a satisfactory reading, "Green Raingod moistens the empty rafter", if one takes the epithet "green" as a bit of poetic license, as Li He spoke of the "whiteness" of the autumn wind.[62] But the real solution turned up in a reprint of a Southern Song edition of the *Kuaiji Gazetteer*, where the entry on Yu's temple reads: "Twelve miles southeast stands Yu's temple…When repairing it in Liang times, they lacked one rafter. In a sudden rainstorm a log came to hand in a lake, which they used to make the rafter. This was the *mei*-wood rafter. Nights when there is a great rainstorm the rafter is apt to disappear, and when it comes back again there are water plants on it. People believed it to be supernatural and fastened it with a great iron chain, but it still disappears sometimes."[63] This passage is similar to the one quoted in the *Ming Gazetteer*, omitting the part about the painting and the dragon fight. Together they supply the necessary information for a correct reading of the line. For the poet, it was no doubt all part of a commonly known legend, and there was no question of one or more written sources to which he was alluding.

The next line is also about something directly observed: "Wild ducks rise in the blue sky." From this we know that it is daytime and that the "depth of night" in the preceding line is not part of the present time of the poem; in fact, this abrupt transition throws into relief the unreality of the mythological passage, and we can see that the language is in keeping with the subject.

The next line, "A few lines of writing, perhaps where concealed of old," is first of all the sort of "sky-writing" that migrating ducks perform, something which Wu Wenying mentions in another poem: "Who wrote the poem on this landscape? / Wild ducks scribbling across the tower."[64] It also is related to the subject of his poem. The *Ming Gazetteer* says: "Stone Casket Mountain...is shaped like a casket. Tradition has it that when Yu completed his labors to control the flood, he stored his books there."[65] Another legend of Stone Casket Mountain recorded in the *Qing Gazetteer* says that Yu found a golden table with jade writing there.[66] In any case, the wild ducks are flying off across the sky looking like a couple of columns of writing, and where they are headed is Stone Casket Mountain, where Yu's books were once hidden, and now all that is left are the bird hieroglyphs and no longer any sign of Holy Yu. It is another reminder of those three thousand years and the changes they have brought.

The entire first stanza is written from the point of view of the poet without reference to his companion. With the second stanza, Feng Qufei is introduced: "Long we sit, quiet, by the western window, / Friends who seldom meet, / To talk and trim the lamp together." These lines incorporate an allusion to Li Shangyin's poem: "When will we trim the lamp together by the western window / And talk about the time it rained at night on Bashan?"[67] In Li Shangyin's poem the meeting is the longed-for happy situation which has yet to occur, but here, although Wu Wenying and his friend are together, they are quiet, even lonely. They have been sitting there a long time, not ready for bed, but like Du Fu and his wife, reunited after long separation: "The night grows late, we light a lamp / Face to face, it is as in a dream."[68] or in another poem where Du Fu celebrates a reunion with a friend he has not seen for twenty years:

Friends have trouble meeting
Just like morning and evening stars.
On this auspicious night
We share the light of the lamp.
The time of youth did not last long;
Both of us have grey hair now.[69]

The feelings conveyed by the lines "as in a dream," "like morning and evening stars," and "the time of youth did not last long"—these are reason enough for them to sit quietly. When Wu Wenying continues with "Friends who seldom meet, / To talk and trim the lamp together," he is expressing the same sentiment as Du Fu's "friends have trouble meeting," and "the night grows late, we light a lamp."

Following this account of meeting after long separation come the incongruous lines: "Accumulated moss on the fragmented stone, / Shattered scepter, broken circlet: / Repeatedly rub away the world's dust." At first glance these seem to have absolutely nothing to do with the lines immediately preceding, a characteristic example of what is commonly regarded as Wu Wenying's obscurity. The first two lines give a feeling of shreds and fragments and evoke a host of historical memories. The initial problem is to establish what the lines refer to: the "thick moss on the fragmented stone" should be the stone over Yu's grave, the one used as an anchor in lowering the coffin. The *Ming Gazetteer* quotes an "old source", which refers to the anchor-stone at Yu's grave and says that it had an inscription in ancient *li* script that was no longer legible and that a shelter had been built over it.[70] (Another source says that there was no inscription.)[71] Tombstones are of course as subject to the vicissitudes of time as any other human monument, but they are especially favored by poets. Li Bai writes: "Don't you see / The old tombstone of Yang Hu, from Jin times, / Tortoise head broken off, overgrown with moss?"[72] The four hundred years from Jin to Tang are but a fraction of the three thousand years that separated Wu Wenying from King Yu, and one would expect to find the stone split and the fragments moss-covered. The language used is particularly effective: the moss is not said to be "thick", but *ji* ("accumulated"), suggesting the time elapsed, and the stone is not simply fragmented but *can* ("in remnants"), again emphasizing the end result of a long-lasting process.

The poet lists other relics, a scepter (*gui*) and a jade disk (*bi*, "circlet"), likewise fractured and in fragments. These too are associated with Yu's tomb. The *Qing Gazetteer* mentions "a crimson scepter like the sun and a green scepter like the moon"[75] which the Spirit of Mt. Wanwei presented to Yu, and the *Ming Gazetteer* has an entry, "In the Shaoxing period (1131-1163) of the Song dynasty, suddenly one evening a radiance was seen shining forth from in front of the temple, and when they excavated at the place, they found an ancient scepter, a jade disk, girdle pendants, and bracelets, which were stored in the temple. However, the ones preserved there today are not genuine."[74] It is quite probable that both scepter and disk were in the temple when Wu Wenying and his friend visited it. The idea that these relics, fragmentary and broken, are all that is left from King Yu's time, is particularly poignant. Of his great engineering feats no trace remains, and of his benevolent rule only the tradition. But here at least is something tangible, if pathetically little, and the poet rubs them with his hand, not just once, but again and again (*chong*), lingeringly, regretfully, as though with this gesture he would undo the neglect of the centuries. It is not just dust that he removes, but "the world's dust". The qualifier *ren jian* seems puzzling—dust is of this world, after all. The term is unquestionably functional and needs to be scrutinized carefully if we are to see how the poem holds together, for it provides the necessary link between the discontinuities of space and time we have already observed.

Remember that we were abruptly jerked from the two friends talking and trimming the lamp together to the broken stone covered with thick moss: a change in space and time, from home (or inn) to the temple, from night to the preceding day. The easiest explanation is that the first stanza describes the day's excursion to the temple, the second the nocturnal conversation about what they had seen there. This all right as far as it goes, but Wu Wenying characteristically does not separate things out that neatly: he moves without transition from friends talking by lamplight to the shattered scepter and broken circlet of Yu's temple, from night to day, from the separation and reunion of individuals to the ancient and modern of history. And by not making a clear distinction between these things, he conveys the impression that they are all connected; the time and space dimensions merge. Of course the fragmented stone and shattered scepter were objects seen that day in the temple, and the feelings of regret attached to them were a subject of conversation that night. They recall the good days of their own youth that will not return, the events there is no repeating, and their feelings are perfectly symbolized by fragmented stone and shattered jade. And when the poet says that they "repeatedly rub away the world's dust," he is talking about their own lives as well as about these relics of a more remote past. And the dust that has accumulated on their broken lives, that has overlaid their youthful dreams and aspirations, their hopes and plans and enthusiasms, this is the inevitable product of living in the world, just as the dust of the ages collects on artifacts three thousand years old. This intermingling of past and present, of the personal and the historical, gives the poem its meaning. The juxtaposition of relics from King Yu's time and old friends talking about their own past at once gives intensity and depth to their experiences and imbues history with human feeling.

The next three lines take another unpredictable leap: "Frost reds stop dancing, / But still the mountain color is ever green / Misty morning, hazy evening." Here we have a new setting, abruptly leaving the dusty relics of the past and picking up an earlier seasonal clue, the "autumn tree" of line 2, for the "frost reds" are certainly maple leaves turned by frost. But this brief passage of natural scenery has a more important contribution to make to the poem than just to remind us of the time of year. The juxtaposition of red maple leaves that fall in a fluttering dance and the unchanging green of the hills establishes that relativity of passing time which Su Shi defined in his "First *Fu* on the Red Cliff": "If you look at it in terms of its changes, then the world cannot endure for the wink of an eye; but if you look at its unchanging aspect, both I and all things are unending."[75] What Su Shi says abstractly, Wu Wenying expresses in concrete images. The idea of transience is invested with feeling when embodied in something beautiful, alive, dancing. When the leaves fall they stop their dance and lose their color. They have been turned red by the frost, and in this transfigured state they cannot long endure—a most dramatic example of change and of the impermanence of beauty. What does not change is the green of the conifers on the hills, whether there is mist in the morning or haze in the evening. The contrast is emphasized by the first word of the line, *man*, which is hard to translate. It suggests indifference, also something done in vain. It is as though the frost-reddened leaves have stopped dancing and after their fall the indifferent mountains go on being green, to no particular purpose, in the morning mist and evening haze. What is past is gone for good, but human generations go on indefinitely. For all that they suggest the never-ending flux of things, these lines deal with scenery that could have been observed at Yu's tomb, but this was not necessarily what was seen on the previous day, for it is also a general statement about the way of the world.

The final two lines seem at first to be not only arbitrary, but also flatly contradictory: "Springtime boats, tied to the bank, / Picture flags resounding devotional drums." After the autumn tree and the red leaves, a springtime boat does not fit. Either Wu Wenying is showing a fine indifference to consistency or he is trying for a definite effect. To look first for a precedent: Du Fu, for example, wrote his eight "Autumn Thoughts" poems and adhered to the one season until the very last poem, where we come across the line, "The lovely ones gather the green in spring for remembrances."[76] Commentators have confidence in Du Fu's competence, and so Weng Fanggang says of this line, "Miraculous radiance flickers forth—it demands an intuitive response."[77] One can be equally enthusiastic about Wu Wenying's line. When in the first stanza he says, "Wordless, weary, I lean against an autumn tree," he is reporting an event occurring on the day of the excursion. With "Frost reds stop dancing" he is not limiting it to the one day but extending the period to include the changes of the autumn season. "But still the mountain color is ever green" goes further; it is valid for morning mist and evening haze, for winter as well as autumn, and it will still be true next spring. And below this mountain, next spring and every spring, one can see boats tied to the bank and everywhere the painted flags and the drums of the festival. But what festival? The *Shaoxing Gazetteer* says: "The establishment of Yu's temple fell on the day they sacrificed in Wuyu to Yu. They sacrificed to Yu in Kuaiji in spring and autumn…In the fourth year of Qiande (966), Wu and Yue were ordered to build Yu's temple in Kuaiji with five households to look after it. The supervisor offered sacrifices in spring and autumn."[78] The *Qing Gazetteer* adds, "Since Song-Yuan times they have always sacrificed to Yu there."[79]

Consequently, the painted flags and devotional drums have to do with the festivities connected with a sacrifice to Yu's spirit, festivities that involve public performances. The painted flags are on the many boats assembled for the occasion or carried by the guard. The "resounding" goes of course with the drums, but placed between the two parallel terms "painted flags" and "devotional drums", it has to serve for them both: the flags are summoning and the drums are beating to attract the audience.

But why a springtime boat? According to the Song *Kuaiji Gazetteer*, the fifth day of the third month is traditionally Yu's birthday, when there are the most people at the temple. For this occasion rich and poor, nobles and commoners, all come out from the city in gaily painted boats. There are feasting and drinking, songs and dances, and people save up all year long for the celebration. So the word "spring" in the poem is intended to remind us of this most important annual festival at Yu's temple. But it is more complicated than that. Practically the whole poem is autumnal: the one remaining crow, the autumn tree, the quiet, the frosty reds, and now in the last lines all at once there is the word "spring", flags, drums, and gaiety—quite the opposite of lonely, quiet autumn. It may seem that the poet is trying to cheer himself—and us. But if we look at the three preceding lines, we are reminded that what is lovely in autumn passes and what is unchanging carries over through winter and spring to the next autumn. So we must expect the spring festival to pass as quickly as the autumn one did. The word "spring" is a device for extending the scope of the poem. It does not change the dominant mood of regret, nor does it confuse the time-frame of the poem. What the poet is lamenting is not his observations on a single day's excursion. We look in vain today for traces of Yu's work, and the steady deterioration of the world follows a course as unalterable as the succession of the seasons.

Eight-Rhymed Ganzhou Song	八声甘州
An Outing on Mt. Lingyan with Colleagues from the Grain Transport	陪庾幕诸公游灵岩
An endless void, mist to the four distances.	渺空烟四远
What year was it	是何年
The meteor fell from a clear sky?	青天坠长星
Illusory green crags and cloud trees,	幻苍厓云树
Celebrated beauty's Golden Chamber,	名娃金屋
Failed Leader's palace walls.	残霸宫城
On Arrow Creek a sour wind impales the eyes,	箭径酸风射眼
Creamy water stains the flowers' stench.	腻水染花腥
At times tripping paired-lovebirds echo:	时靸双鸳响
An autumn sound in corridor leaves.	廊叶秋声
In the palace the King of Wu is dead drunk,	宫里吴王沉醉
Leaving the weary traveler of Five Lakes	倩五湖倦客
To angle alone, cold sober.	独钓醒醒
Ask the blue waves: they won't talk.	问苍波无语
How can grey hairs cope with the mountain's green?	华发奈山青
The water envelops the void;	水涵空
From the balcony's height	阑干高处
I follow random crows and slanting sun dropping behind Fisherman's Isle.	送乱鸦斜日落渔汀
Again and again I call for wine	连呼酒
And go to climb Lute Tower:	上琴台去
Autumn level with the clouds.	秋与云平

From the subtitle we know that this *ci* was written by Wu Wenying while accompanying his colleagues in the Grain Transport Office[80] on an outing to Mt. Lingyan. According to Xia Chengtao's chronology,[81] Wu Wenying was in Suzhou around the year 1232 as an official in the granary; he was over thirty at the time. He had been a longtime resident in the Wu region ("I spent ten years in Wu parks"[82]), and clearly was familiar with the historical sites and monuments, of which the most evocative are the ones relating to the ancient conflict between Wu and Yue, culminating in Wu's downfall under King Fuchai. The situation in the last years of the ancient kingdom of Wu had its modern parallels. Wu Wenying himself was born some seventy years after the fall of the Northern Song and died only twenty years before the end of the Southern Song. He lived at a time when there was a constant threat of foreign invasion and when the country was governed by unscrupulous politicians. In such times a sensitive poet need not have been a patriotic hero to be affected by what was going on or to be obsessed by a sense of impending catastrophe: "Relics of a thousand years' rise and fall—/ Half the hill declining sun and lonely cloud. / We pour another libation to the ghosts of Wu." These lines[83] were written on the occasion of another pleasure trip with his colleagues; but this *ci* especially, where the setting is Mt. Lingyan covered with relics of antiquity, is unusual among those written during his Suzhou period in its awareness of the tragedy of past and present. But where this poem is most outstanding is in the stylistic nuances and the inspired unconventionality of its ideas.

It begins with a scene out of Genesis: "An endless void, mist to the four distances. / What year was it / The meteor fell from a clear sky?" This is bizarre and unearthly enough. With only five words the first line takes us far outside the world of man into a realm of infinite space, chill and empty; it leaves us wondering where there is any place for human life in such a setting, with no beginning and no end, and wholly without substance. The abrupt interrogative, "What was the year?" prepares for the introduction of something more substantial; a meteor fallen out of the clear blue sky, by which we are to understand Mt. Lingyan. It was no doubt the physical appearance of the mountain which inspired this unusual image. It is described in the *Qing Gazetteer*: "From the top you can look down on both Lake Juqu and Lake Dongting. Over vast billows of mist the view stretches a thousand *li*."[84] And the *Wujun Gazetteer* says: "The Mountain is 360 fathoms high; it lies three *li* from human habitation."[85] These quotations give some idea of the mountain's height and isolation, and in looking at it, it could well occur to the poet that it was a great meteorite fallen from the sky. Conceived in these terms, the question follows, when did the meteor fall? It is a wonderfully skillful use of language to evoke the impression made by the physical aspect of the mountain without using a single word of direct description.

As he climbs the mountain and comes across the ruins of the old palace of Wu, the poet can only deplore the passage of time and react profoundly to the changes it has brought. When a heap of rubble is all that survives a thousand years, what are the values in this impermanent human world of vicissitudes? What is its meaning? Where does it come from? Is it any more than a senseless, unfeeling stone cast down from the sky by chance? The question, then, is one loaded with feeling: "What year was it / The meteor fell from a clear sky?"

In line 4, the word *huan* ("illusory") evokes all the faded flowers and vanished beauties of the past. The earth itself is no more than a random fallen star, and the things on the surface of this insensate stone give the illusory appearance of rise and fall, of growth and decay. In the beginning something came from nothing, and there were green crags and mist-enshrouded trees; but these are only bits of natural scenery. Later man and his ephemeral works appeared: the "celebrated beauty", the Golden Chamber, and the palaces of the Leader of the States, the Hegemon who dominated his time. But before the word "Leader" Wu Wenying slips in the qualifying adjective "failed", and Fuchai's great work of political unification all at once collapses. And with it the famous beauty and the Golden Chamber and all the other glories of his reign revert to nothingness. So all that came into existence from nothing is now nothing again: is it not illusion, all the endless human endeavor—human affairs with their ups and downs, played out on the surface of a fallen star? And so the word "illusory" connects the meteor of the first three lines with the famous beauty and Golden Chamber of the following three. The earth is a fallen stone, human life vanishes like a conjuror's illusion, there is no constancy in the world's affairs, and there is no end to suffering and uncertainty. Even the opening line of this poem "An endless void, mist to the four distances" inspires an inexplicable feeling of sadness.

The Golden Chamber is at once an allusion to the room where the Han Emperor Wu proposed to lodge the woman whose beauty so appealed to him as a boy,[86] and a reminder of the Palace Where the Beauty Was Lodged (Guanwa gong) built for Xishi.[87] One can imagine the grandeur of the palace as it must have been in the time of King Fuchai and the revels and festivities that he enjoyed there with his favorite. But the King of Wu had other concerns than amusing himself with Xishi; he yearned to become Hegemon, Leader of the Feudal Lords. We read in the *Historical Records*: "In the second year of his rule, King Fuchai of Wu...attacked Yue and defeated it in Fujiao...In the seventh year he went north to attack Qi and defeated Qi in Ailing. In the ninth year he attacked Lu on behalf of Zou...In the spring of the fourteenth year the King of Wu assembled the feudal lords in Huangchi to the north, intending to be Hegemon over the central states so as to fulfill the house of Zhou."[88]

If King Fuchai had the hegemony so nearly within his grasp, why does Wu Wenying call him the "failed Leader"? In the first place, among the famous Hegemons of the Spring and Autumn period, Fuchai is not in the same class with Duke Huan of Qi or Duke Wen of Jin, or even with Duke Mu of Qin or King Zhuang of Chu. Second, he comes late, at the very end of the period. Third, it was only shortly after the assembly at Huangchi that he was defeated by King Goujian of Yue: he lost his life and his state was destroyed. This sort of leader, for all that he achieved the hegemony, surely deserves the epithet "failed". And yet the ruins of the palace among green crags and cloud-shrouded trees, which belong to the time of Fuchai's failed leadership, are visible here today on Mt. Lingyan. When we read the words "palace walls" we think of their splendor as they were during Fuchai's lifetime; but "failed Leader" reminds us of his premature defeat, of the rapid changes in the fortunes of men and nations, and all is reduced to an illusory shadowplay on a fallen star. It is a common enough experience to feel depressed by reminders of decayed grandeur; here Wu Wenying's unique achievement lies in putting this enduring human uncertainty in a setting that transcends the human time scale.

The poem continues: "On Arrow Creek a sour wind impales the eyes, / Creamy water stains the flowers' stench." These lines provide further details of the cheerless scene of relics of the past, relics Wu Wenying presents in his most eccentric style to convey every nuance of feeling. Arrow Creek (Jianjing) is the same as the Plucking Fragrances Creek (Caixiang jing) mentioned in the *Wu Prefecture Gazetteer*.[89] "Plucking Fragrances Creek is a small brook on the side of Fragrant Hill. King Wu planted fragrant plants on Fragrant Hill and had his harem beauties pick them as they drifted down the brook in boats. Today, viewed from Mt. Lingyan, the stream flows straight as an arrow, and so the popular name for it is Arrow Creek."[90]

The "creamy water" suggests Fragrant Water Brook (Xiangshui xi), also mentioned in the *Wu Prefecture Gazetteer*: "Fragrant Water Brook flows through the old Wu palace. It is popularly said that it is where Xishi bathed; people called it the 'rouge and powder pool'. It was the place where the palace ladies of the King of Wu washed off their makeup. Even today the spring above smells fragrant."[91] So both Arrow Creek and the creamy water of Fragrant Water Brook are near the Palace Where the Beauty Was Lodged.

"On Arrow Creek a sour wind impales the eyes." "Sour wind", as Wu Wenying uses the expression here, is not just another example of what I have called his modernity, a sort of sharpening of perception through the choice of unusual word-combinations. He has borrowed the term from a line in a poem by Li He,[92] and this whole line is so close to Li He's that the allusion is unmistakable: "From the Eastern Pass a sour wind impales the eyeballs." As a result, in addition to the heightened effect of the association between "arrow" and the verb "impales", the context of Li He's poem is available to add to the intensity of feeling of Wu Wenying's as we are reminded of what Li He said in the preface to his poem: "In the eighth moon of 233, the Emperor Ming of the Wei ordered his palace officers to pull in a cart the statue of the Immortal who holds a dish for collecting dew, the one which the Han Emperor Wu had erected, wishing to have it set up in front of his own palace. The officials had broken off the dish and were about to move the statue when tears poured from its eyes."

According to Yao Wenxie,[93] the Tang Emperor Xianzong was preparing to excavate Dragon Head Pond and build two palaces when Li He wrote his poem, intending it as a timely reminder that extravagant undertakings of rulers did not long endure. In Li He's poem it was the sour pricking of the wind in the face that made the tears flow. But even more it was the grief for the fallen mighty, for the ancient ruler whose line was ended. Li He's poem "Song of the Bronze Immortal Taking Leave of the Han" was written as a warning to the ruling emperor, using the example of the Han as a reminder that the Tang could not last forever; and when Wu Wenying had climbed Mt. Lingyan with the autumn wind in his face, he used Li He's phrase "A sour wind impales the eyes" to convey the feeling of sadness inspired by the ruins of the ancient palace of Wu, now overgrown with weeds, as he reflected on the lesson for his own time of another historical dynasty on its last legs.

Fragrant Water Brook, in the poet's imagination, still carries the powder and unguents of the harem ladies of the Wu palace of old, and so he calls the water *ni*, "creamy" or "oily". The word is doubly effective, for besides being appropriate to the creams and powder washed off into the water, it also recalls Du Mu's "Rhymeprose on E'pang Palace",[94] where a line about the palace women of Qin reads: "The current of the Wei rises and is oily (*ni*): it is because they dumped the water in which they washed off their makeup." This provides another reminder of the transience of glory, for Du Mu follows his description of the grandeur of the E'pang Palace with the abrupt sequel: "Once put to the torch by the Chu leader, alas the scorched earth!" And the piece concludes with the lament: "If later men pity them and fail to take them as a warning, these later men too will be pitied by still later men." In borrowing from Du Mu the combination "creamy water", Wu Wenying shows the same skill as in his taking Li He's "sour wind", for in both cases the allusion reinforces the unusual language.

In the next phrase, "stains the flowers' stench", the word *xing* (stench) is even more remarkable than "creamy" or "sour", if only because unprecedented; besides, the effect does not depend on the reader's familiarity with literary antecedents. I have already discussed the unconventional nature of this epithet applied to the palace ladies' wash water and its contradictory associations with carnage and bloodshed, and need not repeat it here. It is in these three adjectives, applied to the wind on Arrow Creek, the water of the brook, and the flowers growing beside it, that Wu Wenying's artistry in words is displayed. What we have takes us a long way from the conventional lament for the past inspired by a sightseeing visit to some famous ruin.

"At times tripping paired-lovebirds echo: / An autumn sound in corridor leaves." This gets a bit more complicated. It still deals with something from a vanished past, but it begins to treat illusion as reality. The "echo" is the sound of Xishi's footsteps. The word *sa* ("child's slipper", translated "tripping") is used by Sima Xiangru[95] in its other reading *xi* to mean "lightly, swiftly"—of flowing water. Wu Wenying manages to combine the two meanings in what is really a verbal use. It is of course standard practice in Chinese to use as a verb a word that is ordinarily a noun: *lü*, for example, which is the noun "shoe" and a verb "to wear on the foot" or "to go in shoes". But here the noun *xi* (or *sa*), "slipper" is being used as a verb with the added adverbial meaning "lightly, swiftly", giving something like "to step swiftly and lightly", "to go tripping along". The ordinary word would be *lü* or *ta* "to step", both lacking the extra meaning of "swiftly, lightly". So *shi sa* means "from time to time to go pass trippingly with swift, light steps."

The "paired lovebirds" (*shuang yuan*) are Xishi's slippered feet. The term occurs frequently in Tang and Song *ci* for the embroidered slippers worn by women, and Wu Wenying also uses it elsewhere.[96] The *Wu Prefecture Gazetteer* mentions a "Corridor of Echoing Steps" as a part of the Palace Where the Beauty Was Lodged and explains the name by saying that the corridor was built over a sound chamber of catalpa wood so that when Xishi walked along it, her steps resounded.[97] Today, as the poet views the palace ruins, he seems to hear from time to time the sound of Xishi's quick steps: "At times tripping paired-lovebirds echo," but since he lived some 1,700 years after Xishi's time, the sound must be imaginary. What has created the illusion of footsteps? The autumn wind whirling the fallen leaves in the corridor, "an autumn sound in corridor leaves"—and with this line the illusion that we hear the footsteps of Xishi fades, and we are left with the melancholy rustle of dry leaves in the wind, autumn's most characteristic sound.

The whole of this first part of Wu Wenying's poem is written directly out of what he observed on Mt. Lingyan, some of it true and some false, part genuine and part illusory, the present scene blended with events of a thousand years ago; the inexpressible melancholy, the poet's sensitivity, the miraculous language—all out of reach of those who conceive of beauty only in conventional terms.

The second part of the poem begins abruptly: "In the palace the King of Wu is dead drunk, / Leaving the weary traveler of Five Lakes / To angle alone, cold sober," Where the first part was primarily descriptive, for all that it confused the real and the illusory, this part mingles past and present while concentrating on the state of the world. Chen Xun has explained these lines as drawing a parallel between Fuchai's loss of his kingdom and the decline of the Southern Song dynasty.[98] It is an excellent interpretation with two weaknesses: it pushes the historical parallels too far in detail to carry complete conviction and it is written in a style that is terse to the point of unintelligibility. My own interpretation is based on his.[99]

The palace in the first line is the Palace Where the Beauty Was Lodged; its physical ruins are there before the poet's eyes, among the green crags and cloud-enveloped trees on Mt. Lingyan. The Five Lakes of the next line are Lake Tai, whose "misty isles and vast reaches" are mentioned in the *Suzhou Gazetteer* as visible from its top. Then two human figures are thrust into the scene, the King of Wu and the "weary traveler"; the former is King Fuchai, whose drunkenness is his infatuation with Xishi and the diversions he enjoyed in her company, unaware of the danger from his powerful neighbor, Goujian. The "weary traveler" is Fan Li, of whom it was said, "When Goujian destroyed Wu, he advanced as far as the Five Lakes. Fan Li took his leave of the king, saying, 'May Your Majesty continue to strive. I shall not return to Yue.' and he left in a light boat across Five Lakes. No one knew where he ended up."[100] And in the *Shiji* account of Goujian, "In the end Fan Li went away. From Qi he sent back a letter to the Great Officer Zhong: '... The character of the King of Yue is that of a long-necked bird of prey. You can share trouble and hardship with him but not prosperity.'"[101]

When the poem says "to angle alone, cold sober," it implies that Fan Li was the only clear-sighted and sober man in his time. The single word "to angle" recalls his carefree life in a boat on Five Lakes, while "alone" emphasizes his loneliness and his difference from the others, who were drunk while he was sober. In Wu Wenying's time was there anyone like Fan Li, by exception sober? If there was, he was born into a world where everyone else was drunk, and he could only be a weary traveler fishing alone on Five Lakes. The word "weary" conveys his weariness with the instability of the world and with the bitterness and tragedy of the human condition. The word *qian* means "to cause", and gives the sense "The only thing for a man to do who is as clear-sighted as Fan Li is to harbor no ambition beyond fishing alone—the only choice of a sober man in the midst of the drunken crowd." Finally, although the drunken King of Wu in his palace and the sober fisherman on Five Lakes belonged to different states, rival kingdoms of over a thousand years ago, now in Wu Wenying's poem there is only the opposition of drunk and sober, and in this opposition lies the sadness of endless changes from past to present, the alternation of prosperity and decay, of peace and war. It is not necessary to limit it, as Chen Xun did, to the threat of Goujian, which Fan Li recognized but of which the King of Wu was unaware.

In these two sentences one is carried from the mountain and lake present before the eyes to the millennial rise and fall of empires. In the following two lines, the "blue waves" and the "mountain's green" bring us back to the present landscape. Today's weary traveler finds in the mist-enshrouded blue waves stretching away to the horizon no answer to the agonizing question that so preoccupies him. "The mountain's green" picks up "in the palace" of line 11 and refers to Mt. Lingyan with the ruins of the Palace Where the Beauty Was Lodged; "white hair" refers back to the weary traveler, clearly a persona of the poet himself. The confrontation of white-haired poet and evergreen mountain, the one so full of feeling, the other wholly indifferent, the weary traveler with his burden of grief and worry, the mountain with experience of the ever-changing current of history—how little can man's feeble strength hope for!

Certainly Wu Wenying's *ci* carries an enormous weight of feeling beyond anything made explicit in the words, and Chen Xun is quite right to bring in the Juchen invaders and the troubles of the Song empire. The old kingdom of Wu was destroyed by Goujian, and the Northern Song was defeated by the Juchen. King Fuchai was unwilling to accept the disgrace of his defeat and committed suicide at Yongdong, but the Song Emperor Huizong and his son were taken prisoner and carried off north to die miserably in the territory of the invaders, surely a more shameful end. Wu Wenying, who must have thought of himself as a survivor of the Northern Song catastrophe, both sober and aware of the precarious situation of the Southern Song in its last years, could feel his own helplessness in the presence of the Wu palace ruins and the misty waves of Five Lakes; all he could do was deplore the situation, unlike Fan Li, who was free to leave the concerns of the state and end his days in carefree wandering. But aside from that, Wu Wenying saw a historical analogy between the China of his day and the old state of Wu, between himself and Fan Li. However, this is only one unifying thread that runs through his poem; there are further layers of feeling that cannot be restricted to any simple historical parallel.

We have yet to consider the last six lines:

The water envelops the void; 水涵空

From the balcony's height	阑干高处
I follow random crows and slanting sun dropping behind Fisherman's Isle.	送乱鸦斜日落渔汀
Again and again I call for wine	连呼酒
And go to climb Lute Tower:	上琴台去
Autumn level with the clouds.	秋与云平

In this passage the poet tears himself free from his preoccupation with the sorrows of history and of the present. The setting takes the place of emotions, or rather, becomes their vehicle. In the first line we see the water stretching out to merge with the sky, a vast and endless expanse, as far as the eye can reach. This is probably the actual view from Mt. Lingyan, on which there stands a lookout tower named Enveloping the Void (Han kong) at just this place. According to the *Ming Gazetteer*,[102] it was built in the third century. Gao Qi wrote a poem about the view, including the lines:

> Rolling billows under an endless sky
> From the twisting railing of the high tower on this mountain peak.
> Take your stand right on top of floating clouds
> And let your eye go beyond the departing birds.[103]

Wu Wenying's line contains a reference to the name of the tower, but it is primarily a description: wherever one looks the scene extends to the horizon. It is an isolated vantage point looking out over a bottomless immensity. The high balcony railing on which the poet leans to look out seems to be in the midst of this void. What is there in the whole vast universe besides this stretch of emptiness that swallows up his body? Far off in the distance a few isolated crows disappearing with the westward setting sun—all gradually vanishing in the far-off misty waves beyond the fisherman's isle. The word *song* ("follow" or "accompany as a parting guest") suggests that he stares a long time, lost in his reverie; the grief that he feels in his loneliness, helpless to hold back birds or sun, is implied but not made explicit. At this point there is nothing more to do or say, and he can only call for wine over and over again. The repeated call suggests the urgency of an intolerable distress. Where does he intend to drink his wine? On Lute Tower. Li Shangyin's poem "Setting Sun Tower"[104] has a couplet: "The flowers are bright, the willow is dark, and the whole sky is melancholy; / From the second wall I climb yet another tower." And Xin Qiji: "The sky is far and hard to reach, so don't stare too long. / The tower is high, and you want to go down, but still you lean."[105] A man in the grip of hopeless sorrow will always want to go to a place with a distant view for a final struggle and effort, and always it will intensify his grief. This is the effect of Wu Wenying's last line: after calling for wine, he climbs up Lute Tower. And what more is there to be seen from the top of Lute Tower? "Autumn level with the clouds." Filling the void between heaven and earth, outside the human world is nothing but this autumn air. Here on the tower one feels oneself at last to be upon a level with the clouds. But in the whole vast sky there is no place where a man can get a breath of air untainted with autumn sadness.

These last four words take us to even further reaches of space and further stretches of emptiness, where the famous beauty and the Golden Chamber and the failed Leader and the palace of the King of Wu and the weary traveler are enveloped and dissolved in the mists of the four distances. We are carried back to the opening lines of the poem, which is like the snake of Changshan with its tail in its mouth, and all the intervening confusions of true and false, past and present, empty and actual, the implications and the marvels of style, all are beyond description. Wu Mei said that Wu Wenying's greatest excellence lay in the depth of thought he was able to convey in the most rarified flights of fancy—and in this poem are combined both the fancy and the profundity.

Notes:

1. Zhang Yan, *Ci yuan* (*Cihua congbian* ed.) B.4.

2. Hu Shi, *Ci xuan*, pp. 342-343.

3. Hu Yunyi, *Songci yanjiu*, p. 178.

4. *Ci xuan* (revised ed.), pp. 344-345.

5. *Tang Song ci yibaishou* (Zhonghua shuju, 1961).

6. Zhou Ji, *Song sijia cixuan*, Preface, p. 3.

7. Ge Zai, *Qijia cixuan*, quoted in *Songci sanbaishou* (Guangwen shuju ed.), p. 328.

8. Wu Mei, *Cixue tonglun*, p. 97.

9. Hu Yunyi, for example (*Songci yanjiu*, p. 179), after quoting Zhou Ji's effusion ("His best *ci* shine with the radiance of heaven and the colors of clouds") comments: "This would serve as an appreciation of Jiang Kui, but not of Wu Wenying." He adds, "Zhou Ji gave Mengchuang the leading position among his four *ci* writers and praised his 'unusual ideas and great beauties that maintain the rich texture of the Northern Song.' This is piling exaggeration on top of exaggeration. Mengchuang's *ci* wholly lack 'unusual ideas' and are even more devoid of any 'great beauties'. How can anyone say he 'soars to the skies and hides in the depths'?"

Xue Liruo says of Wu Wenying: "His talent was not great, and his style is neither free nor powerful. He cannot approach Xin Qiji, nor even tail along after Jiang Kui. When Wu Mei spoke of his genius being extraordinary, he got it exactly backwards" (*Songci tonglun*, p. 281).

10. Zhu Qiangcun, *Mengchuang ciji xiaojian*.

11. Chen Xun, *Haixiao shuoci*.

12. *WX* (Yiwen yinshuguan ed.) 29.1b, 2a, 3b, 5b.

13. Zhong Rong, Preface to *Shi pin*, pp. 6b-7a.

14. Wang Guowei, *Renjian cihua*, (Kaiming ed.), pp. 20, 29.

15. Ding Fubao, *Tao Yuanming shi jianzhu* (Yiwen yinshuguan ed.), p.

110.

16. *Mengchuang ciji*, p. 1a: *Suo chuang han* (*yu lan*).

17. Hu Shi, p. 342.

18. *Mengchuang ciji*, p. 91b: *Gao yang tai* (*luo mei*).

19. Liu Dajie, *Zhongguo wenxue fazhan shi*, p. 261.

20. Yang Tiefu, *Mengchuang cixuan jianshi* I, 1, 2.

21. Wu Mei, *Cixue tonglun*, pp. 97-98.

22. *Li He geshi bian* (*SBCK* ed.), 2.1a: *Jintong xianren ci Han ge*.

23. *Mengchuang ciji*, p. 3a: *Shuang ye fei* (*Chong jiu*).

24. *Li Yishan shiji* (*SBCK* ed.) 5.6a: *Wu ti*, No.2.

25. *Shishuo xinyu* (*SBCK* ed.) 3B.47a-b.

26. *WX* 19.7b.

27. *Yuzhang Huang xiansheng wenji* (*SBCK* ed.) 19.23b.

28. *Dushi yinde* 2.467/32A/3: *Qiu xing*, No. 1.

29. Shen Yifu, *Yuefu zhimi* (*Cihua congbian*, II, 1) makes this criticism of Wu Wenying: "His weakness is in using allusions and imagery too obscure for anyone to understand." Zheng Wenzhuo, *Mengchuang ciba*, B.19 (appended to *Mengchuang sigao* in *Siming congshu*) also criticized him in similar terms. Hu Yunyi (p. 55) quotes Shen Yifu with approval and adds, "There is hardly a single long *ci* of his which can be read."

30. Shen Yazhi, *Shen Xiaxian ji* (*SBCK* ed.) 2.14ab. The word *fan ren* on its first occurrence is written *si ren* in this edition. There are also variant forms in the *Tangdai congshu* and *Guangutang huike* versions of the story, but *fan ren* is the most common orthography.

31. The *SBCK* edition is a photo-reprint of a Song Yuanyou (1086-1093) edition, so the story circulated in print before Wu Wenying's time.

32. Zhou Mi, *Caochuang ci* (*Guoxue jiben congshu* ed.), p. 47.

33. *Mengchuang ciji*, p. 91a: *Gao yang tai* (*fengle lou*).

34. *Shijing*, No. 239/3.

35. *Zhuangzi jijie* (*Qiu shui*), p. 108.

36. *Tao Yuanming shi jianzhu*, p. 87: *Shi zuo zhenjun canjun jing Qu'e*.

37. *Dushi yinde* 2.372/9A/6: *Shuijian qianxing*, No. 1.

38. *Dongpo yuefu jian* 1.52b: *Yong yu le*.

39 *Baishi Daoren ci jianping*, p. 84: *Niannu jiao*.

40. *Li He geshi bian* 2.1a: *Jintong xianren....*

41. *Li Yishan shiji*, 4.1a: *Yantai shi*, No. 1.

42. *Mengchuang ciji*, p. 99a.

43. *Li He geshi bian*, ibid.

44. Zhou Bangyan, *Pianyu ji* (*SBBY* ed.) 6.3.

45. Zheng Wenzhuo: "Much of his vocabulary comes from Changji's (i.e., Li He's) poems, with the result that his constructions are bizarre. Today readers seldom look for their source and mistakenly suspect him of being too obscure" (quoted by Long Muxun in his *Tang Song mingjia cixuan*, p. 269).

46. *Mengchuang ciji*, p. 77b: *Zhuying yaohong*.

47. Feng Qufei, biography in *Song shi* 425.9ab.

48. According to *Yuejue shu* (*SBCK* ed.) 8.65ab.

49. *Da Ming yitong zhi* 45.3014. The restoration was in the Qiande period (963-967).

50. See L. S. Yang, "Numbers and Units in Chinese Economic History". *HJAS*12(1949), 218.

51. *Fanchuan wenji* (*SBCK* ed.) 2.7a.

52. *Songci sanbaishou*, p. 35.

53. *Jiaxuan ci biannian jianzhu*, p. 532.

54. *Lunyu* 17/17.

55. *Zuozhuan*, Zhuang 14.

56. Yang Tiefu, 1.14.

57. Zhou Ji, *Song sijia cixuan*, p. 7.

58. *Da Ming yitong zhi* 45.3012.

59. Although written with the word *mei* (plum tree), it is certainly not a beam fashioned of fruit tree wood. Yang Tiefu (p. 14) identified it with *nanmu*, a cedarlike wood.

60. *Da Ming yitong zhi* 45.3016.

61. *Chuci* (*SBCK* ed.) 3.18a.

62. *Li He geshi bian* 2.4b.

63. *Kuaiji zhi* (Caijuxuan 1808 reprint of a Song Jiatai [1201-1204] ed.). It has a preface by the poet Lu You (1125-1210).

64. *Mengchuang ciji*, p. 91.

65. *Da Ming yitong zhi* 45.2996.

66. *Da Qing yitong zhi* 179.8.

67. *Li Yishan shiji* 6.7a.

68. *Dushi yinde* 2.52/8A/11.

69. Ibid., 2.17/20/2.

70. *Da Ming yitong zhi* 45.3016.

71. *Jinshi cuibian* 11.35.

72 *Li Taibai shi* (*SBCK* ed.) 7.1b.

73 *Da Qing yitong zhi* 179.8.

74. *Da Ming yitong zhi* 45.3016.

75. *Jingjin Dongpo wenji shilue* (*SBCK* ed.) 1.3a.

76. Yeh Chia-ying, *Du Fu Qiuxing bashou jishuo*, p. 434.

77 *Dushi yinde* 2.469/32H/5.

78. *Shaoxing fuzhi* (Kangxi ed.) 22.2.

79. *Da Qing yitong zhi* 179.8.

80. The term *yumu* seems to be only an elegant variant of *cangmu*. *Yu* is defined in *Shuowen* as “storage of water-transport”, and Duan Yucai paraphrases: “Grain is brought by water and stored” (*Shuowen jiezi gulin* 4136a). There were two granaries in Suzhou, one in the south, west of

Zicheng Gate, and one in the north beside Changmen Gate. The former was for regular tax grain, the latter for special requisitions. See Zhu Changwen, *Wujun tujing xuji* (Illustrated Account of Wu Prefecture, Continued) (*Linlang mishi congshu* ed.) A.13b.

81. Xia Chengtao, *Wu Mengchuang xi'nian* (reprinted in *Mengchuang ciji*), pp. 3-4.

82. *Mengchuang ciji* 80b.

83. *Mulanhua man* (Magnolia Flowers: On Tiger Hill in the Company of Colleagues from the Granary), ibid.

84. *Da Qing yitong zhi* (Jiajing revised ed.), XXVI, Suzhou section 12a.

85. *Wujun zhi* (Song ed. Reproduced in Zhang Shiming, *Ying Song Yuan shanben huikan*) 15.1b.

86. The anecdote is found in *Han Wu gushi* (*Gujin yishi* ed.) 2a.

87. "The *Yuejue shu* says that the people of Wu built the Palace Where the Beauty Was Lodged (Guanwa gong) on Polished Stone Mountain (Yanshi shan). The palace must have got its name from its connection with Xishi. Traditionally there is supposed to have been a Lute Tower on the mountain. Also a Resounding Steps Corridor, the floor of which was made of catalpa wood. When Xishi walked on it, it echoed to her steps, and hence the name" (*Illustrated Account of Wu Prefecture, Continued*, B.21ab).

88. *Shiji* (Bai'na ed.) 31.6ab.

89. *Wujun zhi* 8.9b.

90. The word *jing* is defined by Duan Yucai's *Shuowen* commentary (4824b) as "course" (*tong*) and is interchanged with *jing* "direct route, path".

91. *Wujun zhi* 8.10a.

92. Li He (Shijie shuju ed. of Li He's Works *Li He shizhu*), p. 66.

93. Yao Wenxie (*jinshi* 1659), ibid., p. 226.

94. *Works* (*SBCK* ed.)1.1b-2b.

95. *Hanshu buzhu* (ed. of 1900) 27B.11b-12a.

96. “Wind in the Pines”, *Mengchuang ciji* 62b: “Sad that the paired lovebirds do not come, / On the dark steps a night’s moss has grown.”

97. *Illustrated Account of Wu prefecture, Continued*, 21b.

98. Chen Xun, 3b-4a.

99. “The first three lines simply connect the two scenes of mountain and lake with the drunkenness of King Wu and the soberness of Fan Li. The ‘blue waves’ continue the ‘Five Lakes’, and the ‘mountain’s green’ follows on ‘in the palace’. This is the most painful thing in the whole poem. To develop it a bit: it regrets Fuchai’s being duped by the King of Yue. Fan Li recognized that he was a dangerous bird of prey, but Fuchai did not, and so was drunk; Fan Li was sober. The treachery of the Juchen surpassed even that of Goujian, and the abduction of Emperor Hui was more shocking than Fuchai’s defeat. The emperor’s death in Wuguocheng was more tragic than the episode of Beiyouwei. And finally the grief of the Southern Song survivor was a different thing from Fan Li’s carefree flight; the excursions to Genyue and the visits to Fanlou were more abandoned than the dissipations in the old palace of Wu. The Northern Song was finished, and the peace and security of the Southern Song was precarious. Who is the ‘weary traveler of Five Lakes’ today? The word *qian* ‘leaving’ implies that everyone else is drunk too. One wonders what Wenying’s colleagues from the Grain Transport found to answer to his poem?”

100. *Guoyu* (*SBCK* ed.) 21.9.

101. *Shiji* 11.37ab.

102. *Da Ming yitong zhi*, Suzhou section, 8.9b.

103. *Gao Taishi daquanji* (*SBCK* ed.) 14.18a; lines also quoted in the *Ming Gazetteer*.

104. Li Shangyin (*SBBY* ed.) 1.15b.

105. Xin Qiji (*SBBY* ed.) 4.2b.

碧山词析论

——对一位南宋古典词人的再评价

一、序　论

——谈前人对碧山词的毁誉及咏物词中兴发感动之作用

王沂孙是南宋末年的一位词人，生于宋、元易代之际，身世沦微，姓名不见于史传。清朝的查为仁和厉鹗撰《绝妙好词笺》，采摭诸家笔记为词人考证生平，于王沂孙之下曾著录云："沂孙，字圣与，号碧山，又号中仙，会稽人。有《碧山乐府》二卷，又名《花外集》。"又引《延祐四明志》云："至元中，王沂孙，庆元路学正。"至于碧山传世的作品，则今日所见者仅有《花外集》一卷，加上自《绝妙好词》辑录的七首、自《阳春白雪》辑录的六首和自《花草粹篇》辑录的一首，一共也不过只有六十五首词而已。与碧山同时的词人张炎，在他哀悼碧山的一首《琐窗寒》的序文中，虽曾称其"能文"，可是除了这六十几首词以外，碧山却更无任何作品流传于世。以一位作品如此之少而又姓名不见于史传的作者，来与两宋一些声名彪炳、作品浩繁的作者如东坡、稼轩等大家相比，当然不可相提并论；可是这一位身世沦微、作品寥落的词人，在有清一代的词学评论史中，却曾经获得过极大的称誉。有名的词评家如张惠言、周济、谭献、戈载、陈廷焯诸人，便都曾对碧山词给予过极高的评价，甚至将之比美于诗人中的曹子建和杜子美。陈廷焯《白雨斋词话》说他的词既有“缠绵忠爱”、“怨慕幽思”的内在情意，又有“沉郁之笔”、“顿挫之姿”的表现技巧。张惠言《词选》尤其赞美他咏物词中的托意，说“碧山咏物诸篇，并有君国之忧”。周济《宋四家词选·目录序论》说：“咏物最争托意，隶事处以意贯串，浑化无痕，碧山胜场也。”又公开标榜学词要以碧山为入门途径，说：“词以思、笔为入门阶陛，碧山思、笔，可谓双绝。”这种评论对晚清的一些词人产生过极大的影响，如王鹏运、朱祖谋、端木埰诸人，便都曾经是碧山词的崇拜者和模仿者。不过自五四以来的一些现代批评家，则对碧山词却都颇有微词，胡适的《词选》便曾批评碧山的咏物词说：“至多不过是晦涩的灯谜，没有文学的价值。”又反对以“君国之忧”来解说碧山词，认为“王沂孙曾做元朝的官，算不得什么遗民遗老”。刘大杰的《中国文学发展史》虽然承认碧山词“见景生情，因物起兴，时时流露出一点伤时感事的情绪来”，可是也曾提到他“仍是做了元朝的官”，而且批评他的作品“只能引起一种凄凉叹息和没落的感伤情绪而已”。胡云翼的《宋词选》也认为他“表达不明确，反映没有力量”，即使有“托意”也“不过是一点微弱的呻吟罢了”。

这种不同的评价之形成，其所牵涉到的评说标准，主要实在只有两点：其一是就技巧而言，碧山词的表现究竟是否可以称得上是“沉郁之笔”、“顿挫之姿”，或者只是一些“晦涩的灯谜”；其次是就内容而言，碧山词的情意究竟是否可以称得上是“缠绵忠爱”的“君国之忧”，或者只是一个“做了元朝的官”的“微弱的呻吟”。本来从技巧表现和内容情意来品评诗歌，原是古今中外所共同使用的两项标准，而碧山词的评者却在这两项共同的标准中，看出了如此悬殊不同的评价来，这主要实在因为一般评者往往缺乏周至客观的了解和分析，因此就不免仅凭一己的主观感受，或仅凭狭隘的道德标准，而作出了偏颇武断的评价。

关于诗歌的品评，我在《〈人间词话〉境界说与中国传统诗说之关系》一文中，曾经提出过“兴发感动之作用，实为诗歌之基本生命力”的观点，因此，对于诗歌的评赏，自然应当以其能否传达出这种生命，及其所传达之质量的纯驳、多少为主要之标准。而影响这种质量之纯驳、多少者，则主要有二种因素：其一是与作者之感受心理方面有关的属于“能感之”的因素；其二则是与作者之表现技巧方面有关的属于“能写之”的因素。因此，若想要对一个作者有公允客观的评价，便不能只以狭隘的道德或主观的好恶来对之妄加毁誉，而需要先对其感受之内容及写作之技巧有彻底深入的了解，更需要对其何以如此感与如此写的时代社会背景也有清楚的认识，如此才能对一位诗人作出比较全面而公允的评价。所以对碧山词的品评，我们首先要判断的，也当是在其作品中有无这种感发之生命的存在。

说到碧山词中的兴发感动之生命，我们在此愿提起一个值得读者注意的问题，那就是我们在前面举引前人对碧山词之评语时，并未曾提到近代评词专著《人间词话》一书对碧山词的评语，原来《人间词话》的作者王国维在其生前所发表的六十四则词话中，虽曾对唐代以迄南宋的重要作者，都曾有所品评，然而却并无一语及于碧山，可见王国维对于碧山词必然并无深爱。而王国维论词所标举的“境界"，其所喻指的则正是这种感发作用在诗歌中具体的呈现。因此，王国维的词论乃特别反对“隔”，反对“咏物”，反对“隶事”和“用典”。其所谓“隔”，指的就正是作者不能把自己的感发作有效的传达，而“隶事”、“用典”和“咏物”，则正是足以造成“隔”的种种因素。以上所言，我在《〈人间词话〉之理论与实践》一文中，已曾详细说明，兹不再赘。而如果以这种标准来衡量，则碧山词的大部作品，却不幸正都是这种“隶事”“用典”的“咏物”之作，其不能为王国维所赏爱，当然就是必然的了。不过，另一方面我们也注意到，当王国维在《人间词话》中论及南宋的作者，对于梦窗、梅溪、玉田、草窗、中麓（按当作西麓，为词人陈允平之别号）诸人，屡次表示其强烈之不喜时，却也并未曾提及与他们同时唱酬的碧山的名字，可见他对于碧山词似乎也并无深恶。这种态度当然是极可玩味的。而使王国维对碧山词陷入此种难以言其爱恶的尴尬境地之缘故，便正因为碧山词中用典隶事的咏物之作，虽然初看起来，似乎也不免使人觉得有“隔”的遗憾，然而在他的用字造语之间，却又确实有一种可以使人兴发感动的力量。谈到这里，我们当然便不得不对用典隶事的咏物之作，与诗歌中兴发感动之作用的关系一加说明。

一般说来，兴发感动之力的产生，原当得之于内心与外在事物相接触时的一种敏锐直接的感动。这种感动可以得之于大自然界的花开叶落的引发，也可以得之于人事界的离合悲欢的遭遇，因此，触物兴感或即事抒情，应该才是表达内心感动的一种自然程序。可是，咏物的词则是要把内心真正的感动隐没，而通篇都要抱定所咏之物去铺陈叙写，而且往往要藉“隶事”、“用典”来作为铺叙的材料，这种写作方式，与前二者之直接叙写自己的兴发感动者，当然有极大的不同。前二者是直接的、自然的，而后者则是间接的、不自然的；前二者是纯以感性为主的，而后者则是有着思索之安排的。所以即使单言咏物不言寄托，这种词也早已有伤真率自然之美了。何况南宋王沂孙诸人的咏物词，还要借咏物来寓写寄托，那当然就需要有更多一层的思索和安排，如此则对于自然真率之美，当然也就更多了一份断丧。这些作品之被讥为“晦涩的灯谜”，实在也未尝没有道理。

不过，事实上作灯谜的方法，与写咏物词当然有着极大的不同。灯谜只是一种机智的游戏，不论是谜面所叙述或谜底所暗示，都不需要有任何情意的感动。可是咏物词中的寄托，则是需要完全以情意之感动为主的。首先是所寄托的本意，必当是一份极深刻真挚的情意，因为藉咏物来写寄托的词，原则上大都应当是写作于一种极不得已的环境之中，既无法将自己的情怀作直接的抒写，又中心激荡不能自已，于是才不得不藉咏物来寄托所感，则其作品中原当有一份真挚之情意的感动，自不待言。只是这一份情意的感动既不能直接表达，因而在藉咏物来寄托的安排思索中，便不免使原有的感动之力受到了蒙蔽和伤损。与王沂孙同时的周密、张炎等人的咏物之作，便或多或少都有这种缺点。所以要想把咏物寄托之词写得好，便不仅要求作者自己心中先须有一份极为感动的情意，而且更要求作者对所咏之物也要有一份感动的情意，更需要能把内心之情意与所咏之物的情意融为一体，而且要使这种情意的感动和用以铺排叙写的事典相结合，如此则藉咏物来寄托的安排思索，便不仅不会蒙蔽和伤损原有的情意的感动，反而会使原有的情意经过这一番安排思索，更显得有盘旋沉郁的姿态和力量，如此才能算是有寄托之词的上乘之作。如果以王沂孙与张炎、周密诸人相比较，王沂孙便是在这方面表现得比较成功的一位作者。所以周济在论及南宋这些作者时，就曾经赞美王沂孙说“碧山餍心切理，言近指远”，又说“碧山思、笔，可谓双绝”（《宋四家词选·目录序论》）。而批评张炎“积谷作米，把缆放船，无开阔手段”（《介存斋论词杂著》），又批评周密说：“草窗镂冰刻楮，精妙绝伦，但立意不高，取韵不远，当与玉田抗行，未可方驾王、吴也。”（《宋四家词选·目录序论》）周济所说的“把缆放船”、“镂冰刻楮”等评语，其实指的就是张炎、周密诸人在安排刻画的铺叙方面工夫之细密，然而可惜“无开阔手段”，“立意不高，取韵不远”，则指的就是他们的作品不能给读者一种开发启迪的感动力量。而王沂孙则是“餍心切理，言近指远”，也就是说王沂孙一方面既有着“切理”、“言近”的安排叙写，而另一方面也有着“餍心”、“指远”的使读者内心得到满足的情意的感发。所以又说“碧山思、笔，可谓双绝”，其所谓“思”当然指的是碧山词中具有一种使人感动的情意，而其所谓“笔”当然指的就是碧山能把这种情意表达出来的微妙的技巧。而且咏物寄托的词不能以直笔抒写，所以碧山词之用笔，在透过咏物的思索安排中，就特别能予人一种沉郁顿挫之感，这也就正是陈廷焯赞美碧山词所说的“沉郁之笔”“顿挫之姿”。因此，一些偏爱自然真率之美的读者，当然便不免觉得碧山词“晦涩”，而不能体会到他的词中所具有的兴发感动之力了。下面我们就将透过碧山的历史背景，对于他如何感及如何写的“思”与“笔”两方面一作研讨，希望藉此能使我们对于碧山词可以有更为深入的了解和更为公正的评价。

二、碧山的时代及生平

要想对碧山词中的情意有较深入的了解，当然我们首先便需要对他的生平和时代稍有一点认识。而碧山的生平却又并无史传可考，因此，我们所能凭藉的，便只有碧山自己的词作和当时与他相唱酬的一些其他词人的作品及史料而已。首先，我们要谈到的当然是碧山生卒的年代。他有一首《淡黄柳》词，前面的小序曾有“别周公谨丈于孤山中”云云。公谨是周密的字，碧山称之为“丈”，可见其年岁必当小于周氏；可是，碧山在另一首标题为《次周公谨故京送别韵》的《三姝媚》词中，则又有“谩相看华发，共成销黯”之句，既曰“相看华发”，当然该是二人都已有了“华发”，依此看来，是二人之年岁实亦不当相去过远。而且在这首词的标题中，碧山也只称周氏为“周公谨”而不再称之为“丈”，也可见“丈”字可能只是二人初识不久时，碧山对于比较年长之周氏的尊称，而并不真指辈分之不同。根据夏承焘所编的《周草窗年谱》，周密盖生于南宋理宗绍定五年（1232），是则碧山之生年定当在此年不久之后。至于碧山的卒年，则夏承焘在《周草窗年谱》中，于元世祖至元二十八年（1291）下曾引周密之《志雅堂杂钞》所载“天放降仙……问王中仙今何在，云在冥司幽滞未化”[①]之语，以为“王沂孙卒于此年前”。因此，我们可以推知碧山盖正生当南宋自危亡至易代的一段悲惨的历史中。本来南宋至理宗之世，国势已早就落入了难以有为的境地，加之以在外交

① 天放为人名，姓胡。

方面又犯了引狼入室的错误，答应了蒙古人联盟伐金的请求，于是金人既灭之后，蒙古人遂大举入侵。理宗崩后，立了个昏弱的度宗，在贾似道专政的情形下，在位十年，终于把南宋送上了必亡的途径。当度宗逝世时，太子㬎不过只有四岁，两年以后就在临安城破时被元人掳而北去。他的哥哥九岁的益王在福州即位，是为端宗，不到三年，就在海上的流亡中死去了。陆秀夫等人又拥立了他八岁的弟弟帝昺，逃到了海上的崖山，已经面临到运终途穷的地步。于是在第二年，陆秀夫遂终于负帝蹈海而死。[①] 这一段覆亡的过程，可以说是相当惨烈的。而按照年代算起来，当时的碧山应当只有三十多岁的年纪。碧山的故乡会稽又距离南宋的都城临安如此之近，所以碧山对于南宋之覆亡必当怀有很深的悲慨，这是我们可以想见的。

因此，下面我们所要谈到的，就是碧山与当日的一些遗民一同结社吟词，藉咏物来寓写家国之慨的故事。当时流传下来的有一卷咏物词集，题为《乐府补题》[②]，里面共收有三十七首词，作者有王沂孙、周密、张炎、唐珏、陈恕可、仇远等共十四人，用五个不同的词调，分咏“龙涎香”、“白莲”、“莼”、“蝉”、“蟹"五个不同的题目。关于这一卷咏物词之含有寄托之意，盖自清代之词人厉鹗始发其端。厉氏在其论词绝句十二首中，有论及《乐府补题》的一首，诗云：“头白遗民涕不禁，补题风物在山阴。残蝉身世香莼兴，一片冬青冢畔心。”自注云：“《乐府补题》一卷，唐义士玉潜与焉。”玉潜就是唐珏的字，关于义士唐珏的事，在陶宗仪的《辍耕录》中有详细记载。王树荣作《乐府补题跋》，对其中的寄托之意也曾有所发挥。夏承焘的《周草窗年谱》附录有《乐府补题考》一文，对于与之有关的人、地与事，也都曾有所考证。为了以后讨论碧山词的内容托意时较为方便起见，我们现在先把这一段本事，略作简单

① 参看《宋史·本纪》卷四一一四七。

②《乐府补题》一卷，不载编者姓名，据夏承焘《乐府补题考》，以为可能为陈恕可及仇远二人所辑，见《唐宋词人年谱·周草窗年谱·附录二》。

之撮述。原来在元朝初年有一个总管江南浮屠的胡僧名杨琏真伽者，曾经盗发在会稽的南宋诸帝后陵墓，弃骨于草莽间。唐珏闻而悲愤，遂与友人林德旸邀集里中少年，收诸帝后遗骸共瘗之，且于宋故宫中移冬青树植于冢上。厉鹗诗中所谓“一片冬青冢畔心”，即指其事而言。至于当时陵墓被发掘之惨状，则据《辍耕录》“发宋陵寝”条，及《癸辛杂识·别集上》“杨髡发陵”条之所记载，俱谓理宗之尸，启棺如生，又谓含珠有夜明者，发墓者遂倒悬其尸树间，沥取水银，如此三日夜，竟失其首。又谓一村翁于孟后陵曾得一髻，发长六尺余，髻根尚有短金钗云云。据夏承焘之考证，以为《补题》中所赋之“龙涎香”、“莼”、“蟹”等题，盖皆指宋帝王而言，至于赋“蝉”与“白莲”等题，则托喻后妃。从这些本事和提示来看，碧山词中之含有寄托之意，似乎该是确实可信的。

碧山既身经亡国之痛，他的词作中也确实可能寄托有家国之慨，因此下一个我们所要讨论的就该是碧山曾否仕元的问题了。关于碧山仕元之事，实在仅见于《延祐四明志》之记载，而《延祐四明志》一书则版本甚少，流传不广，一般人所据者多半只是《绝妙好词笺》所转引之记述，因此，也有人以为此说不尽可信。如刘毓盘之《词史》就曾认为此一记叙“与《乐府补题》宋遗民之说不合”，而且引张炎悼碧山的一首《洞仙歌》词中的“门自掩，柳发离离如此”诸句，以为碧山“似生平未尝一仕”。为了考证此一问题，我曾经在日本东京文库查检到《延祐四明志》原书，在卷二《职官考上》皇朝庆元路总管府本路儒学官学正一则之下，确实著录有王沂孙的名字。《延事四明志》为元代的袁桷所编撰，与碧山时代相近，其所记叙当然该是可信的。何况我们如果仔细寻检碧山自己的词作和与他同时唱酬的一些其他词人的作品，也都可以发现碧山曾经出仕的有关资料。例如周密有一首题为《寄王圣与》的《忆旧游》词，其中便曾有“天涯未归客，望锦羽沉沉，翠水迢迢，叹菊荒薇老，负故人猿鹤，旧隐谁招”之句。从其中所用的典故来看，“菊荒”出于陶渊明的《归去来辞》，“薇老”出于《史记》的《伯夷列传》，“故人猿鹤”出于孔稚圭的《北山移文》，其暗示碧山不当出仕而当及时归隐的用意是明白可见的。[①] 而且碧山自己也曾写有一首题为《四明别友》的《齐天乐》词，其中也有“正恐黄花，笑人归较晚"之句，其所表示的则是虽然出仕而却向往于归隐的口气。同时碧山还有另一首题为《归故山》的《醉蓬莱》词，其中有“扫西风门径，黄叶凋零，白云萧散……故国如尘，故人如梦，登高还懒”之句，所表现的便是归来以后的落寞凄凉和故国今昔之感。所以碧山应当是确曾一度出仕，只是在出仕以后不久，就又再度辞仕归隐了。刘毓盘所引的张炎悼碧山的那一首《洞仙歌》词，在开端处也曾有“野鹃啼月，便角巾还第”之语，“角巾”是野人隐士之头巾，《晋书·羊祜传》曾有“当角巾东路，归故里”之语，即指辞仕归隐而言，所以张炎这一首词中的“门自掩，柳发离离如此”之句，虽指隐居而言，然而却并非如刘毓盘所说的“生平未尝一仕”，而是曾经出仕以后的再度归隐。那么碧山究竟是在何种情势下才出仕而后又归隐的呢？

关于南宋遗民之出仕，首先我们要认清的一点，就是中国传统的士人对于出仕为朝官与出仕为学官，是有着不同的看法的。清代的全祖望在其为宋、元之际的名学者王应麟的画像所写的一篇《宋王尚书画像记》中，于论及王应麟在宋亡以后曾应召为山长一事，便曾说：“山长，非命官，无所屈也。箕子且应武王之访，而况山长乎。”今人孙克宽教授撰《元初南宋遗民初述》，在论及被列为遗民的标准时，于“宋亡后隐居不与新朝合作者”一项之下，关于出仕新朝之看法，也曾特加注明云：“乡学或书院教授不在此限。”[②] 这是当我们论及南宋遗民之出仕时，所当有的第一点认识。其次，我们所要了解的是，当时在元代出仕为学官的南宋遗民们，有不少都是被迫于不得已的情势，与碧山同时的著名文士戴表

① 按陶渊明《归去来辞》有“三径就荒，松菊犹存”之句；《史记·伯夷列传》有“隐于首阳山，采薇而食之”之句。周密词意盖谓碧山如不及时归隐，则三径之菊既将荒，首阳之薇亦将老矣。又孔稚圭《北山移文》有“蕙帐空兮夜鹤怨，山人去兮晓猿惊”之句，盖讽当时名士周颙之弃隐出仕。周密词亦藉之以讽碧山之出仕，而望其归隐。

② 孙克宽：《元初南宋遗民初述》，台湾《东海学报》第十五卷，1974年。

元，在其《剡源戴先生文集·送屠存博之婺州教序》一文中，就曾谈到这种不得已的情势，说:“古之君子可以仕乎？曰可以仕而可以不仕者也；今之君子不可以仕乎？曰不可以仕而不可以不仕者也。”又说：“以为不仕而为民，则其身将不免于累也。”所以戴表元的友人屠约在宋亡以后，虽然“当路数授之以官”都曾“翱翔而不就”，可是最后还是不得不接受了婺州学正的任命。至于戴表元自己，也不得不以六十余岁的高龄，被“执政者荐于朝，起家拜信州教授”。[①] 其他同时的一些诗人文士，如白珽、仇远等人，也都曾先后出仕为太平学谕及溧阳学正。[②] 这些人的出仕，除了被执政所荐的政治方面之不得已的情势以外，生计问题可能也是迫使他们不得不出的另一项因素。所以《元诗选》在牟巘的《陵阳集》前面的序文中，就曾经说：“仇仁近、戴帅初辈，犹不免出为儒师，以升斗自给。”像这种情况，当然也是我们于知人论世之际所不可不察的。所以碧山在其《四明别友》的一首《齐天乐》词中，便不仅在才出仕时就写下了“正恐黄花，笑人归较晚”的想要归隐的愿望，而且更在词中以“试语孤怀，岂无人与共幽怨”诸句，表现了他的出仕是有着不得已的“孤怀”，而且在当时与他一样“共”有此种“幽怨”的，还不止碧山一人而已，则当时不得不出仕的时代背景自可想见。何况碧山另一首题为《归故山》的《醉蓬莱》词，也确实证明了他在出仕以后不久，果然就又再度归隐了。则其出为学官一事，当然也就绝不可以与那些甘心仕宦、出为顺民者一体而论。这一点也是我们所不得不加以辨明的。

三、对碧山词内容及技巧的分析

——释例二首

以上我们对于碧山的时代和身世既有了大概的认识，下面我们就将

---

① 见《元史·戴表元传》。

② 见《新元史》卷二三七《白珽传》，又《吾邱传》附《仇远传》。

举两首碧山的词作为例证，来对他的用思和用笔一加探讨。第一首我们要讨论的是他的《天香》一词，现在就让我们先把这首词抄录下来一看：

孤峤蟠烟，层涛蜕月，骊宫夜采铅水。汛远槎风，梦深薇露，化作断魂心字。红瓷候火，还乍识、冰环玉指。一缕萦帘翠影，依稀海天云气。　　几回殢娇半醉，剪春灯、夜寒花碎。更好故溪飞雪，小窗深闭。荀令如今顿老，总忘却、樽前旧风味。谩惜余熏，空篝素被。

这首词不仅是碧山《花外集》中所收的第一首词，也是《乐府补题》所收的第一首词。在《补题》中，于《天香》词调之下还有一行短短的题序云："宛委山房拟赋龙涎香。""龙涎香"是词中所赋的主题，"宛委山房"是当时赋词的一些词人们集会的地点。据《补题》中所记载的词人们的别号和籍贯来看，"宛委山房"的主人应该是会稽的陈恕可。据夏承焘在《周草窗年谱》附录《乐府补题考》中考证当时集会的诸词人，大多为越人或流寓在越者，"其集会之地，若宛委山房、天柱山房、紫云山房，皆以越山得名"，而被掘之南宋六陵则正在越之山阴，因此，夏氏乃云"胡僧残行，殆为诸词人所目击"，所以《补题》中所收的一些词之有寄托之意，当然是极为可能的。不过，作为一首文学作品的词而言，我们毕竟不能只把它当成一首谜语来猜测，因此，现在我们把它的寄托之意姑且搁置不谈，暂时先看一看碧山是用怎样的文艺表现手法来叙写词中之主题"龙涎香"的。

这首词之所以使一般读者觉得晦涩难解，第一是因为我们对龙涎香的产地、性质、制造和焚爇的过程通常都一无所知，第二是因为碧山对这种名贵的龙涎香又有着他自己锐敏而且独特的感受和想象，因而使人觉得对于词中的一些意象和修辞难以理解。现在就让我们把龙涎香先作一个简单的介绍。据《岭南杂记》的记载云："龙涎于香品中最贵重，出大食国西海之中，上有云气罩护，则下有龙蟠洋中大石，卧而吐涎，飘浮水面，为太阳所烁，凝结而坚，轻若浮石，用以和众香，焚之，能聚香烟，缕缕不散。”又云：“鲛人采之，以为至宝，新者色白……入香焚之，则翠烟浮空，结而不散。”其实所谓龙涎香者，盖为海洋中抹香鲸之肠内分泌物，并非龙吐涎之所化。据《辞海》所载，抹香鲸为海上鲸鱼之一种，有长达五六丈者。鼻孔位于头上，常露出水面喷水，大概这就是其所以被人想象为龙，而且传说其上常有云气罩护的缘故。碧山此词开端三句“孤峤蟠烟，层涛蜕月，骊宫夜采铅水”，便是叙写诗人对于龙涎所产之地以及鲛人至海上采取龙涎之情景的想象。“孤峤”实在指的就是传说中龙所蟠伏的海洋中大块礁石，曰“孤”，曰“峤”，便立刻使读者对其所写之地增加了无数孤绝而奇幻的想象。至于“蟠烟”二字所写的蟠绕的云烟，当然指的就是传说中之所谓“上有云气罩护”，而碧山在“烟”字上用一“蟠”字，便使人又觉得“孤峤”上的云烟不仅是在其上萦浮罩护而已，更可以由“蟠”字的“虫”字边而想到龙蛇之类的“蟠”伏。短短的四个字，碧山已写出了他对于龙涎之产地，也就是蟠龙所居之海峤的无穷奇妙的想象。次句“层涛蜕月”，则是写鲛人至海上采取龙涎时之夜景。碧山又用了一个“蜕”字，也有着“虫”字边，同样可使人联想到龙蛇之类的动物，盖月光在层涛中的闪动，正如同自层层波浪的蜕退中吐涌而出，而层层波浪之蜕退，又正似龙蛇之类鳞甲的蜕退。此一“蜕”字，初看起来虽似觉颇为生涩，其实却既紧扣住了题目中的“龙涎”所引起的对于“龙”之联想，也真切地写出了层涛浮动的海上月光闪动的情景，是用得极奇妙而又极为恰当真切的一个字。而且此一“蜕”字，正好与上一句的“蟠”字遥遥相对，在文法上造成了极工整的一联偶句，同样强烈地暗示着对于神话中所传说的“龙”之想象。直到下面的一个单句“骊宫夜采铅水”，碧山又加以较为叙述性的说明。“骊”字盖指骊龙而言，“骊宫”谓骊龙所居之地，遥应首句“蟠烟”的“孤峤”。“夜”字指鲛人采取龙涎之时间，遥应次句的“层涛蜕月”之夜色。然后继之以“采铅水”，又正式点明采取龙涎之事。而且用“铅水”以代龙涎，为读者提供了极为多义的暗示：其一，龙涎原非纯水，而是含有可以凝结为浮石之物质的一种液体，故曰“铅水”；其二，“铅”字又可使人联想到“丹铅”、“铅粉”等物，既可暗示其白色，又可暗示其香气，且暗藏神话中采炼铅丹之想；其三，唐代诗人李贺之《金铜仙人辞汉歌》，曾有“忆君清泪如铅水”之句，李诗原藉汉宫中金人承露盘被魏人移去之事寓写盛衰兴亡之感，碧山用于此句中，则既可暗示龙涎被鲛人采去永离其旧所依附之“骊宫”，也可暗寓碧山对故国之怀念。像这种丰富的联想和暗示，正是碧山词的一大特色。至于就章法结构而言，则从首句“孤峤”之写地，次句“蜕月”之写夜，至此句“采铅水”之写事，为一大顿挫。

龙涎既已被采离“骊宫”，于是次一句之“汛远槎风”便写其相去之已远。“汛”字为潮汛之意；“槎”字则用张华《博物志》“有人居海上，年年八月见浮槎去来不失期”的故事，暗指鲛人乘槎至海上采取龙涎，随风趁潮而远去，于是此被采之龙涎遂永离故居不复得返矣。继之以“梦深薇露"，则是接写此龙涎被采去以后之遭遇。“薇露”盖指蔷薇水而言，据宋代陈敬所撰之《香谱》于《蔷薇水》一则下云：“大食国花露也……以之洒衣，衣敝而香不灭。”而且蔷薇水又正为制造龙涎香时所需要的一种重要香料，也就是前引《岭南杂记》中所云“用以和众香”中之一种，据《香谱》云制龙涎香时须取龙涎与蔷薇水共同研和。然则此远离故土之龙涎当其在“薇露”之香气中共同研碾之时，对其过去之一切自当有无限之怀思，对其未来之一切亦当有无穷之梦想，故曰“梦深薇露”也。碧山既将龙涎视为如此有情之物，于是此有情之龙涎遂于经过一番研碾之后化而为“断魂”之“心字”矣。“心字”原来正是一种篆香的形状，明杨慎《词品》即曾载云：“所谓心字香者，以香末萦篆成心字也。”南宋的另一位词人蒋捷，在其《一剪梅》词中，即曾有“心字香烧”之语。南宋的名诗人杨万里在《谢胡子远郎中惠蒲太韶墨报以龙涎香》一诗中也曾有“遂以龙涎心字香，为君兴云绕明窗”之句，可见“心字”原为龙涎香被制成之后所可能实有之形状，只是碧山在“心字”前又加了“断魂”二字，则此“心字”便不仅是写实而已，且更象喻着有情之龙涎化为“心字”之形状以后的凄断的心魂了。自“汛远槎风”之遥远的追忆，经过“梦深薇露”之磨碾的相思，到“化作”“心字”的凄断的心魂，碧山又以其丰富的想象、深锐的感受，在同样的两个偶句、一个单句的形式中，表现了情意方面的又一段章法的顿挫。

以下“红瓷候火，还乍识、冰环玉指。一缕萦帘翠影，依稀海天云气”，则写龙涎被焙制成的各种形状和被焚爇时的情景。据《香谱》所载，龙涎香之制，须用“慢火焙，稍干带润，入瓷盒窨”。“红瓷”当即指存放龙涎香之红色的瓷盒，“候火”则当指焙制时所需等候的适当之慢火。至于“冰环玉指”则当指龙涎香制成之形状，即《香谱》所载“造作花子佩香及香环之类”。当时与碧山同赋龙涎香的词人，如周密即曾有“宝玦珮环争巧”之句，唐艺孙亦曾有“金猊旋翻纤指”之句，其所谓“珮环”、“纤指”便都是指被制成之龙涎香的各种形状。只不过周密和唐艺孙所写的都只是毫无感情的物之形状，虽极精巧却并不能使人动情。而碧山却把“冰环”与“玉指”连言，则恍如写女子之纤手玉环，遂使读者顿生无数多情之想象，何况前面还有着“乍识”二字，仿佛真有着初睹佳人之惊喜，层层幻出，极意以有情的笔法写出了龙涎香之珍贵难得及其形状之精美，而且由“乍识”二字引出了与龙涎香相对之人，为后半阕之写人事也预先埋下了伏笔。这是碧山又一个章法的安排。于是继之以“一缕萦帘翠影，依稀海天云气”，又归结到龙涎香之开始被焚爇。这两句不仅真切地写出了龙涎香被焚时“翠烟浮空，结而不散”的实在的情景，而且更在帘前一缕翠影的萦回中，暗示了多少虽然经过磨碾焚烧而依然难以销毁的缱绻的相思，更在海天云气的依稀想象中，暗示了多少对当年海上的“孤峤蟠烟”的怀念。于是就在这一缕香烟的萦回缥缈中，碧山把对于龙涎香的叙写，从采取、制造到焚爇，做了一个总结的大停顿。

下半阕从“几回殢娇半醉”到“小窗深闭”，碧山则荡开笔墨，不再作对于龙涎香本身的叙写，而开始回忆起当年在焚香之背景中的一些可怀念的情事来。曰“几回”，便已是怀想之辞，谓当年曾有“几回”也。“殢娇半醉”的“殢”字原为慵倦之意，此句写半醉时的娇慵之态，从叙写之口吻来看，自当为男子眼中所见女子之情态，然而碧山却只以客观之笔墨叙写所见之人，而并未及于男女感情之一字，因为碧山此词的主题，原在写“香”而并非写“人”，与其说焚香为当时人事之背景，毋宁说人事为焚香时情景之衬托。继之以下一句的“剪春灯、夜寒花碎”，仍以客观之笔接写女子之动作，质言之，原不过写一女子之剪灯花而已，然而“灯”则曰“春”，“花”则曰“碎”，便显出了无限娇柔旖旎之情调，衬以中间的“夜寒”二字，则以窗外之寒冷反衬窗内之温馨。故继之乃云“更好故溪飞雪，小窗深闭”，便正是写在窗外的严寒飞雪的反衬下，又更显得在“深闭”的“小窗”中“殢娇半醉”之人的“剪春灯”之情事之为“更好”也。曰“故溪”，可见此原为当日故园家居时所经常享有之情事，又遥遥与前面的“几回”相呼应。不过，碧山之所谓“更好”者，实在并不仅是在窗内剪灯之温馨的情事而已；他所谓“更好”者，实在乃是焚香在“小窗深闭”之中方为“更好”也。因为龙涎香之所以可贵，原在其有着一种“碧烟浮空，结而不散”的特质，《香谱》中载龙涎香的焚爇，即曾云当在“密室无风处”。可见此一段表面虽是写人事，而句句意中都有龙涎香在，于是龙涎香遂在碧山笔下与往昔可怀恋之生活整个融为一体。作者此种用心，读者固不可不察，而在章法上，此一节之铺叙亦自为一大段落。

其后继之以“荀令如今顿老，总忘却、樽前旧风味”两句，则是一段突然的反接，把前面所着意描写的焚香、剪灯等温馨旖旎的情事，蓦然一笔扫空，有无限悲欢今昔之感在于言外。“荀令”指的是三国时代曾做过尚书令的荀彧，据习凿齿《襄阳记》所载云：“荀令君至人家坐幕，三日香气不歇。”李商隐诗也曾有“荀令香炉可待薰”（《牡丹》）及“桥南荀令过，十里送衣香”（《韩翃舍人即事》）之句，可见“荀令”原以喜爱薰香著名。今碧山词云“荀令如今顿老，总忘却、樽前旧风味”，正谓如今之荀令已经老去，无复当年爱薰香之风情况味矣。“老”字前着一“顿”字，便写得光阴之消逝、年华之老去恍如石火、电光之疾速。又着以“樽前”二字，则正与前面之“殢娇半醉”相呼应，可见其温馨如彼之往事，固久已长逝无回，甚至在记忆中也难于追忆了，故曰“总忘却”也。然而从前面的叙写看来，则往事分明仍在心目，又如何便能遽尔“忘却”，可知此“总忘却”三字中，固有无穷之哀感在也。故继之以“谩惜余薰，空篝素被”八个字，写出了无限往事虽空而旧情难已的悲慨。“篝”字指的是薰香所用的薰笼，古人往往焚香于笼中，而置衣被等物于其上薰之。如今既已不复有薰香之事，是“篝”内已“空”矣，而犹张“素被”于其上，明知其无益而仍复为之者，则正因为对当日所残留的一缕香气之难以忘怀也。然而此“余薰”虽然尚在，而往事则毕竟难回，故曰“谩惜余薰”也。“谩”字通“漫”，徒然无益之意；“惜”者，爱恋而珍惜之也。碧山此词，于结尾之处，对于一种难以挽回的长逝的悲哀，写得低回婉转、怅惘无穷，所写的主题虽然只是无生命、无感情的龙涎香，而且借用了许多典故来作为铺陈的资料，可是透过作者的感觉和想象以及组织和安排，却使“人”与“物”交感相生，把所咏之“物”生动地化为了有情。这种表现的技巧，是极为值得重视的。

以上我们对于这首词的“咏物”的一方面已作了详细的讨论，其次我们所要讨论的当然就是其中“托意”的问题了。我以前在《常州词派比兴寄托之说的新检讨》一文中，曾经提出过：“即使是对于确有寄托的词，如果在解说时采取字比句附妄加指实的态度，也是难以使人完全信服的。”所以我对于碧山这首词，就也决不愿像过去说诗人一样逐句去猜测。不过，从我们在前面所讨论过的碧山之时代、身世以及《乐府补题》中一些咏物词的写作背景来看，这首词之有寄托之意，又确实是极有可能的。因此，我们所能做的，实在只该是就当时碧山之遭际来设想：当他在写这首词时，所可能引起的究竟有些怎样的情意呢？首先从题目的“龙涎香”来看，这种香料既相传为龙口中所吐之涎，其所可能引起的第一个联想，实在就是当时理宗之尸于被掘出后曾经为盗墓者倒悬于树间以沥取水银之事。因此，碧山词中的“骊宫夜采铅水”一句，除了表面所写的鲛人至龙宫中采取龙涎之事，便也可能有着理宗被人沥取水银并探取其口中含珠之联想，因为《庄子》中既早有“探骊得珠”之说，而且以龙来象喻帝王也原为中国古老之传统。不过，这种提示也只是说碧山当日或者可能有此一联想而已，读者却绝不可也绝不必依此一联想，而去作逐句的推寻。再则，据夏承焘《乐府补题考》之考证，南宋诸陵之被掘，盖在元世祖至元十五年，当时陆秀夫正拥立帝昺于海上之崖山，次年便负帝蹈海而死，《补题》诸词当亦作于发陵之次年，因此，碧山此词中“孤峤”、“槎风”、“海天云气”等叙写，便也未始不可能暗中寓写了作者对崖山覆亡的一份怀思哀悼之情。至于此词后半阕所写的“殢娇半醉”等生活情事，表面上自然只是写作者自己对往事的追怀，然而这种今昔悲欢之慨，却也未始不可以有自个人而推及国事之更广的联想。据史书所载，南宋直到覆亡之前的不久，朝廷上下还耽溺在苟且的宴安享乐之中，因此，碧山在这首词中对往事的追怀，便也正反映了当时一般士大夫之习于宴安的生活情态。而此词最后在结尾时所表现的哀思怅惘，当然便也正是亡国后士大夫的叹息呻吟，徒有“谩惜”之情，而无奈“篝”之已“空”，往事也终于如被焚尽的香烟一样飘逝而不返了。

除去以上我们所讨论过的这一首在《花外集》和《乐府补题》都被列在卷首的名作《天香》以外，碧山还有一首常被诸家选为代表作的《齐天乐》，也是值得一加讨论的作品，现在就让我们把这首词也抄录下来一看：

一襟余恨宫魂断，年年翠阴庭树。乍咽凉柯，还移暗叶，重把离愁深诉。西窗过雨，怪瑶珮流空，玉筝调柱。镜暗妆残，为谁娇鬓尚如许？

铜仙铅泪似洗，叹移盘去远，难贮零露。病翼惊秋，枯形阅世，消得斜阳几度？余音更苦，甚独抱清高，顿成凄楚？谩想薰风，柳丝千万缕。

这首词在《乐府补题》中，于词调之下也有一段短短的题序云：“余闲书院拟赋蝉。”“余闲书院”当然还是诸词人集会之所。至于此书院之主人，则夏承焘在《乐府补题考》中以为乃王英孙。英孙为南宋少保王克谦之子，义士唐珏等皆其馆客，收葬六陵遗骸之事，出赀主其事者实即王英孙。夏氏的考证似颇为可信。当时碧山在集会中所赋同题同调的词实在共有两首。不过在编辑的次第上，却并未被编列在一起。从词的内容来看，此两首词用词和用意都有相近之处，似乎是同一题目的重赋，而二者并无相连贯的关系。这一首词的词句在《花外集》中与在《乐府补题》中也微有不同。从这些迹象看来，碧山在写作此词时，似乎曾对之屡加修订，该是他一首极为精心结撰的作品。我们所抄录的是四部备要据四印斋本校刊的《花外集》的版本，也是一般选本中最常见的版本。为了节省篇幅，我们不拟作详细的版本考订的工作，其有必须加以说明者，则将于以后分析此词时再予注明。现在就让我们先对于这首词来略作欣赏和解说的分析。

此词之开端与前所举之《天香》一词微有不同，《天香》一词之“孤峤蟠烟”先从与龙涎香有关之想象写起，此词之“一襟余恨宫魂断”则先从与蝉有关之典故写起。据《古今注》载云：“牛亨问曰：‘蝉名齐女者何？’答曰：‘齐王后忿而死，尸变为蝉，登庭树嘒唳而鸣，王悔恨，故世名蝉曰齐女也’。”李商隐《韩翃舍人即事》诗即曾有“鸟应悲蜀帝，蝉是怨齐王”之句。可见此一则故实所予人的感受，原是表现人生之憾恨，其深切绵长有化为异物而依然难已者在，故曰“一襟余恨”也。“宫魂”，当然指的就是齐王后之魂。着一“断”字，既有悲哀使人断魂之意，也暗示了齐王后之魂魄在化而为蝉的一段过程中的凄断飘零。继之以"年年翠阴庭树"，则是接写其化而为蝉以后之生活情事。从表面看来，此断魂所化之蝉，既年年在庭树之翠阴中栖息，原该是一件可以欣慰的事。然而李商隐《蝉》诗即曾有"五更疏欲断，一树碧无情"之句，盖庭树无知，对于哀蝉之遗恨，固不能为任何之慰解也，因此无边之翠阴遂尽化为无边之寂寞矣。于是下两句乃接写此哀蝉在寂寞无情之翠阴中的呻吟和挣扎，或者"乍咽凉柯"，在寒冷的高枝上呜咽，或者"还移暗叶"，移身向浓暗的枝叶下深藏，而无论其在凉柯之上或暗叶之中，总之余恨难已。追怀往事，空有离愁，故继之以"重把离愁深诉"也。曰"深诉"，曰"重把"，总之是极写其"离愁"之深切而且无有尽时。而"诉"字则也正是喻指着蝉的"嘒唳而鸣"。把蝉的生态和齐王后断魂的长恨，透过了想象和修辞做了完美的结合，这正是碧山的特长。而从开端到此句，自前生之余恨直写到今日之愁诉，是此词之第一个大段落。

下面"西窗过雨"一句，由大自然中一个小小的变化，引出了窗内之人对窗外之蝉的相对的想象。"过雨"之事，就蝉而言，自然是其生活中的一个打击和变故，而碧山则并不直接写此哀蝉在经过此一变故后的惊恐，却要藉着窗内之人的感觉来暗示蝉之被惊起，故曰"怪瑶珮流空，玉筝调柱"。"瑶珮"和"玉筝"都是暗写蝉被惊起时振翅飞去的声音。"柱"字指筝上的弦柱，"调柱"正谓蝉飞去之声如女子之调弄弦柱，"流空"则谓蝉翼相触摩之音正如女子珮玉之相敲击的声音自空中流过也。着一"怪"字则表示窗内之人在听到此种声音后之惊怪。而此种声音既被人想象为女子之"瑶珮"、"玉筝"矣，故下文乃继之以"镜暗妆残"，把蝉完全想象成了一个哀伤憔悴的女子。古人有"女为悦己者容"之说，如今则妆镜已因生尘而暗，人亦不复再妆饰为容，则女子之憔悴无欢可知。而下面碧山却突做反笔，接写了一句"为谁娇鬓尚如许"，在章法上表现了一个极大的转折和回荡。盖此一女子虽然悲伤憔悴无意于容饰，而其头上之鬓发则有无待容饰而自然娇美者在，盖极写此女子丽质天成之难以弃毁。然而娇鬟虽美而赏爱无人，故以“为谁”二字问之。自前句之“妆残”承以此句之“娇鬟”是一种反跌，以问句出之，益增其荡漾回旋之致。碧山之以“娇鬟”写此女子之美，一方面当然是承接着前面的“瑶珮”、“玉筝”两句对女子之想象而来，而另一方面则其中实在更含有一则与蝉有关的典故，原来《古今注》曾载云“魏文帝宫人……有莫琼树，乃制蝉鬟，缥缈如蝉”，原谓女子之一种发型如蝉翼的样子，于是后世遂有人以“玄鬟”为蝉之象喻，如骆宾王《在狱咏蝉》一诗，即曾有“不堪玄鬟影，来对白头吟”之句，便是以“玄鬟”来喻指蝉的。碧山此句明明是用此一故实，然而却与前面对女子之联想完全打成一片，不着一点牵强之迹。而且“玄鬟”之典出于魏文帝之宫人，又正与开端齐王后尸化为蝉的传说也互相呼应，正所谓“隶事处以意贯串，浑化无痕”者也。于是前半阕对蝉之叙写，就在这种反折的疑问和慨叹中作了结束。

下半阕“铜仙铅泪似洗，叹移盘去远，难贮零露”，以典故与想象相结合，为断魂的蝉又写出了另一番可哀伤的境界。“铜仙”句用的当然是李贺《金铜仙人辞汉歌》的典故，“铜仙”之“铅泪似洗”，正因其已被魏之宫官自汉宫之中移去。次句之“盘”即指金铜仙人手中所擎之承露盘，已与“铜仙”同被移去，远离汉之宫殿，是今之汉朝旧宫遗址中，既已无承露之盘，则又如何能贮存天上之零露乎？表面上似全写此一则故实，好像与所咏之蝉全无干系，而其实碧山之用承露盘的典故，却原自蝉之相传以餐风饮露为生之一联想而来，而又暗中寓记了盛衰兴亡之慨。总之，此哀蝉既已无露可饮，则其生命亦已危在旦夕，故继之乃云“病翼惊秋，枯形阅世，消得斜阳几度”。蝉翼本薄，而更加一“病”字，又继之以“惊秋”二字，则此病弱之薄翼，其不能经受秋日之凄寒可知。“形”而曰“枯”，则此蝉已面临于僵死之地，又继之以“阅世”二字，“阅”者，历也，“阅世”正谓经历人世时序推移盛衰冷暖之巨变，则此濒于僵死之枯形又何能堪此乎？故继之以“消得斜阳几度”，“消”者，禁受之意，谓如此之“病翼”、“枯形”，又能禁受得几度斜阳日落之凄凉景况，盖极言其时日之无多也。

然而此生虽休而此心难已，故继之乃云“余音更苦”。“余音”者，生命将终前最后之吟唤也，则其悲苦自然更有甚于前半阕所写的“深诉”的“离愁”，故曰“更苦”。而碧山之所以从“深诉”直写到“余音”，还不仅只是因为这一种生命将终之哀感而已，更因为“嘒唳而鸣”原是作为蝉这种生物的生命之特色。而在更苦的余音中，将要僵死的蝉遂对自己之一生做了一次最后的回顾，故继之乃云“甚独抱清高，顿成凄楚”。在这一句中“清高”的“高”字，有些选本多作“商”字。关于版本的问题，我在前面已曾提到过《花外集》与《乐府补题》多有不同之处，如：“翠阴庭树”，《补题》作“庭宇”；“离愁深诉”，《补题》作“低诉”；“西窗过雨”，《补题》作“西园”；“瑶珮流空”，《补题》作“金错鸣刀”；“镜暗妆残”，《补题》作“镜掩”；“移盘去远”，《补题》作“携盘”。如果以两种版本相较，则无疑地似乎都以《花外集》之版本为胜，如：“庭树”较“庭宇”更能切指蝉所栖息之地；“深诉”较“低诉”更为强烈有力；“西窗”较“西园”更可强调窗外与窗内的蝉与人之相对的关系；“瑶珮流空”较“金错鸣刀”更可显示出蝉飞过时双翼相触摩之音的柔脆；“镜暗”之表现镜面尘遮较“镜掩”更为自然；“移盘”是就蝉而言，谓其可以饮露之盘已被移去，较“携盘”之就金铜仙人而言者，更切合咏蝉之主题。凡此种种，其为义之较胜皆属显然可见。意者《乐府补题》中所收，盖当年集会时碧山仓促之作，《花外集》所收者，则为经过碧山修改后之定本，故后世诸家选本多取《花外集》之本为据。不过其中却有一个字在诸家选本中多有异文，那就是此句的“清高”的“高”字，在诸选本中往往被刊作“清商”。初看起来，“清商”似正可与上一句之“余音”相承接，以描写其音调之凄清。然而仔细一想，则“清商”却实在有许多不妥之处：其一是在谈到声音曲调之时，一般很少用“抱”字做动词，而此句则云“独抱”，似非指向外播散之声音而言者；其二若作“清商”，仍指声音而言，则紧接着的下句之“凄楚”便也当指声音之凄楚而言，如此则自“余音”以下，三句都连着写音调，便显得既相重复又相矛盾，所以比较之下似仍以作“清高”为胜。“清高”者，盖就蝉之生活言，既栖身于树枝之高处，又复餐风饮露，不食人间烟火，则其所象喻之人品，自属于清高之一型。昔骆宾王《在狱咏蝉》一诗，便曾有“无人信高洁"之句。李商隐的《蝉》诗，也曾有“本以高难饱”及“我亦举家清”之句，都可以为证。此两句“独抱清高，顿成凄楚”，便正是写蝉在对往事的追怀中，感慨于自己虽独抱清高之志节，然而匆遽间乃竟落得如此翼病、形枯之下场，故曰“顿成凄楚”。“顿”字有骤然而意外之感；“楚”字原指荆朴之刑具，引申为苦楚、痛苦之意。前面更着一“甚”字，是疑问之口气，意谓以“独抱清高”之志节，何以竟落得“顿成凄楚”之结果？盖极慨其所遭遇之悲苦，正与前面的“余音更苦”相承接。写到这里，此断魂所化之蝉固已哀伤至极，可是碧山下面却忽然承以“谩想薰风，柳丝千万缕”，蓦然撇开眼前之悲苦，转而回忆起往日的欢欣，是笔法的又一次大转折，为这一首词的结尾留下了无穷荡漾低回之感。“薰风”指自南方吹来的和风，相传昔日帝舜曾作《南风之歌》，其辞曰“南风之薰兮，可以解吾民之愠兮”，可见薰风之可以令人欣愉。何况随风起舞的还有着千万缕飘拂的柳丝，大可以作为蝉的栖身之所，对于蝉而言，那当然正是其生命中一段最美的日子。而今则年华已逝，往事难寻，只有在余音的哀苦中，对当日的繁华欢乐作徒然的追想而已，故曰“谩想”也。这种转折荡漾的笔法，正为碧山词之一大特色，与前一首《天香》之结尾的“谩惜余薰”大可互相参看。

以上我们既讨论了这首词在咏物方面的一层意义，现在我们便也将要对这首词中的寄托之意一作分析。关于这首词的托意，在四印斋所刻的《花外集》后面，附有王鹏运的一篇跋文，曾引端木埰之说云：“‘宫魂’字，点出命意。‘乍咽’、‘还移’，慨播迁也。‘西窗’三句，伤敌骑暂退，燕安如故。‘镜暗’二句，残破满眼，而修容饰貌，侧媚依然，衰世臣主全无心肝，千古一辙也。‘铜仙’三句，宗器重宝均被迁夺，泽不下究也。‘病翼’二句，更是痛哭流涕，大声疾呼，言海岛栖流，断不能久也。‘余音’三句，遗臣孤愤，哀怨难论也。‘谩想’二句，责诸臣到此尚安危利灾，视若全盛也。”从这首词写作的时代背景，及词中所用的语汇和典故来看，其有托意，该是可以断言的。不过像端木埰之一字一句去比附，完全以猜谜的方式来作解说，当然便使得读者对之难以完全信服了。何况据夏承焘的考证，《补题》中所收咏物诸词，盖皆作于元世祖至元十五年之后，如此则端木埰所云“敌骑暂退，燕安如故”之猜测，当然就与当时之历史背景不尽相合。所以端木埰之说，无论就方法或内容而言，可以说都有不可信之处，这也正是其所以被胡适讥讽为“信口开河，白日见鬼”的缘故。可是，如果我们便把这首词中的托意完全抹杀不提，那当然也不是在评赏这一类词时所当取的态度。因此，我们所能做的，便该仍是像对于前一首词一样，把其中所可能有的联想和提示略作说明。首先，“宫魂”二字可能有两点提示：一则就用字而言，“宫”字可以暗示对朝廷覆亡的哀思；再则就用典而言，齐王后尸化为蝉的传说，也可使人联想到南宋诸后妃陵墓经过发掘后尸骨被弃于草野之悲惨。何况在当年掘墓时，还曾经相传于孟后陵曾得一髻，其上尚有短金钗云云。南宋有名的遗民诗人谢翱，还曾为此赋《古钗叹》一诗，其中有“白烟泪湿樵叟来，拾得慈献陵中髻。青长七尺光照地，发下宛转金钗二”之句。因此，碧山此词，便不仅可能有对于后妃陵墓被掘的悲慨，而且其词中之“为谁娇鬓尚如许"之句，便也可能有着对于自孟后陵掘出之发髻的联想。其次，“铜仙铅泪”三句，也可能有两点提示：一则就其用李贺《金铜仙人辞汉歌》之典故而言，当然可能含有一种盛衰兴亡的易代之悲；再则就当时之历史背景言，临安之沦陷、诸陵之被掘，事实上的确有很多宗器重宝都曾经被迁夺而去。至于“病翼惊秋，枯形阅世”两句，则对于身经亡国之痛的碧山而言，当然更可能有着一份切身的悲慨。“斜阳几度”一句，也可以使人联想到南宋自临安之陷、帝㬎之被虏，继之以端宗之殂及帝昺之蹈海的节节败亡。而“独抱清高，顿成凄楚”两句，则也可以使人联想到南宋的一些士大夫，往往自命清高，空谈心性，而对于国事之艰危则一无补救，一旦覆亡，亦不过但余凄楚而已。至于结尾的“薰风”两句，就其所表现之意象，以及有关帝舜之《南风歌》的联想而言，则当然很可能喻示有作者对于故国承平之日的一份怀恋。以上所言，只是为了供给读者一些提示，说明以碧山之时代和身世，就其所用之词汇、典故以及作品中的意象，所可能引起的一些有关托意的联想而已。我们的这种解说方式，是完全以诗歌本身所具有之感发的力量为依据的，也就是说就诗歌本身所表现的感发之力而言，已足够提示给我们，作者在写作时很可能更怀有一种表面之文字以外的感动，这种感动才是写寄托之词的一种基本要素。作者既不是以作谜语的方式去作词，说者也不可以用猜谜语的方式去说词，这一点是我们所必须分辨清楚的。而且感发所引起的联想，原可以有相当之自由，作者在一篇作品中便也可以有多种之托意；而说者所可能做到的，则只是把这种种托意的可能，就作者身世之经历及作品各方面之表现所可能引起的联想，提供给读者作为参考而已。

四、对碧山词之评价

上面我们既然已经举出了两首词来作为例证，对于碧山的表现技巧与内容情意都作了解说和分析，因此下面我们所要讨论的，就该是今日的读者对于这两方面该如何加以评价的问题了。先谈表现技巧方面，一般人对碧山词最大的一点不满，就是认为他的词晦涩难解，从我们所举的二首词例来看，造成其晦涩难解的原因，大约有以下数点。其一是用字方面，碧山往往透过自己的感受和想象而使用一些使人觉得新异的字，例如在《天香》一首中“层涛蜕月”一句的“蜕”字，便是一个明显的例证。其实，这句词中所欲描述的原来只是月光在波涛中闪动摇荡的景象而已，如果以习见的文字来叙写，也许该写做“层涛荡月”才更为易解。可是，“荡”字对于月光摇荡之景象只不过是说明式的叙述，而碧山所用的“蜕”字，则不仅生动、具体地表现了层涛之如鳞，以及月光仿佛在如鳞的波涛之蜕退中吐涌而出的样子，而且更以鳞甲之蜕退暗示了对吐涎之龙的联想。只要我们也肯稍用一些想象，便可见到“蜕”字的字质较之“荡”字实更为形象化，也更切合词中所欲叙写的“龙涎香”之主题，只不过因为按照普通的习惯，一般人并不用“蜕”字来描写月光，所以初看起来当然便不免会使人有生涩之感了。其二是在句法方面，碧山往往为了要加强某些艺术效果而使用、一种错综的结构，如《天香》一词的“剪春灯、夜寒花碎”一句，其中的“花”字当然是指灯花而言，并不指大自然界的草木之花，可是碧山却在句构的安排上，使“花”字与“灯”字分开了，如此则“花”字便有了一种独立的恍如真花之美感，而且碧山又在句构上安排了“花碎”二字，在文法上与前面的“夜寒”二字相平行，如此在明显的对衬之下便更显得夜之凄寒与花之纤美，造成了极为有力的艺术效果。只是这种错综的句法，对于一般读者而言，可能就显得不够通顺了。其三则是在章法方面，碧山往往把“人”与“物”作交错的叙述。例如在《天香》和《齐天乐》二词中，开端时碧山都是单纯从所咏之物开始写起的，然后在《天香》一词中从“还乍识、冰环玉指”一句，在《齐天乐》一词中从“怪瑶珮流空”一句，用了“识”字和“怪”字两个动词，把“人”提现出来与“物”相对立。于是《天香》一词的后半阕，遂以表面写“人”、暗中写“物”，使“人”与“物”达到了合二为一的结合。在《齐天乐》一词中，则在咏物之间常常以“为谁”及“甚”字等疑问之口气，提示出“人”对“物”的情感和想象，也达到了“人”与“物”相交融的效果。像这种交错的安排，对一般读者而言，当然也容易产生迷乱之感。其四则是在用典使事方面，碧山所写的既大多是咏物词，又往往在咏物时写入寄托之意，因此就既需要以用典使事来铺叙所咏之物，又需要把事典与所咏之物及所托之意互相结合。例如在《齐天乐》一词中，碧山就曾经使用了齐王后尸化为蝉、魏文帝宫人梳为蝉鬓，以及由蝉之饮露而联想到的金铜仙人承露盘等典故；在《天香》一词中，碧山也曾运用了有关龙涎香之被采取、制造和焚爇的种种事典，一方面既藉用典使事铺叙了所咏之物的“蝉”和“龙涎香”的主题，一方面也藉着这些事典，暗示了对国家覆亡和对诸帝后陵墓被发掘的一份悲慨，就碧山当日写作咏物词的需要而言，他对这些事典可以说是使用得相当成功的。只可惜一般的读者，特别是现代的读者，对于这些事典不够熟悉，因而对他的词自然就不免会感到晦涩难解了。

从以上的叙述看来，可见碧山词之被人识为晦涩不通，就表现技巧方面来说，是确实有着某些原因在的。现代的诗人，既不必再写古典的咏物词，更不会再具有像宋朝士大夫一样的生活和感受，我们之不必也不可再盲目地模仿碧山词的技巧，来写作这种使现代读者感到晦涩的诗篇，这种道理原是极为显明而易见的。只是文学的创作技巧，却原来也有着可以超越时代和生活背景的一些基本相通之处，正如衣服的缝制，虽然因时代和环境的不同，在质料和式样方面可以有极大的差别，可是裁制的手法，在基本上却仍是有着某些相通之处的。即以碧山之用字、句构、章法和使用事典而言，我们在今日当然不必再用“蜕”字来写月光以喻示海上的蟠龙，也不必再以句构和章法的错综来叙写剪灯和焚香的情事，更不必再以齐王后的晦涩的典故来咏蝉，可是，使用富于创造性的语言、精确的意象、严密的结构和贴切的事典，来表达诗人之精微锐敏的思想和感受，则当是所有古今中外之诗人的共同要求，如此则我们虽然不可以再生硬地去模仿古人，可是古人运用某些技巧之基本原理，则仍是有着可以相通的参考之处的。因为诗歌毕竟是文学中最精美的一种形式，无论任何时代的诗人，歌咏任何不同的主题，他们对于诗中所使用的字句、意象、章法、事典等，都须要有极精练的分辨选择的能力，才能写出成功而完美的诗篇来。这种表达的技巧，当然需要学习锻炼才能养成，而古人的作品，无论其成功或失败之处，便都值得作为我们参考的借镜。对于碧山词的写作技巧，我们若能避免其晦涩的缺点，学习其精密的长处，当然就也未始没有可资参考的价值。

再谈碧山词的内容方面，从我们对前面两首词的分析来看，碧山词之含有故国之思、沧桑之慨，该是不可否认的事实，只是这种怀思和悲慨，在碧山词中却都表现得极为颓靡无力。因此，有人只看到了他的怀思、悲慨的一面，便称赞他的词为“缠绵忠爱”，而另外也有人却看到了他的颓靡无力的一面，因而便讥评他的词是“微弱的呻吟”。要想对这种不同的评价加以讨论，首先我们便要触及在古今中外的文学批评中都曾争执已久的一项问题，那就是文学的评价与内容的道德情操有无必然的关系。有些人或者以为就纯艺术之衡量标准而言，用以表现的形式与技巧，较之其所欲表现的内容情意实更为重要，因此对一篇诗歌的品评标准，便也应当以其形式技巧的艺术价值为准，而不当受内容情操的影响，而且往往举引一些道德虽高而艺术极差的作品，来与一些道德虽低而艺术极高的作品相比较，以证明艺术形式较之内容情操之更为重要。这种看法和比较，也未始没有部分的正确性；只是仔细想来，则似乎既不够全面也不够公平，因为严格地说起来，凡是成功的文艺作品，都该是内容情意与形式技巧的完美的结合，形式与内容两者并不能互相脱离而自存，欲表达内容高远之情意，则形式上必形成与之相应合的高远的风格，欲表达内容博大的襟怀，则形式上也必形成与之相应合的博大的气魄。而诗歌之主要质素，既原在传达一种兴发感动的作用，形式与技巧只是用以传达表现的媒介，其真正对读者产生感发作用的，实在更重在其所传达的感动的本质。如果要作公平的比较，我们实在应当选取形式方面的技巧达到同样成功而其所传达之感动的本质却有所不同的作品来相比较，在这种情形下，形式技巧的艺术价值既然相等，则其所传达之感动的本质之厚薄深浅，当然就成为了足以影响其作品之整体价值的重要砝码。因此，衡量一首诗歌的价值，虽然要以其形式技巧之艺术表现是否完美成功为重要之条件，而其所传达的内容之感动的本质的厚薄深浅，对于一首诗歌的整体价值，当然也足以造成相当之影响。以上还是单纯只就诗歌之文艺价值而言；如果我们更关心到文学的伦理价值，我们就不得不更考虑到诗歌所传达的感动之本质，对于读者所可能造成的影响。在这种多面的衡量下，碧山词之情意的颓靡，当然不能不说是值得读者注意的一个缺点。

但是我们却也并不可因此便对碧山个人妄加讥笑鄙薄，而更当推寻出碧山词之所以表现得如此颓靡的历史背景的因素。首先，就词这种文学体式之形成与发展的历史背景来看，词之起源原是唐代所流行的一种新兴的乐曲，当其早期播唱于民间时，词句本来极为质俚，内容也大多是通俗大众的感情和生活的反映。到了晚唐、五代的时候，这种新乐曲更为盛行，当时的贵族士大夫们，虽然喜欢这种新兴的乐曲，可是却不喜欢那些质俚的歌辞，于是他们便开始利用这种乐曲的形式，来谱写他们自己的歌辞，今日所流传的《花间集》，就是当日士大夫们所编辑的他们自己所撰写的一部词集。从《花间集》的序文来看，我们可以清楚地见到，词这种文学体式，在他们的染指之下，原来早已成为了士大夫们在歌筵舞席间，用以佐诗酒之欢的一种消遣的作品。虽然经过了五代的战乱流离，可是《花间集》中所表现的，却丝毫没有民间疾苦的反映，而大多只是这些贵族文士们所歌看舞、诗酒流连的柔靡香艳的吟唱。[①]这种作风的形成，一则，当然是因为晚唐、五代以来的那些小王朝的贵族们，早就养成了一种奢侈淫靡的生活风气；再则，也因为词所具有的参差错落的音律形式，本来也就更适合于一种柔靡婉曲之情意的表达。北宋初期的词，原来就是在这种作风的继承下发展起来的。因此，柔靡婉曲的风格，遂一直被认为是词这种文学体式的正格。其后虽然经过柳永、周邦彦等有音乐修养的词人的努力，在形式音律方面有了许多拓

① 陆游《跋花间集》即曾云："《花间》皆唐末、五代时人作。方斯时，天下岌岌，生民救死不暇，士大夫乃流宕如此，可叹也哉。"见《渭南文集》卷三〇。

展，可是把柔靡婉曲视为词之正格的观念，则一直仍是占着主导的地位。所以在两宋的词人中，虽然也曾经有过像东坡、稼轩等一些杰出的作者先后出现，以他们过人的才气，突破了旧有的传统，在词的创作中，表现了他们飘逸的襟怀和豪迈的气魄，可是却一直被认为是词中的变体，而不视作正格。这种拘狭的观念，当然限制了词在内容和风格方面的拓展和进步，于是南宋末期的词人遂只好在技巧方面求工丽，而内容则更自柔靡趋于颓废。碧山词情意的颓靡，当然便是此种词风之发展下的必然产物。其次，再就两宋之政治和社会的历史背景而言，北宋的王朝，自从太祖赵匡胤以杯酒言欢解除了诸藩镇的兵权，又设转运使管理各路财赋，军政、财政之权遂并集于中央，使晚唐、五代以来的混乱局面得到了统一的安定繁荣，其后虽然也曾兴起过西北的边事和朝廷的党争，可是一般说来，在北宋的一百数十年间，中原却一直未曾有过干戈之乱。于是北宋的君主贵族们逐渐养成了一种享乐奢靡的风气，而士大夫们之经常聚饮召妓，在当时也已成为寻常的情事。在这种风气和生活中，他们所写作和传唱的歌辞，当然大多是一些风流旖旎、浪漫香艳的诗篇。而国计民生也就在这种贵族士大夫们对奢靡生活之耽溺中发生了根本的动摇，终于落到了汴京沦陷、徽钦二帝被虏的失败沦亡的下场。这一大悲惨的变故，暂时惊醒了贵族士大夫们一向所耽溺的淫靡奢侈的迷梦，因此，在南宋早期和中期的词坛上，也曾出现过一些感慨激昂奋发忠义的作者。可是南宋自高宗定都临安以来，一向便多信用主和之议，罔顾社稷之羞，而不惜屈事骄虏以偷一隅之安，于是当年汴京之奢靡的生活，遂又重见于湖山胜美的临安，而词坛上遂又有新的一派自命骚雅的文士逐渐出现，于偷闲享乐之余，谱写一些重视声律、以典雅工丽为美的词章以互相唱和。而王沂孙和周密诸人，便正是这种词风的继承者。这些词人们，在国家还可以苟安幸存之日，既然过惯了诗酒唱和的偷闲享乐的生活，一旦遭遇到亡国之变，则纵然有深沉的哀痛，可是既没有能力也没有意志去挽救国家的危亡，则其在词中所能流露的当然也就只有一些“微弱的呻吟”了。而这些“微弱的呻吟”，在征服者的铁蹄控制之下，还不敢明白抒写，而只能假借着“咏物”的外表来委曲传达。碧山词表现之隐晦、情意之颓靡，当然便正是这种历史环境中的必然产物。有了这种历史的认识，我们对于碧山词之隐晦和颓靡，才可以有比较正确的评价，便不会再盲目地对之妄加称美或妄加诋毁了。

五、余　论

经过以上的讨论，我们对于碧山词在形式方面之所以隐晦，及内容方面之所以颓靡的原因，既然都有了批判性的了解，下面我们所要讨论的，就是清代的词评家何以对之特别推重和称赏的缘故。关于此一问题，我们实在应该将之分为两个不同的阶段来加以讨论。首先是乾嘉以来常州派词评家中张惠言、周济、陈廷焯诸人对碧山词的推赏。他们推重碧山词的缘故，主要实在是为了推尊词体。因为正如我们在前面论及词之发展时所言，词这种文学体式，在五代、两宋之作品中，所表现的大多只是一些诗酒流连的旖旎柔靡的情意，其音节之错落优美，情意之婉曲幽微，虽确实有足以使人入耳动心之处；然而在内容思想方面，则缺乏高深之意义与价值。因此，常州派词人乃倡为比兴寄托之说，有心要在这种旖旎柔靡的作品中寻找较深的托意。在这种有意的寻求之下，碧山词当然是最合乎他们要求的一位作者，因为被他们所指认为有托意的作品，对于其他词人来说，有时常不免失之牵强附会，而对碧山来说，则其词中之有故国之思的托意，则是不可否认的事实。因此，他们之推重碧山词，主要实在是为了藉碧山词中的托意以推尊词体的缘故。再则，碧山词中之运思、用笔，既深微细密，又有层次脉络可寻，可以矫正一般人的空疏粗率之弊，足以为初学者之模式，所以常州派乃又倡为“问途碧山”之说，这当然可能是他们推誉碧山词的又一个缘故。其后在晚清同、光时代的一些词人，也曾有过一度对碧山词不仅推赏而且模仿的风气。端木埰在其《碧瀣词》的自序中，即曾自称其“笃嗜碧山”，又记其《碧瀣词》之得名云：“遂僭以‘碧瀣’自张其编，露气之下被者为瀣，以是为碧山之唾余可也，为中仙之药转可也，若以为《花外》嗣音，则不敢也。”其对碧山之爱嗜向往之情，可以概见。王鹏运既常与端木埰相唱和，又曾整理刊印碧山之《花外集》，且曾举引端木埰之说以阐述碧山词中的寄托之意，其所自为词，亦深受碧山之影响。朱祖谋序王氏之《半塘定稿》，即曾有“君词导源碧山”之语。光绪庚子之乱，八国联军入京，朱祖谋、刘福姚皆移居于王氏之四印斋，每夕篝灯唱酬，借填词以寓写幽忧[①]，像这种填词的环境，与南宋末年王沂孙、周密诸人集会填词以寄托亡国之痛的情境，当然也极为相近。所以碧山词之受到晚清的一些词人之推重和模仿，便不只是因为受了常州派词论之影响而已，更有着一份与碧山的亡国之痛相近似的时代之哀感在。所以任何一种文体，或任何一位作者，其兴起与衰落，被称赏与被讥评，实在都有着许多不同的时代之因素，这当然是我们从事诗歌之批评时所不可不察的。

最后，我还要补充说明两点。其一是晚清诸词人虽然多自碧山词入手，可是并不被碧山词所拘限。朱祖谋就曾经在称赞王鹏运之词“导源碧山”之后，又称其“复历稼轩、梦窗，以还清真之浑化”。这种不肯被碧山所拘限的意念，其实原出于常州派之词评家周济。周氏编《宋四家词选》，特别标举周邦彦、辛弃疾、吴文英、王沂孙四家，其论及学词之主张，即曾云：“问途碧山，历梦窗、稼轩，以还清真之浑化，余所望于世之为词人者盖如此。”可见他们虽然推赏碧山词、模仿碧山词，然而却实在又并不以碧山词为最高之成就。其所以然者，主要实在因为碧山词用心太过，有伤自然真率之美。其用字、用典、句构、章法和托意，都安排得极有层次和法度，此种安排层次虽然有便于作初学之导引，可是，

① 见《庚子秋词叙》。

如果就诗歌中感发之力量这种重要的质素而言，则过分地安排却往往会造成对于直接感发之力量的一种斲丧。虽然如果以碧山与玉田及草窗相较，在这一类咏物托意的词中，碧山还是一位较成功的作者；可是要用典故来铺写所咏之物，已是一层隔膜。更要透过所咏之物来寓写所托之意，则是又一层隔膜，因之，我们对碧山词之欣赏，便先要经过一番思索才能体会和感动，而不能单纯由感发之力直接触发读者的感动，如果以经过思索才能体会的感动与直接触发所产生的感动相比较，则前者无疑会受到理性思索的局限。这对于诗歌中所要求的感发之生命而言，当然便会造成一种限制和损伤。因此，周济便也曾在《宋四家词选·目录序论》中批评碧山词说："惟圭角太分明，反复读之，有水清无鱼之恨。"这几句话，实在道出了碧山词的一个最大的缺点，这是欣赏和批评碧山词的人所绝不可不知的。

其次，我所要补充说明的一点，则是常州派论词虽推重碧山，而其主要目的则是想藉碧山词中可以寻求的比兴寄托之意以推尊词体，而并非完全满足于碧山之成就，因此，他们对学词之主张，乃是自碧山入手以上追北宋、五代之作者。张惠言《词选》于其所选之五代词人，如温、韦、冯、李诸家，及北宋词人如晏、欧诸家，便都曾以寄托之意来解说他们的词。周济衍承张惠言之说，也一样推尊温、韦，也一样认为温、韦、晏、欧诸人的抒情小词，皆有寄托之意。他们对其中寄托之意的指说，虽然常不免失之于牵强附会，可是这些小词之具有一种极鲜锐的感发之力量，足以引起读者多方面的感动和联想，则是确实可以感受得到的。此种效果之形成，主要当是由于这些词人在其精神及思想中，原来就蕴涵有一种幽微深远的情思，而词之参差婉曲的韵律和形式，则特别适合于此种情思的表达。因此，当他们写作小词的时候，表面上虽然并不能完全脱出于当时词风的诗酒流连的影响，可是由于词的形式的特色，而自然引发了他们心中所含蕴的一种幽微深远的情意。这一类词中的感发的力量，乃是完全出于作者自然之感动，既不必有寄托之用心，也不必用寄托来指说，当然更不可只看其表面所写的诗酒流连的事迹，而当掌握其经由感动所引发的一种情思方面的境界。这一类词，可以举五代时的冯延巳及北宋的晏殊、欧阳修等人为代表，只是有这种成就的作品并不是很多，晏、欧诸人的词，也不是每一首都能引发人深远的情意，其下焉者，则写诗酒流连、听歌看舞，便不过只是诗酒流连、听歌看舞的无聊情事而已。所以周济在其《介存斋论词杂著》中，即曾云："北宋词，下者在南宋下，以其不能空且不知寄托也；高者在南宋上，以其能实且能无寄托也。"那便因为北宋词之下者写诗酒歌舞便只是诗酒歌舞，并不能如南宋词之可以有超于表面以外的另一层托意，故曰"不能空且不知寄托也"。而北宋词之上者，则所写皆为眼前身旁之真实感受，并不必如南宋词之咏物用典，更不必拘指寄托，却自然可以予读者一种情意深远的联想，故曰"能实且能无寄托也"。至若王沂孙之碧山词，则盖周济所谓"下不犯北宋拙率之病，高不到北宋浑涵之诣"者。所以碧山词之章法层次、用字造句，虽被周济认为是"入门阶陛"，却绝不是最高的造诣，此中的道理，当然也是论碧山词的人所不可不知的。

总之，词这种文学体式，在五代、两宋之士大夫的奢侈淫靡的生活中，既曾经养成了一种不健全的写作风气，因此，除了被世人目为变格的感慨激昂之作品，其忠义奋发之情意容易为现代读者所接受而肯定其价值以外，对于旧传统所认为正格的一些柔婉颓靡的作品，究竟应当采取怎样的态度来对待，当然就是极值得讨论的一项问题。如果我们因其表面所写的不健全的内容，便把大多数的词人及其作品都一概加以否定，那便不免会造成我们古典文学遗产中的一项重大损失；而如果不加分辨地一概予以接受，那便又不免会造成一种不健全的影响。因此，本文乃特别选取了一个晦涩颓靡的不健全的作者来加以分析评说，希望藉此可以使读者对这一类不健全的词，能有较正确、较全面的认识，可以透过作者写词之历史背景，及影响其评价的批评者的历史背景，有一种通古今而观之的公允的看法。就碧山词而言，其形式方面表现之晦涩，固为一大缺点，然而其字句结构的细密周至之处，则也未尝不有一长之可取；其内容方面表现之颓靡，当然也是一大缺点，然而其哀悼南宋覆亡的一份国家民族的感情，则也仍有值得肯定之处。像这一类晦涩而有寄托的咏物词，一向都因其难解而难有正确的评价，但愿本文的研讨，可以对这一方面提供一点小小的帮助。

On Wang Yisun and His Songs Celebrating Objects

Wang Yisun was a poet in the *ci* form at the end of the Southern Song dynasty. Living at the time when the Song was supplanted by the Yuan, he had an undistinguished career, and so his name does not appear in the official histories. The late Qing commentators on Zhou Mi's anthology *The Very Best Ci* were able to glean a few facts from the various miscellanies (*bi ji*):[1] his *zi* was Shengyu, his *hao* was Bishan, also Zhongxian. He was a native of Kuaiji. He wrote *Bishan yuefu* in two *juan*, also called *Beyond the Flowers* (*Huawai ji*). He held the office of Supervisor of Instruction in the Qingyuan Circuit.[2] Of his writings all that survives is the *Huawai ji* in one *juan*, plus fourteen songs from anthologies,[3] only sixty-five songs altogether.

No composition of his in any other form has been preserved, although the remark by a contemporary that "he could compose" (as well as write songs) suggests that he may also have written prose and *shi* poetry.[4]

Such an obscure poet can hardly compare with the famous and prolific Song songwriters like Su Shi or Xin Qiji. But this obscure author of a thin volume of songs was praised extravagantly by the Qing critics Zhang

Huiyan, Zhou Ji, Tan Xian, Ge Zai, and Chen Tingzhuo, who even compared him with Cao Zhi and Du Fu. They claimed that his songs were powerfully moving and patriotic, and full of suppressed feeling, and that he was master of a profound and subtly devious style.[5] They praised especially his allegorical songs celebrating objects (*yongwu*) as showing his concern for prince and state.[6] Zhou Ji recommended his *ci* as models for the aspiring poet.[7]

These judgments had great influence on late Qing *ci* poets such as Wang Pengyun, Zhu Zumou, and Duanmu Cai, all of whom were his admiring imitators. But after the Literary Reform movement, modern critics began to find fault. Hu Shi said of Wang Yisun's poems celebrating objects,[8] "For the most part they are only obscure riddles with no literary value." Against the claim that they "showed concern for prince and state," Hu Shi observed that "Wang Yisun was an official under the Yuan, so he hardly counts as a loyal subject of a fallen dynasty."[9] Liu Dajie acknowledged that the songs "develop a feeling from the scene, sometimes disclosing the poet's distress." but he too reminds us that he was after all "a reluctant collaborator of the Yuan" and so could not count as a true patriot. He also criticized his "obscurity and lack of unity, with places where no one knows what he is saying."[10] Hu Yunyi opines that "it's not at all clear what he is getting at, and his portrayals are without strength." Even though there may be allegorical intent, it is "no more than a feeble moan."[11]

These divergent judgments are concerned with two different matters, the question of Wang Yisun's artistry, and the problem of the content of his songs. Can he be said to be a master stylist, or does he write only obscure riddles? Are his songs manifestoes of loyalty, or are they the feeble moans of a collaborator? We do not have to choose between the alternatives. Once we understand how the same body of poetry could give rise to such irreconcilable judgments, we are in a better position to arrive at a balanced view of its value. The key to that understanding lies in the social and political background of Wang Yisun and his latter-day critics.

I have said elsewhere that inspiration and its communication are the basic life-force of poetry, and that the job of the critic is to recognize the presence of this life-force and to evaluate it.[12] There are two important factors influencing its quality and quantity: the sensibility of the poet and his technical skill, which in turn are responsible for content and style in the poem. If we look at Wang Yisun's poetry to see how it reflects his sensibility and examine the workings of his technique to explain how he achieves his effects, we should be able to reach a critical evaluation which avoids the excesses of both partisan acclaim and impatient dismissal.

The first thing to determine is whether Wang Yisun's songs show the imaginative power that would make them real poetry. I was writing about Wang Guowei's *ci* criticism when I discussed the importance of this basic life-force, and Wang Guowei's opinion is something one would like to have here, but in the sixty-four entries of *Renjian cihua* he published during his lifetime, there is not a single mention of Wang Yisun, though he has something to say about practically all of the important songwriters from Tang through the Song period. It seems safe to assume that he had no great fondness for Wang Yisun, and this is understandable in terms of Wang Guowei's criteria for *ci* poetry. He looked for evidence of an emotional response to the world which would create a "perceived setting" (*jingjie*), and so was opposed to obscurity, to poems celebrating an object (*yongwu*) in general, and to the use of allusion. Now most of Wang Yisun's songs celebrate objects and contain enough allusions to be obscure; so it is not surprising that Wang Guowei failed to appreciate them. But there is another side to Wang Guowei's silence about Wang Yisun. He expresses a strong distaste for the songs of Wu Wenying, Shi Dazu, Zhang Yan, Zhou Mi, and Chen Yunping[13] without ever including the name of their contemporary

Wang Yisun, who exchanged verses with them. This is good reason for thinking he had no great aversion to his songs either.

This double silence of Wang Guowei's invites speculation. It can be surmised that Wang Guowei was uncertain whether to like or dislike Wang Yisun's songs, because they were mostly celebrations of objects with the accompanying allusions (which he did not like), while at the same time obviously imbued with imaginative power that a reader could respond to (something he did appreciate).

The relationship between allusive poems celebrating objects and imaginative power demands consideration at this point. Generally speaking, the inspiration that produces the imaginative power of a poem comes from the direct and acute response of the mind to external circumstances or things. This responsive feeling can be aroused by nature—flowers blooming or leaves falling—or by what one experiences in human affairs—the pain of parting or joyful reunion. Consequently, the emotions by both nature and experience are valid inspiration for poetry. But the poem celebrating things seeks to hide the emotion inspiring the poem; the whole composition is devoted to portraying the object, at the same time reinforcing the description with allusions. Compositions of this kind are not written in at all the same way as those which directly present the emotion inspired by a scene or an event. The latter are direct and natural, the former indirect and mannered. The latter concentrate on pure feeling, while the former are deliberately contrived. But the poems celebrating objects of Wang Yisun and his Southern Song contemporaries were also the vehicles of allegory, hence even more deliberately contrived, and so all the less natural and straightforward. This is why Hu Shi could not unreasonably dismiss them as obscure riddles.

But writing a poem celebrating an object is not exactly the same as concocting a riddle. A riddle is only an intellectual game requiring no component of feeling either in its surface meaning or in the solution, while the poem in its allegorical part depends entirely on an associated feeling for its effect. In the first place the allegorical meaning must be something deeply felt, for such poetry is usually written under circumstances of stress, when the poet has no possibility of expressing his feeling directly and is forced into this indirect mode. But, deliberately manipulated into allegory, the emotion that occasioned the poem is inevitably muted or impaired—a flaw that is apparent in the poems of Wang Yisun's contemporaries Zhou Mi and Zhang Yan. For such allegorical poems to be successful, the poet must have some feeling about the object which is the ostensible subject of his poem, and in the poem that feeling must fuse with the emotion. Further, he must reconcile this emotion and this feeling with the allusions that are the vehicle for its expression. If he succeeds in all this, the emotion that originally inspired his poem will not appear muted or impaired; it will be stronger and more effective for having been presented subtly and indirectly.

Compared with Zhou Mi and Zhang Yan, Wang Yisun's allegorical poems satisfy these conditions. In discussing these poets Zhou Ji praises his poetry as "satisfying and apposite, full of implications," and adds, "In concepts and style he is without a peer."[14] At the same time he criticizes Zhang Yan's songs for being inhibited and constrained.[15] Of Zhou Mi he says, "his 'ice-carving' and 'leaf-cutting' are unequaled for delicacy, but his ideas are not elevated, his resonances do not carry. He is a fit match for Zhang Yan, but cannot compare with Wang Yisun or Wu Wenying."[16] What he praises is the delicacy and skill in description, and what he objects to is the lack of intellectual content and the failure to give the reader a feeling of new vistas opening up, whereas in Wang Yisun's songs he sees emotional content adequately expressed.

Poems celebrating objects do not favor direct description, and Wang Yisun's reflective and mannered style, with its wealth of allusions, is particularly suited to the poem celebrating an object, as Chen Tingzhuo observed. But a reader with a preference for natural, straightforward expression will understandably feel that his songs are obscure and disjointed and fail to perceive the imaginative power they, in fact, possess. If we are to appreciate his songs, we must bear in mind the two aspects singled out by Zhou Ji, intellectual content and stylistic mastery.

An adequate understanding of Wang Yisun's poetry also requires a certain amount of knowledge of his life and times. In the absence of any biography, we are forced to draw upon his own writings and those of his contemporaries, with whom he exchanged verses, along with their biographies. The first problem is his dates. The subtitle to one of his songs reads "On taking leave of my senior Zhou Gongjin at Gushan (by West Lake)."[17] Zhou Gongjin is Zhou Mi, and Wang Yisun must have been younger than he, to use the respectful *zhang* "my senior". However, another of his songs, with the subtitle "A reply to Zhou Gongjin's poem on the occasion of his departure from the Old Capital (Lin'an)", lacks the *zhang*.[18] Two lines of this song read,

Ruefully we observe each other's white hair	谩相看华发
And both of us feel the bitterness of this parting,	共成销黯

suggesting that the two men were not too far apart in age. It is possible that the other song dated from early in their acquaintance, when politeness demanded acknowledgment of even a slight difference in age without implying that they belonged to different generations. Zhou Mi was born in 1232,[19] so Wang Yisun must have been born a few years later.

Xia Chengtao quotes an entry from Zhou Mi's *Zhiyatang Miscellany*: "Tianfang summoned an Immortal…and I asked him where Wang Zhongxian is now. He said he was detained in the courts of Hades and had not yet been reincarnated." Xia Chengtao dates this entry 1291 and comments, "Wang Yisun died before this year."[20] If we accept the dates 1232-91 as encompassing Wang Yisun's life (with a few years to spare at both ends), it takes him through the tragic last decades of the Song and into the first years of the Yuan.

By the time of the reign of Lizong (1225-64), the Southern Song was in a most precarious position, even before the fatal mistake of accepting the Mongols' proposal to make common cause against the Jin. As soon as the Jin was destroyed, the Mongols went on to make a full-scale invasion of China. After Lizong came the incompetent weakling Duzong, who, in the ten years of his reign, with Jia Sidao as Prime Minister, put the Southern Song well on the path to destruction. When he died, his Heir Apparent Xian was only four years old, and he was captured by the Mongols on the fall of Lin'an. Xian's nine-year-old brother, the Prince of Yi, was put on the throne in Fuzhou as Duanzong, but died two years later. Lu Xiufu fled with his eight-year-old brother, the Ruler Bing, to Yashan Island. A year later, Lu Xiufu jumped into the ocean with Bing on his back and drowned. This series of catastrophes occurred when Wang Yisun was in his thirties. His home in Kuaiji was near the Southern Song capital Lin'an, where he was exposed to the full impact of the Mongol invasion, and one can imagine that he was not indifferent to these tragic events.

Wang Yisun was a member of a poetry club in which he and other Song loyalists wrote *ci* ostensibly celebrating objects, but actually lamenting the national tragedy. A collection of these *ci* under the title *New Subjects for Ballads* (*Yuefu buti*) contains thirty-seven *ci* poems by fourteen authors, including Wang Yisun, Zhou Mi, Zhang Yan, Tang Jue, Chen Shuke, and Qiu Yuan. They used five song titles and celebrated five objects: ambergris perfume, white lotus, water shield (Brasenia), cicada, and crab. That these poems are allegorical was assumed by Li E (1692-1752),[21] and Xia Chengtao[22] has supplied evidence for believing that in *New Subjects for*

Ballads the poems on ambergris, watershield, and crab are allegories of the death of Song Emperors, while those on cicada and white lotus are about Empresses and Imperial Concubines. We may assume, then, that the poems Wang Yisun wrote for that collection are allegories expressing his feelings about events at the time of his country's fall to the Mongols.

The next question is whether Wang Yisun served under the Yuan. The only statement that he did so is attributed to the *Gazetteer of Siming of the Yanyou Period* (1314-20).[23] The *Gazetteer* is a very rare book, and the accuracy of the quotation has been challenged. Liu Yupan,[24] for example, observes that it is hard to reconcile with the loyalist sentiments presumably expressed in *New Subjects for Ballads* and quotes the lines from Zhang Yan's song lamenting Wang Yisun,

He closed fast his gate
Willow-hair so thickly growing[25]

to infer that Wang never took office.

I checked the original *Yanyou Gazetteer* in the Tōyō Bunko Library in Tokyo and found that Wang Yisun's name does appear under the entry "Confucian Supervisors of Education appointed by the Government Office of the Qingyuan Circuit under the present [Yuan] Dynasty."[26] The *Gazetteer* was compiled by Yuan Jue, who lived not long after Wang Yisun, so this information has every chance of being correct.

There are even indications in the songs exchanged with his contemporaries that he did in fact hold office. Zhou Mi has a song to the tune "Recalling Old Diversions", which bears the subtitle "For Wang Shengyu":

Traveler at the world's end not yet come home,	天涯未归客
The longed-for letter too far for brocade wings,	望锦羽沉沉

The green waters too wide.	翠水迢迢
Alas for the chrysanthemums untended, the ferns grown old,	叹菊荒薇老
Back turned on his friends, like the apes and cranes.	负故人猿鹤
Who will recall him to his old retreat? [27]	旧隐谁招

The allusions are all to recluses: the untended chrysanthemums are Tao Qian's,[28] the ferns are the ones that provided nourishment (for a time) to Boyi and Shuqi.[29] The apes and cranes had been left disconsolate by the inconstant recluse Zhou Yong.[30] There is a strong suggestion that Wang Yisun should not have left home to take office; hence he must have done so.

In a song subtitled "Saying Goodbye to Friends at Siming", Wang Yisun himself wrote

What I fear is the yellow flower	正恐黄花
Will laugh at someone come home too late.[31]	笑人归较晚

The "yellow flower" is the chrysanthemum; the suggestion (by way of Tao Qian again) is that he has been in service and hopes to retire.

In another song, "Drunk in Fairyland", with the subtitle "Home to the hills" are the lines,

In the west wind I sweep the path to the gate	扫西风门径
Yellow leaves wither and fall.	黄叶凋零
White clouds are few…	白云萧散…
My old land like dust	故国如尘
Old friends like a dream:	故人如梦
I'm too lazy now to climb up high.[32]	登高还懒

Here he presents the solitude and desolation after his return, his feelings about the country and the changes time has brought. So we may accept the fact that he did serve in office for a time before his retirement. The lines Liu Yupan quoted from Zhang Yan come from a song that begins

When the cuckoo in the plains cries the moon　　野鹃啼月
He puts on a folded headcloth to come back home.　　便角巾还第

A "folded headcloth" (*jiao jin*) is what a recluse wears (as against the cap of office),[33] so when Zhang Yan wrote

He closed fast his gate　　门自掩
Willow-hair so thickly growing　　柳发离离如此

he meant that Wang Yisun had come home to retire from service, not that he never held office.

What impelled him to take office in the first place? Traditional Confucians made a distinction between former Song subjects who accepted an office in the Yuan court and those who took an educational office. On seeing a portrait of the famous Song-Yuan scholar Wang Yinglin, Quan Zuwang (1705-55) wrote a piece to go with it. When he came to the episode of Wang's becoming a school principal after the fall of the Song, he wrote, "A school principal is not given orders from the throne, so this does not constitute compromise. After all, Jizi responded to King Wu's invitation, and being school principal is even less reprehensible."[34] And the contemporary scholar Sun Kekuan begins his list of criteria for Song loyalists with "Those who lived in retirement after the fall of the Song and did not cooperate with the new government," to which he adds the note,[35] "Except those who taught in local schools or academies."

There is another factor which must be considered. Many Song loyalists who became educational officers under the Yuan did so under the pressure of circumstances, something of which we get a bitter reminder by Dai Biaoyuan, a respectable contemporary of Wang Yisun:

Was it all right for the gentlemen of old to serve? There were those who could serve and those for whom it would not do. And may not the gentlemen of today serve? There are those for whom it will not do and those who have no choice but to serve…Those who think they may become commoners and not serve will find that they cannot escape involvement.[36]

Dai Biaoyuan's friend Tu Yue was frequently offered positions by the government, all of which he refused, but in the end he could not avoid taking the job of Supervisor of Instruction in Wuzhou. And Dai Biaoyuan himself, at the age of sixty, had to accept the post of Supervisor of Instruction in Xinzhou on the recommendation of a Yuan court official.[37] Other contemporary poets and literati, like Bai Ting and Qiu Yuan, accepted similar posts.[38] Besides the pressures exerted by government officials whose recommendations it was not always possible to refuse, livelihood was also a problem for some, and it may have been a factor in the case of Qiu Yuan and Dai Biaoyuan.[39]

Although Wang Yisun nowhere says so directly, we may infer that his term of service was not voluntary and that it was terminated as soon as possible. In the farewell poem quoted earlier, where he expressed his desire to go back home, there are also the lines

I try to express my solitary grief—	试语孤怀
Someone surely shares this secret sorrow.	岂无人与共幽怨

His "solitary grief" suggests he found his situation distasteful; his consolation is that he is not the only one. Since he was reluctant to take office and eager to retire, he surely is not to be classed with those collaborators who were only waiting for a chance to serve their conquerors.

I would like to examine a couple of Wang Yisun's poems as examples of his manner. The first is to the tune "Heavenly Incense" (*Tian xiang*); it comes at the beginning of his collection *Beyond the Flowers* and is also the first entry in the *New Subjects for Ballads*. The subject is "Ambergris Incense" (*Longxian xiang*):

Around the solitary isle coiling mist	孤峤蟠烟
Stacked waves cast the moon.	层涛蜕月
From Dragon Palace molten lead gleaned by night	骊宫夜采铅水
Tide-borne afar on the raft in the wind.	汛远槎风
Deeply dreaming of rose dew	梦深薇露
Transformed into soul-searing heart shape,	化作断魂心字
In red porcelain waiting out the fire,	红瓷候火
Suddenly aware of the ice ring, the jade finger.	还乍识冰环玉指
A thread circles the curtain, a green shadow	一缕萦帘翠影
Like cloud vapor in an ocean sky.	依稀海天云气
Often with languorous charm, half drunk	几回殢娇半醉
She trims the spring lamp; flowers crumble in the night chill.	剪春灯夜寒花碎
Best of all when the snow flies over the brook at home	更好故溪飞雪
And the little window is tight closed.	小窗深闭
Lord Xun is all at once old today	荀令如今顿老
And has forgot his former tastes when drinking.	总忘却樽前旧风味
In vain he regrets the lingering fragrance:	谩惜余熏
Over the empty drying rack a plain quilt.[40]	空篝素被

The subtitle in *New Subjects* includes the information that this poem was written "in the mountain house at Wanwei", a place where the members of the songwriting group met. It probably belonged to another Kuaiji man, Chen Shuke. Most of the members were natives of the Yue region or were refugees there, and their meeting places all carried the names of mountains in Yue. The imperial Song tombs were also on the northern slope of the Yue mountains, and as Xia Chengtao suggests, the poets may have actually witnessed their looting.[41] Certainly one could expect the event to be reflected in their poems. But we need not read this poem as a riddle, and I shall first treat it as a poem on its ostensible subject before examining it for allegory.

That subject is itself one source of difficulty in understanding the poem, unless we already know something about the origin and nature of ambergris ("dragon spittle" / *long xian*), and also how it is used in perfume or incense. This information is easily supplied; the real difficulty of the poem comes from Wang Yisun's highly individual reaction to this exotic perfume as expressed in a complex of allusion, imagery, and verbal subtlety.

To begin with ambergris: there are some things in an encyclopedia entry that we do not need to know—that it is a "biliary concretion produced in the intestine of sperm whales," for instance. More relevant is the fact that in lumps of various sizes it is found floating in the ocean or washed up on the seashore. For this poem our best sources of information are the kind of works Wang Yisun himself was familiar with. From the *Lingnan Miscellany* we learn:

Ambergris is the most precious ingredient of perfume. It comes from the ocean west of Dashiguo (?Arabia). Where there is a covering of cloud vapor,[42] there will be a dragon coiled around a great rock in the ocean. As it lies there, it disgorges spittle, which floats on the surface of the water. Dried by sun, it crystallizes and hardens, light as pumice. It is used to blend with all perfumes and incense. When burned, the threads of incense smoke do not dissipate. Seafarers[43] collect it as a most precious substance. When new, it is white in color; burned in incense, it produces a cloud of green smoke that floats in the air and does not dissipate.[44]

Referring this information back to the poem, we can see in the first three lines the poet's vision of the place where ambergris is produced. The "solitary isle" is the rock in the ocean around which the dragon coils, presented in evocative terms, *gu qiao*, that suggest remoteness and inaccessibility. "Coiling mist" recalls the "covering of cloud vapor" that indicates the presence of the dragon, and the word "coiling" (*pan*), with its reptilian component, reminds us of the dragon that Wang Yisun never mentions directly.

"Stacked waves cast the moon" gives the moonlit ocean scene where the seafarers come to collect the ambergris. The interesting word here is *tui* "to cast the skin"—again a graph with the element *chong*. The flakes of moonlight seem to be sloughed off the surface of the water as the waves break in layers, shattering the reflection, just as a snake casts its scaly skin. On a first reading of the line, this word seems odd and not immediately intelligible, but when you remember the title of the poem ("Dragon-spittle incense"), it seems exactly the right word to suggest the dragon while describing most vividly the setting of moonlight on a restless ocean. At the same time it parallels the word *pan* and makes the first two lines a very skillfully constructed parallel couplet. It also makes a logical connection with the following line, "From Dragon Palace molten lead gleaned by night."

In "Dragon Palace" (*li gong*), the word *li* by itself usually means "black horse", but from its use in the term *li long* "black dragon" it can be taken as the dragon itself, especially coming after the words *pan* and *tui* in the first two lines. The location of the palace is the solitary island where the waves break in the moonlight. It is on this night the seafarers come to collect the ambergris, which is here called "molten lead" (*qian shui*), literally "leaden water", a term loaded with associations. It is an appropriate metaphor for a substance ("spittle") which is a liquid more viscous than water, out of which crystallizes something like pumice stone. The word *qian* "lead" has two sets of associations, mineral and literary. There is *qian fen* "white lead", which is an ingredient of face powder (the ambergris is white), and *qian dan* "red lead", related to cinnabar and a favorite ingredient of alchemic experiments and potions for immortality, and *qian gong* "lead mercury". This all lends an aura of mystery and magic to the term. The strongest literary association is Li He's line "Recalling his lord, clear tears like molten lead," about the bronze statue removed from the Han palace, and used in Li He's poem as a symbol of the fall of dynasties.[45] In Wang Yisun's poem it suggests that the ambergris taken away by the seamen is reluctant to leave the Dragon Palace to which it can never return; it also suggests the poet's feeling about the fall of the Song.

In the third line the ambergris has been garnered, and in the next it is taken far away. The "raft" alludes to the story of the raft that passed by in the ocean regularly every year in the eighth month[46] and suggests that the seamen are bringing the ambergris back on a raft, carried by wind and tide, far from its island home.

The next line continues from the point of view of the ambergris, "deeply dreaming of rose dew," anticipating its role in the manufacture of perfumes. The Song dynasty *Perfume Manual* has an entry "rose water" (*qiangwei shui*)[47], "It is a flower essence ('dew') from Arabic Lands... Clothing sprinkled with it will wear out before the fragrance dissipates." The *Perfume Manual* also specifies that ambergris must be combined with "rose water" to make ambergris essence.[48] What the ambergris dreams so deeply as it is blended with attar of roses, one must suppose, is all it has known and experienced up to this final loss of identity; the Chinese text simply juxtaposes "deeply dreaming" and "rose dew".

Wang Yisun continues this elaborate personification of the ambergris in the next line: not only is it capable of dreaming, it is imbued with feeling. Combined with rose fragrance, powdered and molded into a heart-shaped (心) piece of incense, it is "soul shattered" (*duan hun*), no doubt in part because of the shape into which it has been transformed. Incense was molded into many fanciful shapes, so that when burned the undisturbed ash would still retain the form; the graph *xin* was one of those used often enough to produce the term "heart-graph incense" (*xinzi xiang*)[49], and Yang Wanli actually used the expression "ambergris heart-graph incense" in a poem.[50]

Through line 6 the poet has followed the ambergris from its place of origin in the Dragon's Palace on some mist-shrouded island: carried by wind and tide far across the ocean and turned into a rose-scented piece of incense shaped like the graph for "heart". He imagines the feelings of this sweet-smelling, sensitive entity as it is displaced and violently transformed.

Lines 7-10 present the making and burning of the incense. The *Perfume Manual* says of the use of ambergris in manufacturing scents that it is "roasted over a slow fire until partially dried, but with a trace of moisture left. Then it is stored for a long time in a porcelain container."[51] This accounts for line 7, "In red porcelain waiting out the fire," though the order is reversed.

The "ice ring" and "jade finger" should also be shapes of the molded incense. The *Incense Manual* says, "It is made into things like flower-pendants and fragrant rings."[52] Zhou Mi's poem on ambergris has the line,[53] "Precious bracelet and pendant ring vie in elegance," and Wang Yisun wrote in his,[54] "In the golden lion (censer) they keep adding jade fingers," where "pendant ring" and "jade fingers" are forms into which the ambergris incense was molded. In Wang Yisun's poem the words "ice ring" and "jade finger(s)" also suggest the bracelet and slender hands of the girl who is placing the incense in the burner, especially as the line begins with "suddenly aware", which serves to shift the point of view from the ambergris to an observer, whose awareness included both the incense and the person handling it. It is an effective stylistic device, for it serves to underline the rarity and eminence of the ambergris and at the same time anticipates the point of view of the second stanza.

Lines 9-10 describe the cloud of burning incense but convey more than the appearance of the green smoke swirling around the curtain, for the simile "like cloud vapor in an ocean sky" is a reminder of the place of origin of the ambergris, which, even after being dried and ground and mixed and made into grotesque shapes, still retains the memory of the "coiling mist around the solitary isle." And having followed the ambergris from its native island through its manufacture and final immolation, Wang Yisun leaves it smoldering there as he begins the second stanza.

It begins with a scene which must be associated in the poet's mind with the burning incense, and since it begins with "often" (*ji hui*, literally, "how many times"), it must bc something that occurred in the past. The word *ti*, translated as "languorous", means "tired"; combined with *jiu* "wine" it means the lassitude of pleasant intoxication. In the present context, followed by *jiao* "charming" and *ban zui* "half drunk", it suggests the languor of a lovely woman who has been drinking, as she appears to her lover. But there is no intrusion of erotic feeling; the focus of the poem remains on its subject. It is not a love poem in which incense provides the setting, but an episode suggested by the burning incense.

The objective description of the girl continues in line 12. Essentially the girl is trimming a lamp wick, but the language is evocative of tender feeling: it is a "spring lamp", and the flowers (*hua*, really the burning wick of the lamp) crumble (*sui*). And included is the information that the night is chill, making us aware that inside the room it is warm. This is clear from the next two lines, "Best of all when the snow flies over the brook at home / And the little window is tight closed," when the half-drunken girl languorously trims the lamp inside the warm room. It is beside "the brook at home" (*gu xi*), not here and now; it happened often, but in the past. Wang Yisun is very economical in his use of language, and here this evocation of a best time of all prepares for the contrast with present loneliness in the last four lines.

Although not directly mentioned as part of the scene, the ambergris perfume is very much present. The *Incense Manual* says that to exploit the property of ambergris incense of forming a green cloud of smoke that holds together, it should be burned in a closed room with no drafts,[55] and it is just such a room the poem conjures up. The reader realizes that the ambergris was inextricably mingled with the poet's memories. These lines (11-14) make another paragraph in the poem.

The last section begins with a sudden break—what has gone before lies in the past: "Lord Xun is all at once old today / And has forgot his former tastes when drinking." There is an anecdote about Xun Yu (163-212) that makes his name relevant here:[56] "When the Lord Chamberlain Xun came on a visit, the odor of his perfume lingered three days in the room where he had been sitting."[57] He must have been fond indeed of perfume to have used it so generously, and now the poet, a modern Xun Yu in that he was addicted to the use of scent, in his old age no longer indulges this taste. "All at once" makes the passage of time seem fast—in a flash youth is gone and he is old. "When drinking" reminds us of the half-drunk, languorous girl who trimmed the lamp, gone now with the perfume that evoked her memory, "wholly forgotten" (*zong wang que*) he says, and by denying the memory he has just shared, he reveals the regret and pain that accompany it. Better forgotten, he implies, for it brings no consolation.

The concluding couplet brings back the perfume, but only as a lingering fragrance out of the past, persistent, unforgettable, but of no use. The "drying rack" (*gou*) is a wicker basket in which incense is burned to perfume clothing or bedding, which is spread over the top. Since the poet no longer uses it for that purpose (having forgotten his former tastes), it is empty, but he has spread a quilt over it (a plain quilt, not the embroidered one that would be appropriate for a shared bed), a vain gesture out of respect for the lingering fragrance that he cannot really forget.

In these concluding lines Wang Yisun has extracted endless nuances from this grief for something gone irrevocably. While his ostensible subject is the inert substance ambergris, he has given it life through the allusions which are the vehicle for his expression and through the structure provided by his poet's imagination and sensibility; the object celebrated has been quickened with human feeling—a noteworthy achievement of artistic skill.

So far we have read Wang Yisun's poem for its overt meaning and discovered it to be consistent, if not exactly obvious. It remains to consider yet another reading, the allegorical. As I have written elsewhere,[58] an allegorical interpretation cannot be convincing if it depends on an arbitrary interpretation of isolated words and lines. We must avoid the sort of idle guessing sometimes practiced by Allegoricists. First of all, there must be the probability that the poem was written with allegorical intent, and this we have established from Wang Yisun's circumstances and in particular from the occurrence of this poem in the collection *New Subjects for Ballads*. Next we should ask what are the likely associations of the poem's subject and imagery with the events the author was concerned to treat indirectly, by allegory? The topic "ambergris" ("dragon spittle") was used by the poets contributing to *New Subjects for Ballads* when they wrote about Southern Song Emperors, according to Xia Chengtao,[59] and the dragon is of course a well-established symbol for the emperor. There are images in the poem that suggest a particular emperor. Tao Zongyi records an episode involving Tang Jue, a member of Wang Yisun's poetry club:

Early in the Yuan a Central Asian monk named Yanglian Zhenjia was in charge of Buddhist affairs in the Jiangnan region. He opened and looted the Southern Song imperial tombs in Kuaiji, scattering the bones in the fields. When Tang Jue heard about it, he was deeply affected and with his friend Lin Deyang got together the young men from the village and collected the bones of the emperors and empresses and buried them. Then they moved "wintergreen" (holly) trees from the old palace grounds and planted them on the grave mound.[60]

This is the episode referred to in the last line of Li E's quatrain on the *New Subjects for Ballads*:

> White-haired patriots cannot hold back their tears
> Writing their new ballad subjects in Kuaiji:
> The dying cicada their lives, sweet watershield their inspiration,
> Hearts at one on the wintergreen grave.[61]

To which Li E appended a note, "The patriot Tang Yuqian (Jue) contributed to the volume of *New Subjects for Ballads*."

There are other accounts of the desecration of the graves, from which further details may be gleaned.[62] Lizong's corpse was discovered to be unchanged, with a rare pearl in the mouth. The vandals hung the corpse upside down for three days from a tree to let the mercury with which it had been embalmed drip out, and the head separated from the torso. In the tomb of the Empress Meng a village gaffer found a switch of hair that was over six feet long, still holding a golden hairpin.

Not all of this material is immediately relevant to this poem, but "dragon spittle" does strongly suggest the mercury drained from the upside-down corpse of the Emperor Li. This recent and unforgettable episode could well have prompted the imagery of the line "From Dragon Palace molten lead gleaned by night," for molten lead resembles mercury even more than it does ambergris, and the looting very likely was done at night.

However persuasive this reading of one line, it should not be taken as license to go through the poem line by line in a determined search for a thoroughgoing, consistent allegory. Still, there are some further possibilities that can be pointed out.

The looting of the Imperial graves occurred in 1278,[63] when Lu Xiufu was on his way with the Ruler Bing across the sea to Yashan. The next year he leaped into the ocean and died with the Ruler Bing. Wang Yisun's poem goes on to mention the "solitary isle", the "raft in the wind", the "cloud vapor in an ocean sky", and it is by no means impossible that his choice of images was influenced by his knowledge of this event.

The second stanza is ostensibly concerned with memories out of the poet's own past and his feeling of sorrow at changed circumstances, but it is not excluded that this ageless grief could also be occasioned by the tragedy of his country. The histories describe how, as the Southern Song approached its destruction, for a time high and low alike lost themselves in diversions of the moment. The bitter recollection of past pleasures must have been a feeling common to men of his class, accustomed to a life of ease and amusement. And the concluding regret is the kind of feeling you would expect of a gentleman who has lived to see his country destroyed, the glories of the past vanished like burnt-out incense, dissipated never to return.

The song to the tune "Heavenly Incense" must have impressed his contemporaries as outstanding, judging from its place of honor in both Wang Yisun's own collection and in the *New Subjects for Ballads*. Another has been most often chosen by the anthologists as representative of his work. It is to the tune "Music Fills the Sky"[64] and also celebrates an object; the text as it appears in the *New Subjects* carries the brief note, "Written on the topic 'the cicada' in the Academy of Leisure":

Qi tian yue	齐天乐
Breast filled with enduring pain, heartbroken in the palace,	一襟余恨宫魂断
Year after year in the green shade of courtyard trees	年年翠阴庭树
Abruptly sobbing on the cold branch	乍咽凉柯
Moving again, hidden by leaves	还移暗叶
Once more laying grievous plaint of parting sorrow.	重把离愁深诉
Rain passes by the west window.	西窗过雨
Surprise that jasper pendants dart through the air,	怪瑶珮流空
That the jade cither's strings are tuned.	玉筝调柱
In the mirror dimly a ravaged face	镜暗妆残
Lovely hair like this still, for whom?	为谁娇鬓尚如许
The Bronze Immortal's tears of lead seem to wash clean,	铜仙铅泪似洗
Sighing that the lifted bowl is taken far away—	叹移盘去远
Hard to collect the falling dew	难贮零露
Weary wings surprised by autumn,	病翼惊秋
The shrunken shape, world-worn,	枯形阅世
Will see the sun set how many times?	消得斜阳几度
The last cries grow more bitter.	余音更苦

Why, in the pure heights it kept alone,	甚独抱清高
It is all at once cold and racked?	顿成凄楚
Vain to imagine the warm wind	谩想薰风
In a thousand myriad willow threads.[65]	柳丝千万缕

This poem begins with an allusion. *Notes on Ancient and Modern* records this dialogue:

Niu Heng asked, "Why is the cicada called 'the Lady of Qi'?" "The Queen of Qi died of anger, and her corpse turned into a cicada which flew up into a courtyard tree and began to cry mournfully. The king was sorry and so the people of that time gave the cicada the name 'Lady of Qi'." [66]

Li Shangyin has a poem with the couplet,

The bird mourns the Emperor of Shu
The cicada complains about the King of Qi,[67]

combining two similar legends ("the bird" is the nightjar *zigui*, the form taken by the deceased Emperor of Shu).

"Heartbroken in the palace" is a compromise rendering of *gong hun duan*; first of all it yields *gong hun*, "the soul of the palace (lady)", the Queen of Qi, which is cut off (*duan*) from the human world and lodged in the cicada's body; but also because she was *hunduan* (heartbroken) in the palace she was impelled to take that shape.

The next line continues with the experience of the cicada, which in its successive incarnations lives out its life in the green tree in the courtyard. On the surface it might seem to be a happy existence, but Li Shangyin reminds us of its pathos:

By the fifth watch its cry breaks, about to fail.
Heartless, the whole tree's green.[68]

The courtyard tree is indifferent and can offer no consolation to the cicada's enduring grief; its sheltering green shade is transformed into an all-encompassing loneliness. There the cicada rests, sobbing on the cold branch, shifting its place but always hidden by the leaves, never forgetting its sorrow. It does not just lament, it lodges a complaint (*su*) because of this estrangement (*li chou* "sorrow at separation"), and the complaint is not a frivolous one, but serious (*shen* "deep"); what's more, it is repeated (*chong*). The blending of the unhappy queen of Qi and the cicada is complete—a creative use of allusion typical of Wang Yisun.

The next segment of the poem begins with a shift in perspective from a small episode in the out-of-doors to an inside room, and a change in the point of view, from the cicada personified to a human observer. The rain that passes by the west window does not affect the man watching, but it must have threatened the cicada exposed to it in the tree outside. The poem tells us nothing directly about the cicada's feelings here, but the surprise felt by the observer at the flight of the cicada conveys the thought that it has been disturbed by the rain. Lines 7-8 do not say in so many words that the cicada is flying; rather they supply fanciful metaphors that could be momentary misinterpretations of the sound its wings make: jasper pendants tinkle when the woman who wears them walks, and the cither gives forth a rasping sound when the bridges are shifted to tune the strings, no doubt by a woman performer. The choice of metaphors is appropriate acoustically; it also creates a female persona for the cicada, so the next line can continue with a woman deploring her haggard appearance in a glass. There is an old saying, "A woman makes herself attractive for her lover." This glass (a metal mirror, really) has grown dim from disuse, surely because this woman has long lacked an admirer for whom to make herself up. But despite neglect, her hair is still lovely, its natural beauty requiring no embellishment. However, the bitter fact remains, there is no one to admire this disheveled beauty. Lines

9-10 achieve a double reversal of feeling, from "ravaged face" redeemed by "lovely hair" back to the hopelessness of "for whom".

The transition from cicada to woman is by way of jewelry and cither, but it is facilitated by another unexpressed association, that between a woman's hairdo and the diaphanous wings of a cicada. An entry in *Notes on Ancient and Modern* reads, "Among the palace Ladies of the Emperor Wen of Wei was Mo Qiongshu, who concocted cicada hair-puffs; they were delicate as cicada wings."[69] From the expression "cicada hair-puffs" (*chan bin*) came in turn the expression "dark hair-puffs" (*xuan bin*) as an elaborate euphemism for "cicada", as in Luo Binwang's famous "In Prison, On the Cicada."[70] There can be no doubt that Wang Yisun had the *Notes on Ancient and Modern* in mind in writing this line; it fits perfectly the already established equation cicada woman, and the connection with a palace lady reinforces the earlier association of the cicada with the ancient Queen of Qi. It is these multiple interconnected allusions which "fuse without a trace, "as Zhou Ji said, that make Wang Yisun's poetry so dense and so effective.

The second stanza begins (lines 11-13) with an allusion to Li He's "Song of the Bronze Immortal Taking Leave of the Han".[71] The "tears of lead" were wept by the bronze statue as it was carted away from Chang'an to be taken to the Wei court. The "lifted bowl" was the container in the statue's uplifted hand which was designed to collect the dew from Heaven (a useful ingredient of potions for longevity). It was broken off the statue and carried away, so there is no collecting bowl left at the site of the old Han palace; hence the dew from Heaven goes uncollected. There looks to be no place for a cicada here, until we recall that traditionally the cicada dines on wind and drinks dew for its nourishment, so there is a connection; and at the same time we have in the allusion to Li He a strong reminder of the fall of dynasties. With no dew to drink, the cicada is at the end of its tether, "Weary wings surprised by autumn; / The shrunken shape, world-worn; / Will see the sun set how many times?" The cicada's wings are always frail; weary now, they predictably will not see it through the chill of autumn. Its shape is shrunken (*ku* "dried up, like a dead tree"); the cicada is about to die, "world-worn". The words paraphrase *yue shi* "pass through the times"—that is, from its experience of the vicissitudes of life the cicada is worn down to its present desiccated state, and can expect to see few more sunsets.

Its life may end, but the feelings are stubborn: "The last cries grow more bitter." The cry is no longer just a "plaint of parting sorrow", nor is it just despair that it is about to die. It is the characteristic of this creature that its song is mournful, and now, faced with death, in its saddest song of all, is its final judgment of a life spent so much alone in the pure heights, and all at once become "cold and racked".

There is a variant in some texts, which use the word *shang* for "heights" (*gao*), which would make the term *qing shang*, the musical mode associated with autumn, appropriate enough with the "last cries" (*yu yin*, literally "lingering notes") of the preceding line. But closer inspection reveals a number of objections to this reading. The word *bao* "to hold to" is not used as a verb with a musical note (*yu yin*) as its object, and if you insist that the note belongs to the *qing shang* mode, then the words "cold and racked" (qichu) must also refer to the sound, and that focuses all three lines (17-19) on the sound, which becomes repetitious as well as contradictory; so *qing gao* seems to be the better reading.[72] The "pure heights" applies to the lofty branch of the tree on which the cicada spends its life of exemplary purity, dining on the wind and drinking the dew, beholden to no one. It makes the ideal symbol for the man of high principles, as in Luo Binwang's poem[73] "No one believes in its high purity" and Li Shangyin's poem on the cicada,[74] "Just because it is high it finds it hard to get enough to eat" and "I too am of a family that is pure."

These lines (18-19) express the cicada's disillusionment with the life it has lived, having got the present distress as reward for preserving its integrity. "All at once cold and racked." The word *chu* translated "racked" is first of all "a whip", an instrument of punishment, with the derived meaning "pained". The despairing question recalls line 16, "The last cries are increasingly bitter," bringing to a climax the grief and disappointment they expressed. But then Wang Yisun concludes his poem with "Vain to imagine the warm wind / In a thousand myriad willow threads," turning away from the agonizing present to a happy season from the past, even though it is only a memory or a fantasy. The "warm wind" (*xun feng*) is a mild south wind, associated with the "South Wind Song" attributed to the Emperor Shun,

The warmth of the South wind
Can dissolve my people's cares.[75]

Hence a warm wind is a source of happiness, something that makes the myriad willow threads dance in the springtime, those willows where the cicada found a place to stay—it must be the loveliest time of the cicada's whole existence. That time is past now, and past recovery, a memory that colors the cicada's bitter lament. It is "vain to recall", and with this final twist the poem ends.

It remains to consider this poem as allegory. Let us begin with a specimen of the kind of allegorical interpretation that Hu Shi dismissed as "seeing ghosts in broad daylight". Here is the reading of the nineteenth-century critic Duanmu Cai:

"Palace soul" points to the hidden meaning.

"Abruptly sobbing" and "moving again" lament the displacement of the last rulers of the Song.

The three lines after "west window" express sorrow that when the enemy cavalry has momentarily retreated, people go on enjoying themselves as before.

In the two lines beginning “In the mirror dimly”, decline and decay fill the eyes, but they go on prinking and primping as before; in a period of decadence ruler and subject alike are spineless—it has always been like this.

In the three lines beginning “The Bronze Immortal”, the dynastic treasures have been carried off and [the monk] Ze [who robbed the tombs] escaped punishment.

The two lines beginning “Weary wings” bitterly lament and loudly wail that the island haven can never be of long duration.

The three lines beginning “The last cries” express with unbearable poignancy the lonely grief of loyal subjects.

The two lines from “Vain to recall” reproach the subjects of Song who still are comfortable in danger and benefit from disaster, regarding everything as all right.[76]

From the circumstances under which this poem was written and from the allusions and expressions it contains we can be sure that it is allegorical in intent. But this sort of arbitrary line-by-line explanation—really no more than wild guesses—will convince no one. How utterly unfounded it is can be seen from the interpretation of lines 6-9 that “the enemy cavalry has momentarily retreated,” an episode that has to be referred back to a time before the Mongol conquest, though the poems in the *New Subjects* were written after 1278,[77] so this peaceful interlude can hardly be the setting for the poem. Duanmu Cai’s reading has nothing to recommend it, either in method or substance, but that does not mean an allegorical reading should be excluded; in fact an adequate appreciation of the poem demands that it be considered. I shall simply give the probable associations that link the poem to the situation of the time, as I did with the “Heavenly Incense” poem.

To begin with “the palace soul”, the words could have two referents.

On a literal level, "palace" could be a reminder of the Song palaces and so a reference to the fallen dynasty. By way of the allusion to the Qi queen, whose corpse turned into a cicada, it could make one think of the Song empresses and palace ladies whose bodies were dug out of their tombs and cast out on the plains. Especially so, when we recall the switch of hair found in the tomb of the Empress Meng, still with a golden pin in it. The Southern Song loyalist poet Xie Ao wrote a "Lament on an Old Hairpin" with the lines,

> Through the white mist, tear-damped, the old woodcutter came
> And gathered up the hair from Cixian's tomb.
> Black, seven feet long, its sheen lit up the ground.
> Around the hair were two golden pins.[78]

In the light of this, Wang Yisun may have been expressing distress over this unhappy event, and line 10, "Lovely hair like this still, for whom" could also have referred to the hair from the Empress' tomb.

The "Bronze Immortal's tears of lead" in line 11 can have two interpretations: first, as an allusion to Li He's poem, making it a lament over the fall of a dynasty; second, a more specific reference to the sack of the Southern Song capital at Lin'an, when the palace treasures were carried off by the invaders.

Lines 14-15, "Weary wings surprised by autumn / The shrunken shape, world-worn," could be read as the poet's feeling about himself after his experience of the fall of the Song. And line 16, "Will see the sun set how many times?" fits very well the declining fortunes of the Song refugee rulers after the fall of Lin'an.

Lines 18-19, "Why, in the pure heights it kept alone," etc., apply to the lot of the Song gentry, who insisted on their incorruptibility and were given to much talk of their ideals, but were helpless to do anything to save their country, and once it was lost they were “cold and racked”.

The concluding couplet, both because of its obvious implication and its association with Shun’s “Song of the South Wind”, could very possibly be an expression of the poet’s yearning for the time when the Song was still at peace.

These are offered as suggestions of how some lines of this poem could be read allegorically, taking into account the circumstances of its composition and the situation of the poet, the allusions, and the general tone of the poem. This kind of exegesis takes as its point of departure the impact of the poem itself, which is sufficiently strong to convince one that its author most probably was writing under the pressure of feelings about things other than those explicitly named in the poem. This urge to express deeply held feelings is a prerequisite for effective allegory; the poet is not concocting a riddle, and the exegete should not try to decipher it by guessing. The poet is free to make what associations he will with his subject, and the reader too can respond with his own associations. The poet may have intended all sorts of allegorical significance in his poem, but what is accessible to interpretation is limited by our knowledge of the poet’s experience and by the associations roused by the poem.

It remains to arrive at a critical estimate of Wang Yisun’s poetry. Let us first consider the quality of his poetic craftsmanship. The most general complaint about his poems is their obscurity, that they are difficult to make sense out of. The two examples we have examined tend to support the charge and demonstrate several reasons for the obscurity. The first trouble is the vocabulary. Wang Yisun frequently uses unfamiliar words, for example the word *tui* “to slough off, to cast the skin” in line 2 of “Heavenly Incense”, to describe the effect of moonlight on ocean breakers. A more common word might yield essentially the same sense; *dang* “to tremble, to surge”, for example, would be adequate for purely descriptive purposes. But *tui* is not only more vivid and more concrete, it also introduces a metaphor that transforms the layers of waves into scales and makes us see the shifting moonlight as a scaly skin being continually sloughed off, suggesting the never directly mentioned dragon disgorging the ambergris. It requires an effort of imagination on the part of the reader, but, despite its obscurity, the word *tui* is both more graphic and more appropriate to the subject of the poem than the immediately intelligible *dang*.

Syntactical relations are another source of difficulty in these poems. For heightened effects Wang Yisun will use a complex structure, as in line 12 of "Heavenly Incense", "She trims the spring lamp; flowers crumble in the night chill," where the word "flower" (*hua*) refers to the lamp flame (as in *deng hua*), not the flowers of nature, but since the words *deng* and *hua* are separated (in the Chinese text) by the words "night chill" (*ye han*), the word *hua* takes on an independent existence, making the reader think of real flowers; and since it is followed by the word "crumble" (*sui*) forming a parallel with the preceding *ye han*, we are prepared to take the fragility of flowers as an intended contrast to the chill of the night and to suppose there is a connection. The result is an enrichment of the texture of the poem, though there is some danger that inattentive readers may miss the more basic sense of the line.

The syntax of individual lines may be complex, but the larger structure of the whole poem is also complicated. In these poems celebrating an object, Wang Yisun is continually alternating between the object and a human observer. Both the poems translated begin with the object. In "Heavenly Incense", beginning with line 8, "Suddenly aware of the ice ring, the jade finger," a human figure emerges, and the entire second stanza is on the surface devoted to the person, though the object is always hinted at, until the two finally blend into one. The same thing happens in line 7 of "Music Fills the Sky": "Surprise that jasper pendants dart through the air." But in that poem, while the cicada remains the ostensible subject, the interrogatives "whom" and "why" in lines 10 and 18 remind us of the feelings of a human observer, until here too the object and the human melt into one. This sort of shifting back and forth easily makes for confusion for the reader who expects a poem to stick to one subject.

Finally there is the difficulty caused by Wang Yisun's use of allusion. Most of his poems celebrate objects, a genre that traditionally calls for a generous use of allusion, and he used these poems as the vehicle for allegory, a mode that also encourages allusion. Wang Yisun found interrelated allusions that served both purposes simultaneously, as in "Music Fills the Sky", where he alludes first to the Qi queen whose body was transformed into a cicada, and then to the palace lady of the Emperor Wen of Wei who made cicada hair-puffs; and from the tradition that the cicada drinks dew he introduces the Bronze Immortal with his bowl for catching dew. In "Heavenly Incense" he draws upon literary sources for the collection, manufacture, and burning of ambergris incense. The same set of allusions suggests both the fall of the dynasty and the looting of the imperial tombs. In terms of the demands of the genre and its allegorical application, his use of allusion must be called successful, but of course it makes demands on his readers, who, if unacquainted with the source of the allusions, will certainly find the poetry obscure. There are reasons enough for the admitted obscurity of Wang Yisun's poetry, but they tend to be extenuating; they are intrinsic to the poetic craft he practiced with exemplary skill.

There is another factor that affects the critics' evaluation of Wang Yisun's poetry. Considering only these poems, it is apparent that he expresses affection for his country and distress at the upheaval he has lived through, but these feelings are conveyed in a mood of helpless despair. Some critics praise him for his patriotic feelings, while others criticize his feeble whimpering. Before attempting to reconcile these conflicting views, we should first try to take a stand on the perennial problem of whether there is a necessary correlation between our judgment of the morality of a poem and its worth as a piece of literature. It is possible to judge a poem by purely aesthetic criteria and make the form and the craftsmanship of the poet the basis for our evaluation, regardless of what moral stand he takes. In this case a skillfully constructed poem of doubtful morality will be preferred to a high-minded piece of doggerel. There is certainly something to be said for such a judgment, but the example is strongly biased. Strictly speaking, in any successful poem form and content, craftsmanship and communicated feeling are inextricably combined; it is not really possible to separate the ingredients and have a poem left to talk about. High-minded sentiments require an equally serious poetic form, and a large subject needs a capacious vehicle. What is essential in poetry is that the poem effectively conveys the emotion that moved the poet to write in the first place. Form and craftsmanship are merely vehicles by which it is conveyed. And its effect on the reader depends largely on the nature of the feeling conveyed.

To make a fair comparison we should take equally successful poems, where the factor of craftsmanship cancels out. Then the substance of the thing conveyed may be taken into account in judging the relative merits of the two poems. The first requirement of any poem is that it works as a poem; if it completely fails to communicate, it so to speak falls off the scale. If it does have an effect, then we can estimate the scale and scope of what it says, and this can be a part of our judgment of the poem.

We have still only been talking about aesthetics. If we are also concerned about the ethical value of poetry, we must also consider not just the strength of the feeling we get from the poem, but also the nature of the feeling. At this point the mood of defeatism which we have noted in Wang Yisun's poems demands attention. It should not serve as an excuse to heap scorn on the poet, but rather prompt us to look for reasons in his circumstances that would account for his defeatism.

The form in which he wrote his poetry itself predisposed its users to certain kinds of expression. *Ci* originated in a new kind of song that became popular in the Tang dynasty. The words of these songs were unrefined and reflected the tastes and interests of the common people. By late Tang and through the Five Dynasties these new songs began to be noticed by the literati, who enjoyed the tunes but found the words unacceptably vulgar. As a result they began to write their own song words for the new tunes. The anthology *Among the Flowers* (*Huajian ji*) is a selection of such song words by Tang and Five Dynasties poets. From Ouyang Jiong's Preface we see that after the intervention of literati poets these songs became a part of their entertainment at parties and banquets.[79] Although the song words in the *Among the Flowers* were written well into the Five Dynasties period, a time of civil strife and general instability, there is in them no reflection of the suffering and insecurity which were the common lot.[80] They were for the most part sensuous, erotic songs suitable for the delectation of upper-class gentlemen watching performances by dancing and singing girls. The development of this style of song coincides with the rise of the petty kingdoms at the fall of the Tang, with their aristocratic courtiers and their extravagant, decadent way of living. The irregular meters of the new song lyrics were particularly well suited to the expression of frivolous sentiments and subtle nuances. This kind of song lyric persisted into Northern Song times, until it was well established as the norm. Although the form underwent marked development through the efforts of songwriters with considerable knowledge of music, like Liu Yong and Zhou Bangyan, the subject matter of *ci* continued as before to be predominately concerned with subtle nuances of feeling, and this was the generally accepted proper use of the medium. There were exceptions, like Su Shi and Xin Qiji, men of outstanding talent who were able to break with the tradition and create a deviant school of *ci* that would serve as the vehicle for their exuberance and zeal, but this school was never considered orthodox. The narrow view of what *ci* properly should be inhibited the further development of the form, and so by the end of the Southern Song, the writing of *ci* had become an exercise in virtuosity on the same old themes. The element of decadence and preciosity detectable in Wang Yisun's *ci* is a part of the prevailing fashion.

The social and political background is another factor to be considered. The policy of the founder of the Song dynasty was to centralize military and financial control to avoid the weakness and disorders of the late Tang and Five Dynasties. Although there were troubles with the Liao in the northeast and partisan squabbles at court, the hundred-odd years of the Northern Song were a time of peace, during which the upper classes became increasingly hedonistic and extravagant, and parties with singing girls became very common. Understandably, the songs written for such entertainments reflected the expectations of the audience. But while the gentry were enjoying their dissipations, the national economy was deteriorating until the end came with the fall of the capital at Bianliang and the capture of the Emperor Hui and his son. This catastrophe shook them out of their dream of endless pleasures, and for a time in the early years of the Southern Song there were writers who expressed passionate feelings of patriotism in their songs. But after the new capital was established at Lin'an, the court went back to its old policy of appeasement, and, indifferent to the national disgrace, was willing to buy peace by paying tribute to the Jin.

During the following century and a half of stability, the extravagance and hedonism of the old Bianliang days revived, and the upper classes again devoted themselves seriously to the pursuit of pleasure in this southern setting of lakes and hills. Among *ci* writers a new school emerged to set the standards of style and taste. They wrote *ci* for one another as a party game where they vied for the ultimate in elegance and musical effects. Wang

Yisun, Zhou Mi, and their friends belonged to a group that continued this practice of exchanging songs. After being used to a life of luxury and pleasure, their despair and bitterness were inevitable in the face of their nation's disaster, which they were helpless to avert. But since they lacked the resolution to struggle to save their country, what came out in their poetry was, not surprisingly, a feeble groan. Under the iron control of the conquerors they did not dare express their feelings openly, and so resorted to the allegorical celebration of objects to express them deviously. It is only to be expected that under these conditions Wang Yisun's songs should be obscure and defeatist. We should not blindly extol or damn his poetry without taking this background into account.

In conclusion I want to consider the reasons for the special attention given Wang Yisun by *ci* critics of the late Qing. During the seventeenth and eighteenth centuries members of the Changzhou School, such as Zhang Huiyan, Zhou Ji, and Chen Tingzhuo, singled out Wang Yisun for praise, in the first place as a part of their program to make *ci* a respectable literary form. They resorted to allegorical interpretations to lend weight and importance to the otherwise frivolous verses of earlier song writers.[81] Often their interpretations were extremely forced and unconvincing, but in Wang Yisun they found a poet who actually did write allegorically and whose dense and obscure style was an invitation to the critic looking for such things to probe deeper. And even though they also found meanings in his *ci* that would have surprised their author, there is no doubt that his poems did contain patriotic sentiments which lent dignity to the *ci* form. Further, his *ci* were carefully constructed, making them a corrective for any tendency toward casual or sloppy composition and a good model for students learning to write *ci*. Hence the Changzhou slogan, "Ask the way of Bishan."

A number of *ci* writers in late Qing went so far as to imitate him. Duanmu Cai, whose impressionistic reading of "Music Fills the Sky" was quoted earlier, said, "I love Bishan," and named his own *ci* collection *Vapors from Bi*[*-shan*], as he explained in his preface.[82] Wang Pengyun, who wrote matching *ci* verses with Duanmu Cai, edited Wang Yisun's *Beyond the Flowers* collection, to which he appended (with a note of approval) Duanmu Cai's interpretation of "Music Fills the Sky". His own *ci* were also strongly influenced by Wang Yisun, as Zhu Zumou remarked.[83]

This high regard for Wang Yisun's *ci* was not just the result of its active promotion by the Changzhou School, or the vagaries of individual taste. When the Allied armies entered Beijing after the Boxer troubles, Zhu Zumou and Liu Fuyao moved into Wang Pengyun's Four Seals Study where they wrote their reactions to what was happening.[84] Their situation was not at all unlike that of Wang Yisun, Zhou Mi, et a1. at the end of the Song, when they were writing *ci* allegories about foreign invasion and the fall of the dynasty. This is a good illustration of the effect of external circumstances on the appreciation of a poet, and it is easy to find examples today of the revival of writers from the past whose work has all at once become relevant to present-day concerns.

Wang Yisun did not, however, occupy a position of unchallenged preeminence in the Changzhou canon. Zhou Ji, the major theoretician of the Changzhou school, included him among the four Song *ci* writers he chose for his anthology, but rated him below the other three: "Ask the way of Bishan, go through Mengchuang (Wu Wenying) and Jiaxuan (Xin Qiji), until you come back to the wholeness of Qingzhen (Zhou Bangyan)."[85] He was recommending a course of study for the aspiring *ci* poet, and suggested Wang Yisun as a good place for the novice to start out. The contrived structure of his poems, the intricate linkages, the unusual diction and syntax—all these could be studied and imitated; his was a craft that could be learned. But precisely here is Wang Yisun's greatest limitation as an artist: he is too self-conscious a poet.

In Wang Yisun's *ci* the allusions are a sort of veil hiding the object which is the ostensible subject of his poem, and that object serves in turn as another veil concealing the allegorical meaning which provided the original impulse for writing the poem. Appreciation of this sort of poetry requires an effort of the intelligence; an immediate emotional response on the part of the reader is out of the question—first he has to figure it out. Such poetry lacks the appeal and the strength of poetry that is directly accessible, and, for all its density and obscurity, it is more superficial. Zhou Ji was very perceptive of this shortcoming in his observation, "The edges are too clearly defined, and when you read it over and over again, you feel the water is too clear for the fish."[86] That is to say, when you have finally unraveled the poem, it leaves you with the feeling there are no hidden depths.

The nature of this limitation is perhaps made more apparent by considering the kind of *ci* poet Zhou Ji preferred. It is rather surprisingly the Five Dynasties songwriters Wen Tingyun, Wei Zhuang, Feng Yansi, and Li Yu, and the Northern Song poets Yan Shu and Ouyang Xiu, the writers of comparatively straightforward love lyrics. To be sure, he followed Zhang Huiyan in reading them allegorically, and although such readings are forced and unconvincing, these short lyrics do have a power to move the reader by arousing all sorts of associations and feelings that make him ready to believe there is more there than appears on the surface, if not anything so well defined as allegory. The achievement of this effect comes essentially from the poet's imagination and reason, and the irregular, convoluted form and meter of the *ci* are peculiarly fitted to conveying this kind of subtle, elusive feeling. Although their short *ci* seem superficially to belong to the common style of entertainment song, this special quality of the *ci* form conveys the subtle and elusive feelings in the depths of the poet's heart. The power of such poetry to move the reader is a direct product of the natural inspiration of the poet; it requires no deliberate allegorical component, nor does it need an allegorical interpretation; but least of all should such *ci* be regarded simply as songs for party fun.

Examples of this kind of *ci* can occasionally be found in the works of Feng Yansi[87], and Yan Shu[88] and Ouyang Xiu, but certainly not every *ci* they wrote can be expected to evoke subtle and elusive feelings. The majority of their songs were written as party diversions and remain simply that. Zhou Ji said, "The less good *ci* of Northern Song are inferior to Southern Song *ci* in that they fail to leave anything to the imagination and are innocent of allegory. At their best they are superior to anything from Southern Song, for they can be specific and still dispense with allegory."[89] In other words, the Northern Song *ci*, which are no more than party songs for entertainment, lack that dimension of Southern Song *ci* which, through allegory, transcends the surface meaning of the poem. The best Northern Song *ci* serve to convey the emotion inspired by the immediate event; they have no need for the favorite Southern Song devices of allusion and allegory to arouse in the reader associations full of profound and elusive feelings.

In the case of Wang Yisun, Zhou Ji's words are appropriate: "He never descends to the crudity of Northern Song *ci*, but even his best do not reach the suggestive quality of Northern Song." So, although the critics of the Changzhou School were ready to take advantage of the structural complexity of Wang Yisun's *ci* as a guide to the novice, they did not regard it as the highest achievement.

Notes:

1. Zha Weiren and Li E, *Juemiao haoci jian*, p. 110.

2. Qingyuan was in modern Zhejiang Province.

3. Seven in *Juemiao haoci*, six in *Yangchun baixue*, one in *Huacao cuibian*.

4. Zhang Yan in the preface to a song lamenting Wang Yisun's demise, to the tune "The Lattice Window is Cold" (*Suo chuang han*), p. 3466. Since the *ci* with which this paper is concerned were composed as poems and not intended to be sung, the term has usually been translated as "poem" or "poetry", though sometimes as "song" or left as "*ci*" where the emphasis is on a distinct genre.

5. Chen Tingzhuo, *Baiyuzhai cihua* (*Cihua congbian*, vol. 11), 2.6b-7a.

6. Zhou Ji, *Song sijia cixuan*, p. 3: "The best of the poems celebrating objects are allegorical, where the allusions are interconnected and fuse without a trace." The nature of *yongwu ci* and its relation to *yongwu shi* is discussed by Shunfu Lin, *The Transformation of the Chinese Lyrical Tradition*, pp. 10-13, and on pp. 153-185, where he studies the development of *yongwu ci* as a distinctive subgenre in Southern Song times.

7. Zhou Ji, p. 3: "For the beginner, thought and technique are the difficulties, and Bishan excels in both."

8. Hu Shi, *Ci xuan*, p. 357.

9. Ibid., p. 358.

10. Liu Dajie, *Zhongguo wenxue fazhan shi*, 2: 289-290.

11. Hu Yunyi, *Songci xuan*, p. 439.

12. Yeh Chia-ying, *Zhongguo gudian shige pinglun ji*, p. 229.

13. Wang You'an, ed., *Renjian cihua*, entry 16; Wang You'an, ed., *Renjian cihua shan'gao*, entries 19, 35.

14. Zhou Ji, pp. 3, 5.

15. Zhou Ji, *Jiecunzhai lunci zazhu* (*Cihua congbian*, vol. 5), 3b.

16. Zhou Ji, *Song sijia cixuan*, 5b.

17. To the tune "Pale Yellow Willow" (*Dan huang liu*), *QSC*, p. 3365.

18. To the tune "Three Beauties" (*San shu mei*), *QSC*, p. 3359.

19. Xia Chengtao, "Chronobiography of Zhou Mi", *Tang Song ciren nianpu*, p. 322.

20. Ibid., p. 359. All available editions of Zhou Mi's *Zhiyatang zachao* read Wang Zhongqi instead of Wang Zhongxian. Xia Chengtao does not identify the text he used.

21. Li E in one of his "Twelve Quatrains on *Ci*", *Fanxie shanfang ji* (*SBCK* ed.), 7.2b.

22. *Yuefu buti* does not carry the name of a compiler. Xia Chengtao thinks it may have been put together by Chen Shuke and Qiu Yuan ("*Yuefu buti* kao" [An Investigation of the *New Subjects for Ballads*], *Tang Song ciren nianpu*, pp. 381-382). The occasion for the composition of these poems is described by Shunfu Lin, pp. 192-193.

23. It is quoted in the commentary in *Juemiao haoci jian*, p. 110.

24. Liu Yupan, *Ci shi*, p. 94.

25. To the tune "Song of the Immortal in the Grotto" (*Dong xian ge*), *QSC*, p. 3473.

26. *Yanyou Siming zhi*, 2.28a (ch. 49 in *Song Yuan Siming liuzhi*, 1854).

27. *QSC*, p. 3290.

28. Tao Qian, *Gui qu lai ci* (The Return), *WX* 415.12b: "The three paths are overgrown, but pines and chrysanthemums are still there."

29. Their biography in *Shiji* 61.9-10: "They hid away on Mt. Shouyang, where they gathered ferns to eat."

30. Kong Zhigui, *Beishan yiwen* (Proclamation on North Mountain), *WX* 43.18a: "The orchid curtains are empty, at night his crane is grieved; the mountain hermit is gone, mornings the apes are startled."

31. To the tune "Music Fills the Sky" (*Qi tian yue*), *QSC*, p. 3357.

32. *Zui Penglai*, *QSC*, p. 3364.

33. The term occurs in the biography of Yang Hu in *Jin shu* 34.8b: "When I have pacified the frontiers, I should put on a folded headcloth and take the road east back home."

34. Quan Zuwang, *Jieqiting ji* (*SBCK* ed.), *Waiji* 19.8b.

35. Sun Kekuan, *Yuanchu Nan Song yimin chushu* (Song Loyalists in the Early Yuan, a Preliminary List), *Donghai xuebao*, 15(1974), 11.

36. Dai Biaoyuan, *Shanyuan Dai xiansheng wenji* (*SBCK* ed.), 13.1a-b.

37. Ibid., Appendix (Biography from *Yuan shi*), 3.

38. "Biography of Bai Ting", *Xin Yuan shi*, 237.2119; "Biography of Qiu Yuan", ibid., 237.2120.

39. Mou Yan, *Lingyang ji* (*Yuanshi xuan*), Preface, p. 1: "Qiu Renjin (Yuan) and my teacher Dai Shuaichu (Biaoyuan) too could not avoid leaving home as Confucian teachers to make a scant living."

40. *QSC*, p. 3352, with the variant *xun* in line 4 for *xun* in *xunxi*.

41. *Tang Song ciren nianpu*, p. 379.

42. The "covering of cloud vapor" that the presence of the dragon in the ocean sounds like the vapor of the whale's spout, which betrays it to the whaler.

43. "Seafarers" is a prosaic rendition of *jiaoren*, the fabulous sea creatures of human form and habits noted chiefly for weaving a gossamer cloth and weeping tears that become pearls. Here real people are meant.

44. *Lingnan zaji* (*Shuo ling*, 1799 ed.) B.10a, 14b.

45. Li He, *Jintong xianren ci Han ge* (*Li He shizhu*) 2.45.

46. *Bowu zhi* (vol. 2, p. 875, in *Biji xiaoshuo daguan*) 10.3.

47. Chen Jing, *Xiang pu* (*Siku quanshu zhenben, si ji*) 1.25b-26a.

48. Ibid., 2.29a.

49. Yang Shen, *Ci pin* (*Cihua congbian*, vol. 2) 2.10b: "What is meant by 'heart-graph incense' is incense powder molded into the shape of the

word *xin*." The term occurs in a *ci* to the tune "A Cutting of Plum" (*Yijian mei*) by Jiang Jie, *QSC*, p. 3442.

50. Yang Wanli, in a poem accompanying a return present of ambergris incense: *Xie Hu Ziyuan Langzhong hui Putaishaomo bao yi longxian xiang*, *Chengzhai ji* (*SBCK* ed.), 19.11a.

51. *Xiang pu* 2.31b.

52. Ibid., 2.34a.

53. To the tune "Heavenly Incense", *QSC*, p. 3287.

54. Tang Yisun, *QSC*, p. 3424. His three surviving *ci* are all in *Yuefu buti*.

55. *Xiang pu*, 2.30b.

56. Attributed to *Xiangyang ji* by Feng Hao in his commentary on Li Shangyin's poems (*Yuxisheng shi jianzhu* 5.41b), but not found in any of the available editions of that work.

57. Li Shangyin was fond of the same allusion: "Lord Xun's censer awaits the incense" (*Mu dan* [On the Peony], *Yuxisheng shi jianzhu* 7.10a), and "South of the bridge where Lord Xun passed / The fragrance of his gown carries ten miles" (*Han Hong sheren ji shi* [For Secretary Han Hong], ibid., 5.41b).

58. Yeh Chia-ying, *Zhongguo gudian shige pinglun ji*, p. 182.

59. *Tang Song ciren nianpu*, p. 382.

60. Tao Zongyi, *Chuogeng lu*, 4.63-69.

61. See note 22 to this chapter.

62. Notably Zhou Mi, *Guixin zashi*, *Bieji* A.43a-44b. Xia Chengtao has brought them all together in *Tang Song ciren nianpu*, p. 377.

63. Ibid., pp. 380-381.

64. To the tune "Music Fills the Sky" (*Qi tian yue*), *QSC*, p. 3357. The preceding song to the same tune is on the same subject; both appear in *Yuefu buti*, though not in the same place. The similarity in wording makes it look

as though Wang Yisun spent considerable effort to find a satisfactory treatment of this subject. There are also several textual variants in both songs. The translation follows the text of *Huawai ji* in *QSC*; see note 72 to this chapter.

65. The Academy of Leisure (Yuxian shuyuan) was the studio name of Wang Yingsun, the son of Wang Keqian, Second Guardian of the Heir Apparent (*Shaobao*). Tang Jue was his protégé, and it was he who financed the re-covering of the desecrated Song tombs. (See Xia Chengtao, *Tang Song ciren nianpu*, pp. 379-380.)

66. Cui Bao, *Gujin zhu* (*Baizi quanshu*, Saoye shanfang ed., vol. 59) B.4a.

67. Li Shangying, *Yuxisheng shi jianzhu* 1.41b.

68. Ibid., 4.9a.

69. *Gujin zhu* B.3a.

70. "I cannot bear that this dark hair shadow / Confronts my white hairs with its song." (*Tangshi sanbaishou xiangxi*, p. 143).

71. See note 45 to this chapter.

72. In every case the numerous variants in the *Huawai ji* text are to be preferred to the reading in *Yuefu buti*, which writes (in line 2) *ting yu* "courtyard" for "courtyard trees" *ting shu*; (in line 5) *di su* "whispered plaint" for "grievous plaint" *shen su*; (in line 6) *xi yuan* "west garden" for "west window" *xi chuang*; (in line 7) *jin cuo ming dao* "gold-chased scissors snip" for "jasper pendants dart through the air" *yao pei liu kong*; (in line 9) *jing yan* "the mirror is covered" for "in the mirror dimly…" *jing an*; (in line 12) *xie pan* "the carried bowl" for "the moved bowl" *yi pan*. In most cases it is obvious that *Huawai ji* has the more appropriate or more effective reading; the last one less so because of the English rendering of the line, which actually uses the variant. But with *xie pan* we are left with the Bronze Immortal and his bowl; *yi pan* reminds us of the plight of the cicada, which

is what matters. It looks as though the *Yuefu buti* is the earlier version, revised by the author before being included in his collected *ci*.

73. See note 70 to this chapter.

74. See note 67 to this chapter.

75. Quoted in Kong Yingda's *Liji* commentary (*Shisanjing zhusu*, vol. 5) 38.1b (9.677).

76. As quoted in Wang Pengyun's postface to his edition of *Huawai ji*, *Siyinzhai suo ke ci*, vol. 8.

77. Xia Chengtao, in *Tang Song ciren nianpu*, p. 382.

78. Xie Ao, *Guchai tan*, *Xifa jichao* 4:2589.

79. After a eulogy of song he writes, "Guests strive for preeminence within noblemen's gates...and hosts contend for wealth at opulent feasts...where gentlemen on embroidered mats, girls behind flowered curtains, dispatch sheet after sheet of flowered paper with poems drawn in patterns of brocade, raise slender, slender jade fingers to tap the rhythm on fragrant sandalwood. There is no lack of perfectly pure phrases to help out dainty lissome figures" (Ouyang Jiong, *Huajian ji xu*). Less euphuistically expressed, "At parties in the homes of the wealthy, the guests write songs for the girls who entertain them with song and dance."

80. Lu You, "Postface to *Huajian ji*", *Lu Fangweng wenji* (*Guoxue jiben congshu*) 1:88.

81. See Chia-ying Yeh Chao, "The Ch'ang-chou School of *Tz'u* Criticism", *HJAS*, 35(1975), 105.

82. Duanmu Cai, Preface to *Bixie ci*, *Weisheng tongsheng ji*, Preface, pp. 1-2.

83. See Zhu Zumou's Preface to Wang Pengyun's collected works, *Bantang dinggao*, Preface 2b-3a.

84. *Gengzi qiuci*, Preface 1a.

85. Zhou Ji, *Song sijia cixuan*, Preface, p. 2.

86. Zhou Ji, p. 3.

87. See Yeh Chia-ying, “Cong *Renjian cihua* kan Wen, Wei, Feng, Li sijia ci de fengge”, *Jialing tan ci*, pp. 91-116.

88. Yeh Chia-ying, “Da Yan ci de xinshang”, ibid., pp. 145-164.

89. Zhou Ji, p. 3.

论陈子龙词

——从一个新的理论角度谈令词之潜能与陈子龙词之成就

一

关于明末清初之际的陈子龙词之成就，历来评词者本早已注意及之。即如谭献在其《复堂词话》中，就曾以为陈词可以上追后主直接唐人，谓“重光后身惟卧子（陈子龙字）足以当之。”又云：“词自南宋之季，几成绝响。元之张仲举（张翥字）稍存比兴。明则卧子直接唐人，为天才。”况周颐在其《蕙风词话》中也曾称美陈词，谓其“含婀娜于刚健，有风骚之遗则”。吴梅在其《词学通论》中，则不仅亦称陈词为“能上接风骚”，且更曾谓其能“得倚声之正则”。以上诸家之词论，可以说大多乃是就陈词之成就在继承方面能得渊源之正而言者。至于更能就其影响一方面而言者，则如沈惟贤在其《片玉山庄词存词略序》中，就曾提出说：“明末乃有陈卧子《湘真词》，上追六一，下开纳兰，实为有明一代生色。”[1]龙沐勋在其所编选的《近三百年名家词选》中，则不仅取陈词以冠篇首，而且更曾经在评语中提出说：“词学衰于明代，至子龙出，宗风大振，遂开三百年来词学中兴之盛。”这些评语自然可以说都是词学家的品味有得之言，只可惜他们都未曾对其所提出的评语作任何理论性的说明。多年前，我在 1981 年加拿大亚洲学会在哈立菲克斯（Hali-fax）召开的一次年会中，虽曾对陈词作过稍具理论性的评述，却未曾将该次谈话整理发表。近年来我在《灵谿词说》一书中，对唐五代两宋一些名家词的渊源流变，既已作了相当的探讨；继之我又在《迦陵随笔》与《对传统词学与王国维词论在西方理论之观照中的反思》诸文中，曾尝试透过西方文论来为中国词学建立一个理论架构。私意以为，在唐五代及两宋的词之发展中，我们大概可以分为三大类别：第一类是“歌辞之词”，唐五代时之温、韦、冯、李及北宋初之晏、欧诸家属之；第二类是“诗化之词”，北宋之苏轼及南宋之辛弃疾诸家属之；第三类是“赋化之词”，北宋之周邦彦及南宋之姜、史、吴、王诸家属之。此三类不同之词风，其得失利弊虽彼此迥然相异，然若综合观之，则我们就不难发现它们原有一个共同的特点，那就是三类词之佳者，莫不以“具含一种深远曲折耐人寻绎之意蕴为美”。而且我还曾引用西方的诠释学、符号学、接受美学和意识批评等理论，对于形成此种深远曲折耐人寻绎之意蕴的因素，也作过相当的讨论，并且曾将西方理论与中国词学加以结合，而提出说：“张惠言对词之衍义的评说，乃大多是以词中的一些语码为依据的；而王国维对词之衍义的评说，则大多是以词中所传达的本质为依据的。”总之，词之特质乃是以其文本中能具有丰富的潜能（potential effect，见于伊塞尔 Wolfgang Iser 之《阅读活动——一个美学反应的理论》[*The Act of Reading: A Theory of Aesthetic Response*]一书之序文）为美。本文所要尝试的，就是想把陈子龙词放在我所提出的这一理论架构中，作一次评说

① 转引自《白雨斋词话足本校注》，第 237 页，齐鲁书社，1983 年版。

的实践。

要想从理论方面来探讨子龙词之成就，我以为首先要注意到的乃是诸位词学家所提出的“上追后主”、“直接唐人”、“有风骚之遗音”、“得倚声之正则”等评语在理论上究竟何指的问题。本来早在1970年代初期，当我撰写《常州词派比兴寄托之说的新检讨》一文时，对于清代的张惠言在其《词选·序》中所提出的“《诗》之比兴，变风之义，骚人之歌”诸说，已作过相当的讨论。只不过当时我为文的重点主要乃是针对张氏一家之言的得失所作的论述，而现在我想把清代以来的词评家之所以要把词上比《风》、《骚》，以为其有比兴寄托之意，而且认为如此方为倚声之正则的观念，放在词之源起、词之特质与词之流变的宏观中，结合我在《传统词学》以及《迦陵随笔》诸文中所尝试建立的评词之理论，对陈子龙词的成就作一次较具系统性的评述。

关于词之源起、特质与流变，我在《传统词学》一文中，曾作过简单的论述。现在为了要讨论陈子龙之令词的缘故，我将对五代北宋令词之所以易于引人产生言外之感发的因素，试分为几个阶段再加以较详的探讨和说明。本来词在初起时原只是隋唐间伴随新兴之乐曲而歌唱的歌辞，但当文士们着手来填写歌辞时，遂因此一特殊之写作背景，而使得词这种文学体式形成了一种特殊的内容与风格。这一类早期的“诗客曲子词”，可以举《花间集》中所收录的作品为代表。据欧阳炯的《花间集·序》所言，我们可以知道这些作品原来乃是“绮筵公子”为“绣幌佳人”所填写的在歌筵酒席中演唱的歌辞。也正由于此种写作之背景，遂使得早期供歌唱的令词形成了一种迥然不同于“诗”的特殊的品质。此种品质之特殊性又可以分为以下两个方面来加以说明：其一是由作品内容所形成的风格方面的特质。因为这种歌辞之词所写之内容既大多以美女与爱情为主，于是在风格上遂形成了一种特别纤柔婉约的特质，此其一；其次是由作者之写作心态所形成的功能方面的特质，因为此类词既大多为歌酒筵席之作，对于“爱”与“美”表现了大胆的追寻和向往，此就中国之文学传统言之，实在乃是对于“诗以言志”和“文以载道”之伦理道德观念所加之于作者心理方面之压抑和约束的一种公然的叛离，正由于这种心理的因素，遂使得这一类歌辞之词反而无意中具有了一种可以呼唤起人们内心中最为幽隐婉约之追寻向往之情意的潜在的功能，此其二。以上二者可以说乃是早期歌辞之词所具有的两种最为基本的特质。而这两种特质当其表现于作品之中时，又可以分别为以下两种不同之情况：一种情况是属于对现实中具体的爱与美的寻求和向往，这类作品虽然也可以具有属于词所特有的一种纤柔婉约之美，然而却因其所写者过于现实和具体，因此遂不易引起读者心灵中的言外之感发与触动，即如《花间集》中某些对于爱情与美女写得较为现实露骨的艳情词，便应是属于这一类的作品。另一种情况则是只泛写一种对于爱与美之追寻向往的情意，却并不实写现实中具体之情事者，这一类词既同样仍具有写爱情之词所特有的一种芬芳悱恻之特质，但另一方面却由于其并不对爱情之事件做具体之实指，因而遂在其对于爱与美之追寻与向往的泛写中，往往可以在读者之心灵中唤起一种深隐幽微的缠绵悱恻的触动，而使之产生了许多言外之感发与联想。这种微妙的作用，我想很可能就是后来的词评家之所以对唐五代的小词，往往认为其有比兴寄托之意的一个主要因素。而比兴寄托之传统，其渊源既可以远溯风骚，同时此种引人产生感发与联想的微妙的作用又正是早期的一些意蕴深美之好词所共具的特质，于是某些想要推尊词体的词学家遂有意提出了一种评词的论点，认为只有与这种早期之词作风相近的、具有纤柔婉约之风格且可以引起读者丰富的感发与联想的作品，才可以称得上是“得倚声之正则”，足以上接《风》《骚》，有比兴寄托之意的好词。

这种“《风》《骚》比兴”的论点虽然只是一种牵强附会之说，然而早期词之佳作确实具有一种易于引发读者丰富之感发与联想的可能的潜力，则是不争的事实。此种潜能经历了由晚唐而西蜀而南唐直至北宋初期的一段发展，于是遂更由几位杰出的作者如温、韦、冯、李、大晏、欧阳诸家，分别各以其身世遭遇和性格学养等各方面之因素，使早期令词的这种富于感发和联想的潜能，得到了更为逐层深入的发挥。因此早期之令词遂在后世评赏者的心目中奠定了一种被尊视为填词之正则的地位。但其后由于长调逐渐流行，写长调之作者既不得不注意致力于铺叙及安排，如柳、周、苏、辛，降而至于姜、史、吴、王，这些作者虽然也仍能各以其形式及手法而保持了词所特具的某种要眇宜修之美，然而终不免使人觉得他们的作品在发扬蹈厉或安排琢饰之中有一种古意渐失之感。即使他们的作品中仍然保有一些令词之作，但在意蕴深美引人产生感发及联想的潜能方面，却与早期的令词不可同日而语了。至于金、元以下的作品自然更是去古益远，而早期之词所独具的此种特美遂也似乎在词的发展中已成为不可复作的绝唱。但谁知在有明一代的词学衰落之后，居然在明代末年出现了陈子龙这一位作者，使得早期之令词的已成绝响的特美，又重新在词坛上开出了复苏的花朵，就词之发展而言，我以为实在可以说是因缘巧合的一种异数。而要想说明我所谓的“异数”，我就不得不对在令词之发展过程中促使其在引生感发及联想之潜能方面不断加强的因素，以及将这些因素不断带入作品中的一些重要作者，都略加简单的讨论和介绍。如我在前文所言，后世词评家对于早期令词之指称其有风骚比兴的托意，固原为一种牵强附会之说。然而在早期令词之发展过程中，则这种潜能却又确实有着不断加强的现象；而且这种潜能的加强，又与此一时期一些重要作者的学养及身世有着颇为密切的关系。下面我们就将把此种潜能之发展以作者为代表，试分为几个阶段来略加说明。第一个阶段的潜能之发展，我以为乃是令词之特美与中国诗歌中以美人为喻托之传统相结合的结果。此一阶段之作者可举温庭筠为代表。关于温词中之此种潜能，我在标题为《从符号与信息之关系谈诗歌的衍义之诠释的依据》和《温庭筠〈菩萨蛮〉词所传达的多种信息及其判断之准则》两篇《迦陵随笔》中，曾举引过温词《菩萨蛮》（小山重叠金明灭）一首为例证，说明此词中之“照花”四句与《离骚》中“初服”一句所写的衣饰之修洁方面的联想关系；更指出温词中的“懒起画蛾眉”一句，与《离骚》中的“众女嫉予之蛾眉兮”一句，及李商隐《无题》（八岁偷照镜）一诗中的“长眉已能画”一句，和杜荀鹤《春宫怨》一诗中的“欲妆临镜慵”一句，在诗篇之间所可能引生的语码之联想。而且还曾引用俄国符号学家洛特曼（M. Lotman）之说，指出符码与文化背景的关系。如果作更进一步的推求，我们就会发现中国诗歌之喜好以美人为托喻，除了诗歌传统之关系以外，实在与中国的伦理思想传统有着密切之关系。因为在中国的伦理之中，夫妇之间的关系与君臣之间的关系原是颇有相似之处的，君与夫是高高在上的主人，臣与妾则永远处在被选择与被抛弃的卑下地位。因此凡是在仕宦方面不得意的诗人，遂往往喜好以对爱情有所期待的寂寞女子来自喻。曹植《七哀诗》所写的“君怀良不开，贱妾当何依”，便是很好的例证。至于早期的令词，虽然只不过是写美女与爱情的歌辞，但当一位男性的作者假借着女性的口吻与心态来写爱情的歌辞时，遂由于上述的诗篇之语码及伦理传统中男女之关系与君臣之关系之相似的文化背景，而使得此类歌辞具有了引发读者之丰富的托喻联想的潜能；同时作者自身也往往因其所使用的女性之口吻与心态，而使其内心中所蕴蓄的某些在政治仕宦方面的失意之慨，于无意中得到了某种潜意识的发泄。这种情况，私意以为乃是早期令词之易于引发托喻之联想的一项最主要的因素，而温庭筠则无疑是属于此一阶段之发展的一位重要的作者。

第二个阶段的令词中潜能之发展，我以为乃是令词之特美与诗人之忧患意识相结合的结果。此一阶段的发展又可分为以下几种不同的情况：第一种情况可以举西蜀的词人韦庄为代表。关于韦庄的词，我以前在《从〈人间词话〉看温韦冯李四家词的风格》和《论韦庄词》两篇文稿中，已作过相当的论述。约而言之，则韦庄所写者，就其内容情事而言，固多为主观抒情之怀人怨别的爱情歌辞；然而值得注意的则是，造成韦庄之流离漂泊使之不得不与所爱之人离别的原因，则是当时的战乱忧患。韦庄最著名的五首《菩萨蛮》词，就在写了“红楼别夜”与“美人和泪辞”之后，也写了“未老莫还乡，还乡须断肠”的家国之思与乱离之慨。因此张惠言《词选》乃指称此数首《菩萨蛮》词为“盖留蜀后寄意之作”。陈廷焯《白雨斋词话》卷一也认为此数首词有“惓惓故国之思”，又指称韦氏《归国谣》词之“别后只知相愧，泪珠难远寄”和《应天长》词之“夜夜绿窗风雨，断肠君信否”诸句，也都是“留蜀后思君之辞”。私意以为张、陈二氏之竟将韦氏的一些相思怨别的情词，皆指为有心托喻的“寄意”之作，固不免有过于牵强附会之讥，然而韦词之所以能具有此种引人生托喻之想的潜能，则是由于韦词中确实有一种隐含的乱离忧患之意识为其爱情之词的底色的缘故。这是令词之潜能在第二阶段发展中的第一种情况。至于第二种情况，则私意以为可以举南唐之冯延巳和中主李璟为代表。此一种情况与前一种情况之差别，主要盖有以下两点：其一是前一种情况所写的伤离怨别乃多为具体的爱情事件，而此一种情况之所写者则往往为一种爱情之心态。其二是在前一种情况中，乱离忧患意识之产生，乃由于作者亲历了现实中发生之事实；而在后一种情况中，则其忧患意识之产生乃由于作者对尚未发生之事实的一种悲虑，而这种悲虑之心态在作品中无意的流露，遂产生了足以引起读者丰富之联想的潜能。因此张惠言《词选》仍称冯氏的《蝶恋花》诸词，为“忠爱缠绵，宛然《骚》、《辩》之义”。王国维《人间词话》亦称中主李璟的《山花子》一词为“众芳芜秽，美人迟暮之感”。关于冯氏的《蝶恋花》词及中主李璟的《山花子》词，我在论温韦冯李四家词的风格和论中主李璟词（见《灵谿词说》）的文稿中，曾作过相当的讨论。在论冯词的文稿中，我指出冯词之特色乃是“可以令读者产生较深较广之联想”，并且加以分析说“其所以然者”，乃是由于冯词之所写乃是“不为现实所拘限的一种纯属于心灵所体认的感情之境界的缘故”，在论李词的文稿中，我也曾指出李词之特色“乃在于其能在写景抒情遣词造句之间，自然传达出来一种感发的意趣”，所谓“感情之境界”与“感发之意趣”，自然应该是透过作品中之意象所流露出来的作者的一种意识与心态之活动，而意识与心态之形成，当然又与作者之主体及其所处之时代有着密切的关系。因此冯煦在其《阳春集·序》中便曾将冯词与其时代合论，谓“翁（按指冯延巳）俯仰身世，所怀万端”，又云“周师南侵，国势岌岌……翁负其才略，不能有所匡救。危苦烦乱之中，郁不自达者，一于词发之”。我在《感发之联想与作品之主题》一则《迦陵随笔》中，也曾举李璟词为例证，说明李氏《山花子》一词显意识中的主题虽然可能是写闺中思妇之情，但是就作者李璟所处的南唐之时代背景而言，其国家朝廷在当日固正处于北方后周的不断侵逼之下，因此这首词之“菡萏香销”二句所表现的一切都在摧伤之中的凄凉衰败的景象，也许才正是作者李璟在隐意识中的一份幽隐的感情之本质。私意以为也就正是由于南唐之时代背景所造成的此种忧患意识，才使得冯延巳和李璟的词中蕴涵了如此丰富的引人生言外之想的潜能。这可以说是令词之潜能在第二阶段发展中的第二种情况。至于第三种情况，则我以为可以举后主李煜后期的词为代表，我以前在论温韦冯李四家词的风格及论李煜词的文章中，曾对李氏之词作过相当的讨论。我认为后主之成就，可以分为两方面来看：其一是内容方面的，由一己真纯的感受而直探人生核心所形成的深广的意境；其二是由于他所使用之字面的明朗开阔所形成的博大的气象。而只有李煜之词，能以沉雄奔放之笔写故国哀感之情，为词之发展中之一大突破。但李煜词之值得注意者，还不仅在于其能以奔放沉雄之笔写出了破国亡家的哀感而已，且更在于他所写者虽为个人之哀感，却透过个人之哀感表现了苦难无常之人世所共有的一种悲慨。所以王国维乃称其“有释迦基督担荷人类罪恶之意”。可知李词之所以有如此丰富的感发之潜能，也正由于其所经历的一段破国亡家的惨痛的遭遇。这可以说是忧患意识对令词之潜能的发展在第二阶段中所形成的第三种情况。

以上我们所讨论的，可以说是令词潜能之发展在唐五代时期与文化传统相结合及与忧患意识相结合的两个阶段的几种情况。至于北宋初期之令词，则私意以为乃属于令词潜能之发展的第三个阶段。此一阶段之发展，我以为乃是令词之特美与作者之品格修养相结合所产生的结果。晏殊与欧阳修二家可以作为此一阶段的代表作者。关于晏殊词之富于此种引人产生言外之想的潜能，我们可以举王国维《人间词话》来加以证明。即如晏殊《蝶恋花》（槛菊愁烟兰泣露）一词中之“昨夜西风凋碧树，独上高楼，望尽天涯路”三句，王氏就曾经既称其有“诗人忧生”之意，又以之喻说为“古今之成大事业大学问者”的“第一种境界”。至于欧阳修词之易于引人产生言外之想，则王国维在其《人间词话》中论及“词之雅郑，在神不在貌”之时，也曾特别称美欧词，谓其“虽作艳语，终有品格”，只不过是欧词之引人产生的意外之想，并不可以任何情事为指说，而仅是一种修养品格之境界而已。所以王氏在《人间词话》中，曾经又举引欧阳修《玉楼春》（樽前拟把归期说）一词中之“人生自是有情痴，此恨不关风与月”和“直须看尽洛城花，始共春风容易别”数句，谓其“于豪放之中，有沉着之致，所以尤高”。其所称说者也仍是一种“在神不在貌”的品格修养之意境。其实王国维不仅对欧词不曾作托喻之实指，即使在其以“成大事业大学问”之第一境界来评说晏殊词时，也并未曾以托喻之意来作解说，只不过是称述大晏的某些词句可以引人体悟到某种人生之境界而已，这种评说态度与旧传统之词评家之指称温、韦、冯诸家之有缠绵忠爱的风骚比兴之托意者，当然有着明显的差别。这种差别之产生其实还不仅是由于评说者之态度有所不同，同时也由于晏、欧二家词在引起读者产生联想的因素方面也有所不同的缘故。温词之具有引人联想的潜能，主要乃是由于其作品中具含有丰富的带有文化传统的语码，因此遂易于引起评者的比附之说。韦庄与冯、李诸家之具有引人联想的潜能，则主要是由于其现实生活所经历的充满忧患的历史背景，作者既未免有一种忧患意识之流露，评者自然可以据以为比附之评说。至于晏、欧二家词之具有引人联想的潜能，则纯然只是作者的品格修养在叙写之口吻中的无意流露，虽然难于作比附之指说，然而确实有一种引人联想的潜能，因此我才敢于提出说令词潜能之发展的第三个阶段，乃是令词之特美与作者之品格修养相结合所产生的结果，而晏殊与欧阳修二家则是此一阶段的最好的、可以作为代表的作者。（关于晏、欧二家词之品格修养在其叙写之口吻中的无意流露，以及其富于感发作用的潜能，可参看拙著《大晏词的欣赏》及《论晏殊词》与《论欧阳修词》诸文。）

二

以上我们既然对于令词潜能之发展的三个重要阶段，以及每一阶段中形成其特殊潜能的重要质素，都作了简单的介绍，下面我们就可以把陈子龙词放在这种宏观的背景中，对其何以能使此种几成绝响的潜能，在作品中重新获得新生的因缘巧合的异数略加说明了。提到因缘之巧合，我们首先应注意到的就是如我在前面所举引的温、韦、冯、李、晏、欧诸位作者，他们的词之所以能引起读者丰富的言外之想，主要皆由于其作品于无意中具含了可以引发此种潜能的某些质素，而并不是出于有心求之所安排出来的托意。因此要想在作品中也具含有此种潜能，当然就必须要求有待于与此种潜能之所以形成的质素有一种因缘巧合的际遇，而陈子龙则恰好是特别有合于此种潜能之质素的一位作者。至于陈子龙究竟有合于形成此种潜能的哪一些质素？则可以分为以下几个方面来加以探讨。

第一点有合之处，我以为乃是歌辞之词的基本性质。如我在前文所言，早期的令词本来就是绮筵公子为绣幌佳人所写的歌辞，美女与爱情既是这一类作品的主要内容，其芬芳悱恻而富于感发之特质，也原是此类歌辞之词的一种特美。后世之词评家虽然对此种特美仍能有所体认，因而乃衍生了许多比兴寄托之说，然而后世之作者却往往并不能重新获致此种特美的缘故，就因为他们已经失去了这种为美女与爱情而写作的环境和情意。然而陈子龙却由于某种因缘的巧合，而重新获致了与早期写作歌辞之词相类似的一种环境和情意，那就是陈子龙与当时名妓柳如是之间的一段爱情的遇合。

关于陈、柳之间这一段短暂的因缘，陈寅恪先生在《柳如是别传》一书中，已有详细的考证，本文对此当然不必再加重复，现在只将陈、柳因缘及其对陈子龙词之影响择要叙述于后。据陈寅恪先生之考证，柳如是本姓杨氏，初在嘉兴名妓徐佛处为侍婢，后转入吴江故相周道登家为姬妾，而为他妾所嫉，遂被出鬻为娼，因而流落民间，至松江，与当时名士胜流相交往，乃与陈子龙及其友人宋征璧、宋征舆兄弟，以及李雯、李待问诸名士相结识。当时柳氏已以其才艳名噪一时，而其为人则风流放诞不拘常格。曾一度与宋征舆交密，后因事决裂。《柳如是别传》第三章曾记其事云："河东君（按柳氏后归钱谦益为继室，钱氏以此相称，《别传》因沿用之）与宋辕文（宋征舆字）之关系，其初情感最为密好，终乃破裂，不可挽回。"至于陈子龙与柳氏之关系，则据《柳如是别传》第三章之考证，以为"陈、杨两人之关系，其同在苏州及松江者，最早约自崇祯五年壬申起，最迟至崇祯八年乙亥秋深止，约可分为三时期：第一期自崇祯五年至七年，此期卧子与河东君情感虽甚挚，似尚未达到成熟程度。第二期为崇祯八年春季并首夏一部分之时，此期两人实已同居。第三期自崇祯八年首夏河东君不与卧子同居后，仍寓松江之时，至是年深秋离去松江移居盛泽止。盖陈、杨两人在此时期内，虽不同居，关系依旧密切。凡卧子在崇祯八年首夏后、秋深前，所作诸篇皆是与河东君同在松江往还酬和之作。若在此年秋深以后所作，可别视为一时期，虽皆眷念旧情，丝连藕断，但今不复计人此三期之内也"。《柳如是别传》曾引述此三期中陈、杨二人赠答之诗词甚多。关于诗之部分，以其既非本文所讨论之范围，且为篇幅所限，今姑置不论，现在我们将仅就此一爱情事件对陈子龙词之影响，略加论述。

陈子龙词，据近年上海古籍出版社出版的施蛰存、马祖熙二位先生根据《陈忠裕全集》卷三至二十所整理标校之《陈子龙诗集》卷十八《诗余》所收之词考之，计共得七十九首。而据陈寅恪先生《柳如是别传》之考证，其中有关柳氏之作，竟有二十一首之多。不过，本文之目的并不在考证陈、柳二人之爱情本事，而在要说明此一爱情本事对于形成陈词中富于感发潜能之特质有何重要影响。因此，我们首先要讨论的，遂并不是此一类词中之爱情本事，而是此一类词中究竟具有何种特质的问题。要想说明此一问题，我想先谈一谈陈子龙的好友李雯在《与卧子书》中所提到的"春令"之作。原来李雯及宋征舆皆为云间（松江）人。据陈子龙自撰《年谱》（见《陈子龙诗集》下附录），在崇祯六年癸酉（1633）《谱》中曾自谓其是年"文史之暇，流连声酒，多与舒章（按即李雯字）倡和，今《陈李倡和集》是也"。同年之《谱》中又载云："季秋，偕尚木（按即宋征舆字）诸子游京师。"其后于崇祯十六年癸未（1643），曾辑印三人所作诗为一集，题目《云间三子新诗合稿》，陈氏曾写有一篇序文，谓"三子者何？李子雯、宋子征舆及不佞子龙也。曩予家居，与二子交甚欢，衡宇相望，三日之间，必再见焉"（《陈忠裕全集》卷二十六），足见三人交谊之密切，而此三人则与柳如是皆曾有所交往。据李雯《蓼斋集》卷三十五所载《与卧子书第二通》曾言及所谓"春令"者，云"春令之作，始于辕文，此是少年之事。而弟忽与之连类，犹之壮夫作优俳耳"。而我们在前文已述及宋征舆与柳如是原有一段密切之关系。宋氏之诗文集今日虽未见流传，但顾贞观与纳兰成德合辑之《绝妙好词》（卷下）曾收有宋氏之词二十一首，多为旖旎缠绵之作，其所写为春景者有十五首之多。据《柳如是别传》之考证，陈、李、宋三人之词作中颇多牌调相同情旨相近的作品，而且部分词作也与柳如是和宋征舆及陈子龙两人的爱情本事似有相关之处。而且李氏在《与卧子书》中又曾分明言及此"春令之作"及"少年之事"，则此一类作品之为写男女柔情之作，从而可知，纵然其爱情本事未必可以一一确指，但陈子龙与李雯及宋征舆三人之皆曾留有此一类柔情之作，而且陈子龙在此一时期之《年谱》中，也曾自己写有“流连声酒”之自叙。其词作中之部分作品确为“声酒”间的柔情之作，自是可以相信的。而这种写爱情的令词，则恰好有合于本文在前面所提出的歌辞之词的一种特质，那就是此一类作品由于对旧传统之伦理道德之约束的突破，而于无意中形成的一种引人产生丰富之联想，足以唤起人内心中最为幽隐婉约之追寻向往之情意的一种潜在的功能，而这种功能也就正是唐五代令词之易于引人生托喻之想的一个重要因素。所以我认为陈子龙词之所以被称为“直接唐人”，“有风骚之遗音”，事实上很可能就是由于陈子龙曾经既有过一段与柳如是的爱情本事，又有过一段“流连声酒”的浪漫生活，因而乃与唐五代的歌辞之词在本质方面有了某种暗合的缘故。这应该是陈词之所以有其被誉为“上接风骚”，“得倚声之正则”之成就的“异数”之一。

不过，如我在前文所言，同是写美女与爱情的歌辞之词，也有着两种不同的差别：一种写得较为具体和现实，遂不易引起读者之感发与联想；另一种则不做具体之写实，而由于此一类令词本身的具有的纤柔婉约的特质，使作者内心最为深隐幽微的情思，结合了其性格学养经历，在作品中有了无意的流露，于是遂使其作品中充满了引人产生感发与联想的丰富的潜能。而陈子龙词就恰好具备了足以引生此种潜能的多种质素。就令词发展言之，此多种质素所形成的感发之潜能，原是经历了由晚唐五代以迄北宋初年，由许多位作者逐层深入的发展而完成的。然而陈子龙却以一位单独的作者，既具有了不凡的性格和学养，又经历了一段不凡的忧患之遭遇，因此第二点我们所要提出来的就是要对陈氏的性格学养和经历之有合于令词感发之潜能的多种质素，作一番综合的论述。

陈子龙既是才人又是烈士。在明季的各种史传中，对其生平与为人都曾有不少记述。近年由上海古籍出版社出版的朱东润先生所撰著的《陈子龙及其时代》一书，更综辑各种史料对于陈子龙的时代与生平作了深入的论述。本文对此当然不需再加重复。而且因为篇幅的限制，即使是对于陈氏之性格学养经历之有合于形成令词中感发潜能之质素者，本文也只能作简单的重点的讨论。首先我们要提出来一谈的，自然是陈子龙所生的忧患之时代在其创作中形成的一种忧患意识。陈子龙为松江华亭人，生于明神宗万历三十六年。当时的明室已是内忧外患接踵而至，经济既已面临大崩溃的前夕，再加之以阉宦之弄权，吏治之不修，乡绅之横暴，视细民为鱼肉，人民既无以为生，乃纷纷揭竿而起。崇祯十七年三月，李自成攻入北京，思宗自缢死。当时关外满族建立的清政权已相当强大，于是吴三桂向满清开关求助，清军于五月二日进入北京。当时马士英、阮大铖等人遂立福王由崧于南京。次年五月，南京失陷，鲁王以海遂于六月称监国于绍兴。而唐王聿键亦于闰六月称帝于福州，又次年唐王被执，桂王由榔即位于肇庆。在此数年间，江南各地曾经纷起义兵与南下之清军相对抗。陈子龙亦参加义军，被清兵所执，乘间投水死。当时陈氏不过仅有四十岁而已。即使只从此一节极短之概述来看，陈氏一生所经历的危亡忧患之遭遇已经足可想见。何况陈氏之为人，据其好友夏允彝之记述，又是一位“好奇负气，迈越豪上”、“慨然以天下为己任，好言王伯大略”的人物（见《陈子龙诗集》下附录《癸酉倡和诗·序》）。当时张溥组复社于吴县，陈子龙与同郡夏允彝亦组几社于松江以相应和，复社务通声气，而几社则取友谨严，砥砺名节，以品格学问相尚。崇祯十年陈氏与夏氏同登进士。未几，以母丧归里，用世之志未展，乃与友人徐孚远、宋征璧合力编成《皇明经世文编》五百余卷，又取徐光启遗稿编校为《农政全书》六十卷。崇祯十四年，陈氏为绍兴推官。正月，天寒大雪，饥民盈路。陈氏徒步雪中求富室发粟救亡。其自撰《年谱》中，曾记其事云：“予蹑芒屩，策短筇，驰驱林麓中者累月。又设病坊，延名医治癃羸，不幸死者，官为瘗之，又设局收弃儿于道者，募老妪及乳媪饲之……前后活人十余万。”后以定东阳之乱，擢为兵科给事中。及福王立，遂应召赴南京。朝见后，即上疏三篇：一劝主上勤学定志，以立中兴之基；一论经略荆襄布置两淮之策；一历陈先朝治乱之由。而当事不能听。陈氏自谓“予在言路不过五十日，章无虑三十余上，多触时之言，时人见嫉如仇。”遂请疾还乡为父祖营窀穸之事。未几而南京失守，江南各郡纷起义兵。据《明末忠烈纪实·陈子龙传》所载，谓“松江起兵，子龙设太祖像誓众。……称监军左给事中”。八月三日，松江失陷，同郡夏允彝赋绝命词，自投深渊以死。陈氏念祖母年九十，不忍割，乃遁为僧。次年，其祖母病卒，陈氏乃受鲁王兵部职。时吴江人吴易受鲁王命为兵部侍郎，以五月登坛誓师，曾请陈氏亲临其军。未几而吴氏兵败。其后又有降清的辽将吴胜兆欲反正，其部下有人与陈氏为旧识，曾为之通消息。而吴胜兆以事泄被执。时有清军之巡抚土国宝谋乘此尽除三吴知名之士，而以陈氏为首。遂被执，系之舟中，陈氏伺守者之懈，乃猝起投水而死。（见《明史·陈子龙传》及《年谱》）

从以上的叙述来看，则陈子龙无疑是一位忠义奋发殉节死难的烈士，与其在令词中所表现的柔婉缠绵之情致，似全不相符。所以朱东润先生在其《陈子龙及其时代》一书中，乃将陈氏之一生分做三个阶段，以为其发展乃是由一位“文士”而成为一位“志士”，再成为一位“斗士”的。这种分别，就陈氏现实生活中所经历的过程而言，原是不错的。然而可注意的则是这种不同的发展，却本来是同出于其天性中所具有的深挚之情的一源。沈雄在其《古今词话》中，论及陈氏时就曾提出说“大樽（陈氏晚号大樽）文高两汉，诗轶三唐，苍劲之色，与节义相符者。乃《湘真》一集，风流婉丽如此。传称河南亮节，作字不胜绮罗，广平铁心，《梅赋》偏工清艳，吾于大樽益信”。沈氏所提出的“河南”，指的乃是唐代名书法家褚遂良。褚氏曾封河南郡公，直言敢谏。唐高宗欲废王皇后立武昭仪，褚氏曾叩头流血以谏，亮节刚肠，为世所称。而其书法则颇具柔婉之致。至于“广平”，则指的乃是唐代开元名相宋璟。皮日休在其《桃花赋序》中曾称“余尝慕宋广平之为相，贞姿劲质，刚态毅状，疑其铁肠与石心，不解吐婉媚辞……而有《梅花赋》，清便富艳……殊不类其为人也。”（《全唐文》卷七九六）其实在中国文学史中，这一类具有此种相反而相成的两面性格的作者，原来颇不乏人。《四库全书总目提要》论晏殊词，也称其“赋性刚峻，而语特婉丽”。张溥《汉魏六朝百三家集题辞》在其为傅玄所写的《傅鹑觚集》题辞中，也曾提出说“休奕（傅玄字）天性峻急，正色白简，台阁生风。独为诗篇辛婉温丽，善言儿女。强直之士，怀情正深。”我认为张溥所提出的“强直之士，怀情正深”二句实在乃是触及此一类双重性格之本质的具眼有得之言。不过“强直”之士是否果然就皆能具有柔婉之深情，或者柔婉深情之士是否果然就皆能具有强直之操守，则又当分别观之。私意以为所谓“强直之士”原可能有两种不同之类型：一类是由道德礼法等外在之观念教条所形成的强直之士，另一类则是由本心中深挚之情性所形成的强直之士。前者之外貌虽亦有强直方正之姿，然而往往不免有失于质木无文之病；后者则往往不仅有强直之操守，而且还能饶有柔婉风流之文采。此其分别之一。再就“怀情正深”言之，私意以为亦可分别为两种不同之类型：一类虽然有缠绵柔婉之深情，然而其用情却只限于对小我的自私的男女之爱；另一类则是在内心中具有一种真诚深挚之本质，不仅对男女之爱是如此，对君国之忠爱也同出于此深挚之一源。前者虽然亦复可以有一种柔婉之深情，然而往往会因其用情之狭隘，而不免流于浅薄柔靡；后者则由于其用情之深广，而往往可以有一种高远之意境。而陈子龙词则无疑属于后一类情况。这种“强直之士，怀情正深”的性格上的双重特质，再加上了陈氏所生活之时代给他的一份忧患之意识，因此乃使得陈子龙词具有了一种可以引人产生感发与联想的丰富的潜能。所以况周颐在《蕙风词话》中，乃赞美陈词，谓其“含婀娜于刚健，有风骚之遗则”。而这种将作者之性格修养与忧患意识融入令词的创作之中，产生了丰富之潜能的特殊成就，在五代至北宋初期，原是由许多位作者逐渐完成的。而陈子龙竟然以一位单独的个人而具含了此多种潜能之质素，而且此多种质素之融会，又皆出于自然之巧合，而全非出于有心之追求与造作。这正是我之所以称陈子龙词之成就为一种因缘巧合之“异数”的主要缘故。

三

以上我们既从理论方面对五代及北宋初期之令词在发展中所形成的一些富于感发之潜能的质素作了相当的探讨；又从陈子龙之生平经历及性格学养各方面，对陈词之所以能具含有这些质素的因缘巧合的“异数”作了相当的论述。然而，不论是如何丰富美好的质素，却毕竟要借助于作品的文字来加以表达，因此下面我们将选取陈氏的几首令词，来尝试对之略加评说，以与我们前面所作的论述互相印证。为了叙写的方便，我把陈词试分为以下几个层次来逐步讨论。

我所要举引的第一类词，乃是陈氏的一些纯写柔情的本事之作。这一类词我想举陈氏的一首《踏莎行·寄书》作为代表。现在我们先把这首词抄录下来：

> 无限心苗，鸾笺半截。写成亲衬胸前折。临行检点泪痕多，重题小字三声咽。　　两地魂销，一分难说。也须暗里思清切。归来认取断肠人，开缄应见红文灭。

据《柳如是别传》之考证，此词当为陈氏与柳氏的酬和之作，柳氏有同调同题词一首，云“花痕月片，愁头恨尾。临书已是无多泪。写成忽被巧风吹，巧风吹碎人儿意。　　半帘灯焰，还如梦里。消魂照个人来矣。开时须索十分思，缘他小梦难寻你”（此据大东书局1933年影印董氏诵芬室《众香词》引录。《别传》以为“你”字为“味”字之讹写）。从这两首词之牌调与题目之相同，及“开时须索十分思”与“开缄应见红文灭”等辞意之相近来看，《柳如是别传》以为当为陈、柳二人酬和之作，此说当属可信。此一类词，私意以为可归属于本文在前面所述及的，唐五代歌辞之词中以写美女与爱情为主之作品中的第一类作品，也就是以写现实中具体的爱情与美女为主的作品。此一类作品虽然在唤起读者之感发与联想的潜能方面似有所不足，然而仍具有属于词所特有的一种纤柔婉约之美，而且还更有一种质直深切的属于唐五代艳词之本色的特质。关于唐五代时的这种质直真切的艳词，有一些读者也许会因其缺少言外引人联想的感发之潜能，而不予重视；另一些读者也许又会因其过于质直过于香艳而不欲对之加以称述，然而这种笔法质直情感真挚的写爱情的艳词，却正是其后之所以能发展出多层次之感发潜能的一项基础。关于此点，我以为在历代词评家之中，当以况周颐对之最有深切的体认，且曾作过大胆的肯定。即如况氏在评顾敻词时，即曾谓："顾敻艳词多质朴语，妙在分际恰合。"又云："顾太尉，五代艳词上驷也。工致丽密，时复清疏，以艳之神与骨为清，其艳乃入神入骨。"又曾对欧阳炯的一些艳词也极致赞美，谓其"艳而质，质而愈艳。行间句里，却有清气往来"（此评语不见于况氏《蕙风词话》，乃据龙榆生《唐宋名家词选》转录）。如果持此一标准以衡量陈子龙的这一类纯写爱情的令词，我们就会发现陈氏之词确乎与之颇有相合之处。即以此词而论，如其"写成亲衬胸前折"之句就颇有"艳而质，质而愈艳"的特色，而其"归来认取断肠人，开缄应见红文灭"等句，则又颇有"清气往来"其间。这一类词虽然未必能引发读者什么丰富的感发与联想，但其质朴深挚的本色的感情质地，却正是陈子龙词之所以能"直接唐人"，而且能发展出其富于感发潜能之成就的基本原因。而陈子龙之所以能写出这一类艳词，则除去我们在前文所述及的他与柳氏的一段遇合使其在生活方面经历了与唐五代词人相近似的"绮筵公子，绣幌佳人"的生活以外，另一方面更值得注意的，则是陈氏自己对词之写作也有重视这一类词的观念和勇气。即如他在《幽兰草词序》中就曾说"自金陵二主以至靖康，代有作者，或浓纤婉丽，极哀艳之情；或流畅淡逸，穷盼倩之趣。然皆境由情生，辞随意启，天机偶发，元音自成"。又云："吾友李子宋子，当今文章之雄也，又以妙有才情，性通宫徵，时屈其班、张宏博之姿，枚、苏大雅之致，作为小词，以当博奕，予以暇日，每怀见猎之心，偶有属和，宋子汇而梓之曰《幽兰草》。”(《安雅堂稿》上）从这一段话来看，则陈氏之不鄙薄这一类“哀艳”“盼倩”之作，其观念固属显然可见。何况他还曾明白表示了他之写作此一类令词，原来乃是“以当博奕”、“见猎”心喜的游戏之作。而我以为也就正是由于他这种并非出于有心造作的随意自然的写作态度，才使他掌握了唐五代宋初之令词所特有的一种活泼而富于感发的基本特质。这也就正是我之所以选录了这一首词来作为陈氏之第一类作品例证的主要缘故。

第二类词，我们所要举引的，乃是陈氏的一些虽亦属于柔情之作，然而却并无现实具体之情事可以确指，因而别具一种富于感发之远韵的作品。这一类作品我们将举陈氏的一首《忆秦娥·杨花》词为例证，现在就先把这首词抄录下来一看：

> 春漠漠，香云吹断红文幕。红文幕，一帘残梦，任他飘泊。　轻狂无奈东风恶。蜂黄蝶粉同零落。同零落，满池萍水，夕阳楼阁。

这首词的题目是“杨花”，而柳如是本姓杨氏，因此一般而言，在陈子龙的诗词中颇有一些叙及杨柳或杨花的作品，多是与他和柳如是之间的爱情本事有关之作。即如其词中之《浣溪沙·杨花》一首，据《柳如是别传》考证，就曾以为是与柳氏有关之作。词云：“百尺章台撩乱吹，重重帘幕弄春晖。怜他漂泊奈他飞。　淡日滚残花影下，软风吹送玉楼西。天涯心事少人知。”(《陈子龙集》下）又如其《青玉案·春暮》一首，《柳如是别传》以为亦与柳氏有关，可能为陈氏迫于家庭环境而终不得不与柳氏忍痛分手时所作。词云：“青楼恼乱杨花起。能几日，东风里。回首三春浑欲悔，落红如梦，芳郊似海，只有情无底。　华年一掷随流水，留不住，人千里。此际断肠谁可比。离筵催散，小窗惜别，泪眼阑干倚。”(《别传》第三章）至于本文现在所举引的这一首《忆秦娥》词，题目虽亦为“杨花”，然而《柳如是别传》中对此一词却并无任何有关陈柳二人的爱情本事之考证。而私意以为此词之不必有任何本事之指说，实在也就正是此一词的佳处之所在。以下我们就将对这三首与“杨花”有关的词，略作比较和说明。约言之，则《浣溪沙》一词全篇皆以“杨花”为主体，开端一句用“章台柳”之故实，既点出了所咏的“物”，也暗喻了柳氏之姓名及身份。通篇皆能将“物”与“人”融为一体，是写所咏之“物”杨花的漂泊无依，也是写所咏之“人”柳氏作为一个章台女子的漂泊无依。写得情景交融，俊逸真切，自然是一首佳作。只是因为过于被所咏之“物”与所喻之“人”所拘限，因此遂缺少了一种可以引发读者丰美的自由联想的意趣。至于《青玉案》一词，则开端一句虽然也是写“杨花”，然而题目所咏的却是“春暮”，因此其主题所写的实在乃是春光之短暂无常，开端写“杨花”的“能几日，东风里”的生命之短暂，也是作为“春暮”的韶光易逝的衬托之形象来叙写的。而春光之易逝在象喻一层的暗示来说，正表现了一切美好事物的短暂无常，所以下半阕乃引申而写出了“华年一掷”、“离筵催散”等人事之堪悲，而结之以“泪眼阑干倚”，既是怨别也是伤春。通篇将伤春与怨别结合写出了多方面多层次的哀悼之情，自然是一篇佳作。而篇中最为使人惊心动魄的处所，我以为实在乃是“落红如梦，芳郊似海，只有情无底”三句形象与情意相生的情景交融的有力叙写，此三句不仅以“落红”及“芳郊”两个形象写尽了如晏殊《踏莎行》词所写的“小径红稀，芳郊绿遍”的春暮景色，而且更以“如梦”和“似海”两个述语的形容，传达了与情意相结合的一种象喻的气氛。上句的“落红”表现了一切美好事物的消逝无常，而“如梦”的述语则表现了对一切已消逝之事物的怀思无尽。下句的“芳郊”表现了“红稀”、“绿暗”春光已逝后的结果与下场，而“似海”的述语，一方面既可以承接上句的“落红”表现花落难寻的无边的哀感，一方面又可以与下句的“情无底”相呼应，表现诗人似海的无尽深情。虽然此词据《柳如是别传》之考证，可能为陈子龙与柳氏分手时的伤别之作，但是这三句叙写中所蕴涵的感发力量，却足可使此一本为伤春怨别的写现实情事的作品，提升到了一种象喻的层次。只不过这首词的结尾，自“此际断肠谁可比”句以下，却毕竟写得过于现实，因此遂使得这首词的意境又自象喻一层跌回现实的本事之中了。

至于本文前面所举的《忆秦娥》一词，从题目来看，其所写者自然是与前引《浣溪沙》一词相同的以“杨花”为题的咏物之作。只不过在叙写的手法方面，二者却有着极大的差别。《浣沙溪》所写者，主要以杨花的漂泊无依的哀感为主，写得较单纯、直接。而《忆秦娥》所写者，则层次较多，方面较广，因此也就有了更为丰美的感发意趣。先说首句“春漠漠”三个字，以“漠漠”写“春”，只短短两个字的形容，就把所有的读者都笼罩在广漠无边的春日之景色与感受之中了。而继之以“香云吹断红文幕”，“香云”所指的自然乃是题目中的“杨花”，“吹断”则是写其由吹来而萦拂而终至于吹尽的一段历程，而“红文幕”则是此“香云”所吹粘萦拂的所在。但此两句词所传达出来的，却实在已不仅是杨花曾经吹拂在一个帘幕之上的一件现实情事，在其文本中的很多字质之内，还蕴涵了丰富的象喻的潜能。即如“香云”一词的“香”字，既传达了一种芬芳美好的本质，又提供了一种浪漫多情的暗示，“云”字则既写出了杨花的漂泊的形貌，也表现了一种绵缈悠扬的情致。再如“红文幕”一词，“红”字的颜色之鲜浓，“文”字的花纹之绮丽，所表现的也同样是一种美好而多情的品质，与上面的“香云”一词，在品质上恰好互相承应，不仅加强了象喻的色彩，而且以“香云”而吹拂于“红文幕”之上，更当是一种何等幸福美好的遇合，而其间的“吹断”二字则写尽了此一段美好之遇合，由相遇而终至于断尽难留的一场悲剧历程。下面的“红文幕”三字的重复，则以此三字之重复所造成的顿挫，表现了对此一“红文幕”所遭遇之悲剧的深重哀悼。而且陈词中屡用“红文”二字，也可能更有其个人之事典，不过那就不是我们一般读者可测知的了。至于下面的“一帘残梦，任他飘泊”两句，则所写者已是回顾中的感伤，空余下“一帘残梦”的怀思，完全无补于“任他飘泊”的分离。仅以此上半阕而论，我想读者们已经可以清楚地感受到陈子龙这一首小词的意蕴之丰美了。

下半阕过片一句“轻狂无奈东风恶”，则是在回顾之余追想造成此一悲剧之因素，乃全由于外在环境的恶劣和摧残。而下面更继之以“蜂黄蝶粉同零落”，则是写此外在的摧残力量之强大，不仅吹断了漂泊的“香云”，也摧残了一切多情的蜂蝶。“蜂”而曰“黄”，“蝶”而曰“粉”，正所以写“蜂”与“蝶”的美好多情，而继之以“同零落”，则是写一切美好之事物之同归于零落无存。以下再重复一句“同零落”，更强地表现了此摧残零落之无可逃避。而最后总结之以“满池萍水，夕阳楼阁”。“萍水”一句，重新点明题旨所咏之杨花，用苏轼《水龙吟·次韵章质夫杨花词》“晓来雨过，遗踪何在，一池萍碎。春色三分，二分尘土，一分流水”诸句，盖苏东坡此词曾自注云“杨花落水为浮萍”，故陈词曰“满池萍水”，则是写此杨花不仅已经被东风摧残落尽，更且已落入水中化为异物之“萍”，如此则是此杨花之飘零断灭乃更无挽回之余地，真是写得沉悲极痛，令人心断望绝。写物至此，可以说是用笔已到极处，本已更无可写，而陈子龙乃蓦然腾跃而出，写下了“夕阳楼阁”四个字，这真是一句神来之笔。此句自表面看来虽似与杨花全不相关，然而事实上却不仅是一句极贴切的收束，而且还在言外含有极深的悲慨。原来陈氏此词在上句的“萍水”既用了苏东坡的词，而此句的“夕阳楼阁”则使人想到欧阳修的一句词。欧阳修曾写过一组六首《定风波》词，极写伤春的哀感，其第五首开端曾有“过尽韶华不可添，小楼红日下层檐。春睡觉来情绪恶，寂寞，杨花撩乱拂珠帘”之句。陈子龙此一首《忆秦娥》咏“杨花”的词，既然从一开始就写了“香云吹断红文幕”和“一帘残梦”等句，则与欧词之“杨花撩乱拂珠帘”一句，岂不大有可以相通之处？而欧词在此句之前，则恰好写有“小楼红日下层檐”之句，红日之下楼檐，正是极写韶华过尽之更不可稍作添延，如此则杨花之撩乱飘零自然也无挽回之余地。如果以陈词与欧词相比照来看，我们就会发现欧词之

“杨花”与“珠帘”之关系仍在撩乱萦拂之中；而陈词之“香云”与“红文幕”之关系则是从一开始便已经“吹断”了，是则陈词所写者固已是较欧词更深一层的绝望的悲哀。再则欧词直写“杨花”和“珠帘”，而陈词则代之以“香云”和“红文幕”，在强调多种美好之品质的同时，遂使得陈词似乎较之欧词之直写现实者更多了一层象喻意味。何况陈词在象喻意味中，不仅把“香云”和“红文幕”的遇合写成了一场“吹断”的悲剧，而且还把“蜂黄蝶粉”等一切美好的多情的事物，都写到了同归于“零落”的下场，而终至于“吹断”的杨花竟已化为“满池萍水”之异物。如此层层地写下来，在一切美好多情之事物皆已摧伤殆尽之时，天地宇宙之间更有何物之存留？于是陈氏乃写下了结尾一句的“夕阳楼阁”。夫“夕阳楼阁”不仅为无情之物，而且“楼阁”之高寒寂寞与“夕阳”之沉没难留，更显现了一种心断望绝之后的面对定命的哀感，而陈氏却全出以客观写景之笔，将极深的悲慨都融入了闲淡悠远的景色的叙写之中，较之直叙乃留给了读者更多的回思的余味。这种叙写实在是陈氏所极为擅长的一种笔法。即如前面所举引的《青玉案·春暮》一词，其前半阕之“落红如梦，芳郊似海”，还有陈氏的一些其他名作，如其《诉衷情·春游》一首的“一双舞燕，万点飞花，满地斜阳”，以及其《柳梢青·春望》一首前半阕的“陌上香尘，楼前红烛，依旧金钿”和同词后半阕的“绿柳新蒲，昏鸦春雁，芳草连天”等句，就都是以两个或三个四字句，在表面上似并不相干的纯写客观的景象之层转中，传达出无限蕴藉深微的情意。而有时陈氏也偶或以两句看似不相干的情语，或一句景语一句情语的跳接，传达其含蓄蕴藉的不尽的情意，即如此词前半阕之“一帘残梦，任他飘泊”和另一首《眼儿媚》词中的“只愁又见，柳绵乱落，燕语星星”等句，就是很好的例证。虽然这些四字句本都是词调的固定格式，但是不同的作者在填写这些词调时，却往往可以因其微妙的运用而产生截然不同的效果，只是本文在此处，来不及对此多作比较和发挥了。

总之，陈子龙的这一首词，从“杨花”的标题来看，当然原属一首咏物之作，从杨花与柳氏的联想来看，当然也可能有暗指与柳氏之一段爱情本事的可能。然而从其叙写表现来看，却不仅已超出了所咏之物的杨花，而且也不必更作喻说为任何本事的实指，而就在其叙写之中本身已呈现为一种可以提供给读者丰富之感发与联想的感情意境。王国维在《人间词话》中曾提出“词以境界为最上，有境界则自成高格，自有名句。五代北宋之词所以独绝者在此”。陈子龙这一首词可以说就是能具有五代北宋之词这一类境界的作品。也就是我在前面所说的，虽亦属于柔情之作，却并无现实具体之情事可以实指，因而乃别具一种富于感发之远韵。

第三类词我们所要举引的乃是陈氏的一些具有忧患意识的作品。关于这类词，我们将举陈氏的一首《点绛唇·春日风雨有感》为例证。现在就先把这首词抄录下来一看：

> 满眼韶华，东风惯是吹红去。几番烟雾，只有花难护。　　梦里相思，故国王孙路。春无主，杜鹃啼处，泪染胭脂雨。

本文在前面已尝试将陈词分别为第一类纯写柔情之作，和第二类虽写柔情却富于感发之远韵之作，现在又提出了第三类具有忧患意识之作。这一切分别其实只是为了叙写方便，从表面所作的区分而已；若究其本质，则私意以为此三者实乃互相关联而有可以相通之处者。则即如其在纯写柔情之作品中所表现的专一而且深挚的感情之品质与用情之态度，就可以视为陈词中的一种基本之质地，无论其所写者之为儿女之柔情，或者为家国之忠爱，这种品质和态度都是不变的。这自然是其可以互相关联而相通的一个因素。而且陈氏在经历其与柳氏遇合之一爱情本事时，同时也正经历着家国的忧患，这自然是其可以相互关连而相通的又一因素。即如陈子龙在其自撰《年谱》中，于崇祯六年叙及其“文史之暇，流连声酒”之生活时，就同时又写下了“是时，乌程当国（按乌程指温体仁，见《明史·奸臣传》)，政事苛促……相对蒿目而已”，表现了对国事的忧患之思。因此在陈子龙的诗中，曾留下了不少将儿女柔情与忧患之思相并举的诗句，即如其在与柳氏相识后一年所写的《癸酉长安除夕》一诗中，就既写了“去年此夕旧乡县，红妆绮袖灯前见”之句，又写了“今年此夕长安中，拔剑起舞为谁雄”之句，把“红妆绮袖”的儿女柔情，与“拔剑起舞”的豪杰之志，作了明白的对举。又如其在崇祯六年季秋曾写有七古一首，题曰：“予偕让木北行矣，离情壮怀，百端杂出，诗以志慨。“据《柳如是别传》之考证，也以为“‘离情壮怀，百端杂出’之‘离情’，即为河东君而发，‘壮怀’则卧子乃指其胸中之经世之志略”，而且在这首诗中，陈氏既写有“美人赠我酒满觞，欲行不行结中肠”之句，表现了缠绵婉转的儿女之柔情；又写了“不然奋身击胡羌，勒功金石何辉光”之句，表现了慷慨激昂的报国之壮志，也同样是将二者作了明白的并举。

关于诗人之可以同时兼具这两方面的双重性格，我在本文前面已举引过沈雄《古今词话》中论陈子龙词的评语和张溥《汉魏六朝百三家集题辞》中论傅玄诗的评语，提出过“强直之士，怀情正深”之说，所以陈子龙作品中之同时表现有此类性格风貌，本来并不足异。而值得注意的则是陈子龙在诗中用以表现此双重性格的方式，与他在词中用以表现此双重性格之方式，二者实在并不相同。正如前文所言，一般而论，诗之写作较偏于显意识之叙述，而词之写作较偏于隐意识之流露。因此在陈子龙诗中，无论是对于儿女之柔情，或对于报国之壮志，都有较明白的叙写，而且往往将二者作明白之并举。然而在陈子龙的词作中则往往将二者相结合，作一种幽微要眇之传达。因此在其写爱情的词中，既往往隐含有一种忧患之底色，而在其写忧患之词中，也往往隐含有一种爱情之底色。而且还有更值得注意的一点，那就是其忧患意识之反映于诗者与其所反映于词者，在内容方面也并不相同。在其诗作中所表现之内容，往往为作者显意识中的一种主观的报国杀敌之愿望，而在其词作中所表现之内容，则往往为作者隐意识中的一种对于家国沦亡的无可奈何的悲悼。就中国儒家之修养而言，固早有“知其不可而为之”之说，陈子龙在诗中所表现的乃是作为一个报国之烈士的“为之”的主观愿望，而在其词中所流露的则是作为一位善感之词人的“知其不可”的忧危的哀感。也正是由于这种复杂的心态，遂使陈子龙的词蕴涵了一种幽微要眇的可以引发读者之丰富的感发与联想的潜能。而我们现在所要讨论的这一首《点绛唇》词，可以说正是陈词中之具有此种特色的一篇代表作。

这首词的题目乃是“春日风雨有感”。仅以此一标题而言，就已经隐含了一种引人产生喻托之想的潜能。首先是“风雨”一词在中国诗歌之传统中早就成为可以引人产生喻托之想的一个语码。《诗经·郑风》中有一篇标题为《风雨》的诗篇。《毛传》以为“风雨”所喻言的乃是“乱世”。而后世的词人则更常以“风雨”喻言人生中的种种挫伤和苦难。即如苏轼在其贬居黄州之后所写的《定风波》（莫听穿林打叶声）一首词中，就曾有“回首向来萧瑟处，也无风雨也无晴”之句；辛弃疾在南渡以后不能实现其北伐之壮志而遭到挫折打击时，所写的《水龙吟》（楚天千里清秋）一首词中，也曾有“可惜流年，忧愁风雨”之句。这些词中的“风雨”所喻托者，固正为作者在生活中所经历的挫折和苦难。以陈子龙的时代及身世而言，其《点绛唇》词题中的“风雨”之含有喻托之潜能，当然是极为可能的。而更可注意的则是陈氏此词之标题，在“风雨”之上还有“春日”二字，夫“春日”所代表者自然应是万紫千红的美好的季节，而“春日”之“风雨”，自然也就喻示了外在的挫伤打击对一切美好之事物所造成的破毁和摧残。但陈氏标题所写的却还不只有“春日风雨”，还有在“春日风雨”之环境中作者因“有感”而引发的一种幽微深隐的内心的感发活动，故曰“春日风雨有感”。昔况周颐论词之创作，就曾提出说“吾听风雨，吾览江山，常觉风雨江山外有万不得已者在，此万不得已者，即词心也”。夫“词心”而曰“万不得已”，则此词心之为真诚深挚更复要眇幽微自可想见。陈氏此词既是“风雨有感”，与况氏所谓“风雨江山外有万不得已者”固正有暗合之处。而况氏对此难以言说之“词心”还曾更加以引申说明，谓“吾苍茫独立于寂寞无人之区，忽有匪夷所思之一念，自沉冥杳霭中来，吾于是乎有词。洎吾词成，则于顷者之一念若相属若不相属也。而此一念方绵邈引演于吾词之外，而吾词不能殚陈，斯为不尽之妙”（《蕙风词话》）。而陈子龙的这一首《点绛唇》词，可以说就恰好是表现了这一种“绵邈引演”的“不尽之妙”的作品。

先看这首词开端的“满眼韶华，东风惯是吹红去”两句，如我在《迦陵随笔》中论及“感发之作用”、“感发之联想”和“感发之本质”几篇文稿中之所讨论，一首词中所传达的感发之力量的大小强弱，原来都当以其文本中所蕴涵的感发之潜能为依据，而形成此潜能的因素则在于其文本中的具有微妙之作用的一些字质语法等显微结构。即以此《点绛唇》词的开端两句而言，其首句“满眼韶华”之所指者，固当为眼前春日之景物的万紫千红。也许有人会以为诗歌中的形象要以鲜明具体为好，然而陈氏此句“满眼韶华”的概括的叙述，却实在传达出了“万紫千红”之鲜明具体的叙写所不能传达出来的更丰富的潜能。因为具体的形象虽有鲜明真切的好处，但往往也有了约束和局限，“万紫千红”所指者只能是春日的花朵，而“满眼韶华”则可以包举天地间之鸟啼花放云行水流等一切春日的美好景物和形象。而且“满眼”的“满”字既可以给读者一种丰富的包举之感，“眼”字又可以给读者一种如在目前的真切之感。因此这一句虽是极抽象概念的叙写，却充满了饱满的精力，写出了春日韶华之盛美。但下句的“东风惯是吹红去”则在与上句的承接之中表现出一个有力的反跌，直恍如禅家的当头棒喝，不仅把上一句的“满眼韶华”一笔扫空，而且更表现得如此悲哀无奈。曰“东风”，正与题目中的“春日风雨”之“风”相应合，象喻了春日中的一份摧伤打击的力量；曰“惯是”，则显示出此挫伤打击之不断的发生。又继之以“吹红去”三个字，“吹”字写摧伤之力的来到，“红”字写被摧伤的韶华之美好，“去”

宁写韶华之终于断尽难留。短短的三个字，充分写出了一切美好事物终被摧残殆尽之无可遁逃。只此开端两句，实已喻现了一幅充塞于天地之悲剧的场景。下面的“几番烟雾，只有花难护”两句，则是对前三句的推演和承应。曰“几番”正所以呼应前句的“惯是”，进一步写外来的摧伤打击之不断发生无可遁逃，只不过前句的“东风”是一种单纯的摧伤的力量，而此一句的“烟雾”则其情致乃更为哀惋凄迷，所表现的已不只是单纯的摧伤，而是在雾朝烟暮中的不断的销蚀和承受。至于“只有花难护”一句，则是对前一句“吹红去”的承应，此句之“花”，自然就是上一句的“红”，只不过上句的“吹红去”所写的还只是美好之事物被摧毁的一个现象而已，而这一句的“只有花难护”所写的则已是诗人对此一现象的深切哀悼。曰“只有”，曰“难护”，其充满悲苦的痛惜而无可奈何的一片情意，实在写得极为深切哀惋。

如果只从表现情意来看，此词上半阕四句所叙写者，原只是在春日中风雨摧花的一种大自然的现象，以及诗人对此自然界现象所产生的一种哀感之情而已。然而由于此开端的“满眼韶华”之概念的包举，“惯是”和“几番”的口吻之重复，以及“吹红去”三个字以重点所表现的悲剧感，遂使得这一首小词隐然有了可以引人生言外之联想的丰富潜能。如果就陈氏之生平及其时代言之，则陈氏与柳如是的一场爱情悲剧，以及陈氏所身历的家国忧患，当然都可能是使其形成此种感发之潜能的一些重要因素，而且我在前文也提到，陈氏词中之儿女之情与忧患之思往往相关联和相融合。所以此词前半阕之所写实可以同时兼含此两种之悲慨；只不过因其下半阕有“故国”字样，因此我遂将此词归入了家国忧患之思的作品。同时我在此还想顺便声明一句，那就是我们在前面所评说的《忆秦娥·杨花》一首词中所表现的杨花零落、春光老去的深悲，实在也同时可以寓含有兼指两种悲慨的潜能，只不过那一首的标题是“杨花”，与柳氏之姓名有暗合之处，为了解说时之方便起见，所以我就将之归入柔情之作了。至于现在这首词，则除去“故国王孙路”一句表现了较明显的家国之思外，其他各句同时也兼含有两种悲慨的潜能。即如“梦里相思”一句，其所指者就可以既是“故国梦重归”的“梦里相思”，也可以同时又是“几回魂梦与君同”的“梦里相思”。总之无论其为家国之思或儿女之情，“梦里相思”所表现的都是一种魂梦牵萦的深挚怀念。只有下面的“故国王孙路”一句，才较明白地点明了家国的悲慨。而这一句的妙处，实乃在于最后一个“路”字，盖以“故国王孙”四个字较为明白易解，杜甫在安史之乱长安沦陷玄宗出奔以后，就曾写有标题为《哀王孙》的一首诗，表现了对故国乱亡首都沦陷之际皇室王孙流离失所的悲慨，而明末败亡之情况正有类于此，故曰“故国王孙”。至于“路”字之妙，则使人联想到《楚辞·招隐士》一篇中的“王孙游兮不归，春草生兮萋萋”，而其所谓“春草生”的处所，自应就是王孙远游而不归的天涯路。现在陈子龙乃以一“路”字直承于“故国王孙”之下，于是遂产生了多重的联想作用：一则可以从“路”字联想到王孙的不归，于是遂更加深了对于家国败亡后的怀思和悲慨；再则又可以因“路”字而联想到“春草萋萋”，而由此回应到题目中的“春日风雨”，使之增加了一种“清明时节雨纷纷，路上行人欲断魂”的凄怨迷离之致。凡此种种，自然都是诗人在“春日风雨”中，“吾听风雨，吾览江山”后所引发的一种“万不得已”的词心。而结之曰“春无主，杜鹃啼处，泪染胭脂雨。”“春无主”三个字写得真是有无穷的幽怨。夫“满眼韶华”既然已都被东风吹尽，而“相思”“故国”又已经归去无从，春去难留，问天不语，则此春光之长逝，乃更有何人为主？故曰“春无主”。短短三个字写出了心断望绝以后而又无可奈何的一片深情。更继之以“杜鹃啼处，泪染胭脂雨”。夫“杜鹃”之为物亦可以使人有多重之联想：一则杜鹃之啼声，相传其音有如“不如归去”之说，如此则可以与前面的“王孙路”相承应，表现已经归去无路以后而依然想要归去的一份刻骨的相思；再则杜鹃鸟之啼，可以代表春光之消逝，如此则可以与前面的“满眼韶华，东风惯是吹红去”相承应，表现有一份韶华不返、落红难护的深悲；三则在中国文学传统中更相传有蜀望帝死后其魂魄化为杜鹃的传说，如此则可以与“故国”相承应，表现有对故国君主的一片悼念和怀思。而在此多层次的悲怀悼念之中，最后以“泪染胭脂雨”五字的痛哭之泪做了全篇整体的结束，不仅笔力沉着深挚，而且字字都与通篇的叙写有着呼应和承接。“泪”字和“雨”字都与这首词题目中的“风雨”之“雨”字相呼应，盖以此词之标题原是“春日风雨有感”，上半阕的“东风”一句，有“风”而无“雨”，所以特在结尾之处明白点出“雨”字，此其呼应之一。再则“胭脂”二字则与此词上半阕之“吹红去”和“花难护”两句相呼应。曰“红”，曰“花”，曰“胭脂”，遂使春日风雨中之花朵一化而为忧患苦难中之人事，花上的雨滴也就是人间的泪点，其潜能之丰富，象喻之深广，层层之呼应，把一片伤痛之情写得如此缠绵往复，百转千回。这真是一首可以作为陈子龙令词中之既具有忧患意识且蕴涵有丰富之潜能的代表作。

关于所谓令词之潜能，以及对于形成这种潜能之质素的分析，是我近年来透过对于词之起源、特质和流变之探讨所归纳出来的一点个人的体会。我以为如果以这一点体会为依据，我们不仅对张惠言和王国维二家的比兴说及境界说可以作出较具理论性的更好的说明，而且对于个别词人的令词之作，也能作出更好的解说和衡量。大抵张惠言之说词重在语码之联想，而王国维之说词则重在字质及语法等显微结构所予人之感发。我们对陈子龙词之评赏大抵也就是从这两种评说方式所作的探讨和分析。关于详细的理论，我近两年曾写有《迦陵随笔》十五则及《对传统词学与王国维词论在西方理论之观照中的反思》，和《王国维词论及其词》诸文，可以供读者们参考。至于令词潜能之发展的三个阶段与三种质素，则是我在本文中才提出的一个较新的看法。如果依照我所提供的这三种质素来对陈子龙词加以归纳和说明，则陈子龙与柳如是之爱情本事，陈子龙所经历的忧患之遭遇，及其个人之才情、志意和襟抱，当然都是促使其令词中含有丰富之潜能的重要因素。前二者属于机遇，后一者属于本质。而在此三种质素中，则无疑地本质乃是其中更为基本的一项质素。在这方面，陈子龙自然是具有过人之本质的一位优秀词人。而更值得注意的，则是陈氏在前二种质素的机遇中亦自有其过人之处：首先陈子龙与柳如是之爱情本事，与晚明一些名士的风流浪漫的行为便有着明显的不同，因为柳如是本身也就与一般当歌侑酒的歌妓有所不同。从陈寅恪先生所写的《柳如是别传》来看，我们便可认识到柳氏实不仅是以色艺取胜而已，她同时也是一位既有过人之才情，且有忠烈之意志的不凡的女子。因此陈先生在其书中乃对柳氏之支持复明运动，及其最后在钱谦益死后为钱氏家难而殉节的行事，立有专章为之论述。陈氏的爱情对象既是如此一位不凡的女子，则此一爱情本事之可以对陈氏令词之创作激发起丰富的潜能自不待言。其次陈氏在破国亡家的遭遇中，既曾亲自领导和参与了义军的起事，而且事败之后终以身殉，这自然也就与一般人所经历的忧患有了明显的不同，因此也就在他的词作中更加强了丰富的感发的潜能。而正是这种种因缘巧合的异数，遂使得陈子龙的词不仅重新振起了令词中这种潜能之特美，而且更以其感发之潜能中的真挚而鲜活的生命，开出了有清一代的“词学中兴之盛”。虽然以后清词之演进，已经脱出了陈氏的令词之范畴，而有了浙西、阳羡和常州诸派的更大的发展，但使得词之生命从明代的空洞衰微中重新复活起来的，却不得不推陈子龙为一个转变风气的重要作者。

经过了以上的讨论和说明，我们对于清代词评家之所以推重和称美陈词，谓其可以“直接唐人”、“有风骚之遗音”、“得倚声之正则”等评语，自然也就可以获得更明白和更正确的了解。至于评者又谓陈子龙为“重光后身”，更谓其可以“上追六一”、“下开纳兰”，凡此诸说，若就其意指诸家词之同具有鲜活之生命与丰富之潜能而言，这些作者自然基本上有相似之处。然而若就每一位作者之特殊风格言之，则实在又各有自家之风貌。只是本文之篇幅已嫌过长，自不暇更在此作详细的比较和论述。我不久以后还计划写一篇《论纳兰词》的文稿，希望在那篇文稿中，能对此诸家之异同优劣再作一次较详的讨论。

Chen Zilong and the Renascence of the Song Lyric

Written at the time of the fall of the Ming and the founding of the Qing dynasties, Chen Zilong's song lyrics (*ci*) have often attracted the attention of critics who maintained that he was the only worthy successor of Li Yu, reviving a Tang dynasty *ci* tradition that had practically died out.[1] He is also considered to have influenced later writers of *ci* through the next 300 years.[2] Critics praised him for grace with high seriousness and for writing in the allegorical tradition of the *Classic of Songs* and the "Li sao". One can generally endorse the judgment of such critics, while noting that none of them offered any grounds for their remarks. I propose to look for the elements in Chen Zilong's songs that could have prompted these traditional pronouncements.[3] I have found in modern Western literary theory some concepts that are useful in formulating a clearer exposition of these elements, and in understanding what traditional Chinese critics were responding to.[4]

I shall begin with some preliminary sorting of song lyric types before taking a brief look at the historical development of the *ci* genre. I distinguish three types of song lyric: (1) those written for a tune, (2) those written to a fixed stanza pattern but not primarily intended to be performed as song, and (3) those written discursively. Representative of the first are the early Short

Songs (*xiao ling*) written by late Tang-Five Dynasties poets (Wen Tingyun, Wei Zhuang, Feng Yansi, Li Yu) as well as those of early Northern Song (Yan Shu, Ouyang Xiu). The second type, song lyrics not written for performance but simply as another form of poetry, found its practitioners in the Song dynasty poets Su Shi and Xin Qiji. The third type, the discursive song lyric, was written by Zhou Bangyan, Jiang Kui, Shi Dazu, Wu Wenying, and Wang Yisun. Although the differences between these types is obvious, the best of them still share a subtlety and indirectness that lends them the special quality of suggesting more than the words express.[5] It was something noticed long ago by critics: Zhang Huiyan's, for instance, with his allegorical readings,[6] and more recently, Wang Guowei's, who looked for the essential quality of the song lyric in the spirit, not on the surface.[7] Zhang Huiyan's interpretations are appropriate to my third category of song, and Wang Guowei's apply to the first, but neither method is valid for all.[8]

The allusive character of songs of the third category is the result of deliberate ambiguity on the part of their authors, but the poets who wrote the love lyrics belonging to the first category made no such conscious effort to suggest hidden meanings.[9] Their inadvertent ambiguity came from the poet's own feelings and associations with his ostensible subject. On the surface the poem may be no more than the conventional lament for spring's passing or a lover's departure, but still the poet may reveal in what he writes deep-buried feelings which he is perhaps not conscious of and could not express clearly. It is an effect outside the poet's conscious control and cannot be treated as allegorical.[10]

For the reader, the feelings roused will be something beyond the words of the poem, something vague and ill-defined. Zhou Ji made a series of analogies, comparing the reading of a poem to standing on the bank of a stream and seeing a fish, uncertain of what kind of fish it is, or a flash of lightning at night, when you are not sure which direction it came from; or to an infant responding to his mother's mood; or to the naïve villager feeling the emotions he sees portrayed on the stage.[11] Likewise, reading a song lyric may suggest profundities that lie outside the words, feelings and associations hard to specify. The source for the reader's response is of course the text; the capacity to inspire such a response is contained in the text as a potential effect.[12]

Among the elements of a text that enable readers to make associative linkages with other texts are those words and expressions which tradition has shaped into code words. These associations can also come from a feature of the text itself, one which we might term its microstructure, that lends it the power to elicit the reader's associations.

The origin of the *ci* genre goes back to the beginning of the seventh century, but it was not until a couple of centuries later that educated men of the literati class wrote song lyrics, which thus acquired acknowledged authorship and became recognized as constituting a literary genre with a definite form and style. The genre during this early stage finds its representative examples in the anthology *Among the Flowers*. In his preface Ouyang Jiong says that these songs were written by gentlemen for pretty girls to sing at parties for their entertainment.[13] Given this background, it is obvious that these song lyrics were vastly different from traditional *shi* poetry, though composed by writers who wrote such poetry on other occasions.

It is from the circumstances of their composition and performance that these songs derived their special characteristics. Typically they present the feelings of a woman in love, often in her voice or from her point of view, thus imbuing them with a softness and delicacy quite unknown in formal *shi* poetry. Since they were written for performance at intimate parties in the pleasure quarters, they were sentimental or frankly erotic, in open violation of the traditional code of literary decorum which demanded of poetry sincerity and high seriousness. Freed from such restraints, these song lyrics carried the potential of rousing unconscious longings and aspirations.

These two peculiarities of the early song lyric—a delicacy and softness one could term effeminate and erotic subject matter—produce two different responses in readers. When the erotic element predominates and the love affair is treated circumstantially, the softness and delicacy may still be there, but because the presentation is realistic, there is no suggestion of a hidden meaning or of some unformulated feeling lurking behind the words of the song. Many of the song lyrics in *Among the Flowers* are of this kind—simply love songs.

But there are love songs dealing with the emotions of yearning or loss that avoid realistic detail or reference to a specific event. These songs share the same suppressed feelings and delicate sensibility, but by avoiding any mention of an episode that might occasion the emotions, they rouse in the reader's heart a response that is correspondingly vague and unattached, giving rise to a chain of emotionally colored associations that are governed more by the reader's own experience and expectations than by any direct hint contained in the poem.

It is this quality which plays an important role: in making possible later critics' allegorical interpretation of these early songs. Such allegorizing goes back, of course, to the traditional readings of the *Classic of Songs* and the *sao* poems, and the fact that this sort of vague suggestiveness was common in the best examples of early song led some critics to deliberately exploit the possibility of allegorical readings in their efforts to legitimate and enhance a verse form not considered part of mainstream poetry. Further, they could insist that only the songs that were sufficiently ambiguous to provide readers so inclined with a point of departure for free (and moralizing) association belonged to the canonical tradition, thus disembarrassing themselves of the more refractorily erotic songs. This ambiguity became more pronounced in the song lyrics of the next century, from Wen Tingyun and Wei Zhuang, Feng Yansi and Li Yu to Yan Shu and Ouyang Xiu, as the songs were enriched by each writer's experience and individual temperament. Consequently, in the eyes of critics these early songs became the classic model.

But with the rise of the Long Song (*man ci*) in the eleventh century in the hands of Liu Yong and Zhou Bangyan, and its development by Su Shi and Xin Qiji, down to Shi Dazu, Wu Wenying, and Wang Yisun in the thirteenth century, poets became more concerned with the organization and narrative structure of their songs, while still preserving something of the beauty peculiar to the song form. One cannot but be aware, however, that for them, vigor and polish took precedence over those traditional aspects, and theirs was a poetry quite different from earlier Short Song lyrics. Although they also wrote some Short Songs, these songs lack the suggestive power of the earlier ones. Among the song writers of the Jin and Yuan dynasties and later, this special characteristic of song disappeared completely, and one might have supposed that it would never be revived.

However, after a long period of decline in the *ci* genre, this kind of short lyric with the power to elicit multiple responses reappeared at the very end of the Ming dynasty in the songs of Chen Zilong. It was a fortuitous combination of circumstances that made it possible. To explain what I mean I must briefly discuss the factors in the development of the song form that reinforced the tendency toward ambiguity in the songs of the major writers of the early period. Although the allegorical interpretation of these songs by traditional critics was a forced reading based on a misconception of the function of the songs in their own social context, there was present in those songs a growing potential for interpretative reading. There must have been a close connection between the times and the experience of those writers—thus shaping their attitudes—and the special quality of their songs.

Its reappearance centuries later in the songs of Chen Zilong would suggest that his own experience was somehow similar.

The first factor in this development was the result of a similarity between the subject matter of thc Short Song and the tradition in formal Chinese poetry, which made the beautiful woman an allegorical figure. Here the songs of Wen Tingyun are typical. Details of the description of a woman engaged in making herself up in one of his "Pusa man" songs can recall similar passages in Qu Yuan's "Li sao" ("All the other women were jealous of my moth eyebrows")[14] as well as Li Shangyin's "Untitled Poem" ("At eight, she could draw her eyebrows long")[15] and Qin Taoyu's "Poor Girl" ("Hers do not compete for length with their paired eyebrows"),[16] in all of which the girl is a figure for the poet himself, her beauty analogous to his moral worth. Such usage has always been common in traditional poetry, and expressions like "moth eyebrows" and "paint the eyebrows" function as code words. So whether or not a poet is using these terms allegorically, they still suggest such associations to the reader.

Aside from the appropriateness of female beauty as a symbol for abstract beauty, the basis for this particular allegory can be found in traditional Chinesc cthics, where the relationship of husband to wife is analogous to that between ruler and subject; the ruler and husband are lords on high, while the subject and wife are below, to be chosen or cast aside at will. A poet in the service of his ruler who finds himself out of favor will frequently compare himself to a lonely woman waiting for her husband.[17] Although the early Short Songs were mostly love songs, they were written in the persona of a woman about her feelings by male poets, and given the long-standing allegorical use of this convention, the potential for such a reading is abundantly present. And there is always the possibility that in using the persona of a woman disappointed in love, the poet's own disappointment in the political realm may find unconscious expression. Here

I believe we may see an important source for the allegorical readings imposed on the early songs, Wen Tingyun's, for example.

A second factor is the poet's preoccupation with patriotic concerns. This could occur on several levels: Wei Zhuang's songs, for example, are about the sorrows of someone separated from his (or her) lover, but it is worth noting that it was his wandering, rootless life during a period of disorder and civil strife that forced their author always to be leaving his loves. Wei Zhuang's best-known songs, the five written to the tune "Pusa man", mention "the night we parted at the red mansion" and "The lovely one says goodbye with tears." Then "Don't go back unless you're old, / Going back home will break your heart"—a lament for a homeland laid waste by war. Chen Tingzhuo thought the songs expressed Wei Zhuang's abiding loyalty to the Tang, and cited the lines

After we parted I could only feel shame:	别后只知相愧
Tear-pearls are hard to send far	泪珠难远寄

and

Night after night wind and rain on the green curtain	夜夜绿窗风雨
Broken-hearted—does my lord know?	断肠君信否

as written in Shu, remembering his ruler.[18]

This reading of these songs as deliberate allegories expressing Wei Zhuang's patriotic feelings is, in my opinion, surely forced, but the reason the critics could arrive at such an interpretation is the undercurrent of distress at the state of the world, which serves as a background to the unhappy love that is the immediate subject.

The actual experience of civil disorder and dynastic change may be absent, but the threat of imminent catastrophe can create in the poet a feeling of insecurity that similarly affects his verse, as we can see in the songs of Feng Yansi and Li Jing. Though the fall of the Southern Tang to the Song invaders did not occur during their lifetime, their dread of the impending calamity gains unconscious expression in their songs, providing the basis for Zhang Huiyan's reading of Feng Yansi's lyric to the tune "Butterfly Loves Flowers" as "Inalienable in loyal love, just like what is expressed in the 'Li sao' and the 'Nine Changes'."[19] Readers are able to supply associations of this sort because Feng Yansi did not impose the restrictions of specific settings on the feelings expressed in his songs. As Feng Xu said, "He experienced many vicissitudes in his life and harbored manifold feelings...When the Zhou armies marched south, the state was in a precarious position...Despite all his ability and stratagems, he was still unable to improve the situation. In the midst of these troubles and uncertainties he found no outlet for his pent-up feelings, and some of it comes through in his songs."[20]

Likewise Feng Yansi's ruler, Li Jing. His song to the tune "Mountain Flowers" (*Shanhua zi*) expresses the feelings of a lonely woman in her boudoir whose sentiments are equally appropriate to his own position in a country threatened by invasion. The line, "The fragrance fades from the lotus flower", reflects the decline of his kingdom, as Li Jing himself must have sensed, even if he did not consciously make the connection.[21]

It is precisely this undercurrent of impending disaster that lends a suggestive ambiguity to the songs of Feng Yansi and Li Jing, inviting readings that go beyond the immediate sense of the words. Yet another set of circumstances produced the same effect in the late songs of Li Yu. There are two ways of approaching these songs: through their content, which reflects the poet's feelings about his direct experience of the human condition, and through the expansive atmosphere created by the directness and forcefulness of their language. Taking the song lyric as a vehicle for expressing his feelings about the destruction of his kingdom was a bold innovation, and it marked a breakthrough in the evolution of the genre.[22] But his songs are worth attention for another reason: although he was writing about his own personal tragedy, he conveyed through his sufferings the unhappiness common to all men during extraordinary troubles.[23] His songs can suggest such an interpretation precisely because he had experienced the tragedy of his country's fall and the extinction of his family line.

As they evolved from the late Tang through the Five Dynasties, song lyrics owed their power to evoke multiple readings to a coincidence of two factors: the long-standing tradition of using love themes allegorically in classical poetry, and the troubled state of mind among poets living in unsettled times. Yet a third step in this development appears in the songs of early Northern Song times. It comes from the interaction of the temperament and character of individual song writers with the special qualites of the song lyric, as seen in the works of Yan Shu and Ouyang Xiu. Wang Guowei was reacting to the suggestive force in Yan Shu's song to the tune "Butterfly loves Flowers",

Last night the west wind withered the emerald trees.	昨夜西风凋碧树
Alone I climb the tall stairs	独上高楼
To gaze to its end the road to the horizon	望尽天涯路

when he wrote, "There begins the poet's melancholy" and used the lines as an example of "the first step toward the accomplishment of a great undertaking for all time, as a great work of scholarship."[24]

Wang Guowei singled out Ouyang Xiu to illustrate his generalization "Whether a song is refined or licentious comes from the spirit, not its subject" by saying of his songs, "The words may be erotic, but ultimately they are moral,"[25] for the associations aroused cannot be attached to any specific episode but serve to embody moral values. Wang Guowei comments on the lines from his song to the tune "Spring in the Jade Mansion":

People are always being victims of hopeless love	人生自是有情痴
But this grief has nothing to do with moonlight and breezes	此恨不关风与月

and

Just let me enjoy to the end the flowers in Luoyang Town—	直须看尽洛城花
Then it will be easier to part with the spring breeze.	始共春风容易别

These lines "are especially fine for showing restraint in the midst of exuberance."[26] What he was talking about, again, were moral values that are implied but not directly expressed. In none of his critical comments about Ouyang Xiu and Feng Yansi did Wang Guowei ever specify any definite allegorical meanings, and of Yan Shu he said only that some lines lead one to an understanding of a particular human situation. This approach is obviously different from the traditional interpretation of Wen Tingyun and Wei Zhuang, which reads their songs as allegorical expressions of their loyalty and devotion to their ruler. It is not just a difference in the critic's approach, it is a difference in the kinds of association inspired by the songs of Yan Shu and Ouyang Xiu. In Wen Tingyun's songs the source is his frequent use of the code words commonly used allegorically in traditional poetry. For Wei Zhuang, Feng Yansi, and Li Jing, their personal experience of a time of political instability colors what they wrote and invites a different kind of association, permitting a reading on a level other than the literal. With Yan Shu and Ouyang Xiu it derives from the hint of moral values that inadvertently comes through; and though it does not lend itself to allegorizing, it still works suggestively. In this third stage the suggestive power of the Short Song lies in the moral stance of the poets in combination with the special qualities of the song form. Yan Shu and Ouyang Xiu are at once its representatives and its best poets.[27]

It was a fortuitous combination of circumstances which put Chen Zilong in a position in many ways similar to that of those early poets and enabled him to write song lyrics that lend themselves, like theirs, to multiple interpretations. Wen Tingyun, Wei Zhuang, Feng Yansi, and other late Tang/Northern Song poets could write songs capable of arousing complex and emotion-laden associations precisely because they were not consciously trying for such effects; most certainly they were not deliberately writing allegorically. The conditions that enabled them to achieve these effects were peculiar to the writers' experience, character, and times, circumstances that were by chance again present, if briefly, for Chen Zilong.

Through his affair with the famous singing girl Liu Rushi, Chen Zilong had first-hand acquaintance with the milieu in which the early song developed, written for female entertainers to perform and concerned almost exclusively with love themes, a subject that lent them their particular charm, and was, paradoxically, also responsible for their allegorical interpretation. Later, song lyrics ceased to be written on such subjects or even for performance; and it was only through getting to know Liu Rushi that Chen Zilong had the occasion to write in a long-unused mode.

Liu Rushi's story can be briefly summarized. She was first employed as a maid by the famous courtesan Xu Fo, then bought as a concubine by the former minister Zhou Daodeng. His other concubines were jealous of her, and she was sold as a prostitute. After several years she came to Songjiang, where she enjoyed the patronage of local notables, making the acquaintance of Chen Zilong and his friends, the brothers Song Zhengbi and Song

Zhengyu, as well as Li Wen and Li Daiwen. By then she had become famous for her wit and beauty and for her unconventional behavior. She had been intimate for a time with Song Zhengyu, who was forced to break off the relationship. Her affair with Chen Zilong took place between the years 1632 and 1635, when they were both in Suzhou or Songjiang. It was only during the spring and summer of 1635 that they actually lived together. During the fall of that year she was still in Songjiang but not in his house. Then she moved away and after that they seldom saw one another.[28]

A number of Chen's poems and songs date from those three years. The poems (*shi*) are not relevant to our present study, but of the seventy-nine song lyrics in the *Collected Poetry of Chen Zilong*,[29] twenty-one are connected with Liu Rushi.[30] In his own *Chronobiography*, in an entry for 1633, Chen wrote, "When I had leisure from my studies, I found diversion in song and wine, and often matched songs with Shuzhang (Li Wen)."[31] And in the autumn of that same year: "I went partying with Shangmu (Song Zhengyu) and the others."[32] Ten years later, in 1643, he published the poems written by the three of them under the title *Joint Drafts of New Poems by Three Gentlemen of Yunjian*. His preface reads, "Who are the Three Gentlemen? Li Wen, Song Zhengyu, and I, Zilong. Some time ago when I lived at home, I was on intimate terms with these two gentlemen, and since our houses were nearby, we would always get together every two days out of three."[33]

All three of these friends had a relationship with Liu Rushi. The complications of this quadrilateral affair are not our immediate concern—indeed, there is no source of information for tracing them. Jealousy, though, does not appear to have been a factor. Song Zhengyu was the first to be seriously involved, if briefly, and Li Wen says that Song initiated their writing of love songs—"It is something young men do."[34] Most of Song's twenty-one surviving songs are love songs. Chen Zilong's songs, like Song Zhengyu's, reflect his strong attachment to someone, and that person can be identified with Liu Rushi; she wrote songs using the same tune patterns and expressing similar sentiments, showing them to have been poetic exchanges. Love songs like these share the special nature of the earlier Five Dynasties songs, breaking the moralizing pattern demanded by tradition and, without any deliberate intention, calling forth a variety of associations in the mind of the reader: a potential for stirring the heart's deepest feelings and aspirations. Just as this aspect of Five Dynasties songs led to their allegorical interpretation, it also allowed critics to claim that Chen Zilong wrote allegorical poetry like the "Li sao" and the *Classic of Songs* in the tradition of Tang and Five Dynasties song writers. It was through his acquaintance with the pleasure quarters and his love affair with Liu Rushi that his songs had a certain quality in common with those of the Tang and Five Dynasties. To put this in historical perspective, during the ninth and tenth centuries, circumstances were such that many poets wrote songs of this sort. But in late Ming times Chen Zilong was an isolated example. He was a man whose character, education, and experience of political upheaval were very much out of the ordinary, and it is essential to discuss this background and its effect on the songs he wrote.

There is an abundance of historical material dealing with Chen Zilong's role in the tragic events of late Ming times,[35] but for present purposes I need only present a summary of his life as it affects the special nature of his songs.

The concern about public affairs expressed in his poetry was, in general, a natural reflection of the period of upheaval into which he was born. By the time of his birth in 1601 in Huating, Songjiang, the Ming dynasty was already suffering from internal unrest and external threats. The economy was on the verge of collapse, the eunuchs were usurping power, the bureaucracy was out of control, and rapacious landlords ruthlessly exploited the peasantry. The desperate plight of the people led to frequent uprisings and revolts. When, in the third month of 1644, the rebel leader Li Zicheng occupied the capital, a general of the government forces, Wu Sangui, opened the frontier and appealed to the Manchus for help. By the fifth month the Manchu army had entered Beijing. Prince Fu was installed as Chinese ruler in Nanjing, but a year later Nanjing fell. Prince Lu set up a government in Shaoxing; a month later Prince Tang proclaimed himself Emperor in Fuzhou. Prince Tang was captured the next year, and Prince Gui ascended the throne in Zhaoqing. During these years local resistance groups appeared in the south to oppose the advance of the Manchu armies. Chen Zilong joined such a volunteer force and was taken captive by Manchu soldiers. He managed to drown himself while being transported into captivity. At the time, he was not yet forty years old.

So much for his experience of misfortune. His character was described by his friend Xia Yunyi: "He was bold and spirited, with a taste for the unusual, a truly outstanding man. He made the whole country his responsibility and often held forth on the principles of good government."[36] In 1637 Chen and Xia both passed the civil service exams; shortly afterward Chen's mother died, and he returned home for the mourning period, during which he was unable to enter public service. He spent the time compiling with his friends the more than 500 *juan* work *Prose of the Ming Dynasty* (*Huang Ming jingshi wenbian*). He also edited the literary remains of Xu Guangqi in 60 *juan* (*Nongzheng quanshu*). In 1642 he was appointed to a judicial post in Shaoxing. There was a great snowstorm in the first month of that year, and the roads were crowded with starving people. Chen walked through the snow to the houses of the well-to-do to get them to contribute grain to succor the starving. In his *Chronobiography* he wrote of this affair: "Wearing straw sandals and carrying a cane, I spent the month running through woods and over hills. I also set up first-aid stations and brought in physicians to treat the aged and emaciated. For those who regrettably died, I provided burial at public expense. I also established an agency to take in children abandoned in the streets, putting them in the care of old women and wet nurses."[37]

Later, he was put in charge of supplying the force sent to put down the rebellion in Dongyang. When Prince Lu was set up as emperor, he responded to a summons to go to Nanjing. After being presented at court, he submitted three memorials: one urged the ruler to study hard and establish his goals in order to provide the basis for a national revival, the second discussed plans and procedures for the defense of Hubei and the Huai River region, and the third set forth the reasons for the disorders that had occurred during previous reigns. His advice went unheeded, and Chen wrote of this episode, "I was no more than fifty days in my advisory position. My thirty-odd proposals offended those in power, and there was much criticism from the jealousy and enmity of my colleagues."[38] He consequently applied for leave to return to his native place to attend to the interment of his father and grandfather.

Shortly thereafter, Nanjing fell, and volunteer forces were formed all over the south. When a force was recruited in Songjiang, Chen Zilong swore in the volunteers in front of a portrait of the Ming founding emperor and was given the title of Army Inspector. Songjiang fell to the Manchus on the third of the eighth month. Xia Yunyi, a native of the city, composed a farewell poem and drowned himself. Because his grandmother was ninety, Chen did not commit suicide but took vows as a monk. The next year, when his grandmother died, he accepted a post as officer in the forces of Prince Lu. A Wujiang man, Wu Yi, was made Deputy Commander of Prince Lu's army. When he swore in his troops, he asked Chen to attend the ceremony, but soon afterward his army was defeated. Shortly thereafter the Liao General Wu Shengzhao, who had surrendered to the Manchus, wanted to return to the Ming. One of his men, who had known Chen Zilong, informed him of the plan, but word leaked out, and Wu Shengzhao was arrested. The Pacifier Tu Guobao of the Manchu army planned to use this incident as a pretext to eradicate all the notables of the region, and Chen, as one who had played a leading role, was taken captive. While being transported by boat in bonds, he saw his chance, and when his captors' attention was diverted, threw himself into the water and drowned.[39]

It is clear that Chen Zilong was a heroic patriot capable of dying for his country. The delicacy of feeling shown in his Short Songs seems out of character. Zhu Dongrun finds three stages in his development to account for his contrasting behavior at different times, from that of a literary gentleman, to that of a man eager to play a role in the political life of his country, to his final transformation into a fighter.[40] In terms of periods of his life, such a division makes sense, but it overlooks the fact that each of these roles was the product of his temperament and abiding convictions. Such a combination of contradictory qualities in an artist is not without precedent, as Shen Xiong observed in writing about Chen Zilong. He mentioned Chu Suiliang, the famous Tang dynasty calligrapher, whose style was fluid and delicate but who, as a person, was fearless and outspoken; and Song Jing, a Tang minister of unyielding character, whose "Plum Flower Rhapsody"[41] was described by Pi Rixiu as "light and deft, colorful and lovely, not at all like his character."[42] Of Yan Shu's songs the Siku Editors say, "He was by nature firm and detached, but his language is particularly soft and delicate."[43] And Zhang Pu's remark about Fu Xuan, "A strong, upright gentleman has especially deep feelings."[44] applies to all these men of such dual natures.

A distinction, however, needs to be made: whether all "strong, upright gentlemen" are really capable of deep, tender feelings, and whether men with deep, tender feelings are all really capable of heroic action. It seems to me that there can be two kinds of strong, upright men. Some become strong and upright through their upbringing in moral surroundings—they are upright by training and external pressure. Others are strong and upright because they are so constituted by nature. The former present all the trappings of rectitude but they are all of a piece and lack nuance and variety. The latter, while resolute in action, can write in a tender, romantic style. There are also two kinds of persons with deep, tender feelings. One reserves such feelings for their selfish, amorous pursuits, while the other has a consistently steadfast character, and not only in love affairs; his love of country springs from the same source. The first sort are capable of deep feelings, but because these feelings are limited in their application, they cannot avoid the reproach of being called narrow and selfish. The second, by giving their feelings wider scope, have the possibility of reaching sublime heights.

There is no question but that Chen Zilong belonged to this second category. He was a strong, upright man capable of deep, tender feeling, and this, combined with his experience of national calamity, gives the songs he wrote the potential for arousing complex and far-reaching associations. Thus Kuang Zhouyi praised his songs as "enclosing softness in hardness, in the tradition of the 'Guofeng' and the 'Li sao'". From the Five Dynasties period through the Northern Song there were a number of poets with this sort of character and experience of tragedy who wrote songs that embody this special quality. Chen Zilong was unique in his time, combining in his person all the factors that made such writing possible. One can justifiably describe his songs as the result of a fortuitous combination of factors.

It remains to demonstrate how this combination of factors—historical, biographical, and psychological—combined to produce in Chen Zilong's songs their potential for evocation. I distinguish three categories among Chen Zilong's song lyrics. The first includes those love songs relating to a specific incident, for example, the one to the tune "Treading the Sedge":

Endless heart's sprouts,	无限心苗
Half a sheet of letter paper,	鸾笺半截
Once written, she folds it close to her breast;	写成亲衬胸前折
Many stains of tears where she read it over.	临行检点泪痕多
Repeated sighs as she inscribes her pet name.	重题小字三声咽
Apart, we are moved to tears	两地魂销
Hard to express even a little bit.	一分难说
Still you must know without my saying what I feel.	也须暗里思清切
When the heartbroken pair comes together again	归来认取断肠人
We will open that letter and see the red stains vanish.	开缄应见红文灭

This poem seems to have been written as part of an exchange with Liu Rushi, for she wrote one to the same tune with the same title:

A trace of flowers, a sliver of moon—	花痕月片
Sorrow and regret, first and last.	愁头恨尾
Few tears remain as I begin to write,	临书已是无多泪
Once done, a sudden gust	写成忽被巧风吹
Blows to bits my feelings.	巧风吹碎人儿意
Half a curtain of lamplight—	半帘灯焰
As in a dream still	还如梦里
Overwhelmed to see it shine on someone come back.	消魂照个人来矣
You must think hard when you open this	来时须索十分思
For it's hard to catch the feeling of that little	缘他小梦难寻味

dream.

The similarity of line 9 of this song to line 10 of Chen's further supports the assumption that the poems were part of an exchange. This would place Chen's song in that category of Tang/Five Dynasties songs concerned with actual love affairs, revolving around a beautiful woman and recounting specific events. While it may lack the potential to arouse associations, it is not only filled with the fragile delicacy characteristic of the song form, but it also employs the straightforward expression of feeling found in those early songs. Some readers have dismissed those simple Tang/Five Dynasties love songs as incapable of evoking any deeper associations, and others have refused to consider them because of their too overt erotic content, but it is simple love songs like these that provide the basis for later songs that do evoke multi-layered interpretation.[45] They are responsible for the claim that Chen Zilong's songs are in the Tang/Five Dynasties tradition, and because he could write like that about his love, he was able to write those other songs so rich in evocative potential. Chen Zilong was able to write such songs because his experience with Liu Rushi brought him close to the gentlemen songwriters of Tang and Five Dynasties with their affairs in the pleasure quarters, but there is also the fact that he was not afraid to write this way. As he said in his "Preface" to *Hidden Orchid Drafts*:

From the time of the songwriter rulers of Southern Tang to the Jingkang period (1126-27) there was a succession of songwriters. Some of them went in for rich, delicate description and soft beauty, expressing the most touching and sensual feelings, while others wrote in a lively, cheerful manner appropriate to coquettish girls, but all of them wrote about their experiences and emotions, unconsciously and spontaneously, and perfect poems were the result…My friends Li [Wen] and Song [Zhengyu] are outstanding among the writers of today; and they sometimes divert their considerable talents...to the writing of Short Songs as a game. And in times of leisure I have been occasionally tempted to join in. Song Zhengyu has collected these pieces and published them under the title *Hidden Orchid Drafts*.[46]

From this it is clear that, though he regarded them as a diversion, Chen Zilong did not despise these "touching and sensual" compositions. It is my belief that it was because he wrote them spontaneously, with no serious intent, that they are imbued with the vivacity and emotional richness characteristic of the Tang and Five Dynasties songs. He wrote a number of such songs.[47]

My emphasis here, however, is on songs less tied to circumstance and hence more resonant. These constitute a second category, love songs still but without obvious reference to a specific situation, leaving the reader free to respond imaginatively. As an example I have chosen one to the tune "Remembering the Beauty of Qin" with the title "Willow Catkins" (*Yanghua*). Because Liu Rushi's maiden name was Yang ("Willow"), it has been inferred that most of Chen Zilong's songs about willows or willow catkins have to do with their love affair, and so are to some extent occasional poems. The one to the tune "Remembering the Beauty of Qin" is different, but we might first take a look at a couple of the others to see just how it differs. Chen Yinque quotes one song with the title "Willow Catkins" to the tune "Sands of the Washing Stream" as referring specifically to Liu Rushi:

Blown about the hundred-foot Zhang Tower	百尺章台撩乱吹
Where curtains fold on fold play the sunlight,	重重帘幕弄春晖
Pity them drifting, let them fly.	怜他飘泊奈他飞
Rolling in pale sunlight beneath remnant flower	淡日滚残花影下

shadows,
Soft breeze blowing them west of Jade House— 软风吹送玉楼西
The far horizon-heart's desire known to few.[48] 天涯心事少人知

The whole poem is about willow catkins. It begins with the willows of Zhangtai (Zhang Tower), a standard allusion to a famous Tang Dynasty courtesan of Chang'an, playing at once on Liu Rushi's surname and on her profession as a courtesan, and all the way through it is easy to substitute her person for the subject "willow". Thus willow catkins drifting at the mercy of the wind makes a perfect figure for Liu Rushi's life as a prostitute. It makes an effective poem, but it is limited to the implied similarity of the respective fates of the willow catkins and the woman, and so fails to elicit further associations in the mind of the reader.

Another, entitled "End of Spring" (*Chun mu*, to the tune "Green Jade Table", *Qing yu'an*), Chen Yinque connects specifically with the time when Chen was forced by family circumstances to part from her:

Distressed in Blue House as willow catkins start up 青楼恼乱杨花起
Good for how many days 能几日
In the east wind? 东风里
Looking back, nothing but regret for the three months of spring. 回首三春浑欲悔
Fallen reds as in a dream 落红如梦
Fragrant grounds like a sea— 芳郊似海
Endless feelings are all that's left. 只有情无底

Youthful years carried away by the flowing waters 华年一掷随流水
No holding them back. 留不住

She's a thousand miles away	人千里
What's there to compare with heartbreak like this?	此际断肠谁可比
The party's over and all the guests have gone.	离筵催散
By this little window I lament the parting	小窗惜别
With tearful eyes, leaning on the railing.[49]	泪眼阑干倚

These opening lines also mention willow catkins, but the subject given by the title is "End of Spring", and when the poet asks how much longer the willow catkins will last in the east wind, he invokes a symbol of transience for the swift passage of the spring scene. And the passing of spring in turn is a symbol that suggests the evanescence of all beauty, preparing for the development in the second stanza: the "Youthful years carried away" and "The party's over and all the guests have gone," the regrettable instability of human affairs, leading up to the final line, "With tearful eyes, leaning on the railing", an expression of grief at parting as well as of regret at the passing of spring. The whole poem blends the two feelings into a complex, multifaceted lament. The most moving lines are "Fallen reds as in a dream / Fragrant grounds like a sea—/ Endless feelings are all that's left"—a powerful expression achieved by juxtaposing feeling and setting. The first two lines concentrate in four words everything expressed in Yan Shu's lines about the late spring scene, "On the little path the reds are few, / On the fragrant grounds greens are everywhere,"[50] and by adding "as in a dream" and "like a sea" the poet achieves a potent symbolism. The "fallen reds" represent the evanescence of all lovely things, while "like a dream" conveys the endless yearning for all that is past and forever lost. The "fragrant grounds" show the end result of the diminishing red petals and spreading green leaves as spring passes; and the predicate "like the sea" looks back to the preceding line, suggesting the vast reach of grief for irrevocably fallen flowers and at the same time anticipating the "endless feelings" of the next line, suggesting the inexhaustible emotions of the poet. Though the song may well have been written on the occasion of Chen Zilong's forced separation from Liu Rushi, the suggestive power of these three lines raises it to a symbolic level, detaching it from the specific occasion. But the second stanza is closely tied to the event, reverting from the symbolic to the specific.

For the "Willow Catkins" song to the tune "Remembering the Beauty of Qin", no such linkage to their love affair has been suggested, in spite of the title, and for me its excellence derives from its being independent of an anecdotal base.

Willow Catkins

Spring is spreading	春漠漠
Fragrant clouds all blown against the red- patterned curtain—	香云吹断红文幕
Red-patterned curtain—	红文幕
A whole curtain of broken dreams.	一帘残梦
Let them float away.	任他飘泊
Wildly flying, helpless against the east wind's malice,	轻狂无奈东风恶
Bee-yellow and butterfly-powder are scattered,	蜂黄蝶粉同零落
Scattered	同零落
To cover the water of the duckweed pond.	满池萍水
Evening sun on the storied house.[51]	夕阳楼阁

This song shares the title "Willow Catkins" with the one to the tune "Sands of the Washing Stream", but there is a fundamental difference in the way the subject is treated. The latter concentrates on the helplessness of the drifting willow catkins and describes them in a comparatively straight-forward manner, although they are never mentioned by name; the poem is multilayered, broader in scope, and hence more suggestive, more subject to interpretation.

The song begins with "Spring is spreading." The word *mo mo*, translated as "spreading", catches the reader up in a flood of springtime sights, with the associated emotional responses. It continues with "Fragrant clouds are all blown against the red-patterned curtain." The "fragrant clouds" are the willow catkins, not in themselves sweet-smelling, but part of fragrant spring. They are all blown (*chui duan*, lit., "blown until cut off", i.e., until there are no more to be blown), a process that continues to bring them rolling across the open curtained window until no more are left. What the poet is conveying in this descriptive passage is not simply the fact that the willow catkins have been blowing against his curtained window: the words he has chosen are loaded with a complex symbolism. The word "fragrant" carries romantic associations, and "clouds" makes an appropriate figure for the drifting, chaotic course of the catkins. The "red" of "red-patterned curtains" is the richest of colors, and "patterned" implies embroidered or brocaded silk, also rich in associations, reinforcing the symbolism of "fragrant clouds" and providing a suitably opulent ground to receive them. But "all blown" puts a constraint on this happy conjunction of fragrant clouds and patterned red curtain, a state that cannot be indefinitely prolonged.

The repetition of the line "red-patterned curtain" is called for by this particular song pattern; it also serves to emphasize the abrupt cessation of the flow of catkins blown against it. "A whole curtain of broken dreams. / Let them float away." What these two lines convey is the pain of recollection, the unhappiness about the curtainful of broken dreams that are left, and the final parting: "let them float away."

The transition to the second stanza is made by a further observation of the willow catkins "wildly flying, helpless against the east wind's malice," recalling the agent of their destruction in a hostile, external force. "Bee-yellow and butterfly-powder are scattered": this line gives a measure of the violence of that force, not only blowing away the floating fragrant cloud, but also scattering those ardent suitors of the spring flowers. That the bees are yellow and the butterflies powdered suggests both women's makeup and sexual activity, and serves to convey both their loveliness and their passion. They are "scattered"—together with all beautiful things that decline and decay. Repeating these words as the tune pattern requires emphasizes the inevitability of their dispersal and destruction.

The willow catkins reappear in the next line, where they cover the surface of the pond. The line alludes to a song by Su Shi to the tune "The Water Dragon Sings", also on willow catkins:

By morning the rain has passed	晓来雨过
Where look for its traces?	遗踪何在
A pondful of scattered duckweed.[52]	一池萍碎

Su Shi appended a note: "When willow catkins fall into the water, they become floating duckweed." He is the only authority for this particular transformation, but Chen Zilong surely was familiar with both the song and the note. So Chen's song is saying not only have the catkins all been blown away, they have fallen into the water and been transformed into something else, so there is no possibility of retrieving them—a perfect symbol for a loss that is irrevocable.

Having brought it to this pitch of intensity, it would seem that there is nothing further to add. But Chen Zilong goes still further and writes, "Evening sun on the storied house," recalling a line in a song by Ouyang Xiu, one of six songs to the tune "Stilling Wind and Wave" that lament the passing of spring. The first stanza of the fifth song in the series reads,

The spring flowers are gone for good and can't be retrieved,	过尽韶华不可添
On the little storied house the red sun sinks below the eaves.	小楼红日下重檐
Feeling depressed after the springtime nap	春睡觉来情绪恶
Lonely	寂寞
With willow catkins wildly brushing the bead curtain. [53]	杨花缭乱拂珠帘

Chen Zilong's song began with the willow catkins blown against the curtain, and his closing line is a condensation of Ouyang Xiu's red sun sinking as one watches from an upstairs window. There is no holding back the flowers of spring, any more than the declining sun can be made to linger on.

Comparing the two, we notice that in Ouyang's song the catkins are still being blown against the curtain, while in Chen's the process is finished (*chui duan*), registering another degree of grief at the disappointment. Chen has reinforced the idea that something beautiful has been lost by using enhancing locutions for Ouyang's prosaic "willow catkins" and "bead curtain" (*zhu lian*) (this last, a cliché that no longer transforms the beads into pearls [*zhu*]). Even more effective is the way he has connected his "fragrant clouds" and "red-patterned curtain": not just "blown against" (*chui*) but "blown against and brought to a stop." And not just the catkins: the bees and the butterflies—all the loveliness of spring—are dispersed and gone. The catkins themselves are not simply blown away, they have become the duckweed covering the pond. Layer after layer, the beauties of spring are swept away, and what in the whole wide world is left of it all? Here we come to the storied house, an unfeeling, senseless thing, standing high and alone in the last rays of the declining sun, a fitting setting for facing inescapable grief after disappointment and heartbreak. Chen Zilong has infused this objectively presented and distanced scene with the deepest melancholy, making it far more effective in inducing the reader to reflection than a direct statement.

This song is typical of his style. Other examples include these lines from the song on the end of spring quoted earlier:

Fallen reds as in a dream	落红如梦
Fragrant grounds like the sea.	芳郊似海

From "Spring Outing" to the tune "Swearing True Love",[54] (*Su zhong qing*):

A pair of dancing swallows,	一双舞燕
Myriad flecks of flying petals—	万点飞花
The whole land in the declining sun.	满地斜阳

From "Spring Scene" to the tune "The Willow Branch Is Green",[55] (*Liu shao qing*):

Fragrant dust on the path,	陌上香尘
Red torches before the hall,	楼前红烛
Golden hairpin as of old.	依旧金钿

From the same song:

Green willows, new reeds	绿柳新蒲
Evening crow, spring ducks	昏鸦春雁
Fragrant grasses to the horizon.	芳草连天

In all of these he uses short lines of three or four words to juxtapose objectively presented scenes, which on the surface do not appear to be connected, yet convey by suggestion any number of subtle emotions. Sometimes he will put together two apparently unrelated emotive words or a line of description and a line of feeling, to carry the emotional association, as in the lines

A whole curtain of broken dreams—
Let them float away.

Or, from another song to the tune "Her Eyes Are Seductive" (*Yan er mei*):[56]

Concerned only that I see again	只愁又见
Willow fluff wildly falling	柳绵乱落
And swallows busily chatting.	燕语星星

The four-beat measure of all the lines quoted is prescribed by the tune pattern the poet was following, but other poets using the same fixed pattern have produced wholly different effects. This is a phenomenon I should like to investigate, further in another place, since it is not immediately relevant to the present topic.

From the title, "Willow Catkins", Chen Zilong's song lyric can be read as simply a descriptive poem; but given the association with Liu Rushi's surname Yang ("Willow"), it may be read as a love poem referring to her. From the way the poem treats its material, however, it goes beyond the ostensible subject and its specific human embodiment. There is no allusion to any specific episode in Chen's relationship with her, but there is material enough in the development of the theme to inspire far-reaching associations in the reader. In this sense it belongs to the tradition of Tang/Five Dynasties/Northern Song songs.

A third type of song consists of those that disclose Chen Zilong's patriotic concerns. While it differs from the two I have been discussing, the differences among the three types are largely superficial, and it is chiefly for convenience that I am making these distinctions. Certainly they shade into one another and have much in common. All his songs focus on emotion, and the intensity of the emotion remains the same—likewise the poet's commitment—whether it is love of country or love of a woman. During the course of his affair with Liu Rushi, he was at the same time much concerned about the peril of the state, and both preoccupations find expression in his songs. For the year 1634 he wrote in his autobiography that, when not engaged in literary work, he spent his leisure hours in dissipation. But of that same year he also wrote, "At the time Wucheng [Wen Tiren] was in power and the government was oppressive…one saw desolation everywhere,"[57] showing that he was acutely aware of the state of the world. In several of his *shi* poems he coupled love with a concern for public affairs, as in the poem "Chang'an, New Year's Eve, 1633":

This night last year in my hometown	去年此夕旧乡县
Rouged face, silken sleeves in the lamplight.[58]	红妆绮袖灯前见

and in the same poem,

Tonight this year in Chang'an	今年此夕长安中
I draw my sword, rise and dance—for whom play the hero?	拔剑起舞为谁雄

bringing the two emotions together. In the introductory note to a poem dated the end of autumn, 1634, he wrote, "I came north together with [Song] Rangmu, filled with parting sorrow and patriotic concerns, a mixture of all sorts of feelings. This poem is to express them."[59] The parting sorrow refers to his separation from Liu Rushi, and the patriotic concerns to the critical condition of the country.[60] In that poem, the couplet:

The lovely girl fills my cup with wine.	美人赠我酒满觞
About to leave, I stay, my heart in knots.	欲行不行结中肠

is followed by:

Nevertheless I rouse myself to strike the barbarians.	不然奋身击胡羌
What glory to have my name inscribed on stone or bronze!	勒功金石何辉光

Other poets have also combined such contradictory feelings in their poems.[61] What is notable here is the difference in the way Chen Zilong presents such mixed feelings in his *shi* poetry and in his songs. In *shi* poetry the poet expresses his feelings more directly, while in song he discloses them indirectly. Thus in Chen's poems the love is perfectly clear, as is the patriotism, and the two are presented side by side. But in his songs the two are blended in a confusing mixture, which conveys them ambiguously. So in his love songs there is an undercurrent of concern for public affairs, and in the patriotic songs, of love.

There is another point to notice: the difference between the poems and the songs in political content. The poems continually express the poet's determination to fight for his country and slay its enemies; the songs, the grief he feels at his helplessness to save the country from its impending collapse. In terms of Confucian tradition it is the injunction "he knows it is hopeless but nonetheless he acts." In his poems Chen Zilong expresses his determination to act, while in his songs what comes through is his knowledge that the situation is hopeless, an underlying ambiguity in his attitude that is the source of the complexity of his songs.

The following song, "Inspired by Wind and Rain on a Spring Day" to the tune "Paint the Lips Red", is a typical example:

Spring's florescence fills the eyes.	满眼韶华
The east wind as usual blows the reds away.	东风惯是吹红去

Lots of times there's mist and fog	几番烟雾
But the flowers are hard to keep.	只有花难护
In a dream I remember	梦里相思
The exile's old home.	故国王孙路
No one's in charge of spring:	春无主
Where the cuckoo cries	杜鹃啼处
Tears stain the rouged rain.[62]	泪染胭脂雨

The song's title already contains a hint that inclines the reader toward a symbolic reading, for "wind and rain" is a code term in traditional Chinese poetry. Already in the *Classic of Songs* there is a poem so titled, and the Mao Commentary says that "wind and rain" symbolize "civil strife, a time of disorder".[63] Song writers in later times use the term as a symbol for the trials and tribulations of human life. When Su Shi was living in exile in Huangzhou, for example, he wrote a song to the tune "Stilling Wind and Waves" with the lines

When I recall the depressing events of the past	回首向来萧瑟处
It is as though there were neither wind and rain, nor sunny days.[64]	也无风雨也无晴

And Xin Qiji, after his flight to the south, when he suffered continual rebuffs and was unable to realize his ambition of leading an expedition against the invaders, wrote a song to the tune "The Water Dragon Sings" with the lines

Alas the passing years!	可惜流年
The worry of wind and rain.[65]	忧愁风雨

He and Su Shi use "wind and rain" to symbolize the difficulties they have experienced, and, given the precarious circumstances of the Ming state when

Chen Zilong was writing, the likelihood of such a symbolic use of the term in his title is obvious. Note also that the title juxtaposes “wind and rain” and “spring day”. The associations evoked by “spring day” are quite different—a joyful season of blooming flowers and renascence. So wind and rain on a spring day becomes a paradigm for the desolation brought by the wanton destruction of all that is vulnerable and beautiful.

The words “inspired by” in the title specify the topic: emotions stirred by the wind and rain on a spring day. An early critic of song, Kuang Zhouyi, said of the creative process of song writing, “I observe wind and rain, I see rivers and hills, and always I am aware that beyond wind and rain, river and hills, there is something in my heart which is outside my control, and this uncontrollable something is precisely the essence of song.”[66] When he says of the “essence of song” that it lies outside the poet’s conscious control, one can see how truly subtle and refractory it is. What lies outside the poet’s conscious control is an indescribable feeling that, translated into poetry, is the essence of song. These feelings “inspired by wind and rain on a spring day” are the kind of experience Kuang Zhouyi described as “beyond wind and rain, rivers and hills.” Again, describing the process of songwriting, he wrote: “I may be absently standing alone in some quiet, deserted place when suddenly something I had never thought of before pops into my mind, coming out of the murky depths, and then I make my song. And when it is finished, either it expresses the idea I just had or it does not, in which case the idea keeps stretching out from the words of my song, and what my song cannot explicitly express, that is its inexhaustible beauty.”[67] It is precisely this inexpressible beauty stretching out beyond the words that we find in Chen Zilong’s song.

A poem’s effectiveness in rousing the reader’s emotional response lies in its suggestive appeal, rousing a train of associations in the reader’s mind. This power of suggestion is buried in the vocabulary and syntax of the poet's language,[68] for example, the opening lines of Chen's song, "Spring's florescence fills the eyes. / The east wind as usual blows the reds away." The poet is looking at the spring scene in all its color and beauty. Where some poets will describe such a scene in vivid detail, Chen is content to make a general statement. But "spring's florescence" (*shao hua*) implies the presence of all the colorful flowers and burgeoning trees of spring more effectively than any cataloging of individual details. For, although concrete details have the advantage of realism and clarity, they also restrict and limit. If you say "a myriad purples, a thousand reds" (*wanzi qianhong*), you are singling out the flowers, while "spring florescence" includes everything—bird song, drifting clouds, flowing streams, all the scenery and shapes of a spring day. Even the word "fills", of "fills the eyes", brings with it an impression of something all-embracing, and "eyes" produces an effect of immediacy: right there in front of the eyes. Although the line expresses a generality, it is an effective evocation of the beauties of spring.

In the next line this vision is abruptly shattered: "The east wind as usual blows the reds away." This comes like the blow from the Zen Master's cane, sweeping aside the ephemeral springtime beauties one is helpless to prolong. The "east wind" has already appeared in the poem's title. It is a destructive force that is also part of the spring day. By specifying "as usual", the poet reminds us that this force is a constant, always to be expected. It "blows the reds away". The destructive force takes effect as the air is churned into motion; the "reds" are all those fragile beauties of spring, now carried irresistibly away—three words (*chui hong qu*) encompassing their destruction.

These first two lines provide the setting for tragedy. The poem continues with the specific. "Lots of times mist and fog / But the flowers are hard to keep." "Lots of times" reinforces the preceding "as usual", identifying the attack from outside as even more frequent and unavoidable.

But, where the east wind is a purely destructive force, the "mist and fog" have an emotional impact, evoking a feeling of melancholy and confusion; the destruction is colored by the distress of being shut in by mist and fog. "Blows the reds away" is a statement of the event; the poet's grief at their loss comes out in the restrained "But the flowers are hard to keep." On the surface, this stanza deals with a natural occurrence—wind and rain have put an end to the spring display—and the feeling of regret it inspires. Yet from the first, the generality of "spring beauties", the repetition implied by "as usual" and "lots of times", and the sense of loss conveyed by the words "blows the reds away", all invite the reader to go beyond the literal reading. Read in the context of Chen Zilong's own times and experience—his broken love affair and the civil war in the country when it faced foreign invasion—the lines suggest possible sources for this underlying ambiguity. I have already noted the blending of these two elements—his love affair and his concern for the country—in his song lyrics, and this first stanza can in fact be read as an expression of the grief occasioned by both. Because the second stanza contains the words "my country", I have chosen this song as an example of one showing his patriotic feelings. But just as in the song to the tune "Remembering the Beauty of Qin", where the disappearance of the willow catkins at the end of spring could also stand for the political debacle, the lyric's title, "Willow Catkins", and its play on Liu Rushi's name, made it convenient to consider it primarily as a love song, so, with the exception of this one line, can this song be taken both ways.

The first line of the second stanza, "In a dream I remember," could refer to his former kingdom, as in Li Yu's "In dreams I return again to my old country,"[69] or it could be read as in Yan Jidao's song "Often in my dreams I am by your side."[70] In either case, the thing recalled in dreams is the object of strong feeling.

The next line, more accurately translated as "The road to the exile's old homeland," is made up of ambiguous terms. As well as "native land", the term *gu guo* can be "the old, long-established state", or (as in Li Yu's song) "my former kingdom", or "the old capital".[71] The word here rendered as "exile" (*wang sun*) means "a prince" (literally "a king's grandson"), a nobleman, or simply an exile, from its repeated occurrence in the *Chuci* "Summons to the Recluse". Hence the first four words of the line are easily read as "prince of the old state", like the prince Du Fu wrote about when he was staying in the capital during its occupation by An Lushan's rebel army.[72] The prince there was a hunted fugitive in a city captured by foreigners, circumstances not unlike what Chen Zilong himself experienced. Following on "prince of the old state", *lu* ("road"), the last word of the line, reminds one of the couplet in the "Summons to the Recluse":

Spring grasses grow in profusion,	春草生兮萋萋
The prince has gone wandering and does not return.[73]	王孙游兮不归

The prince has gone wandering where the spring grasses grow, on a road that leads to the horizon. The associations this line arouses are complex. One can go on to another line in the "Summons", "The prince does not return," which compounds the grief felt at the national catastrophe, or emphasize the line "Spring grasses grow in profusion," which refers back to the wind and rain on a spring day, images that intensify the desolation by recalling what has been destroyed.[74] Such things serve to inspire the poet's creative imagination as he listens to wind and rain or observes rivers and hills.

"No one's in charge of spring—/ Where the cuckoo cries / Tears stain the rouged rain." The despair in the words "No one's in charge of spring" emerges from the implied question "Who can control the passing of spring?" The east wind has scattered the flowers, there is no way to return to the remembered homeland, no one can hold on to spring, and it is useless to ask

Heaven to intervene. So, who is responsible for spring's departure? "No one's in charge of spring" expresses the feeling of helplessness and hopelessness in just three words.

There are a number of associations with the cuckoo (or nightjar) in Chinese. Its cry is heard as *bu ru gui qu*, "Better go home," connecting with the image of the prince's road (*wang sun lu*) and showing that, though there is no way back, the ineradicable yearning to return persists. Then the time of the cuckoo's cry is when spring declines, which recalls the east wind's blowing away the red petals and emphasizes Chen's grief that the process is irreversible. Finally, there is the legend that when the King of Shu died, his soul lodged in the body of a cuckoo, repeating the theme of the lost kingdom and expressing a lament for the deposed ruler.

This many-layered lament concludes appropriately with a flood of tears and rain. Every word in the last line has a link with what goes before. Both the "tears" and the "rain" recall the rain of the title. Line four picks up "wind" and here in the last line is "rain" again. The rain is "rouged" (*yanzhi*), recalling the "reds" blown away and the flowers "hard to keep". The mention of rouge transforms the fallen flower petals into something belonging to the human world, and the raindrops on the flowers are tears in the human realm. Such is the powerful suggestive force of these complexly interrelated lines. The whole is a good example of the rich potential of the Short Song form in expressing political concern and patriotic feelings.

In the past few years I have published a series of studies on the nature, origin, and development of the song lyric in which I have presented my own idea of this potential effect and the conditions that make it possible. I believe that by starting with this concept we can arrive at a more theoretically sound understanding of both Zhang Huiyan's allegorical reading of song lyrics and Wang Guowei's *jingjie* theory, and more important, a better understanding and appreciation of the songs of individual poets. Zhang Huiyan emphasized the associations prompted by code words, and Wang Guowei, the feelings derived from the subtle structure of vocabulary and syntax. It is from these two theoretical methods that I have been approaching Chen Zilong's songs.[75]

I have already discussed the relation between the three stages in the historical development of the song lyric and the three conditions that endow a given song with the potential for an allegorical reading. If we apply them to Chen Zilong's songs, the particular elements that made their complex suggestive power possible are his love affair with Liu Rushi, his experience of national disaster, and finally, his own talent and character. The first two are accidents of experience and history; the last is the poet's own endowment, and of the three it is the most basic. Chen Zilong had outstanding qualifications as a writer of song lyrics. But even in his experience he was unusual. His love affair with Liu Rushi was not the sort of romantic dalliance common among the literati of late Ming times, just as Liu Rushi was not just another singing girl entertainer. She was not only an outstanding beauty, she was also unusually talented and had patriotic ideals not common among women of her time. She supported the resistance movement and, after Qian Qianyi's death, committed suicide.[76] Chen Zilong was immediately involved in the disaster that overwhelmed his country. He served as an organizer and volunteer in the resistance force and took his own life when captured. Not many intellectuals and writers of the time played so active a role in the defense of the country.

It is this combination of factors that enabled Chen Zilong to revive the Short Song form and initiate the renascence of the song lyric that occurred in Qing times. To be sure, the Qing dynasty song cast off the limitations of the Short Song as it developed in the several schools (Zhexi, Yangxian, Changzhou), but he remains a major poet who rescued the song from the empty decadence it had fallen into during the Ming and infused it with new life and vigor.

We can now understand better the judgment of those Qing critics who claimed that Chen Zilong wrote in direct succession to the Tang poets, that he retained the allegorical method of the *Classic of Songs*, and captured the proper technique of writing song lyrics. When those critics coupled his name with Li Yu, Ouyang Xiu, and Nalan Chengde, it was because his songs have a freshness and rich suggestiveness in common with theirs.

Notes:

1. Tan Xian, *Futang cihua*, in *Cihua congbian* 11:4023.

2. Long Muxun, *Jin sanbainian mingjia cixuan*. He begins his anthology with a selection of Chen's songs and writes in his preface, "During the Ming the art of *ci* declined until the appearance of Chen Zilong, who shook up the tradition and initiated the revival of *ci* that took place during the next three centuries". See also Shen Weixian, *Pianyu shanzhuang cicun cilue xu*, quoted from *Baiyuzhai cihua zuben jiaozhu*, p. 237.

3. Kuang Zhouyi, *Huifeng cihua*, p. 111. Also Wu Mei, *Cixue tonglun*, p. 153.

4. Yeh Chia-ying, *Zhongguo cixue de xiandai guan*.

5. Ibid., p. 12.

6. I have written about Zhang Huiyan's ideas in "The Changzhou School of *Ci* Criticism".

7. Wang Guowei, *Renjian cihua*, p. 205.

8. None of the traditional critics noticed particularly that the second category also contains songs subject to interpretive reading, and I have treated them at some length in *Zhongguo cixue*.

9. This difference was noticed by the Qing dynasty critic Zhou Ji, who used the term "injected" for deliberate allegory and "projected" when the ambiguity was inadvertent (Zhou Ji, *Song sijia cixuan mulu xulun*, p. 16).

10. Zhou Ji said, "Inspiration comes by chance; it gets its effect by appealing to similarities. What is presented may be commonplace and its embellishment superficial, but it can contain myriad feelings—one has no control over what goes on inside."

11. Ibid.

12. Wolfgang Iser, *The Act of Reading: A Theory of Aesthetic Response*, p. ix.

13. Ouyang Jiong, "A Preface of *Huajian ji*".

14. Zhang Huiyan makes the association in his comments on the *Pusa man* song included in his anthology *Ci xuan*, in *Wenxue congshu* 5:145.

15. Li Shangyin, *Wu ti*, in *Li Shangyin shiji shuzhu*, p. 149.

16. Qin Taoyu, *Pin nü*, in *Tangshi sanbaishou xinzhu*, p. 293.

17. For example, Cao Zhi, *Qi'ai shi*, in *WX* 23.15a: "If my lord refuses to open his bosom to me / What support can his poor concubine find?"

18. Chen Tingzhou, *Baiyuzhai cihua*, in *Cihua congbian* 11:3803. Zhang Huiyan also asserted that the songs were written after he had settled in Shu (Zhang Huiyan, *Wenxue congshu*).

19. Ibid.

20. Feng Xu, "A Preface of *Yangchun ji*", p. 1.

21. Yeh Chia-ying, *Zhongguo cixue*, p. 119.

22. Yeh Chia-ying, *Jialing lunci conggao*, pp. 73, 97.

23. For Wang Guowei he was like Christ or the Buddha in accepting the sins of all mankind. See *Renjian cihua*, p. 198.

24. Ibid., p. 203.

25. Ibid., p. 205.

26. Ibid., p. 204.

27. *Jialing lunci conggao*, p. 121; and *Tang Song ci mingjia lunji*, p. 138.

28. For a more complete account of Liu Rushi's life and more details about her relationship with Chen and his friends, see the *Unofficial Biography of Liu Rushi*, on which I have drawn for this summary: Chen Yinque, *Liu Rushi biezhuan*, 1:75.

29. Shi Zhecun and Ma Zuxi., eds., *Chen Zilong shiji*, ch. 18. Henceforth cited as *Collected Poetry*.

30. According to Chen Yinque, *Liu Rushi biezhuan.*

31. "Nianpu" in the Appendix to Shi and Ma, eds., *Collected Poetry*, p. 668.

32. Ibid., pp. 694, 702.

33. "A Preface to 'Yunjian sanzi xinshi hegao'" in *Chen Zhongyu gong quanji* 26.16a-17a.

34. Li Wen, "Yu Wozi shu" (Second Letter to Wozi) in *Liaozhai ji* 35.7b.

35. See Zhu Dongrun, *Chen Zilong jiqi shidai.*

36. Xia Yunyi, "Guiyou changhe shi xu" (A Preface for the Matching Poems for the Year 1645), in *Collected Poetry*, Appeddix 3, p.759. At the same time Zhang Pu was starting the Restoration Society (Fu she) in Wuxian, Chen and his fellow-provincial Xia Yunyi started the Omen Society (Ji she) in Songjiang. The Restoration Society emphasized raising the country's morale, while the Omen Society was more concerned with forging ties of friendship and refining moral principles.

37. "Nianpu" in *Collected Poetry*, ibid., p. 668.

38. Ibid., pp. 694, 702.

39. Ibid. Also *Ming shi*, vol. 277, Lie zhuan 165; and Xu Bingyi,

Mingmo zhonglie jishi 16:353.

40. Zhu Dongrun, *Chen Zilong jiqi shidai*, pp. 2-3.

41. Shen Xiong, *Gujin cihua* in *ibid.*, p. 1113.

42. Pi Rixiu, "Taohua fu xu", (A Preface to *Taohua fu*), in *Quan Tang wen* 796:10529.

43. *Siku quanshu zongmu tiyao*, p. 1807.

44. As noted by Zhang Pu, "A sturdy, upright gentleman with genuine, deep feelings" (Prefatory Note to Fu Xuan's Works, in Zhang Pu, *Han-Wei Liuchao baisanjia ji* [*One Hundred Three Writers of the Han-Wei and Six Dynasties Period*]), p. 105.

45. Kuang Zhouyi first recognized this point in his criticism of Gu Jiong's songs: "Simple vocabulary predominates in Gu Jiong's love songs; their excellence lies in the way it is incorporated...He is outstanding among the Five Dynasties writers of erotic songs. His are delicate and lovely, if sometimes obvious and less dense. Candor infuses spirit and form." Kuang also had high praise for Ouyang Jiong's erotic songs: "Lush and plain, plain and all the more lush. A refined atmosphere lies between the lines," quoted from Long Yusheng, *Tang Song mingjia cixuan*, pp. 26, 28. Such a statement could apply as well to Chen Zilong's straightforward love song.

46. Chen Zilong, "Youlancao ci xu", in *Anya tang gao* 1:281.

47. For example, "In the Women's Quarters", to the tune "Sands of the Washing Stream" (*Huan xi sha*), and "Spring Morning" (*chun xiao*), to the tune "Bodhisattva Barbarian" (*Pusa man*).

48. Chen Yinque, *Liu Rushi biezhuan*, p. 247; Chen Zilong, *Collected Poetry*, p. 597.

49. Chen Yinque, *Liu Rushi Biezhuan*, pp. 247-248; *Collected Poetry*, p. 614.

50. Yan Shu, to the tune *Ta suo xing* in *QSC* 1:99.

51. *Collected Poetry*, p. 600.

52. Su Shi, *Shuilong yin*, "with the same rhyme as Zhang Zhifu's song on the willow catkins" (*QSC* 1:277).

53. Ouyang Xiu, *Ding feng bo* (*QSC* 1:142).

54. *Collected Poetry*, p. 598.

55. Ibid., p. 603.

56. Ibid., p. 602.

57. "Nianpu", in *ibid*, p. 648.

58. Ibid., p. 233.

59. Ibid., p. 222.

60. Chen Yinque, *Liu Rushi biezhuan*, p. 118.

61. As noted by Zhang Pu, *Han-Wei Liuchao*, p. 105.

62. *Collected Poetry*, p. 596.

63. *Shjing*, in *Shiji zhuan*, p. 54.

64. Su Shi, *Ding feng bo*, in *QSC* 1:288.

65. Xin Qiji, *Shuilong yin*, *QSC*, p. 1869.

66. Kuang Zhouyi, *Huifeng cihua* 1.5b-6a.

67. Ibid.

68. I have discussed this at length in "Jialing's Notes" in *Chinese Ci Criticism: A Modern View*, pp. 109-127.

69. Li Yu, *Ziye ge* in *Quan Tang Wudai ci*, p. 453.

70. Yan Jidao, *Zhegu tian* in *QSC* 1:225.

71. Du Fu, *Qiuxing bashou*, No. 3, in *Du Shaoling ji xiangzhu* 17:66.

72. Du Fu, *Ai wangsun* (Lament for a Prince), in *Du Shaoling ji xiangzhu* 4:30.

73. *Zhao yinshi*, in *Chuci buzhu*, p. 104.

74. An analogous effect in the couplet by Du Mu relies on direct juxtaposition: "Drizzling rain at the Qingming season, / And the traveler will

break his heart."

75. For a detailed exposition of these points, see "Jialing's Notes" and my two articles on Wang Guowei's song lyrics and criticism in *Chinese Ci Criticism*: *A Modern View*.

76. Chen Yinque, *Liu Rushi biezhuan*, p. 827

常州词派比兴寄托之说的新检讨

有清一代号称为词的中兴时代，不仅作者辈出，而且标举词派，蔚为宗风，先后兴起的有浙西、阳羡、常州诸派。如果以创作而言，则浙西一派标举姜、张之骚雅，自朱竹垞开其端，厉樊榭振其绪，固曾盛极一时；而阳羡一派则崇尚苏、辛之豪放，以陈迦陵为领袖，亦曾风靡当世。然而浙派之末流，既由于一意讲求典雅清丽，而渐流于浮薄空疏；阳羡派之末流，又由于一意讲求激昂豪放，而渐流于叫嚣粗率。此外，在理论方面，浙西及阳羡二派，也都没有建立起完整的体系来。所以常州一派，乃得于前两派都已渐趋衰败之际，乘时而起，而且更因其后继得人，倡导有方，遂形成为清代词作与词论之一大宗支。光绪间，缪荃荪编辑《国朝常州词录》三十一卷，收四百九十八家词共三千一百一十阕，虽其所选重在地域，不重在词派，然而标举常州，则常州派声势之盛已可概见一斑。就常州派之理论而言，则常州词论实始于常州武进之张惠言、张琦兄弟之编辑《词选》一书，推尊词体，上比《风》、《骚》，以比兴寄托为作词与说词之方法，既开途径，又标宗旨，遂奠定了常州一派之理论基础。

其后，张氏更传其学于其甥同邑之董士锡，董氏又传其学于其子董毅，及另一常州人荆溪之周济。董毅编有《续词选》，而于词论则并无申述。至于周济则编著有《介存斋论词杂著》、《词辨》及《宋四家词选》等书。于是，常州派词论得周济之推阐，乃益得以修正补充而发扬光大。自兹而后，以迄晚清及民初之词人及词论，乃几乎无不尽在常州一派的影响笼罩之下，如宋翔凤之《香草词自序》、丁绍仪之《听秋声馆词话》、蒋敦复之《芬陀利室词话》、江顺诒之《词学集成》、谭献之《复堂词录叙》及《谭评词辨》、谢章铤之《赌棋山庄词话》、陈廷焯之《白雨斋词话》、沈祥龙之《论词随笔》、张德瀛之《词徵》以及况周颐之《蕙风词话》等，从他们的词论中都可以明显地看出曾经受到常州词论影响的痕迹。以至于晚清著名之词人如王鹏运、朱祖谋等，虽无论词之专著，但从朱氏之《彊村语业·杂题我朝诸名家词集后》的二十四首《望江南》词来看，他既曾推尊张惠言之《词选》云"回澜力，标举选家能"，又赞美周济之《词辨》云"金针度，《词辨》止庵精"，也都可见其对常州词论推崇之一斑。而且当庚子之乱，八国联军占领北京时，朱氏更曾与王氏及一些其他困居北京之友人合作填词，借比兴以寄托幽忧，后来编订为《庚子秋词》。此外，朱氏更曾将王鹏运之词，比之于常州派所推重之南宋以寄托为词来写亡国之恨的王沂孙的《花外集》，又以之与常州派之创始人张惠言的《茗柯词》相较，赞美王氏的词说："得象每兼《花外》永，起孱差较《茗柯》雄。"凡此都可见朱氏与王氏不仅曾受到常州词论之影响，而且他们在写作方面，更隐然是常州词论之实践的作者。朱氏与王氏都是晚清的词学大家，则常州词派影响之深远可见，所以龙沐勋在其《论常州词派》①一文中，曾经说："常州派继浙派而兴，倡导于武进张皋文（惠言）、翰风（琦）兄弟，发扬于荆溪周止庵（济），而极其致于清季临桂王半塘（鹏运）、归安朱彊村（祖谋），流风余沫，今尚未全歇。"龙氏此文发表于1941年，据其所言，则常州派影响之久远及常州派词论之重要可知。而且常州派所标举的比兴寄托之说，又是中国文

① 发表于《同声月刊》1卷10期，1941年9月。

学批评理论中，自《诗》、《骚》以来就曾引起过普遍重视的问题，因此，常州派词论实在乃是中国传统文学批评中传世最晚却保留有传统观念最深，因而也最值得我们研讨和重视的一派词论。只是常州派词论之影响牵涉既广，而各家词论之言又多重复错出之处，如果一一遍举，反不免琐杂烦复，徒乱人意。所以本文只想以常州派创始人张惠言及其后继之集大成者周济二家之重要词论为主，对常州派词论作一种标举重点的评析，再以现代之文学理论，对其比兴寄托之说试加检讨，以略窥此一派曾影响中国近世之词学既广且久之常州词论，在客观的评定下，其得失利弊与其真正之价值究竟何在。

首先我们所要看的，当然是常州派的开山著作，张惠言兄弟所编的《词选》。在这本书中，可以作为常州派理论之根据的，不过是张惠言的一篇叙文和他兄弟张琦的一篇《重刻词选序》，以及他的弟子金应珪的一篇《后序》而已。在这几篇序文中，并没有精密周到的理论体系，我们勉强为之整理，大约可以归纳出以下几个重点来：

（一）《词选》一书编辑之年代及目的：

嘉庆二年，余与先兄皋文先生同馆歙金氏。金氏诸生好填词。先兄以为，词虽小道，失其传且数百年，自宋之亡而正声绝，元之末而规矩隳，窔宧不辟，门户卒迷。乃与余校录唐、宋词四十四家，凡一百十六首，为二卷，以示金生。金生刊之。（张琦《重刻词选序》）

（二）论词之起源：

词者，盖出于唐之诗人，采乐府之音，以制新律，因系其词。（张惠言《词选序》）

（三）论词之定义：

传曰："意内而言外谓之词。"其缘情造端，兴于微言，以相感动，极命风谣里巷男女哀乐，以道贤人君子幽约怨悱，不能自言之情，低徊要眇，以喻其致。盖《诗》之比兴，变风之义，骚人之歌，则近之矣。(同上)

（四）论词之评定标准：

其文小，其声哀，放者为之，或跌荡靡丽，杂以倡狂俳优。然要其至者，莫不恻隐盱愉，感物而发，触类条畅，各有所归，非苟为雕琢曼辞而已。(同上)

（五）论编辑《词选》之宗旨：

第录此篇，都为二卷，义有幽隐，并为指发，几以塞其下流，导其渊源，无使风雅之士惩于鄙俗之音，不敢与诗赋之流同类而讽诵之也。(同上)

（六）论为词之三蔽：

义非宋玉而独赋蓬发，……揣摩床笫，污涉中冓，是谓淫词，其蔽一也。……诙嘲则俳优之末流，叫啸则市侩之盛气，……是谓鄙词，其蔽二也。规模物类，依托歌舞，哀乐不衷其性，虑叹无与乎情，连章累篇，义不出乎花鸟，感物指事，理不外乎酬应，虽既雅而不艳，斯有句而无章，是谓游词，其蔽三也。(金应珪《词选后序》)

除了以上这一些理论之外，在《词选》一书中，他们还曾分别对某些词人的作品，举出一些所谓“义有幽隐，并为指发”的实证。只是如果一一加以征引，未免过于繁杂，所以此处暂时从略，俟以后讨论到常州派词说之得失利弊时，再分别择其重要者来加以援引和评论。现在我们所首先要讨论的，则是常州派之基本论点是否正确的问题。从上面我们所列举的几则理论来看，张氏乃是有心于推尊词体，以比兴寄托之义说词，欲使之得以上比《风》、《骚》。此种词论，一则可以校正浙西、阳羡二派末流的空疏及粗率之弊，再则可以使在旧日传统观念下之士大夫不致于再鄙视词为小道，而敢于坦然地从事于词之研读及写作，使词之地位得以提高，使词学得以成立为一门足以为士大夫所承认的学问。这对于词的振衰起弊，确实有极大的功绩，是其用心及影响，皆不可谓为不善。只是仔细分析起来，张氏的理论，在基本观念上，却有着几点误谬之处。

第一点最先应该辨明的乃是他对于词所下的定义。张氏以“意内言外”四个字来作为词的定义而再加以申述，用“缘情造端，兴于微言”来作为对于外在的“言”的说明，又用“以道贤人君子幽约怨悱，不能自言之情”来作为内在的“意”的说明。其意盖以为“词”这一种体式之所以定名为“词”，就是因为它乃是用一种美丽幽微的言辞做为媒介，来寓托表示一种贤人君子的怨悱之情的作品。这实在是一种误谬的说法。因为以“意内言外”来解释“词”字，乃是东汉时代许慎在《说文解字》中的说法，而许氏所说的“词”，事实上乃是“语词”的“词”，与后来晚唐、五代时兴起的所谓“词”这一种韵文体式，原来并没有任何关系。所以谢章铤在其《赌棋山庄文集·与黄子寿书》中，就曾经驳正张氏之说云：“词之兴最晚，许叔重之时安有减字偷声之长短句者。”张惠言用汉代许慎《说文》中解释“语词”之“词”的话，来解说晚唐、五代以来一种新兴的韵文体式，其牵强附会，当然是显然可见的，而张氏居然用了这种显然可以见其误谬的说法，殆亦并非全然无故。第一，张氏本来是一位经学家，所以喜欢引据故说，以解经的方法来说词。第二，早在宋代的陆文圭所写的《山中白云词序》中，就已经开始牵附以“意内而言外”为“词”之定义了，是则此说纵属错误，其错误也并不自张氏才开始。第三，张氏欲推尊词体，所以有心假借古义，以作为其比兴寄托之说的根据。因此，谢章铤在其《与黄子寿论词书》中，就曾经又说：“若‘意内言外’之说，则词家敷假古义以自贵其体也。”是则张氏为词所下的定义，虽然有着某一种牵强附会的误谬，可是张氏本身却亦自有其如此加以解说的原因与目的，其用意也未可厚非。只是如果想要以“意内言外”四个字的牵强附会的定义，来作为对于古今所有词人和词作的衡量及解说的标准，把它们一概笼罩于这种谬见之下，那就未免失之于欺妄和武断了。

张氏对“词”所下的定义既不可信，那么词的名称又究竟何所取义呢？要想对此问题加以解答，我们就不得不牵涉到词之起源的问题了。关于词之起源，历来原有许多不同的说法，约而言之，则词乃是中晚唐以后，一种新兴的歌曲。只就这一点而言，则张惠言所说的“词者，盖出于唐之诗人，采乐府之音，以制新律，因系其词”的说法，实在是不错的。词既然是当时一种新兴的歌曲，则其被称为“词”的取义，实在极为简单，不过是合乐来唱的歌词的意思而已，而歌词这两个字本是一种极普遍的称谓，原来也并不专指某一种诗歌的体式。所以词在初起时，本无“词”之定名，如欧阳炯《花间集序》称其所集为“曲子词”，孙光宪《北梦琐言》则谓五代时“晋相和凝少年时好为曲子词，……号为曲子相公”，王灼《碧鸡漫志》叙词之起源云“盖隋以来，今之所谓曲子者渐兴”，是词在初起之时，原但就其可歌唱之性质称为“曲子”，或就其为写定之歌词称为“曲子词”而已。其后宋之词人，则或者就其可以合乐而歌，而谓之“乐府”；或者因其发展之继承诗歌而来，而谓之为“诗余”；或者以其形式之多为长短不一之句式，而谓之为“长短句”。总之，词在初起之时并不专名为“词”，乃是显然可见的，而其后之独以“词”称者，实在应该乃是“曲子词”的简称，而“曲子词”则不过是歌词（song words）的意思，并没有什么“意内言外”的深义存乎其间。所以即使就张惠言自己所叙述的词之起源来看，他为词所下的“意内言外”的定义，也是不可信的。这是需要辨明的第一点。

第二点应该辨明的，则是张氏以词来上比《诗经》的问题。张氏盖因词在初起时，乃是合乐而歌的歌谣，就把词拿来与合乐而歌的《诗经》

中的歌谣相提并论，以为同属于里巷风谣，又因《诗经》中之风谣是有比兴、变风之义的，所以就认为词也应该同样的有比兴、变风之义。要想证明张氏此一说法的错误，首先我们不得不先简单说明一下《诗经》中的所谓比兴、变风之义。“比”和“兴”原来乃是诗之六义中的两个名目。关于六义，本文不暇详说，现在只就一般人对“比”和“兴”的观念，作一简单说明。有关“比”、“兴”之义，最普通的可归纳为两种说法。其一是但以“比”、“兴”为诗之作法者，如晋挚虞《文章流别论》云：“比者，喻类之言也；兴者，有感之辞也。”朱熹《诗集传》则云：“兴者，先言他物，以引起所咏之辞也。”这都是仅就作法而言的。其二则是以为比兴不仅为诗之作法，而且兼有美刺之意者，如《周礼·春官·大师》郑注云：“比，见今之失，不敢斥言，取比类以言之；兴，见今之美，嫌于媚谀，取善事以喻劝之。”《诗大序》孔疏袭用其说，而更加解说云：“比者，比托于物，不敢正言，似有所畏惧，故云见今之失，取比类以言之。兴者，兴起志意，赞扬之辞，故云见今之美，以喻劝之。”这类说法就都认为“比”和“兴”不仅是诗之单纯的写作方法，而且更有着美刺讽劝的含意。

至于张惠言之以“比兴”说词，则从他的“以道贤人君子幽约怨悱之情”的话来看，似乎他所说的“比兴”也当是一种有托意的“比兴”，而不仅是指诗的作法而已。另外，张氏所说的“变风之义”则《诗大序》有言曰：“至于王道衰，礼义废，政教失，国异政，家殊俗，而变风、变雅作矣。”孔疏云：“变风、变雅，必王道衰乃作者，夫天下有道，则庶人不议，治平累世，则美刺不兴。……变风、变雅之作，皆王道始衰，政教初失，……恶则民怨，善则民喜，故各从其国，有美刺之变风也。”关于此种变风、变雅之说是否可信，此问题不在本文讨论之内。我们之所以引据这种说法，不过是为了说明在一般传统观念中，所谓“变风之义”，乃是指政道既衰之时的含有美刺之意的作品。张惠言既以“比兴”及“变风之义”来说词，可见张氏之意，乃是认为词之写作是该含有比兴美刺之喻意的。张氏的这种说法，可以分两层来加以检讨：第一是《诗经》本身是否果然有比兴美刺之意的问题；第二是以词来比附《诗经》之说，是否适当的问题。关于第一点，历代各种不同的说法甚多，在此不暇备举，现在我们只就《诗经》本身来看，则在诗篇中曾明言其有美刺讽颂之意的作品，大约有十二首之多。朱自清在其《诗言志辨》一书中，就曾经说："这些诗的作意，不外乎讽与颂，诗文里说得明白。"可见《诗经》中确实有一部分作品是显然有着讽颂美刺之意的。至于此外的作品，则虽然《诗经》毛传也往往以比兴美刺之意为说，可是自宋欧阳修之《诗本义》、郑樵之《诗辨妄》、朱熹之《诗序辨说》等，便早已都曾对毛传之说分别加以驳斥。由此可见，只就《诗经》本身而言，完全以比兴美刺之意为说，就已经使人觉得不可尽信了。而且，即使我们退一步承认了《诗经》毛传的说法，然而把唐、五代以后新兴的词来比附纳入此一说法之中，在根本上也依然是一种极大的错误。

张惠言之所以把词来比附《诗经》，其所根据的理由不过是因为他以为词与《诗经》同样都是里巷风谣，所以性质上便该有相近之处。这种说法，初看起来似颇为言之成理，可是仔细研究起来，就会发现其间实在有着很大的差别；第一，二者产生之时代不同；第二，二者产生之环境不同；第三，二者之被采选入乐之目的不同。《诗经》产生之时代在春秋中叶以前，为纪元前六百年左右的作品，当时人民之生活较后世为纯朴，所以一般民间歌谣，颇能反映一部分人民最基本之感情及生活动态。至于其所产生之环境，则《诗经》中有一部分固属里巷之风谣，而另一部分，则实在乃是宗庙朝堂之乐章。产生于纯朴的农村社会之风谣，既可以作为观风问俗的参考；宗庙朝堂的乐章，当然更可以反映当时朝政之一斑。至于其采选入乐之目的，则《礼记·王制》既曾有"命大师陈诗以观民风"之言，《汉书·艺文志》也曾有"古有采诗之官，王者所以观风俗，知得失"的说法。而且，《论语》中记载孔子与弟子问答之语，更曾屡次谈到诗在政教方面的功用，如"不学诗，无以言"，"兴于诗，立于礼，成于乐”，及“诗可以兴，可以观，可以群，可以怨，迩之事父，远之事君”等谈话。另外，如《左传》中记载春秋时代朝会聘问之际，引诗句以为酬答的例子也很多。从这些记述来看，则《诗经》之编选入乐，以及一般人对之加以学习诵咏，其间隐然有着一种政教的作用，乃是明白可见的。可是中晚唐以后兴起的词则不然了。词之产生，以时代言，比《诗经》差不多晚了一千三四百年之久，词之中所反映的，已不复是《诗经》时代简单纯朴的感情及基本的生活动态。而且，根据最早的一本词集五代时欧阳炯《花间集序》中的叙写来看，则词之产生环境及其编选此一词集之目的，乃是因为:“有绮筵公子，绣幌佳人，递叶叶之花笺，文抽丽锦，举纤纤之玉手，拍按香檀。……因集近来诗客曲子词，……命之为《花间集》。……庶使西园英哲，用资羽盖之欢；南国婵娟，休唱莲舟之引。”由此可见词原来是产生于沉醉浪漫的歌筵酒席之间的作品，而其编选成集之目的，亦不过是为了给那些“南国婵娟”准备一些较之“莲舟之引”更为香艳美丽的歌辞而已。是则无论就其所产生之时代、所产生之环境，或者其被编选以供歌诵吟唱的目的来看，这种晚唐以后所盛行的曲子词，与春秋中叶以前的《诗经》，都是不可以相提并论的。此外，关于张惠言拿词来上比屈原的《离骚》的说法，则《离骚》原为屈原个人自传性的作品，以之与晚唐、五代之时传唱于歌筵酒席间的流行歌曲来相比，则较之把词来比附《诗经》，其性质与环境都更为远不相类。所以张氏之以“《诗》之比兴，变风之义，骚人之歌”来解说词，实在是一种极为牵强附会的说法。这是需要辨明的第二点。

张氏之所以造成上述一些基本观念上的错误，仔细分析起来，实在有着许多因素。第一，当张氏兄弟编辑《词选》一书时，彼等方馆于安徽歙县之经学大师金榜的家中，一方面从金榜问学，一方面也教授金氏的子弟。《词选》一书，则是张氏兄弟为了金氏子弟好填词而编订的一本词的读本。张惠言是一位以经学著名的学者，金榜更是一位皖派经学大师，从张惠言《茗柯文四编》的《祭金先生文》来看，可见张惠言对于金榜的学问、道德是极为景仰推崇的。至于张惠言自己的为人，则根据《国朝先正事略》的记载，也是一位以道德、文章自命的人物。而词之为物，则是一向为大雅君子所鄙视的小道末技，如今以一位经学的学者，要来为另一位经学大师的子弟编辑一册词的选集，则其有意于推尊词体，以之上比《风》、《骚》，当然自有其心理方面的因素在。第二，张氏兄弟之编辑《词选》，乃是在嘉庆二年之际，正当浙西、阳羡二派并趋衰敝之时。浙西末流之空疏无物与阳羡末流之粗率叫嚣，同样是为常州一派所不取的，所以才标举“意内言外”之说，以“意内”来救浙派末流之空疏，以“言外”来救阳羡末流之粗率。金应珪《词选后序》所提出的词之三蔽，谢章铤就曾以为是有为而发的，在其《赌棋山庄词话续编》中，谢氏即曾云：“按一蔽是学周、柳之末派也；二蔽是学苏、辛之末派也；三蔽是学姜、史之末派也。”其中一蔽之所谓淫词，自然是经学家张惠言所反对的；至于二蔽之指阳羡末流之失，三蔽之指浙西末流之失，其含义也是显然可见的。所以张惠言之标举“意内言外”，以比兴说词，亦自有其时代方面之因素在。第三，张惠言既以经学著名，而于经学中又尤长于虞氏《易》。戴静山师在其《谈易》一书中，曾批评张惠言的虞氏《易》学云：“张书是研究三国时虞翻一家的《易》学，我们即使承认他研究得很好，可是虞氏书本身就没有太大的价值。……汉《易》重象，……用拉关系的方法来求象，前人讥为牵合。”[①]而这种解释《易》象的牵合附会之说，则与用比兴来说《诗》的办法在原则上颇为相近。居乃鹏在其《周易与古代文学》[②]一文中，曾经举《易经·大过》九三爻辞“枯杨生稊，老夫得其女妻，无不利”为例，说第一部分可称为“设象辞”，第二部分为“记事辞”，第三部分为“占断辞”。又说：“如‘关关雎鸠，在河之洲，窈窕淑女，君子好逑’，前两句是比喻，后两句才是叙述。与《周易》比较来看，前两句如同设象辞，后两句如同记事辞。

① 见戴君仁《谈易》，开明书店 1961 年版。
② 发表于《国文月刊》10 卷 11 期，1948 年。

从原则上说，《周易》是据设象辞而推演人事，《诗经》是用比喻引起下面的叙述，两者极相似。”章学诚在其《文史通义·易教》下篇也曾经说：“《易》象……与《诗》之比兴尤为表里。”张惠言之好以比兴来说词，当然很可能也有其治学方面的影响。以上三点，虽足以说明张氏之所以形成某些理论错误的原因，但这些原因都是极为偏颇的主观因素，而在客观上他的错误乃是显然可见的。可是，张氏的词论却不仅为其当世的许多词人所共加承认推许，而且其影响力也极为久远深长，是则其理论自当也有一部分在客观方面足以存在的正确性。因此，下一步我们所要讨论的，就该是以比兴说词之理论在客观方面能否成立的问题了。

关于以比兴寄托说词的理论，我以为客观方面是有部分可以成立之理由在的。因为中国文学理论中的比兴寄托之说既然源远流长，不仅说词的人会为其所左右，作词的人自然也会受其影响。作词之人既可能心存比兴寄托之念来写词，则张惠言之以比兴寄托来说词，便自然有其足以成立的理由了。只是当我们使用一种只有部分正确性的理论时，我们便不得不先为这种部分的正确性，仔细划定一个分别的际限。要想划定此一分际，有几点是我们必须注意到的。第一，从词的演进发展来看，在词体初起之时，词人是否便已有了以比兴寄托为词的意念？如果初起时，并无此种意念，则后人之以此一意念来说词、写词，又究竟始于何时？第二，词中既非全部有比兴寄托之意，那么，我们如果想要判断一首词中之有无托意，究竟当以什么标准来作为判断的依据？第三，比兴寄托之意既往往极难以确定，那么说词的人对此又当采取何种态度？以下我们就将对这三点来一作研讨。

关于第一个问题，我以为词在初起时是并无比兴寄托之意的。这不仅从我在前面所引的欧阳炯之《花间集序》中对“绮筵公子，绣幌佳人”的描写可以得到证明，就是在北宋初年的词人晏几道的《小山词序》中，也仍然有“叔原往者浮沉酒中，病世之歌词不足以析酲解愠，……始时沈十二廉叔、陈十君龙家有莲、鸿、苹、云，品清讴娱客，每得一解，即以草授诸儿，吾三人持酒听之，为一笑乐”的叙述，可见词在当时也仍然只是歌筵酒席间“析酲解愠”的曲子而已。而且根据宋人一些笔记的记载，如魏泰《东轩笔录》载云：“王荆公初为参知政事，间日因阅读晏元献公小词而笑曰：‘为宰相而作小词可乎？’”又如惠洪《冷斋夜话》载云：“法云秀，关西人，铁面严冷，……尝谓鲁直曰：‘诗多作无害，艳歌小词可罢之。’”从这些记述都可见到词在当时之为大雅所不取，与传统的旧诗尚且不可相提并论，当然更谈不到什么上比《风》、《雅》，与《诗》、《骚》同尊了。这种观念一直延续到南宋前期，尚且有残存的影响，如陆游在其《渭南文集·长短句序》中，就依然说过“乃有倚声制词，起于唐之季世，……予少时，汩于世俗，颇有所为，晚而悔之，……今绝笔已数年，念旧作终不可掩，因书其首，以识吾过”的话。可见词自兴起以来，在一般人心目中原只是倚声而歌的一种流行歌曲，本来并没有什么比兴寄托之深意的。因此，才使士大夫们一方面既对此新兴体式之清新香艳，存有跃跃欲试之情，一方面却又因传统之道德观念，而对于此种尝试有迟徊惭惧的不安。

可是无论如何，词既然自北宋初期便已经逐渐流入了士大夫的手中，于是一方面既不免自然而然地把士大夫的思想情意流露于小词之中，一方面也自然而然地不免要尝试着给词加以一种新的定义，来提高词的地位，并藉之以提高词之作者的地位。这在南宋初年，有关词学的第一本专著王灼的《碧鸡漫志》之中，便开始可以见其端倪了。如《碧鸡漫志》卷一论歌曲之起源，曾历举舜、禹以来《南风》、《卿云》诸歌以为合乐而歌的词之远祖；又引《诗大序》“正得失，动天地，感鬼神，莫近于诗”的一段话，来推尊可以合乐的歌诗说：“正谓播诸乐歌，有此效耳。”又推衍到词说：“古歌变为古乐府，古乐府变为今曲子，其本一也。”其有心要给词一种新的定义来提高词的地位，这种用意乃是相当明显的。除此以外，王灼对北宋的作者特别推重晏殊、欧阳修和苏轼等人，那实在也正因为这作者就正是尝试着把士大夫的情意纳入小词之中的人物。

所以王灼特别提到苏轼说："东坡先生非心醉于音律者，偶尔作歌，指出向上一路，新天下耳目。弄笔者始知自振。"从王灼《碧鸡漫志》的话，我们清楚地可以看到，词这种晚唐、五代以来的流行歌曲，转入到士大夫手中以后，在内容和观念上的一些改变是已经步入于藉之以写怀抱，且有意在其中追求一些合于士大夫之观念的价值和意义了。其后南宋刘克庄在其《后村题跋·题刘叔安感秋八词》中更说"叔安刘君落笔妙天下，间为乐府，……借花卉以发骚人墨客之豪，托闺怨以寓放臣逐子之感"，则已经开始明白地以寄托寓意来说词了。自兹而后，以比兴寄托为词的意念乃逐渐形成，更加之以南宋以来的世变日非，有许多家国之痛、身世之感是不便于明白叙述的，于是南宋末年乃有一些作者如周密、王沂孙、张炎、唐珏诸人互相结为词社，以咏物之词来写家国之痛，其有心以比兴寄托来写词的意念，则已是显然可见的了。所以词在初起时，虽并无必然要以比兴寄托为之的意念，可是自词之流入于士大夫手中，乃逐渐用之以抒写怀抱志意，同时一方面由于要抬高词的地位，一方面又由于某一些时代背景的缘故，因而乃逐渐形成了以比兴寄托为词的意念。不过，即使在比兴寄托之观念已经形成之后，也并不是说每个人便都必然是以此一观念来从事词之写作，只不过是词里面确实有了用这种观念来写作的作品罢了。这种演变和区别，是我们在讨论词中比兴寄托之意时，必须弄清楚的第一点。

其次，我们所要讨论的是判断一首词中有无比兴寄托之意，究竟当以什么标准来作为依据的问题。关于这一点，我以前在《论温韦冯李四家词》一文中，曾经提出过三项衡量判断的标准，以为第一当就作者生平之为人来作判断；第二当就作品叙写之口吻及表现之神情来作判断；第三当就作品所产生之环境背景来作判断。[1]关于此一问题，任二北在其《词学研究法》一书中，也曾经提出过："比兴之确定，必以作者之身

---

① 见拙著《迦陵谈词》，台湾纯文学出版社出版1970年版。

世、词意之全部、词外之本事三者为准。”任氏的说法与我的意思实在并不相远，只是所用辞语之含意广狭有所不同而已。任氏所提出的“作者之身世”一项，“身世”一词似乎较重在个人客观的遭遇一方面，而我所提出的生平之为人，则除客观之遭遇外，同时还重视作品本人之人格及修养。因为如果但就“身世”而言，则温庭筠乃宰相温彦博之孙，其父曦又曾尚凉国长公主，而温氏以如此之家世乃竟屡遭贬谪落拓以终，则其词作中之寄托有“身世”之慨，便当是极为可能的了；然而《栩庄漫记》却曾对张惠言之推尊温词、比之于屈子《离骚》的说法，提出了强烈的反对，说：“以无行之飞卿，何足以仰企屈子。”那便因为证之两《唐书》上所记载的“能逐弦吹之音，为侧艳之词”，“薄于行，无检幅，又多作侧辞艳曲”的温氏之为人来看，他的词作中之有寄托的可能性是极小的。任氏在其《词学研究法》一书中，亦曾反对张惠言之说，以为温词“难以《离骚》之义相比附”，可见任氏所提出的“身世”之说，实在也当包含有作者“生平之为人”的意思，只是他所用的“身世”一词，容易使人误为仅指客观之遭遇而已。所以作者生平之为人，实当为判断词中有无寄托之意的第一项标准。其次，则任氏所提出的“词意之全部”一项标准，则从其所举之辛弃疾《菩萨蛮·书江西造口壁》一词之“江晚正愁余，山深闻鹧鸪”[①]二句所云“鹧鸪愁闻，若谓仅寻常之鸣禽兴感，则以副上文之行人多泪、长安可怜，岂不太觉浅率”的例证来看，任氏之意，盖以为此词前半阙“长安”诸句之词意较为沉重，而且“长安”一词又一向有影射帝都之意，所以如果仅以泛泛的说法来看“鹧鸪”二句，则后二句之浅率便未免与前半篇不能相副。任氏之说，固极为可信，然而除去通篇之词意以外，其叙写之口吻及表现之神情，实在也是极值得注意的。即如我在《论温韦冯李四家词》一文中所举的曹植《杂诗》之“南国有佳人”、阮籍《咏怀》之“西方有佳人”与李延年《佳人

① 全词为：“郁孤台下清江水，中间多少行人泪。西北望长安，可怜无数山。青山遮不住，毕竟东流去。江晚正愁余，山深闻鹧鸪。”

歌》之“北方有佳人”，三首诗中没有任何一首有如辛词“长安”一类沉重的字眼。如果以“词意之全部”论，则三首诗都是全部写一个绝色之“佳人”的作品，而曹、阮二人之诗便使人有托喻之想，李延年之诗则使人无托喻之想。其间之区别，实在因为曹、阮二诗所表现的口吻、神情都有着象喻的意味，使人觉得其所写的“佳人”并非实有，而李延年诗中的“佳人”，则纵然写得“绝世独立”，也使人感到确属实有，那便因为“宁不知倾城与倾国，佳人难再得”二句，所表现的口吻、神情都较为现实的缘故。所以叙写之口吻、神情，应该是判断作品之有无托喻的第二项标准。三则，任氏所提出的“词外之本事”一项标准，也曾举上引弃疾之《菩萨蛮》词为例说：“金人有造口逐舟之事实，则缘当年时局而兴感，自属可信。”当然，如果恰好有这样切合的“本事”，这当然是判断有无寄托的最好证据，然而可惜的是有些寄托之作并不能都找到这样切合的“本事”。如阮籍之八十二首《咏怀》诗，其中大部分作品，就都不见得又切合的“本事”可以实指，如沈德潜《说诗晬语》所云“反复零乱，兴寄无端”；可是，论者却又都相信阮籍的诗确有言外之意，说他“言在耳目之内，情寄八荒之表”，这种印象的获得，并不因某一件特殊的“本事”，而乃是因为阮籍写诗的环境背景，使人觉得他的作品中确实有用比兴托意的可能，所以沈德潜也说“遭阮公之时，固应有阮公之诗也”。所以作品产生之环境背景，实在应该是判断其有无托意的第三项标准。至于如果在某一词中恰好能在其环境背景中找到一些切合的“本事”，那当然就更是足可指认其确有托意的最好的证据了。但还有一点应该说明的是，纵然有此三项判断有无寄托的标准来作为依据，读词者与说词者也并不是能就因此而对其词中每句每字之托意来加以实指。我们现在仍以前引辛弃疾的《菩萨蛮》词为例，这一首词可以说是完全合于以上三项判断标准的作品，而且还被认为有切合的“词外之本事”；可是，历来说词者对于这一首词的解说却依然并不一致。现在我们只举出关于此词之末二句的几种主要的说法来一看。罗大经《鹤林玉露》云：“盖南渡之处，虏人追隆裕太后御舟，至造口，不及而还。幼安自此起兴。‘闻鹧鸪’之句，谓恢复之事行不得也。”邓广铭在其《稼轩词编年笺注》一书中，则另标新意，引《赣州府志》“郁孤台，……唐李勉为刺史，登台北望，慨然曰‘予虽不及子牟，心在魏阙一也’”之故实，以为：“此词前章‘西北望长安’句，疑是用李勉登郁孤台北望故事。亦即李白诗中所谓‘长安不见使人愁’之意。……所谓‘山深闻鹧鸪’者，盖深虑自身恢复之志未必即得遂行，非谓恢复之事决行不得也。”另有李笠父《辛稼轩题造口〈菩萨蛮〉抉隐》[①]一文，则根据《建炎以来系年要录》于建炎三年十一月下有“金人追至太和县，太后乃自万安舍舟而陆，遂幸虔州（按即赣州，当时称虔州），后及潘贤妃皆以农夫肩舆，宫人死者甚众”的记载，因更立新说，解释此词“鹧鸪”一句说：“偏有不晓事的鹧鸪，还作‘行不得也哥哥’的啼唤，似乎嘲笑法驾丧失，要用农夫肩舆一样。”张惠言《词选》解说此词，全用罗大经《鹤林玉露》之说。任二北《词学研究法》虽然同意罗大经的说法，然而却不同意“鹧鸪”一句的解释，他说：“特谓鹧鸪之鸣，乃指恢复之业行不得，则又未免臆断耳。”以这样一首完全合乎比兴寄托之判断标准的词，尚且有如许相异的说法，可见除了判断之标准以外，说词者所当取的态度，实在也是一项值得讨论的问题。

因此第三点我们所要讨论的便是说词者对于各种不同性质的词，所当采取的解说之态度的问题。如果以词中有无比兴寄托之意来作分类的标准，大约可以分为下列几种不同的情形来讨论：

第一类词，如《花间集》中欧阳炯的《浣溪沙》“相见休言有泪珠，酒阑重得叙欢娱”，[②]牛希济的《生查子》“语已多，情未了，回首犹重道”，[③]以及像北宋柳永的《定风波》“日上花梢，莺穿柳带，犹压香衾

① 见《大陆杂志》12卷7期，1956年。

② 全词为：“相见休言有泪珠，酒阑重得叙欢娱，凤屏鸳枕宿金铺。　兰麝细香闻喘息，绮罗纤缕见肌肤，此时还恨薄情无？”

③ 全词为：“春山烟欲收，天澹稀星小。残月脸边明，别泪临清晓。　语已多，情未了，回首犹重道。记得绿罗裙，处处怜芳草。”

卧”[①]等作品，都是极实在、极鲜明的用主观的口吻，对爱情或离别的叙写，令读者可以一望而知其但为艳词而已，不会产生其他联想，因此也不会妄指其有比兴寄托之意。这是最简单、最不会引起问题的一类词。

第二类词，则如温庭筠之《菩萨蛮》“照花前后镜，花面交相映，新贴绣罗襦，双双金鹧鸪”[②]诸作，就颇易引起问题了。其实这些词与《花间集》中一些其他的艳词，实在没有很大的不同，其所以引起问题的一点微妙的因素，仔细分析起来，似乎仅在于温庭筠很少使用主观的口吻记述什么人事分明的恋爱情事，而只是用客观的态度并以浓丽的辞字造成一种不具个性的意象。这种纯美的意象，极易引起读者的联想作用，所以像张惠言这种有意推尊词体、要在其中寻找比兴寄托之意的人，对于温词乃大加赞美，居然从前面所引的“照花”四句，看出了“《离骚》‘初服’之意”。如果按照前面所举的判断有无寄托的三项标准来衡量，则无论从作者生平之为人或词外之本事而言，温氏之词却大都并不合于此种衡量之标准。像这一类词，我们最多只能说其中隐约透露有弄妆之美人的一份孤独寂寞之感而已，却不可以妄指其中有什么屈子《离骚》之意。这是在解说时，最当采取矜慎之态度的一类词。

第三类词，如韦庄的《菩萨蛮》、冯延巳的《鹊踏枝》诸作。[③]这写词虽也不脱《花间》的范畴，可是韦庄身经国变，羁旅江南，冯延巳早岁得中主之知遇，曾经仕至宰相，而晚年目睹国势之艰危，既无能为挽救之计，又为政敌朋党所攻；他们二人的心中，自然有一种难于表达的深藏的哀感，因此，虽然写的也是《花间》一类的小词，而其神情、口吻间，却往往不免有一种心结蕴蓄之情的自然流露。降而至于北宋初期

① 全词为：“自春来、惨绿愁红，芳心是事可可。日上花梢，莺穿柳带，犹压香衾卧。暖酥消，腻云亸，终日厌厌倦梳裹。无那，恨薄情一去，音书无个。　　早知恁么，悔当初、不把雕鞍锁。向鸡窗、只与蛮笺象管，拘束教吟课。镇相随，莫抛躲，针线闲拈伴伊坐，和我，免使年少光阴虚过。”

② 全词为：“小山重叠金明灭，鬓云欲度香腮雪。懒起画蛾眉，弄妆梳洗迟。　　照花前后镜，花面交相映。新贴绣罗襦，双双金鹧鸪。”

③ 韦庄《菩萨蛮》五首，冯延巳《鹊踏枝》十四首，文长不及备引，可参见《唐五代词》。

的范仲淹、欧阳修诸人的词作，也都往往于小词中流露有作者之性情、志意，甚至于如苏轼的逸怀浩气，亦往往可以见之于小词之中。这时的词，实在已经逐渐自歌筵酒席之间的新曲，转为士大夫手中一种可以抒情、写志的新体诗了。这一类作品虽然并没有什么“本事”可以确指，可是征之于其口吻、神情，则确有某一种较为深蕴的情怀。此外，再征之于其“生平之为人”，他们也确实有着过人的学养，且曾在政坛上扮演过重要的角色，因此，其词作中偶然流露有作者之性情、襟抱，当然便是一件极自然的事情了。只是这一类词，却决不是有心以比兴来写寄托的作品，所以张惠言对这些词之牵强比附地强指为有托意的说法，遂不免为王国维《人间词话》所讥，说：“永叔《蝶恋花》、子瞻《卜算子》，皆兴到之作，有何命意？皆被皋文深文罗织。”因此，读这一类词，虽然偶尔也可以有较深之感受和联想，却依然不可以实指为作者确有某种寄托之用意。对这一类词，在解说时也当取矜慎之态度。

至于第四类词，如辛弃疾的《菩萨蛮·书江西造口壁》、王沂孙的《齐天乐·蝉》[①]、唐珏的《水龙吟·赋白莲》[②]诸作，则是用前面所提出之判断有无寄托的三项标准来衡量都有相合之处的作品。稼轩之愤发忠义，固属尽人皆知，而王沂孙、唐珏等人也都是亲自经历了南宋亡国之痛的人物。据周密《癸辛杂识》及陶宗仪《辍耕录》所引《唐义士传》的叙述，则唐珏不仅是南宋遗民，而且在亡国之后，曾因宋宗室诸陵之被元僧杨琏真珈所盗发，而暗中纠合人士前往收拾遗骸为之瘗葬，复移宋故宫之冬青树植于其地，并作《冬青行》二首及《梦中诗》四首，有“只有春风知此意，年年杜宇哭冬青”之句。是则就作者之身世为人而

① 辛弃疾《菩萨蛮》见188页注①。王沂孙《齐天乐》全词为：“一襟余恨宫魂断，年年翠阴庭树。乍咽凉柯，还移暗叶，重把离愁深诉。西窗过雨。怪瑶佩流空，玉筝调柱。镜暗妆残，为谁娇鬓尚如许？　铜仙铅泪似洗，叹移盘去远，难贮零露。病翼惊秋，枯形阅世，消得斜阳几度？余音更苦。甚独抱清高，顿成凄楚？谩想薰风，柳丝千万缕。”

② 全词为：“淡妆人更婵娟，晚奁净洗铅华腻。泠泠月色，萧萧风度，娇红敛避。太液池空，《霓裳》舞倦，不堪重记。叹冰魂犹在，翠舆难驻。玉簪为谁轻坠？别有凌空一叶。　泛清寒、素波千里。珠房泪湿，明珰恨远，旧游梦里。羽扇生秋，琼楼不夜，尚遗仙意。奈香云易散，绡衣半脱，露凉如水。”

言，此等作家之作品自然有寄托之可能。而且辛词中之“长安”，当然可能暗指都城之所在；王词中之“铜仙铅泪”，当然也是用李贺之《金铜仙人辞汉歌》的故事来表现故国之思；唐词中之“太液池空，翠舆难驻”之表现亡国之悲，更有着非常明显的口气。这些词可以说完全合乎前面所提出的三项判断标准。像这一类词，当然已不仅是作者怀抱之自然流露，而是确实以比兴寄托之意来写的词。可是即使对这一类词，说词的人所当取的态度，也仍不可过分拘执去一一加以实指。即以辛氏《菩萨蛮》而论，前面我们已经举出过解说此词的人对其托意的多种不同的说法，可见即使是对于确有寄托的词，如果在解说时采取字比句附妄加指实的态度，也是难以使人完全信服的。可是这一类词又确实是合于判断之标准的有寄托之作，因此在解说时，当然也不可以将其托意完全置而不论。在这种情形下，说词者所当取的态度，也许应该只是说明作者之身世、为人，指出其可能有托意的词句及口吻，并说明写作之环境背景以及其可能牵涉到的本事，提供所有线索，给读者一种暗示和启发，让读者自己去加以思索和体会，以尽量避免由于牵强附会的解说所引发的种种误谬。也许这应该是说词之人所当取的一种最为妥适的态度。

以上我们既已讨论过比兴寄托在词中发展的时代、判断的标准与所当取的解说态度，现在就让我们以这些原则来对张惠言的《词选》一作衡量。张氏《词选》中，其所认为“义有幽隐，并为指发”的用比兴寄托之意来加以解说的作者及作品，综计共十二人，词四十阕。[①]如果根据我们前面所讨论过的几项原则，来对张氏所加之于这些作者及作品的评说一作分析，则我们便会发现张氏的比兴寄托之说，实在犯了几点错误。第一，张氏对于比兴寄托在词中发展之时代一点，似乎未能有明白

① 计有温庭筠《菩萨蛮》十四首、《更漏子》三首，韦庄《菩萨蛮》四首，冯延巳《蝶恋花》三首，晏殊《踏莎行》一首，范仲淹《苏幕遮》一首，欧阳修《蝶恋花》一首（“庭院深深深几许”，按此词或以为非欧阳修所作，见唐圭璋《宋词互见考》）。苏轼《卜算子》一首，陈克《菩萨蛮》二首，辛弃疾《摸鱼儿》一首、《贺新郎》一首、《祝英台近》一首、《菩萨蛮》一首，姜夔《暗香》一首、《疏影》一首，王沂孙《眉妩》一首、《高阳台》一首、《庆清朝》一首，无名氏《绿意》一首。详见张氏《词选》。

的辨别，所以才会把五代、北宋时一些作者本无托意的小词，都一概目之为有寄托之作，说冯延巳的《蝶恋花》“盖以排间异己者”，说欧阳修的《蝶恋花》“殆为韩、范作乎”。这是张氏的第一种错误。第二，张氏对于判断有无寄托之标准也未能详加辨别，所以才会既不顾作者之生平为人，也不顾作品之背景本事，而便谓温庭筠之《菩萨蛮》有屈子《离骚》之意。这是张氏的第二点错误。第三，张氏说词的态度又复过于牵强比附，有时往往逐字逐句为之指求托意，如其说欧阳修《蝶恋花》一词云：“‘庭院深深’，闺中既以邃远也；‘楼高不见’，哲王又不寤也；‘章台游冶’，小人之径；‘雨横风狂’，政令暴急也；‘乱红飞去’，斥逐者非一人：殆为韩、范作乎？”这种牵强的说法，如何能使人尽信。这是张氏的第三点错误。像张惠言这种不顾一切原则，而妄指一些词中含有寄托的说法，曾经使得谢章铤、张祥龄等对常州派词论极为推重赞同的人，也对之表示过不满。谢氏在《词选跋文》中便曾经说：“读皋文此选，则词不入于浅。……皋文之有功于词，岂不伟哉。然而杜少陵虽不忘君国，韩冬郎虽乃心唐室，而必谓其诗字字有隐衷，语语有微辞，辨议纷然，亦未免强作解事。”张祥龄《词论》亦谓张氏之说为“胶柱鼓瑟”。所以张惠言之词论，就客观标准来衡量，其本身实在有许多谬误之处。由于这原因，常州派之继起者周济乃对之提出了许多补充的论点。

周济的词论主要见于其所编著之《介存斋论词杂著》、《宋四家词选序论》及《词辨自序》之中。从他的论著之多，我们便可想见他的词论较之张惠言的一篇《词选序》，自然要精密广泛得多了。在他的著述中，无论是对于词的作法声律，或对于作品与作者的品评，都曾有所涉及。但由于篇幅的限制，现在我们只把周济词论中，有关比兴寄托的重要论点录之于后：

> 一、感慨所寄，不过盛衰：或绸缪未雨，或太息厝薪，或己溺己饥，或独清独醒，随其人之性情、学问、境地，莫不有由衷之言，

> 见事多，识理透，可为后人论世之资。诗有史，词亦有史，庶乎自树一帜矣。若乃离别怀思，感士不遇，陈陈相因，唾沛互拾，便思高揖温、韦，不亦耻乎。（《介存斋论词杂著》）
>
> 二、初学词求有寄托，有寄托，则表里相宣，斐然成章。既成格调，求无寄托，无寄托，则指事类情，仁者见仁，知者见知。（同上）
>
> 三、夫词，非寄托不入，专寄托不出。一物一事，引而伸之，触类多通。驱心若游丝之罥飞英，含毫如郢斤之斫蝇翼，以无厚入有间。既习已，意感偶生，假类毕达，阅载千百，謦欬弗违，斯入矣。赋情独深，逐境必寤，酝酿日久，冥发妄中。虽铺叙平淡，摹缋浅近，而万感横集，五中无主。读其篇者，临渊窥鱼，意为鲂鲤，中宵惊电，罔识东西，赤子随母笑啼，乡人缘剧喜怒，抑可谓能出矣。（《宋四家词选目录序论》）

综观周氏所说，其足以补张氏之疏失缺漏者约有二端。其一，他提出了寄托的内容主要当以反映时代盛衰为主，虽然反映之态度可以有多种之不同，或者为事前的“绸缪未雨”，或者为虑乱的“太息厝薪”，或者为积极的“己溺己饥”，或者为消极的“独清独醒”，而总之都有时代的盛衰作为背景，有“史”的意义，可以为后人“论世之资”，而不仅只为个人一己的伤离自叹而已。他所标举的寄托之内容，实在比张氏所谓“贤人君子幽约怨悱，不能自言之情”要明白具体得多。因为就中国文学传统来看，自《诗经》之所谓比兴美刺，便都指的是以反映国家之治乱盛衰为主的作品，张氏所谓的比兴、变风，实在也是这个意思，只是张氏说得不明白具体，语焉不详，就会使一般读者发生一种误解，把一些个人的离别自叹之辞都一概目之为有寄托之作。然而中国诗词一向是以主观抒情为主，如此则中国诗词中将无往而不可指为有寄托之作了。所以周济为寄托所下的界说，乃是在他的词论中可注意的第一点。至于他把温、韦作为有寄托的代表，则是因为受了张惠言之推尊温、韦，以寄托来解说温、韦二家词的影响，所以周氏之理论虽多可取，而其所举之例证则大可商榷。关于这一点，我们在前面讨论如何为词中之比兴寄托之说来划分际限时，已经有过详细的分析，此处不拟赘言。此外，在周氏理论中另一点值得注意之处，是周氏对于比兴寄托所提出的“有”、“无”和“出”、“入”的说法，此一说法，我们可以按他的观点分为作者与读者两方面来看。

先就作者言，有意以寄托为词者，谓之“入”，谓之“有”。周氏以为作词当从求“有寄托”入手，至于入手的方法，周氏以为乃在对于“一物一事”都能引发联想，“引而伸之，触类多通”，然后以像“游丝”一样的精微的心思，与像“郢斤”一样的敏锐的笔法，来观察和描述，即使如“飞英”、“蝇翼”一般精细幽微的事物，都能为作者所用而无所遗漏。以如此精微敏锐的“无厚”的心思与笔法，来观察和描述处处可以引发联想的“有间”的事事物物，所谓“以无厚入有间”，相习日久，于是乎心中有任何感慨，“意感偶生”，都可以托借于任何事物来“假类毕达”。这是周氏所提出的如何来做到能“入”和能“有”的方法。像这样写出来的词，便是能“入”的“有”寄托的作品了。至于如何能自“入”转到“出”，自“有”转到“无”，则是在有了前一种的功夫以后，修养既久，乃可不必有心拘执于寄托，而随时对任何事物都自然会投入较深微的情意，此所谓“赋情独深”，同时又自然含有较丰富的联想，此所谓“逐境必寤”。于是乎作者虽不是有心拘执于寄托，可是却会“冥发妄中”，自然而有较深厚的意境。这样写出来的词，便是所谓能“出”的“无”寄托的作品了。在这里有一点必须辨明的，就是周氏所说的“无”，乃是从“有”转来的“无”，是进“入”而后能超“出”的“无”，并不是不曾进入的真正空洞无物的“无”。关于这一点，詹安泰在《论寄托》[①]一

① 发表于《词学季刊》3卷3号，1936年。

文中曾经说："周氏所谓'无寄托'，非不必寄托也，寄托而出之以浑融，使读者不能斤斤于迹象以求其真谛。"又说："曰'求无寄托'，则其有意为无寄托，使有寄托者貌若无寄托可知。"所以周氏所说的"无"，显然乃是由"有"转变成的"无"；因此，他论到学习作词的方法，便主张当自南宋王沂孙入手，然后由南宋以追北宋。在他的《宋四家词选目录序论》中，便曾特别标举出"问涂碧山"（王沂孙号碧山），说："词以思、笔为入门阶陛。碧山思、笔，可谓双绝。"又说："南宋有门径，有门径，故似深而转浅；北宋无门径，无门径，故似易而实难。"这便因为周氏以为南宋王沂孙"有寄托"的境界乃是有途径可以依循的，而他所谓碧山的"思"与"笔"，也就正是前面本文所引周氏论如何能有寄托时，所讲的如"游丝"一样的心思和像"郢斤"一样的笔法。至于北宋人词中之不为寄托所拘限的情意，则是属于能"无"和能"出"的作品，是没有途径可以依循的。周氏的由"有"而"无"，由"入"而"出"的说法，对于想要在词中表现较深之情意的作者而言，则既可以因"入"与"有"之说而避免浮浅空虚之病，又可以因"出"与"无"之说而不致过分被狭隘的寄托所拘限，确实不失为一个可以采取的入门途径。可是周氏之说实在仍犯了一点错误，那就是他的学词方法，就词的发展而言，乃是一种倒果为因的说法。因为北宋的时代，根本还没有形成要以比兴寄托为词的意念，北宋人作品之往往有深意可寻，乃是由于作者之性情怀抱的自然流露，是在"无"中偶然涌现为"有"，而并非是从"有"转变成"无"。周氏之所以倒果为因，主要是因为受了张惠言之说的影响：一则，先存了词定要有寄托的想法；再则，又存了北宋晏、欧、东坡的一些小词都是有寄托之作的成见，而晏、欧、东坡的小词又实在难以确指其寄托究竟何在，于是乃把它们归入于寄托之说中的能"出"和能"无"的作品。这种说法，与词的发展当然并不相合，那实在因为周氏不免为张氏之说所笼罩，有了某些先入为主的成见的缘故。可是周氏毕竟标举出了"出"与"无"的说法，这便较之张氏的死于句下的拘执的说法，要活泼和高明得多了。

以上是就作者而言，至于就读者而言，则周氏的由“入”而“出”，由“有”而“无”的说法，实在为说词者开了一个极广大的方便法门，它几乎使得张惠言之说的各种疏失缺漏之处，都得到了弥补。因为如本文在前面所论，张氏说词之错误疏失，第一，乃在于将许多原不一定有寄托的作品，都妄指为有寄托；第二，则在于解说词的态度过于拘泥执著，字比句附，使人不能完全相信和同意。这两点错误疏失，如果用周氏的理论来解说，就都可以完全得到补救了。因为，第一，周氏提出了一种能“出”和能“无”的说法，而“出”与“无”又可以从“入”与“有”转变而来，是则一切“无”寄托的作品乃都可以视之为一种变相的“有”寄托的作品了。如此，则张氏之把“无”寄托的词解释为“有”寄托的词，乃成为读者的一种较深入的看法，而不再是一种错误和疏失了。再则，周氏对于“出”与“无”一类不可确指其托意的作品，又给读者提出了一种极为自由的欣赏和解说的态度，以为“读其篇者”可以具有一种“临渊窥鱼，意为鲂鲤，中宵惊电，罔识东西”的感受，于是“仁者见仁，知者见知”，读者的各种感受和联想，乃都可以成为作品中可能具有的一种意境了。如此，则张惠言之各种比附的说法，乃都可以为读者见仁见知之一得，而不再是一种错误疏失了。何况除了这以外，周济在其《词辨》自序中，还曾提出过“夫人感物而动，兴之所托，未必咸本庄雅，要在讽诵紬绎，归诸中正，……苟可驰喻比类，翼声究实，吾皆乐取无苛责焉”的说法，俨然给与读者一种“紬绎”解说的自由。后来谭献在《复堂词录叙》中更推衍周氏的话说：“甚且作者之用心未必然，而读者之用心何必不然。”这种论调，则是为读者以一己之自由联想来比附说词提出了公然支持的理论，于是常州词论的比兴寄托之说，乃无往而不可通了。这种说法，从表面上看来，虽似乎与张惠言妄加比附的说法颇为相近，但二者之间实在有一点极大的不同，那就是张氏的比附乃是直指作者为确有如此之用心，这种随便以自己联想附会古人之词意的漫无准则的说法，当然乃是我们所决不能同意的。而周氏的说法，与张氏的最大不同之处，就是他明白指出了读者之联想未必即为作者之用心，如此则读者之联想遂得有绝大之自由，而不致再有牵强比附之讥。[①]这种通达的说法及态度，便恰好补救了张惠言的过于拘执比附的缺点，所以常州派词说有了周济的理论不能不说是一大拓展。

综合起来看，周氏对于张氏之推阐补充，其重要者约有以下数端：第一，周氏对于寄托的内容，作了较张氏更为具体的说明；第二，周氏对于如何以寄托为词，指点了明白的途径；第三，周氏的由“有”而“无”，由“入”而“出”的不拘执于“有”的说法，使作者与读者之思想都有了更可以自由活动的余地；第四，周氏对于读者之以一己联想及心得来解说词意给予了理论的支持，且因不拘指为作者必有何等用心，使常州派跳出了拘执比附的疵议，弥补了张氏的疏失缺漏。所以龙沐勋《论常州词派》一文即曾说：“常州词派之建立，二张引其端，而止庵拓其境。”又说：“常州词派，至周止庵氏而确立不摇。”这些赞语，就周济对于常州派词说的推阐发扬之功而言，他是可以当之无愧的。

综合以上所举的张惠言与周济二家的说法，如果我们试用较现代的文学理论观点来加以衡量，则张惠言似乎只是一个颇为迂执的经师。他之提出比兴寄托的理论，并非完全由于文学的观念，而大半乃是由于道德的观念。他的主旨，只是为了要推尊词体，使之合于士大夫的价值标准，所以在他的《词选》一书中，除了牵强比附地以比兴寄托来解说词意以外，实在并没有什么更为高明的见地。而周济则不然了。周济乃是一位确实具有相当欣赏批评能力的人，在他的《介存斋论词杂著》及《宋四家词选序论》中，对于两宋诸大词人都不乏极精辟深入的评论。现在我们只就前面所引的他的有关寄托的几段话来看。第一，周济在论及有寄托之词与无寄托之词的作法时，曾经分别提出过“意感偶生，假类毕

---

① 关于以联想说词的原则，可参看拙作《由人间词话谈到诗歌的欣赏》一文，见《迦陵谈诗》，台湾三民书局 1970 年版。

达”和“赋情独深，逐境必寤”的两句话；前者指的乃是把自己的情意感慨借物类来表达，后者则是指的感情对于物象的自然投注可以随时因外境而有所触发。简言之，则前者乃是以情托物，后者乃是因物移情，这正是情与物相感应结合的二种最基本的方式。

诗歌既为美文，其作用本来即在于以意象唤起人之感受，而情物交感则正是形成诗中之意象的主要因素。所以周氏的“假类毕达”与“逐境必寤”两句话，如果就广义的作者之感情与物象之结合来看，原来正是古今中外所同然的一种诗歌之表现的基本方式。周氏所举出的，可以说正是直探诗歌创作之本源的两句话。第二，周济在论及读者之欣赏时，对于所谓无寄托之词，曾经说过“临渊窥鱼，意为魴鲤，中宵惊电，罔识东西”的一段话，明白指出在诗歌之欣赏中，有一部分作品原来是不可能给予确定之解说，也不需要给予确定之解说的。因此如前面所言，诗歌之创作既不在于说明而在于意象之表现，则读者自可从诗歌中之意象而引发个人之联想，其自由亦正如作者之由物象而引发个人之情意，见仁见知，原来就是可以因人而异的，所以读者自可由不同之联想而有不同之感受。而且诗歌中意象之蕴含愈丰富的，其所触发之联想必然也愈为丰富，所以愈是好诗，往往也愈不能用拘限的理念来作说明，这是古今中外所同然的一种现象，而且这也正是西方文学新批评中一个重要的理论。如西方现代文学批评大师艾略特（T. S. Eliot）在其《诗歌的音乐》（The Music of Poetry）一文中，就曾经说过：“一首诗对于不同的读者可能显示出多种不同的意义。这些意义可能都并不是作者的原意。……而一个读者的解释，虽不同于作者的原意，有时却同样的得当，甚至比作者原意更好。因为一首诗原可能存在有不为作者所自知的更多的意义。”[1]又如燕卜荪（William Empson）所著的《多义七式》（*Seven Types of Ambiguity*）一书，则曾经为含混多义的诗举出许多理论的根据，他甚

① T. S. Eliot: "The Music of Poetry", in *On Poetry and Poets*, pp. 30-31, Faber and Faber, London, 1957.

至以为愈是可以提供多方面解释的含混多义，愈是好诗。这些说法都是西方新批评派的重要理论，而中国清代的词学批评家周济，却早在一个半世纪以前就见到了这种可以从一首词中看出多种含义的现象，而且承认了以读者一己之感受来解说诗歌的多种可能性。我们不能不承认他的眼光确实犀利和深刻，因为在文学欣赏与批评方面，这实在是一种极精辟的理论。只可惜周氏为张惠言之说所拘限，未能对诗歌之创作与欣赏更作独立深入的发挥，竟因先入为主的成见，认为词必须要有寄托，遂不能跳出于张氏迂执的比兴寄托之说以外，既将诗歌创作中的情物交感的基本现象，限制于美刺比兴的感慨时世盛衰的寄托之说，又将诗中之意象引发联想的多种可能性，归之于寄托中“出”与“无”的一种成就，因之乃将读者以联想说词之可能也完全只限于比兴寄托之范围中了。这实在是倒本为末的说法。因为诗歌之有所谓寄托之作，原来不过是由于诗歌情物交感之本质所自然形成的一种表现而已；而某些不可确指为有寄托甚至本无寄托的作品之可以由读者之联想而看出寄托之意，也不过是诗歌中之意象可以引发读者多种联想中之一种解说方式而已。周氏原来有许多可以直探诗歌之本质的敏锐的见地，却被张惠言的比兴寄托之说所拘限，未能有更为超脱、更为深入的发挥，这是极为可惜的一件事。后来王国维所写的《人间词话》，其中虽然对常州派张惠言以比兴说词之固执，颇多讥议，可是他自己却以人生哲理来说词，以晏、欧之小词为表现“成大事业、大学问”之某种“境界”，而又云：“然遽以此意解释诸词，恐为晏、欧诸公所不许也。”这种“作者之用心未必然，而读者之用心何必不然”的说词态度，其所受到的常州派后期的批评家，如周济、谭献等人的影响，则是显然可见的。所以周济的批评理论，实在极有引伸之余地，这是我们所不能不加以注意和重视的。

关于张惠言的推尊词体，以比兴说词的说法，虽颇有迂执误谬之处，可是如果就词之本身的性质来看，则把词看成为表现寄托的一种最适合的体式，在文学理论上也并非完全没有道理。因为词在本身的性质中，原来也就含了可以做为比兴寄托之用的因素。这种说法，初看起来似乎颇不易为人接受。因为词在初起时，原来只不过是歌筵酒席间的一种流行歌曲，在当时的场合下，唱歌者固大半是“绣幌佳人”，听歌者也大半是“绮筵公子”，而歌曲的内容乃大半为描写儿女之情的香艳歌辞，这种歌辞与所谓寄托美刺感慨盛衰的大题目，当然十分相远。可是仔细分析起来，二者却有一点极微妙的相似之处，那就是其中所表现的所谓“爱”的一种共相。人世间之所谓“爱”，当然有多种之不同。然而无论其为君臣、父子、夫妇、朋友之间的伦理的爱，或者是对学说、理想、宗教、信仰等的精神的爱，其对象与关系虽有种种之不同，可是当我们欲将之表现于诗歌，而想在其中寻求一种最热情、最深挚、最具体，而且最容易使人接受和感动的“爱”的意象，则当然莫过于男女之间的情爱。所以歌筵酒席间的男女欢爱之辞，一变而为君国盛衰的忠爱之感，便也是一件极自然的事，因为其感情所倾注之对象虽有不同，然而当其表现于诗歌时在意象上二者却可以有相同之共感。所以越是香艳的体式，乃越有被用为托喻的可能。这现象不仅在中国的诗歌中如此，即使在西方的诗歌中，我们也可以同样发现不少以香艳的爱情的诗篇来写寓托意的作品。《圣经》中的雅歌，就是最好的证明。此外，英国的诗人约翰敦（John Donne）和里查克拉修（Richard Crashaw）等，也都曾以写情诗的方式写过不少宗教信仰的颂歌。虽然东西方之文化不同，这种诗歌在各自发展的过程中可能有不少相异之点，然而无论如何，以香艳的爱情诗篇来表现另一层“托意”的办法，原来也是古今中外人心所同然的一种现象。

除了这一点以外，中国词中的喻托之作，到了南宋后又形成了咏物一派的作品，则是因为自屈原的《离骚》开始，在中国文学中，“美人”就已经与“香草”并举，成为诗人心目中所追寻的某一种完美之对象的象征。虽然早期词作中之歌筵酒席闻的香艳的歌辞，并不可以用屈原寓托忠爱之自传式的《离骚》相比附，可是词这种体式转入士大夫之手中以后，长期发展下来的结果，却自然受了中国的“美人香草”之悠久的传统之影响，而有了除“美人”以外更以“香草”为喻托的作品。更何况早自《诗经》中的“草木虫鱼”也就已经都被认为可以有比兴之意，所以中国文学中“词”这种体式之容易被写成或解成为有寄托之作，当然便是从词之本身的性质及中国文学之传统等两方面都有着这种可能之趋势的。因此，张惠言的比兴寄托之说虽不免有牵强附会之处，然而词的性质既果然适合于比兴寄托的写作，而且中国文学中也确实有比兴寄托的传统，则张氏之说，虽然就其推尊词体之目的而言，乃是出于道德的观念而非文学的观念，可是他能善于观察和运用这种香艳的体式，就其本身性质之趋向而给予了一种更高的诠释，则在文学批评理论中便也自有其值得重视之处。关于这点，谢章铤在《课余续录》中就曾经说：“张氏皋文之论词，以有怀抱、有寄托为归。……作家虽不必拘其说，要不可不闻其说也。”这也正是张氏之说虽有不少牵强误谬之处，而依然为许多写词及论词的人所尊奉和推崇的缘故。

总之，对于常州派的词论，如果我们能够善加别择，不为其谬说所拘，但观其在文学理论上的根本汇通之处，则词体宜于表现寄托，词之写作当以情物交感为主，词之解说可以有别具会心的领悟，这些观念都可以给予我们写词或说词时很多的启示，可以对词有更为深广的体认。我们决不可以因其一部分的误谬，便将其理论全部抹杀。此外，如晚清之王鹏运、朱祖谋之《合校梦窗四稿》，以及朱氏《彊村丛书》的网罗之富、校勘之精，如龙沐勋在《论常州词派》一文中所说的“取清儒治经之法，转而治词”，当然也未尝不是由于受了常州派推尊词体之说的影响。这一点在中国词学之发展上也是相当值得注意的。更进一步来看，比兴寄托之说，既是中国传统文学批评中一项重要的理论，透过对常州派词论的分析和检讨，也许可以帮助我们对于中国文学的批评传统能有更深一层的了解，如此又不致对这种传统上的比兴寄托之说表现为盲目的信从或诋毁，这应该是我们今日想要重新衡定旧传统之文学批评所必具的一点认识。

The Changzhou School of 'Ci' Criticism

The Qing Dynasty has a deserved reputation as the renaissance period of *ci*, not only because of the outstanding poets who wrote *ci*, but also owing to the development of critical schools with theories about the form. During the Qing period there were three major schools: the Zhexi, the Yangxian, and the Changzhou, each named for the region to which its members largely belonged.

The Zhexi School advocated the kind of poetic refinement that had characterized Jiang Kui (1155-ca. 1221) and Zhang Yan (1248-after 1314). Founded by Zhu Yizun (1629-1709) and continued by Li E (1692-1675), for some time this group represented the dominant view. The Yangxian School found its models in the virile style of Su Shi (1036-1101) and Xin Qiji (1140-1207). Under its leader, Chen Weisong (1625-1682), this group of critics too had its period of influence. However, writers of the Zhexi School, in their single-minded pursuit of elegance and refinement, degenerated into shallow wordiness, with little real content, while the Yangxian School's commitment to vigorous heroics ended up being merely crude and blatant. In the realm of theory, neither school managed to develop a consistent basis for criticism.

As these viewpoints declined, the Changzhou School became

prominent. It had both energetic leadership and able followers, and so became the representative Qing school of *ci* composition and criticism. Miao Quansun's (1844-1919) *Guochao Changzhou cilu* [*Collection of Changzhou ci*], compiled toward the end of the nineteenth century, included 3,110 *ci* by 498 poets—an indication of the strength and popularity of the school.

The critical theories of the Changzhou School derived from a work compiled by the brothers Zhang Huiyan (1761-1802) and Zhang Qi (1765-1833), the *Ci xuan* (*Anthology of Ci*), in which they proposed that *ci* should be interpreted by applying the criteria of allegory and covert allusion to contemporary events that were associated with the *Shijing* and the "Li sao". The precedent they set was continued by a nephew, Dong Shixi (fl. 1811), who in turn passed it on to his son, Dong Yi (*juren* 1840), and to another Changzhou man, Zhou Ji (1781-1839). Dong Yi compiled a supplementary anthology, *Xu cixuan*, but made no direct contribution to critical theory. With Zhou Ji's *Jiecunzhai lunci zazhu* (*Miscellaneous Essays on Ci*), his *Ci bian* (*Ci Studies*), and his anthology *Song Sijia cixuan* (*Ci by Four Song Masters*), however, the principles of the Changzhou School were expanded and developed into a more generally accepted basis for *ci* criticism.

Through the remainder of the Qing Dynasty and into the early years of the Republic, scarcely a *ci* writer or critic escaped the enveloping influence of the Changzhou School.[1] But aside from its impact on later writers, the school's importance as a subject for investigation can be seen in broader terms. Traditional Chinese literary theory has always been concerned to some extent with allegory and covert allusion to specific events and individuals, and these were central concerns of the Changzhou School. The ramifications of the school itself are too extensive for complete coverage here, so I shall limit myself to its two most important figures: the founder, Zhang Huiyan, and his chief follower, Zhou Ji. They will serve to represent the general tenets of the school, and minor deviations and splinter groups can be ignored for present purposes.

The point of departure for a discussion of the Changzhou School is of course Zhang Huiyan's *Anthology of Ci* (*Ci xuan*), which includes prefaces by him and (in the second edition) by his brother, Zhang Qi, as well as a postface by his disciple Jin Yinggui. The following six points can be gleaned from these materials:

1. The occasion for composing the anthology: "In the second year of Jiajing [1797] I, together with my late brother Gaowen [Huiyan], lodged in the household of the Jin family in Shexian.[2] The young people of the family were fond of writing *ci*. My brother was of the opinion that song-writing was a minor art at best, and that in any case its tradition had been in decline for centuries, from the time of the fall of the Song dynasty…So he and I collected 116 songs by forty-four different Tang and Song writers, making a volume of two chapters which we presented to the Jin boys, who subsequently published it."[3]

2. The purpose served by the anthology: "I have arranged these poems in two chapters. Where there are hidden meanings I have indicated what is implied, so as to prevent the decline of the genre into vulgarity and get back to its original source, in the hope that refined readers will not despise *ci* and be unwilling to read them on a par with classical poetry (*shi* and *fu*)."[4]

3. Ideas about the origin of the form: "It seems to have been developed by Tang poets, who composed tunes from ballad music and fitted words to them."[5]

4. Meaning of the word *ci*: "The traditional definition is: '*Ci* is the term for an external word corresponding to an internal thought.' The original impulse is expressed in subtle words to affect someone else. Under the guise of singing about the sorrows and joys of ordinary men and women, the

hidden resentments of sages and gentlemen are expressed, feelings which they could not formulate in their own person. The way in which the meaning is presented subtly and indirectly through comparison approaches the allegories (*bi*, *xing*) of the *Shijing*, especially its 'Bianfeng' (Songs of a Period of Decline) or the songs of Qu Yuan."[7]

5. Critical standards: "As it is a minor art, complaining in tone, if it is written by idlers it will be undisciplined and extravagant, contaminated with impropriety and jokes. But the best examples show compassion and joy; they are inspired by nature, are clear in analogy, and each has its appropriate term of reference. They are not just strings of contrived words."[8]

6. Three faults of *ci*: "They suggest the bedroom and sully the women's quarters. These are your erotic *ci*, and this is the first fault. They indulge in low humor—the worst of comedians; or they are loud and raucous—the abandoned exuberance of the marketplace. These are what you call vulgar *ci*, and this is the second fault. Subjects from nature, adjunct of song and dance; the emotions expressed are not genuine, the concerns are not real; verses by the volume, and never an item beyond birds and flowers; objects and occasions celebrated without ever heeding the limits of convention. Elegant they may be, and not erotic; occasional fine lines, but no good poem. These are the frivolous *ci* and this is the third fault."[9]

Besides these comparatively specific dicta, there are also examples in the *Anthology of Ci* where Zhang Huiyan indicates the "hidden meanings" in the *ci* of certain writers. The more important of these will be taken up later, when we come to the practical application of Changzhou theories. But first I want to consider the general problems raised by the theories themselves. It is apparent from the passages quoted above that Zhang Huiyan was deliberately trying to lend prestige to the *ci* form by using the terms *bi* and *xing* and by invoking the *Shijng* and the "Li sao". Taking *ci* seriously as a verse form was a way to correct the dual weaknesses of emptiness and coarseness of which the later writers of the Zhexi and Yangxian schools were considered guilty. It also served to remove the stigma of the term "minor verse" which was attached to *ci* by educated men under the influence of traditional attitudes, making it possible for them to write *ci* and to read *ci* critically with a clear conscience. With *ci* made respectable, it became an acceptable subject for study; and this was a real contribution, for which the Changzhou School deserves only praise. However, the grounds on which Zhang Huiyan sought to rehabilitate *ci* will not stand up under close scrutiny.

The first point that needs clarification is his definition of *ci* as "external words for an internal thought," to which he adds, "the original impulse is expressed in subtle words," the "subtle words" being a gloss on the "external words" of the original quotation. On the "internal thought" he comments, "the hidden and resentful feelings of sages and gentlemen are expressed, feelings which they could not formulate in their own person..." His idea is that the literary genre *ci* is so called because it uses subtle words (*ci*) as the vehicle to express the unhappy and resentful feelings of sage gentlemen. The obvious objection to this procedure is that he uses a Han Dynasty dictionary definition of "words" (*ci*) as though it were an explanation of the literary genre *ci* which first came into existence several centuries later.[10] The anachronism is so obvious that Zhang Huiyan could hardly have been unaware of it, and it seems likely that his use of it was deliberate. Three things might account for it. First, as a classical scholar, he would be inclined to apply a familiar technique of exegesis to a field new to him; and, second, there was a precedent for taking precisely this definition from *Shuowen* to explain the genre *ci*—it had been done by the Song-Yuan writer Lu Wengui (1256-1340).[11] Thus, if the explanation is not valid, at least it was not Zhang Huiyan's invention. Finally, in his desire to make the *ci* form respectable, he may deliberately have borrowed these credentials to bolster his theory of allegorical interpretation, as Xie Zhangting has suggested.[12]

If using the *Shuowen* quotation was indeed a deliberate tactic, Zhang Huiyan cannot be said to have been in error (though a certain arbitrariness of interpretation was involved), except insofar as he meant to include all existing *ci* in the definition, raising it to an absolute criterion and standard for criticism. Then it becomes altogether arbitrary and positively misleading. If his concept of *ci* is unacceptable, what then can be salvaged from his definition of the term? An answer to this question involves us in the problem of the origins of the *ci* form, about which there are many theories. This is no place to consider them all in detail, but the facts can be presented briefly.

Ci was a new song form that appeared in middle and late Tang times. Zhang Huiyan's statement about *ci* origins fits quite well. But if this is accepted, then the term *ci* means nothing more than the words of a song, and "song words" is a general descriptive term which originally did not indicate a special genre of poetry. In fact, during the early period of *ci*, "song words" (*quzi ci*)[13] and "songs" (*quzi*)[14] were the terms used for this form. Later, during the Song Dynasty, the terms used were "ballad" (*yuefu*), referring to the musical setting; or *shiyu*, emphasizing that it was a form of verse; or "long-and-short-lines" (*changduan ju*), from its structural peculiarity. It is obvious that the term *ci* was neither the original nor the only designation for the form, and it is equally clear that it came into general use only as an abbreviation of the descriptive term "song words". Hence the definition "external words for an internal thought" is irrelevant, even in terms of Zhang Huiyan's own account of the origins of *ci*.

The next point to consider is Zhang Huiyan's juxtaposition of *ci* and the poems of the *Shijing*. The comparison is a natural one, because they have in common an original musical setting, a setting which with time was lost, leaving what were originally song words as poems divorced from music. But if both were popular songs, and if *bi* and *xing* and the "Bianfeng" were characteristic of the songs of the *Shijing*, then these same features might be expected to appear in *ci*. Before deciding whether this is a reasonable expectation, we should give a brief definition of *bi*, *xing*, and "Bianfeng" as they are applied to the *Shijing*. *Bi* and *xing* are two of a list of six terms, the "six tropes" (*liu yi*) of the *Shijing*, the meanings of which are variously explained. The two most common views are that *bi* and *xing* are techniques of composition,[15] or that they imply praise or blame.[16] Zhang Huiyan's application of these terms to *ci*, judging from what he says about expressing the "hidden and resentful feefings of sages and gentlemen," seems to favor the praise and blame concept. In his definition of *ci* he also mentions "Bianfeng", a term found in the "Great Preface" of the *Shijing*: "When the Kingly Way declined, rites and manners were neglected, the teachings of good government were lost; when in the state the ruling family changed, and when in the family traditional practices were altered, then the 'Bianfeng' and 'Bianya' were written." Kong Yingda comments, "The 'Bianfeng' and 'Bianya' arise when the Kingly Way has declined. This implies that when the Way prevails in the world the people are not contentious. When there is good rule for successive generations praise and censure do not flourish... The 'Bianfeng' and 'Bianya' come when the Kingly Way begins to decline and governmental teachings first are lost...When evil comes, the people are angry; when good happens, the people are glad; and each is represented in the praise and censure of the 'Bianfeng' of each state."[17]

In the traditional interpretation of the *Shijing*, the "Bianfeng" convey ideas of praise and censure at a time when government was in decline. In applying the terms *bi*, *xing*, and "Bianfeng" to *ci*, Zhang Huiyan was assuming that *ci* contained the same kind of indirect application to political situations that he believed was in the poems of the *Shijing*. Such an assumption poses two questions: first, whether it is true of the *Shijing*, and, second, whether it is permissible to treat *ci* in the same way.

The first question has been variously dealt with, and to trace all of the vagaries of classical scholarship would lead us far from our subject. Let us limit ourselves to the evidence provided by the *Shijing* poems themselves. Altogether there are twelve poems which are overtly and unmistakably concerned with political praise or censure,[18] and while Mao's commentary reads such intent into many other poems, there is no reason to accept his unsupported interpretation in every case.[19] It is surely an error to apply this largely discredited tradition to the interpretation of *ci,* which belongs to a period vastly later than the *Shijing*, for which it was originally devised.

However, Zhang Huiyan's excuse for putting *ci* alongside the *Shijing* poems, in spite of chronological improbability, was that both were "songs of the people", and so were by nature comparable. On first glance this has a certain plausibility, until we consider the great difference in kind, both of song and of people. Nothing we know of early Zhou society should dispose us to think it like that of Song China 2,000 years later, and there is no reason to believe that popular songs had a similar place or function in the two societies. Not all *Shijing* songs were in any sense popular (neither court poems nor ancestral hymns are "of the people"), and those that do deserve the designation reflect a rural, farming environment. *Ci* are from another social milieu. Originally the songs of professional entertainers, they became the basis of a literary mode of composition by upper-class poets; it was only then that they were written down, collected, and published. Ouyang Jiong concluded his preface to the early *ci* anthology *Huajian ji*, "...a collection in ten scrolls of 500 song-words by recent poets...I have called it the *Collection of Flowers*, hoping that the wise men of West Garden will find in it material for enjoyment in their carriages and that the beautiful ladies of Southland will cease to sing the songs of lotus gatherers."[20] In other words, *ci* were songs by poets meant to replace the vulgar songs of the people. In any case, they are not comparable in origin, in nature, or in application to the songs of the *Shijing*.[21]

Similar objections apply to Zhang Huiyan's analogy of *ci* and the "Li sao", a personal poem by or about Qu Yuan, as far removed as could be from the songs sung to amuse guests at a party. In short, Zhang's whole attempt to associate *ci* with the traditions of the *Shijing* and the "Li sao" is arbitrary, forced, and unconvincing.

There are a number of reasons to account for Zhang Huiyan's basic error. In the first place, when he and his brother made their *ci* anthology, they were living in the Anhui household of the classical scholar Jin Bang (1735-1801), simultaneously as his disciples and as tutors to the younger members of his family. They were prompted to make the anthology because their pupils were fond of writing *ci*. Both Zhang Huiyan and Jin Bang were classicists; the latter in particular was an important member of the Anhui School of classical studies, with an understandably great influence on the thinking of his disciple.[22] It was natural that when a scholar and moralist found himself occupied with a slightly disreputable verse form like *ci*, and particularly when he was making a collection of such verses for the children of another scholar and moralist (and his own teacher to boot), he should have done all that he could to make *ci* respectable, and the *Shijing* and the "Li sao" were the most respectable of poetry. Further, in 1797, when the Zhang brothers compiled their anthology, the two acknowledged schools of *ci* writing were in an advanced state of decline, and their weaknesses were specifically criticized and rejected by the new Changzhou School. In fact, Zhang Huiyan's slogan, borrowed from the *Shuowen*, "external words for an internal thought," takes care of both the Zhexi School's lack of content and the Yangxian School's unrefined diction; and the three faults listed by Jin Yinggui are deliberately aimed at followers of the two schools.[23] The first fault named, the writing of erotic *ci*, was naturally objectionable to the moralist Zhang Huiyan; just as obviously, the second charge was directed against the weakness of the Yangxian School, and the third against that of the Zhexi School. Consequently, Zhang Huiyan's choice of a slogan was determined also by the contemporary situation in the world of letters.

Another thing that may have reinforced Zhang Huiyan's readiness to apply the Mao Commentary sort of interpretation to material different in essence from the *Shijing* was the nature of his own specialty in classical studies. Zhang was known for his work on the *Yijing*, especially in the school of Yu Fan (172-241).[24] Now, there is considerable similarity between the arbitrary association of an *Yijing* symbol (*xiang*) with its referent in the interpretation of the *Yijing* and the way in which *bi* and *xing* are used to interpret the *Shijing*.[25] This similarity may have suggested to him the possibility of extending *bi* and *xing* to *ci*.

These considerations help to explain why Zhang Huiyan was able to make the claims that he did, but they do not explain why his procedure was acceptable to so many of his contemporaries and followers. The question remains whether there is not a factual basis which justifies the allegorical interpretation of *ci*.

One thing is obvious: it was not only the readers of *ci* who were exposed to this all-pervasive tradition of interpretation of Chinese poetry; *ci* writers, too, must have been aware of it and sometimes at least may have written in accordance with it. But before this possibility can be taken as the basis for a theory of interpretation, several preliminary steps are necessary. First of all, we need to know whether this allegorical concept was associated with *ci* from its earliest beginnings as a literary form, and, if not, when it entered the tradition of *ci* writing. Second, since not all *ci* are allegorical, what are the criteria which let us decide that a given *ci* is to be read allegorically? Third, poems written in the allegorical tradition have always been notoriously difficult to interpret; and so how, exactly, is the concept of allegory going to be applied to *ci*? These questions will be taken up in order. The answer to the first question has already been given with a quotation from Ouyang Jiong to support it: the earliest literary *ci* were not allegorical. No more were those of early Song, if Yan Jidao (ca. 1031-after 1106) is to be believed: "Formerly, when in my cups, I used to deplore the inadequacy of popular songs to mitigate the distress of a hangover…and I wrote some long-and-short-lines for my own diversion….Back then, Shen Lianshu and Chen Junlong kept the singing girls Lotus, Goose, Cress, and Cloud at home to sing fresh songs for the entertainment of their guests. Every time I wrote a song I would give a draft copy to the girls, and the three of us would listen to them sing as we drank, to our great delight."[26]

From this statement it is clear that at that time *ci* were still just songs for entertainment at parties. Further, the random notes and comments by Northern Song contemporaries tell the same story. When Wang Anshi (1021-1086) was first a cabinet minister, he remarked on reading Yan Shu's (991-1055) songs, "Is it proper for a minister to write these little songs?"[27] There is also an anecdote about the priest Fa Yunxiu, a stern and impassive man, who said to Huang Tingjian (1045-1105), "There is no harm in writing many poems, but you had better stop writing erotic songs."[28] Here there is no thought of treating *ci* and *shi* on the same level, and *ci* is definitely not the proper concern of a gentleman of refinement. Surely no one at that time thought of *ci* as a vehicle for serious allegory.

In early Southern Song times there are still signs of this same attitude. Lu You (1125-1210) could still write in the preface to his collected *ci*, "The practice of writing words for songs began in the last years of the Tang dynasty…When I was young I yielded to popular custom and wrote some myself, but later on I regretted it…It has now been several years since I stopped writing them; but considering that I should not hide what I have done, I have copied them out as evidence of my error."[29] This strongly suggests that from the beginning, right down to Lu You's time, *ci* were regarded primarily as songs for entertainment, not as a potential vehicle for allegory.

So, while respectable gentlemen were attracted by a fresh literary form and were tempted to try their hand at it, at the same time the attitude of traditional morality toward these experiments made them a bit shamefaced and uneasy. But in any case, once they started writing *ci*, it was inevitable that their songs would begin to reflect their own interests and standards. It was also inevitable that they would try to rescue the *ci* form from the opprobrium of its lower-class origins and make it respectable. The beginnings of this new attitude in early Southern Song times can be seen in the first work devoted especially to *ci* studies, Wang Zhuo's *Biji manzhi.* Wang traces the antecedents of *ci* back to the legendary "South Wind" (*Nan feng*) and "Auspicious Clouds" (*Qing yun*) of the times of Shun and Yu, the remote ancestors of all words-set-to-music. Quoting the *Shijing* preface, "To establish right and wrong, move Heaven and Earth, affect ghosts and gods, noting is more immediate than song," he extols all poetry that can be combined with music in song as being the one thing capable of such effects. "The ancient songs became the ancient *yuefu*, and the ancient *yuefu* became our present-day songs (*ci*); basically they are the same."[30]

These statements are obviously a deliberate attempt to elevate thc position of *ci* by presenting it in a new historical context. Furthermore, among Northern Song writers, Wang Zhuo emphasized Yan Shu, Ouyang Xiu, and Su Shi—the men who experimentally introduced into *ci* the traditional interests and concerns of the upper-class gentleman, as well as being *ci* writers who held high government positions. Of Su Shi, Wang Zhuo said, "Dongpo was not wildly addicted to music; but when he occasionally wrote a song, he marked out a road leading upward and gave everyone new eyes and ears. From then on, writers knew what to strive for."[31] In this statement we can see the change in attitude toward *ci* as it was transformed, in the hands of writers of the scholar class, from what in late Tang and Five Dynasties had been popular song to a verse form that expressed their own aspirations and values.

Somewhat later Liu Kezhuang (1187-1269) wrote, "Liu Shu'an [Liu Zhen, *jinshi* 1202] was one of the finest writers in the empire. Occasionally he wrote songs (*yuefu*)…in which he used plants to represent the noble aspirations of the *sao* poet, and the complaints of a lady in the women's quarters to express the sorrows of a banished statesman."[32] Here at last is an overt mention of allegory as a mode in *ci*. From this time the use of allegory in *ci* became the accepted practice, encouraged by the political situation in late Song and subsequently, when writers had many grievances, both personal and political, which it was not discreet to express openly. In early Yuan times some Song loyalists, including Zhou Mi (1232-after 1308), Wang Yisun (ca. 1240-ca. 1290), Zhang Yan, and Tang Jue (1247-?), formed a *ci* club where they expressed their distress over the fall of the Song under the guise of writing about other things—a perfect example of deliberately allegorical *ci*.

Here we see that, whereas *ci* were originally written without allegorical intent, once upper-class gentlemen had taken them over as a new literary form and extended the range of their subject matter beyond the original love song, *ci* acquired a new status and finally, under special circumstances, became the vehicle for self-consciously allegorical expression. This is not to say that all late Song *ci* writers wrote allegorically, nor that those who sometimes did always did so—only that the practice is attested in some cases. It is important to keep this distinction in mind as we discuss the Changzhou School's interpretation of allegory in *ci*.

When we come to consider what objective criteria might enable us to decide whether a given *ci* is allegorical or not, we find a good working basis in the three conditions which Ren Erbei suggests must obtain before a *ci* may be judged to be allegorical: "It depends on three things: the situation of the writer; the tenor of the entire poem; an episode outside the poem."[33] To illustrate the first condition he quotes the last two lines of a *ci* to the tune "Pusa man" by Wen Tingyun (?812-?880):

She puts on a thin silk jacket, newly pressed,	新贴锈罗襦
Embroidered with pair on pair of golden partridges. [34]	双双金鹧鸪

He comments, "Wen's situation was never anything like that of Qu Ping [Qu Yuan], and so it would be inappropriate to apply the interpretation of the 'Li sao' to this poem."

For the second condition he quotes Xin Qiji's *ci* (to the same tune) with the subtitle "Written on the Wall at Zaokou in Jiangxi":

Below Forlorn Orphan Tower runs the water of Clear River,	郁孤台下清江水
Carrying the tears of how many travelers!	中间多少行人泪
To the northwest I look toward Chang'an—	西北望长安
Alas! the hills past counting!	可怜无数山
The green hills cannot hinder it,	青山遮不住
And in the end it flows off east.	毕竟东流去
Evening on the river is when I am melancholy;	江晚正愁余
In the depths of the hills I hear the partridge.[35]	山深闻鹧鸪

If we take the sound of the partridge in the last line as nothing more than an ordinary bird song, it is uncomfortably incongruous with the travelers' tears and the yearning for Chang'an in the first stanza. But the call of the partridge is heard as *xing bude* or *xing bude ye gege* "It won't do, brother," and the tenor of the whole poem calls for an allegorical interpretation.

Ren Erbei uses this same *ci* of Xin Qiji to illustrate the third condition, for the Zaokou mentioned in the subtitle is associated with a historical event—the recent episode of the flight of the Empress Longyu, whose boat was said to have reached Zaokou before the Jin pursuers gave up the chase.

Ren Erbei's three criteria require us to make a judgment about the poem, to know a historical setting in some detail, and to make a guess about something not always considered the legitimate object of a critic's curiosity, that is, the mind of the author. The Intentional Fallacy is firmly rejected by a whole school of criticism which has demonstrated that a poem can often yield a good reading without being referred back to the person of its author. However, what is true of one poem is not always an adequate basis for a generalization about all poetry. Chinese poetry in particular provides many examples resistant to a preconceived determination to exclude their authors, for the Chinese poet frequently makes no secret of his intention. He spells it out in his title, or in the subtitle of his *ci* he tells us the occasion of his writing, for whom he is writing, and what his emotional attitude is to his subject. When we say of a poem that it is allegorical, we mean, usually, that the poet intended it to have another level of meaning, moral or political. And even when the Chinese poet does not announce his allegorical intent in his title or preface, we are not altogether in the dark. Knowing something of the Chinese tradition of such poetry, knowing that Chinese statesmen who are also men of letters conventionally resort to the writing of allegory to express their frustrations and dissatisfactions with their official life, it follows that such a man who has been disappointed in his career will in all probability compare himself with the archetype of all frustrated bureaucrats, Qu Yuan, either by shedding tears over the "Li sao" or by writing in the same vein. Tradition provides another clue which is worth mentioning: those Qing dynasty *ci* writers who accepted the theories of the Changzhou School were conditioned by their beliefs to write allegorically.

We may accept Ren Erbei's three criteria, but it must be borne in mind that, even if they are satisfied, the most they guarantee is that there is the possibility of allegory; they do not provide a clue as to how the extra meanings are to be elicited, what words and lines are to be interpreted, and in what way. If we return to the Xin Qiji poem, we find that most readers are led to seek some reason to account for the intensity of the lines, "To the northwest I look toward Chang'an—Alas! The hills past counting!" This does not mean that they are unanimous about what the extra dimension is. Luo Dajing (d. after 1248), a Southern Song writer who lived some five years after Xin Qiji, wrote, "At the time when the court had just moved south, the invaders pursued the Empress Longyu in her boat to Zaokou. Failing to catch her, they turned back. You'an [Xin Qiji] alludes to this episode. The line 'I hear the partridge' means that the reconquest [of the North] cannot be carried out."[36]

Deng Guangming, however, quotes this explanation only to reject it.[37] In the *Song shi* "Biographies of Empresses" he finds evidence that the pursuers of the Empress Longyu went only as far as Taihe xian and never reached Zaokou. Consequently he proposes a new interpretation, making the first stanza an allusion to Li Mian (717-768), who climbed Forlorn Orphan Tower, looked toward Chang'an in the North, and said, "I am not the equal of Zimou,[38] but we are one in having our hearts in the Gates of Wei."[39] He also quotes as analogous Li Bai's (699-762) line, "Not seeing Chang'an makes me sad."[40] The cry of the partridge in the second stanza is, for Deng, a reminder to the poet that he has not been able to get his own plan for the reconquest of the North put into effect, not a confession that the whole cause is hopeless.

Another interpretation is proposed by Zheng Qian: "Forlorn Orphan Tower is near the city wall of Ganzhou (in Jiangxi). It commands a good view, and Xin Qiji must often have climbed it. The tower is also called 'Looking toward the Capital Tower'. At this time in his life he must have felt strongly that 'my body is off by streams and lakes, but my heart is lodged by the Gates of Wei', and so this was the inspiration for the poem. Chang'an has long been a cover-name for the capital of China, and it is often used in Xin Qiji's *ci* when he means Lin'an (Hangzhou)...The 'green hills past counting' cannot hinder the eastward flow of the river, but they can prevent his seeing 'Chang'an' off to the east. This prompts the tears he sheds into the water, and the cry of the partridge makes him sigh that he is unable to go."[41] Another modern critic, Li Lifu, writing on the same poem, differs from Zheng Qian, but he is not in complete agreement with Luo Dajing either. He finds an entry in the *Jianyan yilai xi'nian yaolu* [Chronological record of events since the Jianyan period]: "When the Jin troops reached Taihe xian, the empress left her boat at Wan'an and continued her flight on land to Qianzhou. The empress and the Consort Pan were carried in sedan chairs by peasants. Many of the palace ladies died."[42] From this he interprets the line about hearing the partridge, "Everywhere are the uncomprehending partridges crying, 'You can't go on, brother,' as though mocking her use of the peasants to carry the sedan chair on their shoulders after the loss of the imperial carriage."[43]

Zhang Huiyan, in his *Anthology of Ci* (2.34), accepts Luo Dajing's account of the flight of the empress and his interpretation of the *ci.* Ren Erbei, while following Luo Dajing in part, rejects as forced his explanation of the partridge's cry as applying to the recapture of the North.

If we look at this *ci* in terms of Ren Erbei's three criteria, we find that it satisfies them all: Xin Qiji's situation as a refugee northerner hoping to be employed in the campaign to liberate the North from its alien conquerors puts him squarely in the Qu Yuan tradition of political frustration. Not only is the tenor of the poem serious, there is an intensity of feeling demanded by the lines about Chang'an which requires a wider frame of reference than the conventional traveler's melancholy view of an evening landscape. And finally there are undeniably relevant historical episodes to which the poem can be referred. The Jin forces did pursue the fleeing Empress Longyu, and though they may not have gone so far as Zaokou, she certainly did pass through on her flight to Ganzhou. Furthermore, the Forlorn Orphan Tower does have the alternative name "Looking toward the Capital Tower", and it is associated with an anecdote about Li Mian, who climbed it in exile, yearning to return to Chang'an. So the requirement for a term of reference outside the poem is generously fulfilled. Xin Qiji's *ci* satisfies all the requirements for an allegorical interpretation; but unfortunately the interpretations differ in detail and are irreconcilable with one another.

We must next consider, therefore, how a critic is to interpret the allegory once he has determined that a given *ci* may be allegorical. But first we must carefully exclude *ci* which are not; and in doing so, we come up with four rather than two groups. Ren Erbei's three conditions, restated, provide some logical basis for this procedure. The first category is established by the tenor of the poem: there are *ci* which are simply love lyrics, and allegory is excluded by its obvious unsuitability. The second category includes those *ci* where the tenor is ambiguous, at least to the extent that allegory is not automatically excluded; however, neither of Ren Erbei's other conditions is satisfied, and an allegorical interpretation will convince only a reader committed in advance. The third category is more heavily weighted on the side of allegory. It comprises *ci* which are serious in tenor and whose authors are known to have held positions of responsibility and to have been dissatisfied with their situation. Allegory is a real possibility here. *Ci* in the fourth category combine all three of Ren Erbei's conditions; for them there is, in addition to the conditions noted in category three, an external referent, an episode in the public life of the times, which is congruent with the language of the poem. These four categories correspond roughly with stages in the historical development of the *ci* form, and they can be illustrated with examples.

The first category consists of those, like the majority of *ci* in the *Huajian ji*, which are unmistakably love lyrics and nothing more—for example, Ouyang Jiong's *ci* to the tune "Sands of the Washing Stream":

When we meet, don't tell me about your tears;	相见休言有泪珠
When the wine is gone we will find expression of our joy	酒阑重得叙欢娱
Spending the night inside the golden door behind phoenix screen on a lovebird pillow.	凤屏鸳枕宿金铺
Delicate odor of musk on your panting breath,	兰麝细香闻喘息
Through thin silk the flesh shows.	绮罗织缕见肌肤
Right now are you still angry that I'm unfaithful?[44]	此时还恨薄情无

This example is extreme, but there are many others just as obvious.[45] In erotic verse of this sort, one does not look for allegory, and, generally speaking, interpretation is no problem.

In the second category are *ci* like Wen Tingyun's to the tune "Pusa man":

On the screen double-folded the gold glows and fades,	小山重叠金明灭
The cloud of her hair stirs across the fragrant cheek's snow.	鬓云欲度香腮雪
Languorously she arises, pencils moth-eyebrows;	懒起画蛾眉
Engaged at her toilette, she slowly brushes her hair and washes.	弄妆梳洗迟

The flower is reflected in mirrors on both sides,	照花前后镜
Face and flower complement one another.	花面交相映
She puts on a thin silk jacket, newly pressed,	新贴绣罗襦
Embroidered with pair on pair of golden partridges.[46]	双双金鹧鸪

Here there is a subtle difference between this and other erotic *ci* that can lead to misunderstanding. It comes from the complete detachment of the poet, the objective presentation of his subject, and the absence of any overt expression of sentiment. The impersonal quality of the imagery leaves the reader free to make his own associations; and someone like Zhang Huiyan, who is looking for allegory and hidden meanings, not surprisingly finds them there, to his great delight. The four lines beginning with "The flower is reflected in mirrors on both sides" remind him of Qu Yuan's floral garb, and at once the *ci* is raised to the level of the "Li sao". However, it fails to satisfy two of Ren Erbei's criteria for allegory. Neither Wen Tingyun's personal situation nor any specific external event can be applied to this poem to elucidate it. The most that one can say about the "hidden meaning" of a poem like this is that the lovely woman it discloses is shown in a moment of loneliness, though her state of mind is never mentioned. This is a good example of the fallacy of arbitrarily assigning allegorical meanings when there is no external control, either historical or biographical.

The third type of *ci* is represented by Wei Zhuang's (836-910) to the tune "Pusa man" [47] and Feng Yansi's (903-960) to the tune "Magpie Treads the Branch."[48] These too are in the *Huajian* style; but Wei Zhuang personally experienced the collapse of the Tang dynasty and lived as a refugee in the South, while Feng Yansi, serving the Southern Tang as prime minister, was a helpless witness of his country's decline and, further, was the object of political attacks. It can be assumed that both of them felt sorrows and resentments not easily expressed openly. While their *ci* are superficially no different from the majority of *ci* in the *Huajian ji*, occasional hints do appear of dissatisfactions and sorrows not entirely personal. Later on, poets like Yan Shu, Fan Zhongyan (989-1052), Ouyang Xiu, and especially Su Shi often wrote their personal feelings and attitudes into short *ci* which formally continued in the *Huajian* tradition. In fact, with Su Shi, who insisted there was nothing that could not be expressed in *ci* form, the *ci* had already been transformed into a new verse form quite different from the old party entertainers' songs. Although such *ci* may lack any identifiable reference to an external event, there is unmistakably an undercurrent of deeper feeling that permeates the whole poem; and when we consider the situations of the writers themselves, we find that they held responsible and important positions in government, and so it is altogether to be expected that some of their preoccupations would find indirect expression in their *ci*. This is not to say, however, that they were deliberately writing allegorical *ci*—only that, in contrast with the other *ci* we have been considering, a somewhat different approach is justified: we may recognize that the impression the reader gets of an extra dimension, of a term of reference outside the overt statement of the poem, is not merely subjective and arbitrary, that there really is something of the author's own feelings there. This of course is no justification for seeking a hidden referent behind every line of the poem.

The fourth category includes *ci* like Xin Qiji's "Written on the Wall at Zaokou in Jiangxi", discussed above, Wang Yisun's "On the Cicada" (to the tune "Music Fills the Sky"),[49] and Tang Jue's "On the Lotus" (to the tune "The Water Dragon Sings"),[50] which satisfy all three of Ren Erbei's conditions. Xin Qiji's patriotic determination to drive out the invaders from the North is well known, and Wang Yisun and Tang Jue both lived through the tragic fall of the Southern Song. There is even a story about Tang Jue that, after the desecration of the Song imperial tombs, he led a band at night to reinter the royal bones and transplanted evergreen trees from the palace grounds to the burial site.[51] He wrote two poems "On the Evergreen Trees" ("Dong qing"), and the same trees are mentioned also in his "Verses in a dream" ("Mengzhong shi").[52] In Xin Qiji's *ci*, Chang'an naturally stands for the Song capital; and in Wang Yisun's *ci* the phrase "The bronze immortal weeps tears of lead" is obviously a lament for the fallen dynasty, by way of a reference to Li He's (790-816) poem on the bronze immortal;[53] likewise the line in Tang Jue's *ci*, "Taiye Lake is empty, / The imperial carriage can hardly stop." *Ci* like these satisfy Ren Erbei's three conditions and were certainly written to be read as expressions of their authors' feelings about political events, to which allusion is made indirectly; they are allegorical in intent and in fact.

Such *ci* call for interpretation, but it is still necessary to exercise restraint. The divergent interpretations of Xin Qiji's "Pusa man" *ci* quoted above, with each critic insisting that his is the only possible reading, demonstrate the danger of going too far and attempting a line-by-line allegorical interpretation, an exercise that leaves the critic in a vulnerable position. Take, for example, Duanmu Cai's (fl. 1870-1890) explanation of Wang Yisun's *ci* to the tune "Music Fills the Sky".[54] He is probably right in reading it as a lament for the fall of the dynasty, but when he tries to relate every word and phrase to some specific episode he deserves the ridicule heaped on him by Liu Dajie and Hu Shi.[55] This sort of *ci* can best be dealt with by calling attention to the poet's own situation and by mentioning the events to which he could be alluding. This gives the reader a chance to appreciate the general tenor of the poem, and the critic should stop short of an over-elaborate interpretation that can never be more than guesswork.

It remains to examine Zhang Huiyan's interpretations of *ci* in his *Anthology*, where he was carrying out his avowed intention of "pointing out obscure or hidden meanings." He presents allegorical interpretations of forty *ci* by twelve authors: Wen Tingyun, Wei Zhuang, Feng Yansi, Yan Shu, Fan Zhongyan, Ouyang Xiu, Su Shi, Chen Ke (1081-1137), Xin Qiji, Jiang Kui, Wang Yisun, and one anonymous writer. These are his own attributions; the anonymous *ci* can be assigned to Zhang Yan,[56] and the *ci* to the tune "The Butterfly Loves Flowers" attributed to Ouyang Xiu is probably by Feng Yansi.[57] In these two cases at least, where there is doubt about the identity of the authors, Zhang Huiyan's allegorical interpretations cannot be taken seriously. As to the remaining thirty-eight, we can make some general observations about his method. First, he makes no distinction between earlier and later authors, assuming that all of them made deliberate use of allegory. Second, he is unaware of any need to discover circumstances in the poet's situation which make it likely that he would have written allegorically, or to specify a set of historical events to which the allegory could reasonably be directed, and so we find him treating Wen Tingyun's erotic *ci* as comparable to the "Li sao". Third, he makes no distinction between a poem in which the author's personal feelings are inadvertently perceptible and one in which he is deliberately using allegory, finding allegory in the personal *ci* of Yan Shu, Ouyang Xiu, and Su Shi.[58]

Naturally it is not to be expected that other critics will agree with interpretations of this sort, which are bound to be arbitrary. They will not accept completely even his interpretations of *ci* like those already mentioned by Xin Qiji or Wang Yisun—which are undeniably allegorical—because of Zhang's insistence on an excessively detailed, word-by-word interpretation of the allegory. Even committed adherents of the Changzhou School, like Xie Zhangting and Zhang Xiangling (1853-1903), are forced to show their dissatisfaction. For example, the former writer, in his postface to Zhang Huiyan's *Anthology*: "The *ci* in Gaowen [Zhang Huiyan's] collection never descend to frivolity…truly his service to the cause of *ci* is great. But even in the case of Du Fu, who never forgot his ruler and his country, who was constantly preoccupied with the Tang imperial house, it would be forcing matters if you were to insist on elaborate references and hidden meanings behind every word of his poems."[59] Clearly Zhang Huiyan's criticism leaves much to be desired. It was the continuator Zhou Ji, rather than the founder of the school, who provided a rational basis for the theory.

As compared with Zhang Huiyan, Zhou Ji was both broader and considerably more subtle, writing on the technique and prosody of *ci* composition as well as criticizing *ci* poems. His contribution to the Changzhou School was to supply the needed correction and extension of Zhang Huiyan's critical canon—in particular, through a new treatment of the central issue, allegory. Zhou Ji insisted that allegorical content is essentially a product of the poet's attitude toward his contemporary world. The poet's reaction can be of several kinds: he may be concerned about impending disaster, he may accept personal responsibility for a crisis in public affairs, or, negatively, he may feel himself to be the one incorrupt person in a society lost in its own evil; but any of these attitudes is a response to contemporary events, reflecting and conditioned by a social background and a temporal setting. Hence, as these attitudes appear in allegorical poetry, it takes on historical significance, and it can help men of later times to understand what the poet's world was like. In this way allegorical *ci* may transcend those songs which serve merely to express the poet's private feelings.[60]

By defining allegorical content as the (indirect) expression of the poet's reaction toward a public world, Zhou Ji was considerably more specific than Zhang Huiyan had been with his "hidden and resentful feelings of worthy men." The main issue of course was external circumstances, chiefly political, as implied in Zhang's use of the terms *bi*, *xing*, and "Bianfeng". But Zhang never expressed himself clearly or specifically, and his vague prescriptions easily led his readers astray, so that they were ready to see allegory in any *ci* which expressed dissatisfaction or indignation. Chinese poetry (both *shi* and *ci*) had always been concerned with the expression of feeling, and thus practically any poem or song could be taken as allegorical. Consequently, the theory was strengthened by the limitations that Zhou Ji put on the concept of allegory. But when he mentioned Wen Tingyun and Wei Zhuang as representative writers of allegorical *ci*, he was clearly under the influence of Zhang Huiyan's misplaced admiration of these poets as allegorical.[61]

Zhou Ji distinguished between deliberately concocted allegory and an allegorical dimension which gets into a poem without conscious effort on the poet's part. This led to a prescription for the aspiring poet. Zhou recommended that the apprentice writer of *ci* should begin by striving to write allegorically.[62] His method should be to develop each specific object of inspiration by a process of association until he can react to every conceivable experience, "using his imagination like a spider's web to catch flying flower petals and wielding his brush like the axe that sliced the fly's wing,[63] an edge without thickness that slips through the interstices."[64] Zhou Ji's metaphorical, evocative language is in the tradition begun by Lu Ji (261-303) of using the language and methods of poetry to describe the ultimate mystery of poetic creation. It does seem appropriate, though of uncertain use to the apprentice. I understand this passage to mean that the poet reacts with an intelligence as subtle and retentive as a spider's web to sort out and combine his experiences, and that he uses intellectual tools and literary techniques as sharp as a blade whose edge has no thickness to manipulate and portray objects and events as refined and delicate as flying flower petals and flies' wings. "Once he has put it into practice, the feeling he has to convey in his *ci*...will come through unimpaired, and centuries later there will be no missing his message. This is 'getting it in'."[65]

Once the aspiring poet has mastered this process of conscious apprenticeship, he is no longer bound by the deliberate effort to write allegorically, but can write on the higher level where he imbues his material with feeling spontaneously. He has achieved a "unique depth of sensitivity" making him capable of a free-ranging association as he "reacts to every situation." At this stage the poet is not constrained to write allegorically, but he does so unconsciously, and as a result his poetry is filled with a deeper significance.

Zhou Ji invented a technical vocabulary to differentiate these two activities and the two kinds of poetry in which they result. Having used the word *ru* for the deliberately imposed allegory, and *you* of poetry in which it is present, he goes on logically, if not willfully, to use *chu* (one might translate it as "avoid") for the poet's activity in writing poetry where the allegory is unconscious, and *wu* for the allegory in the resulting poem. This term for something which is achieved by avoiding or escaping from (*chu*) a deliberate injection (*ru*) of allegory is not of course the same as wu meaning "inexistent". If we translate *you* as "explicit allegory", then *wu* is allegory which is not explicit.[66]

In his discussion of the technique of learning to write *ci*, Zhou Ji takes Wang Yisun of the Southern Song as a good model to start with. "Ask the way of Wang Yisun...The first stage of writing *ci* requires intelligence and technique, and Wang Yisun is outstanding in both respects...The Southern Song provides a path, and because it has a path it seems profound, but actually it is shallow. The Northern Song has no path, and while it seems easy, it is in fact difficult."[67]

For Zhou Ji, the *ci* of Northern Song writers contain allegory which is not explicit, and so they offer no guide to the apprentice. They have greater depth of feeling and at the same time are more elusive; their writers avoid shallowness and stereotypes, are unhampered by the bonds of a narrowly conceived allegory, and so constitute an ideal toward which writers should strive.

Everything so far has been from the point of view of the writer. Zhou Ji does not, however, neglect the reader, for whom his concepts open up a most commodious and convenient methodological door. He fills in the holes and repairs the defects of Zhang Huiyan's theory—the arbitrary treatment as allegory of *ci* which were never intended as such, and the equally arbitrary detailed tracing of allegory in which no two interpreters can agree. His terminology of *wu* and *you* makes it possible to treat *ci* in which there is no obvious allegory as a higher form of poetry than those in which the allegory is deliberate and unmistakable. Seen in this way, Zhang Huiyan's misinterpretations could even be defended as a more profound way of understanding *ci*. From another angle, these same misinterpretations could also be rationalized as only one of many possible readings. For Zhou Ji also made a point of emphasizing the essential vagueness of allegory on the higher level:

"The reader of such a poem is like a man standing on the edge of a pool admiring a fish, wondering whether it is a bream or a carp; or like someone exposed to a lightning flash in the dark, unable to tell whether it came from the east or the west; or like an infant that smiles and weeps as its mother does; or like a country fellow who rejoices or is angry along with the players in the play he watches."[68] In other words, each reader will understand the poem in terms of his own character and expectations. And so while no interpretation is the sole correct one, neither can it be called false.

Zhou Ji was even more explicit in his preface to *Ci Studies* (*Ci bian*): "What moves a man to write and what he chooses to write about are not necessarily always serious or proper. The important thing is that the reader be able to draw something from the poem that is right. Then the poem does his character no harm, and we should not reject the work because we disapprove of the poet. The writer may be bizarre or commonplace, petty or low, but if he provides metaphors and similes that enable the reader, with the poem's help, to get to a truth, then I am delighted to accept it, and find no need to criticize him."[69]

Later, Tan Xian carried Zhou Ji's thesis to its logical conclusion: "In the extreme case it does not matter what the author meant, the reader being free to interpret as he likes."[70] This statement frankly advocates the view that the reader can interpret *ci* by a process of free association, and in these terms the Changzhou School's theory of allegory becomes applicable to any *ci* whatever. One point, however, must be noticed. In recognizing that the reader's interpretation of the poem is not necessarily something that the poet thought of in writing the poem, Zhou Ji was rescuing Zhang Huiyan from the untenable position of claiming to provide an exact and detailed interpretation of allegory. Zhou Ji gave the Changzhou School a rational foundation while opening up new possibilities for criticism.

Zhang Huiyan was a conservative classical scholar whose allegorical interpretations were made not so much on literary grounds as for reasons of morality. He was trying to elevate the *ci* form to a level of respectability by imposing on it the values of the scholar class. As a result, his *Anthology* lacks any properly literary standards or insights. The same is not true of Zhou Ji, a man of taste with a real appreciation of literature. There is subtle insight and deep understanding in his discussions of the major *ci* writers of the Song dynasty. In his prescriptions for using allegory in writing *ci*, he observed first, that the poet should find an appropriate object to convey his feelings and emotions, and second, that the poet should respond to all scenes in the outside world with uniquely deep feelings. In short, he both imposes his feelings on things and is moved by things. Here in effect is a basic concept of the interaction between the poet and the outside world, and a grasp of the function of poetry as an artistic form to arouse emotions in the reader through imagery, not by rational persuasion. The essential element in the construction of imagery in poetry is this interaction between feeling and object. Zhou Ji achieved a generalized statement of the fusion of image and feeling, the basic procedure in all poetry.

In considering the reader's appreciation of *ci* where the allegory is not explicit, Zhou Ji observed that there are poems, or passages in a poem, which a reader enjoys but which cannot be given a single, clear interpretation, and where a resolution of the inherent ambiguity is not called for. Since poetry works not by explanation but through images, the reader must react to the images by supplying his own associations to them. He is as free to do so as the poet was free in the first place to react to the thing from which he created the image. But as readers differ in the associations which they bring to the image, so will their responses differ; and the richer, the more complex the imagery of a poem, the more varied the associations it will occasion in its readers. In short, the better the poem, the less subject it will be to a reductive analysis that presents its "meaning" as a simple, logical statement. This is true of poetry generally. As T. S. Eliot has remarked:

> A poem may appear to mean very different things to different readers, and all of these meanings may be different from what the author thought he meant. For instance, the author may have been writing some peculiar personal experience, which he saw quite unrelated to anything outside; yet for the reader the poem may become the expression of a general situation as well as of some private experience of his own. The reader's interpretation may differ from the author's and be equally valid—it may even be better. There may be much more in a poem than the author was aware of. The different interpretations may all be partial formulations of one thing; the ambiguities may be due to the fact that the poem means more, not less, than ordinary speech can communicate.[71]

This attitude toward poetry, which we think of as sophisticated and modern, was clearly implicit in Zhou Ji, 150 years ago. He was aware of the possible multiple meanings of poetry, even as William Empson has made us all aware. Though Zhou spared himself the effort of developing his insight into a coherent theory of poetry, or even of working out its application in a sustained series of examples, still, his was an original and productive idea in Chinese literary theory. The influence of Zhang Huiyan's ideas inhibited Zhou Ji in developing his own views, which he presented within Zhang's frame of reference, where the presence of allegory was a positive virtue. In accepting the examples of *ci* by Wen Tingyun, Wei Zhuang, and Ouyang Xiu as allegorical, he was forced to formulate his theory in terms that allowed for such an interpretation; hence the metaphysical language (*chu*, *wu*, etc.) which he applied to the phenomenon. His own original observations—the external counterpart of the feeling that the poet wants to express, and the multiple interpretations made possible by the reader's own associations with the imagery used by the poet—these are all limited to the context of the way in which he imagined allegory to function. This is turning things upside down, for allegory is only one of the possible ways of developing the interaction between feeling and inspiration; and to read allegory into the many poems which are not certifiably allegorical is not the only course available to the reader who is prepared to supply his own associations to their images. Zhou Ji's original insight into the way poetry works was distorted and circumscribed by his Changzhou heritage.

Zhang Huiyan's views may have been restrictive, but from one point of view it is not altogether unreasonable to regard the *ci* form as especially suitable for allegory, a fact which accounts for the ease with which Zhang and his followers were able to read allegory into *ci* as well as to write *ci* which were allegorical by intent. At first glance this may seem unlikely, since *ci* began as popular songs, sung by girls for the entertainment of young men seeking dissipation. Naturally they were largely erotic in content—a far cry from the weighty concerns of national destiny expected of the allegorical mode. But there is, after all, a common denominator. Love occurs in many contexts, and the same word is applied without differentiation to love of God and country, or prince and parents, as well as to love of husband and wife (or concubine). Religious, patriotic, familial, or sexual, the word is conveniently the same; and if one is looking for an immediately apprehended, universally understood, and powerfully effective image for love to use in a poem, sexual love is it. So the transformation of popular love songs into patriotic anthems was an understandable phenomenon; and, in a sense, the more passionate the eroticism the more subject the song to such an interpretation. If this claim seems exaggerated, consider the treatment, in Western literature, of the Bible's *Song of Songs*. Modern critics may read it as a purely secular love poem, but it is no doubt still interpreted in some contexts allegorically, as the courtship of Christ and his Church.

The use of the form and substance of erotic poetry as a deliberate allegory for divine love is exemplified by Richard Crashaw's "Hymn to Sainte Teresa":

> …For she breathes All fire.
> Her weake brest heaves with strong desire
> Of what she may with fruitles wishes
> Seek for amongst her Mother's kisses…[72]

This sort of thing, then, is not peculiar to the Chinese tradition; but of all Chinese verse forms, *ci* is the most readily adaptable to such purposes, being most often concerned with love themes. And so, although Zhang Huiyan's motives may have been no more purely literary than his training and interests were, still he found ready at hand in *ci* an element which he could exploit for his own ends, and his success is a phenomenon in literary history worthy of study.[73] His theory may be full of holes, but it was respected and accepted by many *ci* writers and critics, and even so original a thinker as Zhou Ji came under its influence.

Whatever its shortcomings, the Changzhou School must be given credit for its positive contributions to the understanding of *ci*, as well as for its encouragement of *ci* composition. That *ci* could be used as a vehicle for allegory, that a given *ci* may be subject to differing but still valid interpretations, that *ci*, like all poetry, depends on imagery to arouse feeling—these were valuable observations which led to a broader and deeper conception of the possibilities of the form. Much of the work of late Qing and early twentieth-century scholars such as Wang Pengyun, Zhu Zumou, and Long Muxun was either directly inspired by the Changzhou School or was possible only because the Changzhou School had made *ci* a respectable literary form worthy of serious study. Surely the school was responsible in some measure for the Qing dynasty *ci* renaissance.

Since the allegorical interpretation of literature is of basic importance in traditional Chinese literary criticism, a study of how the Changzhou School applied it to *ci* brings us to a better understanding of the tradition, a tradition which we need neither blindly accept nor wholly reject, but which we must understand in order to appreciate traditional Chinese literature.

Notes:

1. This influence is unmistakable in such critical writings as Song Xiangfeng's (1776-1860) preface to his collected *ci*, *Xiangcao ci*; Ding Shaoyi (fl. 1850), *Ting qiusheng guan cihua*; Jiang Dunfu (1808-1867), *Fentuoli shi cihua*; Jiang Shunyi (fl. 1862), *Cixue jicheng*; Tan Xian (1832-1901), *Futang cihua*, and his *Tanping cibian*; Xie Zhangting (1820-1903), *Duqi shanzhuang cihua*; Chen Tingzhuo (1853-1892),

Baiyuzhai cihua; Shen Xianglong (fl. 1860), *Lunci suibi*; Zhang Deying (fl. 1870), *Ci zheng*; and Kuang Zhouyi (1859-1926), *Huifeng cihua*. The extent of this influence can be seen even in late Qing *ci* writers like Wang Pengyun (1849-1904) and Zhu Zumou (1857-1931), who, though they did not write *ci* criticism as such, did betray their bias in certain poems. For example, Zhu Zumou, in his "Twenty-four Stanzas to the Tune *Wang jiangnan* on Famous *Ci* Poets of Our Qing Dynasty", compared Wang Pengyun with Zhang Huiyan. See his *Qiangcun yuye* 3.7a. See also his *Gengzi qiuci*, a series of allegorical *ci* on the occupation of Beijing by the Western armies in 1900, which he wrote in collaboration with Wang Pengyun and others.

2. They were tutors to the sons and nephews of the Jin family. Shexian is in southeastern Anhui.

3. Zhang Qi, preface to *Cixuan xu cixuan jiaodu*, p. 1.

4. Zhang Huiyan, preface to *Cixuan xu cixuan jiaodu*, pp. 5-6.

5. Ibid.

6. *Shuowen jiezi* (*SBCK* ed.) 9A.5a.

7. Zhang Huiyan, preface, pp. 5-6. The songs designated "Bianfeng" include the poems in the "Guofeng" section of the *Shijing* after the first twenty-five.

8. Ibid.

9. Jin Yinggui, postface to *Cixuan xu cixuan jiaodu*, p. 2.

10. The anachronism was noticed by Xie Zhangting in his "Letter to Huang Zishou", *Duqi shanzhuang wenji* (1884; *Duqi shanzhuang suo zhushu, ce* 1-10) 5.17b-18a.

11. See his preface to Zhang Yan's collected *ci*, *Shanzhong baiyun ci* (*Qiangcun congshu, ce* 29-30), 5b.

12. In his "Letter to Huang Zishou" (see note 10 above), Xie commented, "The theory 'external words for an internal thought' is the *ci* critic's device of borrowing an ancient idea to dignify the form."

13. In his preface to *Huajian ji*, Ouyang Jiong (896-971) used this term for the poems in that collection. Sun Guangxian (d. 968) said of He Ning (898-955) that "as a young man he was fond of writing songs (*quzi ci*)...and got the epithet 'Minister of Song' (*quzi xianggong*)." See *Beimeng suoyan* (Yayu tang ed., 1756) 6.9.

14. Wang Zhuo (fl. 1162) said, "What we call 'songs' (*quzi*) have gradually developed since the Sui dynasty." See his *Biji manzhi* (*Cihua congbian, ce* 1) 1.1b.

15. Zhi Yu (d. 311) said, "*Bi* is comparison, *xing* is words imbued with feeling." See his "Wenzhang liubie lun", *Quan Jin wen* 77.7b (*Quan Shanggu Sandai Qin Han San'guo Liuchao wen*, 2:1905). Zhu Xi (1130-1200) commented on the poems "Guan Ju" and "Zhongsi": "*Xing* is first mentioning something else to lead up to what you really want to write about...*Bi* compares that with this." See his *Shiji zhuan* 1.3a and 9a.

16. Zheng Xuan (127-200) commented, "*Bi* occurs when one dares not speak out directly against an actual mistake, and a comparable matter is used to make the point...*Xing* occurs when on seeing present excellence one disdains direct flattery and chooses instead some good thing to embody and recommend it." Kong Yingda (574-648) elaborated on this. See the commentaries in *Zhouli zhengyi* 45.8.

17. *Maoshi zhushu* (*Shisanjing zhushu* [1815 ed., ed. Ruan Yuan (1764-1849)]) 1A.6a.

18. I am following Zhu Ziqing's count; see his *Shiyanzhi bian*, pp. 3-5.

19. Song dynasty critics had already challenged many of his assertions—for example, Ouyang Xiu (1007-1072) in his *Shi benyi* (Real Meaning of the Odes), Zheng Qiao (1104-1162) in his *Shi bianwang* (Exposing Unfounded Assumptions about the Odes), and Zhu Xi in his *Shixu bianshuo* (Critical Examination of the Preface to the Odes).

20. See note 13 to this chapter.

21. The Zhou tradition of quoting *Shijing* songs out of context as a part of the language of diplomacy, which is so frequently illustrated in the *Zuozhuan*, has no counterpart in later Chinese literature.

22. Li Yuandu (1821-1887), *Guochao xianzheng shilue* 36.7a-8b.

23. Xie Zhangting, *Duqi shanzhuang cihua xu* (1884; *Duqi shanzhuang suo zhushu, ce* 20-21) 1.6b: "The first fault is to imitate the epigones of Zhou Bangyan [1056-1121] and Liu Yong [ca. 990-ca. 1050]; the second is to imitate the epigones of Su Shi and Xin Qiji; and the third is to imitate the epigones of Jiang Kui and Shi Dazu [ca. 1160-ca. 1210]."

24. Dai Junren has remarked that while Zhang Huiyan was a good scholar, Yu Fan's interpretations are not worth much. See his *Tan yi*, p. 117.

25. As already remarked by Zhang Xuecheng (1738-1801); see his *Wenshi tongyi* (*Yueya tang congshu, ce* 53-59) 1.8a. The comparison is elaborated upon by Ju Naipeng, "Zhou Yi yu gudai wenxue", *Guowen yuekan* 74 (December 1948), 10-11.

26. Preface to his collected *ci*, *Xiaoshan ci* (*Qiangcun congshu, ce* 5) 1a.

27. As recorded in Wei Tai's (fl. 1082) *Dongxuan bilu* (*Baihai, ce* 14-15) 5.1b.

28. As recorded in Huihong's (1071-1128) *Lengzhai yehua* (*Jindai bishu, ce* 98-99) 10.6b.

29. Lu You, *Weinan wenji* (*SBBY* ed.) 14.6b.

30. Wang Zhuo, *Biji manzhi* 1.1ab.

31. Ibid., 2.3a.

32. In his note on Liu Shu'an's "Eight *Ci* Inspired by Autumn", in *Houcun tiba* (*Shiyuan congshu, ce* 33-35) 1.14a.

33. Ren Erbei (Ren Nuo), *Cixue yanjiu fa*, p. 21.

34. For the full poem, see *Huajian ji*, p. 1.

35. Deng Guangming, *Jiaxuan ci biannian jianzhu*, p. 37. Note that the

word *zao* in Zaokou is sometimes written as *zao* in *chuangzao*.

36. Luo Dajing, *Helin yulu* 1.6b-7a.

37. Deng, *Jiaxuan ci biannian jianzhu*, pp. 37-38.

38. I.e., the Lord of Zhongshan, who said, "My body is off by streams and lakes, but my heart is lodged below the Gates of Wei." This is from *Zhuangzi* (*SBBY* ed.) 28.14b.

39. The "Gates of Wei", as Li Mian uses it, refers to the national capital. Deng is quoting here from the *Ganzhou fuzhi* (1873 ed.) 17.1 b.

40. *Ri Haku kashi sakuin*, poem no. 711: *Deng Jinling Fenghuangtai.*

41. Zheng Qian, "Xin Jiaxuan de yishou *Pusa man*", *Dalu zazhi* 3.4 (1951), 16-17.

42. *Jianyan yilai xinian yaolu* 29.577.

43. Li Lifu, "Xin Jiaxuan ti Zaokou *Pusa man* jueyin", *Dalu Zazhi* 12.7 (1956), 9-11.

44. *Huajian ji*, p. 32.

45. E.g., Niu Xiji's (fl. 925) *ci Shengzha zi*, *Huajian ji*, p. 31; or Liu Yong's *ci Ding fengbo*, in his collected *ci*, *Yuezhang ji* 2.12b.

46. *Huajian ji*, p. 1

47. Ibid., p. 9.

48. See his collected *ci Yangchun ji*, p. 3.

49. See *Yuefu buti* (*Qiangcun congshu*, *ce* 1) 10b.

50. Ibid., 4ab.

51. The source of the story is his biography, *Tang yishi zhuan*, quoted in Zhou Mi's *Guixin zashi houji* (*Baihai*, *ce* 58) 3ab; also in Tao Zongyi's (fl. 1360-1368) *Chuogeng lu* (*Jindai bishu*, *ce* 121-126) 4.1a-9a.

52. "Only the spring wind knows what it means, / Every year the cuckoo weeps in the evergreen trees."

53. Li He, *Jintong xianren ci Han ge*, *Li He shizhu* 2.45.

54. Quoted by Wang Pengyun in his colophon to Wang Yisun's *Huawai*

ji (*SBBY* ed.), vol. 1a.

55. See Liu Dajie, *Zhongguo wenxue fazhan shi*, pp. 627-628; Hu Shi, *Tang Song mingjia cixuan*, p. 206.

56. See his *Shanzhong baiyun ci* 6.1ab.

57. See Tang Guizhang, "Song ci hujian kao", *Cixue jikan* 3.1 (1936), 63.

58. Li Bingruo also criticized Zhang Huiyan for using the techniques of classical exegesis to interpret Wen Tingyun's *ci* where they are wholly inappropriate. See his *Huajian ji pingzhu*, p. 10, where he quotes *Xuzhuang manji*. Also, Wang Guowei (1877-1927), in his *Renjian cihua*, p, 58. said, "Gaowen [Zhang Huiyan] was really an inflexible critic. There is no profound significance in Wen Tingyun's 'Pusa man', or Ouyang Xiu's 'The Butterfly Loves Flowers', or Su Shi's 'The Fortune Teller', all of which are mere occasional pieces. They do not deserve to be subjected to his literary inquisition."

59. Xie Zhangting "*Cixuan* bawen", *Duqi shanzhuang wenji* 2.7ab; also Zhang Xiangling, *Ci lun* (*Cihua congbian*, *ce* 23) 2a.

60. Zhou Ji, *Jiecunzhai lunzhu* (*Cihua congbian*, *ce* 9) 1b "Toward prosperity and decline, anticipated trouble [*Shijing* (*Maoshi yinde* ed.) no. 155.2], impending disaster [*Xin shu* (*SBCK* ed.) 1.8a], personal responsibility accepted for public crises [*Mengzi* (*Mengzi yinde* ed.) 4B:29], individual integrity amidst corruption ["The Fisherman", *WX* (*SBBY* ed.) 33.5a]—each poet takes his stance in accordance with his own temperament and education, and all poets give sincere expression to their varied experience and profound understanding in a way that helps later men to appreciate their times. Poetry (*shi*) serves as history [said of Du Fu's poetry by Guo Zhida (fl. 1180) in his preface to *Jiujia jizhu Dushi*], and *ci* too can serve as history…"

61. "Those *ci* writers who can only string together clichés about their

pangs at separation, their personal disappointments, should be ashamed to be in the company of Wen Tingyun and Wei Zhuang." Ibid.

62. "The novice at *ci* composition should deliberately work for an allegorical dimension. With allegory there will be consonance between the external and the hidden meanings, and the poem will have style." Ibid., 2a.

63. *Zhuangzi* 24.16a: "A man of Ying had a bit of plaster on the end of his nose, no thicker than a fly's wing. He asked Carpenter Shi to slice it off for him. Carpenter Shi whirled his axe until it whistled and sliced it off neatly without hurting the nose."

64. Preface to *Song sijia cixuan* 1b. The "edge without thickness" refers to the butcher in *Zhuangzi* 3.2b, who explained how he could use his knife for nineteen years without ever sharpening it: "Between the joints there are interstices, and the edge of the knife is without thickness. When you insert that which is without thickness where there are interstices, there is room and to spare around the edge of the blade."

65. Ibid.

66. Zhan Antai "Lun jituo" (On Allegory), *Cixue jikan* 3.3 (1936). 111, comments, "When Zhou says *wu jituo*, he does not mean that there should be no allegory, but that the poet should go beyond allegory to something indefinite, so that the reader cannot look for its meaning in petty detail...If the poet strives for *wu jituo*, then it is something he achieves deliberately, making an allegorical *ci* appear not to be allegorical."

67. Preface to *Song sijia cixuan*, 1b.

68. Ibid.

69. Preface to *Ci bian* 1b-2a.

70. Tan Xian, *Tanping cibian* 2.3b; also his preface to *Futang cihua* (*Cihua congbian*, *ce* 2) 1b.

71. T. S. Eliot, "The Music of Poetry", in *On Poetry and Poets*, p. 23.

72. George Walton Williams, ed., *The Complete Poetry of Richard*

Crashaw, p. 55.

73. Xie Zhangting, in *Keyu xulu* (1900; *Duqi shanzhuang suo zhushu*, *ce* 27-29) 4.30b, wrote, "Zhang Huiyan was always talking about allegory in *ci*, and even writers who did not necessarily accept his views could still not avoid hearing about them."

静安先生之性格

一、知与情兼胜的禀赋

在静安先生的性格中，最明显也最重要的一点，乃是他的“知”与“情”兼胜的禀赋。这种禀赋使他在学术研究方面，表现为一位感性与知性兼长并美的天才；可是另一方面，在现实生活中，则这种禀赋却不幸而使他深陷于感情与理智的矛盾痛苦中而无以自拔，终至成为一个以自杀来结束自己的悲剧人物。静安先生对于他自己之具有理智与感情相矛盾的性格也早有反省的认识，在其早期所写的《静庵文集续编·自序二》中，他就曾自我分析说：“余之性质，欲为哲学家则感情苦多而知力苦寡，欲为诗人则又苦感情寡而理性多。”又说：“哲学上之说，大都可爱者不可信，可信者不可爱。余知真理，而余又爱其谬误。”又说：“知其可信而不能爱，觉其可爱而不能信，此近二三年中最大之烦闷。”①而除去自序中他所提到的在为学方面感到的“知”与“情”之矛盾以外，他在诗词中表现出来的整个生活中的矛盾痛苦则更为深切。如其《六月

①《王观堂先生全集》第五册《静庵文集续编·自序二》，第 1827-1828 页，台北文华出版公司 1968 年版。

二十七日宿硖石》一诗云：

新秋一夜蚊如市，唤起劳人使自思。试问何乡堪著我？欲寻大道况多歧。人生过处唯存悔，知识增时只益疑。欲语此怀谁与共，鼾声四起斗离离。[①]

从这首诗来看，他在生活与求知上所感到的彷徨困惑的悲哀乃是显然可见的。此外如其《天寒》一首之“只分杨朱叹歧路，不应阮籍哭穷途。穷途回驾元非失，歧路亡羊信可吁”[②]及《病中即事》一首之“拟随桑户游方外，未免杨朱泣路歧”[③]诸句，便也都是借用杨朱之泣路歧的一则故事，来表现他在人生之途上陷于矛盾之抉择的痛苦。而他著名的二句词，《蝶恋花》一首之“辛苦钱塘江上水，日日西流，日日东趋海”[④]，当然更是他内心之矛盾痛苦的一幅极好的写照。静安先生一生的为学与为人，可以说就是徘徊于“求其可爱”与“求其可信”及人生之途的感情与理智的矛盾的追寻与抉择之中。

我们先从他为学的一方面来看。在这一方面因为他所面对的只是单纯的学问，所以不论其为偏重感情的对于“可爱”的追寻，或偏重理性的对于“可信”的追寻，虽然因出发点之不同，在其开始择别途径时，也许不免有一度感情与理智相矛盾的争战，可是既经择定之后，他却往往能以其感性与知性兼美的天才相辅为用，而反而得到了过人的成就。当他早期从事于文哲之学的时候，可以说乃是从感情出发的对于“可爱”的追寻，可是我们试一看，当他为叔本华悲观哲学所吸引而对之倾倒耽溺时，他所写的有关叔本华的论文如《叔本华之哲学及其教育学说》、《叔本华与尼采》及《书叔本华遗传说后》，却都是站在客观立场，以理性的思辨对其学说之是否“可信”来做的批判和分析。而当他耽溺于词之写

①《王观堂先生全集》第五册《静庵诗稿》，第 1776-1777 页。
②《王观堂先生全集》第五册第 1783 页。
③《王观堂先生全集》第五册第 1780 页。
④《王观堂先生全集》第四册《苕华词》，第 1526 页。

作时，他也曾同时从事于词之批评及词籍之整理，既写成了一部《人间词话》，也完成了一部《唐五代二十一家词辑》。凡此种种，都足以说明静安先生在从感情出发对于“可爱”者加以追寻时，他同时却也正以其理性在“可爱”之中做着“可信”的追求。这正是静安先生在文哲之学的研究中，既表现有锐敏的感受，又表现有精辟之见的一个重要原因。

这种知与情兼胜的禀赋，即使当静安先生之治学途径自文哲之学转为考证之学以后，也仍然可以清楚地看出来。考证之学原来应该是完全基于理性的对于“可信”的寻求了，可是静安先生在考证之学上能有过人之成就的原因，却不仅只是由于一般人所共见的精严的理性的思辨而已。因为精严的考证推理的工作，尚属一般博学勤力的学者都能达致的境界，而静安先生在学术方面的创获，却更有超越于精严之考证以外者。缪钺先生在其《王静安与叔本华》一文中即曾云：“其心中如具灵光，各种学术，经此灵光所照，即生异彩。”[①]而给他的考证之学上投以睿智之灵光，使其不断有惊人之发明和创见的，则是由于他所禀赋的近于诗人的感性和资质，以及他对于“可爱”之追寻的一种理想。我这样说也许不易为一般人所接受，因为在静安先生的考证著述中，这种隐含的资质和心意，乃是颇不易为人所察觉的。可是如果我们仔细观察，就会发现静安先生在考证之学上，所用的方法虽是理性的，可是触发他能有惊人之发明与创见的，却往往乃是由于他所禀赋的一种属于感性的直观与想象之能力。举例而言，其在《观堂集林》卷一《肃霜涤场说》一文中，静安先生曾以双声联绵字来解释《诗经·豳风·七月》一篇的“九月肃霜，十月涤场”二语，以为乃“肃爽”及“涤荡”之意，引证了十余种以上的古籍来作为他的说法的佐证，是一篇全以理性组织的精严的考证文字。可是在篇末他却叙述这种灵感的获得乃全得之于直观的感受，他说：

① 缪钺：《王静安与叔本华》，见《诗词散论》第68页，台北开明书店1953年版。

> 癸亥之岁，余再来京师，离南方之卑湿，乐北土之爽垲。九十月之交，天高日晶，木叶尽脱，因会得“肃霜”“涤场”二语之妙，因为之说云。[①]

又如其在《尔雅草木虫鱼鸟兽释例自序》一文中，曾经记叙说：

> 甲寅岁暮，国维侨居日本，为上虞罗叔言参事作《殷墟书契考释后序》，略述三百年来小学盛衰。嘉兴沈子培方伯（沈曾植）见之，以为可与言古音韵之学也。然国维实未尝从事于此（按:《观堂别集》亦录此序，本句作“余于此学殊无所得”），惟往读昔贤书，颇怪自来讲古音者详于叠韵而忽于双声。……乙卯春归国展墓，谒方伯于上海，以此愿质之方伯。……又请业曰：“……其以叠韵说诂训者，往往扞格不得通，然则与其谓古韵明而训诂通，毋宁谓古双声明而后训诂通欤？”方伯曰：“岂直如君言，古人转注假借虽谓之全用双声可也。”……维大惊，且自喜億之偶中也。[②]

对于一种“未尝从事”、“殊无所得”的学问，居然能于短期的观察研究之后，以臆想而直探古声韵与训诂之学的重要关键所在，静安先生直观与想象能力之过人于此可见。这也才正是他在考证之学方面并非抱残守缺，而能自辟蹊径、卓然独往的真正原因所在。在他的考证专著中，时时闪现出这种灵光的作品甚多，而其中最可引为代表的一篇伟大著作，则是他以古器物古文字来考证古史所写出的《殷周制度论》，赵斐云先生曾推许之云：“此篇虽寥寥不过十数页，实为近世经史二学第一篇大文字。”[③]这种推崇，一点也不是溢美。在这篇著作中，静安先生以其过人

① 《王观堂先生全集》第一册《观堂集林》卷一《肃霜涤场说》，第 52-55 页。

② 《王观堂先生全集》第六册《尔雅草木虫鱼鸟兽释例自序》，第 2123-2125 页。又见第四册《观堂别集》，第 1414 页。

③ 赵万里：《王静安先生年谱》，《国学论丛》第 1 卷第 3 期“王静安先生纪念专号”（北平清华研究院 1927 年编印），第 110 页。笔者于 1941 至 1945 年在辅仁大学读书时曾从赵万里斐云先生修习戏曲史，惜当日未从斐云师一询静安先生生平事迹，至今犹以为憾。

之直观与想象的能力来观察和组织，使得一些早已死亡的支离破碎的材料，都在他的灵光照射下，像重新获得了生命一般地复活起来。这种成就，当然决不是仅靠精严的理性便可达致的。除此之外，还有一点值得注意之处，那就是他在理性的考证之外，所流露出的对于周代之文物制度的一种怀思向往之情，而这也就是我在前面所说的他对于“可爱”之追寻的理想。在这篇著作的结尾中，他曾经极有深意地说：

> 殷周间之大变革，自其表言之，不过一姓一家之兴亡与都邑之转移；自其里言之，则旧制度废而新制度兴，旧文化废而新文化兴；又自其表言之，则古圣人之所以取天下及所以守之者，若无异于后世之帝王；而自其里言之，则其制度文物与其立制之本意，乃出于万世治安之大计，其心术与规摹，迥非后世帝王之所能梦见也。

又说：

> 则知所以驱草窃奸宄、相为敌仇之民，而跻之仁寿之域者，其经纶固大有在。欲知周公之圣与周之所以王，必于是乎观之矣。[①]

如果我们想到静安先生写作本文时军阀混战、政党相争的时代背景，我们就会发现静安先生在新旧文化制度变革之际，其感慨世乱、缅怀先哲的感情，乃是显然可见的。一般人只知道静安先生的考证之学乃是纯理性的由古文字声韵及古器物以考古代之制度文物，然而侯外庐在其所著《近代中国思想学说史》中，就曾经说：“然而‘明立制之所以然’则并不是他的研究中心，因为他有他的理想与信仰。”[②]这话乃是可信的。姚名达在《哀余断忆》一文中，曾经记述他有一次向静安先生问学的事，他说：

① 《王观堂先生全集》第二册《观堂集林》卷十《殷周制度论》，第435-462页。

② 侯外庐：《近代中国思想学说史》第十七章“古史学家王国维”第一节“观堂的治学精神”第963页，上海生活书店1947年版。

> 课后，以旧在南方大学所考孔子适周究在何年求正于先生。是篇以确实之证据，摧破前人鲁昭公二十年、二十四年、三十一年之说，而断为七年或十年。先生阅毕，寻思有顷，曰："考据颇确，特事小耳。"①

观乎此，则静安先生的考证之学，其目的原不仅为考证一事一物，而别有更高远之目的与理想可知。我之所以不惮其烦地要对此一点特加说明的原故，乃是因为此一点不仅可证明静安先生乃是一位知与情兼胜的天才，而同时也是造成他后来研究途径转变之一项重大因素。总之，知与情兼胜的禀赋，无论在其早期的学术研究方面，或在其晚期的学术研究方面，都曾使他的研究成果闪放出异样的光彩。这正是静安先生的过人独到之处。

其次，我们再从他为人方面来看，则同样的禀赋却造成了他在现实生活中深陷于感情与理智之矛盾的终生痛苦。因为学术研究的对象只是单纯的学问而已，而现实生活的对象则是复杂而多变的人世。学问可以由一己之意愿来取舍和处理，可是人世的纠纷则无法由一己之意愿来加以解决。静安先生既以其深挚的感情对于周围的人世有着一种不能自已的关怀，又以其明察的理智对于周围的罪恶痛苦有着洞然深入的观照，于是遂不免在现实生活中常徘徊于去之既有所不忍，就之又有所不能的矛盾痛苦之中。更何况静安先生所生之时代，正值中国之文化与政治都面临新旧激变之时。本来激变之时代就足以形成一种认同混乱的彷徨困惑，而更加之以当时的军阀政客又利用此变乱之时代互相争攘以各谋私利，因而造成无数战乱和纠纷。当时的政海波澜，真可以说得上是旦夕千变。在如此的一个时代中，静安先生要想寻求其"可爱"与"可信"之理想，遂不免自陷于彷徨与矛盾之中，而时时遭遇到理想破灭之悲。

① 姚名达：《哀余断忆》，引自王德毅《王国维年谱》（台湾商务印书馆 1968 年版），第 304-305 页。原文载 1927 年《国学月报》"王静安先生纪念专号"。

于是乃发现其初以为不“可信”而“可爱”者，实非独不“可信”亦并且不“可爱”，而其初以为虽不“可爱”而“可信”者，更是非独不“可爱”亦并且不“可信”。然而以他当时在社会上之地位及交往，却又不免牵涉于人事及环境之种种羁绊限制之中，不仅身不得出，而且口不得言。所以他在现实生活中，所感受之痛苦虽极深，可是在著作叙述中，除去前面所引的一些诗词中不时流露出他的矛盾痛苦之情以外，真正言及现实生活之挫败者则极少。何况又加之以他的沉潜忠厚的性格，这使他不仅不肯臧否人物，更且不肯自诉悲苦。所以我们要想在静安先生的著述中寻找这一类记叙，那几乎是一件不可能的事。除非我们真能以静安先生之性格，处静安先生之时代，设身处地来置想，也许可以体认一二，而这也正是本文下一章所将要从事的工作，因此这一点我们将留到后面来详细讨论。总之，“知”与“情”兼胜的性格，虽然在学术方面造成了静安先生过人的成就，可是在现实生活中，这种理智与感情相矛盾之性格，却造成了静安先生终生的悲苦，更成为他走向自杀之途的一项重要因素。这是我们对于静安先生之性格所当具有的第一点认识。

二、忧郁悲观的天性

在静安先生的性格中，另一点值得我们注意的，则是他既禀有忧郁悲观的天性，而又喜欢追索人生终极之问题。关于这一点，他也同样有着一种反省的自觉。他在《静庵文集续编·自序》中，曾经自我叙述说：“体素羸弱，性复忧郁，人生之问题日往复于吾前”。[①]据静安先生之自叙，则这种忧郁原来乃是他天生的禀赋，而这种忧郁的天性又与他好追索人生之问题有着相连带的关系。从这种关系来探寻他悲观忧郁之性格

① 《王观堂先生全集》第五册《静庵文集续编·自序》，第1825页。

的发展，则他所热爱过的德国哲学家叔本华，其《天才论》中的天才忧虑之说，也许有可以供我们参考之处。叔本华说：“天才所以伴随忧郁的原故，就一般来观察，那是因为智慧之光愈明亮，便愈能看透生存意志的原形，那时便会了解我们人类竟是这一付可怜相，而油然兴起悲哀之念。”[①]如果按照此一说法来观察，则我们就会发现静安先生的悲观忧郁之因，竟果然如叔氏所言，乃是由于看透了人类生存意志的原形，深感其愚蠢劳苦之足悲的原故。在静安先生诗中表现有这种悲慨的作品甚多，而其中最值得注意的乃是他的《咏蚕》一诗，诗云：

余家浙水滨，栽桑径百里。年年三四月，春蚕盈筐篚。蠕蠕食复息，蠢蠢眠又起。口腹虽累人，操作终自己。丝尽口卒瘏，织就鸳鸯被。一朝毛羽成，委之如敝屣。喘喘索其偶，如马遭鞭棰。呴濡视遗卵，怡然即泥滓。明年二三月，䗼䗼长孙子。茫茫千万载，辗转周复始。嗟汝竟何为，草草阅生死。岂伊悦此生，抑由天所畀。畀者固不仁，悦者长已矣。劝君歌少息，人生亦如此。[②]

这一首诗借蚕之一生来描写充满饮食男女之欲的人生，表现得极为具体而深刻。而这种把人生完全看作生存欲望之表现的悲观的想法，则与叔本华的天才忧郁之说确有相合之处。缪钺先生《诗词散论》中《王静安与叔本华》一文，即曾云：

王静安对于西洋哲学，并无深刻而有系统之研究，其喜叔本华之说而受其影响，乃自然之巧合。申言之，王静安之才性与叔本华盖多相近之点，在未读叔本华书之前，其所思所感，或已有冥符者，……及读叔氏书，必喜其先获我心。[③]

---

① 叔本华：《论天才》，见《论文集》第 124 页，台北志文出版社 1969 年版，陈晓南译。
②《王观堂先生全集》第五册《静庵诗稿》，第 1781 页。
③ 缪钺：《王静安与叔本华》，见《诗词散论》第 68 页。

这一段话所说极有见地。静安先生曾自叙其与叔本华哲学接触研读之经过，说当他二十二岁在东文学社读书时，偶然从社中日本教师田冈佐代治的文集中，看到引用叔氏哲学者“心甚喜之”。[①]其后四年，当他二十六岁时，“读叔本华之书而大好之，自癸卯（1903）之夏以至甲辰（1904）之冬，皆与叔本华之书为伴侣之时代也。”[②]他对于叔氏书之倾倒赏爱既有如此者，则缪钺先生所云“王静安之才性与叔本华盖多相近之点”的话，当是可信的。而静安先生之悲观忧郁之性格，也恰好便是叔本华天才忧郁之说的一个最好证明。静安先生在其《叔本华与尼采》一文中，对于叔本华的此一说法，更曾有所发挥，说：

> 呜呼!天才者，天之所靳而人之不幸也。蚩蚩之民，饥而食，渴而饮，老身长子，以遂其生活之欲，斯已耳。彼之苦痛，生活之苦痛而已；彼之快乐，生活之快乐而已。过此以往，虽有大疑大患，不足以撄其心。人之永保此蚩蚩之状态者，固其人之福祉而天之所独厚者也。若夫天才，彼之所缺陷者与人同，而独能洞见其缺陷之处，彼与蚩蚩者俱生，而独疑其所以生。一言以蔽之，彼之生活也与人同，而其以生活为一问题也与人异；彼之生于世界也与人同，而其以世界为一问题也与人异。[③]

这一段话，实在无异于静安先生的夫子自道，而这也正是他以悲观忧郁之天性，而偏好究极人生之问题的根本原因之所在。从他的早期著作中，我们可见到其“论性”、“释理”、“原命”诸作，可以说无一不是他对人生终极之理的追寻表现。在这些著作中，他曾引用了古今中外许多哲人的理论，来对这几个有关人生和人性的大问题寻求解答。可是我们试一看他所追寻到的结果，就会发现他的结论并不能解答他对于人生的基本

①《王观堂先生全集》第五册《静庵文集续编·自序》，第1824页。
②《王观堂先生全集》第五册《静庵文集·自序》，第1547页。
③《王观堂先生全集》第五册《静庵文集·叔本华与尼采》，第1690页。

困惑，只是徒然更加深了他的忧郁悲观而已。如《论性》一文，他最后的结论乃是人性善与恶的永恒的斗争，其文云：

鸣呼！善恶之相对立，吾人经验上之事实也。自生民以来至于今，世界之事变，孰非此善恶二性之争斗乎？政治与道德，宗教与哲学，孰非由此而起乎？……历史之所纪述，诗人之所悲歌，又孰非此善恶二性之争斗乎？①

其《释理》一文，则最后的结论乃是理性并无益于人性之徙恶迁善，且不足为行为之准则。其文云：

理之为义，除理由、理性以外，更无他解。若以理由言，则伦理学之理由，所谓动机是也。……善亦一动机，恶亦一动机，理性亦然。理性者，析理之能力也，为善由理性，为恶亦由理性。则理性之但为行为之形式，而不足为行为之标准，昭昭然矣。②

至其《原命》一文，则以为“命之有二义，其来已古。西洋哲学上亦有此二问题，其言福禄寿夭之有命者，谓之定命论（Fatalism），其言善恶贤不肖之有命而一切动作皆由前定者，谓之定业论（Determinism），”而归其结论云：

一切行为必有外界及内界之原因。此原因不存于现在，必存于过去；不存于意识，必存于无意识，而此种原因又必有其原因。而吾人对此等原因，但为其所决定，而不能加以选择。③

凡此种种，都是静安先生以其忧郁悲观之天性追究人生终极之问题，所推论出来的结果。透过这些结论，我们足可看到，他眼中的人世，除了

①《王观堂先生全集》第五册《静庵文集·论性》，第1568-1569页。
②《王观堂先生全集》第五册《释理》，第1595-1596页。
③《王观堂先生全集》第五册《静庵文集续编·原命》，第1787-1794页。

充满生存意志之欲以外，其罪恶与痛苦乃是全然没有救赎之望的。静安先生曾经自叙其“决从事于哲学”，乃是因为“人生之问题日往复于吾前”的原故[①]，可见他之研究哲学，原是为了要求得人生的解答，而其所得之结果，则是陷于更深之绝望。所以他在其《静庵文集续编·自序二》中，言及其“为学之结果”时，便曾发出了“余疲于哲学有日矣”的深深的悲慨[②]。而对于这一种追寻的失望，则未始不是造成他研究途径转变的一种因素。至于在他的现实生活中，则他的忧郁悲观之天性，以及他最后发现人生全无救赎的绝望之感，也可能是造成他最后走向自杀之途的一项潜在因素。这是我们对于静安先生之性格，所当具有的第二点认识。

三、追求理想的执着精神

除去以上我们所讨论过的静安先生性格中的两点特色以外，还有极重要的一点，我们也应该提到的，就是静安先生所具有的追求其心目中至真、至善、至美之理想的执着精神，而其一生之为学与为人所表现的也便正是他自己对这种理想的追求与持守。说到“理想”，这原是极难以为之下一个具体的界说的。因为人世间既原是充满了愚蠢自私的生存之欲望，所以在人世间，一般人所追求的目的便多不能超然于一己的得失利害之计较以外。因此严格说起来，不仅“扬名声，显父母”不得谓之为理想，即使如圣贤所谓“立德、立功、立言”之“三不朽”，如果先有了想为自己求得“不朽”的动机，便也已经不足称为理想了。“理想”该也是和“天才”一样，乃是生而具有的对于至崇高、至完美之境界的一种认知与向往的天赋。既是一种天生的不能自已的禀赋，所以对“理想”

①《王观堂先生全集》第五册《静庵文集续编·自序》，第1825页。

②《王观堂先生全集》第五册《静庵文集续编·自序二》，第1827页。

之追求，乃是与任何一己得失利害之念，都全然无所关联的。静安先生一生鄙薄功利，轻视任何含有目的之欲求，在为学与为人两方面，都能自树规模，超然独往，便是因为他在天赋中本然就具有着这一种追求向往之精神的原故。叔本华在其《意志与观念》一书之“补遗”中，论及天才与常人之分别，曾经标举出知力上之贵族主义。静安先生在其《叔本华与尼采》一文中，曾引叔氏之说云：

> 一切俗子因其知力为意志所束缚，故但适于一身之目的。由此目的出，于是有俗滥之画，冷淡之诗，阿世媚俗之哲学。何则？彼等自己之价值，但存于其一身一家之福祉，而不存于真理故也。惟知力之最高者，其真正之价值不存于实际而存于理论，不存于主观而存于客观，耑耑焉力索宇宙之真理而再现之。……彼牺牲其一生之福祉，以殉其客观上之目的，虽欲少改焉而不能。[①]

其所谓“耑耑焉力索宇宙之真理”的精神，实在就是天才以其天赋来追求自己之理想的一种表现。静安先生无疑地对于叔本华知力上之贵族主义之说，乃是颇有戚戚之感的。他在《教育小言十二则》中，论及当时教育之平凡苟且的弊病，便也曾提出叔本华之知力上的贵族主义，说：

> 吾人之主义谓之贵族主义者，非政治上之贵族主义，而知力上之贵族主义也。夫人类知力之不齐，此彰明较著之事实，无可讳也。[②]

静安先生自己在知力上之禀赋，当然乃是一位超越常人之“贵族”，这是无可否认的事实。他对于自己天赋之过人，也同样有着自知，不过他在知力上虽是过人的，而在修养上则是谦逊的。他在《静庵文集续编·自序》中，就曾经以颇为谦逊的态度，叙述他自己天才之有过人之处，说：

---

①《王观堂先生全集》第五册《静庵文集·叔本华与尼采》，第1680页。
②《王观堂先生全集》第五册《静庵文集续编·教育小言十二则》，第1882页。

若夫余之哲学上及文学上之撰述，其见识文采亦诚有过人者，此则汪氏中所渭“斯有天致，非由人力，虽情符曩哲，未足多矜”者，固不暇为世告焉。[①]

不过，不管静安先生有何等谦逊的美德，他所禀赋的一种“耑耑焉力索宇宙之真理而再现之”，“牺牲其一生之福祉，以殉其客观上之目的，虽欲少改焉而不能”的属于天才的追求“理想”、殉身“理想”的天性，则是无法改变的。静安先生在其著述中，曾经时时流露出鄙弃功利惟以追求真理为目的之言，如其《论哲学家与美术家之天职》一文，即曾云：

天下有最神圣、最尊贵而无与于当世之用者，哲学与美术是已。天下之人嚣然谓之曰无用，无损于哲学美术之价值也。至为此学者自忘其神圣之位置而求以合当世之用，于是二者之价值失。夫哲学与美术之所志者，真理也。真理者，天下万世之真理，而非一时之真理也。[②]

从静安先生之观点来看，其同时之人所从事之学术研究，乃大多有功利之意味。如其《论近年之学术界》一文，便曾经批评严复之译《天演论》云：

严氏所奉者，英吉利之功利论及进化论之哲学耳，其兴味之所存，不存于纯粹哲学而存于哲学之各分科。

又批评康有为之《孔子改制考》，及谭嗣同之《仁学》等种种著述，以为他们“于学术非有固有之兴味，不过以之为政治上之手段。”[③]从这些批评的话来看，则静安先生之学术研究自有不同于前述诸人，而当别具超然于功利及政治之理想可知。而且不仅对于研究之内容静安先生常寄以

① 《王观堂先生全集》第五册《静庵文集续编·自序》，第 1827 页。
② 《王观堂先生全集》第五册《静庵文集·论哲学家与美术家之天职》，第 1748 页。
③ 《王观堂先生全集》第五册《静庵文集·论近年之学术界》，第 1734-1738 页。

理想之追求，即使对于研究之态度与方法，他也有一种追求理想中之完美的严格的要求。徐中舒在《静安先生与古文字学》一文中，曾经赞美静安先生治学之态度与方法云：

> 先生做学问的精神，总是穷搜冥讨，自觉途径，从来不肯抄袭前人说过的一言半语。……先生凡立一说，必本于新材料与旧材料完备齐集之后，然后再加以大胆的假设、深邃的观察、精密的分析、卓越的综合，务使所得的结论，与新材料、旧材料恰得一个根本的调合。这种实证的方法，忠实的态度，只有在先生著述里可以看到。①

这种凡事不肯苟且的态度和方法，实在也依然是静安先生要致力于使他自己的一切作为，都合乎至真、至善、至美之理想的一种表现。然而世人不察，对于静安先生治学之对象与方法，乃有种种之议论。或因其研究对象之为考古，而讥其保守；或因其研究方法之用科学，而称其革命。如《语丝》一三五期所载岂明之《闲话拾遗》，即云："王君以头脑清晰的学者，而去做遗老，弄经学。……在学问上也钻到'朴学家'的壳里去。"②《文学周报》五卷一至四期合订本所载周予同之《追悼一个文字学的革命者王静安先生》则云：

> 静安先生在政治思想及社会思想方面，虽然是一位悲观者或反动者，但是在文字学方面，却表现了十分勇敢的革命性。……在他的著作里，他只是不绝地表现着乐观的态度，与左倾的意味。③

像这种妄自把"遗老"、"反动"，或"革命"、"左倾"等等拘于一时一地政党之见的名称，加在一位以追求"真理者天下万世之真理，而非一时

---

① 徐中舒：《静安先生与古文字学》，《文学周报》第5卷1-4期合订本第22页，上海开明书店1929年。

② 岂明：《闲话拾遗》，日本大安株式会社《中国资料丛书》重印北新书局1927年6月《语丝》第4册，第110页。

③ 周予同：《追悼一个文字学的革命者王静安先生》，《文学周报》五卷合订本，第29页。

之真理”为理想的静安先生身上，这当然乃是一种误会和诬蔑。这种误会和诬蔑，都源于他们对于静安先生一意追求自己最崇高之理想的根本精神没有认识的原故。《庄子》说：“小知不及大知，小年不及大年。”静安先生之《叔本华与尼采》一文，亦曾引叔氏之说云：“小智于极狭之范围内，测极简之关系，”如同“昆虫之在树也，其视盈尺以内较吾人为精密，而不能见人于五步之外。”[①]所以静安先生无论其所从事者为早期的文哲之学，或晚期的考证之学，无论其所用之为科学的新方法，或古老的旧材料，其所追寻者却原来都有其一己之理想。只是因为静安先生之理想既超乎世人之短浅的功利之见以外，因之遂不易为世人所了解。所以世人虽然也对静安先生之学问加以赞美，却往往不免仅只是从外表之成就立论，而对其真正理想与志意之所在，则并不能有深入的了解，因而也不免有人以个人一己的偏狭肤浅之见妄为讥议。夫以学术研究之单纯客观，静安先生尚不免为世人所误解而有偏狭的是非之论，至于在现实生活一方面，则静安先生既不幸而生于一个中国文化面临于整个认同混乱的时代之中，又陷身于战乱迭兴及党争恩怨的复杂环境之内。在如此混乱之时代与复杂的环境中，静安先生一意所追求之个人的理想，既与各方面全然不能相属，且全然不为任何一方所谅，遂终于自陷于孤绝而又矛盾的痛苦之中，不得不以自杀来维护其理想中之最后一点清白。所以我们可以说静安先生之追求理想的执着精神，乃是影响其治学之途径转变及造成其自杀之悲剧的另一项重大因素。这是我们对于静安先生之性格所当具有的第三点认识。

① 《王观堂先生全集》第五册《静庵文集·叔本华与尼采》，第1679页。

Wang Guowei's Character

The most important as well as the most obvious factors in Wang Guowei's endowment are an intelligence and a sensibility both greater than the ordinary. These are what made possible the extraordinary erudition and sensitivity of his scholarship. On the other hand, in practical affairs he was the unfortunate victim of the contradictions between his own sensibility and intelligence, finding ultimately only the tragic solution of suicide. He himself was well aware of the conflict between his intelligence and his sensibility, remarking in the preface to an early collection of his writings, "It is my disposition that, if I want to be a philosopher, I am unfortunately too sensitive and not clever enough; but if I would like to be a poet, I am not sensitive enough and am too rational....The philosophical theories that are the most attractive are not believable, while the ones you can believe are not attractive. I know the truth and am attracted by the false....Knowing it was believable, but unable to like it, aware of its attraction but unable to believe it—for the past two or three years this has been my greatest trouble." His awareness of the inner conflict between feeling and knowledge is expressed even more sharply in his poetry, for example in "Passing the Night at Xiashi on the Twenty-seventh of the Sixth Month":

This evening of autumn's eve, mosquitoes like a jostling market crowd　新秋一夜蚊如市
Rouse the troubled man to reflection.　唤起劳人使自思
In what realm is there a place for me, I ask.　试问何乡堪著我
I would seek the best road to travel, but the forks are many.　欲寻大道况多歧
Where a man passes through life, regret lingers,　人生过处唯存悔
Increase of knowledge only adds to our doubts.　知识增时只益疑
This thought I would like to share, but with whom?　欲语此怀谁与共
Around me I hear their snores; the Dipper hangs low.　鼾声四起斗离离

Here we see both the uncertainties he felt in the pursuit of knowledge and his sense of isolation from his fellows. The same theme occurs in his poem "Cold Weather" with the lines:

It's Yang Zhu sighing at the crossroads I feel for,　只分杨朱叹歧路
Not Ruan Ji weeping that the way comes to an end.　不应阮籍哭穷途
To turn back at the road's end is nothing lost,　穷途回驾原非失
But sheep gone astray on a diverging path are gonc for good.　歧路亡羊信可吁

Also in "Written While Sick",

I would like to follow Sanghu and wander beyond the world,　拟随桑户游方外
But there is always Yang Zhu, weeping at the crossroads.　未免杨朱泣路歧

In each of these he uses the same allusion to Yang Zhu, weeping that the road forks, leaving a man to make an irrevocable choice, for he cannot follow both branches—the perfect symbol for Wang Guowei's own dilemma.

Another memorable expression of the conflict in his heart is the famous couplet from his *ci* to the tune "The Butterfly Loves Flowers":

Tormented, the waters of the Qiantang Bore	辛苦钱塘江上水
Every day flowing west, every day pouring east	日日西流
into the sea.	日日东趋海

Throughout his life, Wang Guowei vacillated between searching for something he could love and believe in, and the conflicting pursuit of a life ruled by knowledge or feeling.

However, in his studies, since he was concerned with purely scholarly problems, it did not matter whether he emphasized feeling in his pursuit of what he loved or reason in pursuit of something to believe in. But once he had decided on a subject, he was always able to harness his dual endowment to the end he had chosen, with outstanding results. For example, the literary and philosophical studies of his youth, which can be legitimately described as his pursuit of what he could love, were motivated by feeling. But if we look at the essays written when he was wholly under the spell of Schopenhauer's pessimism, such as "Schopenhauer's Philosophy and his Theory of Education", or "Schopenhauer and Nietzsche", or "On Reading Schopenhauer's Theory of Heredity", all are written objectively and criticize the validity of the arguments from the rational view of one who asks whether the theory is something one can believe in. And when he was deeply committed to writing *ci*, he was at the same time engaged in the critical studies of *ci* which resulted in his best-known work, the *Renjian cihua*; he also worked on editing and collating the texts of the *Twenty-one Ci Writers of the Tang and Five Dynasties*. This substantiates the point that when Wang Guowei was prompted by his feeling to go in pursuit of something he could love, he was also driven by his reason to look for what he could believe in, even in the thing he loved. Here is one important explanation for his outstanding achievements in his literary and philosophical studies, marked as they are by sharp sensitivity and original insights.

In another realm, after Wang Guowei had abandoned literature and philosophy for philology and history, we might say his studies were wholly based on reason in pursuit of truth, but it is a point worth noticing that his outstanding achievements in this field too were not just the product of the disciplined intelligence everyone recognizes. The marshaling of evidence depends on an orderly, logical procedure, and careful, philological scholarship is something within the reach of any man of erudition and energy. What Wang Guowei achieved in scholarship surpassed mere careful philology. In his essay "Wang Guowei and Schopenhauer", Miao Yue wrote, "His mind was as though provided with a spiritual light, and whatever this light touched shone with wonderful colors." The radiant intelligence that illuminates his philological work and the surprising insights and originality that inform it come from his poet's endowment of sensitivity and imagination that once set him in pursuit of what he loved. This may not be immediately apparent, the component of feeling hidden in the philological scholarship, but it is there in the sensitive perception and imaginative power that can be felt behind the methodical procedure. For example, in his note on the terms *su shuang* and *di dang* in the *Shijing* 154/8, after citing ten-odd examples from ancient literature in support of his proposed interpretation of *su shuang* as "bracing" and *di dang* as "sere" (treating both as binomes, an original and convincing way of reading them), he goes on to comment, "In 1923 I returned to the capital from the damp southern lowlands, and rejoiced in the dry, invigorating climate of the north. In the bright sun and clear skies of late September and early October, when the trees have shed their leaves, I could appreciate the appropriateness of those words *su shuang* and *di dang*, and so I wrote this paper." It was this direct perception and sensitivity that provided the inspiration for a rigorous philological study.

Another example: in his Preface to “Interpretations of Plants, Insects, Fish, Birds and Beasts in the *Erya*” he wrote,

> Shen Zengzhi thought I showed some acquaintance with philology in the preface I wrote in late 1913 in Japan for Luo Zhenyu’s “Inscriptions from the Yin site deciphered” in which I traced the fortunes of philological studies during the past three hundred years. As a matter of fact, I had not then studied the subject [a variant of this line reads “I had not accomplished very much in this subject”]. When I read the works of the philologists of the past, I was surprised to discover that, though they hitherto had investigated rhyme thoroughly, they neglected alliteration…I called upon Shen Zengzhi in Shanghai on my way home in the spring of 1914 and asked his opinion of my idea...that all attempts to deal with philological problems strictly in terms of rhymes had always reached an impasse; so would it not be better to look for a solution in the use of alliterative initials rather than assuming that the answers all lie in the realm of rhyming finals. He replied, “That is true, but it is not all. Alliteration is the basis for practically all phonetic borrowings in ancient texts.” His reply surprised and pleased me, that my hunch had been correct.

Anyone who, after a brief period of study of a subject of which he himself says he had little or no experience, was able to see through to the basic principles underlying phonology, demonstrates a power of imaginative understanding vastly superior to the ordinary, and here is the reason for Wang Guowei’s unique position in the world of scholarship, that he opened up new paths in philology and did not simply put together bits and pieces of traditional lore and chew over the same old philological work. The most striking example is the great work on Yin and Zhou institutions, of which his onetime student Zhao Feiyun said, “This essay of no more than ten-odd pages is the most important single modern contribution to the fields of history and classical studies." This is not exaggerated praise. In this essay Wang Guowei examines and illuminates the fragmentary and disparate remains of a long-vanished civilization and, with his vision and imaginative power, organizes and imbues them with new life. This capacity for projecting his own feelings onto the objects of his study and making them come alive was obviously not just the result of the logical application of rigorous scholarly methods.

There is another factor to notice in Wang Guowei's scholarship. Alongside the careful, logical procedure of his researches is the emotional attachment revealed in his treatment of Zhou dynasty institutions. In the conclusion to this essay he writes with profound insight,

> The great revolution between Yin and Zhou, on the surface was no more than the rise and fall of a ruling family or the shifting of the site of a capital. But in reality it meant the decline of old institutions and the rise of new, the decline of the old culture, and the rise of the new. Again, on the surface there was no difference between the ancient sages and emperors of later times in their taking the empire and the way they maintained it. But in reality their concept of institutions, culture, and government derived from a vision of stability for thousands of generations to come. Their plans and designs were vastly beyond the ability of later kings and emperors even to dream of.

And he concludes, "Thus we realize that it was because of the existence of a grand principle of order that the Zhou rulers could eliminate traitors and dissidents and raise a hostile people to a state of peace and equity. Here we can see the superiority of the Duke of Zhou in the way the Zhou dynasty came to rule." If we remember that this passage was written in the first years of the Republic, when the country was split up by rival warlords and political factions, we can appreciate Wang Guowei's feelings of admiration for the ancient sages who brought order in a time of strife.

It is generally assumed that Wang Guowei's research was a purely scientific study of ancient institutions through inscriptions and artifacts, but Hou Wailu has already noted that "'to explain how ancient institutions developed' is not the real heart of his study, for he had his own ideals and beliefs. His famous essay on Yin and Zhou institutions...is permeated with his admiration for the institutions of the Duke of Zhou."

Yao Mingda recorded a conversation he had with Wang Guowei about scholarship: "After the lesson, I asked his opinion of a study I had made long ago at Southern University of the date of Confucius' visit to Zhou. My essay established on reliable evidence that it was in 535 or 532 B.C., not in 522 or 515 or 511 B.C., as had been maintained by others. He finished reading, reflected a moment, and said, 'Your results are sound, but the subject is rather insignificant.'" From this we can see that Wang Guowei's philological research was directed toward goals and ideals higher than mere establishment of facts.

It is not just that he was endowed with a combination of intelligence and feeling to an unusual degree, but this endowment also determined the direction taken by his later research. And it was this dual endowment that was responsible for his outstanding achievements in scholarship, both in his earlier and later periods; this is where he excelled.

But in the world of practical affairs, this dual endowment was also the source of a conflict which plagued him all through his life. For, where pure scholarship works with material that, however complex, is passive, in practical affairs the object is the changeable, complicated world of men. In scholarship the individual can pick and choose and manage things as he likes, but the world of affairs is subject to no such private manipulation. Wang Guowei was strongly attracted to the world of affairs by his feelings, but his fine intelligence made him acutely aware of all the corruption and injustice of that world. He vacillated between the unacceptable urge to leave it alone and the impossibility of participating in it. His situation was made the more intolerable by his own idealism and by the nature of the unsettled times he lived in.

It was a time of political change and cultural revaluation. Such a period of instability itself is enough to produce a confusion of identity, but the situation was worsened by contemporary warlords and politicians who exploited this time of change to maneuver for their own private advantage, compounding the strife and confusion, increasing the instability of political fortune. At such a time, Wang Guowei, in search of an ideal he could love and believe in, was inevitably trapped in uncertainty and contradiction and was constantly tormented by the destruction of his ideals. He discovered that what he at first could love but not believe was not only not to be believed, it was not even something he could love, and what he thought could be believed, even if he could not love it, was not to be believed either. But given his position in the society of his time, and his associates, he could not escape being involved. His experience of the world of affairs was very painful, but he almost never mentions such things in his writings, aside from the infrequent disclosures of his personal feelings in the poetry quoted earlier. Especially a man of his retiring and generous and essentially aristocratic character who was not willing to speak ill of anyone, was even less ready to complain of his own troubles. Consequently, it is vain to look in his writings for any direct statement of his feelings about the events of the world he lived in. But behind the metaphors and the aesthetic distancing of his poems we get a glimpse of the painful conflicts that went on in the mind of this intelligent and sensitive genius.

The man is fortunate who, when faced with the alternatives of living in the world and retiring from it, can make a choice and stick resolutely to it. If he cannot achieve that much, the next best for someone who is attracted to both ways of life is to alternate, living part of his life in participation and part of it in detachment, but in each case accepting his condition until he is ready to change it. In this way he satisfies his inclinations and is not tormented by internal conflict. Less enviable is the one who vacillates, unable to make a choice. He imagines he would like to lead an active life, but at the same time cherishes an ideal of detachment. When he thinks of a life of retirement, he is acutely aware of the attractions of active participation. But worst of all is the situation of the man who yearns for retirement, knowing it to be impossible, and who retains a strong inclination to serve and yet is profoundly weary of the flux of human affairs. He must feel sorry for himself and also pity the lot of others. He is the unhappiest of men, and Wang Guowei was unhappily that sort of man.

Intelligence and sensitivity—these were the endowments that made Wang Guowei a unique scholar, but they also were what made his life unhappy, and the failure to reconcile their conflicting demands was an important factor in his suicide.

Another characteristic that played a significant role in Wang Guowei's life was his pessimism, which was combined with a delight in eschatological problems. Here again he had considerable insight into his own character. He once wrote of himself, "Physically weak, pessimistic by temperament, I am continually concerned with the problem of human life." By his own testimony, then, this melancholy disposition was inborn in him and is related to his concern with the problem of human life. His favorite philosopher, Schopenhauer, says in his "Essay on Genius", "The melancholy which accompanies genius depends upon the fact that the brighter the intellect which enlightens the will to live, the more distinctly does it perceive the misery of its condition." Wang Guowei's pessimism can be explained very well in Schopenhauer's terms: it grows out of his acute awareness of the wretchedness of the human condition, and a feeling of compassion for the tragedy of man's senseless travail.

In his poetry are many expressions of this pessimism, but the one in which he writes clearly and specifically about this source of the will for survival is his poem "On the Silkworm":

Our house is on the bank of the River Zhe	余家浙水滨
Where mulberry trees stretch a hundred *li*.	栽桑径百里
In the third and fourth months of every year	年年三四月
Spring silkworms fill the baskets and frames.	春蚕盈筐篚
They wriggle and squirm, eat and rest,	蠕蠕食复息
Senseless, sleep and rouse again.	蠢蠢眠又起
To eat their fill is a full-time job,	口腹虽累人
But no one will do it for them.	操作终自己
Their mouths are weary when the thread is spun	丝尽口卒瘏
That weaves the cover for a marriage bed.	织就鸳鸯被
One day when their wings are formed	一朝毛羽成
They cast it aside like a worn-out shoe.	委之如敝屣
Off they go in search of a mate	耑耑索其偶
Like horses under whip and spur.	如马遭鞭棰
They keep alive till their eggs are laid	呴濡视遗卵
And happily drop into the mud.	怡然即泥滓
Next year in the second month or the third	明年二三月
The naked offspring are growing up.	儽儽长孙子
For ever and ever, thousands and myriads of years	茫茫千万载
Over and over, the cycle begins ever anew.	辗转周复始
Why do you do it, after all,	嗟汝竟何为
Heedlessly multiplying life and death?	草草阅生死
Do they really rejoice in this life	岂伊悦此生

Or are they constrained by Heaven's gift?	抑由天所畀
The donor is in no way kind.	畀者固不仁
Anyone who rejoices in this is a hopeless case.	悦者长已矣
Well, you better end this song—	劝君歌少息
Human life is like this too.	人生亦如此

The silkworms in the poem are a concrete and effective symbol for the human life that is limited to the satisfaction of the basic drives of hunger and sex. This pessimistic view which equates human life with the desire for survival has many points in common with that expressed in Schopenhauer's "Essay on Genius". Miao Yue wrote in his article, "Wang Guowei and Schopenhauer", "Wang Guowei's study of Western philosophy was neither profound nor systematic. He liked Schopenhauer's theories and was influenced by them because of a natural affinity. To be more explicit, there was a considerable similarity in temperament between the two men. His thoughts and feelings before he had ever read him were often very similar to Schopenhauer's. On reading him, he was inevitably delighted with a mind that had so anticipated his own."

Wang Guowei himself tells how he first encountered Schopenhauer's writings. When he was studying at the Eastern Literary Society at the age of 21, he came across a reference to Schopenhauer in the works of one of his Japanese teachers there, Taoka Sayoji, and "was delighted with it." Four years later he wrote, "I have been reading Schopenhauer's book and like it very much." "From summer 1903 until winter 1904 Schopenhauer's book was my constant companion." This all strongly supports Miao Yue's statement that Wang Guowei felt a natural affinity for Schopenhauer because they were temperamentally alike.

At the same time, Wang Guowei's pessimism is support of a sort for Schopenhauer's theory of the connection between genius and pessimism.

Wang Guowei expressed his own feeling in his "Essay on Schopenhauer and Nietzsche", where he wrote,

> Genius, alas, is Heaven's envy and man's misfortune. The unthinking common man eats when he is hungry and drinks when he is thirsty; he raises his children and grows old, and that is all he wants from life. His disappointments are simply the disappointments of life, as his joys are the joys of life. Beyond this no great doubts or concerns trouble his mind. The man who can maintain this unquestioning state of mind is fortunate among men and uniquely blessed by Heaven. Where the man of genius suffers the same disadvantages as the common man, he is also uniquely capable of seeing wherein he suffers. He is born like the common man, but he is alone in having doubts about why he is born. To sum up, he lives the same life, but differs in that he is concerned with the problem of life. He is born into the same world as others, but differs in that he is concerned with the problems of the world.

This paragraph sounds very much as though Wang Guowei were writing about himself; it is the basis for his pessimism and for his determination to explore the problem of human life. Among his early essays, those on human nature, reason, and fate, can all be considered as products of his eschatological investigations. In them he draws upon many different philosophers, Chinese and Western, for solutions to the basic problems of human life and human nature. But when we look at the results he arrived at, it is clear that he was unable to resolve his fundamental doubts about human existence, and his efforts served only to deepen his pessimism. For example, in the final paragraph of his "Essay on Human Nature", on the eternal conflict between Good and Evil, he wrote, "Alas, the co-existence of good and evil is a fact of our human experience. From the beginning of man down to the present, what event in our world has not been a conflict between the good and evil in human nature? Government and ethics, religion and philosophy—all take it as their point of departure…What history records, what poets sadly sing, all these are the conflict of these two, good and evil."

In the final paragraph of his "Essay on Reason" he concluded that reason was of no help in deterring man from evil or propelling him toward the good, that reason provided no standard of conduct: "The word 'reason' has only two meanings, 'cause' and 'intelligence'...Good is a motive, evil is also a motive. Reason is the same, reason is the capacity for discrimination. Doing good is determined by reason, doing evil is also determined by reason. Hence it is clear that reason merely decides what form the act takes; it provides no standard by which to act."

In his "Essay on Fate" he maintains, "From early times the word 'fate' has had two meanings. In Western philosophy too it has the same ambiguity. When they speak of prosperity or longevity being matters of fate, it means Fatalism. When they say a man's character, whether good or bad, is fated, and that all his actions are determined in advance, it means Determinism." He concludes, "All actions have external causes and internal causes. If these causes are not existent in the present moment, they must exist in the past; if they are not present to the consciousness, they must exist in the unconscious mind. Furthermore, there must be causes antecedent to these causes. But we are at the mercy of these causes; we cannot pick and choose."

In these passages we can see what conclusions Wang Guowei's pessimism led him to in his investigation of the basic problems of the human condition. In his eyes the lot of mankind, aside from satisfying the desire for continued existence, was hopelessly miserable and corrupt. He once said that the reason for his "determination to pursue philosophy" was that "the problem of human life is constantly before my eyes." He was looking for a solution to the problem, but the conclusion he reached left him mired deeper than ever in hopelessness. When he came to describe the "achievements of scholarship" in a preface to one of his collections, he wrote in bitter disillusionment, "I have long been weary of philosophy." And this disappointment can hardly fail to have been a factor in changing the direction of his researches. In the world of practical affairs his pessimistic disposition, combined with his feeling of the hopelessness of the human lot, could have been a hidden factor in his suicide.

Wang Guowei may have been pessimistic by nature, and a misanthrope, but he was also dedicated to the pursuit of an ideal of truth, goodness, and beauty. His whole life was spent in the pursuit and support of this ideal.

It is not easy to explain in concrete terms what is meant by "ideal". If we live to satisfy the meaningless and selfish desire for life, then the goals most of us pursue will not transcend what we estimate to be our own profit and advantage. Hence, strictly speaking, the injunction from the *Classic of Filial Piety* to "make a name for yourself, to the glory of your parents" cannot be called an ideal, nor even the "three imperishables" of giving permanent form to virtue, deed, and words, for if it is for yourself that you are striving, even something imperishable ceases to qualify as an ideal.

The ideal, like genius, is an endowment from Heaven, which recognizes and strives for the realm of thc highest and the most perfect beauty. Since it is inborn and beyond the reach of individual endeavor, the "pursuit of the ideal" can have nothing to do with the individual's profit or advantage. All his life Wang Guowei looked down on position and profit, and despised all selfish desires. It was because he was endowed with this concept of the ideal that he could set himself such rarefied standards.

In an appendix to his *World as Will and Idea* Schopenhauer mentioned the concept of an aristocracy of the intellect. Wang Guowei quotes Schopenhauer in his own "Essay on Schopenhauer and Nietzsche":

The ordinary man pursues only his own goals, because his intelligence

> is limited by his will, and the result is banal painting, vapid poetry, sentimental philosophy. This is because the ordinary man's values are conceived in terms of his own prosperity, not in terms of the Truth. Only men of the highest intellectual power have true values that belong to the Ideal, not to the practical, that are objective, not subjective. They single-mindedly seek the truth of the world and give new expression to it…They sacrifice their own well-being to devote themselves to their objectively determined goals, unable to make the slightest compromise.

Wang Guowei must have felt an immediate response to Schopenhauer's idea of an aristocracy of the intellect; we find him appealing to it in his "Modest Proposal for Education": "The system I advocate can be called aristocratic, but it is an aristocracy of the intellect, not a political aristocracy. The fact that men differ in their intellectual ability is perfectly obvious and cannot be ignored."

There can be no doubt that Wang Guowei had a superior intellectual endowment, that he belonged to an "aristocracy of the intellect". Furthermore, he was quite aware of his superiority, though he remained modest about his attainments. In the preface to *The Second Series of Collected Essays* he wrote, "If there is really anything superior in the insights or the style of my philosophical and literary essays, it is what Wang Zhong meant when he said 'It is done by Heaven, not through human effort; your feelings may match the ancient worthies, but it is nothing to boast about.' Certainly I have no desire to make any claims for it."

For all his modesty, however, Wang Guowei had no way to change the endowment that made him "single-mindedly seek the truth" and sacrifice his own advantage in doing so. In his writings he frequently showed his contempt for position and profit as motives for the pursuit of the truth, as, for example, in "The Divine Mission of Philosophers and Artists":

> In the world there are two things uniquely sacred and uniquely precious, but of no practical use on the contemporary scene: philosophy and art. Those who loudly protest that they have no practical use do not impair the value of philosophy and art, but those scholars who forget the sacred position of things and try to find practical applications for them destroy their value. For philosophy and art have as their object Truth, a Truth valid for all time, not just for one single age.

From Wang Guowei's point of view, most of his contemporaries' scholarly researches were motivated by a desire for success and gain. In his article "The Recent World of Scholarship", he criticizes Yan Fu's translation of Huxley's *Evolution*, "All that Mr. Yan offers is the philosophy of English Utilitarianism and Evolutionism. These belong not in the realm of pure philosophy but to one of the minor offshoots of philosophy."

He also criticizes such writings as Kang Youwei's "Confucius as a Reformer" and Tan Sitong's "Humanitarianism" as "of no real interests as scholarship but merely to be taken as political methods."

His own scholarly studies were of a different sort from these; in particular his were uncontaminated by political or personal considerations. It was not only the content of his research that Wang Guowei put in pursuit of the ideal; the rigor of attitude and method which he brought to his research also represented, in a sense, the pursuit of an ideal form. Xu Zhongshu had this to say of his attitude and method:

> In his researches his practice was always to collect all data, to discuss all obscurities, and create a new approach. He was never willing to copy the least thing at second hand...He based his theories on a complete collection of all relevant materials, new and old, to which he would apply a bold hypothesis, penetrating observation, fine discrimination, and superior organization, concerned that his

conclusion be compatible with all existing evidence. Rigorous method and scrupulous attitude—these are to be found together only in his work.

This attitude and method, which would permit nothing slipshod or hasty, were the products of rigorous self-discipline, and both were a manifestation of his ideal of the Good and the Beautiful. But this his contemporaries did not understand; they offered divergent interpretations of the object and method of his studies. Some criticized him as a reactionary because he studied antiquity, and some praised him as a revolutionary for his use of scientific method. For example, Qi Ming: "Wang Guowei, clear-headed though he was, came to act the part of a relic of the past and dabble in Classical studies…In scholarship he holed up with the Fundamentalists." But Zhou Yutong wrote of "Wang Guowei, the revolutionary philologist", "Although politically and socially Wang Guowei was a pessimist and a reactionary, in philology he showed a wholly daring revolutionary spirit. His writings constantly reveal an optimistic attitude and a leftist tendency."

It is mistaken and misleading to apply to Wang Guowei, an idealist devoted to the pursuit of an eternally valid Truth, such labels as "relic of the past", "reactionary", "revolutionary", or "leftist", terms appropriate only in the context of one period or one political atmosphere. The mistake comes from a failure to appreciate the nature of Wang Guowei's dedication to the pursuit of what for him was the highest truth. "A small understanding cannot reach a great understanding; the ephemeral cannot comprehend the long-lived," as Zhuangzi put it. In "Schopenhauer and Nietzsche" Wang Guowei wrote (after Schopenhauer), "A small knowledge in a narrow compass divines only the most simple relationships," like "insects in a tree; their perception of an area of one foot is more detailed than ours, but they cannot see the man who stands five paces away."

No matter what he studied, whether philosophy and literature in his youth or archeology and philology in his later years, whether he used the new techniques of science or the materials of antiquity, it was always in pursuit of his ideal. But because his ideal lay outside his contemporaries' shallow vision of success and gain, he was often misunderstood, even when praised for his learning, by those incapable of any real appreciation of his ideals and his dedication; and there were those of course who were prepared to criticize him from their own narrow and biased viewpoints. For all that his scholarly work was objective and unbiased, Wang Guowei could not escape misinterpretation and biased criticism. He had the misfortune to be born into a China on the verge of a general collapse, and into a situation that was dominated by civil strife and complicated by contending political ideologies. In such a period of confusion, the individual ideal he sought belonged wholly to neither side, nor was it tolerated, with the result that he was trapped in the tortures of isolation and contradiction and was forced into suicide to salvage the last shred of his ideal. Hence we can say that the tenacity with which he sought the ideal influenced the changes in his scholarly goals and was an important factor in his tragic suicide.

论王国维词

——从我对王氏境界说的一点新理解谈王词的评赏

本文共分五章：一、前言；二、王国维境界说的三层义界；三、王词意境之特色与形成其意境的一些重要因素；四、王国维词赏析；五、余论。以下分章论述之。

一、前言

早在20世纪50年代，当我在台湾大学教书时，曾经写过一篇题为《说静安词〈浣溪沙〉一首》的文稿。那时我就有心想写一册评注王国维词的小书。我之兴起此念，盖由于当日我既在生活方面经历了一番艰苦和不幸的遭遇，因此在阅读方面遂特别耽溺于一些带有悲观色彩的著作，于是叔本华的哲学以及曾受有叔本华思想之影响的王国维的文哲方面的作品，乃成为了我最爱耽读的书籍。在《说静安词》一文的开端，我曾提到这种偏爱，说“我独于静安先生词似有较深之偏爱，其故殆亦难言，惟觉其深入我心，遣之不去耳。”其后当我于70年代中为我的《王国维及其文学批评》一书撰写后叙时，也提及我当日在艰苦不幸的遭遇中，所“最常记起来的，就是静安先生用东坡韵咏杨花的《水龙吟》词的头两句‘开时不与人看，如何一霎濛濛坠’。我以为自己便也正如同静安先生所咏的杨花一样，根本不曾开过，便已经零落凋残了”。也正由于我对王国维的词有着这样一份感情，因此才兴起了要为王国维词作评注的念头。那时我已着手把王氏的词抄录在一册笔记本中，并作了若干注释。后来有一位也非常喜爱王国维词的同学，说愿意协助我查找资料，于是我就把那册笔记本交给了这位同学。谁知世事无常，正如王国维在一首《采桑子》词中之所云“人生只似风前絮”，不久以后那位同学因事离开台北，而我也应聘来到北美教书，于是就和那位同学失去了联系，而对王国维词的评注工作，也就从此中断了。

其后当我于70年代初期开始撰写《王国维及其文学批评》一书时，则又因当日心情的转变，对王氏这些充满悲观绝望之情的小词，乃竟尔舍置而未曾对之一加评述。而今回思往事，距离我当初动念要评注王国维词之时代盖已逾三十年之久矣。在这三十年间，海内外已出版了不少研讨王国维词的作品，本已不须我更为狗尾续貂之举。只是因为近年来我与四川大学缪钺教授合作撰写《灵谿词说》一书，既已完成了唐五代及两宋重要词人的论述，缪先生及出版者都希望我们能够继续撰写论金、元、明、清词的续集。缪先生已写有论金、元人词的文稿数篇；而我较感兴趣的则是清人的词与词论。我本计划仍按照以前撰写《灵谿词说》中诸稿的方式，依时代先后来展开讨论。因此我所计划要写的《灵谿词说续集》的第一篇，本将是讨论明末清初之陈子龙词的一篇文稿。然而自1986年秋季以来，我又应《光明日报》之邀为之撰写了一系列《迦陵随笔》，对于王国维论词之要旨提出了一点新的理解，其后又接受了一位友人的提议，将这些《随笔》中的零星见解做了一番系统化的整理，写了题为《对传统词学与王国维词论在西方理论之光照中的反思》的一篇长文。在撰写这些文稿时，遂时时想到这一点新的理解或者也可以作为评赏王国维词的一条新的途径，于是当年想要撰写王国维词评的一点心念，遂又油然复起。所以乃决定暂时不写陈子龙而写了王国维，而且写的重点将尽量集中于近年来我对王氏词论的一点特殊的理解，想将之作为一个基准，来对王国维词的成就及特色略做一些较新的探讨和衡量。同时在这种探讨和衡量中，我还有一点个人的想法，就是颇想把近年来我对传统词学和王国维词论所做的理性的研析，与我过去对王国维词的一点感性的偏爱结合起来，为自己多年来对古典诗词的评赏建立一个自我的模式。如我在《迦陵论诗丛稿·后叙》中之所言，希望能做到“七窍虽凿而浑沌不死，使古今中外的知性资料都能在七窍之凿中效其妙用，而却仍能护持诗歌中感发之生命，使之在读者之感受中不仅不受到斲丧，而且能得到更活泼更完美之传达和滋长。”这种尝试是否能成功，我当然对之一无把握。因为一般而言，总是偏重理论研析的文字，就未免在感性之欣赏的发挥方面会受到牵制和局限，而偏重感性欣赏的文字，则又往往未免过于主观而缺乏理论的依据。所以多年来我总抱有一个想使二者相结合的愿望。近两年我既在《词学传统》与《迦陵随笔》中做了不少理论的分析和研讨，因此现在我就想把这种理论研讨的结果，作为评说之依据，来对王国维词做一番自理性化升出来的感性的评赏。这种赏析的角度与我多年前纯任主观直感的评说方式，当然有了很大的不同。年华既已经长逝不返，三十年前所写出来的感受自亦永远不可能再度出现。虽然古语有云“失之东隅，收之桑榆”，然而其然岂其然乎？因为此前言如上。

二、王国维境界说的三层义界

如我在前一节之所言，本文撰写的要点原是以我个人近年来对王氏词论的一些新理解为基准，对王氏之词所做的一点新的探讨和衡量，因此我自然就不得不先把我个人对王氏词论的一些新理解略做简单的介绍。本来关于我的这一点理解，我曾在近年来所撰写的《迦陵随笔》及《对传统词学与王国维词论在西方理论之光照中的反思》诸文稿中有所叙述；现在为了使本文的读者易于了解起见，我再把其中一些要旨略作简述。约言之，我以为王氏在《人间词话》中所标举的“境界”之说，其义界所指盖可分为三个不同层次的范畴。其一是作为泛指诗词之内容意境而言之辞，如《词话·附录》第十六则所提出的“有诗人之境界，有常人之境界”及《词话·删稿》第十四则所提出的“‘西（按：当作秋）风吹渭水，落日（按：当作叶）满长安’，美成以之入词，白仁甫以之入曲，此借古人之境界为我之境界者也”。若此之类，便都是对内容意境的一般泛指之辞；其二是作为兼指诗与词的一般衡量准则而言之辞，如《词话》第三则所提出的“有我”与“无我”之说，及第八则所提出的“境界”之“大小”“优劣”之说。他所举引的例证就都既有诗句也有词句。可见他的“境界”说乃是兼指诗词之衡量准则而言的；其三则是将“境界”二字作为专指评词之一种特殊标准而言之辞，即如他在自己亲手编订的发表于《国粹学报》的六十四则《人间词话》中，首先提出来的第一则词话，就是“词以境界为最上。有境界则自成高格，自有名句”。从这段话来看，其“境界”一辞自然应该乃是专指他自己所体认的词的一种特质而言的。

我于十余年前撰写《王国维及其文学批评》一书时，曾对王氏之境界说做过相当仔细的分析。只不过当时的分析大多限于第一和第二两个层次，而未及于第三个层次。如果只就前两个层次而言，我们大概可以将王氏的境界说，归纳为以下几个要点：首先，就泛指诗词之内容意境的一层义界而言，王氏之所谓“境界”，应是指作品中所叙写的情与景相结合的一种意境而言的。即如他在《删稿》第十四则中所提出的“借古人之境界为我之境界”的一则词话，他所谓“美成以之入词”及“白仁甫以之入曲”者，原来乃是指周邦彦《齐天乐·秋思》一词中的“渭水西风，长安乱叶，空忆诗情宛转”几句词，和白朴《双调得胜乐·秋》一曲中的“听落叶西风渭水”及其《梧桐雨》杂剧第二折《普天乐》一曲中的“伤心故园，西风渭水，落日长安”几句曲而言的，因为这些句子都使用了唐代诗人贾岛《忆江上吴处士》一诗中的“秋风吹渭水，落叶满长安”二句诗中的“境界”，也就是王氏所谓“古人之境界”。不过它们所写的内容虽然都有“渭水”和“长安”，都有“秋风”或“西风”，都有“落叶”或“乱叶”，景物虽然相似，然而情意方面的感受则并不完全相同。所以王国维在这一则词话中，于提出了“借古人之境界”以后，乃又云“然非自有境界，古人亦不为我用”。是其所谓“借古人境界”者，盖指其所写之景物与古人有相似之部分；至其所谓“自有境界”者，则当指其各有情意方面不同之感受。于此已可见出王氏之境界说乃特别重在个人感受的一方面。故其《词话·附录》第十六则在提出了“诗人之境界”及“常人之境界”之说以后，也曾加以解释说“诗人之境界”是“惟诗人能感之”的一种意境；而“常人之境界”则是“常人皆能感之”的一种意境。是其所谓“境界”者，就第一层义界而言，虽是指作品中情意与景物相结合的一种意境，但其特别重在个人感受方面的一点，却已是明白可见的了。其次再就其作为兼指诗与词的一般衡量准则而言，在其《词话》第六则中，王氏曾提出了一段极重要的话，说“境非独谓景物也，喜怒哀乐，亦人心中之一境界。故能写真景物真感情者，谓之有境界。”其所谓“真”，便是指一种真切之感受而言的。因此王氏在《删稿》第十则中，又指出“昔人论诗词，有景语、情语之别，不知一切景语皆情语也。”其所谓“景语皆情语”便也当是意指对景物具有一种真切之感受而言的。所以我在《王国维及其文学批评》一书中，于论及其“境界”说之时，就曾经为之下了一个结论，说“境界之产生，全赖吾人感受之作用；境界之存在，全在吾人感受之所及。因此外在世界在未经过吾人感受之功能而予以再现时，并不得称之为境界。如外在之鸟鸣花放云行水流，当吾人感受所未及之前，在物自身都并不可称为境界。而唯有当吾人之耳目与之接触而有所感受之时，才得以名之为境界。或者虽非眼、耳、鼻、舌、身五根对外界之感受，而为第六种意根之感受，只要吾人内在之意识中确实有所感受，便亦可以称为境界。”而这也就正是在王氏用以作为兼指诗词之衡量准则而言的“境界”说的第二层义界。而且王氏还在此一层义界中，就其形成此种境界的不同的因素，做了以下几种区分。那就是他所提出来的“造境”、“写境”、“有我”、“无我”、“理想”、“写实”诸说。关于这些说法，我在《王国维及其文学批评》一书中已做过相当的探讨，约言之，则“造境”与“写境”乃是指其写作时所采用之材料是否为现实中所实有之情景而言的，“有我”与“无我”则是指其作品中所表现的“我”与“物”是否有对立之关系而言的。大抵“以我观物”者为“有我之境”，“以物观物”者为“无我之境”（按此说深受叔本华哲学之影响，请参看拙著《王国维及其文学批评》一书中之分析）。“理想”与“写实”则是对于“造境”与“写境”的进一步说明，盖“写境”之作所写者虽属现实情景，但既写之于作品之中，就脱离了现实之关系与限制，而“造境”之作所写者虽属非现实之情景，但其取材及安排仍须合于自然之法则。这正是王氏何以在“造境”与“写境”之一则词话中，提出“大诗人所造之境，必合乎自然，所写之境，亦必邻于理想”的缘故。

以上种种概念不仅为王氏词论中的基本概念，也是我们想要评赏王词所当具有的几点重要认识。然而这只不过是我们对王氏词论中之“境界”说的前两层义界的认识而已。这前两层的义界是可以普遍适用于对一般诗与词之内容意境之衡量的，当然也可以用之于对王氏自己的作品的衡量。只是我们如果要想对王氏之词做出更深一层的探讨，就不得不对他的“境界”说之第三层义界，也就是专指评词之特殊标准的义界再做一点说明。关于此一层义界在《人间词话》中颇有几则可供参考的提示，如《词话·删稿》第十二则就曾提出说“词之为体，要眇宜修。能言诗之所不能言，而不能尽言诗之所能言。诗之境阔，词之言长。”又如

《词话》第三十二则也曾提出说："词之雅郑，在神不在貌。永叔、少游虽作艳语，终有品格。"综合此两点来看，可见王氏所认识的词之特质乃是第一须具有一种要眇宜修之美，第二须具有一种在神不在貌的引人生言外之想的意蕴。这种特质之形成，与词之形式及词之源起当然都有密切的关系。我在《迦陵随笔》第五则，题为《要眇宜修之美与在神不在貌》的一篇文稿中，已曾有所论述，兹不再赘。总之，王氏乃是对词之此种特质具有极深切之体认的一位评词人，因此他才会从中主李璟的"菡萏香销翠叶残"两句词中看出了"众芳芜秽，美人迟暮"的悲慨，也才会从晏、欧诸公的小词中，联想到了"成大事业大学问"的"三种境界"。像这种完全不受作品的主题所局限而可以引发人丰富之联想的特质，当然并非以言志为主的诗之所有，因此我在《作为评词标准之境界说》一则《随笔》中遂为王氏"境界"说的此一层义界，做了一个简单的结论，说"小词中的这种感发之特质，却又很难用传统的评诗之眼光和标准来加以评判和衡量。因此王国维才不得不选用了这个模糊影响极易引起人们争议和误解的批评术语'境界'一词。"又说"'境界'一词虽也含有泛指诗歌中兴发感动之作用的普遍含意，然而却并不能便径直的指认为作者显意识中的自我心志之情意，而乃是作品本身所呈现的一种富于兴发感动之作用的作品中之世界。而如果小词中若不能具含有这种'境界'，则五代艳词中固原有不少浅薄猥亵的鄙俗之作，而这些作品当然是王国维所不取的。因此私意以为这才是王氏何以要提出'词以境界为最上。有境界则自成高格，自有名句'作为评词之标准的主旨所在。"这就是我在前面提出来的王氏之境界说的第三层义界。现在我们既然对境界说的几种不同层次的义界都做了相当的说明，下面就可以此为基准，来对王氏之词的特色及成就略加研讨了（本文对王氏境界说之介绍颇为简略，请参看拙著《王国维及其文学批评》与《词学新诠》二书）。

三、王词意境之特色与形成其意境的一些重要因素

在前一节中，我们既然已经对王国维之境界说的义界做了简单的介绍，现在我们就把王国维自己的作品放在他自己的理论中来一加探讨。如我们在前文之所论述，王氏之境界说的前二层义界，原是指作品中情与景相结合的一种意境，而且是以“能写真景物与真感情者”始得“谓之有境界”为衡量之标准的。因此我们首先将从意境方面对王词略加探讨。本来早在《人间词甲、乙稿》前面所附的署名樊志厚所写的两篇序文中，已对王词之意境方面有所论述。关于这两篇樊序，以前赵万里先生曾一度提出说此二序“均为先生自撰，而假名于樊君者”(见赵撰《王静安先生年谱》)。但近年则有人证之以《人间词话》原稿第二十六条之记述，谓樊志厚即樊抗夫，而据王德毅之《王国维年谱》，则樊抗夫实即王氏在东文学社之同学樊炳清(字少泉，又字亢父)。而据王幼安校订本之《人间词话·附录》，于此二序之下，又曾加按语云“此二序虽为观堂手笔，而命意实出自樊氏”。总之，此二序究竟出自谁之手笔，虽无确论，但樊氏与王氏既为自少年同学时之好友，且据序文所言，谓“土君静安将刊其所为《人间词》，诒书告余曰‘知我词者莫如子，叙之亦莫如子宜’，”又谓“比年以来，君颇以词自娱。余虽不能词，然喜读词。每夜漏始下，一灯荧然，玩古人之作，未尝不与君共。君成一阕、易一字，未尝不以讯余。”可知二人论词之见解必有相近之处。因此我们在探讨王词之意境时，遂将先对樊序中的“意境”之说也略加叙述。《乙稿》樊序曾言：“文学之事，其内足以摅己，而外足以感人者，意与境二者而已。上焉者，意与境浑，其次或以境胜，或以意胜，苟缺其一，不足以言文学。”又推论意境之形成，谓“原夫文学之所以有意境者，以其能观也。出于观我者，意余于境；而出于观物者，境多于意。然非物无以见我，而观我之

时又自有我在，故二者常互相错综，能有所偏重，而不能有所偏废也。”又持此论点以评王词，谓“静安之为词，真能以意境胜”。又曾以王词与欧阳修及秦观两家词相比较，谓“静安之词，大抵意深于欧，而境次于秦”。如我们在前文之所言，此序文之究为樊作或王氏自作，历来说者虽颇有不同的主张，然要之其所说必与王氏论词之主张相契合，且可以与《人间词话》之论点相发明，则是可以肯定的。因此当我们要对王词之意境做进一步探讨之时，这一段话实有极大的参考价值。

我们在前一节论及王氏“境界”说之第一层义界时，已提出境界之第一层义界有泛指诗词中之内容意境之意，盖“境界”乃是一个把作品中之“情”与“景”都包举在内的统摄之辞，若分言之，则可以分别为“意”与“境”二者，大抵作品中属于对感情志意之叙写者为“意”，而作品中属于对景物形象之呈现者则为“境”。二者既可为浑然之结合，所谓“意与境浑”；也可以各有所偏胜，所谓“或以境胜，或以意胜”。至于所谓“观我”与“观物”之说，则是指从美学立论，把所写之“情意”或“景物”作为一种叙写之客体来观察。若夫“情意”既为我之所有，所以把“情意”作为对象来观察叙写，便是一种“观我”之作，而若把“景物”作为对象来观察叙写，则是一种“观物”之作。所以说“出于观我者，意余于境”；“出于观物者，境多于意”。不过王氏既然又主张“一切景语皆情语”，而且在其《屈子文学之精神》一文中，还提出说：“其写景物也，亦必以自己深邃之感情为之素地”，则是“物”中亦自有“我”在，何况“我”之情意也往往要借用景物形象以表达。而且无论“观物”或“观我”之“观”者，也依然是“我”，所以乃又说“然非物无以见我，而观我之时又自有我在，故二者常互相错综，能有所偏重而不能有所偏废也。”至于王氏之词，若依据这些论点来看，则大抵属于“观我”的“以意胜”之作为多。而且王词还有一个极大的特色，就是其所写之内容虽以“意胜”，然而却往往并不对其“意”做直接之表述，而是假借一种景物或情事以表出之。而且这种景物情事还可以有“写境”、“造境”

种种不同，所以《人间词甲稿》的《樊序》乃又云“若夫观物之微，托兴之深，则又君诗词之特色。”而由此一特色，遂使得我们欲评说王词者，乃不得不自其境界说之第二层义界更进入到其第三层义界，也就是说，要自其重视真切之意境的衡量标准，再进而要对其深微要眇之义蕴的托兴，更做出一番超乎其所写的外表之景物情事以外的，较深一层的探寻。

词之富于要眇深微的言外之意，固原为词之一种特质，关于此点，我在《传统词学》及《迦陵随笔》诸文稿中，已早曾有所论述。只是就作者而言，如何方能使其作品中具有此种特质？以及就说者而言，又应取如何之态度来对之加以评说？这两方面当然仍是有待探讨的问题。我们现在就将把静安词放在此种探讨中来一做衡量。关于这种衡量的准则，我以前在《传统词学》一文中曾做过相当的讨论。约言之，则在“词”这种文学体式中，其能具有此种深微要眇之特质的佳作，一般大约有以下的几种情况：第一类是歌辞之词，这一类词的作者在填写歌辞时虽然并没有抒写个人情志的用心，但却往往在游戏笔墨的小词中，反而于无意中流露了自己的性情学养所融聚的一种心灵之本质，因而遂形成了一种要眇深微之美；第二类是诗化之词，这一类词的作者虽然有自我言志抒情的用心，但却由于其情志本身的深厚丰美，与表现方式之曲折含蕴，虽在明白抒写之中，却也仍保留了一种要眇深微之美；第三类是赋化之词，这一类词的作者大都好以安排勾勒的笔法在作品中为有心的托喻，因此在深隐的叙写中，自然也就形成了一种要眇深微之美。以上是我在《传统词学》一文中，对词中之所以具有此种要眇深微之美，就作者方面所作的几点分析。若更就说者方面而言，则我在该文中将之分为两类不同的说词方式。一类可以张惠言为代表。张氏说词之方式，大多是以作品中之一些语码及相关的本事为依据，来对作者之志意与作品主旨做道德伦理方面的比附的诠释。另一类可以王国维为代表。王氏说词的方式大多是以作品所传达的感发之本质为依据，从而对作品中之义蕴做一种衍义性的发挥。而且我还曾提出说，王氏之说词方式，较适用于对第一类以自然感发取胜的歌辞之词的评说；而张氏之说词方式，则较适用于对第三类以思力安排取胜的赋化之词的评说。以上是我在《传统词学》一文中，对于应如何对词中要眇深微之义蕴加以评说的问题，就说者方面所做的几点分析。并且在分析之时，我还引用过西方的诠释学、符号学以及接受美学等理论，为张氏与王氏两种说词方式，找到了充足的理论依据。

有了以上的几点概念，现在我们就可以对王氏词中之所以具有此种深微要眇之义蕴的因素，以及我们对之应如何加以评说的问题，做更进一步的探讨了。私意以为，王词之义蕴实在乃是兼有我们在前文所提出的“歌辞之词”、“诗化之词”与“赋化之词”之多种因素，而并非可以将之简单地归属于任何一类的。先就歌辞之词方面的因素来说，王氏之词既多以短小的令词之形式为主，且颇富于直接的感发，这可以说是与第一类词的相近之处，然而王氏之词却又并非真如第一类歌辞之词之并无意于抒写自我情志的应歌之作，而是果然在显意识中具有强烈的言志抒情之用心的，如此当然便与第二类所谓诗化之词又有着相近之处了。但王氏对自己之情志却又并不作直言的叙写，而往往仍藉第一类歌辞之词所常用的形象及情事以表出之，故其性质乃又仍近于第一类词而并不完全属于第二类之词了。若再就其与第三类词之关系言之，则王氏对自己之情志既往往并不作直接的叙写，而常取象喻之方式以表出之，是则与第三类赋化之词之有心安排为托喻之作的性质，当然就也有相近之处了。只是王氏的叙写方式却又与第三类词之全以安排勾勒来铺写长调者并不全同，而是以安排托喻用于小令之中的。而且其所喻托者多为一种哲理之思致，此与第三类词之多以政治伦理为喻托之内容者当然也有所不合。像这种兼有以往旧传统词的多种特质，但却又并不完全归属于其中任何一类的情况，实在就正是王词的一种特质，也正是王词在词之义蕴方面的一种开拓（关于王词与此三类词之关系，我们将在本文之余论中再做较详细之探讨）。此所以王氏在其《静庵文集续编·自序二》中，叙及其填词之成功时，乃敢于自谓“余之于词，虽所作尚不及百阕，然自南宋以后，除一二人外，尚未有能及余者，则平日之所自信也。虽比之五代北宋之大词人，余愧有所不如，然此等词人也未始无不及余之处。”这正是王氏审己度人后的一段反省自得之语。我们一定要先对王氏的此种特殊的开拓与成就首先有所认知，然后才不会对王词做出但以貌相的错误的衡量，也才能对其要眇深微的义蕴做出较正确的理解。

谈到对王词中深微要眇之义蕴的探寻，如我们在前文之所言，王词既同时兼具有歌辞之词、诗化之词与赋化之词的多重特质，但却又与其中之任何一类词都并不全同，也并不为其中任何一类词之所拘限，因此我们对王词中之义蕴的探寻，自然也就应当同时既采用王国维之自感发之本质加以推衍，与张惠言之自语码与本事加以比附的双重方式。为了便于以后用此二种方式来对王词加以评说和探讨，因此我们现在就不得不对王氏写词之年代以及其性格、思想与生活之各方面的情况都略做简单的介绍。

王氏的词今之传世者一共不过只有百十五首而已，计王氏生前所手自编定的《观堂集林》之第廿四卷《缀林》曾收其词廿三阕，题为《长短句》。此外罗振玉于王氏殁后所编定之《王忠悫公遗书》之《观堂外集》中曾收其词九十二阕，题名为《苕华词》。据王德毅《王国维年谱》所附《王观堂先生著述考》之考证，谓《苕华词》一卷，“乃合《人间词甲、乙稿》及宣统二年以后所为词数阕而成。初改名为《履霜词》，后改今名。有民国六年排印本，原稿较此多半倍，罗氏编入《观堂外集》卷四中，乃是据排印本刊入遗书的。”又云“《观堂集林》卷廿四所收长短句二十三阕，就是从全稿中录出的。”据此可知《观堂集林》所收之《长短句》与《观堂外集》所收之《苕华词》，实各为其《人间词甲、乙稿》之一部分。《甲稿》前之樊序，自署云写于光绪丙午（1906），序中曾谓“比年以来，君颇以词自娱。”《乙稿》前之樊序，自署云写于光绪三十三年（1907），其中所收皆为《甲稿》辑成后的一年间之所作。至王氏所自编于《观堂集林·缀林》中之《长短句》廿三阕，则曾自注云“乙巳至己酉”，计时盖为清光绪卅一年（1905）至宣统元年（1909）之所作。这几年是王氏大力从事于词之写作的时代，后此则极少再有所作矣。至于《苕华词》中所收之末四阕，则从每首词前所附之标题及写作年代来看，盖全为王氏晚年戊午（1918）至庚申（1920）年间的酬应之作。这很可能是罗振玉为王氏编辑《遗书》时所增入的。所以这四首词与其早期作品之风格既完全不同，与其《人间词话》中论词之主张亦多有不合。因此本文所讨论者将不包括此四首，而专以讨论其早年之作品为主。

至于王国维之性格与思想，则我在以前所写的《王国维及其文学批评》一书中，已对之做过相当的讨论，约言之，则我曾将王氏之性格主要归纳为以下三点特色：其一是知与情兼胜的禀赋，这种禀赋虽使他在学术研究方面表现了过人的成就，但另一方面却也使他在现实生活中深陷于感情与理智之矛盾痛苦中而无以自拔。王氏之从事于词之写作，也就正是他深感自己矛盾之痛苦而欲于文学中求直接之慰藉的结果。在《静庵文集续编·自序二》一文中，王氏即曾自述谓：“余疲于哲学有日矣，哲学上之说大都可爱者不可信，可信者不可爱……知其可信而不能爱，觉其可爱而不能信，此近二三年中最大之烦闷。而近日之嗜好所以渐由哲学而移于文学，而欲于其中求直接之慰藉者也。”又云“近年嗜好之移于文学亦有由焉，则填词之成功是也。”这种矛盾之性格与填词之动机，当然是我们欲探讨王词之意境所当具有的第一点认识。其二是忧郁悲观的天性，王氏在其《静庵文集续编·自序一》中，也曾自谓“体素羸弱，性复忧郁，人生之问题日往复于吾前。”因此当他在东文学社中开始接触西方哲学之际，遂被叔本华之悲观哲学所深深吸引。即如他在《叔本华与尼采》一文中，即曾对叔氏的天才忧郁之说有所发挥，谓“天才者，天之所靳而人之不幸也，蚩蚩之民，饥而食，渴而饮，老身长子，以遂其生活之欲，斯已耳。……若夫天才，彼之所缺陷者与人同，而独能洞见其缺陷之处，彼与蚩蚩者俱生，而独疑其所以生。”又曾在《红楼梦评论》一文中，论及人生之欲望与痛苦，谓“生活之本质何？欲而已矣。欲之为性无厌，而其原生于不足，不足之状态，苦痛是也。既偿一欲，则此欲以终，然欲之被偿者一，而不偿者十百，一欲既终，他欲随之，故究竟之慰藉终不可得也。”在此种悲观忧郁之心情中，王氏遂又写有《论性》、《释理》、《原命》诸文，思欲对人生与人性之问题有所究诘，而其所获得之答案，则《论性》一文之结论乃是人性善与恶之永恒的斗争；《释理》一文的结论则是理性并无益于人性之徙恶迁善，且不足为行为之准则；《原命》一文的结论则是福禄寿夭皆有定命，善恶贤不肖皆有定业。透过这些结论，我们自可看到在王氏眼中的人世，其罪恶与痛苦乃是全然没有救赎之望的，这种悲观忧郁的性格及思想，当然是我们想要探讨王词之意境所当具的第二点认识。其三是追求理想的执着精神。王氏一生鄙薄功利，轻视一切含有功利目的之欲求，且深受叔本华天才论之影响，在《叔本华与尼采》一文中，王氏曾论及天才与俗子之不同，谓“知力之最高者，其真正之价值不存于实际而存于理论，不存于主观而存于客观，耑耑焉力索宇宙之真理而再现之。……彼牺牲其一生之福祉，以殉其客观上之目的，虽欲少改焉而不能。”这种追求理想的执着精神，在其词作中自然也有所表现。这是我们想要探讨王词之意境所当具有的第三点认识。

除去以上三点性格及思想方面的特色以外，当他从事于词之写作的短短数年之间，更曾在生活方面迭遭大故。先是王氏之父乃誉公于1906年7月病卒于家，时王氏方随罗振玉在学部任职，在京闻耗，遂仓卒奔丧回里。继而王氏之妻莫夫人又于1907年之夏病危，王氏遂又再度仓促还乡。据王德毅撰《王国维年谱》，王氏于6月16日抵家，莫夫人于6月26日病殁，病榻相聚，不过旬日。而当时王氏之长子潜明甫九岁，次子高明方六岁，三子贞明则尚不满三岁。王氏所受到的打击与内心的悲痛，自是可以想见的。而相距不过半载，王氏之继母叶太夫人又于1908年1月病卒于家，王氏遂再度奔丧回籍。在短短不到一年半的时间内，王氏竟接连经历了三次最亲近之家人的死丧大故。凡此种种生活上不幸之遭遇，自然也都在他的词作中有所投影，形成了他的词之意境中的某些“感情之素地”，这是我们在探讨王词时，所当具有的另一点认识。

经过以上的探讨，我们对王氏境界说的义界以及王氏自己的词在意境方面的特色，与形成此特色的一些重要因素，既然都有了相当的认知，下面我们就可以在此种理性认知之基础上，对他的词做一番感性的评赏了。

四、王国维词赏析

如我在本文《前言》中所说，我现在所要尝试的对王词评说之方式，乃是想以理论为依据的感性的评说。因此我将按照前文所述及的王氏之境界说的几层义界的次序，来对王词进行讨论。先就第一层义界而言，其“境界”之所指原当是作品中情意与景物相结合的一种意境。不过王氏在提出“境界”之说时，却也同时包含了一种评量之意味，那就是“能写真景物与真感情者”，始得“谓之有境界”，而这也就是“境界”说的第二层义界。在此一义界之中，若就其所采用的材料而言，则又可以有“造境”与“写境”之不同，而就其叙写方式言，则也既可以有“观物”的“以境胜”的“无我”之作，也可以有“观我”的“以意胜”的“有我”之作，还可以有“意境两忘，物我一体”之作。现在我们就将先从王词中之出于“观物”的以写自然景物为主的近于“无我”的“写境”之作看起。这一类作品我认为乃是王词中最为薄弱的一环，盖王氏固正如《乙稿》樊序所言，乃是一位“以意胜”的既具有深挚的感情又耽于哲理之思考的作者，所以纯然写景而表现出一种自然之风致的作品比较少，但却也并非全然没有。举例而言，如其“波逐流云，棹歌袅袅凌波去。数声和橹。远入蒹葭浦。　落日中流，几点闲鸥鹭。低飞处。菰蒲无数。瑟瑟风前语”的一首《点绛唇》词，以及“舟逐清溪弯复弯，垂杨开处见青山，毵毵绿发覆烟鬟”和“路转峰回出画塘，一山枫叶背残阳，看来浑不似秋光”等《浣溪沙》词，便都能将景物写得极为自然真切，饶有风致。像这一些作品当然都可以作为王氏所说的属于“写境”一类的能写“真景物”之作的例证。另外还有一类同样也应是属于“写境”之作，但其所写却并非自然之景物，而为现实之情事者。举例而言，如其“玉盘寸断葱芽嫩。鸾刀细割羊肩进。不敢厌腥臊。缘君亲手调。　红炉赪素面。醉把貂裘缓。归路有余狂。天街宵踏霜”一首《菩萨蛮》词之写一次羊羔美酒的饮宴；以及“似水轻纱不隔香。金波初转小回廊。离离丛菊已深黄。　尽撤华灯招素月，更缘人面发花光。人间何处有严霜”一首《浣溪沙》词之写一次秋宵月夜的佳会。这些小词也都并没有什么深远的含意，但也都写得生动真切，情致飞扬，便也该同是属于“写境”之类的“能写真景物真感情”之作的例证。只不过以上所举的这些词例，无论其为写景或叙事抒情，却都仅属于表面一层的叙写，而并未能在意境方面表现出任何属于王国维的性格与思想方面的特色来。但《甲稿》樊序则曾谓“呜呼！不胜古人，不足以与古人并，君其知之矣。”而王氏在其《静庵文集续编·自序二》中，也曾自述其填词之成功，谓：“余之于词，虽所作尚不及百阕，然自南宋以后，除一二人外，尚未有能及余者”。又曰：“虽比之五代北宋之大词人，余愧有所不如，然此等词人亦未始无不及余之处”。如果王氏的词作只限于前面的一类作品，当然“不足以与古人并”，因此我们就还要进一步去探讨王氏之词，其所以胜于古人者，究竟何在？

王氏之词之所以胜于古人之处，我以为大约可以归纳为内容意境与表现手法两个方面，而此二方面又往往互相结合和影响。盖以静安词之特色主要盖原在其无论在写景、叙事、抒情之作品中，都往往流露有一种要眇幽微的深思与哲想，而这也就进入了王氏之境界说的第三层义界。下面我们就将选录王氏的一些在写景和叙事抒情中含有要眇幽微的深思哲想的作品，结合其内容意境与表现手法来一加评述。

第一首我们所要评述的，是王氏的一首《浣溪沙》词，现在先把这首词抄录在下面：

> 月底栖鸦当叶看。推窗跕跕堕枝间。霜高风定独凭栏。
> 觅句心肝终复在，掩书涕泪苦无端。可怜衣带为谁宽。

从这首词开端的“月底栖鸦”四个字来看，王氏所写者固原为眼前实有的一种寻常之景物。可是当王氏一加上了“当叶看”三个字的述语以后，却使得这一句原属于“写境”的词句，立即染上了一种近于“造境”的象喻的色彩。其所以然者，盖因既说是“当看叶”，便可证明其窗前之树必已经是枯凋无叶的树，而所谓“栖鸦”，则是在凄冷之月色下的“老树昏鸦”，其所呈现的应是一幅萧瑟荒寒的景象。可是王氏却偏偏要把这原属于荒寒的“栖鸦”的景色作为绿意欣然的景色来“当叶看”。只此一句，实在就已表现了王氏在绝望悲苦之中想要求得慰藉的一种挣扎和努力。然而现实毕竟是现实，无论诗人在感情方面抱有多么大的期待和幻想，残酷的现实也终于会把它们全部摧毁和消灭。所以当诗人想要把隔在中间的窗子推开，对于幻想中之“当叶看”的美景作进一步的探索和追寻之时，蓦然发现这些枝上不仅本然无叶，而且就是那些暂时点缀在枝上，可以使诗人“当叶看”的“栖鸦”也飞逝无存了。在这句中，王氏所用的“跕跕”二字，盖源出于《后汉书》之《马援传》。本来是写马援出征交阯之时，当地的气候恶劣，“下潦上雾，毒气熏蒸”，连飞鸟也不能存活，所以“仰视飞鸢跕跕堕水中”。王氏使用了此一有出典的“跕跕堕”三字，实在用得极好。第一，此三字原为形容飞鸟之语，“鸦”亦为飞鸟之一种，故可用以形容“鸦”；第二，此一古典之运用，遂使静安词别有一种古雅之美，此其二；第三，就王氏所见之实景而言，当其推窗之际，窗外之鸦自当是惊飞而去，而决非如《马援传》所写的“跕跕”而“堕”，然而王氏既将此“栖鸦”“当叶看”，则树上栖鸦之消逝，就诗人之想象而言，又正如落叶之再一次的飘堕。如此则现实自然中本已有过的一次叶落，固已使诗人遭受过一次美好之生命已归破灭的打击，如今则幻想中“当叶看”的“栖鸦”乃竟然又一次如叶之飘堕，是则对诗人而言，乃更造成其幻想中之美好的景象又一次破灭无存。于是此“跕跕堕”三字遂有了一种超写实的象喻感，此其三；第四，“跕跕堕”三字在《马援传》中写飞鸟之堕，盖原由于环境之恶劣，因而在王氏此句中的“跕跕堕”三字，遂亦隐然有了一种隐喻环境之恶劣的暗示，此其四。于是在此二句所写的“当叶看”与“跕跕堕”之幻想破灭之后，所留给诗人的遂只余下了一片毫无点缀、毫无遮蔽的寂寞与荒寒。于是诗人写下了第三句的“霜高风定独凭栏”，“霜”而曰“高”，自可使人兴起一种天地皆在严霜笼罩之中的寒意弥天之感；至于“风”而曰“定”，则或者会有人以为不如说“风劲”更为有力，但私意以为，“定”字所予人的感受与联想实在极好。盖以如用“劲”字，只不过使人感到风力依然强劲，其摧伤仍未停止而已。而“定”字所予人的感受，则是在一切摧伤都已经完成之后的丝毫无挽回之余地的绝望的定命。正如李商隐在其《暮秋独游曲江》一诗中所写的“荷叶枯时秋恨成”之“恨成”，也正如《红楼梦》中《飞鸟各投林》一曲所说的“好一似食尽鸟投林，落了片白茫茫大地真干净”之一切荣华早已归于无有的“真干净”。然则诗人在面对如此情境之下的“独凭栏”，又该是如何的一种感受和心情？把一切悲悼、绝望、寂寞、高寒之感都凝聚在一起，而却以“独凭栏”三字写得如此庄严肃穆，这实在是静安词所特有的一种境界。

以上前半阕的三句本是以写外在之景物为主的，然而王氏却在写景之中传达了这么丰富的感受和意蕴，遂使得原属于“写境”的形象同时也产生了“造境”的托喻的效果。这种形象与托喻相结合的力量既已经如此之丰美强大，于是下半阕遂不再假借任何景物与托喻，而改用了直抒胸臆的叙写。至于如何直抒胸臆，则王氏此词原有两种不同的版本，我们在前面所抄录的是收入于《观堂外集》中的《苕华词》的版本，但在其早年所编印的《人间词》的版本中，则此二句原作“为制新词髭尽断，偶听悲剧泪无端”，私意以为《苕华词》本较胜。盖以《人间词》本的两句，所表现的只有一层情意，前一句“为制新词髭尽断”写作词之辛苦，用古人“吟成一个字，捻断数根髭”之句，谓因作词而髭皆捻断。后一句“偶听悲剧泪无端”，则写内心之悲哀易感，故偶听悲剧而涕泪无端，如此而已。可是《苕华词》本的两句，却可以传达出更多层次的情意，而其作用则全在用字与语法之切当有力。

先说“觅句心肝终复在”一句，这句从表面看来本也是写作词之用心良苦，与“为制新词”一句的意思似颇为相近；但却因其用字与句法的安排，而蕴含了如我在《传统词学》一文中介绍西方接受美学时所述及的一种可以给读者以更多感发的可能的潜力。先说“觅句心肝终复在”，首先是“觅”字从一开始就暗示了一种探索追寻的努力；再则是“心肝”二字又给予人一种极强烈的感受，其所以提出“心肝”二字者，盖因就中国传统之诗论言之，本来一向都认为“诗者”是“志之所之”，“情动于中而形于言”，先要有“摇荡性情”的感动，然后才会有“形诸舞咏”的创作。所以“心”实在是引起创作之感发的一个根源。只不过这种感发之“心”，原是指一种抽象的情思，而并非现实中生理的“心肝”之心。所以就一般情况而言，王氏此句本可以写为“觅句心情”或“觅句心怀”，但王氏却并未使用这些习见的字样，而用了给人以一种血淋淋的现实之感的“心肝”字样。这两个字初看起来颇给人一种不舒适的感觉，然而却带有一种极强烈的力量，亦正如蔡琰《悲愤诗》之写伤痛的心情乃曰“怛诧糜肝肺”，杜甫之写关切的心怀乃曰“叹息肠内热”，其作用与效果盖颇有相近之处。而且私意以为王氏所用之“心肝”二字还可以更给读者一种联想，那就是当“心肝”二字连用作为指称抽象的感情之辞时，往往带有一种指责之意味，如一般称人之自私自利对国家社会全然无所关心者，则谓之为“全无心肝”；而王氏此句乃曰“心肝终复在”，则反用其意表现了自己对此冷漠无情之人世之终于不能无所关怀的一份强烈而激动的感情。而且“终复在”三个字的叙写口吻更表现了有如李商隐《寄远》诗所写的一份“姮娥捣药无时已，玉女投壶未肯休”的不已无休的缠绵深挚的执着。关于王国维对于人世的深切关怀，我在《王国维及其文学批评》一书中，于论及王氏之性格与时代之关系时，曾经提出过一段话，说王氏“一方面既以其天才的智慧洞见人世欲望的痛苦与罪恶，……而另一方面他却以深挚的感情，对此痛苦与罪恶之人世深怀悲悯，而不能无所关心。”而且王氏早年之所以离开故乡海宁而到上海去求学，继而又远赴日本去留学，主要就因为他原有一种用世与救世之心。即使当他几经挫折而以写词自遣的时代，他同时就也还写了若干杂文，如其《文集》及《文集续编》中所收录的《教育偶感》、《论平凡之教育主义》、《论教育之宗旨》、《教育普及之根本》办法及《人间嗜好之研究》与《去毒篇》等，也都无一不表现了他对于人世的一份深切的关怀。而此词中的“觅句心肝终复在”一句，所表现的正是这一份深切的感情。而且王氏还更以其“觅”字、“心肝”字及“终复在”的口吻，将这份感情表现得如此深刻曲折而强烈，这就是我所以认为《苕华词》本的改句较《人间词》本之原句为胜的主要原因。

再说其下面的“掩书涕泪苦无端”一句，此句亦较《人间词》本之“偶听悲剧泪无端”为胜。盖以“偶听”一句既已明白指出了“泪无端”是由于“听悲剧”而来，如此则其所谓“无端”者便已有一端绪可寻，因而其悲感遂亦有了一种原因与限度，所以其感人之力遂亦因而也有了限制。至于“涕泪苦无端”之句，则以一“苦”字加强了“无端”之感，是欲求其端而苦不能得之意，如此遂使其涕泪之哀感成为一种“莫之为而为，莫之至而至”的与生命同存的哀感，于是其所写的哀感之情乃亦自有限扩而为无限矣。这自然也是使我觉得《苕华词》本胜于《人间词》本的一个原因。至于句首的“掩书”二字，则表面看来虽可视为涕泪之一端，但实际上“掩书”所写的原来只是一个动作，而如果以“掩书”的动作与下文之“涕泪”结合起来看，则可以提供给作者很多层次的联想。首先就王氏的性格来谈，则王氏平生最大的一个爱好就是读书，他曾经自谓“余毕生惟与书册为伴，故最爱而最难舍去者，亦惟此耳。”（见《国学论丛》一卷三号《王静安先生手校手批书目跋文》）至于他喜爱读书的动机，则私意以为盖有两点主要之原因。其一是想要在读书之中求得人生的解答和救世的方法。即如其研读哲学之动机便可谓属于前者，而其研究史学考古之动机则可谓属于后者。关于此二种动机，王氏在其著作中也曾有所叙述。如其在《文集续编·自序》中就曾述及其研治哲学之动机云：“体素羸弱，性复忧郁，人生之问题日往复于吾前，自是始决从事于哲学。”另外在《国学丛刊·序》中，王氏曾述及其研治史学之动机云：“欲求知识之真与道理之是者，不可不知事物道理之所以存在之由与其变迁之故，此史学之所有事也。”然而王氏研治哲学之结果，既未能求得对人生之完满的解答，其研治史学之结果，亦未能达成救世之理想与愿望。这种动机与结果，自然可以想象为其掩卷兴悲涕泪无端的一项因素。其次则王氏之读书原来也曾有欲借读书以求自我逃避和慰藉之意。关于此一动机我们在王氏的著作中也可以找到证明。在《文集续编·自序二》中，王氏就曾明白叙述说：“近日之嗜好所以渐由哲学而移于文学，而欲于其中求直接之慰藉者矣。”另外在其《拚飞》一诗中，王氏也曾自叙云：“不有言愁诗句在，闲愁哪得暂时消。”但他逃避和寻求慰藉的结果，反而更增加了心灵中的悲苦和寂寞，所以在另一首《浣溪沙》中，他就又曾自叙说：“掩卷平生有百端。饱更忧患转冥顽。偶听啼鴂怨春残。坐觉无何消白日，更缘随例弄丹铅。闲愁无分况清欢。”是则无论其欲在文学之研读创作中求慰藉，或者欲在丹铅之考证的研读中求逃避，而最终依旧是“掩卷平生有百端”的悲慨，那一首词的“掩卷”也就正可做为这一首词中“掩书”一句的注脚。可知其“无端”之涕泪固正由此“百端”之悲慨也。然而王氏的此种深悲极苦之情与悲天悯世之意又谁知之者乎，故乃结之曰“可怜衣带为谁宽”。而由这一句词，又可使我们联想到王氏在其《人间词话》中论及“古今成大事业大学问者必经过三种之境界”时，引用柳永《凤栖梧》词所说的，“‘衣带渐宽终不悔，为伊消得人憔悴’，此第二境也”一段话。由这段话自可证明王氏之所谓“衣带”之“宽”，原来乃是既意味着一种对于高远之理想的追寻和向往，也意味着甘心为此种追寻向往而付出“憔悴”之代价而“终不悔”的决志和深情。不过，柳永之“憔悴”乃是“为伊”，而王氏之“憔悴”又究竟为谁乎？故曰：“可怜衣带为谁宽”。这一首《浣溪沙》词，实在可以说是王氏由眼前寻常景物之写境写起，却蕴含有极丰富的深情与哲想的一首代表作。

像这一类从叙写眼前的景物开始，却引发出多层要眇深微之意蕴的作品，在王词中还有不少。即如其“辛苦钱塘江上水，日日西流，日日东趋海”一首《蝶恋花》词；“夜起倚危楼，楼角玉绳低亚”一首《好事近》词；“西园花落深堪扫，过眼韶华真草草”一首《玉楼春》词，便都在所写的景物以外，更有一种幽微深远的意蕴。只是为篇幅所限，本文已不暇详说，只好请读者自己去欣赏了。

以上我们既然举引了王氏一首以叙写景物为主的属于“写境”的词例，对其所可能蕴含的要眇深微之意蕴，做了一番评说；现在我们再举引王氏一首以叙写情事为主的也属于“写境”之词例，对其可能蕴含的要眇深微之意蕴也略加评说。现在我就先把这首《蝶恋花》词抄录在下面一看：

窈窕燕姬年十五。惯曳长裾，不作纤纤步。众里嫣然通一顾。人间颜色如尘土。　　一树亭亭花乍吐。除却天然，欲赠浑无语。当面吴娘夸善舞。可怜总被腰肢误。

这首词，本来一向都被我认为是一首“造境”之作。盖因这首词实在表现了一种要眇深微之意蕴，可以引发读者许多丰富的联想，颇有象喻之意味。而且其所象喻的一种“境界”又与王氏之为人及其论词之主张都有不少暗合之处，所以我一向都以为这首词很可能是王氏将自己的为人修养与论词见解的抽象情思化为具象之表达的“造境”之作。不过，近年来我偶然看到了萧艾先生所撰著的《王国维诗词笺校》（湖南人民出版社 1984 年版）一书，却指出其中原来有一段“本事”。据萧氏谓曾接到刘蕙孙教授函告云，王氏此词乃为一“卖浆旗下女”而作，且谓此词中有句实为其先君刘季英所拈，而请王氏足成者。又谓此说盖闻之于其先君刘季英与其舅父罗君美之谈话（见萧书之 123 至 124 页）。刘季英与王国维既皆与罗振玉为儿女之姻亲，则刘氏既因有所见而戏拈新句，乃请王氏足成之，此事自属可能。因而我在此遂将之归入为写现实情事的“写境”之作了。本来关于“写境”与“造境”之难于作明显之区分，王氏也早有此种认识。他在《人间词话》中曾提出说：“有造境，有写境，此理想与写实二派之所由分。然二者颇难分别，因大诗人所造之境，必合乎自然；所写之境，亦必邻于理想故也。”就以我们才评说过的“月底栖鸦当叶看”的那首《浣溪沙》词而言，其“栖鸦”、“推窗”、“凭栏”甚至“觅句”、“掩书”等叙写，都为眼前当下的寻常景物与情事，自然应是属于“写境”之作，然而若就其所予人之丰美的联想而言，则又含有一种要眇深微引人生托喻之想的意蕴。此类作品自可作为王氏所说的“大诗人……所写之境，亦必邻于理想”的代表作。再以我多年前评说过的“山寺微茫背夕曛”那首《浣溪沙》词而言，就其所写的“试上高峰窥皓月，偶开天眼觑红尘。可怜身是眼中人”诸句而言，其所写既皆为抽象之哲思，自应是属于喻说式的“造境”之作，然而若就其开端所写的“山寺微茫背夕曛，鸟飞不到半山昏”诸句来看，则也未始不可能为实有之景象，只不过此种景象似不及另一首《浣溪沙》所写的“栖鸦”、“推窗”、“凭栏”等景象之更为切近而已，此类作品自可作为王氏所说的“大诗人所造之境，必合乎自然”的代表作。至于这一首《蝶恋花》词，则虽然可据其“本事”之说而将之归入于“写境”之作，但其丰美之意蕴却已将之提升到一种理想化的“造境”之境界了。现在我们就将对这首词之所以达到此种境界的缘故，就其内容意境与表现方法两方面逐句略加评说。

先说第一句“窈窕燕姬年十五”，即此一句七个字的叙写，实在就已兼含有“写境”与“造境”之双重意境了。先就“写境”而言，如果按萧艾先生所提出的“本事”之说，则此句自应是写一现实中所见的在北京的“卖浆旗下女”，“燕”字言其地，“十五”言其年，而“窈窕”则言其姿质体态之美好。如此便可全做一一落实的解说。然而奇妙的则是，就在这种叙写之中，却已经同时就具含了一种“造境”之意味。如果用西方接受美学的理论来说，那就是王氏在此一句的叙写中，蕴含了可以引发读者多层象喻之想的一种潜能（potential effect）。这种潜能的由来，我以为大概有以下几点因素：第一个因素在于叙写之口吻全出于客观，遂使得此一女子完全脱离了现实中人际之关系，而成为一个独立的美感之客体，此其一；第二个因素则在于其所使用的一些语汇都带有符号学中的一种“语码”（code）之作用，遂可以使读者由这些语码所唤起的文化历史的积淀而产生丰富的联想。先说“窈窕”二字，此二字原出于《诗经·国风·关雎》之首章。私意以为即此二字便已有多重之作用，盖以此二字一方面既以其源出于《诗经》，而含有一种古雅之意味，另一方面则又因其传诵之久远，使人有一种惯见习知的亲切之感受；同时此二字又已在历史的积淀中具有了多层次的含义，既有美好之意，又有幽深之意，既可指品德之美，又可指容态之美。这种多重的性质，遂为全词之象喻性提供了一种有利的因素。试想如果我们将“窈窕”二字代之以“美丽”二字，则纵使意思相近，平仄不差，然而其浅陋庸俗立刻就可以将其象喻性破坏无遗。如此则“窈窕”二字在促成此词之象喻性方面的作用，自是显然可见的。再说“燕姬”二字，此二字在中国诗歌传统中于叙写美女之时，也形成一种泛称，因而遂有了并非写实专指的性质。即如《古诗十九首》中即有“燕赵多佳人”之句，晋傅玄《吴楚歌》也有“燕人美兮赵女佳”之句，梁刘孝绰《古意》诗亦有“燕赵多佳丽”之句，所以“燕姬赵女”乃成为对美女的一般泛称之辞，于是遂超出了专指的写实的意义，而也提供了象喻的可能性。再说“年十五”三个字，在“写境”的一层意思上讲，此三字自可谓实指一个女子的年岁。然而巧合的是女子的“十五”之年，在中国文化传统中原来也有一种语码之作用。盖十五之年原为女子成人可以许嫁的“及笄”之岁，相当于男子之“及冠”（见于《礼记》之《曲礼上》及《内则》篇）。因此在中国诗歌传统中，当诗人借用女子之形象而写为托喻之作时，亦往往用“十五”之年以喻托男子之成人可以出而仕用之岁，如李商隐的“八岁偷照镜”一首《无题》诗，自一个女子从八岁时之开始学习“照镜”、“画眉”写起，接写其衣饰才艺之美，直写到十四之依然未嫁，最后乃结之以“十五泣春风，背面秋千下”，便是以一个女子的形象来喻写一个男子从高洁好修之精神觉醒到终于未得仕用之悲慨。因此这句词中的“年十五”三个字，自然也就在带有历史文化背景的语码作用中，有了象喻之意。

至于下面的“惯曳长据，不作纤纤步”二句，则同样兼具了“写境”与“造境”之多重意蕴的潜能。先就“写境”而言，萧氏在提出了“本事”之说以后，便曾以“本事”说此二句，谓“‘惯曳长裾’，旗装也；‘不作纤纤步’，天足也。惟卖浆旗下女子足以当之”。此种解说自然与“本事”之说甚为切合，可以视为“写境”之层次中的一种情意。然而王氏此词之佳处，事实上却并不在于其所写者为如何之事实，而在于其在叙写中所产生之效果与作用。如果从这方面来看，我们就会发现此二句之佳处也在于其具含有一种可以引发读者之联想的丰富的潜能。至其造成此种潜能之因素，则私意以为实由于“曳长裾”与“纤纤步”二种不同之意态，所造成的一种鲜明的对比。“裾”字指衣襟而言，“曳长裾”者，谓人着长裾之衣曳地而行，如此则自然可以使人联想到一种高贵从容之仪态。至于“纤纤步”三字，则可以使人联想到一种娇柔纤媚之身姿。前者颇有一种矜重自得之概，后者则颇有弄姿愉人之意。此种鲜明之对比使这两种不同之品质产生了一种象喻之潜能。何况前者在“曳长裾”之上还加了一个“惯”字，后者在“纤纤步”之上还加有“不作”

两个字。所谓“惯”者，是一向如此之意；所谓“不作”者，则是不肯如彼之意。于是此二句遂不仅在品质之对比方面提供了象喻的潜能，同时在叙写的口吻方面也提供了一种“有所为”和“有所不为”的象喻的潜能，因此遂使得此二句隐然有了一种表现品格和持守的喻托之意。

接下的“众里嫣然通一顾，人间颜色如尘土”二句，“嫣然”二字出于宋玉《登徒子好色赋》，写东邻女子之美“嫣然一笑”可以“惑阳城，迷下蔡”；“颜色如尘土”则出于白居易《长恨歌》及陈鸿《长恨歌传》，写杨玉环之美“回眸一笑”可以使“六宫粉黛”“颜色如土”。因此自“写境”的一层意思来说，此二句自可以视之为但写“本事”中之女子的美丽。然而此二句之叙写却实在也已蕴含了可以引发读者象喻之想的丰富的潜能。盖以借美女喻人或自喻，在中国文学历史中，自屈原之《离骚》开始，就已形成了一种悠久之传统，而且此二句中的“通一顾”三个字，还曾见于宋代陈师道以美女为喻托的两首《小放歌行》的第一首之中，陈氏原诗是“春风永巷闭娉婷，长使青楼误得名。不惜卷帘通一顾，怕君着眼未分明。”据《王直方诗话》谓黄庭坚曾批评陈氏此诗，谓其“顾影徘徊，炫耀太甚”，可见陈氏所写之美女原是以美女自喻的一首有托意的诗。由此一诗篇之联想，当然也增加了王氏此二句词的托意的潜能。何况王氏此二句词在叙写之口吻中曾经先以“众里”二字，将此一美女，与一般众人做了第一度对比，又以“人间颜色”四字将此一美女与人世间其他颇有姿色的美女做了第二度对比，于是遂将此一女子的美丽提升到了一种极高的理想化之境界，因而也增加了一种象喻的潜能。如果以象喻的“造境”来析说此二句词，则又可以有两种可能：首先可以视之为自喻之辞，这主要因为如我在前文所言，这一首词从开端就是把此一美女作为一种美感之客体的口吻来叙写的。这也正如李商隐的“八岁偷照镜”一首诗中之女子，诗人也是将之作为一个美的客体来叙写的，而此一客体自然可以作为诗人之自喻的一个形象，此其一；再则就前面所引的陈无己的《小放歌行》而言，陈氏诗中的“通一顾”也是以美女为自喻的口吻来叙写的。其意盖谓此一女子本为不得宠爱而遭摈斥的一个美女，故其娉婷之美色乃深闭于永巷之中使世人不可得见，遂反使青楼中之凡姿俗艳误得虚名。而且纵使此女子不惜降低身份而卷帘一示色相，也恐怕没有一个人能真正地认清和赏识她的绝世之姿的。是则就此一诗篇联想轴（Associative Axis）而言，此词中所写之美女自然便也可以视为自喻之辞了，此其二；三则王氏在他自己的词里面，原来也写有不少以美女为自喻的作品。即如其“碧苔深锁长门路”的一首《虞美人》词，“莫斗婵娟弓样月”的一首《蝶恋花》词，就都是以美女为自喻的，可见这首词如果作为自喻来看，与王氏之品格为人也有暗合之处，此其三。既有此种种可能引起自喻之想的因素，当然可以视之为自喻之辞了。但有趣的则是，此二句词所蕴含的潜能却也可以使人视之为喻他之辞。造成此种联想之可能的第一个因素，也是由于这首词通篇都是把此一美女作为一个美的客体来叙写的。既是一个美的客体，则除了自喻的可能外，当然也可以作为诗人心目中任何美好之理想的象喻，此其一；再则如果不用陈无己的诗篇联想，而就其“通一顾”三个字而言，则此所谓“通一顾”者，自然也可以是从观者方面而言，意思就是说，作为观者的我在众人之中而蓦见一绝世之姿的美女，当其嫣然一笑之际更对我有垂眸之一顾，而因此一顾之相通，遂使我反观人世间之任何美色都如尘土矣。这种境界当然可以象喻为心目中一完美崇高之理想，此其二；三则王氏在他自己其他的词里面，本也经常表现有此种“恍惚焉一瞥哲理之灵光”的意境，即如我以前评说过的那首“山寺微茫背夕曛”的《浣溪沙》词，其中的“上方孤磬”与“高峰皓月”，以及在“忆挂孤帆东海畔”一首《蝶恋花》词中所写的“咫尺神山”和“望中楼阁”，便也都是此种恍如有见才通一顾的美好崇高的精神意境。可见以喻他之辞来看，这首词中所表现的意境与王氏对崇高完美之精神境界的追寻向往之性格也是有暗合之处的，此其三。既有此种种可以引起人喻他之想的因素，则我们当然就也可以视之为喻他之辞了。

以上是我们由此词前半阕之文本中所蕴含的丰美之潜能，所可能联想到的多层次的要眇深微之意蕴。下面我们便将对其后半阕词中的意蕴也略加评说。

如果以此词之后半阕与前半阕相比较，则后半阕之意蕴实较为单纯。盖以前半阕之文本中，既牵涉了许多符号学中所谓的具有历史文化背景的语码，而且在语言学的语法结构方面，也往往可以自语序轴与联想轴各方面，为之做出多方面的解说。可是下半阕的叙写则比较简单和直接得多了，即如“一树亭亭花乍吐，除却天然，欲赠浑无语”之句，一口气直贯而下，全写对于一种天然之美的赏赞。此数句若自“写境”之层次而言之，当然只不过是写萧氏的“本事”之说中的“卖浆女子”的天然之美而已。然而即使是如此简单的词句，也仍然蕴含了一种要眇深微之象喻的潜能。此种潜能之由来，一则由于前半阕之叙写已酝酿成一种象喻的色调及氛围，因而此数句遂亦不免仍使人产生象喻之想，此其一；再则此数句并未直写现实中之人物，而是以“一树亭亭”的“乍吐”之“花”作为美之象喻的，因而此一“花”之形象遂有了不限于现实之人的更广泛的象喻之意味，此其二；三则此数句所赞赏的天然不加雕饰之美，与王氏《人间词话》中所标举的评词之审美观也有暗合之处。因此即使是提出了“本事”之说的萧艾先生，亦说此词云：“通过此词，吾人更可窥见静安之审美观。静安论词，极力称道生香真色，论元曲佳处亦曰‘一言以蔽之，自然而已’，所谓‘粗服乱头，不掩国色’，‘天然’之谓也。”此外田志豆编注的《王国维词注》（香港三联书店 1985 年版）中，对此词亦曾评说云：“北国健康美丽的少女，给词人留下深深的印象。‘天然’二字是静安审美的标准。‘清水出芙蓉，天然去雕饰’，这就是《人间词话》中盛称的‘自然神妙’之处。”又说：“本词也可以作一篇词论读。”可见这首词之可以引发读者的象喻之想，也原为众人之所共见。只不过萧氏与田氏都是先肯定了此词之为实写一“本事”中现实之女子，仅只是王氏对此一女子的审美观与其论词之审美观暗合而已。而我则以为不仅此三句对“天然”之美的赞赏与其论词之主张暗合，而且全词的每一句都充满了象喻的意味。何况此三句所写的也不只是对“天然”之美的赞赏而已，我们还更要注意到这三句词与下面的“当面吴娘夸善舞，可怜总被腰肢误”二句词，在对比中所形成的讽谕的作用。本来此二句中的“吴娘”与此词开端一句的“燕姬”已是一种对比，而如果以此数句与“一树亭亭”数句合看，我们就更会发现前面所写的“天然”与后面所写的“善舞”原来乃是又一度在品质上的对比。我说是“又一度”对比，那就因为这首词在上半阕的“曳长裾”与“纤纤步”的叙写中，王氏实在已将两种不同品质的美，作了一次对比，而我在评析那两句词时，也已曾提出说品质的对比可以提供一种象喻之潜能。何况在中国诗歌传统中，当以“善舞”为象喻的时候，往往都暗指一种逢迎媚世的行径。辛弃疾的“更能消几番风雨”一首《摸鱼儿》词，便曾有“君莫舞，君不见玉环飞燕皆尘土”之句，可以为证。而王氏此词的“可怜总被腰肢误”一句，对“善舞”者的讥贬之意，则较辛词更为明显。因而在此种对比中，王氏所赞赏的“天然”之美，遂也应不仅只是与其论词之主张暗合而已，同时也喻示了王氏心目中的一种人格修养的品质和意境。如果在此处我们再一回顾全篇的话，我们就会发现这首词不仅通篇都提供了象喻的潜能，而且其象喻的意旨和象喻的结构，也都是十分完整的。当然，我这样说也并不表示我对于“本事”之说的“写境”一层意义的否定，我只不过是想要证明王氏的一些词，即使是“写境”之作，也往往蕴含有一种要眇深微的意蕴，而隐然有了一种“造境”的效果。故王氏论词，乃不仅有“大诗人所写之境，亦必邻于理想”之言，而且还曾提出了“词之雅郑，在神不在貌。永叔、少游虽作艳语，终有品格”之说，王氏此词，便可以作为他的词论之实践的一首代表作。

透过以上二首词例，我们对于王国维之以“写境”为主而隐含有深微丰美之意境的作品，已经做了相当的论析和评说，因此下面我们便将再举引王词中之以“造境”为主而亦隐含有深微丰美之意境的一些作品，也尝试对之略加论析和评说。首先我们所要举引的乃是王词中一首以叙写景物为主的属于“造境”的作品，现在我们就先把这首《鹧鸪天》词抄录在下面一看：

> 阁道风飘五丈旗。层楼突兀与云齐。空余明月连钱列，不照红葩倒井披。　频摸索，且攀跻。千门万户是耶非？人间总是堪疑处，唯有兹疑不可疑。

本来，我们在前文论及王国维《人间词话》中之“造境”与“写境”之说时，已曾引述过王氏的话，说“二者颇难分别”，盖以“大诗人所造之境，必合乎自然，所写之境，亦必邻于理想故也”。因此我在评说王氏之《蝶恋花》（窈窕燕姬）一首词时，就提出说，我以前本以为此词可能是属于“造境”之作，其后因见到萧艾先生的有关此词的一则“本事”之说，才将之定为“写境”之作。然而现在我们所要评说的这首《鹧鸪天》词，我却敢于断定其必为“造境”之作无疑。我之所以敢于断定其必为“造境”之作的缘故，当然主要由于其开端所写的景物之奇突不类眼前所实有，然而王氏却也曾说过“所造之境，必合乎自然”的话，可见虽属虚构之“造境”，但作者在想象出此一景象之时也必应有其想象之依据。那么王氏所写的这些奇突之景物，其想象之依据又究竟何在呢？关于这首词，一般读者多以为其隐晦难解，那就因为其所写之景象过于奇突，使人不知其究竟何指的缘故。但我们若能探寻得这些形象的出处来源，再结合王氏之思想感情的一般状态来看，我们就会发现其意旨之所在了。

先看这首词的开端二句：“阁道风飘五丈旗，层楼突兀与云齐”，此二句所写之景象不仅极为雄壮宏伟，且极为突兀飞扬，使人读之自觉有一种震慑而且吸引人的力量。如果从这首词下面所写的“频摸索，且攀跻”二句来看，则此开端二句所写的震慑而且吸引人的景象，固当原为诗人所“摸索攀跻”以追寻的一种境界。而此种境界，就王国维言之，则其所追寻者乃往往为一理想中之境界而并非现实中之境界。举例而言，即如其在《蝶恋花》（忆挂孤帆东海畔）一首词中，所写的对于“海上神山”的追寻；在《浣溪沙》（山寺微茫背夕曛）一首词中，所写的想要“窥皓月”而“试上高峰”的努力，便都表现了一种对理想之境界的追寻和向往。这一类词中所写的意境，一般说来，在王词中大多是属于象喻性的“造境”之作。“忆挂孤帆”一首所写的“海上神山”的景象，其所依据者自然乃是大家所熟知的渤海中有三神山的神话传说。（见于《汉书·郊祀志》及《拾遗记》）至于“山寺微茫”一首所写的“山寺”、“高峰”诸形象，则并无特殊的出处。因此遂有人以为此词所写者原是实景，而并非造境。不过，若据此词下半首所写的“偶开天眼觑红尘”及“可怜身是眼中人”等充满哲理思想的词句来看，则私意以为这些景象似乎也仍是所谓“造境”，只不过这些“造境”固正如王氏所云，乃是大诗人“所造之境，必合乎自然”，且“其材料必求之于自然，而其构造亦必从自然之法则”的一个很好的例证而已。至于这一首词中所写的“阁道”与“五丈旗”诸景象，则一方面既非如“海上神山”之为人所熟知，而另一方面则也不似“山寺微茫”之有合于自然。如果从这一点差别来看，则私意以为，这一首词之所以用不为人所熟知习见之景物来写对某种境界的追寻，实在应该是较之另二首更为有心用意的一首托喻之作。

从这首词开端一句所写的景象来看，其想象中之“造境”的依据盖源出于《史记·秦始皇本纪》中对于阿房宫之描绘。据《史记》所载，谓“前殿阿房，东西五百步，南北五十步，上可以坐万人，下可以建五丈旗。”此固当为人世之宫殿中的一所绝大之建筑，所以当王国维想要为其想象中所追寻的境界觅取一个最为崇高宏伟的建筑之形象时，乃选择了《史记》中所描述的“阿房”之宫以为依据，这自然可以看作是王氏选用此一形象在此一首词中的第一个作用之所在。但其作用却还不仅只是如此而已，原来此词首句开端的“阁道”二字，除了写“阿房”之建筑的崇高宏伟以外，同时还可以经由此二字所牵涉到的构建规模，而引发出更深一层的联想和托意。盖据《史记》之记叙，曾谓“阿房”之建筑乃是“周驰为阁道，自殿下直抵南山，表南山之巅以为阙，为复道自阿房渡渭，属之咸阳”。而此一建筑规模之取意，则是为了“以象天极，阁道绝汉，抵营室也”。由此可知此一建筑所设计的规模形势，原来还更有与天文有关的另一层象喻之深意。先说“阁道”，此一词语之所指，就“阿房”之建造而言，自然乃是指空中之复道。谓此一复道可以从阿房经过渭水而与咸阳相连属。至于“以象天极”云云，则原来乃是指此一建造在天文方面的象喻。盖以根据《史记·天官书》中所载对于“天极”的描述来看，其所谓“阁道”者，乃是“天极紫宫”之“后六星绝汉抵营室者曰阁道”。据张守节《正义》之解释，谓“汉，天河也，直度曰绝，抵，至也，营室七星，天子之宫。”可见阿房之“阁道”的建造，乃正像天极之紫宫。至于阁道之经过渭水与咸阳之宫殿相连属，则亦正像天极紫宫后六星之直渡天河与天子之宫相连接。而所谓“天子之宫”，就天文星象言之，则固当为天帝之所居。由此遂使得我们得以窥见了王氏此词之所以选用了“阁道风飘五丈旗”之景象，以象喻其所追寻之境界的更深一层的含义。盖以如果只泛言一高远之境界，如其《浣溪沙》词所写的“山寺微茫”与“试上高峰”，则其所象喻者乃亦不过仅只为一高远之理想而已。然而此词中开端的“阁道”一句，则以其所写之景象既出于特殊之事典，因而遂亦由此一特殊之事典，而使得此一景象有了一种更为丰富的联想的可能性。盖以“阁道”在事典中既被喻示为可以通达天帝之居的一条通道，于是王氏在此词中所叙写的“摸索”“攀跻”遂亦都有了向天帝之居去追寻探索的意味。而向天帝之所居去追寻探索，就王氏之性格言之，则可以象喻为他想要对人生求得一个终极之解答的向往和追寻。这种解说的联想，我们不仅可以从西方接受美学家依塞尔（Wolfgang Iser）在其《阅读活动——一个美学反应的理论》（*The Act of Reading: A Theory of Aesthetic Response*）一书中所提出的文本中之可能的潜力（potential effect）之说，为“阁道”一形象之多层可能的喻意找到理论方面的依据；而且我们也可以从王国维自己的作品中，为这种解说的联想找到不少实例的证明。即如我们在前文论及“王词意境之特色与形成其意境的一些重要因素”一节中，就已曾提出说王氏在其写作小词的一个阶段中，也曾同时“写有《论性》、《释理》、《原命》诸文，思欲对人生与人性之问题有所究诘”，而且王氏在其《静庵文集续编》的《自序》一文中，也曾经自己说过“体素羸弱，性复忧郁，人生之问题日往复于吾前”的话。而这种要想对人生问题求得一个终极之解答的探索，在王氏词中遂往往表现为一种欲与上天之精神相往来的意境，即如其《踏莎行》词之“绝顶无云”一首，便曾写有“我来此地闻天语”之句，又如其《鹧鸪天》之“列炬归来酒未醒”一首，也曾写有“更堪此夜西楼梦，摘得星辰满袖行”之句。凡此种种，都足可证明王氏词中所写的高远之意象，不仅可以象喻为一种高远之理想，而且还隐含有一种要向上天去探索人生终极之问题的“天问”式的究诘。只不过在其他各词中，王氏所选用的意象都较为习见自然，而这一首词中所选用的意象则较为突兀而不习见，而且还在其所取材的《史记》之《秦始皇本纪》及《天官书》中隐含了更为深入一层的含意。因此我们只从这一首词的第一句，实在就可以判断出这首词在王氏之词作中，乃是一首较之他词更为有心托意的“造境”之作了。

这首词既然从一开始就是以假想中之“造境”所写的托意之作，因此以下各句所写之景象，遂亦莫不为其假想中之种种“造境”，至于这些假想中之景象的依据，则全为王氏平日自书本中所得之形象，只不过这些形象有的虽颇为读者所习知，有的则不大为读者所习知而已。先说“层楼突兀与云齐”一句，此句之形象盖出于《古诗十九首》中“西北有高楼，上与浮云齐”两句诗，此固为一般人之所共知。只不过王氏却将“高楼”改成了“层楼”，而又加上了“突兀”二字的形容。像这种用古人之诗句而稍加改易的情况，王国维在其《人间词话》中，也曾对之有所论说。我们在前文论及“王国维境界说的三层义界”一节中，就提到王氏在《人间词话》中所说“借古人之境界为我之境界”的一段话。而且还曾举出周邦彦及白仁甫二人在词曲中皆曾分别引用了贾岛之诗句的例证，足可见借用古人之诗句原为王氏理论中之所许，只不过要“自有境界”而已。王氏在此一句词中既变古诗中之“高楼”为“层楼”，又加上了“突兀”二字，于是此一句词遂因而也就有了不同于古诗的另一番境界。如果将两者加以比较来看，则“高楼”之意象予人之感受较为单纯，除去一份高寒之感外，并不杂有其他之暗示；而“层楼”之意象予人之感受则较为繁复，除去崇高之感以外，还伴随有一种繁富壮丽的联想，再加之以“突兀”二字，遂更增加了一种令人目眩心慑的气势。而且以此一句承接在首句的“阁道风飘五丈旗”七个字之下，两相映衬，于是遂使得此复道层楼之景象更加显得宏伟而且壮丽，何况“风飘五丈旗”之形象又表现得如此生动飞扬。其笔力之充沛饱满，竟把假想中千年前秦皇之阿房宫殿写得如在目前，乃大似杜甫写“昆明池水”之“汉时功”，真觉其“旌旗在眼中”矣。

而下面又继之以“空余明月连钱列，不照红葩倒井披”二句，遂使得此一复道层楼之崇高宏伟的景象，蓦然又增加了一份光怪而且迷离的气氛。至于这两句词中之景象，其假想中之依据则仍是王氏之书本上的知识。上一句的“空余明月连钱列”的形象，出于班固《西都赋》中对昭阳宫殿之描述铺陈，有“随侯明月，错落其间，金缸衔璧，是为列钱”之句。《昭明文选》李善注，于“随侯”一词曾引《淮南子》高诱注云：“随侯见大蛇伤断，以药傅而涂之。后蛇于夜中衔大珠以报之，因曰随侯之珠，盖明月珠也。”又引许慎《淮南子注》云：“夜光之珠，有似明月，故曰明月也。”至于“金缸”一句，则李善曾引《汉书·孝成赵皇后传》对昭阳宫之描述，有“壁带往往为黄金缸”之记载。据颜师古注云：“壁带，壁之横木露出如带者也，于壁带之中往往以金为缸。”晋灼曰：“以金环饰之也。”由此可知所谓“金缸衔璧，是为列钱”者，盖指壁带上金环所衔之圆璧垂悬如列钱也。若就王氏此词言之，则其开端一句之

“阁道”，既然有指向通达天帝之居的暗示，则此一句所写的“明月连钱列”，自然指的应该是天帝之宫中随珠连璧的光华富丽的装饰了。至于下一句的“红葩倒井披”之形象，则出于张衡之《西京赋》，写未央宫前殿龙首之盛，有“蒂倒茄于藻井，披红葩之押猎”之句，薛综注云：“茄，藕茎也，以其茎倒植于藻井，其华下向反披。押猎，重接貌。藻井，当栋中交木方为之，如井干也。”此二句盖写宫殿的藻井之上（也就是天花板上）雕饰有倒垂之莲茎，其莲华之红葩乃反披而下垂，有押猎重接之盛（按：左思《魏都赋》亦有“绮井列疏以悬蒂，华莲重葩而倒披”之句，盖袭用张衡《西京赋》之句，李周翰注云：“井中皆画莲花，自下见上，故曰倒披”，可供参考。不过王氏此词自阿房起兴，定当用与咸阳相近的西京之典，不可以魏都为说也）。总之，此句之形象本来乃是写宫殿之华采美盛，而王氏用之于这一首词中，则是借用《西都》与《西京》两赋所写之形象以喻写其理想中所追寻的天帝之居的美盛。这可以说是第一层用意，而更可注意的则是，王氏在这两句所写的美盛的形象之间，原来还用了“空余”和“不照”两个述语。这两个述语实在有极为重要的作用。“空余”是徒然留存着的意思，其所表现的是面对所留存之仅有的残余而兴起的一种不能全有的憾恨，因此下句乃直承以“不照”二字，正面写出其对于所期望者终于未能寻见的失望和落空的悲哀。关于王国维这种追求理想的执着的精神，早在我所写的《王国维及其文学批评》一书中，于论及王氏之追求理想之性格时，我就举引过王氏的不少论著，以说明其平生鄙弃功利唯以追求真理为目的之性格，且曾加以结论说“他所禀赋的一种‘耑耑焉力索宇宙之真理而再现之’的属于天才的追求理想殉身理想的天性，是无法改变的。”而这种追求又始终无法满足，因此在王氏的一些小词中经常表现有一种追寻而终于未得的悲哀和憾恨。即如我们在前面所提到的他的《蝶恋花》（忆挂孤帆东海畔）一首小词，他对于“海上神山”的追求，最后所落得的正是“金阙荒凉瑶草短”的痛苦和失望。而另外的《浣溪沙》（山寺微茫背夕曛）一首小词，他的“试上高峰窥皓月”的努力，最后所落得的也是“可怜身是眼中人”的无可奈何的憾恨。但尽管如此，却似乎又有一种力量常使他对这种理想之追寻始终难以弃掷，那就因为在诗人之心目中总是常存有一种理想之灵光的闪烁，所以纵然终于未能照见“红葩倒井披”的美丽的象喻生命之终极意义的花朵，却仿佛依然存留有“明月连钱列”的光影的闪现。此种情况，盖亦正如阮籍在其“西方有佳人”一首《咏怀》诗中之所写，虽然在“飘摇恍忽中”似乎也曾经见到了一位“流眄顾我傍”的“佳人”，然而却终于未能真正结识，于是自然就落得“悦怿未交接，晤言用感伤”了。

以上是这首词的上半阕，王氏盖以假想之造境写其对于一种理想之境界的追寻与失落，而全以古书中之意象表出之。既有飞扬突兀之奇，又有光彩迷离之致，既真切，又古雅。这自然是王词中极值得注意的一首属于“造境”的词。

紧接着上半阕遂开始正面叙写其追寻不得的困惑。“频摸索，且攀跻”二句，既着一“频”字，又着一“且”字，盖极写对此种追寻之难以放弃而又无可奈何之感。至于“千门万户”一句，则承接上半阕所写的宫殿之形象，而用《史记·武帝纪》中叙写建章宫的“千门万户”之语，来喻写追寻中的困惑与迷失。更用“是耶非”三字，表现了一种似有所见而又终于未见的迷离恍惚，而此三字也同样有一个古书的出处。他所用的乃是汉武帝《李夫人歌》的“是耶非耶？立而望之，翩何姗姗其来迟”一诗中的句子。于是在对宫殿的摸索追寻中，乃又出现了一个对美人之期待的联想。这种联想虽未必存在于作者王氏的意识之中，然而却由于此“是耶非”三字之出处的诗篇的联想，使得这句词必有了这种联想的潜能。更何况对美人之期待与对理想之追寻，二者原可以互相生发、互相借喻，我们虽不必如此解释，但这种联想的潜能，却无疑的也是足以增加此词的意蕴之丰美的一个因素。至于结尾的“人间总是堪疑处，唯有兹疑不可疑”，则是写其所追求者既终于未得，其所困惑者也终于未解，而这种心态乃正为王氏所经常表现的一种心态。近年来西方文学批评中有所谓意识批评（criticism of consciousness）一派，曾提出在作品中可以寻见作者之基本意识型态（patterns of consciousness）之说。这首《鹧鸪天》词大概可以说是王氏词作中，以假想之造境表现其基本意识型态的一篇代表作了。不过因为这首词中所叙写之景象既极为突兀生疏，一般读者读之，多不知其究竟何指。美国一位邦奈尔女士（Joey Bonner）竟以珍妃死于井中之故实说“红葩倒井”一句，实不可从（见其所著*Wang Kuo-wei: An Intellectual Biography*, Harvard University Press, 1986）。而这也就正是本文之所以特为选取此一首难解之词作为例证，而且要对之细加评说的主要缘故。

以上我们对王国维词的“造境”之作，既然已经举了一首以叙写景象为主的词例，因此下面我们便还要举引一首以叙写情事为主而仍属于“造境”的词例，也略加评说。现在就让我们把这一首《浣溪沙》词也抄录下来一看：

本事新词定有无。这般绮语太胡卢。灯前肠断为谁书？
隐几窥君新制作，背灯数妾旧欢娱。区区情事总难符。

在我开始评说这首词之前，我想先把我之所以选录了这一首词作为评说之例证的原因，略做简单之说明。本来在王氏词集中以叙写情事为主的属于“造境”之作，还有不少很好的例证，如《虞美人》词的“碧苔深锁长门路”一首，《蝶恋花》词的“莫斗婵娟弓样月”、“昨夜梦中多少恨”、“黯淡灯花开又落”及“百尺朱楼临大道”诸首，就应该都是以叙写情事为主而隐含有幽深丰美之意蕴的造境之作。而且这几首词早就被读者所传诵，樊志厚的《人间词乙稿序》也曾经对其中的“百尺朱楼”及“昨夜梦中”诸首大加赞美，谓其“意境两忘，物我一休，高蹈乎八荒之表，而抗心乎千秋之间。”我们如果举引王氏的代表作来加以评说，原有不少可供发挥之处。但本文既为篇幅及体例所限，对其“写境”与

“造境”之作中的以景物为主及以情事为主的词例，都只能各举一首为例证，因此在选择考虑其去取之际，自不免煞费周章。最后我决定选取了所抄录的这一首《浣溪沙》词，而对于那些传诵众口的佳作则只好忍痛割爱了。

我之所以做了这样的选择，其原因盖有以下数端：第一是因为其他诸首既已为读者之所熟知，自然不须我更费笔墨来加以评说，此其一；第二是因为其他各首之为“造境”的象喻之作，多属一望可知，而这一首《浣溪沙》词则自其表面所叙写的情事来看，乃大似但写“闺情”的写实之作，然而事实上这首词却包含有极为幽微深曲的喻说的意蕴，故尔值得加以评说，此其二；第三是因为其他诸词纵然亦有深微之意蕴，然其所蕴含者乃大多为王氏之作品中较为常见的情意。即如其《虞美人》之“碧苔深锁长门路”一首词，末二句所写的“从今不复梦承恩，且自簪花坐赏镜中人”所表现的乃是虽在孤独谗毁中也依然保有的一份高洁好修的持守。这与他的《蝶恋花》之“莫斗婵娟弓样月”一首词中，末二句所写的“镜里朱颜犹未歇，不辞自媚朝和夕”的意境，便大有相近之处。再如其《蝶恋花》之“昨夜梦中多少恨”一首词中，所写的“梦里难从，觉后那堪讯”二句所表现的梦中之追寻与醒后之失落的悲哀，则与他的《苏幕遮》之“倦凭栏”一首中所写的“梦里惊疑，何况醒时际”的意境大有相似之处。又如其“黯淡灯花开又落”一首《蝶恋花》词所写的“但与百花相斗作，君恩妾命原非薄”二句，所表现的对于所爱之对象的专一而不计报偿的深挚之情，则也与他的《清平乐》之“斜行淡墨”一首词中所写的“厚薄不关妾命，浅深只问君恩”的意境大有相似之处。更如他的“百尺朱楼临大道”一首《蝶恋花》词所写的“陌上楼头，都向尘中老”二句，所表现的虽然处身在高楼之上，然而也终难逃于向尘中同老的既哀此人世又复自哀的感情，便也与他的《浣溪沙》“山寺微茫背夕曛”一首词中“可怜身是眼中人”的意境大有相似之处。凡此种种，都足以证明王氏这几首名词中之意蕴，虽然也有幽微深婉的极可赏爱之处，然而其意境却大多为王氏词中之所习见，且其性质亦大多同属于有关人生之情思与哲理。然而我们现在所要评说的这一首“本事新词定有无”的《浣溪沙》词，其所蕴含的却并非王氏词中所习见的有关人生的情思和哲理，而乃是一种关于创作和艺术上的反思和体悟。像这种用小词来写艺术方面的反思和体悟的意境，本已极为罕见，而且王氏更以写“闺情”的极自然真切的“写实”之手法表出之，则不仅罕见，更属难能。这种开创与成就，自是极可重视的，故乃决定选而说之，此其三。以上既说明了我们之所以选取了这首词的种种原因，下面我们就将对于这首词尝试一加评说了。

先从这首词表面所写的一层情意来看，则其所写者固原为闺中的一种儿女之情。词内有“君”、有“妾”，“君”是写词的人，“妾”是读词的人。开端一句的“本事新词定有无”是写所谓“妾”的女子在读词时所产生的一种猜测忖度的心理，其意盖谓这首新词中所写的情意究竟到底有没有一段爱情的本事呢？“定有无”之“定”字，正表现了读词之女子的定欲知其“有无”之真象的一种迫切的心情。而下一句的“这般绮语太胡卢”，则正点明了这一首新词之所以引起此一读词女子之猜测的一些重要因素。因素之一是为其有“这般绮语”，因素之二则是为其叙写的“太胡卢”。所谓“绮语”者，指的自然是一些温柔缠绵的绮艳语言，这自然是引起此读词之女子以为其中有爱情“本事”之猜测的一个重要因素。而“太胡卢”则是谓其所写者却又极为幽微隐约，使人难以做真实之确指，这是使得此读词之女子对其中之本事感到终于疑想难定的又一个重要因素（按：此句在《观堂集林·缀林》所载之《长短句》中，原作“斜行小草字模糊”，则但写其书法字迹之模糊，与上句之所谓“本事”无关。本文所据乃陈乃文辑本之《静安词》，与上句正相承应，于义较胜，故从之）。以上二句所写是此一女子由读词引起的猜想。然而引起此女子之猜想者，原来还不仅是因为词中之“绮语胡卢”而已，其尤足引人猜想者，则是由于此女子眼中所见之男子在写词时所表现的一种深挚投注的感情，故乃有第三句之“灯前肠断为谁书”之语。曰“灯前”，是此一男子写词时所处之地，曰“肠断”，是此一男子写词时所有之情。夫深夜灯前固原为引人幽思遐想之时地，而心伤肠断则又为何等深挚恳切之情怀，此所以使人疑想其所写者必有爱情之本事之又一因也。然而却又以其“绮语胡卢”而难以测知其本事之究竟谁指，故乃有“灯前肠断为谁书”之内心之疑问也。

以上前半阕之所写，既都是此一读词之女子对于词中的“绮语胡卢”所引起的疑问，于是后半阕乃接写此一女子欲对词中之本事更做进一步之探寻的努力。换头二句“隐几窥君新制作，背灯数妾旧欢娱”，写此一女子遂凭倚于此写词之男子的书几之侧而窥视新写成之词作，然后背灯回面而仔细计数其自身与此一男子之间所曾有过的种种旧日的欢娱，其意盖在于欲以求证此男子词中之所写是否与女子自身所计数之欢爱之果然相符也。而最后乃发现此词中所写之情事，与其记忆中所细数的旧日之欢娱之终然难以相合，故乃结之曰“区区情事总难符”。“区区”二字在此句中，盖可能有双重之取意。其一可以为私心所爱之意，如辛延年之《羽林郎》一诗，即曾有“私爱徒区区”之句，可以为证。其二，可以但为琐细纤小之意，此为一般人所习用之意。如此则承上句之“数妾旧欢娱”言之，此所谓“区区情事”，自当指此女子心中所计数之种种私爱中之琐细之情事。而计数之结果，则是“总难符”。于是此词开端所提出的“本事新词定有无”之疑问，乃终于不能求得一现实之情事以印证之矣。

以上是我们从这一首词表面所写的闺中儿女之情事所做出的极简单的解说。观其所使用之辞语，曰“本事”、曰“绮语”、曰“灯前肠断”、曰“隐几”、曰“背灯”、曰“君”、曰“妾”、曰“欢娱”、曰“区区”，若此之类，即都表现有一种儿女之情的色彩，加之以其叙写之口吻又极为生动真切，是则此词乃大似一首写儿女闺情的“写境”之作矣。然而私意却以为此词实为一首“造境”的喻说之作。我之所以做此想者，一则盖因其叙写之口吻虽然亦复生动真切，然而却实在并未表现有任何真正属于现实的爱妒悲喜之情。如果以此词与王氏其他果然写儿女之情的作品相比较，则如其《鹊桥仙》（绣衾初展）一首之写离别后的欢会，《蝶恋花》（阅尽天涯离别苦）一首之写生离之后又面临死别的哀痛，就不仅都有王氏与其妻子莫夫人之生离死别的本事可为印证，而且其全出于主观的叙写之口吻所表现的欢欣与哀悼之情便也都是明白可见的。而这一首《浣溪沙》词，则不仅假托为“妾”之口吻以写出之，而且此所谓“妾”者，在全篇整体的背景中，似乎也已化成被叙写之情事中的一个客体了。于是此词中所叙写之情事遂亦因而整个化成了一种以情事为主的被叙写的事象，于是遂产生了一种象喻之可能性，此其一。再则这首词中的每一句词似乎都喻说了一种属于创作的体验和情况，这当然绝不可能仅只是出于巧合，而必是出于有心的象喻，此其二。因此下面我就将要把我个人所见到的这首词中的一些象喻的意思，也略加说明。

先说第一句“本事新词定有无”，所谓“本事”，在中国传统诗词中一般大概有广狭二义：广义的“本事”，可以指任何作品凡其中内容之有真实事件可指者，皆可谓之为有“本事”；至于狭义的“本事”，则一般多指作品中涉及有关于男女之爱情事件者，则谓之为有“本事”。此词之所谓“本事”，自当是指狭义的爱情事件而言。而谈到爱情事件，则往往最易引起读者探索的兴趣。可是在中国的旧道德传统中，爱情又往往被人认为是一种极不正当的事件。于是在这种观念中，遂形成了两种情况。一方面是读者对于爱情事件的探寻，往往既怀有极强烈的兴趣，而另一方面则是作者对于此种爱情之猜测，又极力想做出并无其事的表白。这两种情况本已相当复杂，而使这种情况更加复杂起来的，则是中国的诗歌又有着一个以爱情为政治托喻的悠久的传统。于是一切芳菲悱恻的诗篇，遂同时都可以给读者以爱情及托喻的双重联想，于是对于其中“本事”的是非有无当然也就极易引起人们的争议。如何解决这些争议，这在中国诗歌的研讨中已成为一项重大的课题。而王氏此词的开端一句，却以“本事新词定有无”短短的七个字，就扼要地掌握了有关诗歌之创作和评说的如此重大的一个问题，这种统摄一切的识见和这种精妙的表现手法，都是不凡的。不过王氏所想要表述的却还不仅是一个文学上的泛泛的问题而已，他所要表述的实在更特别指向了一种词的特质，所以他便不仅在首句提出了“新词”两个字，而且更在下一句的“这般绮语太胡卢”中，以外表的写实之语，描述了词在文学艺术方面的一种特质，而这种描述则与王氏在《人间词话》中提出的说词之理论正相吻合。王氏曾谓“词之为体，要眇宜修”，所以如果把词与诗相比较，则词当然比诗更多“绮语”。王氏又曾谓“诗之境阔，词之言长”，还曾谓“词之雅郑，在神不在貌”。可见诗中之意境虽然可以较词更为开阔博大，但多为显意识中可以指说之情事，而词之特质则更在其能予人以一种意在言外的长远而丰富的联想，故其妙处所在，也就更难于像诗一样从外貌所写之情事做切实之指说，因此自然就不免形成为“这般绮语太胡卢”的一种特质了。

以上不过是但就词之特质言之而已，若再就词之作者言之，则词之写作与诗之写作原来也有一个极大的分别，那就是诗人在写诗时往往都在显意识中明白地有一种言志之用心，因此诗歌之内容乃往往有一个鲜明的主题，可以为读者所察见，而词人在写词时则往往只是为一个曲调填写歌辞，即使后世之词已经不再真正地付诸演唱，但写词之人在写作小词时往往仍以写伤春怨别之词为主，并不在词中明白表达言志之心意。因此词之写作，就作者言之便同样不免于有一种“绮语胡卢”之致。只不过词人之写词，虽在显意识中往往并没有明白地言志之用心，可是在写作过程中却往往会不知不觉地把自己内心中最深隐幽微的一份情感之本质投注流露于其中，是以就其隐意识中的深挚之情言之，自然也可以有断肠之痛。然而若就其显意识言之，则却并不一定可以在理性上做出确切的说明。而此词之“灯前肠断为谁书”一句，就恰好极为委曲而贴切地传述了这一份虽然肠断也难以明白言说的深隐的情思。这正是只有在词之写作中才能体会到的一种感受。

至于下半阕的“隐几窥君新制作，背灯数妾旧欢娱。区区情事总难符”三句，就其表面所写的现实情事来看，其所谓“君”与“妾”，固分明为一男子与一女子，一为写词之人，一为读词之人，当然应该是两个人。然而若就其更深一层的象喻来看，则此两人实在乃是作者一个人的双重化身。如我们在前面论及“王词意境之特色”一节中所言，王氏在其词论中，曾提出“观物”与“观我”之说，我当时对此曾加以解释，说“若把景物作为对象来加以观察叙写，则是一种‘观物’之作”；若把自己之“情意”，“作为对象来观察叙写，便是一种‘观我’之作”。可见能写者固然是我，能观者也依然是我。而且此能观的我还不仅只是能观其自我之情意而已，同时还更能对其写作之自我也取一种能出乎其外而观之的态度。因此这首词中所写的“君”与“妾”表面虽是二人，然而却实系一人，写词之“君”是我，窥词之“妾”也是我，还有背灯计数旧欢娱的，也仍然是我。盖以一般作者在写作之际，往往同时也另有一个我在观察和批评，而自我观察和批评的结果，则往往会觉得自己所写的并未能将自己真正所感的加以充分适当的表达。此种情况，盖正如陆机在其《文赋》中论及写作时之所言，“每自属文，尤见其情，恒患意不称物，文不逮意”，此正所谓“区区情事总难符”也。何况小词情致之深隐幽微固有更甚于一般其他诗文者，则其“区区”“难符”自亦更有甚于陆机《文赋》之所言者。昔陆机以赋体写为文论，曾为千古之所艳称。今兹王氏乃以一极短小之令词的体式，用象喻之笔写出了含蕴如此丰美的词论，这在词之写作的领域中，自然是一种极可重视的开拓和成就。

五、余论

我们既然已经在前一节中对王国维的四首小词做了相当的评述，现在我们就可以把王氏在词之创作方面的成就，放在中国词之发展的传统以及他自己的词论中，来做一番更为具体的衡量了。

关于中国词之传统及王国维之词论，我在《对传统词学与王国维词论在西方理论之光照中的反思》一文中，已做过较详的论述。约言之，则我以为中国词之发展若按其性质与阶段来区别，大约可以试分为歌辞之词、诗化之词及赋化之词三大类别。这三类词虽各有不同之性质，但却同样都具有姿致要眇意蕴深微的一种特美。就王国维的词论而言，他所赞赏且据以为论词之标准的，实在可说大多乃是属于第一类的词作，至于第三类之词作，则王氏乃几乎完全不能欣赏。所以他在《人间词话》之开端，于提出了“词以境界为最上，有境界则自成高格，自有名句”之说时，紧接着这一标准之后，他所举出来的代表作品就是“五代北宋之词所以独绝者在此”。因此他在《词话》中乃特别对于属于第一类之词的南唐之冯、李，及北宋之晏、欧诸家多所赞赏，而对于属于第三类之词的南宋之白石、梦窗诸家，则屡有微辞。那就因为王氏所体认到的词之要眇深微之美，乃是属于以自然之感发引起读者自由之联想的一种特质。而这也就正是那些本无言志之用心而却于无意中流露有作者心灵之本质的那些属于第一类歌辞之词的一种主要的特质。而另一方面，则属于第三类的赋化之词，既全以思力安排取胜，故其要眇深微之美乃与第一类词的要眇深微之美有了本质上的根本歧异。第一类词的要眇深微之美，主要是在以直接的感发来触引读者丰美之联想，而第三类词的要眇深微之美，则主要是在以作者之安排的思力来引起读者对其深情隐意的探索和猜测。王氏对词之欣赏和评说既主要都以词中所传达的感发之本质为依据，因此对于以思力安排取胜的第三类词遂一直不能加以欣赏，这自然可以说是在他自己的评词观念下，所造成的必然的结果。然而值得注意的则是，王氏自己的创作实践与他自己所标举的词论之间，却发生了一种微妙的偏差。那就是他在创作时虽然是向着第一类词的标准去努力，而且自表面看来其小令之形式和某些以美女及爱情为主的内容也与第一类词大有相似之处，然而其真正的性质却不仅偏离了第一类词，而且有着向第三类词转化的现象。下面我们就对王词的这种偏离转化之现象，略加讨论和说明。

说到王氏在词之创作方面与其理论方面所表现出的微妙的偏差，我以为造成这种偏差的一个最基本的重要原因，就是王氏对词之创作多不免是有心用意为之。而所谓“有心用意”，则又可以分为以下几个方面来加以说明：其一是由于王氏写词之时代已与五代北宋之时代有了极大的不同，在五代北宋之时，词只是在歌筵酒席间供人歌唱的曲子，而在王氏之时代，则词已经成为与诗相同的言志抒情的另一种文学形式，这自然是使得王氏在写词时不免于有心用意为之，因而遂使自己所写之词与他所赞赏的第一类词之间产生了微妙之偏差的第一个因素。其次则由于五代北宋之作者在为乐曲填写歌词时，本无任何评词之理论横亘于心中，而王氏则在创作的同时，也从事词之批评理论的研究，他既然在理论的研究中，发现了词之佳者是要有一种“要眇宜修”之特美，和一种“在神不在貌”的“言长”之意蕴（也就是本文前面所提出的“境界”之第三层义界），因此当他自己从事创作之时，遂不免要对这种特美和意蕴做有心之追求，而即此有心追求之一念，遂使得他的追求的努力与他所追求的目标之间，有了南辕北辙的歧异，这自然是使得王氏所写之词与他所赞美的第一类词之间，产生了微妙之偏差的另一个因素。其三则因为王氏本是一个耽于深思哲想的学人，即如他在《静庵文集续编》的两篇《自序》中之所言，他原是由于“疲于哲学有日矣”以后，才“渐由哲学移于文学，而欲于其中求直接之慰藉”，而其研究哲学则是由于“人生之问题日往复于吾前”，因此在王氏之词中乃处处充满了一种对人生哲理的反省和深思，这自然是使得他自己所写的词，与他自己所赞赏的第一类词之间，产生了微妙之偏差的又一个重要因素。综合以上三点因素来看，王氏自作之词与其所赞赏的第一类词之间的偏差，主要即是由于一切皆不免有心用意为之，而有心之思力与安排正为第三类词之特质。是则就此一点而言，王氏遂与其所不能赏爱的第三类词反而有了相近之处了。然而事实上则王氏之词与第三类之词虽然同不免于有心用意为之，但二者间却又有着极大的差别。其一，就形式而言，第三类词之作者大多仅是以思力和安排用之于长调之写作；至于短小之令词则一般仍沿用五代北宋以来的自然婉约之风格。而王氏则是以思力及安排用之于小令之写作，而令词之性质与长调之性质既有所不同，其用思力与安排之方式当然就也有了不同，长调之思力与安排多用之于叙写之手法，而王氏则专用以求用意之深刻，因之其艺术风格就有了很大的不同。这是王氏之词与第三类词的第一点差别。其次，再就内容而言，第三类词之作者大多是以思力之安排来叙写现实中之政治伦理甚或爱情方面的某些实有之情事；而王氏则是以思力之安排借用一些具体的物象或事象来喻写其内心的某种抽象之哲思。故其以思力安排而为词虽同，然而其所喻写之内容与其所喻写之方式则并不相同，这是王氏之词与第三类词之又一点分别。

从以上的分析看来，王氏之词与第一类及第三类之词，既然都有着相似而实不同的差别，那么王氏之词与第二类词之间的关系又如何呢？关于第二类词之特质，我在《传统词学》一文中，也已曾有所论述。我以为第二类的诗化之词既然已有了明白的言志抒情之用心，因此其最易产生的一个流弊，实在就是在诗化之后失去了词所具有的那种要眇深微之特美。故尔此类词之佳者，乃必须要求作者在情志的本身方面先就具有一种曲折深微之性质，而且还须能将此种本质与词之艺术形式作出完美的结合，如此方能在明白言志的作品中，仍能保有词之要眇深微的一种特美。此类词自当以北宋之苏轼及南宋之辛弃疾二家为代表。如果以王氏之词与此一类词相比较，我们就会发现王氏在具有明白的抒情言志之用心的这一点上，虽然与此一类词有相近之处，然而二者在本质及表现方式两方面，却实在有着极大的差别。先就本质方面而言，则苏、辛二家词之胸襟志意，其开阖变化之处，自非王氏所能及。因此苏、辛二家词尽管在直抒情志的作品中，也往往仍能具有一种要眇深微之意致；而王氏之词如用直叙则不免令人有过于单调直接之感，但王氏之哲思的深至之处，则也非苏、辛二家之所有，此其差别之一。再就表现方式而言，则苏、辛二家词之遣字谋篇甚至用典使事往往皆能举重若轻，有一片神行的自然之致；而王氏则常不免以有心安排之托喻为之，且令人有殚思竭智之感，此其差别之二。是则王氏之词与第二类词乃亦有相似而实不同者在矣。

经过了以上的比较，对于王氏之词，我们自然已经不难在中国之“词”的这种文类的大结构中，为之找到一个适当的位置。总之，王氏之词在我国“词”之传统中，固无愧于是一位既有继承和融汇，又有转化和开拓的重要作者，而且其词的哲思之内容与带有理论之反思的写作方式，更充分显示了中国词之发展，在当日接受了西方思潮之影响以后的一种新的意境和趋向，这种划时代的开拓和成就当然是极可重视的。而对于这一类词，我们自然也就不能仅以旧传统的评赏方式，对之做仅凭直感的概念式的评说；而应该要用一种既综合有张惠言及王国维两家评词之理论，同时既重视感发之联想，也重视语码之推寻，且应采用西方精密的思辨方式对之做一种多角度多方面的，既有感性也有知性的评赏，如此才能对之做出较为正确和深入的理解和评说。本文对王氏这四首小词的讨论，可以说就是对于这种评说方式所做的一点粗浅的尝试。

本来写完上面一节，本文已可告一结束，但我却觉得还有一些话应该在此略加说明，那就是对王词中的一些缺点应如何看待的问题。以前台湾大学的冯承基先生在其所写的《闲话王静安词》一文中，曾经对王词提出过以下几项缺点：其一是王词往往模拟古人词语，对此一缺点，冯氏曾举王词为例，谓其《蝶恋花》词之“郎似朝阳，妾似倾阳藿”二句，拟自王士祯之“郎似桐花，妾似桐花凤”；其《点绛唇》词之“湿萤火大，一一风前堕”二句，拟自周邦彦之“水面清圆，一一风荷举”云云，以为“读静安此类词，时时见古人面目，如入委托商行，虽觉琳琅满目，率非自家语也”。其二是王词之句法语意多有重复之处，对此一缺点冯氏也曾举王词为例，谓其词句如“人间相媚争如许”、“人间何地着疏狂”、“人间夜色还如许”、“人间夜色尚苍苍”等，“屡用‘人间’，并在落句，殊少变化”。又谓其“人间须信思量错”、“人间总被思量误”等句，则“并意义亦从同矣”。其三是王词叙写之方式“往往于收束处取一二典故字面略事腾挪，或掉转一笔，或翻进一步，意欲令收处有力量、韵味，遂成公式”。对此一缺点，冯氏亦曾举王词为例，谓其词句如“已恨平芜随雁远，暝烟更界平芜断”与“已恨年华留不住，争知恨里年华去”，及“到得蓬莱，又值蓬莱浅”与“见说他生，又恐他生误”诸句，皆“用同一手法，几成套数”。除此三项缺点外，冯氏更归纳王词之所以有此诸缺点之基本原因，谓“其病在刻意为之，类贾岛吟诗，未免落小家样”，又评王词不工长调，谓“亦尊小令之说有以自误，故王词一涉中长调，便不能精神贯注，一气呵成”。冯氏的这些批评，.我以为都极能切中王词之弊（冯文见于台湾《大陆杂志》第二九卷第七期）。

对于王词的这些缺点，私意以为亦自有其所以形成之种种因素。先就其第一点模拟古人辞语的一项缺点来看，在本文第二节中论及王氏词论中“借古人之境界为我之境界”一则词话时，我们已曾述及王氏对于模拟古人辞语的看法，乃是必须“自有境界”。若依此一观点而言，则王氏虽多模拟古人辞语，但却实在是“自有境界”的，我想这很可能就是王氏之所以往往公开拟用古人词句而丝毫不加回避的一个重要的因素，此其一。若再就其第二或第三两项缺点而言，则王词中句法语意之多有重复，以及其叙写方式之往往使用同一手法的这两种现象，我们或者可以引用西方近代意识批评之说来对之略加说明。我在《传统词学》一文中之“从西方文论看中国词学”一节内，曾经提到过此一派批评理论中的“意识型态”（patterns of consciousness）之说，他们认为在很多伟大的作者的作品中，都可以寻找出其心灵意识的一种基本型态。王词中句法语意之时有重复，以及其叙写方式往往用同一手法，实在也可以视为正是王氏心灵意识之基型的一种表现。美国威斯康辛大学的周策纵先生，在其《论王国维人间词》（香港万有图书公司1972年版）一书中，曾对王词中屡用“人间”二字之次数加以整理归纳，谓其共有三十八次之多，且既以“人间”名其词集，又以“人间”名其词话。于是周氏最后遂对此一现象加以解释，以为此正说明王氏思想感情乃是“展转以‘人间’与‘人生’为念，而不能自已”。周氏当时虽未引用意识批评之理论，但其对王词中重复使用“人间”二字所做的以王氏之思想感情为主的解说，却实在与此一派理论中之“意识型态”之说，颇有暗合之处。这种理论实在可以作为王词中之句法、语意及叙写手法之往往不免重复的一个最好的说明。至于冯氏批评王氏之病在“刻意”为之，则我们在前文中将王词与第一类词做比较时，已对王氏之有心用意的写作态度，做过相当的论析，兹不复赘。再就王氏之不善写中长调之词的缺点言之，则盖由于长调之写作必须具备两项基本条件：第一须有丰富之内容以供长调之铺展。第二须有铺排之手法以驱使内容之材料，使之不落于浅率平直之诮。而就王氏之思想感情言之，则是深刻有余而博大不足。故在内容方面，其可供长调之铺展者本已有所不足，何况王氏论词又独尊小令，对于以铺排勾勒取胜的如南宋人之长调的词，一直不能欣赏，故尔乃欲以写小令之笔法来写长调，这就无怪乎王氏词中其长调之数量及品质皆大不及其小令之作了。

我在多年前所写的《说静安词〈浣溪沙〉一首》一文中，曾经总评王词说：“静安先生词数量极少……而其取径复既深且狭，以视清真、稼轩，则周、辛二公隐然词国中之廊庙重臣，而静安先生则但为一岩穴间幽居之子耳。”盖王氏之词乃多以思力之安排写其内心之深思哲想，此其所以成其为深；而其所写之内容与用以写作之方式，则较为单调而缺少变化，此又遂以成其为狭。而且其词作往往因为用思过深，遂不免减少了生动之意趣。这些缺点，我们自然也是不必为贤者讳的。不过我们对于一位作者的衡量，除了要对其个别之作品与个人之成就做出正确的判断以外，还应该更将此个人之成就放在一种文类之演进的大结构中，做一种整体性的衡量。如此我们就可以清楚地看到，王氏之词就其个人的成就而言，虽不免有过于深狭之病，但若就词这种文类的整体演进而言，则王氏之以思力来安排喻象以表现抽象之哲思的写作方式，确实是为小词开拓出了一种极新之意境。如果延拟着我们对词之演进所提出的歌辞之词、诗化之词及赋化之词而言，则王氏所开拓的词境，或者可以称之为一种“哲化”之词。这种超越于现实情事以外，经由深思默想而将一种人生哲理转化为意象化的写作方式，对于旧传统而言，无疑是一种跃进和突破。这种开拓对于后世之词人而言，本来应该大有可供发挥的余地，只是由于五四以来的白话文及白话诗之兴起，使王氏所开拓出来的词境，未能得到应有的发扬与继承，然而王氏自身所完成的如此精微深美的哲化意境，这种开拓的眼光与成就，则是永远值得我们尊敬的。

1989 年 2 月 16 日写毕此稿于加拿大之温哥华

Wang Guowei's Song Lyrics in Light of His Own Theories

Over the past few years I have come to a new understanding of Wang Guowei's profound and often cryptic pronouncements about what makes the song lyric (*ci*) such a distinctive form of poetry in Chinese. In this essay I propose to apply his critical insights to the songs he himself wrote, and I will begin by stating briefly the results of two studies I have previously published on the subject.[1]

I find that Wang Guowei used the crucial term *jingjie* in his *Renjian cihua* to stand for three distinct concepts: the "setting" or "content" of a poem, a critical term applicable to poetry generally, and a critical term applying uniquely to *ci*.

In its first and most obvious use it refers to the setting presented in the poem, as when Wang writes, "There is the scene (*jingjie*) as perceived by the poet, and then there is the scene perceived by the ordinary man."[2] He goes on to give us an example of a scene borrowed for one's own poem from an earlier poet a couplet by Jia Dao (793-865):

The autumn wind blows across the Wei River	秋风吹渭水
Falling leaves fill Chang'an.[3]	落叶满长安

and comments that by adapting the passage in their songs, Zhou Bangyan (1056-1121) and Bai Pu (1226-?) had "borrowed the setting (*jingjie*) from an older poet and made it their own."[4] Zhou Bangyan's song reads

Over the Wei River, the west wind,	渭水西风
In Chang'an, flying leaves—	长安落叶
In vain I remember.[5]	空忆诗情宛转

And Bai Pu wrote, "I hear the falling leaves in the west wind over the Wei River,"[6] and again in an aria:

Desolate for my native land—	伤心故园
The west wind on the Wei River	西风渭水
The setting sun over Chang'an.[7]	落日长安

The autumnal scene—the Wei River, Chang'an, the west wind—is the same in all these poems, and this is what the later poets borrowed.

On the next level Wang has expanded the meaning attached to *jingjie* as "scene" to include the feeling the scene conveys, its emotional coloration, thereby injecting a value judgment into its use and making of it a critical term: it is no longer neutral. He wrote, "*Jingjie* refers not only to external scenes; the emotions—joy, anger, grief, pleasure—are also a *jingjie* of the human heart. So it can be said of someone who can portray true scenes and true feelings that he achieves *jingjie*."[8] The condition demanded here, that the scenes be true scenes and the feelings true feelings, makes the achievement of *jingjie* the prerogative of the poet; simply borrowing another poet's scene is not enough: "If you don't have *jingjie* yourself, the old poets will be of no use to you."[9]

As I wrote in an earlier paper, "The achievement of *jingjie* depends on the poet's sensitivity, and its presence is wherever that sensitivity reaches. Unless the external world has been re-created by passing through the poet's capacity for feeling, you can't speak of *jingjie*. Nor can the mere scenes of the external world—bird song, running water, the blossoming of flowers, the movement of the clouds—of themselves be termed *jingjie* before they have been encompassed by the poet's sensitivity. It is only after the eyes and ears of the poet have perceived them and he has been moved by them that they are a *jingjie* in Wang Guowei's use of the term."[10]

Wang Guowei applied *jingjie* in this sense of a particular, desirable quality of scene in judging *shi* poetry as well as *ci* poetry. He wrote, "There are settings (*jingjie*) on differing scales, but the scale of a setting does not determine its value."[11] He gave examples:

With fine rain the little fish appear　　细雨鱼儿出
Swallows dip in the gentle breeze.[12]　　微风燕子斜

This is in no way inferior to

The setting sun lights up the great banner　　落日照大旗
Horses neigh in the soughing wind.[13]　　马鸣风萧萧

Or "The costly curtain hangs limp from the little silver hook,"[14] which is just as good as:

Mist hides the storied tower　　雾失楼台
In the moonlight we fail to find the ferry.[15]　　月迷津渡

Since Wang uses lines of *shi* poetry by Du Fu and verses from Qin Guan's songs, it follows that *jingjie* as setting can apply equally to *shi* and *ci* in functioning as a criterion for value judgments.

But Wang Guowei did not leave it at that. Among scenes he further distinguishes "invented scene" (*zao jing*) and "described scene" (*xie jing*); scenes involving the poet (*you wo*) and scenes from which the poet remains detached (*wu wo*); "ideal scenes" (*li xiang*) and "real scenes" (*xie shi*). I have treated these variants at length elsewhere, but to summarize: "described scenes" and "invented scenes" are just that whether or not the poet takes his material from what is actually present as he writes his poem. Scenes involving the poet or from which he remains detached refer to the relation of the poet's persona to the episode in the poem. "Ideal scene" and "real scene" are only a refinement of invented scene and described scene. Although what a described scene portrays belongs to an actual situation, once recorded in a poem it is no longer subject to the limitations of reality; and although an invented scene is not an actual situation, its structure and the materials from which it is put together must still accord with reality.[16] Thus Wang could write in the context of his use of those terms, "The scenes created by a great poet are all in accord with the natural, and the scenes he describes also approach the ideal."[17]

There remains a third level of *jingjie* that is even more vital to a deeper understanding of his lyrics, and several scattered statements in his *Renjian cihua* can be brought together for the purpose:

> The essence of *ci* is in a subtle and refined beauty (*yao miao yi xiu*) that makes it possible to say what cannot be said in *shi* and keeps *ci* from being able to say everything *shi* can say. The realm of *shi* is wide; the language of *ci* carries far.[18]
>
> Whether *ci* is refined or vulgar depends on the spirit, not the subject. The songs of Ouyang Xiu and Qin Guan may contain erotic language, but they remain decent.[19]

In light of these two statements we can see that for Wang Guowei the first condition for the unique quality of *ci* is a subtle and refined beauty and the second is an evocative power that carries the imagination beyond the words.[20]

The term applies to the feelings aroused by the song, but it cannot be said that the poet deliberately, or even consciously, invoked these feelings; rather, they are a product of the rich, suggestive power he created in the poem. There are songs which lack this kind of power (*jingjie*), such as most of the erotic songs of the Five Dynasties, and these Wang Guowei simply disregarded. It was precisely this quality of latent suggestive power that he was referring to when he wrote, "The best songs have *jingjie*. A song with *jingjie* automatically belongs to the highest category and will have memorable lines as a matter of course."[21] Such, then, is my interpretation of Wang Guowei's *jingjie* in its three aspects.

To appreciate Wang's songs we must go beyond the second level of *jingjie* to the third; that is, from an emphasis on a standard of genuine feeling and scene to the profoundly subtle and refined beauty achieved through suggestion and association, and look below the surface of the objects and feelings directly portrayed. This idea of a subtle, refined beauty that carries beyond the words of a poem is a special characteristic of the song lyric.[22] *Ci* that have this refined, subtle beauty can occur in any of the three general categories of song lyric. First are the real song words written for a tune. The poets may have had no intention of expressing their own feelings, but these Short Songs composed for amusement will sometimes inadvertently reveal the essential nature of the poet's mind, shaped by his personality and experience, and produce that refined, subtle beauty Wang Guowei found in such songs.

The second category contains those song lyrics written not to be sung but rather as poems in song form. These poets were consciously using them as a vehicle for self-expression, but they too achieved a subtle beauty by means of the depth and complexity of their poetic inspiration, and the suggestiveness and ramifications of their procedure. Although written as self-expression, these poems present this quiet beauty.

The third category consists of those *ci* in which the poet deliberately works toward an elaborate structure, an architectonic design, and in these enigmatic compositions also, there can be a refined and subtle beauty.

These three categories are distinguished by the attitude of the poet toward his composition.[23] From the point of view of the critic, we need to know what to look for to determine whether the poet has achieved this beauty. Zhang Huiyan can be taken as representative of one method: he looked for code words and associated events to construct moralizing interpretations about the author's intentions and the theme of the poem. Wang Guowei is representative of the other kind of critic: By relying chiefly on the nature of the feeling conveyed by the poem and what that suggests, he provided a sort of virtuoso elaboration. His method is best when applied to songs of the first category; Zhang Huiyan's works best in songs of the third category.[24]

We can now examine the ways in which Wang Guowei's song incorporate elements of subtle and refined beauty and how we should respond to them. His songs cannot be assigned to any single category of song lyric but combine elements of all three: simple song words, song as poetry, and expository songs. As simple song words, Wang's songs are for the most part Short Songs with a preponderance of direct statement, both characteristic of this variety of song. However, Wang's songs were not composed to popular music or meant to be sung, nor were they composed with the intention of masking his personal feelings; on the contrary, they were written deliberately to give an outlet to strongly held feelings and convictions—something that brings them close to the second category. But he did not express those feelings directly. Instead, he used symbols and situations common to songs of the first category, so that they do not wholly fit into the second. Since he conveyed his feelings symbolically, his songs have something in common with the self-consciously constructed songs of the third category. Furthermore, what he was symbolizing was often a philosophical concept, unlike third-category songs, whose symbolic content related to political morality.

Thus, Wang's *ci* combine many of the features of traditional *ci* without ever fitting wholly into any of the traditional categories, because of their peculiarity and innovation in the realm of *ci* content. Wang was aware of his accomplishment, and in his Preface ventured to claim, "Though I have not yet written as many as a hundred songs, there are only one or two poets since Southern Song times who can match me—of this I am always confident. In comparison to the great *ci* writers of the Five Dynasties and Northern Song, I must confess that in some ways I am not their equal, but in some respects these same poets are not as good as I am."[25]

In considering the content of his songs, we must draw upon what we know of his emotional nature and look for code words and items of personal history in the manner of Zhang Huiyan. This requires a glance at the chronology of Wang Guowei's poems, to relate them to the events of his life and to the development of his character and ideas. Only 115 of his songs are extant; 23 were published in 1917[26] and the remainder in posthumous collections of his works.[27] Most of them were written between 1905 and 1909, however, the period during which he was preoccupied with *ci* composition; very few were written after that time.[28]

Wang Guowei was by nature both intellectual and passionate, a combination that enabled him to excel in scholarship, but which also made him vulnerable in the practical world to a conflict between intellect and feeling from which he could not extricate himself. He occupied himself with *ci*, hoping to find in poetry comfort for the pain this conflict caused him. The first thing we should look for in considering the content of Wang's songs is this conflict in temperament and this motive for writing song lyrics.

The second is his naturally pessimistic temperament. As he said of himself, "Physically weak, by nature melancholy—I am continually confronted with the problem of human existence."[29] It is understandable that when first encountering Western philosophy he was strongly attracted to the pessimism of Schopenhauer. Inspired by Schopenhauer's theory of genius and melancholy, he writes in his essay "Schopenhauer and Nietzsche":

> Genius is begrudged by Heaven and a disaster to the individual. Ignorant people eat when they are hungry and drink when thirsty. They grow old and raise their sons to carry on their wishes, and that is all.... The man of genius has the same disabilities as others, but is alone in being able to perceive wherein those disabilities lie. He and ignorant people are alike alive, but he is alone in questioning the reason for life.[30]

And in his "Essay on the *Dream of Red Mansions*", where he discusses the expectations and disappointments of human life, he writes:

> What is the nature of life? It is simply desire. It is the nature of desire to be insatiable. It arises in a lack, and the state of lack is pain. Fulfill a desire, and that desire is done, but only that one desire has been satisfied, with tens and hundreds of others unsatisfied. One desire has been fulfilled and all the others are there to follow, so no final satisfaction is possible.[31]

It was in this melancholic, pessimistic state of mind that Wang Guowei wrote his "Essay on Human Nature", "An Interpretation of Reason", and "Essay on Destiny",[32] seeking for an answer to the riddle of human life and human nature. And what answers did he come up with? He concludes that there is a constant struggle between good and evil in human nature, that reason is of no use in propelling human nature toward the good, nor does it provide a criterion for conduct. The essay on destiny concludes that wealth and longevity are determined by fate; fate likewise decides whether a man is good or evil, worthy or unworthy. Looking at the human world in such terms, as it appeared to Wang Guowei, there is obviously no hope for salvation from evil and pain. It is this pessimism and melancholy that we must expect to find embodied in Wang's songs.

The third character trait is his tenacity in the pursuit of an ideal. Throughout his life he had only contempt for profit and despised the pursuit of worldly success, again influenced by Schopenhauer's account of the man of genius. On the contrast between the common man and the man of genius Wang wrote:

> The true value of the highest form of intelligence lies not in the practical but in the theoretical, in the subjective, not in the objective: it concentrates all its strength on seeking out the truth and making it manifest. He will sacrifice his whole life's happiness and die for his objective goal, unable to deviate in the least degree, however much he might wish to.[33]

Such tenacity in the pursuit of the ideal naturally manifests itself in his songs as well.

We must also take into account events in his personal life during the short period when he was writing his songs. First his father died in the seventh month of 1906, when Wang had gone to Beijing to work in the Department of Education with Luo Zhenyu. He immediately returned to his hometown for the funeral. The next summer his wife was gravely ill, and he again returned home, arriving only ten days before her death. One can imagine his shock and grief at losing both his father and wife in such a short time. And only half a year later, in January 1908, his foster mother died, after a month's illness, and again he hastened hack home for the funeral.[34] Such a series of deaths in the family naturally cast a shadow over his poetry and contributed yet another element to their emotional background.

To discuss specific poems, I shall begin with examples of straightforward description of nature, where direct observation underlies the scene presented. Wang wrote few poems of pure description and these are the weakest of his lyrics, for example, this poem to the tune "Paint the Lips Red" (*Dian jiang chun*):

Waves chase the flowing clouds,	波逐流云
The boatman's song recedes across the waves.	棹歌袅袅凌波去
The notes blend with the oars	数声和橹
And enter the reed-grown bank.	远入蒹葭浦
The setting sun strikes the flowing water.	落日中流
A few dots of idle sea gulls	几点闲鸥鹭
Flying low	低飞处
Into the innumerable reeds and rushes	菰蒲无数
Whispering in the breeze.[35]	瑟瑟风前语

Another example is this poem, to the tune "Sands of the Washing Stream" (*Huan xi sha*):

The boat follows the clear stream, turn after turn.	舟逐清溪弯复弯
Dropping willows open up for a sight of green hills—	垂杨开处见青山
Cascading green locks covering the misty hairknot.[36]	毵毵绿发覆烟鬟

and to the same tune:

The road twists, the peaks turn as you leave Painted Pond.	路转峰回出画塘
A whole mountain of maple leaves reflects the dying sun.	一山枫叶背残阳
As you look, it's not at all like an autumn scene.[37]	看来浑不似秋光

All these verses effectively portray the beauty of a natural scene and qualify as examples of Wang's "described scenery". There are other examples of scenes which are actual but have nothing to do with natural scenery, being concerned rather with real-life situations; for example, one to the tune "Boddhisattva Barbarian" (*Pusa man*), which portrays a dinner where the waitress prepares and serves grilled mutton:

On a jade platter tender onion shoots cut up	玉盘寸断葱芽嫩
A serving of thin sliced shoulder of mutton—	鸾刀细割羊肩进
I would not want to refuse it as too strong	不敢厌腥臊
Since you prepared it with your own hands.	缘君亲手调
The glowing grill reddens your white face.	红炉赪素面
Drunk, I loosen my fur coat.	醉把貂裘缓
I'm still a bit wild on the way home	归路有余狂
Treading night frost on the capital boulevard.[38]	天街宵踏霜

or this one to the tune "Sands of the Washing Stream":

The thin silk-like water does not hold in the fragrance,	似水轻纱不隔香
The golden waves just now engulf the little winding corridors:	金波初转小回廊
Thick clumps of chrysanthemums already deep yellow.	离离丛菊已深黄
Away with the painted lamp, welcome the unadorned moon	尽撤华灯招素月
To bring out the flower radiance in her face.	更缘人面发花光
Where in our world is there any harsh frost?[39]	人间何处有严霜

These songs all contain lively, vivid description, but none of them carries any deeper meaning. They belong to the category of described (that is, not invented) scenes treated realistically and with genuine feeling without, however, revealing anything of their author's character or philosophy. If all he had written were like these songs, he certainly would not have the place alongside his predecessors to which he laid claim. We must go beyond these to discover songs in which he actually did surpass the ancients.

It is in their intellectual content and the way that content is presented, the interaction between content and form, that the essential character of Wang Guowei's songs appears. In all of his best songs, whether descriptive or narrative or purely lyrical, there is always hidden a subtle idea characteristic of the third level of his *jingjie* theory. This can be demonstrated in the following example, to the tune "Sands of the Washing Stream":

In the moonlight I saw the perched crows as leaves	月底栖鸦当叶看
When I opened the window they fell fluttering down from the branches.	推窗跕跕堕枝间
The frosty sky was high, the wind still, as alone I leaned on the rail.	霜高风定独凭栏
Trying for a line, a gut feeling is still there.	觅句心肝终复在
I close the book and weep fruitless tears	掩书涕泪苦无端
For whom, alas, does my belt grow loose?[40]	可怜衣带为谁宽

The first four words of the first line describe a perfectly ordinary scene, one that could be there in front of him, but as soon as he adds of the crows, "I perceive them as leaves", it takes on the mood of one that is symbolic or imagined. This comes from the implication that the tree outside his window has already lost its leaves, and the crows have taken refuge there in the cold moonlit winter night—it is a scene of chill and solitude. But the poet has at first perversely wanted to take these roosting crows, appropriate to a winter scene, as leaves on a green tree belonging to a different season. This line shows the poet making an effort to seek some consolation in the midst of disappointment and despair. But then reality reasserts itself. Whatever the poet's feelings and however great his hopes and fantasies, stubborn reality in the end shatters them all. So when the poet opens the window seeking to come a bit closer to the fantasized scene, it is to discover that the branches are not only bare but that the roosting crows he was casting in the role of leaves have already taken flight, every last one of them.

The phrase "fell fluttering down" comes from Ma Yuan's *Houhan Shu* biography,[41] where the southern expedition to Indo-China encounters a climate so hot, an atmosphere so miasmic, that even flying birds could not survive; and as they watch, "kites fell fluttering into the water." Wang Guowei makes excellent use of the allusion. Like all such allusions, it brings a touch of classic elegance to his songs. More to the point, the phrase was used of a kind of bird, and so it is appropriately applied to crows. Of course, in terms of the actual scene, the crows should have flown away on being startled when the window was opened instead of dropping fluttering to the ground like the kites in Ma Yuan's biography. But having begun by perceiving the crows as leaves growing on the tree, when they suddenly vanish, the poet can only imagine the leaves falling to the ground a second time. And this second shedding of leaves provides a repetition of what he has already experienced this year, summer's beauties destroyed by the onset of winter. So the fantasy of crows as leaves is in the end only the occasion for another leaf-fall, and the lovely scene conjured up in the poet's imagination evaporates without a trace. This three-word allusion *die die duo* has taken on a metaphoric function transcending realism.

But there is even more to it than that. In the original context, the birds dropped out of the sky because the environment was so hostile, and there remains a suggestion that the same might apply to the poet's world. These first two lines leave the poet desolate and cold, without shelter or the consolation of beauty.

These lines are followed by "The frosty sky was high, the wind still, as alone I leaned on the rail." Literally, the text reads "the frost is high" (*shuang gao*)—the words make one feel that the cold enveloping the whole world reaches up to the sky. For the wind is still (*feng ding*), some might think it would be more effective to say the wind is "strong" (*jin*), but I find "still" superior, both for its impact and its suggestiveness. "Strong" leaves you with the feeling that the wind continues to blow hard—its force hasn't yet slackened. But "the wind is still" suggests that even after the destructive force of the wind has passed, there is no undoing the damage already done. It's the idea expressed in Li Shangyin's line, "When the lotus flower is withered, autumn sorrow is complete,"[42] or the song in *The Dream of Red Mansions*:

It's as though the food is no sooner gone than the birds have fled to the woods.	好一似食尽鸟投林
The whole bare desolate earth is quite clean,[43]	落了片白茫茫大地真干净

where all beauty has quickly dwindled into barren waste. The poet, faced with such a scene, leans on the railing alone—with what feelings? All his sorrows, his disappointments, his feelings of loneliness and isolation, come together at once, but he writes with deliberate restraint, "Alone I leaned on the rail". Truly this is a scene worthy of Wang Guowei's best songs. This first stanza has concentrated on the external scene; but by infusing it with complex emotion, he has transformed it into one with allegorical implications and an effective amalgamation of imagery and allegory.

The second stanza, dispensing with description and allegory, presents the poet's feelings directly. There are two versions of this stanza. As first published, it read:

Making new songs has cost me all my hair[44]	为制新词髭尽断
The tragedy I chance to see brings fruitless tears	偶听悲剧泪无端
For whom alas does my belt grow loose?[45]	可怜衣带为谁宽

I prefer the later version. In this earlier one, to express the difficulty of writing a song he has adapted the line "To find one word for your poem you rub off several whiskers."[46] The play he sees makes him weep because of his own pent-up feelings, and that's the sum of it. The revised version is considerably richer in layers of feeling, creating its effects from the appositeness and strength of the words used. In "Trying for a line, a gut feeling is still there," Wang is also concerned with the effort of song writing, but the words carry a potential for suggestions lacking in the earlier draft. First, the verb "trying for" (*mi*), literally "looking for", suggests from the start the effort of a search. Then, "a gut feeling" (*xin'gan*), literally "heart and liver", gets its meaning from the belief that these particular internal organs are the seat of the emotions. "Heart and liver" won't do in English, nor would "heart and bowels", in spite of the biblical "bowels of compassion". English and Chinese both agree on "heart" as having to do with the feelings, but in Chinese it carries special literary overtones, starting with the classical definition of poetry: "Poetry is where the intentions/ feelings take us; emotions are stirred inside and given form in words."[47] So the heart becomes the source for the emotions that lead to the creation of poetry. Of course, the "heart" in question is an imaginary construct, not the anatomical heart. For ordinary purposes Wang Guowei could have written, "The feelings [*xin qing* or *xin huai*] as I look for a line". Instead of choosing one of these common terms, however, he used *xin'gan*, an expression that also carries the down-to-earth associations of the physical organs. A first reading makes the reader a bit uncomfortable, but at the same time it has a profound impact. It's like the line in Cai Yan's "Song of Sorrow" where she is expressing her despair, "Sorrow corrodes liver and lungs."[48] And of his feelings Du Fu wrote, "I sigh, my bowels inside burn"[49]—both these examples are close to this one in the words chosen and in their effect. It seems to me that Wang Guowei's use of *xin'gan* conveys yet a further association from the figurative use of the term in common speech, when someone who acts out of wholly selfish interests, who has no social conscience, is referred to as "completely lacking in heart and liver" (*quan wu xin'gan*). Wang Guowei turns it around: "heart and liver still present after all," implying that he is still able to be emotionally involved in this cold and unfeeling human world.

The words "is still there" (*zhong fu zai*) remind one of the obsessive attachment that knows no end or respite, as in Li Shangyin's lines:

Chang'e grinds simples and is never done	姮娥捣药无时已
Jade Lady plays tosspot and never rests.[50]	玉女投壶未肯休

Elsewhere I have written of Wang Guowei's constant concern about human affairs that, while his superior endowment of intelligence let him see the misery and evil of the human world, a deep-seated compassion for the misery and evil of the world prevented him from being indifferent.[51] When he left his home in Haining as a young man to study in Shanghai and then went abroad to study in Japan, it was with the determination to be of use to the world and make it a better place. Even when he experienced repeated disappointments and was writing songs to distract himself, he was also writing a number of prose essays on education and reform: "Reflections on Education" (*Jiaoyu ougan*), "On Popular Education" (*Lun pingfan zhi jiaoyu zhuyi*), "Goals of Education" (*Lun jiaoyu zhi zongzhi*), "Basis for Success in Education" (*Jiaoyu puji zhi genben banfa*), "Studies in People's Tastes"

(*Renjian shihao zhi yanjiu*), and "Do Away with Opium" (*Qu du pian*).[52] All show his deep commitment to human affairs. When he wrote "Trying for a line, a gut feeling is still there," it was precisely this commitment to which he was referring, and the diction conveys the intensity of this deeply ingrained feeling.

The next line is also superior to the variant, where the tears shed are clearly precipitated by the play he has seen, though he says the tears were "fruitless" (*wu duan*). By giving a reason for his feeling, he has imposed a limit that also restricts the impact of the line. The line in the version I have chosen, "I weep fruitless tears", includes the word *ku* (alas), which reinforces "pointless, fruitless", implying that he has looked for a reason for the tears and regrets his failure to find it. It makes his grief not so much pointless as something outside his conscious control: "No one did it but it happened, no one brought it, but it's there." It is a grief that is a part of his very being, and the grief he writes about becomes limitless.

The line begins with "I close the book". On the surface it can be taken as the cause for shedding tears, but in fact closing a book is in itself a simple act with no emotional overtones. But if you connect that act with what follows and read it in the context of Wang Guowei's own concerns, its significance to him brings up all sorts of associations. Throughout his life, reading was his greatest passion. He wrote, "Books have been my lifelong companions, and they have been for me what I most loved and was most reluctant to lay aside."[53] The reasons for his addiction to reading, it seems to me, were two: he hoped to find in books the answer to the problem of human life, and he sought a formula for saving the world. For the former, he read philosophy,[54] and for the latter, history.[55] But Wang Guowei's study of philosophy provided no final answer to the problem of human existence, and his study of history gave no support to his idealistic hope of saving the world. Given such expectations and such disappointment, it is easy to imagine this as the reason for shedding futile tears on closing a book.

He also read with the hope of finding consolation and an escape from himself: "Recently my taste has shifted from philosophy to literature, where I hope to find immediate consolation."[56] And in a poem, "Trying to Fly", he wrote:

If I don't write a poem about sorrow	不有言愁诗句在
How can I even for a moment escape sorrow?[57]	闲愁那得暂时消

Again, the outcome of his search for consolation and escape from himself was only greater melancholy and isolation. In another song he wrote:

I close my book—all my life long a hundred cares,	掩卷平生有百端
Fed up with worries I've turned stupid and dull.	饱更忧患转冥顽
I just heard the cuckoo lamenting spring's passing.	偶听啼鴂怨春残
I came to feel there was nothing to get me through the days	坐觉无何消白日
And I might as well go on collating old texts.	更缘随例弄丹铅
No place for idle sorrow, let alone happiness.[58]	闲愁无分况清欢

Whether he sought consolation in literary studies or creative writing, or tried to escape into scholarly research, when he "closed his book", he found himself left with his lifelong cares, the same old sorrows. It becomes a commentary on the same act in this song and justifies reading into it a gesture of despair: we can understand that the fruitless tears he sheds are for those lifelong cares. But who is there to know about the pain he feels, his anguish over human suffering? He concludes,

"For whom, alas, does my belt grow loose?"	可怜衣带为谁宽

This line reminds us of the lines quoted from Liu Yong's song to the tune

"Phoenix in the Phoenix Tree":

I never regretted my belt grown loose—	衣带渐宽终不悔
She's worth wasting away for.[59]	为伊消得人憔悴

which Wang used to illustrate a remark in *Renjian cihua*, "Whoever accomplishes a great undertaking or a great study must pass through three stages," commenting, "This is precisely the second stage." This can serve as a commentary on the significance of the "belt grown loose". It suggests the pleasure taken in the pursuit of a remote ideal and the resolve not to regret what that pursuit has cost. But where the protagonist in Liu Yong's song was suffering "for her", Wang must ask "for whom?"

In this song Wang Guowei has begun by describing a real scene, which he makes the vehicle for deep feeling and philosophical thought. There are many such songs in his collection: they begin with a present scene, which is then developed into a multilayered symbol with manifold implications. For example:

Bitter the waters of the Qiantang Bore	辛苦钱塘江上水
Every day flowing west	日日西流
Every day racing east to the sea.[60]	日日东趋海
I rise at night and lean out the upper story.	夜起倚危楼
Over a corner the Jade String hangs low.[61]	楼角玉绳低亚
West Garden flowers fall deep enough to sweep.	西园花落深堪扫
Before my eyes the spring scene too quickly gone.[62]	过眼韶华真草草

Beyond the scene described in the opening lines in all these songs, there are subtle and far-reaching suggestions the attentive reader can observe for himself.

Following is an example of a poem describing a natural scene which at the same time carries a wealth of subtle nuance. I would like to take one that presents a situation involving a human figure, which also invites an interpretive reading. This poem is set to the tune "Butterfly Loves Flowers" (*Die lian hua*):

Lovely, modest girl of Yan, fifteen years old	窈窕燕姬年十五
Trailing her usual long skirt—	惯曳长裾
No mincing gait for her.	不作纤纤步
When she casts a glance, smiling, in the crowd,	众里嫣然通一顾
The sirens of the world are like dirt.	人间颜色如尘土
A single tree in early bloom—	一树亭亭花乍吐
No other term fits	除却天然
Except the words "as Heaven made it".	欲赠浑无语
The girl there from Wu who boasts of her dancing skill—	当面吴娘夸善舞
Too bad the supple waist misleads.[63]	可怜总被腰肢误

I have always considered this song an example of one constructed around an invented episode, since it has that nuanced quality with a flavor of symbolism that provokes rich associations, but especially because the symbolic figure is consonant with Wang Guowei's own character and in line with the critical ideas he advocated for song writing. Thus I believe that, in writing this song, Wang Guowei was probably symbolizing himself. In an annotated edition of his songs by Xiao Ai, however, I recently came across mention of an episode that might underlie this poem. Xiao Ai writes that he learned from Professor Liu Huisun that Wang Guowei wrote this song about "a Manchu girl wine-seller";[64] and further, that several of the lines were written by his father, Liu Jiying, who asked Wang to complete the poem. He got this information from a conversation he overheard between his father and his uncle Luo Junmei. The sons of Liu Jiying and Wang Guowei were married to daughters of Luo Zhenyu, and it is quite possible that Liu could have asked Wang to finish a poem he had begun. So this song could also be considered an example of one written around an actual experience. Wang Guowei himself remarked on the difficulty of distinguishing between a real and an imagined scene: "There is the invented scene, and the described scene; it is what distinguishes the idealist and realist schools. But the two are rather difficult to distinguish, for the scene imagined by a great poet is consistent with the natural, and the described scene with the ideal." The song to the tune "Sands of the Washing Stream" discussed earlier illustrates Wang Guowei's point: there the "perched crows", the "opened window", "leaning on the rail", and especially "trying for a line" and "closing the book", are all part of a scene that is taking place, and this, naturally, is a description of that episode. But in terms of the implications, the subtle suggestions generated, it demonstrates Wang's claim that the scenes described by a great poet also belong to the ideal. Here is another example from a song to the same tune:

Striving to ascend the highest peak for a close look at the white moon	试上高峰窥皓月
I chanced to open a celestial eye and look down to the Red Dust:	偶开天眼觑红尘
My own self alas there among those I see.[65]	可怜身是眼中人

a scene unmistakably drawn from the imagination, yet the opening lines could easily belong to the world of experience:

The mountain temple indistinct in the setting sun,	山寺微茫背夕曛
Before birds in flight arrive, half the mountain is dark.	鸟飞不到半山昏

These images lack only the immediacy of pushing open a window or leaning on a rail, and are worth citing as illustrations of Wang's claim that invented scenes accord with nature.[66]

The song that concerns us here can be classed with others that simply describe a scene or recount an episode if we accept Xiao Ai's account of its origin, but this song carries a rich suggestiveness that raises it to the level of an idealized scene. This can be demonstrated in a line-by-line examination of its imagery and method. In the first line one can see the dual possibility of a real event or an idealized, imagined one: "Lovely, modest girl of Yan, fifteen years old." Remembering Mr. Xiao's story, it could easily be a Manchu girl wine-seller in Beijing (Yan), lovely, modest, and just that age. While each item lends itself to such a circumstantial reading, there remains, oddly enough, a flavor of something more, something not simply observed.

First, the narrative voice is impersonal, removing this lovely, modest girl of Yan from the everyday world of human relations and making her an independent aesthetic object. Next, the song's vocabulary makes use of code words that call up rich cultural associations. Take the expression *yaotiao* (here translated as "lovely and modest"), originally found in the first poem of the *Classic of Songs*, from which it already brings an aura of antique elegance, and, from long use, a feeling of familiarity. At the same time this term has acquired from its heritage several layers of meaning—"good", "lovely", "secluded"—and it can apply to beauty of character or of face. The multiple meanings of this first word of Wang Guowei's song incline one already to a symbolic reading of the whole poem. If one were to substitute the unambiguous word *meili* (beautiful), the immediate sense would be the same and the meter would be unchanged, but the effect would be so obvious and commonplace that all trace of symbolism would vanish. So it is clear that the word *yaotiao* was used to suggest symbolic reading of this song.

The "girl of Yan" has also long been used in Chinese poetry to mean a pretty girl, and is thus an indefinite term not intended to apply to a girl from a specific place. No. 12 of the "Nineteen Old Poems" has the line "In Yan and Zhao are many lovely ladies";[67] in a poem by Fu Xuan, "The women of Yan are lovely, / The girls of Zhao are pretty";[68] and in one by Liu Xiaochuo (481-539), "In Yan and Zhao are many beauties."[69] Obviously "girls from Yan" and "women from Zhao" are general designations that can be applied to beautiful women anywhere. Such expressions go beyond a specific referent to become potentially symbolic.

"Fifteen years old" sounds definite enough to be a factually reported age, but this too is a code word with a long history in Chinese culture. It is the age when a girl reaches maturity and can be given in marriage—the time her hair is symbolically pinned up (*ji ji*), corresponding to a boy's capping ceremony (*ji guan*).[70] Poets have traditionally used the age of fifteen for girls as a symbolic counterpart to the capping age when a boy becomes a man old enough to take office, as in Li Shangyin's "Untitled Poem" which begins, "At eight years she stole a look in the mirror,"[71] and follows the girl's preparation for her expected role in life from that moment, when she starts to paint her eyebrows, through learning to dress attractively, until at fourteen she is kept out of sight at home, waiting for a proposal; and then, still not engaged at fifteen, as she stands by the garden swing weeping in the spring wind. Here the disappointed girl is a symbol for the young man who, conscious of his endowments, finds himself unappreciated and passed over among the candidates for public office. So "age fifteen" is a code word with a weight of historical background that lends it symbolical value.

The next couplet also lends itself to a dual reading and possible multiple meanings: "Trailing her usual long skirt—/ No mincing gait for her." Mr. Xiao explains it as an objective description: these lines tell us that the girl was wearing a Manchu dress and that she walked naturally, something that could be said of Manchu girls, for they did not have bound feet, which of course fits the reported origin of the poem. But the value of this song lies not in its veracity but in how effectively it makes use of it. Here again the excellence of these two lines comes from associations in the mind of the reader. It is achieved, I think, through the obvious contrast between the dissimilar attitudes conveyed by the phrases "trailing a long skirt" and "mincing gait". With the former one associates an aristocrat moving easily and with dignity in a long gown, while the latter suggests a delicate, pretty figure. The former belongs to a dignified, self-confident person, the latter to someone anxious to please. This contrast provides the possibility of symbolism, particularly when the first phrase is qualified by the word "customary" and the second is negated, "not for her", implying "not like those others", so that in addition to the contrasting attitudes there is also the contrast between what one does and what one does not do, bringing with it an implication of moral character and steadfastness. The following lines are a good example: "When she casts a glance, smiling, in the crowd / The sirens of the world are like dirt." The word *yan ran* (smiling) occurs in the Song Yu Rhapsody, "Lechery of Master Dengtu" where it is applied to the charms of the neighbor girl whose single smile was enough to bewilder the whole city.[72] The phrase *yanse ru chentu* recalls Bai Juyi's "Song of Everlasting Sorrow" (*Chang hen ge*), where the palace ladies lost their looks (*wu yanse*) when Yang Guifei turned her head and with a single smile revealed her manifold charms;[73] and Chen Hong's "Story of the Song of Everlasting Sorrow", which adds "their beauty was like dirt" (*Fense ru tu*).[74] Such associations take us beyond the simple description of the beauty of the Manchu wine-seller in the anecdote.

Chinese literary history has a long tradition of using a beautiful woman as the symbol for a man of virtue or for oneself so considered, beginning with Qu Yuan's "Lisao". The words "cast a glance" (*tong yi gu*) in this song appeared in a poem entitled "Fang ge xing" by the poet Chen Shidao:

The spring breeze on Everlasting Lane where the beauty, confined,	春风永巷闭娉婷
Has long brought undeserved fame to the green houses.	长使青楼误得名
She might raise the curtain to cast a glance outside	不惜卷帘通一顾
But fears that he would not get a good look.[75]	怕君着眼未分明

The fact that Chen Shidao was using the neglected palace lady allegorically was noted by his contemporary and mentor, Huang Tingjian (1045-1105), who is quoted as having remarked disparagingly of this poem, "Lingering over his own reflection, he is too much of a show-off."[76] If we are reminded of Chen Shidao's poem as we read Wang Guowei's, the potential for an allegorical meaning naturally increases, particularly so when the phrase "casts a glance" comes after "in the crowd", setting the lovely girl in contrast to the others, and then, in the next line, placing her far above all the other beauties in the world and translating her into the highest imaginable realm.

Given the strong possibility of such a reading, there remains the question of how the symbol of a beautiful woman is to be taken. She could stand for the poet himself. I have already suggested a reason for such an interpretation: the poem begins by taking the figure of the woman impersonally, as an aesthetic object, like the girl in Li Shangyin's poem, and here too she could be a symbol for the poet himself. Likewise in Chen Shidao's allegory, where a palace lady fails to gain the favor of her lord. Now that she lives shut up in Everlasting Lane, her beauty hidden out of sight, ordinary women's looks gain undeserved praise. And even though this beauty does not regret her loss of position and, rolling up the curtain, shows her face, it is to be feared that no one will recognize or appreciate her outstanding beauty. In this poem the beautiful woman certainly stands for the poet himself. Finally, in some of Wang Guowei's own songs there are lovely ladies who symbolize the poet,[77] so such a reading here is in line with his tastes and practice. Thus, there are many reasons for believing that Wang Guowei was presenting his own situation.

The suggestion implicit in these lines could also apply to something other than the poet. In the first place, the lovely girl presented as an aesthetic object could just as well stand for an ideal of beauty in the poet's mind. And if we take Wang Guowei's phrase "casts a glance" without reference to Chen Shidao's poem, the phrase could just as well apply to an observer, one who is part of the crowd but who perceives the extraordinary beauty of the girl: just when she looked, smiling, she caught his eye, and from this momentary exchange of glances, all other women of the world were as dust to him. Such an occurrence could symbolize some precious and exalted ideal in the mind.

Furthermore, Wang Guowei often expressed this idea in other songs, where a sudden glimpse of philosophical insight comes unawares. For example, "the solitary chime from up above", "climbing the high peak for a glimpse of the white moon,"[78] and the nearby fairy mountains with the towers and pavilions visible from afar[79]—these all belong to a kind of exalted, imagined realm of which one catches only a glimpse. So it is clear that taking something other than the poet as the thing symbolized yields a reading compatible with Wang Guowei's spiritual preoccupations.

The second stanza offers fewer ambiguities: "A single tree in early bloom—/ No other term fits / Except the words 'as Heaven made it.'" These lines are a paean to natural beauty. Read in terms of the anecdote, they would apply to the unadorned beauty of the Manchu wine-seller; but even such straightforward verses have, in fact, the potential for symbolism. One comes to this stanza with expectations developed by the aura of symbolism in the first and finds in the first line the burgeoning tree bursting with flowers, an obvious symbol for beauty and one that need not be restricted to a woman's good looks; indeed, there is no direct mention of a person. What is praised is natural, unadorned beauty, something Wang Guowei repeatedly found occasion to praise as a characteristic of the songs he admired. Even Xiao Ai, to whom we owe the anecdotal reference, remarks, "Through this song we can catch a glimpse of Jing'an's [Wang Guowei's] aesthetic views. When he writes about song lyrics, he strongly praises the natural and genuine, and in discussing the good qualities of Yuan opera he also writes, "To sum it up in a word, natural is all,' and 'Lack of makeup and careless dress still cannot hide an outstanding beauty.' 'Heaven-given' says it all." And Tian Zhidou in his commentary on Wang Guowei's songs also says of this song, "This healthy, beautiful girl of the north made a deep impression on the poet. 'Heaven-given' is the aesthetic standard for Wang. 'The lotus emerging from clear water, Heaven-given, dispenses with ornament'—this is the natural excellence given highest praise in his song lyric criticism.... This song could be read as a piece of *ci* criticism."[80] While noticing the possibility of an allegorical reading of these lines, both Xiao and Tian believe it to be primarily the description of the girl of the anecdote, and that Wang Guowei merely associated his concept of beauty in song lyric with the girl's beauty. But it is not only the quality of "Heaven-given" that is common to the beauty of the girl and what he advocated as an ideal for song lyrics; rather, every line of the song is part of the symbolism. These three lines praise Heaven-given beauty, but we must take them in the context of the following lines: "The girl there from Wu who boasts of her dancing skill—/ Too bad the supple waist misleads" and notice the implied invidious contrast between the "girl from Wu" and the girl of Yan who embodies that beauty. Taken together, it becomes apparent that "Heaven-given" and "dancing skill" represent yet another contrast in character, along with the one in the first stanza between "trailing a long skirt" and "mincing gait".

There Wang Guowei was already comparing two kinds of beauty and using them symbolically. In this case the contrast becomes stronger when we recall the sort of associations with dancing skill in traditional Chinese poetry, where it suggests obsequious behavior, as in Xin Qiji's song to the tune "The Boy Tickles the Fish" (*Mo yuer*):

Don't dance—	君莫舞
Don't you see	君不见
Yuhuan and Feiyan are both turned to dust?[81]	玉环飞燕皆尘土

and Wang Guowei's "Too bad the supple waist misleads" makes his negative view of dancing skill even more obvious.

The Heaven-given beauty which Wang praises is not only consonant with his ideal of beauty in song lyrics, it also symbolizes his ideal of human character and conduct. If we look back at the whole poem, we will see that the entire text of this song lends itself to a symbolic interpretation and that the meaning and structure of the symbol are completely consistent with this dual interpretation.

I am not denying the possibility of a straightforward reading of the text in terms of the reported anecdote, but it is worth emphasizing that even those song lyrics Wang presents as descriptive of real events frequently contain the suggestion of a deeper, more subtle reading, resulting in what is essentially a created scene. As Wang Guowei himself said, "The setting described by a great poet is also close to the ideal" and "whether a song is refined or commonplace comes from the spirit, not from the surface." This song can be taken as a statement of these poetic principles.

Whatever the real or imagined status of the lyric below, there can be no doubt that the scene is bizarre enough not to be taken for something actually observed.

To the tune "Partridge in the Sky" (*Zhegu tian*):

Over the covered gallery wind flaps a fifty-foot banner,	阁道风飘五丈旗
The storied structure thrusts up level with the clouds	层楼突兀与云齐
All that remains, alas: full moons lined up like coins	空余明月连钱列
That do not illumine the pink flowers hanging from the ceiling.	不照红葩倒井披
Repeatedly I grope, again I scramble	频摸索　且攀跻
A thousand gates, a myriad doors—is it real or not?	千门万户是耶非
Everything in the world is open to doubt	人间总是堪疑处
Only this doubt is not to be doubted.[82]	唯有兹疑不可疑

But what about Wang Guowei's insistence that even an imagined scene must be compatible with nature? There should be some reasonable basis for the poet's invention. Readers have generally found this particular song obscure, even unintelligible. It becomes clearer if we look for Wang Guowei's sources and consider the song in light of his basic intellectual attitudes. Take the first two lines: "Over the covered gallery wind flaps a fifty-foot banner, / The storied structure thrusts up level with the clouds." There is power in this scene to move and involve the reader, not only in its grandeur but also in its lifting, soaring quality. From line 5 ("Repeatedly I grope, again I scramble") we can infer that this scene, which the reader finds moving, is also the object of the poet's search; in Wang Guowei's own practice, a scene which is the goal of a search is always something in the imagination, not the real world. The search for the Fairy Mountain in the sea (in the song to the tune "The Butterfly Loves Flowers") and the effort to ascend the mountain peak to view the white moon ("Sands of the Washing Stream")[83] are typical.

But the Fairy Mountain is a reference to the familiar legend of the

Three Fairy Mountains in the Bei Hai.[84] Since the "mountain temple" and the "high peak" in the "Sands of the Washing Stream" song are not allusive, some readers are led to assume that what is involved there is a real scene, but when the second stanza concludes with the purely philosophical "I chance to open a Heaven's eye to look on the red dust / My own self alas there among those I see," it seems obvious that this scene is also an imagined one. In any event, they are good illustrations of Wang's claim that the scenes imagined by a great poet will be in accordance with the natural: their elements may always be found in nature and their structure will reflect the natural.

In this poem, however, the covered gallery and fifty-foot banner present problems. They are not an obvious allusion, like the Fairy Mountains, nor are they part of a natural scene, like the mountain temple. In its use of an unfamiliar scene to represent the sought-after goal, this song seems more deliberately symbolic than the two previous examples. The scene presented in the first line derives from the description of the E'pang Palace in the "Annals of the First Emperor" in Sima Qian's *Historical Records*: "The Palace in front is E'pang, extending east to west five hundred paces and north to south five hundred paces. A myriad of men could be seated above, and below is place for a fifty-foot banner."[85] It must have been one of the largest palaces ever built in China, and when Wang Guowei was looking for the most magnificent and imposing structure to represent the object he pursued in his imagination, he chose the *Shiji* description of the E'pang Palace; we can see that its primary function as a symbol in his song derives from its grandeur.

However, that is not its only function: there is also the covered gallery (*ge dao*) in the opening line. The description of the E'pang Palace continues, "Running around was a covered way (*ge dao*) leading down from the palace to connect with [Zhongnan] Mountain, marking the highest point of the mountain with a gate tower. A corridor was made from E'pang crossing the Wei [River] and connecting with Xianyang." Its symbolism is clearly stated: "[The palace] represents the Zenith (*tian ji*) [constellation]; where the Covered Gallery cuts across the Milky Way to reach the constellation Ying shi."[86] This structure was obviously planned with an astronomical counterpart. The covered gallery simply connects the E'pang Palace with the capital Xianyang across the Wei River. But the palace also has a symbolic function related to astronomy: the whole structure was built to symbolize the seat of the Lord of Heaven, so that the palace itself is the constellation Zenith, the highest point in the heavens; the Covered Gallery is also the name of a constellation. In the "Essay on Astronomy" we read, "The last six stars of the Purple Palace that cross the Milky Way and reach the Ying shi [constellation] are called the Covered Gallery." [87] Zhang Shoujie's commentary on this passage states that "the seven stars of the Ying shi constellation are the palace of the Son of Heaven."[88] Clearly the covered gallery of E'pang palace was intended to symbolize the Purple Palace of the Zenith. That it crosses the Wei River to connect with the palaces in Xianyang coincides with the trajectory of the six last stars of the Purple Palace as they cross the Milky Way and connect with the palace of the Son of Heaven: that is, the abode of the Lord of Heaven.

Wang Guowei's choice of a fifty-foot banner waving over a covered gallery to symbolize the goal of his pursuit has enriched the poem with another set of associations. Had he merely used a lofty, remote setting like the mountain temple or the high cliff, it would have conveyed nothing more than that—something beyond easy reach. Since the Covered Gallery in the *Historical Records* was meant as a symbolic passage to the seat of the Lord of Heaven, the implication is that this was what he was groping and scrambling toward. In terms of Wang Guowei's passionate lifelong preoccupation with the problem, it could well represent his striving for an understanding of human life.

This kind of interpretation is in line with Wang Guowei's own critical practice, and in his songs this passionate pursuit of a final answer is repeatedly expressed through the metaphor of spiritual intercourse with heaven, as in the following examples:

On the topmost peak are no clouds,	绝顶无云
Last night it rained—	昨宵有雨
I come to listen to Heaven's voice	我来此地闻天语

and

How can I bear last night's dream in the West house	更堪此夜西楼梦
When I walked with sleeves full of plucked stars?[89]	摘得星辰满袖行

There are many such lines showing Wang Guowei's use of a lofty and remote imagined setting to symbolize a high ideal and to suggest a desire to ascend to heaven to find answers to the fundamental problem of human existence. But as used in the other songs, this image is both conventional and natural. Here, however, it appears unusual and anything but natural, and carries an extra layer of implied meaning from its original context in the *Historical Records*. And so, from the first line we can conclude that, compared with the others, this song is one in which the poet was deliberately evoking setting with an allegorical dimension.

The song begins with an allegorical setting, and it must continue in the same mode. The images are derived from books Wang Guowei read, some of them familiar and some not. The line, "The storied structure thrusts up level with the clouds" probably derives from a couplet in No. 5 of the "Nineteen Old Poems":

In the northwest is a lofty tower	西北有高楼

Rising up level with the floating clouds,[90] 上与浮云齐

lines surely familiar to most readers. Wang Guowei has introduced several changes: "storied" (*ceng*) in place of "lofty" (*gao*) ("structure" or "tower" is the same Chinese word: *lou*) and "thrusts up" (*tu wu*) for "rises" (*shang*). Changes in lines taken from classical texts are dealt with in Wang Guowei's critical writing,[91] where such borrowing is approved on principle as long as it contributes to setting. The changes he has introduced here adapt the line to his setting, which is not that of the original poem. In the original, the adjective "lofty" conveys no suggestion of anything beyond "height", while "storied" is more complex: it suggests an elaborated structure, substantial and imposing. Add the words "thrusts up", and it achieves dizzying force. In this context, a covered gallery that stretches from a mountain top across a river into the city, it adds scale and motion, especially when enlivened by an enormous banner flapping in the wind above it. It resurrects in the imagination the grandeur and magnificence of the First Qin Emperor's E'pang Palace and brings it before our eyes, much as Du Fu could imagine "Han Wudi's banners before my eyes" as he remembered the Kunming Lake constructed a thousand years earlier.[92]

The next couplet introduces a discordant note to this magnificent image: "All that remains, alas: full moons lined up like coins / That do not illumine the pink flowers hanging from the ceiling." The source for these lines is also Wang Guowei's reading transformed by his imagination. Ban Gu's "Rhapsody on the Western Capital" provides the full moons lined up like coins. He was describing the Zhaoyang Palace: "Lord Sui's full moons everywhere in between, / Jade discs clasped in gold, like rows of coins."[93] "Lord Sui's full moon", according to Li Shan's commentary, alludes to the night-shining pearl (*mingyue zhu*) given to Lord Sui by the grateful snake he treated.[94] The "jade disks clasped in gold" provide a more immediately intelligible basis for the image "making a row of coins" (*shi wei lie qian*) than do the pearls, which are all that Wang Guowei's line mentions, and perhaps they should be appropriated as part of the allusion. The song began with the covered gallery leading symbolically to the abode of the Lord of Heaven, and the night-shining pearls and associated jade discs are part of the resplendent ornamentation of his palace.

The mysterious pink flowers hanging from the ceiling come from Zhang Heng's "Rhapsody on the Western Capital", in which he describes the Longshou Hall in front of the Weiyang Palace with "Lotus stems upside down on the painted ceiling."[95] Zuo Si describes a similar palace ceiling in his "Rhapsody on the Capital of Wei",[96] but Wang Guowei no doubt had in mind the Zhang Heng passage, since it involves a palace in the Western Capital, closer to the site of E'pang Palace. In sum, the song has described the magnificence and beauty of a palace, enriched by borrowings from the two rhapsodies to suggest an idealized conception of the seat of the Lord of Heaven.

So much for a surface reading. Notable are the qualifying introductory phrases: "all that remains, alas" (*kong yu*) and "that do not illumine" (*bu zhao*). Their function is important: the first refers to the ruin of the imagined palace, expressing regret that it is no longer intact. The next line continues with lament of disappointment at the loss of the hoped-for spectacle.

I have already mentioned Wang Guowei's dedication to the search for an ideal and elsewhere have cited a number of his writings to show that he always disregarded material advantage in this pursuit, concluding that one aspect of his genius, his willingness to sacrifice himself in striving for an ideal, was beyond his control.[97] There was no way to bring this search to fruition, and many of his songs lament a search that has ended in failure and disappointment.[98]

Yet some force kept him from giving up; the light of idealism continued to burn in his poet's heart. In our song, the rows of night-shining pearls still seems to show a glimmer of light, even though it is not enough to illuminate the pink blossoms hanging down from the painted ceiling. It is a situation comparable to that in Ruan Ji's "Song of Sorrow" No. 19, "There's a lovely lady to the west," where the poet sees a beautiful woman who is "floating indistinct"[99] but appears to let her eyes fall on him. In the end he is unable to make contact with her, and the result is the following:

Attractive she was, but we never came together 悦怿未交接
Seeing her has made me sad. 晤言用感伤

The first stanza of Wang Guowei's song, in which the search for an ideal and its failure are expressed in terms of allusions to ancient texts, combines clarity with elegance and radiance with obscurity in a vision of soaring majesty—a truly notable example of an imagined setting.

The second stanza begins with a direct statement of the frustration of his efforts: "Repeatedly I grope, again I scramble." The words "repeatedly (*pin*) and "again" (*qie*) emphasize the difficulty of abandoning the search, as well as its futility. The "thousand gates and myriad doors" take us back to the image of the palace (the phrase comes from the *Historical Records*, "Annals of Wudi",[100] describing the Jianzhang Palace) and suggest the confusion and wrong turns connected with the search. The words "is it real", describing something indistinctly glimpsed and then lost sight of, are adapted from an old text, Han Wudi's song about the apparition of the Lady Li:

Is it real, is it not? 是耶非耶
Indistinctly seen from afar, 立而望之
Wavering, how slowly she comes![101] 翩何姗姗其来迟

To the groping search for a lost palace, they bring the suggestion of a beautiful woman. Such a suggestion was not necessarily foremost in Wang Guowei's conscious mind, but given the associations attached to the source, the potential effect is there. Furthermore, the analogy between expecting a meeting with a beautiful woman and the pursuit of an ideal links them together. Such a reading helps create resonances that enrich our appreciation of this poem. The concluding couplet, "Everything in the world is open to doubt / Only this doubt is not to be doubted," marks the ultimate futility of the search. The poet has given a slight twist to Descartes's famous dictum that everything is subject to doubt except the fact of doubting. For Wang Guowei it is precisely this doubt—the uncertainty of his search and its goal—that is *not* in doubt, which transforms a logical, philosophical concept into a cry of despair. Since the object of his search is unobtainable, there can be no solution to his uncertainties, a conviction that appears repeatedly in his writing. This song is representative of those that create imagined settings to reveal a fundamental "pattern of consciousness", to borrow a term from the "Criticism of Consciousness" school. The setting projected in the song is so fanciful, so bizarre, that readers have often failed completely in their attempts to understand its meaning.[102] I have taken it as one of my examples, hoping to show that beneath the fanciful imagery and obscure allusions is an intelligible and moving poem.

The next song is to the tune "Sands of the Washing Stream":

The new song—is it a real love affair?	本事新词定有无
The tender words are too vague—	这般绮语太胡卢
For whom are you writing with such pain in the lamplight?	灯前肠断为谁书
I lean on the desk for a glimpse of your new poem	隐几窥君新制作

And then turn away from the lamp to reflect on the good times we've had　　背灯数妾旧欢娱
It matches none of the things I recall.[103]　　区区情事总难符

Before discussing this text I should explain why I have chosen it as one of my four examples when so many of Wang Guowei's songs present an imagined episode, including some of his best-known poems.[104] There are too many to deal with adequately here, but my choice was in part determined by the very unfamiliarity of this song—there is no need to explain one that everyone already appreciates. This one has the further attraction of not obviously belonging to my "invented episodes" category. On the surface it appears to be the realistic presentation of an intimate scene, but it also conveys a subtle and involved allegorical meaning that is worth elucidating. Finally, all the other songs I might have used deal with themes that recur repeatedly in Wang Guowei's works: the man who maintains his integrity in a hostile world,[105] the disappointing contrast between dream and reality,[106] the devotion that asks no recompense,[107] the realization that one cannot detach oneself from the common lot of humanity[108]—all ethical and philosophical ideas dear to his heart.

The song I have chosen has the unusual theme of poetic composition, something not only unusual in the Short Song form but also extremely difficult to achieve through what is an ostensibly realistic love song. That Wang Guowei did it successfully is the most important reason for using this as an example of a song that describes an invented episode.

To begin with the surface level of meaning: the scene is of a couple in a room. The voice is a woman's; the man has been writing a song and she has been reading it over his shoulder. The first line, "The new song—is it a real love affair?" is the woman's reaction on reading it: "The love affair you are writing about, is it something that really happened?" The setting makes this the obvious first meaning of the word *ben shi* (affair), which can of course be completely noncommittal about what sort of "affair" is meant. The word "really" (*ding*) reflects her compulsion to know the truth: did it really exist or not (*ding you wu*)? The next line, "The tender words are too vague," gives the reason for her uncertainty—the tender words and their effect. It's the "tender words" (*qi yu*) that lead the woman to believe that the affair is a love affair; but they are too ambiguous, too vague and obscure, so that it is hard to decide to whom they apply.[109] The first two lines give the causes of the woman's puzzled suspicion. Yet there is another reason for her doubt: "For whom are you writing with such pain in the lamplight?" The distress (*chang duan*) showing in the face of the man writing the song must be connected with the person about whom he is writing these tender words. The lamplight defines a setting (inside a room, at night) appropriate to pensive reflection. Accompanied by signs of strong emotion, it gives further support to the supposition that he is writing about a love affair. But since the tender words are vague, it is hard to identify the object of his feeling.

The first stanza is devoted to the doubts raised in the woman's mind as she read the song the man has been writing. In the second stanza she ponders what she has just read. Having looked surreptitiously (*kui*) over his shoulder to see what he was writing, she turns away to consider whether it might possibly be about her: "I lean on the desk for a glimpse of your new poem / And then turn away from the lamp to reflect on the good times we've had." Vague though the song's tender words may be, none of them match anything she can remember in their relationship. Her doubts remain unresolved.

So much for a reading of this song as a simple love poem. The vocabulary common to such songs ("affair", "tender words", "heartbroken in the lamplight", "leaning on the desk", "turning away from the lamp", "the good times"), and the convincingly implied narrative told in the woman's voice, give the impression of an episode in a love affair. I am convinced, however, that this song is an invented allegory. Although the tone is lively and realistic, it lacks any real expression of feeling—whether of love, jealousy, grief, or joy—compared to his other love poems, such as the one celebrating a reunion with his wife[110] or the lament on seeing her on her deathbed after a separation,[111] events that can be verified. Furthermore, the feelings in those songs are conveyed through a subjective voice that is unmistakable and contrasts strongly with the voice of the female persona in this one, objectivized as the narrator. Thus the affair implied in the song suggests a possible allegorical reading.

In addition, it can hardly be a coincidence that every line of the poem suggests some experience connected with artistic creation; the allegory must be deliberate. We begin with the first line again, "The new song—is it a real love affair?": the word *ben shi* in traditional Chinese poetry and song has two possible meanings. In the wider sense, as applied to the content of a poem, it can refer to any episode, real or imagined. In the narrower sense, *ben shi* means "a love affair", and so it appears in our first reading of the song. Now any mention of love in a poem is calculated to arouse the reader's interest—he wants to know more about it. But in the eyes of traditional Confucian moralists a love affair is a most improper business, and this attitude produces two results: where the reader of such poetry has his interest strongly aroused, the writer's response is to refuse to explain. The matter is further complicated by the long-standing Chinese tradition of writing love poetry as allegory, so that any love poem can have a double layer of meaning: the emotion expressed directly and an allegorical dimension. A poem about a love affair easily raises doubt in the interested reader's mind about whether it is allegorical or just a love poem, and if the latter, whether the event is a real episode in the poet's life. This uncertainty has always been a problem for readers of Chinese poetry, and Wang Guowei's song begins by asking the question, "The new song—is it about a real love affair?" thus devoting the strategic place in the poem to this prominent problem. To compress so much in a short line and to do it so vividly is a remarkable achievement.

However, Wang Guowei is posing not just a general literary problem but one associated particularly with songs; the words "new song" (*xin ci*) in the first line are followed in the second by "the tender words are too vague," which describes a special characteristic of the literary art of song: most songs are love songs, and their currency is "tender words". As Wang Guowei has said in his critical writings: "The song lyric should cultivate subtlety (*yaomiao yixiu*)."[112] That is to say, it should avoid the obvious, preferring the vague and suggestive to the definite and specific. He continued, "The realm of *shi* poetry is wide; the language of song is far-reaching."[113] That is, the range of song is limited (largely to the subject of love), but the very imprecision of its language renders song more suggestive and carries the reader beyond the surface words. In addition, Wang claimed that "whether a song is elegant or vulgar is in the spirit, not what appears on the surface."[114] This contrast between "elegant" (*ya*) and "vulgar" (*zheng*) refers to Confucius' characterization of a section of the *Classic of Songs* ("The songs of Zheng...are licentious") and means that whether a love song qualifies as "elegant" depends on whether it can be read as something more than what it seems to be. In comparison with *shi* poetry, song is more limited in its range of subject and treats its favored theme ambiguously, leading to doubt about its true meaning or the poet's intention in writing: "The tender words are too vague."

So far we have been considering only those characteristics peculiar to song that distinguish it from *shi* poetry. If we look at them from the point of view of the poet, we can see a difference in the way each is composed. When he writes a *shi* poem, the poet is self-consciously expressing his own feelings, so that the poem always has a theme clearly discernible to the reader. The song writer, however, is primarily providing words for a tune, filling in a preexisting pattern; and though the song lyrics by later poets were not really intended for performance, the poet was chiefly concerned with providing a text on the sorrow of parting or the passing of spring rather than giving vent to his own feelings. As a result, the poet (like the reader) is uncertain about the precise meaning of the romantic words he puts down to fit the song pattern. But, though the poet may not be expressing his own feelings, still, in the course of writing, he might inadvertently reveal secret thoughts and feelings. When his deepest feelings are touched, the process of composition can be accompanied by great anguish. But in terms of the poet's own awareness, it is by no means certain that he can identify what forces have been at work. This difficulty is admirably and appropriately conveyed in the line, "For whom are you writing with such pain in the lamplight?", which can refer to the pain caused by feelings stirring within him as he writes.

The second stanza clearly identifies the writer of the song as a man (*jun*) and the reader as a woman (*qie*), two persons. But it is easy to identify both with the poet himself as two aspects of his being. As I have already pointed out, Wang Guowei used the terms "observing the object outside" (*guan wu*) and "observing one's own feelings" (*guan wo*). The former involves the description of an object or an event; in the latter the poet makes his own feelings the object of his description. But of course it is the poet who observes and who describes, and he not only observes his own feelings and ideas, he can also adopt a stance of viewing himself writing. Hence the two protagonists are both the poet himself: the man writing the poem and the woman who reads it and turns away from the lamp to reflect on the good times.

All poets in the process of composition have a component within themselves that observes and criticizes, and the result of this critical observation is frequently the realization that what one has written is an inadequate expression of what one has been feeling. As Lu Ji expressed it in his "Rhapsody on Literature", "Whenever I write I am more and more aware of what is involved: I always worry lest my ideas are not equal to my subject, and that my writing fails to convey my ideas."[115] This has the precise meaning "It matches none of the things I recall."

Considering the limitations of the Short Song lyric form—vague and obscure in comparison with all other verse forms—it is understandably harder for the poet to bring his subtle feelings into congruence with his words than for Lu Ji, who was describing a similar difficulty. Lu Ji's "Rhapsody" is universally praised for employing a verse form to write literary criticism, but Wang Guowei has used the Short Song for the same purpose, and his allegory on song criticism is a unique achievement in the annals of Chinese song writing.

After this rather lengthy discussion of four of Wang Guowei's songs, I now propose to consider his place as a song lyricist in a tradition that goes back a good thousand years. It is worth noting that there is a discrepancy between his practice in song writing and his critical theory. He strove to approximate the ideal of the first category; superficially his short songs, and especially certain of his love poems, do resemble the first category in content, but their real character does not fit, and they even have a tendency toward the third category. This calls for elaboration.

The basic reason for this discrepancy between practice and theory is that Wang Guowei was unable to make his composition a purely spontaneous act. This in turn has its causes. First, he was writing at the end of the nineteenth century, a period wholly unlike Five Dynasties and Northern Song when *ci* were simply songs for entertainment. By Wang's time they were a literary form, used like *shi* poetry for self-expression, so he could hardly avoid being self-conscious in writing them. Further, in earlier times poets writing words for musical settings were not constrained by any body of theory or criticism relating to their art—they could be spontaneous in a way denied later writers, especially a scholar like Wang Guowei, who had been actively concerned with criticism and studies of the genre at the time he was writing songs. Accordingly, when he was occupied in his creative writing, he could not help deliberately striving for the sort of special beauty and evocative power he admired, but this deliberate effort was basically antagonistic to the goal he sought. The result was that the songs he wrote were at variance with the models he advocated.

Furthermore, Wang, who was a scholar and a philosopher, wrote of himself "I have gradually moved from philosophy to literature, looking for a more immediate consolation."[116] And of his philosophical studies he said, "The problem of human existence is always before my eyes."[117] Everywhere in his songs we find reflected his philosophical concerns and ideas, with the result that they deviated even more from those of his preferred first category. The quality he detected and valued in earlier song writers they achieved spontaneously, and to set about achieving it deliberately was bound to result in songs more like those Wang disapproved of. But even acknowledging the resemblance to those songs, Wang's songs are something quite different. The Song Dynasty poets who wrote songs of that third type were exercising their self-conscious art on Long Songs; Wang wrote Short Songs in the unmannered, intimate style of the earlier Five Dynasties / Northern Song. The whole nature of the Short Song is different: a poet writing a Long Song concentrates his effort on the technique of composition on a verbal level, but Wang was more interested in devising an episode sufficiently complex or ambiguous to convey the complexity of his thought. Thus, naturally, there is a difference in the style as well as in the subject. Writers of standard songs of this type applied their skills to political topics or love affairs in the real world; Wang, in contrast, put all his effort into giving symbolic expression to his personal philosophical ideas through specific episodes or scenes. So while he has in common with those earlier writers of the third type of songs a self-conscious artistry, and shares an ideal of the form with the poets of the first type, his own songs are different from both.

What about the second type of song mentioned earlier, those written, like *shi* poetry, to express the poet's feelings? The commonest failing of such songs is that they lose the subtle depth that is song's special beauty. To succeed as song, they must spring from a poet whose feelings have a deeply ambiguous cast and who can successfully reconcile those complex feelings with the formal prosodic demands of the song form; while giving his feelings clear expression, he can still preserve the qualities peculiar to song. Two poets who satisfied these conditions were Su Shi (1036-1101) and Xin Qiji (1140-1270). When we compare the few songs Wang Guowei wrote in which it is clear he was deliberately expressing feelings more typically expressed in *shi* form, we discover some similarities to those poets along with considerable differences. Su Shi and Xin Qiji employed shifting perspectives to present a wide range of concerns both personal and public, and they could usually achieve subtle depth even in songs that deliberately expressed their feelings. When Wang tried it, he could not avoid an impression of monotony and obviousness yet his philosophical ideas were lacking in the songs of Su and Xin. On the technical side, their use of allusion, their diction, and their overall organization seem to have been achieved with a natural ease that eluded Wang, who relied on deliberately constructed allegory, making one feel he was working too hard.

Having compared Wang's songs with those of his predecessors over a period of a thousand years, it should not be hard to establish his place in the company of China's song writers. He is an important poet who draws upon the past and blends tradition with innovative and original contributions of his own. His way of writing songs to include philosophical ideas and to reflect his own critical theory furthers the development of the song form in new directions under the influence of contemporary Western ideas. His success in this endeavor surely deserves the highest praise. We cannot treat this sort of poetry with traditional critical methods, relying on the simplistic traditional clichės; rather, we should use Wang Guowei's own theories of song, and at the same time take into consideration depth psychology and the implications of semiotics. Furthermore, we should borrow analytical techniques from Western criticism to take a multifaceted approach that will make allowances for both emotional and intellectual responses to this complex poetry—only then can one hope to extract a valid interpretation and a better understanding. The foregoing examination of four of Wang's songs is offered as a rough attempt at this sort of exegesis.

Notes:

1. Yeh Chia-ying, *Zhongguo cixue de xiandai guan*, pp. 21-32.
2. Xu Tiaofu, p.80 (cited as *JZCH*).
3. Jia Dao, "*Yi jiangshang Wu chu shi*", *Quan Tang shi*, p. 6647.
4. *JZCH*, p. 48.
5. Zhou Bangyan, *Pianyu ji jizhu* 5: 30.
6. *Yangchun baixue buji*, *Sanqu congkan* 1:16.
7. *Wutong yu*, *Yuanren zaju xuanzhu*, p. 95.
8. *JZCH*, p. 3.
9. Ibid, p. 48.
10. Yeh Chia-ying, *Jialing lunci conggao*, p. 277.
11. *JZCH*, p. 4.
12. Du Fu, "*Shuijian qianxin*", *Dushi xiangzhu* 10:9.
13. Ibid., 4: 18.

14. Qin Guan, *Huaihai jushi changduan ju*, p. 20.

15. Ibid., p. 16.

16. This idea is much influenced by Schopenhauer; see Yeh Chia-ying, *Wang Guowei jiqi wenxue piping*, p. 230.

17. *JZCH*, p. 1.

18. Ibid., p. 48.

19. Ibid., p. 19.

20. Ibid., pp. 7, 16.

21. Ibid., p. 1.

22. See note 1, pp. 5-19.

23. Ibid.

24. Ibid.

25. *Wang Guantang Xiansheng quan ji* (cited as *WGTXSQJ*) 5:1828.

26. *Guantang jilin*, *WGTXSQJ* 3: 1200-1206.

27. Ibid., 4: 1505-1537.

28. Wang's own note appended to the *ci* in *Guantang jilin* states that they were written between the years 1905 and 1909; Fan Zhihou's prefaces to the *Renjian ci*, *Second Draft*, is dated 1907. See Wang Deyi, *Guantang zhushu kao* (Attachment in *Wang Guowei nianpu*). After this brief period of songwriting, his interests turned to historical and philological research. The last four *ci* in the "Vine Flowers" collection include a date of composition from 1918 to 1920. Very possibly these were added by Luo Zhenyu when he edited Wang's literary remains. These four *ci* are quite different in character from his earlier songs and deviate considerably from the standards he set in his critical writings. I am excluding them from my discussion. I have discussed the circumstances and reasons for his abandonment of poetry and literary studies generally in my book.

29. Ibid., p. 1825.

30. Ibid., p. 1690.

31. Ibid., p. 1630.

32. Ibid., pp. 1549, 1570, 1787.

33. Ibid., pp. 1680-1681.

34. *Wang Guowei nianpu*.

35. Tian Zhidou, *Wang Guowei ci zhu*, p. 72 (cited as *WGWCZ*).

36. Ibid., p. 160.

37. Ibid., p. 182.

38. Ibid., p. 58.

39. Ibid., p. 48.

40. *WGTXSQJ*, p. 1515.

41. "Ma Yuan Zhuan", in *Hou Han shu* 24: 838.

42. Li Shangyin, *Mu qiu du you Qujiang*, in *Li Yishan shi chi* (*SBCK* ed.) 6: 19.

43. *Honglou meng*, p. 89.

44. Literally, "whiskers", from rubbing the chin in perplexity.

45. *WGWCZ*, p. 109.

46. Lu Yanrang, *Ku yin,* in *Quan Tang shi* 715: 8212.

47. Maoshi Preface, *Shisanjing zhushu* 1: 270.

48. Cai Yan, *Bei fen shi*, in *Quan Han shi* in Ding Fubao, *Quan Han Sanguo Jin Nanbeichao shi* 4.14a.

49. *Fu Fengxian xian yong huai*, in *Du shi xiangzhu* 4: 7.

50. Li Shangyin, *Ji yuan*, *Li Yishan shi ji* 6: 61.

51. *Wang Guowei jiqi wenxue piping*, p. 21.

52. *WKTHSCC*, 5:1753, 1762, 1767, 1795, 1870, 1902.

53. "Wang Jing'an Xiansheng shoupi shoujiao shumu ba wen", *Guoxue luncong*, vol. 1, no. 3, p. 3.

54. *WGTXSQJ*, 5: 1825.

55. Ibid., 4: 1409.

56. Ibid., 5: 1827.

57. Ibid., 5: 1778.

58. *WGWCZ*, p. 46.

59. *QSC*, 1: 25.

60. Ibid., p. 171.

61. Ibid., p. 89.

62. Ibid., p. 170.

63. Ibid., p. 168.

64. Xiao Ai, *Wang Guowei shici jianjiao*, pp. 123-124.

65. *WGWCZ*, p. 124.

66. See my article "On Wang Guowei's *ci*", *Jialing lunci conggao*, pp. 251-257.

67. *WX* (*Sibu congmu ed.*), p. 403.

68. Fu Xuan, *Wu Chu ge*, in *Quan jin shi* 2.12b.

69. Liu Xiaochuo, *Gu yi*, in *Quan Liang shi* 10.20a.

70. *Li ji*: "Nei ze" (*Shisanjing zhushu*, vol. 5), pp. 538-539.

71. Li Shangyin, *Wu ti*, *Li Yishan shi ji* 1.5.

72. *Dengtu Zi hao se fu, WX*, p. 253.

73. Zhou Shuren, ed. *Tang Song chuanqi ji*, p. 115.

74. Ibid., p. 111. Chen Hong was a contemporary of Bai Juyi. He served as a Zhuke Langzhong in the reign of Emperor Dezong (780-804).

75. *Houshan shi chao* in Lü Liuliang, Wu Zhizhen, and Wu Zimu, eds., *Song shi chao* 1.31a. "Everlasting Lane" was where palace ladies in disgrace were confined.

76. *Wang Zhifang shi hua*, in Guo Shaoyu, ed. *Song shihua jiyi* 1: 57, *Yanjing xuebao*, no. 14.

77. *Yu mei ren*, in *WGWCZ*, p. 30; *Die lian hua*, in ibid., p. 178.

78. *Huan xi sha*, in ibid., p. 124.

79. *Die lian hua*, in ibid., p. 36.

80. Ibid., p. 168.

81. Xin Qiji, “Mo yu’er”, *Jiaxuan ci biannian jianzhu*, 1: 52.

82. *WGWCZ*, p. 134.

83. Ibid., pp. 36, 124.

84. “Jiao si ji”, in *Han shu* 25:1204; also Wang Zinian, “Shiyi mingshan ji”, in Wu Zengqi, ed., *Jiu Xiaoshuo* 1: 65-67.

85. “Qin Shihuang benji”, in *Shiji*, p. 256.

86. Ibid.

87. “Tian guan shu”, in ibid., p. 1290.

88. Ibid., p. 1291.

89. *Ta suo xing*, and *Zhegu tian*, in *WGWCZ*, pp. 106, 102.

90. *WX*, p. 402.

91. *JZCH*, p. 489.

92. Du Fu, *Qiu xing*, in *Du shi xiang zhu* 17: 69.

93. Ban Gu, *Xi du fu*, in *WX* 1: 5.

94. Ibid.

95. Zhang Heng, *Xi jing fu*, in ibid., 2: 19.

96. Zuo Si, *Wei du fu*, in ibid., 6: 81.

97. *Wang Guowei jiqi wenxue piping*, p. 17.

98. *Die lian hua*, in *WGWCZ*, p. 36; *Huan xi sha*, in ibid., p. 124.

99. Ruan Ji, *Yong huai*, *Ruan Bubing yonghuai shi zhu*, pp. 25-26.

100. *Shiji* 12: 482.

101. Han Wudi, *Li Furen ge*, in *Quan Han shi*, p. 47.

102. Joey Bonner, for example, in her book *Wang Kuo-wei: An Intellectual Biography*, p. 115, misled by the common meaning of the word *jing*, explained the pink flowers hanging from the ceiling as referring to the drowning of the Palace Lady Zhen Fei in a well.

103. *WGWCZ*, p. 54.

104. For example, those to the tune “The Beautiful Woman Yu” (*WGWCZ*, p. 30) and “The Butterfly Loves Flowers” (ibid., pp. 178, 157, 95,

28, 32) are all extremely effective and complex poems.

105. *Yu mei ren*, in *WGWCZ*, p. 30; *Die lian hua*, in ibid., p. 178.

106. *Die lian hua*, in ibid., p. 157; *Su mu zhe*, in ibid., p. 60.

107. *Die lian hua*, in ibid., p. 28; *Qingping yue*, in ibid., p. 75.

108. *Die lian hua*, in ibid., p. 32: *Huan xi sha*, in ibid., p. 124.

109. There is another version of this line in *Guantang jilin*: "Slanting lines of cursive script are obscure," i.e., the writing is hard to read. It has no direct connection with the preceding line, and I follow the text given in Chen Naiwen's *Jing'an ci* as the better reading.

110. *WGWCZ*, p. 130.

111. Ibid., p. 117.

112. *JZCH* p. 48.

113. Ibid.

114. Ibid., p. 19.

115. Lu Ji, *Wen Fu*, in *WX* 17: 224.

116. *WTGXSQJ*, p. 1827.

117. Ibid., p. 1825.

说静安词《浣溪沙》一首

古今词人之作，其美什名篇，吟味之足以沁人心脾、讽读之足以豁人耳目者固极多，我之所爱者亦极多，而于此极多之可爱之作品中，我独于静安先生词似有较深之偏爱。其故殆亦难言，惟觉其深入我心，遣之不去耳。静安先生词，数量极少，计《观堂集林》卷二十四录长短句二十三阕，《观堂外集》卷四录《苕华词》（又名《人间词》，前有山阴樊志厚序文二篇）九十二阕，综计之不过百十五首耳，而其取径复既深且狭。以视清真、稼轩，则周、辛二公隐然词国中之廊庙重臣，而静安先生则但为一岩穴间幽居之子耳。因亦自知其所爱之偏，故虽有青年学子来从我读词，亦但教之读五代、两宋诸大家之作，而不敢遽举静安先生也。而我对静安先生词偏爱之一念，则时动于中，既不得机缘出之于口，则常欲笔之于书。然而尘务扰人，此愿虽发之已久，而迄未得偿。盖我之为文，自谂缺乏素养，不得于心者，固不能笔之于手，而心之定力又复不坚，常不免因境而迁，随物而转，不能如织毛线然之时断时续、随缀随缉也。故偶有所扰，辄索然而罢，而一日之间，扰人之事又极多。每常有所念，亦不过任此念之自生自灭而已。事与愿不相副，手与心不相侔。如我者，诚自知其智薄力弱，固早断此述作之一念矣。而日昨接友人函来索文稿，仓卒间无以应命，因将对静安词偏爱之一念，于此略一发之。

盖尝以为静安词之特色有三。其一，静安先生词有古诗之风格。词之为体原较诗为浅俗柔婉，而静安先生词则极为矜贵高古，其气体乃迈越唐、宋而直逼汉、魏，而用意之深，则又为古人之所无，故其词去大众较远。古人有云："士为知己者死，女为悦己者容。"世之女子，有为取悦于大众而容饰者，有为取悦于一二悦己者而容饰者；然而有佳人焉，幽居空谷，既无悦己者之欣赏，又不甘为取悦于大众易其服饰而步入市廛，而顾芰荷其衣，芙蓉其裳，遗世而独立，严妆而自赏者，静安先生词之气体殆类是焉。其二，静安先生词含西洋之哲理。常人之写诗词，类不外乎抒情、写景、记事，间有说理者，所说亦不过世俗是非得失道德伦常之理耳；偶有以禅理入诗词者，然亦多为文人一时习染之所得，其真能于禅理有所会者，则为数极鲜也。静安先生颇涉猎于西洋哲学，虽无完整有系统之研究，然其天性中自有一片灵光，其思深，其感锐，故其所得均极真切深微，而其词作中即时时现此哲理之灵光也。其三，静安先生词能将抽象之哲理予以具体之意象化。哲理固可以入诗词，惟不可以说理之态度出之耳。据西洋美学家之说，则美感之经验，当为形相之直觉。故美感者，乃诉诸人之感觉者，而非诉诸人之知识者也。吾人固尝于生活之诸形相中获得若干知识之概念，然而如欲将此概念以艺术方式表而出之，则必须将此诸概念仍然予以形相化，而复以此形相触发他人之概念，而不可直诉诸人之知识也。此表达之工具，谓之媒介，在图画则为形色，在音乐则为声音，而在文学则为文字。以词言之，则有此高深之哲理概念者，对表达之工具多无此精美之素养；对表达之工具有此精美之素养者，又常乏此高深之哲理概念。此静安先生自序所以云"虽比之五代、北宋之大词人，余愧有所不如，然此等大词人亦未始无不及余之处"者也。凡此三点，兹篇未暇详言，今但取静安先生《浣溪沙》小词一首试一说之。

浣溪沙

山寺微茫背夕曛。鸟飞不到半山昏。上方孤磬定行云。
试上高峰窥皓月，偶开天眼觑红尘。可怜身是眼中人。

静安先生尝言诗之“境界有二：有诗人之境界，有常人之境界。诗人之境界，惟诗人能感之而能写之，故读其诗者，亦高举远慕，有遗世之意。而亦有得有不得，且得之者亦各有深浅焉。若夫悲欢离合、羁旅行役之感，常人皆能感之，而惟诗人能写之”（《清真先生遗事·尚论三》）。以世谛言之，自以第二种作品为感人易而行世广也。然而静安先生之所作，则以属于前一种者为多。夫人固不能强不知以为知，亦不能强知以为不知，既得此诗人之境界焉，而欲降格以强同乎常人，则匪惟有所不屑，将亦有所不能。而此境界既非常人之所能尽得，则以我之庸拙而顾欲说之，得无为持管而窥天，将蠡以测海乎？读其词者，幸自得之，毋为我之浅说所误焉。

起句“山寺微茫背夕曛”，如认为确有此山、确有此寺，而欲指某山、某寺以实之，则误矣。窃以为此词前片三句，但标举一崇高幽美而渺茫之境界耳。近代西洋文艺有所谓象征主义者，静安先生之作殆近之焉。我国旧诗旧词中，拟喻之作虽多，而象征之作则极少。所谓拟喻者，大别之约有三类：其一曰以物拟人，如吴文英《浣溪沙》词“落絮无声春堕泪，行云有影月含羞”，杜牧《赠别》诗“蜡烛有心还惜别，替人垂泪到天明”，是以物拟人者也；其二曰以物拟物，如东坡《永遇乐》词“明月如霜，好风如水”，端己《菩萨蛮》词“琵琶金翠羽，弦上黄莺语”，是以物拟物者也；其三曰以人托物，屈子《离骚》“何昔日之芳草兮，今直为此萧艾也”，骆宾王《在狱咏蝉》诗“露重飞难进，风多响易沉”，是以人托物者也。要之，此三种皆于虚拟之中仍不免写实之意也。至若其以假造之景象，表抽象之观念，以显示人生、宗教，或道德、哲学，某种深邃之义理者，则近于西洋之象征主义矣。此于我国古人之作中，颇难觅得例证。《珠玉词》之《浣溪沙》“满目山河空念远，落花风雨更伤春，不如怜取眼前人”，《六一词》之《玉楼春》“直须看尽洛城花，始共东风容易别”，殆近之矣。以其颇有人生哲理存乎其间也。然而此在晏、欧诸公，殆不过偶尔自然之流露，而非有心用意之作也。正如静安先生《人间词话》所云：“遽以此意解释诸词，恐为晏、欧诸公所不许也。”而静安先生之词，则思深意苦，故其所作多为有心用意之作。樊志厚《人间词甲稿序》云：“若夫观物之微、托兴之深，则又君诗词之特色。”此序人言是静安先生自作而托名樊志厚者[①]，即使不然，而其序言亦必深为静安先生所印可者也。夫如是，故吾敢以象征之意说此词也。

“山寺微茫”一起四字，便引人抬眼望向半天高处，显示一极崇高渺茫之境，复益之以“背夕曛”，乃更增加无限要渺幽微之感。黄仲则《都门秋思》有句云“夕阳劝客登楼去”，于四野苍茫之中，而举目遥见高峰层楼之上独留此一片夕阳，发出无限之诱惑，令人兴攀跻之念，故曰“劝客登楼去”，此一“劝”字固极妙也。静安词之“夕曛”，较仲则所云“夕阳”者其时间当更为晏晚，而其光色亦当更为黯淡，然其为诱惑，则或更有过之。何则？常人贵远而贱近，每于其所愈不能知、愈不可得者，则其渴慕之心亦愈切。故静安先生不曰“对”夕曛，而曰“背夕曛”，乃益更增人之遐思幽想也。吾人于此尘杂烦乱之生活中，恍惚焉一瞥哲理之灵光，而此灵光又复渺远幽微如不可即，则其对吾人之诱惑为何如耶？静安先生盖尝深受西洋叔本华悲观哲学之影响，以为“生活之本质何？欲而已矣。欲之为性无厌……一欲既终，他欲随之，故究竟之慰藉终不可得也。……故人生者如钟表之摆，实往复于苦痛与倦厌之间者也。”[②]静安先生既觉人生之苦痛如斯，是其研究哲学，盖欲于其中觅一解脱之道者也。然而静安先生在《静庵文集续编·自序二》中又云：“余疲于哲学有日矣。哲学上之说，大都可爱者不可信，可信者不可爱。……知其可

① 据赵万里《王静安先生年谱》云：“此《序》与《乙稿序》均为先生自撰，而假名于樊君者。”
② 语见王国维《静庵文集·红楼梦评论》，而实采自叔本华之说。

信而不能爱，觉其可爱而不能信，此近二三年中最大之烦闷。”然则是此哲理之灵光虽惚若可以瞥见，而终不可以求得者也。故曰：“鸟飞不到半山昏。”人力薄弱，竟可奈何？然而人对彼一境界之向往，彼一境界对人之吸引，仍在在足以动摇人心。有磬声焉，其音孤寂，而揭响遏云，入乎耳，动乎心，虽欲不向往，而其吸引之力有不可拒者焉，故曰“上方孤磬定行云”也。于是而思试一攀跻之焉，因而下片乃有“试上高峰窥皓月”之言。曰“试上”，则未曾真箇到达也可知；曰“窥”，则未曾真箇察见也可想。然则此一“试上”之间，有多少努力，多少苦痛？此又静安先生在《红楼梦评论》一文所云：“有能除去此二者（按指苦痛与倦厌），吾人谓之曰快乐。然当其求快乐也，吾人于固有之苦痛外，又不得不加以努力，而努力亦苦痛之一也。且快乐之后，其感苦痛也弥深。故苦痛而无回复之快乐者有之矣，未有快乐而不先之或继之以苦痛者也。”（按：此实叔本华之说）是其“试上高峰”原思求解脱、求快乐，而其“试上”之努力固已为一种痛苦矣。且其痛苦尚不止此。盖吾辈凡人，固无时刻不为此尘网所牢笼，深溺于生活之大欲中，而不克自拔，亦正如静安先生在《红楼梦评论》中所云：“于解脱之途中，彼之生活之欲，犹时时起而与之相抗。”夫如是，固终不免于“偶开天眼觑红尘”也。吾知其“偶开”必由此不能自已、不克自主之一念耳。陈鸿《长恨歌传》云：“由此一念，又不得居此，复堕下界，且结后缘。”而人生竟不能制此一念之动，则前所云“试上高峰”者，乃弥增人之艰辛痛苦之感矣。窃以为前一句之“窥”，有欲求见而未全得见之憾；后一句之“觑”，有欲求无见而不能不见之悲。而结之曰“可怜身是眼中人”，彼“眼中人”者何？固此尘世大欲中扰扰攘攘、忧患劳苦之众生也。夫彼众生虽忧患劳苦，而彼辈春梦方酣，固不暇自哀。此譬若人死后之尸骸，其腐朽靡烂乃全不自知，而今乃有一尸骸焉，独具清醒未死之官能，自视其腐朽，自感其靡烂，则其悲哀痛苦，所以自哀而哀人者，其深切当如何耶？于是此“可怜身是眼中人”一句，乃真有令人不忍卒读者矣。

予生也晚，计静安先生自沉昆明湖之日，我生尚不满三岁，固未得一亲聆其教诲也。而每读其遗作，未尝不深慨天才之与痛苦相终始。若静安先生者，遽以死亡为息肩之所、自杀为解脱之方，而使我国近代学术界蒙受一绝大之损失，此予撰斯文既竟，所以不得不为之极悲而深惜者也。

An Interpretation of a Poem by Wang Guowei

To the tune "Sands of the Washing Stream":

The mountain temple, barely visible,
backs on evening sunset. 山寺微茫背夕曛
Birds flying fail to reach half the mountain dusk. 鸟飞不到半山昏
Up above, the lonely chime stops the
marching clouds. 上方孤磬定行云

Trying to climb the topmost peak to glimpse
the white moon, 试上高峰窥皓月
Abruptly I open a skyward eye to view
the red dust— 偶开天眼觑红尘
Pity that this body is that humanity I see. 可怜身是眼中人

Wang Guowei has said that there are two poetic worlds: "There is the world of the poet, and there is the world of ordinary men. Only the poet can feel and describe the world of the poet; but a reader may be brought to share the poet's experience of something high, far off, and out of reach. Not everyone can respond to the poet's vision at all, and of those who do, there are degrees of responding. [As far as the world of ordinary men is concerned,] everyone can feel sadness at parting and the joy of reunion, the feelings of the traveler or the wanderer, though it is only the poet who can describe them." From the point of view of the average reader the second kind of poetry has an immediate and wide appeal. But most of Wang Guowei's poems belong to the first type. A man with his insights and his sensibility cannot be expected to adopt a lower mode of expression just to make his poetry acceptable to the common reader, and we must approach him on his own terms if we are to understand and appreciate him.

In the first line of the poem it would be a mistake to look for the geographical location of the mountain and the temple. Along with the following two lines it presents a vague, distant, lovely world, not an ordinary sightseer's scene but a symbol. Symbolism is not a common device in traditional Chinese poetry. Metaphor of course is, but for something approaching symbolism we must look among the rare poems dealing with philosophical attitudes: for example, Yan Shu's lines,

> The hills and streams that fill my view rouse vain thoughts of distance,
> Falling petals in a driving rain increase my regret at spring's passing—
> Best love the one before your eyes.

or those by Ouyang Xiu,

> You really should see all of Luoyang's flowers,
> And then you can easily bid the east wind farewell.

These have in them something of a philosophy of life but are exceptional in the poetry of Yan Shu and Ouyang Xiu, and the philosophy comes in casually, incidentally. Just as Wang Guowei himself said, "If you interpret the poems this way, it is doubtful they would agree with you." But there can be no doubt about Wang Guowei's deliberate use of symbolism in poems of real profundity.

His poem begins with four words, “The mountain temple, barely visible”, which are an invitation to raise our eyes to look at something halfway up the sky. The image offers us a high, remote region and then intensifies the vision with the next words, “backs on evening sunset”. The picture is now suffused with a delicate beauty and becomes an invitation to the onlooker to climb up for the view, as Huang Jingren wrote, “The setting sun urges the traveler to climb up the tower.” When one is standing on a vast plain and sees off in the distance a peak or a tower catching the last rays of the setting sun, there is an irresistible urge to go climb for one final glimpse. This is the point of Huang Jingren’s “urge”, which is so appropriate. The time of day is a bit later in Wang Guowei’s poem; the sun has already set, and what we see is only the afterglow, at once more subdued and more inviting than the sun’s rays themselves. For it is always the distant and the evanescent that we prize; the more unknowable, the more inaccessible, the more we yearn for it. And this too is part of the effect of the verb “backs on” (he could have said “faces”, but with less effect), because what lies behind the temple is farther out of our range of vision.

In the bustle and confusion of human life there appears suddenly a gleam of the light of philosophic order, but it remains only a faint, far-off, unapproachable shimmer—what an irresistible attraction it offers! Wang Guowei was deeply influenced by the philosophy of Schopenhauer. “What is the basis of human life? Simply desire. The nature of desire is that it is never satisfied. Once one desire ceases, it is succeeded by another, so ultimately no satisfaction is possible…Human life is like the pendulum of a clock, swinging between pain and satiety” (from Wang’s “Essay on *The Dream of Red Mansions*”). Aware as he was of the pain of human life, Wang Guowei studied philosophy in search of a way out. But, as he said in his own preface, “I have long been weary of philosophy. Of philosophical theories, what one likes one cannot believe, and what is believable one cannot like. Realizing this has been the most depressing thing in my life for the past two or three years."

In the poem it is this philosophical light which appears obscurely but remains forever inaccessible, for "Birds flying fail to reach half the mountain dusk." So what can man's feeble strength achieve? But a man's heart cannot remain unmoved by the attraction of that world of light or be unaffected by its inclination toward it. There is the sound of chimes, a lonely sound, whose echo brings clouds to a stop. It enters the ear and touches the heart; one may wish not to go there, but the attraction is irresistible: "Up above, the lonely chime stops the marching clouds."

So we resolve to try the ascent, "Trying to climb the topmost peak to glimpse the white moon." Trying to climb—so far the goal has not been reached; to glimpse—still no clear view. But how much effort, how much pain has gone into the attempt! Wang Guowei wrote (in his "Essay on *The Dream of Red Mansions*"), "If we can escape these two (pain and satiety), we call it happiness. But in the pursuit of happiness, in addition to actual suffering, we have the unavoidable effort, and effort is also a variety of pain. And after happiness we feel pain the more acutely. So there is pain, and there is happiness which will not return. There is no happiness which is not preceded or followed by pain" (this is also derived from Schopenhauer). In the poem, "Trying to climb to the topmost peak" is a search for release, a striving for happiness, and the effort of the attempt is itself a kind of pain. But the pain is not only this: all men are entangled in the dusty net of the world, drowning in the sea of desire, unable to extricate themselves. As Wang Guowei said in his essay, "On the path of escape we are opposed by these desires which constantly rise up within us." So in the end we are faced with our own weakness: "Abruptly I open a skyward eye to view the red dust"—the red dust of the world, which he had left behind as he began to climb. The "abrupt opening" is from a failure to master himself and his desires. It is the fate of the soul in paradise described by Chen Hong (in his "Story of the Song of Everlasting Sorrow"): "From this single thought she could not stay any longer but must fall to the lower earth again and work out her karma in another life." And since we cannot prevent the occurrence of this single thought, trying to climb to the topmost peak only adds to the pain and the bitterness. Just as the earlier word *kui* ("to glimpse") contains a suggestion of regret for the clearer view that one has tried for in vain, so the word *qu* ("to view") implies the disappointment of a sight one would prefer to have been spared.

Who are the "men in the eye", *yan zhong ren* ("that humanity I see"), of the final line? Surely they are all of miserable, suffering humanity, toiling and moiling in the world of dust and desire. Ordinary men may worry and suffer, but in the intoxication of this springtime dream they have no time to feel sorry for themselves. It is like our body after we die: we are unaware of its corruption and decay. But imagine a corpse with faculties intact, able to view its own decay. What would its grief be, both for itself and for all others? The last line of the poem is almost unbearable in its self-knowledge: "Pity that this body is that humanity I see." It is not "thank God that I am not as other men," nor "there but for the grace of God go I," but "I, who had aspirations to be other than they, am in like case."

王国维《人间词话》的理论与实践

在我国盈篇累牍的诗话词话中，王国维先生的《人间词话》可以说是其中路线最正确而价值也最高的一本作品。这是凡讲中国文艺批评的人所共同承认的。俞平伯在《重印〈人间词话〉序》中，就曾对之深加赞美说："此中所蓄，几全是深辨甘苦，惬心贵当之言，固非胸罗万卷者不能道。"只有一点未免使读者觉得憾惜的，就是它所给予人的多只是"点"的简括的概念，虽极精要，但却缺少了"线"的条分缕析的说明。关于这一点，当然并不足为王先生病。这一则因为我国语文传统的发展，一向过于求简求美，原不宜于作精密之推理；再则因为这种精美而简要的"点"的概念的触发，常可使人感受到一种诗的意味。所以有些人对此虽也觉得憾惜，但在憾惜之余，却偏偏仍有着一种欣喜爱悦。俞平伯就曾说过："其实书中所暗示的端绪，如引而申之，正可成一庞然巨帙，特其耐寻味之力或顿减耳。明珠翠羽，俯拾即是，莫非瑰宝，装成七宝楼台，反添蛇足矣。"又说："颇思得暇引申其义，却恐佛头着粪，遂终于不为。"而夏济安在《文学杂志》三卷三期《两首坏诗》一文中，谈到《人间词话》则说："中国人的批评文章是写给利根人读的，一点即悟，毋庸费辞。西洋人的批评文章是写给钝根人读的，所以一定要把道理说个明白。"又说："天下到底是钝根人多。"我个人深知自己并没有把明珠翠羽装成七宝楼台的能力，也从来没有敢存过这种奢愿。只是我却颇有一个“钝根人”的想法，我以为七宝楼台固然不易装成，但我们却无妨将其中少数性质相近似的明珠或翠羽捡拾出来，作一个略有系统的排列。当然我还要声明一句，这排列的系统，只是依照我个人一己的看法。

我现在所要排列整理的，是想从《人间词话》中的几则，窥见一些王国维先生对诗歌的欣赏的原则与态度。现在我先把这几则词话抄录在后面：

一、词以境界为最上，有境界则自成高格，自有名句。

二、沧浪所谓兴趣，阮亭所谓神韵，犹不过道其面目，不若鄙人拈出境界二字，为探其本也。

三、有造境，有写境，此理想与写实二派之所由分，然二者颇难分别，因大诗人所造之境必合乎自然，所写之境亦必邻于理想故也。

四、南唐中主词：“菡萏香销翠叶残，西风愁起绿波间”，大有众芳芜秽美人迟暮之感。乃古今独赏其“细雨梦回鸡塞远，小楼吹彻玉笙寒”，故知解人正不易得。

五、“我瞻四方，蹙蹙靡所骋”，诗人之忧生也，“昨夜西风凋碧树，独上高楼，望尽天涯路”似之；“终日驰车走，不见所问津”，诗人之忧世也，“百草千花寒食路，香车系在谁家树”似之。

六、古今之成大事业大学问者，必经过三种之境界，“昨夜西风凋碧树，独上高楼，望尽天涯路，”此第一境也；“衣带渐宽终不悔，为伊消得人憔悴，”此第二境也；“众里寻他千百度，蓦然回首，那人却在灯火阑珊处，”此第三境也。此等语皆非大词人不能道，然遽以此意解诸词，恐晏欧诸公所不许也。

七、尼采谓一切文学余爱以血书者，后主之词真所谓以血书者也。宋道君皇帝《燕山亭》词亦略似之，然道君不过自道身世之戚，后主则俨有释迦基督担荷人类罪恶之意，其大小固不同矣。

八、“君王枉把平陈业，换得雷塘数亩田，”政治家之言也；“长陵亦是闲丘垅，异日谁知与仲多？”诗人之言也。政治家之眼，域于一人一事；诗人之眼，则通古今而观之。词人观物须用诗人之眼，不可用政治家之眼。

（上引诸则词话，其排列之次序，乃但为解说方便计，与原书固不尽相合。至所引诸词之作者姓名及原词，则具见徐调孚编之《校注人间词话》中，本文对之不更加注释说明。）

在这几则词话中，我们所首先要解说的，当然就是“境界”两个字。对此二字，王先生并未曾加以正面之确切的说明。只是从后面一段，将严沧浪所谓“兴趣”及王阮亭所谓“神韵”都视为“面目”，而独以“境界”为“探其本”的话看来，我们可以知道，“境界”必该是较之“兴趣”与“神韵”都更为切实，更为基本的一种东西。如果依我个人的意思来给它下一个解释的话，我以为“境界”就作者而言乃是一种“具体而真切的意象的表达”；就读者而言则是一种“具体而真切的意象的感受”。所以说“有境界，则自成高格，自有名句”。正因为词是一种美文，而美文主要之作用则原在使人感受而不在使人知解。这是一切讲美学及文艺批评的人之所共知的原理。所以表达及唤起一种“具体面真切的意象”，也就成了一切美文的一个基本要求。我这种解释在《人间词话》另一则评宋祁及张先词的话中也还可得到证明，如王先生之评宋祁《玉楼春》词“红杏枝头春意闹”一句云：“着一‘闹’字而境界全出”；又评张先《天仙子》词“云破月来花弄影”一句云：“着一‘弄’字而境界全出”。而“闹”字与“弄”字的好处，岂不都正在使读者所得之意象更为“具体”、更为“真切”？由此看来，则我所下的解释或者也尚有可信之处。只是诗词中所表现之“境界”，还不只是外界现实之景物而已。诗词之能事，更在将人内心的一种理想之意境与抽象之情思，作意象化之表现，而且使读者得到同样具体同样真切的感受。所以“境界”一词，实不仅指景物而已，同时更指人心中之种种“境界”，而《人间词话》也曾经有过“喜怒哀乐亦人心中之一境界，故能写真景物真感情者谓之有境界”

之言。既然所写之境界不限于外界之实物，于是王先生遂又提出了前面所举第三则词话的“造境”与“写境”之说，以为乃“理想”与“写实”二派之所由分，而尤重要者，则在王先生后面所加的一段说明，云：“大诗人所造之境，必合乎自然；所写之境，亦必邻于理想。”“造境必合乎自然”者，是说所写者虽为理想之意境与抽象之情思，然而此种“意境”与“情思”却必须凭借自然中之实物来表达，因为如此始能将之化成为具体而真切的意象；至于“写境必邻于理想”者，则是说所写虽为自然之实物，而读者却往往能自其所写之具体意象中，唤发一种理想之意境与抽象之情思，而如此读者所感受的也才更加深远。于是由此一说，遂又自美文在予人一种“具体而真切的意象”的问题，牵涉到另一个“抽象之情思”与“具体之意象”如何结合的问题了。这一问题的答案，我想也是讲美学及文艺批评的人所共知的，那就是创作与欣赏中的联想作用。

说到“联想”，我以为那是伴随着诗歌而同时兴起的一种普遍作用。这种作用，在诗歌之创作与欣赏中，有着不可或缺的重要性，就创作而言，则自三百篇之所谓“比”，所谓“兴”，实在早已集“联想”之大成；就欣赏而言，则自《论语·学而篇》孔子赞子贡的话：“赐也，始可与言诗已矣，告诸往而知来者”，及《八佾篇》孔子赞子夏的话：“起予者商也，始可与言诗已矣”看来，可知欣赏者之联想，也是久已被称赏的了。不过欣赏者之联想与创作者之联想，实在有一个明显的不同之处：创作者所致力的，乃是如何将自己“抽象之情思”经由联想而化成为“具体之意象”；欣赏者所致力的，则是如何将作品中所表现的“具体之意象”经由联想而化成为“抽象之情思”。创作者的联想，我们可以找到两个简明的例证；其一是李后主《清平乐》词中的二句：“离恨恰如春草，更行更远还生”；其二是秦少游《减字木兰花》词中的二句：“欲见回肠，断尽薰炉小篆香”。自“离恨”到更行更远还生的“春草”，自“回肠”到薰炉断尽的“篆香”，这当然是由于联想作用。而“离恨”和“回肠”是抽象的情思，“春草”和“篆香”则是具体的意象，使读者自此“具体的意象”中，对“抽象的情思”得到鲜明真切的感受，这正是创作者的能事。

至于欣赏者的联想，则最好的例证，就是本文前面所举的四、五、六三则词话。王先生在《人间词话》中，虽然未曾特别标举过“联想”两个字，但我们从他的词话中，却可以看出他实在是在欣赏方面最为着重联想，也最善于运用联想的一个人，我们看他在第四则中批评南唐中主《摊破浣溪沙》词的一段话，就可以知道他之所以认为“菡萏香销翠叶残，西风愁起绿波间”两句之必胜于“细雨梦回鸡塞远，小楼吹彻玉笙寒”两句者，只是因为前两句于写景之外，更能唤起人一种“众芳芜秽，美人迟暮”的联想而已。至于第五则之自晏殊《蝶恋花》词之“昨夜西风凋碧树”三句，想到诗人之“忧生”；复自冯延巳《鹊踏枝》词之“百草千花寒食路”二句，想到诗人之“忧世”，这种将“昨夜西风”与“百草千花”两个具体的意象，化成为“忧生”与“忧世”的“抽象的情思”的作用，自然仍是由于联想。至于第六则三种境界之说，刚自原词观之，晏殊之“昨夜西风凋碧树，独上高楼，望尽天涯路”不过写秋日之怅望；柳永之“衣带渐宽终不悔，为伊消得人憔悴”不过写别后之相思；辛弃疾之“众里寻他千百度，蓦然回首，那人却在灯火阑珊处”不过写乍见之惊喜，与所谓成大事业大学问者之境界，更属了无干涉。而王先生竟比并而立说，其牵连综合之一线，当然也仍是由于联想。我们从这一连串的联想看起来，就可知道联想在诗歌之欣赏中，实占有极重要之地位，而从作品的具体的意象中，感受到“抽象的情思”，也正是欣赏者之能事。这种由彼此之联想，而在作者与读者之间构成的相互触发，形成了一种微妙的感应。而且这种感应既不必完全相同，也不必一成不变，只要作品在读者心中唤起了一种真切而深刻的感受，这就已经赋予这作品以生生不已的生命了。

就以上所说来看，则此欣赏者之联想实极为自由，是则不论欣赏之所见之为“仁”为“智”，只要其所感受者确为真切深刻，便都能赋予作品以生生不已的生命了。但在这漫无拘限的自由中，王先生却又提示了我们一条极重要的该遵循的途径，这自前面所举的七、八两则词话中，我们可以窥见一点端倪。在第七则词话中，王先生批评宋徽宗之《燕山亭》词，以为“不过自道身世之戚”；而评后主词则以为“俨有释迦基督担荷人类罪恶之意”，又云：“其大小固不同矣”。其所以被王先生认为有此种差别的原因，我以为大约有二点：其一则宋徽宗所写之“裁剪冰绡，轻叠数重，淡著胭脂融注”等景物过于现实，不易引人由联想而得理想之境界；其二则此种过于现实之景物，多不免拘于一时一地，是其所写者乃但为个人偶然之事件而已。至于后主所写之“春花秋月何时了”，“自是人生长恨水长东”等词句，则其所写之景物虽亦为现实之所实有，但却已不为现实之所拘限，而染满了理想之色彩。且其所写者，已不复为个人偶然之事件，而是将千古所有的人类，都一网打入这“春花秋月”，“人生长恨”的大网之中了。所以王先生在另一则词话中，就又曾称赞后主说：“词至李后主而眼界始大，感慨遂深。”其所以成其“大”与“深”者，正因为后主所写之境界既邻于理想，复为天下人心之所同的原故。至于在第八则词话中，王先生对罗隐《炀帝陵》一诗之“君王枉把平陈业，换得雷塘数亩田”二句，则认为是“政治家之言”；而对唐彦谦《仲山》一诗之“长陵亦是闲丘垅，异日谁知与仲多”二句，则认为是“诗人之言”。此二诗，初看意境似颇相似，但若仔细体味，便可感到前二句诗所写之得失成败，但为个人偶然之事件，且颇有利害计较之心存乎其间；后二句诗所写之盛衰今昔，为千古人类之所同，且已超然于利害计较之外。所以王先生在此一则词话中。就下了一个结论说：“政治家之眼，域于一人一事；诗人之眼，则通古今而观之”。这结论不但适用于创作，也同样适用于欣赏。不但创作时，当持此种眼光以观“物”；欣赏时，亦当持此种眼光以观“诗”。所以王先生在对诗词作欣赏批评时，虽常不免就个人之联想立论，但他的立论，却总有着一个不离其宗的途径，那就是“通古今而观之”。而王先生论词的好处，便在他能以这种“通古今而观之”的联想和感受，给读者一种触发，而由此触发，便将其他读者也带入了一个更深更广的境界。虽然每个人之所得仍不必尽同，但每个人却都可以各就其不同的感受而加深加广。这种触发的提示，是极为可贵的。而欣赏最大的快乐，也便在于作者与读者之间，或评者与读者之间，能由联想引发联想，在内心最真切的感受中觅取和享受人心与人心间的一种相互的触发。

最后，我要对本文所整理的几则词话，作一个简单的归纳和结论：第一、二两则，主要说明美文在表达及唤起人一种具体而真切的意象；第三则，在说明具体之意象与抽象之情思的关系；第四、五、六三则，在说明欣赏者之善用联想往往可由作品中具体之意象而得抽象之情思；第七、八两则，在说明此种欣赏者之联想，当以“通古今而观之”为其重要之原则。此种排列与整理，如果尚有可取之处，则是因明珠翠羽之本身，原具有可贵之价值，如果没有可取之处，则其罪疚固在排列者之愚拙。

Practice and Principle in Wang Guowei's Criticism

Wang Guowei's *Renjian cihua*[1] is typical of the many works of its kind—this also includes *shihua*—and at the same time it is, by general acknowledgment, the most valuable. As Yu Pingbo remarked in his preface to the re-edition, it is a book full of profound insights which could have been written only by a man of the widest experience of poetry. Still, it is likely to leave its reader less than content; the individual critical remarks are wonderfully illuminating, but there is no thread holding them together. This lack is not altogether Wang Guowei's fault. In the first place, traditional Chinese criticism has always aimed at conciseness and elegance. Systematic organization was never a desideratum, for the insights provided were expected to carry a flavor of poetry. Any regret one might feel about Wang Guowei's critical practice should be tempered by the pleasure of sharing in his poetic sensibility. Yu Pingbo, for one, rather discouraged any attempt to look for a system where none was intended, proposing that we treasure the gems without trying to build some elaborate structure out of them. However, it seems to me that one can appreciate the insights and still ask what, if any, were the critical presuppositions underlying them. As a method of procedure I would like to offer the following as an example. I shall base myself primarily on the *Renjian cihua*, and without looking for system in the text itself, choose a series of critical remarks which can be related to one another and which involve a consistent attitude toward poetry. The following eight excerpts are presented straight, with no more explanation than Wang Guowei provided:

1. In *ci* (song) the most important thing is *jingjie* (setting, the experienced world). Given setting, perfection comes of itself, and you can expect perfect lines (p. 1).

2. Yan Yu's "mood" (*xingqu*), Wang Shizhen's "spirit" (*shenyun*), are still just naming superficialities. It is my "setting" that goes to the root of things (p. 5).

3. There are described settings and created settings, and this is what separates the ideal from the real. In practice the two are hard to distinguish, for setting as created by the great poet is at the same time perfectly natural, and the setting which he describes is close to the ideal (p. 1).

4. The lines by the *ci* writer Li Jing,

The lotus fragrance fades, the verdant leaves wither,	菡萏香销翠叶残
The west wind sadly rises between the green waves	西风愁起绿波间

are full of the feeling of "All fragrances wither, the fair one's beauty will fade too." But everyone prefers his lines,

With the fine rain I awake from my dream—Ji Pass is far off	细雨梦回鸡塞远
From the little house the cold sound of the jade flute continues.	小楼吹彻玉笙寒

Obviously understanding readers are hard to find (p. 7).

5.

In all directions I look,	我瞻四方
Shut in, no place to ride to.	蹙蹙靡所骋

In these lines the poet expresses his discontent with life.

Last night the west wind shriveled the jade green tree,	昨夜西风凋碧树
Alone I climb the high pavilion	独上高楼
And gaze to the end of the road at the sky's edge.	望尽天涯路

These lines are similar.

All day long I drive my carriage past,	终日驰车走
But do not see the ford I seek.	不见所问津

Here the poet is dissatisfied with the world.

A hundred grasses, a thousand flowers, on the Cold Ford road,	百草千花寒食路
At whose house can I tie my carriage?	香车系在谁家树

These are similar (p. 15).

6. Any man, ancient or modern, who achieved great things or attained great learning, had to pass through three worlds of experience (*jingjie*).

Last night the west wind shriveled the jade green tree.	昨夜西风凋碧树
Alone I climb the high pavilion	独上高楼

And gaze to the end of the road at the sky's edge.	望尽天涯路

This is the first world of experience.

My girdle keeps growing looser, but I've no regrets,	衣带渐宽终不悔
It's worth it, wasting away for her.	为伊消得人憔悴

This is the second world of experience.

A thousand and a hundred times I looked for him in the crowd,	众里寻他千百度
Then suddenly, as I turned my head,	蓦然回首
There he was, where the lanterns were few.	那人却在灯火阑珊处

This is the third world of experience. Only a great poet could have written any of these lines. but I am afraid their authors would not accept my reading (p. 16).

7. Nietzsche said, "All literature I like is written in blood." Li Yu's songs are truly what Nietzsche meant by "written in blood". The song by the Emperor Huizong of the Song, "Mount Yan Resthouse", seems somewhat in the same category. But Huizong only wrote of his personal troubles. Li Yu, like the Buddha or Christ, accepted all the troubles of mankind. They are on a different scale (pp. 9-10).

8.

Vainly the ruler relinquished the task of leveling Chen	君王枉把平陈业
For a few acres of land in Leitang	换得雷塘数亩田

Here a man of affairs is speaking.

Changling has come to serve for common graves—	长陵亦是闲丘垅
Who knows now whether Zhong did less?	异日谁知与仲多

Here speaks a poet. The view of the man of affairs is restricted to a single individual, a single episode. The poet's vision comprehends all history. The song writer should have the poet's vision, not that of the man of affairs (pp. 63-64).

These samples are typical of Wang Guowei's procedure: he is writing for the informed reader who knows without being told the source of the quotations and remembers their context; he must also be alert and ready to work out the implications of a delicate suggestion or a flat judgment. At the same time there are underlying assumptions about the nature of poetry that keep the evaluations from being arbitrary or merely impressionistic. These assumptions are partly embodied in a technical vocabulary, and it is with this that I will begin.

One of the key terms is *jingjie,* which I have variously rendered as "setting" or "experienced world" or "world of experience". Wang Guowei himself never gave any clear explanation of what he meant by *jingjie*, though in the second quotation above he contrasted it with two other technical terms in Chinese literary criticism, Yan Yu's "mood" and Wang Shizhen's "spirit", which he says apply to the superficial aspects of poetry, while *jingjie* is aimed at something more fundamental. We might try to define it from two points of view. For the poet it is the expression of his feelings in concrete and vivid imagery; for the reader it is the impact on his sensibilities of a concrete and vivid imagery. Hence Wang Guowei could say, "Given *jingjie*, perfection comes of itself, and you can expect perfect lines"—this follows because the chief function of all literature is to call forth a responsive feeling in the reader. It satisfies a basic requirement of literature to express or invoke "a concrete vivid imagery", something to which a reader responds as to a first-hand experience, the "Word of experience" of the poem. The importance Wang Guowei attached to concreteness and vividness can be shown in his comment on two verse lines, one by Song Qi:

Pink apricot branch, spring's mood is provoking,　红杏枝头春意闹

the other by Zhang Xian:

Clouds split, the moon comes out, flowers fondle shadows.　云破月来花弄影

Of the first he says. "with the word *nao* 'provoke, stir up' the whole setting emerges"; and he makes exactly the same comment of the word *nong* "take pleasure in doing, fondle" in the second (p. 3). Now the virtue of these two words is precisely that they evoke in the reader a more concrete and a more vivid image than a flat, purely denotative word could.

The "setting" presented by a poem does not consist simply of the external scene. The effect of poetry comes from the imaginative representation of the feelings and the ideas in the human heart, working so as to arouse in the reader a similarly concrete and actual responsive feeling. So the "setting" must include what goes on inside the heart as well as the external scene. There is a passage in the *Renjian cihua* which says, "Pleasure and anger, grief and happiness are the heart's world of experience; so it is the man who can portray a genuine external scene and genuine feeling who can be said to have *jingjie*" (p. 3). In the third excerpt quoted above, about "described settings" and "created settings" which serve to distinguish the ideal from the real, it is important to note Wang Guowei's comment, "The setting created by a great poet is at the same time perfectly natural." This means that the ideal and the imagined worlds of experience must be presented in terms of the natural and the real, and they must be transformed into concrete and vivid imagery. "The described setting must be close to the ideal" means that though what are described are real objects, the reader must always be able to evoke from the things described (the concrete images) an ideal setting or experienced world. As a result, his emotional reaction is deepened.

From this question of the effect of literature on its reader through a "concrete and vivid image", we are led to the problem of what the connection is between subjective feeling and concrete imagery. This problem is common to aestheticians and literary critics alike, and has to do with the function of association in both the creation and appreciation of literature.

The concept of "association" is as old as poetry itself, and as universal. Its importance cannot be ignored either in poetic creation or in appreciation. The figures *bi* and *xing* in the *Classic of Songs* already epitomize the use of association in poetic creation, and it is invoked by Confucius when he speaks of the appreciation of those same *Songs*: "With Ci I can now begin to discuss the *Songs*. When I tell him what went before, he knows what comes after."[2] And "It's Shang who stirs me up. I can begin to discuss the *Songs* with him."[3] Clearly then, the ability to association ideas has long been considered a desirable qualification in a reader. But there is one obvious point of difference between association as practiced by writer and by reader. The writer directs his efforts toward transforming his imagined world through associations into concrete images. What the reader tries to do is use this technique of association to transform the concrete images of the poem into an imaginative experience. We can think of two obvious examples of a poet's use of association, the first being Li Yu's song "Qingping Music":

Parting sorrow is just like spring grass— 离恨恰如春草

The more you walk the farther you go—and still it grows.[4]	更行更远还生

The second is from Qin Guan's "Magnolia Flower, short version":

Want to see twisted bowels?	欲见回肠
The burnt-out coils of incense in the burner.[5]	断尽金炉小篆香

The jump from "parting sorrow" to "spring grass" (which still grows the farther you go) or from the "twisted bowels" of emotional pain to the coiled ash of incense in the convoluted shapes of seal characters—both apply the technique of association. Both "parting sorrow" and "twisted bowels" are subjective feelings; "spring grass" and "coils of incense" are concrete images through which the reader can experience the feeling. Supplying such images is the poet's job.

The role played by association in the reader's appreciation of poetry can best be demonstrated in the fourth, fifth, and sixth excerpts from *Renjian cihua* quoted above. Although he never emphasizes the function of association, it is obvious from his critical practice that Wang Guowei recognized its importance and that he was skilled in using this technique in his interpretations. For example, in No. 4, where he insists on the superiority of the couplet

The lotus fragrance fades, the verdant leaves wither	菡萏香销翠叶残
The west wind sadly rises between the green waves,	西风愁起绿波间

all he says in support of his judgment is that the lines are full of the feeling of "All fragrances wither,"[6] "the fair one's beauty will fade too."[7] So it is not just that the lines present the reader with a "setting", an experienced world, they also evoke associations with another poem and another poet, Qu Yuan and his "Li sao". This is not the same thing as allusion, for there is no verbal similarity whatsoever. It is only a common area of feeling, and juxtaposing Li Jing's lines with those from the "Li sao" is at once an act of interpretation and of criticism. Not every competent reader of Li Jing would think of Qu Yuan at this point; perhaps only Wang Guowei would have made the association. But every competent reader will recognize the aptness of the association and will feel that it adds to his appreciation of Li Jing's poem.

In the fifth excerpt, from Yan Shu's "Butterfly Loves Flowers", the lines

Last night the west wind shriveled the jade green tree,	昨夜西风凋碧树
Alone I climb the high pavilion	独上高楼
And gaze to the end of the road at the sky's edge.	望尽天涯路

makes us feel the poet's discontent with life, while the lines from Feng Yansi's "Magpie Treads the Branch",

A hundred grasses, a thousand flowers, on the Cold Ford road,	百草千花寒食路
At whose house can I tie my carriage?	香车系在谁家树

convey the poet's dissatisfaction with the world. It is association that lets us leap from the concrete images that involve the "wind" and the "hundred grasses" to the subjective feelings of discontent with life and dissatisfaction with the world.

In the sixth example, where he is talking about three kinds of "worlds of experience", the contexts of the original poems from which the lines were excerpted would seem to require quite different interpretations. Yan Shu's poem simply describes someone disconsolately watching the autumn day pass. Liu Yong's

My girdle keeps growing looser, but I've no regrets,	衣带渐宽终不悔
It'worth it, wasting away for her	为伊消得人憔悴

is about a man longing for his mistress. Xin Qiji's

A thousand and a hundred times I looked for him in the crowd,	众里寻他千百度
Then suddenly, as I turned my head,	蓦然回首
There he was, where the lanterns were few	那人却在灯火阑珊处

is about the sudden joy at catching sight of someone he has been vainly seeking at the Lantern Festival. None of them seems to justify Wang Guowei's introductory claim that these are stages on the road to great achievement or great learning, nor does he provide any further explanation of what he meant.

We can suggest an interpretation which is perhaps not altogether arbitrary, since it is based on Wang Guowei's actual critical practice, taking into account both associated ideas and the broad philosophical perspective which he insisted on. In the first selection, the removal of the lush foliage opens up a wider and a more distant view. This could have suggested to Wang Guowei the idea that a man who wishes to accomplish great things must first free himself from the seductions of worldly fame and profit before he can see his distant goal clearly; so this is the first "world of experience" through which such a man must pass. The second excerpt shows someone unshaken in his devotion and loyalty, who will put up with trouble and suffering without regret—surely the man who will accomplish great deeds must have such a capacity and must have had such an experience. The third example portrays the joy of someone who finds at last the object of a protracted search. A great accomplishment must reach such a happy conclusion or remain forever unfinished. From the fact that Wang Guowei used the word “achieve” it is clear that he was speaking of a successful undertaking, and these lines of Xin Qiji’s poem can be read as referring to such a happy outcome—a third world of experience necessary to a great achievement or to great learning. These several passages need not of course suggest to the reader any such associations or lead to this kind of interpretation. Wang Guowei after all was only hinting at a possible path a reader might follow to an appreciation of poetry.

Wang Guowei was able to bring such dissimilar lines together under such an unlikely heading by a process of association, and it is a measure of the power and importance of this factor in the appreciation of poetry that it could produce an emotional experience on this level derived from concrete images in the poems. Association provides the connecting link, through the image, between poet and reader, but it does not guarantee that their associations will be identical, nor that they will always be unchanging. All that is required is that the poem inspire a real response in the reader, and if that response is deep enough, the poem will live.

This gives the reader almost complete license to make free associations as he reads a poem, so long as it helps him react to the poem. Wang Guowei, however, provides an important guideline in exercising this freedom, one which we will do well to follow. We find a hint of it in the seventh and eighth extracts above, where he says of Huizong’s poem that “he was only writing of his personal troubles,” in contrast with Li Yu, who was “like the Buddha or Christ” in accepting “all the troubles of mankind”, so that the two poems operate “on different scales”. There seem to be two grounds for Wang Guowei’s judgment. First, Huizong’s “setting” is excessively specific. For the apricot blossoms he provides the images,

Cut-out ice silk	裁剪冰绡
In redoubled thin layers,	轻叠数重
The pale rouge delicately applied.	淡著胭脂融注

Such details are effective in making us aware of the beauty of the flowers, but they do not provide the associational links that draw the reader into a world of experience. In the second place, this excessive realism is inevitably bound to a specific time and place, and what is described is peculiar to one chance event involving a single historical person. In Li Yu's lines

Spring flowers, autumn moon, when will they end?	春花秋月何时了

and

The everlasting sorrow of human life goes on	自是人生长恨
like the River flowing east forever	水长东

the setting is real, but it is not bound to the immediate situation; it is filled with overtones. Further, it is not something restricted to a single individual's experience. Everyone is involved in "spring flowers and autumn moon", everyone has experienced "the everlasting sorrow of human life." Elsewhere Wang Guowei says of Li Yu's poetry, "The field of vision of song (*ci*) grew large with Li Yu, and its depth of feeling became intensified."[8] What brought about this growth and this intensity was the fact that Li Yu's experienced world was something that captured the imagination and could be shared by all readers.

In No. 8, Wang Guowei says of the lines from Luo Yin's poem on the grave of the Emperor Yang of the Sui that they are the words of "a man of affairs", in contrast to the "words of a poet" in Tang Yanqian's lines from his quatrain on Mount Zhong. At first glance the two couplets seem quite similar, but then we realize that in the first poem the success and failure is that of the Sui Emperor alone, and there is still a trace of calculating, of weighing advantage and disadvantage. The rise and fall, past and present, of the second poem is universal and transcends all consideration of profit and loss. This is the basis of Wang Guowei's concluding remark, "The view of the man of affairs is restricted to a single individual, a single episode. The poet's vision comprehends all history. The song writer should have the poet's vision, not that of the man of affairs." His admonition is not only of use to poets, it is also helpful in appreciation. The poet should look at the world from this perspective, and the critic should read his poetry in the same way.

So if Wang Guowei does not always avoid interpreting and evaluating poems in terms of his own private associations, his approach is consistently from one point of view. He sees a poem in a perspective that includes both history and philosophy, and he is prepared to interpret and judge a poem for what it may say about the human condition. The strength of his criticism is that he leads us to the deepest appreciation of poetry; we come to share his larger view of what poetry can do. This kind of stimulus is the most valuable contribution a critic can make to a reader of poetry, and one of the greatest pleasures we get from reading is in supplying the chain of associative links between writer and reader, or between critic and reader.

I want to conclude by stating, in summary fashion, the inferences I have made about the excerpts with which I began.

The first and second essentially state that poetry is concerned with expressing and evoking a concrete and vivid imagery.

The third deals with the relation between concrete imagery and subjective feeling.

The fourth, fifth, and sixth show how a critic can make use of associations to derive a subjective reaction from the concrete images of poem.

The seventh and eighth show that the critic's process of association should take place in the widest possible frame of reference.

In this roundabout way I have tried to find in *Renjian cihua* Wang Guowei's basic critical principles and to infer his attitude toward poetry. What remains is to demonstrate that all of his critical writings can be accommodated within these generalities and to work out the details of his critical practice.

Notes:

1. Wang Guowei, *Jiaozhu Renjia cihua.* All page references are to this edition and are given in the text.
2. *Lunyu,* ch. 1.
3. Ibid., ch. 3.
4. *Nan Tang erzhu ci*, p. 19.
5. *Huaihai jushi changduan ju*, p. 15.
6. *Chuci zhu liuzhong*, p. 6.
7. Ibid., p. 4.
8. Ibid., p. 8.

附录

Jialing's Collected Essays on Poetry*

Miao Yue

I

Professor Yeh Chia-ying, of the Department of Asian Studies, University of British Columbia, Canada, visited China in 1979 and 1981, and, under the auspices of the Chinese Ministry of Education, lectured on classical Chinese poetry at Nankai, Beijing, and Beijing Normal Universities. During the spring of 1982 she was invited to give lectures on the lyric verse (*ci*) of the Tang and Song dynasties at Sichuan University. On the latter occasion we had many opportunities to meet and to discuss Chinese poetry. About this time, Professor Yeh put together 14 of her published articles on poetry, and named the new collection *Jialing's Collected Essays on Poetry*.

Charging me with the duty of writing a foreword, she remarked, "I am not in the habit of asking others to write forewords for my works. I am now asking this favor of you because you have shown me such generous concern

* Jialing: another name for the author, Prof. Yeh Chia-ying. It is also the Chinese translation of Kalavinka, the Hindi name of a bird described as having a melodious voice, found in the valleys of the Himalayas—Tr.

and understanding." I cannot, of course, decline such a friendly request. Fully aware of the difficulty involved in the attempt to assess a work so comprehensive and authoritative, I have endeavored here merely to summarize what I have learned from reading her works and from conversing with her, hoping that, in so doing, this may meet her approval.

Born of a well-educated family in Beijing and having excelled in college, Professor Yeh has been teaching classical Chinese poetry at Chinese and Western universities for some thirty years. Five of her books have been published. With an extensive knowledge of both classical and contemporary literature, and well versed in both Chinese and Western scholarship, she has made an in-depth study of poetic criticism, offering new and highly original views based on her own profound and systematic understanding of this subject.

Professor Yeh believes that man's contact with the world around him generates a wealth of sensory impressions from which perceptions and emotions are formed that may be expressed in language, and that poetry, through the use of images and evocative language, recreates and intoxicates the reader with the poet's feelings and original impressions.

Therefore, observes the author, the essence of a poem lies in its power to stimulate human perceptions and emotions. The poet's emotions, their value deriving primarily from truth and sincerity, may be aroused by any subject, whether it be affairs of state, society, or simply the sight of a single tree or blade of grass. If good poetry is to result, the emotion portrayed must be genuine and honest; otherwise the product will be false and contrived.

Although the poet might have been initially inspired by some specific object, the emotion that finds expression in his poem embodies a beauty of conception whose richness and splendor evoke in the reader a chain of thoughts and feelings far exceeding the person or matter which first inspired the poet.

A critic of poetry, the author holds, should be capable of "transcending the ages"; that is, he should assess the work at hand on the basis of an extensive understanding of both the ancient and the contemporary world. The critic is able, by virtue of his ability to transcend his own age, to lead the reader into a more profound and vast realm, and, as a result, the life force of poetry is renewed again and again. The ability to respond and to comprehend this way is essential to the reading and discussion of poetry; such is the main thrust of Professor Yeh's views on poetry.

Of classical Chinese poets, the three she holds in the highest esteem are Tao Yuanming, Du Fu and Li Shangyin. She says: "Among all classical poets, in my opinion, Tao Yuanming deserves first place for the great honesty, simplicity and pure clarity of both his personality and his poems. Du Fu takes the lead for his profound feeling, and the consummate skill which he inherited from past ages, while Li Shangyin (alias Li Yishan) is without rival in his sensitivity of perception and rich imagination, which enable him to go beyond reality to the realm of dreams."

Jialing's Collected Essays on Poetry includes one article on Tao Yuanming, two on Du Fu and three on Li Shangyin, and frequent references to the three poets pervade the rest of the collection.

Tao Yuanming's works and character have been a topic of discussion for critics of all generations. Yet Professor Yeh in the article "On Tao Yuanming's *Renzhen* (to live according to one's true nature) and *Guqiong* (to be content with poverty)—Essence of Purity and Simplicity Stripped of All Embellishment"* for the first time suggests taking *renzhen* and *guqiong* as the key to the study of Tao's works. Thanks to his *renzhen* and *guqiong*, Professor Yeh says, the poet was able to free himself of worldly anxieties and attain composure and serenity. In his choice between an official post and

* This is a quotation from one of Yuan Haowen's *Thirty Quatrains on Poetry*. Yuan Haowen was a Chinese scholar poet who lived during the 13th century.—Tr.

a life of retirement, the poet was directed by the true nature of his own character. His original wish was to serve society in an official career. To have to retreat to a life of farming was the result of circumstances, as remaining in office would mean compromising his natural self. Tao Yuanming did not seek to be known as an ascetic recluse, nor did he desire recognition as a heroic martyr for noble causes. He possessed a unique wisdom which enabled him to extract from any school of thought what was akin to his own temperament and to convert it into spiritual nourishment. Any attempt to fit Tao Yuanming into a particular philosophical school, be it Taoism or Confucianism, would be arbitrary and pointless.

For the same reason, Tao wrote poetry for his own pleasure, never with any other motives. He never employed artificial devices nor sought public approval. His poems are simply records of his inner feelings.

Distinct from past commentators on Tao Yuanming whose various views remain confined to the superficial, Professor Yeh penetrates deep into the essence of the poet's character and works. She writes:

> A careful study of Tao Yuanming's poems reveals a great soul who, by his own efforts, raised himself out of the dismal solitude of tragic frustration, eventually turning sorrow into bliss and confrontation into harmony...Hence his character is "clear as a gentle stream and lofty as the floating clouds,"* ...and his immortal lines are of purity and simplicity stripped of all pretentious embellishment.

Beyond appreciating the poetry merely for its artistic value, the reader here derives from it a spiritual power with which to enrich his own emotions and cultivate his own character.

Professor Yeh has made an extensive study of Du Fu. Her *Study of Du*

---

* A reference to two lines from Prince Zhao Ming's Biography of Tao Yuanming. The lines describe the personality and integrity of Tao.—Tr.

Fu's "Autumn Meditations—a Sequence of Eight Poems", a voluminous work of more than 200,000 characters, compares 49 different editions of the eight poems to ascertain the authentic text, and refers to 35 editions of annotated works on the poet drawing upon the interpretations and comments of different scholars in its analysis. Professor Yeh's own introductory article to this book is now included in *Jialing's Collected Essays on Poetry*. It deals with the evolution of Du Fu's seven-character regulated verse, their classical characteristic developed from the past inheritance and their influence on later poets.

Dividing Du Fu's seven-character regulated verse into four periods, Professor Yeh discusses the process of Du Fu's development, his debt to earlier poets, the evolution of his own style, the break with convention, and his innovation in regulated verse. In conclusion, the article cites the "Autumn Meditations" as exemplary of the poet's attainment in two respects: his break with the conventional rules of verse construction and the elevation of imagery over reality. This, Professor Yeh proclaims, opened a new path for the development of Chinese verse; that is, "the evolution from the naïve imitation of reality to the complex portrayal of images, from rational description to the evocation of emotive response." However, the new direction initiated by Du Fu found few successors in later generations. Only Li Shangyin was able to enter the realm of imagery and consciously master it. What enabled Du and Li to enter this realm, Professor Yeh points out, was the unique gift in their extraordinary capacity to feel. Yet their emotions differed in quality. Because of the variety and scope of his emotions, the world of Du Fu's poems flows beyond the physical bounds of specific events. Li, on the other hand, delved deep into the core of existence. Du drew mainly from his experience of life while Li drew mainly upon the most profound and sensitive perceptions of the human heart.

Numerous poets from the Song Dynasty through the Qing have

attempted to emulate Du Fu, but few have been able to equal or improve on his use of imagery. With the late Qing began an epoch of sweeping changes in all spheres of Chinese life, including an urge for innovation in verse which found expression in some attempts by Huang Zunxian (1848-1905) and Wang Guowei (1877-1927). The May Fourth Movement introduced free verse written in the vernacular, a natural product of historical trends. Regrettably, some early writers of the new style tended to seek simplicity at the expense of being crude, while other later vernacular poets indulged in lame obscurity, a sickly kind of ambiguity. These tendencies have sadly inhibited the development of modern poetry. The example of innovation by Du Fu in his seven-character regulated verse, particularly his success in breaking the conventional rules of verse and elevating imagery above reality, as manifested in his "Autumn Meditations", "can serve as an experience for contemporary poets to draw upon."

While pointing out some undesirable trends in the new poetry, in her article "On a Few Poems in Praise of the Flower and on Poetry in General", Professor Yeh recognizes the achievements of modern poetry and looks forward to its maturity. "For to express the very subtle and complex thoughts and emotions of modern man, it possesses definite advantages over the classical verse because it can use both ancient and modern, both Chinese and foreign vocabulary and syntax." This, she adds, points to a bright future for modern poetry.

In the three millennia from the Zhou through the Qing dynasties, China's poetry underwent a process of continued change and innovation in which old modes were replaced by new ones. Yet the trail-blazers never failed to benefit from their forerunners; a continuing classical legacy could always be found in the spiritual essence of the more recent creations. Thus, while modern poetry should draw on the classical tradition, scholars engaged in the study of classical poetry should, in turn, show great concern for the growth of modern poetry. This accords with Professor Yeh's view of "transcending the ages".

In "On a Poem by Du Fu Presented to Li Bai", rather than dwelling on Du Fu's poetic style, Professor Yeh goes to great length in analyzing the profundity with which the poet understands, appreciates and loves his great contemporary, pointing out that, besides the fact that both were known as literary giants, the two poets shared a close friendship and mutual understanding. Characteristic of her analytic style of poetic criticism, she explores in great depth the feelings of the poet and goes on to explain that mutual sympathy and understanding can bring men together in a noble friendship of shared ideals and feelings that can be appreciated in all ages.

The poems of Li Shangyin, exquisite in style and profound in content, have been considered difficult to understand for the past thousand years. Successive generations of annotators have worked hard to construct a chronology of the poet's life and historical events, endeavoring to link his works with specific incidents or individuals. Much of the research has been original and helpful, but some has been based on arbitrary speculation. There are numerous contradictory interpretations of the same work. Unlike all previous critics, Professor Yeh believes that Li Shangyin's character possesses a uniquely delicate and sensitive quality. She points out that throughout the poet's life, this quality generated in him a sense of melancholy which touches his poetry deeply. Because this quality which pervaded Li Shangyin's life also came to be the essence of his poetry, a reader should try to understand his works in this light, rather than make a futile attempt to link certain details of a poem with a certain person or incident.

"On Li Shangyin's Poem 'Chang'e' and More" is Professor Yeh's earliest commentary on the poet. While the poem "Chang'e" is thoroughly familiar to many readers, she focuses on the expression "lonely heart" in a successful exploration into the poet's spiritual self. She points out that because the poet found little sympathy among his fellow men for his condemnation of the vices of the time and his lofty dreams he was often depressed by a deep sense of loneliness, which is expressed in his poem to Chang'e, the Lady in the Moon. However, the poem had earlier been interpreted either as the author's lament at having talent that he had no chance to make use of or as satire directed against Taoist nuns who at times find life in a cloister too lonely. Both these interpretations, suggests Professor Yeh, are a far cry from the message of the poem.

Li's "Four Poems on Yantai" are works which bewilder the reader with their delicate emotions and dazzling beauty. Some critics have attempted to find a connection between this set of poems and Li's preface to another of his poems, "Willow Branches". Others have offered various speculations about the time, place or individuals referred to in the four poems. Instead of helping the reader appreciate the poems, however, these ill-advised endeavors only lead to more confusion. Professor Yeh admits her own inquisitive disposition, "The more difficult a poem is, the more I would like to probe into it." After exhaustive research and thoughtful deliberation, she concludes that the four poems display truly profound perceptions woven into a fabric of complex images. While permeated with notes of melancholy and despair, the meticulous and exquisite structure of these poems demonstrates that they are not just a casual outburst of emotion. The reader, therefore, must expand his mental vision before he can fully appreciate the many levels of meaning, and comprehend the integration of the poet's deep inner spirit with the beauty of his artistic craft. The profound sensitivity of these four poems on man's vicissitudes and tragedies is such that they can only be explored and fully grasped by one with similar sensitivity and depth of feeling.

Li Shangyin's "Song on the Sea" is equally difficult to analyze. Three different hypotheses have so far been put forth by annotators to interpret the poet's allusions. Some read into it a quest for immortality; others see it as a lamentation over the official demotion of the prime minister Li Deyu; still others suggest it expresses the poet's grievances over his own lifelong adversities. All these, claims Professor Yeh, are only partial and ultimately rigid views. These critics have missed the allegorical meanings of the poem by failing to respond to its imagery and its emotional note. She then discusses the poem at two levels. First, she points out the possible allusions and emotional motives suggested by the description of landscapes and the quotation of mythological anecdotes. Secondly, she cites certain historical facts that might possibly be related to the content of the poem, whose main motif is one of depression and melancholy over lost dreams. The sources of his sorrow were manifold: the death of Emperor Wuzong, the demotion of Li Deyu, the usurpation of power by eunuchs at the court, as well as the poet's own misfortunes, the implications are extensive, complex, and very subtle.

Comparing "Yantai" with "Song on the Sea", Professor Yeh characterizes the former as mainly an utterance of the poet's subjective emotions and the later as essentially a description of objective events. Thus they must be studied using different approaches despite their similarity in the use of unusual imagery. In her discussion of "Yantai", Professor Yeh lets herself be guided by the progression of emotional clues suggested by the poem, without trying to explain the possible meaning of the poem in concrete, definite terms. On the other hand, she concretely lays out the references in "Song on the Sea" to objective matters, such as the landscape of Guilin, ancient myths, and facts, which all help us understand what the poet is trying to suggest.

The articles on "Four Poems on Yantai" and "Song on the Sea", two of Professor Yeh's best commentaries on poetry, represent a new methodology for interpreting classical poems that are difficult for the average critic.

I have reviewed those articles in *Jialing's Collected Essays on Poetry* which deal with Tao Yuanming, Du Fu and Li Shangyin, Professor Yeh's favorite poets, to demonstrate the penetration and originality with which she assesses individual classical poets. In other articles, such as "A Few Good Poems Seemingly Simple but Hard to Understand" and "A Modern Approach to a Few Classical Chinese Poems", the author, who is familiar with modern literary criticism in the West, attempts to analyze classical Chinese poems from a modern point of view. "A Few Poems on Flowers" is the critic's initial attempt to explain the role of inspiration in poetry and the relationship between images and ideas. In a later article, "On Wang Guowei's *Renjian Cihua* and the Appreciation of Poetry", Professor Yeh discusses not only the inspired emotions and imaginative associations of the poet but also of the reader, further perfecting her theory of the role of poetry in inspiring the emotions and associations of the reader.

In her "On the Theoretical Criteria in Zhong Rong's *The Grades of Poetry* and Their Application", the author, while discussing the book in question, introduces a series of specific terms that Chinese critics use most frequently in poetry, and examines in greater detail the traditional emphasis on the role of poetry in arousing emotional responses.

The first chapter from Professor Yeh's *On the Relationship Between Images and Emotions*, a systematic study of this subject, is included in *Jialing's Collected Essays on Poetry*. The same topic has been discussed at considerable length with comparisons between Chinese and Western verse in "The Relationship Between the Theory of *Jingjie* (poetic realm) and Traditional Poetry Theory", which has been collected into *Jialing's Essays on Ci* (Shanghai Ancient Books Publishing House, 1980). The above articles corroborate each other, confirming my proposition that the author has virtually founded her own school of poetry criticism.

"The Evolution of the Form of Chinese Poems" and "On the Question of Dating the Nineteen Ancient Poems", the first two articles in *Jialing's Collected Essays on Poetry*, are the texts of lectures delivered in Taiwan many years ago and do not rank among Professor Yeh's important works. Yet, since the former clarifies in simple terms a complex problem and the latter, through extensive textual research, resolves long-standing controversies, they do demonstrate the author's breadth of learning. Besides, both essays are of considerable reference value to teachers.

To conclude, the articles in *Jialing's Collected Essays on Poetry*, the result of years of research, demonstrate the author's profound scholarship and creative originality that frequently depart from long accepted and conventional views. They display four general characteristics: firstly, a thorough understanding of the personality of a poet and the age he lived in; secondly, a probing beneath the surface for the poet's real meaning; thirdly, an outlook transcending both ancient and modern ages; and fourthly, a comprehensive knowledge of both East and West.

In discussing a classical poet, Professor Yeh begins with the historical setting, the poet's thought and personality, and the time, place and individuals associated with the creation of a specific poem. She then explores the underlying meaning and content of the poet's ideas and emotions that lie hidden from the casual reader. From an understanding of the personal character and thought of the poet, she analyzes the structure of his artistic style and the unique artistic conception and flavor of his work. This ability to explain the personality and age of the poet, to find the ultimate meaning of the poet's ideas, is one of the characteristics of Professor Yeh's critique of poetry.

In her study of Chinese poetry, Professor Yeh also applies the view of "transcending the ages" to trace the origin and development of a particular poet's style or theme and what innovations he contributed to poetry. This enables her to demonstrate how one generation of Chinese verse grew into the next, and how the new poetry may draw upon the old in its future development. This view of transcending the ages is another characteristic of Professor Yeh's criticism on poetry.

Studying closely both Chinese and Western methods of literary criticism, Professor Yeh is fully aware of their similarities and differences and of their respective strengths and weaknesses. In their emphasis on ultimate essence the Chinese critics are inclined to use an abstract and allusive vocabulary, while Westerners place greater emphasis on clear distinctions and logical analysis. Chinese poetry criticism is intuitive while its Western counterpart is more articulate and precise. In her criticism, therefore, Professor Yeh uses the subtle expressions and abstract metaphors of classical Chinese critics, which she then elaborates by the Western method of systematic reasoning, so that the profundity of the East finds expression in the logical clarity of the West. Her lucid, revealing analysis makes classical Chinese poetry more accessible to the modern reader. She provides clear concrete definitions of the often abstruse and difficult terms of classical Chinese poetic criticism, such as Yan Yu's* "*xingqu*" (inspired interest), Wang Shizhen's** "*shenyun*" (spiritual flavor), and Wang Guowei's "*jingjie*" (poetic realm), lifting the cloud of misunderstanding that has surrounded them in the past. This is the result of Professor Yeh's thorough understanding of both Chinese and Western literary criticism.

This is my brief assessment of the articles collected in *Jialing's Collected Essays on Poetry.*

---

* Yan Yu (lived around 1200), a literary critic of the Southern Song Dynasty, advocates "inspired interest" in understanding poetry.—Tr.

** Wang Shizhen (1634-1711), a senior official and poet of the early Qing Dynasty, emphasizes "spiritual flavor" in poetry.—Tr.

II

Genuine knowledge comes from practice. A critic of poetry incapable of writing verse himself remains ignorant of the painstaking process of serious creative work, and is not fully able to appreciate in its entirety the beauty of classical poetry and the delicate sentiment it conveys. Cao Zhi* was right when he claimed: Only a woman with the charms of Nan Wei** can qualify as a judge of beauty, while only a sword as sharp as Longquan*** can rightly assess the keenness of a cutting edge. Noted for outstanding talents as a youth, Professor Yeh composed fine seven-character regulated verse in her teens. Later, having gone through much turmoil and vicissitude, and emigrating twice abroad, her vision broadened and her perceptions matured gaining greater depth and sensitivity. Her poems, written in various styles, whether expressing her feelings about the world around her or voicing her idealistic visions of the future, all reveal her deep feelings in plain unpretentious images filled with elegance and charm. Take for example "The South Sea":

White clouds home over the South Sea water,
Water ebbs, clouds fly away, forsaking this heart.
The gatherers have left, the lotus fallen,
Their boat carrying the song away, the dream is gone.
The Silver River**** of no return, suspended in the distant sky,
Mermaid pearls wept in vain sink deep into the sea.
Incense can burn out, the candle easily consumed—

---

* Cao Zhi, whose courtesy name was Zijian, an eminent poet of the third century.—Tr.

** Nan Wei, a lady of great beauty of the 5th century B.C.—Tr.

*** Longquan, a double-edged sword of unequaled sharpness.—Tr.

**** The Silver River, the Chinese name for the Milky Way. Its water, though bright and shallow, separates the cowherd (Altair) from his love, the Girl Weaver (Vega), according to Chinese tradition.

Traces of ash, cold tears, how deep the regret.

And her *ci* to the tune of "Magpie on a Branch":

Jade mansions and jasper towers—shadows beyond clouds,
I too know their lofty chill,
Yet I cherish that realm of icy heights.
Over a blue sea a bright moon, cold its frosty dew.
The moon-goddess has always been alone since remote times.

What fated the scorched paulownia not to be consumed by fire,
And hewed into an ornamented lute?
With care I arrange its vermillion strings.
Don't say that no one can understand its tune,
I seem to hear the sounds of heaven piping in response.

These are representative of Professor Yeh's poetry. Yet another *ci*, written to the tune of "*Shuilong yin*", has a different atmosphere:

When the frosty leaves of whole forests have turned red,
It is again a late autumn scene in a foreign land.
Migrating wild geese have all passed,
Where the dusky mist thickens,
Leaning on high, I call to mind those faraway.
Half a lifetime all across this earth,
With separations in life and death—
Broken off its stalk, the tumbleweed floats adrift.
I recall the capital of Yan*, the isle of Tai**,
Old dreams of sadness and joy

---

* The Yan capital: an old name for the city of Beijing. Beijing was once the capital of Yan, a state during the Spring and Autumn period, and the period of the Warring States.

** The isle of Tai: refers to Taiwan.—Tr.

Vanish with the youthful years,
Quick as lightning.

A strait of water shimmering clear and shallow
Becomes the Silver River on earth.
Brothers fighting within walls
Cannot patch together a foot of cloth:
Over this both ancients and moderns have sighed.
Tied by blood for a thousand years
How can one bear to scatter
Kin and kin in two lands?
We await the dissolution of divided love and hate;
With the same heart and mind we will begin
To build the long bridge.

The bold, vigorous strokes that portray the poet's patriotic fervor and her wish for national reunification contrast vividly with the delicate beauty of the two poems above.

"I used to concede", I said to her, "that most women poets deserve credit for elegance and delicate beauty, but that few are capable of power and grandeur. But I would credit you with achieving both." This, of course, was countered by her modest denial; yet to this day I insist on the truth of my judgment. It is but natural, therefore, that since she is an excellent poet herself, as a critic she is capable of profoundly understanding both the personality of classical poets and the circumstances that occasioned the creation of their works, and that her study of both the style and substance of classical poetry is so perceptive and penetrating.

Years of residence abroad have never dulled Professor Yeh's love for her motherland. In the last ten years she has returned to China several times to visit relatives and tour the country. While in Xi'an in 1977 she wrote the following lines which brim with patriotism and dreams of national prosperity:

> In remote lands I often felt the lines of Du Fu's poetry—
> Towards the Northern Dipper, dreams and thoughts of the capital.*
> Today I've come—what joy I feel,
> When my return meets a time of hope and renewal.

Professor Yeh maintains that Chinese classical poetry, with its three thousand years of history, ranks high among the world's literary treasures, and that it has contributed to the molding of the Chinese people's moral traditions. The study of classical poetry, she argues, should be encouraged as a means to instill patriotism and noble qualities in the younger generation. In recent years she has lectured at a number of Chinese universities and her penetrating analysis and brilliant exposition, with extensive references and quotations, has helped to promote the students' interests in and ability to appreciate classical poetry. More important, her discussion of the personal qualities of the ancient poets, by revealing their virtues and wisdom, contributes to the cultivation of ethical concepts in the youth today. As Professor Yeh puts it:

> Need we say, materials abound for erecting a mansion,
> Yet this piece of driftwood has its native roots.
> How can a bookish mind show its gratitude to the homeland?
> I never can forget the tradition of poetry, the spirit of Li and Du.**

I did not have the pleasure of Professor Yeh's acquaintance until recently. In 1980, when *Jialing's Essays on Ci* was first published in China, I

---

* In his famous sequence *Autumn Meditation*, written during his old age in Kuizhou, Du Fu has this following line: "Each night guided by the Dipper I gaze toward the capital". (tr. by A. C. Graham)

** Li and Du: Li Bai and Du Fu, two of the greatest classical poets in China.—Tr.

was impressed by her arguments, especially by the fact that we shared a common high regard for the poetry criticism of Wang Guowei. Subsequently, the annual meeting of the Du Fu Society of Chengdu held in April 1981, which Professor Yeh attended, was my first chance to meet her and exchange views on the poetic art. She told me that she thought favorably of my *Random Comments on Poetry and Ci* in her youth. We struck up a friendship instantly and found that we shared largely similar views on both ancient and contemporary verse. Modest though she is, her lofty ideas and exceptional intelligence impressed me greatly. Upon her departure I presented her with a poem dedicated to our new friendship:

At the first moment of meeting, already friends of the same mind,
Conversing on the arts in Pure Studio our ideas fathom deep.
In the City of Brocade* a day of homage to the sage-poet in the Thatched Hut,
Toward the capital a homebound heart had followed the Northern Dipper.
Your lyrics compared to the *Shuyu*** have more force of strength,
In modeling after Ban Zhao*** you entrust your long cherished ideal.
With the melody of a parting song the fragrant grass is distant.
Desolate to the horizon the sky again clouds over.

To this she reciprocated with the following poem mailed to me after returning to Canada:

* City of Brocade: Jinli, another name for the city of Chengdu in Sichuan. Du Fu, the sage-poet of China, made his home in a humble cottage during his late middle-aged years in Chengdu. The cottage has been rebuilt and is now preserved as a national heritage.—Tr.

** Shuyu: a collection of ci of the well-known Chinese poetess Li Qingzhao (1084-1151 A.D.?) during the Southern Song Dynasty.—Tr.

*** Ban Zhao (49?-120 A.D.?), a woman historian living during the Eastern Han period. She was responsible for the completion of the History of Han, a work left unfinished by her brother Ban Gu.

It is futile that Jiaxuan* admired the chrysanthemum of Yuanming**.
Zimei has, in vain, venerated Song Yu as his master.***
For thousands of years, lonely and desolate, men have sighed at living in different times.
How many who truly understand and appreciate each other come from the same period?
Drifting and wandering, I am now approaching old age.
Yet a glimpse of you, a chance to follow you, such are still not too late.
With a great model of a poet around,
I will have, from now on, someone to cherish from the other end of the sky.

This was followed by frequent correspondence and exchanges of poems. Our friendship grew with the passing of time, and we agreed to cooperate in writing in the future. One poem I wrote to her contained these lines:

Let us work harder on our great project,
Together we will fulfill our lifelong ideal.

Wang Rongfu**** in his *Letter to Liu Duanlin* expressed a similar idea: "Recalling the meaning of the line, 'A stone from another mountain may be hard enough to carve the local jade,'***** I think we might practice this, to

---

* Jiaxuan (1140-1207 A.D.), Xin Jiaxuan, also known as Xin Qiji, a major ci poet who lived during the Southern Song Dynasty.

** Yuanming: Tao Yuanming (c. 370-427 A.D.), who lived during the period of Eastern Jin in the Northern and Southern Dynasties. Rather than serving as an official during a corrupt age, he resigned from office to live the rest of his life as a farmer and a recluse. The chrysanthemum is a favorite symbol in the poetry of Tao.—Tr.

*** Song Yu: a poet who wrote in the Sao style during the late Warring States period. Du Fu (=Zimei), in one of his poems shows great admiration for Song Yu and his style, and laments the fact that he is unable to meet with him.—Tr.

**** Wang Rongfu, the courtesy name of Wang Zhong (1745-1794), noted writer, historian, and philosopher of the Qing Dynasty.—Tr.

***** Quoted from *The Book of Songs* (*Shijing*). The implication is that scholars are better able to find other writers' shortcomings than their own, therefore mutual help is important.—Tr.

help our studies and deeds to last till the generations after us, and to show the virtue and the beauty of mutual learning." It was precisely this idea that inspired Professor Yeh and me to co-author *Lingxi Notes on Ci*, on which work is already under way.

In this introduction to Professor Yeh's *Jialing's Collected Essays on Poetry*, written on the eve of its publication, I have attempted also to acquaint the reader with her attainments in poetry and provide a brief account of our meeting and shared views on poetry criticism. Professor Yeh has stressed the need for a student of the classics to understand the mental process and to identify with the personality of the writer. "I have always put much of myself into my commentary of classical poets," she notes. Although the articles collected in this book are analytical commentaries on ancient literature each article is infused with the author's spiritual self, and filled with much more content than my comments here can begin to exhaust. The thoughtful reader must explore for himself.

—Translated by Liu Naiyuan from
Zhongguo Shehui Kexue, 1983, No. 2

Yeh Chia-ying

Grace S. Fong, McGill University

The first time I saw Professor Yeh Chia-ying was in 1976. She was invited to recite some Chinese poems at a Chinoperl meeting held in conjunction with the annual association for Asian Studies Convention in Toronto that year. Tall and elegant in her *qipao* dress, her clear voice giving life to an ancient poetic tradition, she seemed to exist on a different order, inaccessible and unapproachable to a shy neophyte. At the time I had already been accepted to the doctoral program at the University of British Columbia, but I was too timid to introduce myself to my future teacher. If I had only known how completely friendly and open she is…As it was, I did not see her again until two years later when, after my odyssey in China and Japan, I finally arrived at UBC to begin my graduate studies.

Professor Yeh is a distinguished scholar of Chinese poetry; in 1978 I walked into her courses on Chinese poetry without knowing exactly what that might mean. I am almost too embarrassed to recall, that first year I experienced in her teaching a phenomenon so extraordinary that I literally felt quite distressed. Professor Yeh taught her classes in Chinese. And the subject of her graduate seminar that year—the poetry of Li Shangyin—couldn't have been more difficult. I tried to follow her discourse on Li Shangyin, which flowed out of her fount of knowledge so effortlessly and spontaneously. The dense syntax, the obscure allusions, the emotional intensity underlying the language in Li Shangyin's poetry were all analyzed and explicated in meticulous detail. Professor Yeh drew upon an immense body of literary sources and associations immaculately stored in her memory, ever ready for instant recall and integration into the fascinating mosaic of her extemporaneous deliveries. Her performance seemed like magic—it still does, and we were all spellbound. But I also remember my despair at never being able to keep pace with her lectures, trying desperately to scribble down as much and as fast as I could in English what she was saying in Chinese, and to decipher the cursive calligraphy and copy down the lines of poems and literary texts which she wrote down on the board as swiftly as she was reciting them. There is no question that her inimitable style of teaching is a challenge to the student and, over the years, I came to appreciate her tirelessness deeply.

Though internationally acclaimed as one of the foremost critics and scholars of *ci* poetry, Professor Yeh's scholarship encompasses a wide range of classical Chinese literature. Moreover, she is an accomplished poet as well. Her literary and scholarly accomplishments have deep roots in her family background. A native of Beijing, Professor Yeh was taught by her uncle to read, recite, and write Chinese poetry at a tender age. She later attended Furen University and majored in Chinese poetry and drama, studying with some of the most eminent scholars of the pre-war era such as Gu Sui and Zhao Wanli. When she began to publish her own poetry as an undergraduate, her teacher Gu Sui gave her the nom de plume "Jialing" (*kalavinka* in Sanskrit), a mythical bird with a sweet song which dwells in Amitabha's paradise. Upon graduation in 1945, she began a long and inspiring teaching career which spanned two continents and some four decades. From Beijing she went to Taiwan with her husband in 1948. There she taught at Taiwan University and was also invited to give courses at both Furen and Danjiang University. From 1966 to 1967 she was visiting professor at Michigan State University and from 1967 to 1968 at Harvard University. She then taught at the University of British Columbia from 1969 until she retired this year. After a lifetime dedicated to teaching, Professor Yeh has numerous students scattered in different parts of the world, many of whom hold important and influential positions in academia. In recent years Professor Yeh has often returned to China during summer sabbaticals for research, writing, and teaching; her lectures there at various universities, in particular at Beijing, Nankai and Nanjing Daxue, were so popular that the seats were never enough, with entranced audiences jamming the overflowing halls and auditoriums.

The range and expertise of Professor Yeh's scholarship are as formidable as the stature of her teaching. Her publications are too numerous to be adequately enumerated in a short essay. Besides, anyone with any serious pretension to the study of classical Chinese poetry will be familiar with her major contributions to the field, such as her comprehensive *Du Fu qiuxing bashou jishuo* (*Collected Commentaries on Du Fu's Eight "Autumn Meditation" Poems*; Taibei 1966; rpt. Beijing 1986), *Jialing tanshi* (*Jialing's Collected Essays on Shi Poetry*; Taibei 1966), and *Jialing tanci* (*Jialing's Collected Essays on Ci Poetry;* Taibei 1970), to name but a very few of her earlier works, which remain essential reading for anyone interested in Chinese poetry. Here, however, I can only call attention to some of her more recent works. Of course, the very influential *Jialing tanci* was republished in China under the title *Jialing lunci conggao* (Shanghai, 1980), with a new postscript giving a moving account of her personal experience of and critical approaches to *ci* poetry. This book brought together Professor Yeh's sensitivity, learning and New Critical perspectives to the reading of *ci* poetry.

in the last few years has integrated new concepts and ideas in her writings on *ci* poetics. Her new book *Zhongguo cixue de xiandai guan* (*A Modern Perspective on Ci poetics*; Taibei 1988) examines and compares traditional *ci* poetics with critical concepts from semiotics, hermeneutics, reception theory, and reader-response theory.

Now that she has just retired, Professor Yeh is more active than ever in teaching and research. In June this year at the *Ci* Conference held in York, Maine, she delivered a highly acclaimed paper on Wang Guowei's *ci*, "Wang Guowei's Song Lyrics in the Light of His Own Theories". She is so much in demand for teaching and lectures in China and Taiwan that there really needs to be several of her to meet all the invitations. At it is, she has to schedule her engagement over a period of years: she has accepted the invitation from Qinghua University in Taiwan to teach there for the academic year 1990-91. For the following year she still has to decide which invitations she will accept from universities in China. After teaching Chinese literature to students in the West for over twenty years, Professor Yeh feels that now the moment has come to return to China and Taiwan and give all of herself to students there. Her dedication to teaching is truly admirable. It is wonderful that younger students will have the opportunity to benefit from her boundless enthusiasm and erudition. Her teaching there will no doubt impart fresh ideas and open up new horizons in critical scholarship on traditional literature.

南开大学出版社网址：http://www.nkup.com.cn

投稿电话及邮箱：　022-23504636　　QQ：1760493289
　　　　　　　　　　　　　　　　　QQ：2046170045(对外合作)

邮购部：　　　　　022-23507092

发行部：　　　　　022-23508339　　Fax：022-23508542

南开教育云：http://www.nkcloud.org

App：南开书店 app